"十四五"国家重点出版物出版规划项目

国家社科基金重大项目（21&ZD269）阶段成果

新中国少数民族文学史料整理与研究（1949—1979）

学术委员会

主　任：朝戈金

委　员：（按姓氏笔画排序）

丁　帆　丁克毅　王宪昭　文日焕　包和平

刘　宾　刘大先　刘亚虎　汤晓青　李　瑛

李晓峰　吴　刚　邹　赞　汪立珍　张福贵

哈正利　钟进文　贾瑞光　徐新建　梁庭望

韩春燕

国家出版基金项目
NATIONAL PUBLICATION FOUNDATION

新中国少数民族文学史料整理与研究

民间文学综合卷

（1949—1979）

李晓峰　李思言　王雨琛 ◎ 编著

辽宁师范大学出版社
· 大连 ·

图书在版编目 (CIP) 数据

新中国少数民族文学史料整理与研究：1949—1979.
民间文学综合卷 / 李晓峰, 李思言, 王雨栾编著.
大连：辽宁师范大学出版社, 2024. 11. —— ISBN 978-7-
5652-4511-4

Ⅰ. I207.9

中国国家版本馆CIP数据核字第2024SF1852号

XINZHONGGUO SHAOSHU MINZU WENXUE SHILIAO ZHENGLI YU YANJIU（1949—1979）· MINJIAN WENXUE ZONGHE JUAN

新中国少数民族文学史料整理与研究（1949—1979）·民间文学综合卷

策划编辑：王　星
责任编辑：孙　琳　王　硕
责任校对：王文燕
装帧设计：宇雯静

出　版　者：辽宁师范大学出版社
地　　　址：大连市黄河路850 号
网　　　址：http://www.lnnup.net
　　　　　　http://www.press.lnnu.edu.cn
邮　　　编：116029
营销电话：0411 – 82159915
印　刷　者：大连图腾彩色印刷有限公司
发　行　者：辽宁师范大学出版社

幅面尺寸：170 mm × 230 mm
印　　张：29.5
字　　数：482千字

出版时间：2024年11月第1版
印刷时间：2024年11月第1次印刷
书　　号：ISBN 978-7-5652-4511-4

定　　价：174.00 元

出版说明

　　本书所收均为少数民族文学研究领域的珍稀史料,其写作时间跨越数十年,不同学者的语言风格不同,不同年代的刊印标准、语法习惯及汉字用法也略有差异,个别文字亦有前后不一、相互抵牾之处,编者在选编过程中,为了尽量展现史料原貌,尊重作者当年发表时的遣词立意,除了明显的误植之外,一般不做改动。对个别民族的旧称、影响阅读的标点符号用法及明显错讹之处进行了勘定。

　　同时,为了保证本书内容质量,在选编过程中,根据国家出版有关规定,作者和编辑在不影响史料内容价值的前提下,对部分段落或文字做了删除处理,对个别不规范的提法采用"编者注"的方式进行了说明,对于此种方式给读者带来的阅读困扰,敬请谅解。

目　录

全书总论 / 1

本卷导论 / 1

第一辑：少数民族民间文学搜集整理政策、方法 / 1

本辑概述 / 2

我们研究民间文艺的目的——在中国民间文艺研究会成立大会上的讲话 / 4

口头文学：一宗重大的民族文化遗产 / 8

关于对待民族民间文艺遗产的一些意见 / 23

谈各民族民间文学搜集整理问题 / 29

谈解放后采录少数民族口头文学的工作 / 63

努力发掘民族民间文学遗产和帮助各民族发展社会主义的文学 / 85

整理遗产还是拼凑传说？——读《红兆波飞过红石岩》后 / 104

第二辑：少数民族民间文学理论研究 / 109

本辑概述 / 110

《中华民族大团结——兄弟民族人民歌颂毛主席》后记 / 111

试论云南各族新民歌 / 122

略论历史上少数民族革命歌谣 / 132

云南的民族民间文学整理工作——兼述《边疆文艺》的民族特色 / 146

白云深处响瑶歌——听少数民族唱山歌想到的…… / 152
试谈民族民间文学中的"帝王将相"问题 / 158
云南民族民间文学中的无神论思想 / 169
浅论云南民族民间文学的人民性 / 181

第三辑：各民族民间文学综合研究 / 189
本辑概述 / 190
三江侗族民间文学调查报告 / 192
苗族的文学 / 200
僮族的近代文学——鸦片战争至太平天国革命时期 / 224
丰富多彩的傣族民间文学 / 243
民间文学及其社会作用——蒙古族民间文学杂谈 / 246
凉山彝族民间文学 / 258
丰富绚丽的瑶族民间文学 / 260
发展社会主义新畲歌 / 262
丰富多彩的哈萨克族文学 / 269
历史悠久、绚丽多姿的白族民间文学 / 277
勤劳勇敢的民族　丰富多彩的文学——略谈彝族文学 / 287
谈傣族文学 / 297
略谈纳西族民间文学 / 308
谈谈傈僳族民间文学 / 319
莫将瑰宝弃沟渠——藏族民间文学杂谈 / 331
傣族文学和傣族历史——兼论文史互证及其它 / 336
佤族文学简介 / 352
撒拉族民间文学简介 / 363
崩龙族文学概况 / 371
论维吾尔民间文学及其基本特征 / 382
谈怒族文学 / 398
哈尼族文学简介 / 405
仫佬族的文学 / 415
谈谈藏族民间文学 / 430

后　记 / 434

全书总论

"三交"史料体系中的新中国少数民族文学史料

　　各民族文学史料是中华民族共同体史料体系的重要组成部分,文学史料的整理和研究,在中华民族共同体研究的话语体系、理论体系建设中,具有不可替代的作用。习近平总书记在 2023 年 10 月 27 日中共中央政治局第九次集体学习时提出"加快形成中国自主的中华民族共同体史料体系、话语体系、理论体系",这对民族文学史料科学建设具有重大历史意义。

　　在"三大体系"中,史料体系是基础。犹如一栋大厦,根基的深度、厚度和坚实程度,决定着大厦的高度和质量。而中华民族共同体史料体系的完整性、系统性、科学性,在"三大体系"建设中至关重要。对现代学科而言,完整的史料体系,包括政治、经济、社会、法律、文化各个方面,缺一不可,否则,就难言史料体系的完整性、系统性、科学性。正是从这一意义上,将各民族文学史料纳入中华民族共同体史料体系之中,就显得尤为必要。

一、民族文学史料在"三交"史料体系中的地位和价值

　　各民族文学交往交流交融史料,在中华民族共同体史料体系中具有举足轻重的地位,在中华民族共同体话语体系、理论体系建设中,具有不可替代的作用。这是由文学自身的特点,以及文学史料在还原中华民族多元一体格局形成的历史,全面总结和评价新中国成立以来,少数民族文学以文学的方式,在宣传党的民族

政策、促进各民族团结、培养各民族国家认同中发挥的不可替代的作用决定的。

首先，文学是人类最广泛、最丰富的活动，是人类情感与精神最多样、最全面、最生动、最直接的表达方式，是人类历史最生动、最形象、最全面、最深刻的呈现形式，所以文学经常被认为是人类的心灵史、民族的命运史、国家的成长史。

文学诞生于人类最早的生产活动和精神活动。《吕氏春秋·古乐》云："昔葛天氏之乐，三人操牛尾，投足以歌八阕：一曰载民，二曰玄鸟，三曰遂草木，四曰奋五谷，五曰敬天常，六曰达帝功，七曰依地德，八曰总万物之极。"在学界，一般认为这是对中国原始诗歌和舞蹈起源的史料记载，对人们了解原始诗、歌、舞三位一体的形态和内容具有重要的史料价值，同时也是文学起源于劳动学说的最好例证。鲁迅先生在《门外文谈》中也说："我们的祖先的原始人，原是连话也不会说的，为了共同劳作，必需发表意见，才渐渐的练出复杂的声音来，假如那时大家抬木头，都觉得吃力了，却想不到发表，其中有一个叫道'杭育杭育'，那么，这就是创作；大家也要佩服，应用的，这就等于出版；倘若用什么记号留存了下来，这就是文学；他当然就是作家，也是文学家，是'杭育杭育派'。"这里谈的也是文学起源、作家与作品的关系、文学流派的产生，其观点与《吕氏春秋·古乐》一脉相承。

从文学发展历史来看，文学是人类对外部客观世界、人类的生产生活实践和人的内在精神世界的直接反映。口头文学是早期人类文学生产、传播的主要形式。口头文学的口头性、集体性、变异性、传承性，一方面使大量的文学经典一直代代相传地活在人们的口头上，同时，在传承中出现了诸多的变异和增殖；另一方面，人类口耳相传的口头文学具有综合性，不仅与劳动生活融为一体，而且和其他艺术门类综合在一起，所谓诗、歌、舞、乐一体即是对其综合性的概括。中国活态史诗《格萨（斯）尔》《江格尔》《玛纳斯》便是经典例证。

文字产生以后，有了书面文学。但口头文学与书面文学并行不悖且同步向前发展，二者之间的关系复杂多样。

从史料的角度来说，文字的产生，使人类早期口头文学得到记录、保存和流传。可以确定的是，文字产生之后相当长的时期，文字一方面成为文学创作的直接手段,即时性地记录了人们的文学创作活动,另一方面也成为口耳相传的口头文学向书面文学转换和固化的唯一媒介和符号。在早期被转化的文学,就包括人类代代相传的关于人类起源、迁徙、战争等重大题材和主题的神话传说。历史学已经证实,人类早期的神话传说包含着丰富的历史信息、文化信号和精神密码。例如,殷商时期的甲骨文,记录了商人的生活情形,使后人约略获取一些商朝历史发展的信息。而后来《尚书》《周礼》中关于夏、商、周及其之前的碎片化的记载,以及后来知识化的"三皇""五帝"的"本纪",其源头无一不是口头神话传说。

也正是口头文学的口头性、集体性、变异性、传承性,使这些口头神话传说在不同的典籍中有了不同样态,五帝不同的谱系就是一个例证。司马迁在《五帝本纪》中对五帝的记叙,仅仅是其中的一个谱系。即便是目前文献记载最早的中华民族创世神话三皇之一的伏羲也是如此。吕振羽在《史前期中国社会研究》中,认为伏羲神话是对渔猎经济的反映,具有史前社会某一个时期的确定性特征。刘渊临在《甲骨文中的"蚰"字与后世神话中的伏羲女娲》中,骆宾基在《人首龙尾的伏羲氏夏禹考——〈金文新考·外集·神话篇〉之一》中,都将目光投向早期文字记载中的伏羲,是因为,这是最早的关于伏羲的文献史料。有意味的是,芮逸夫在《苗族的洪水故事与伏羲女娲的传说》中,认为伏羲女娲神话的形成可追溯到夏、商;杨和森在《图腾层次论》一书中,又认为伏羲是彝族的虎图腾及葫芦崇拜。他们的依据之一便是这些民族代代相传的神话传说的口头史料和文献史料。这些讨论,一是说明早期文献典籍对人类口头文学的记载,既多样,又模糊;二是说明对中国早期文明形态、文明进程的研究,离不开人类口头文学;三是说明对中国早期文明的研究应该有中华文明起源"满天星斗"的视野;四是说明同一神话传说在不同民族传播的表象下呈现出来的各民族文化交流交融是一个值得从中华民族共同体角度研究的历史现象。

从文献史料征用的角度来说,作为人类口头文学的神话传说,后来被收进了各种典籍,作为历史文献被征用。此后,又被文学史家因其文学的本质属性从历史文献中剥离出来，纳入文学史的知识体系。文学独立门户自班固《汉书》首著《艺文志》始，在无所不包的宏大史学体系中，文学有了独立的归类和身份，但仍在"史"的框架之中。至《四库全书》以"集部"命名文学，将其与经、史、子并列，文学身份地位进一步确定和提升。但子部所收除诸子百家之著述外，艺术、谱录、小说家等无不与文学关涉，这又说明历史与文学的关系是盘根错节、难以分割的。这种特性，也造就了中国古代历史和古代文学史的"文史不分"——没有"文学"的历史与没有"历史"的文学，都是不可想象的，这也充分说明文学史料在整个史料中的地位、价值和意义。文学描写的是人类活动，表达的是人类情感和思想，传递的是人们对美好生活的向往，是人类诗意栖居的共有家园。这是历史学其他分支学科所无法做到的。而人是活在具体的历史之中的，正如"永王之乱"之于李白，《永王东巡歌》作为李白被卷入"永王之乱"的一个文字证据而被使用。因此，历史学的专门史，是文学史的基本定位。如此，文学史料在史料体系中的地位和价值就是不容忽视的存在。

其次，在马克思主义理论中，文学艺术与哲学、政治、法律、道德、宗教一起，构成了马克思主义社会意识形态的主体要素。文学被视为意识形态的原因在于，它是社会意识形态的一种表现形式，并且具有意识形态的属性。

我们知道，意识形态是人对于事物的理解和认知，是人的观点、观念、概念、价值观等的总和。意识形态也是一定的政治共同体或社会共同体主张的精神思想形式，是社会意识诸形式中构成思想上层建筑的组成部分。文学作为人类一种精神活动及其产品，是由人们对人类社会发展的历史和社会现实的认知所决定的。就文学与历史、文学与生活的关系而言，文学以不同的形式，表现或传达人们对历史和现实生活的认知和内心情感。一是"文以载道""兴观群怨"，说明文学并不是社会生活在人们头脑中的简单重现，而是包含着创作者的世界观、人生观、价值观等意识形态元素，这些元素通过作品的人物塑造、情节安排等方式，向读者传达出来。二是文学是审美的意识形态，它既是一种创造美和欣赏美的社会活动，同时也是一种以美为创造对象和欣赏对象的意识层面的活动，这种活动伴随着什么是美和美是什么的追问，也伴随着人类情感、精神和思想境界的升华。因此,习近平总书记在《在文艺工作座谈会上的讲话》中指出:文艺事业是党和人民的重要事业,文艺战线是党和人民的重要战线。文艺是时代前进的号角,最能代表一个时代的风貌,最能引领一个时代的风气。这说明,党和国家对文学的意识形态属性高度重视。而事实上,在意识形态之中,文学正是以对历史的重构、现实的观照,人类对美的追求的表达,承担着其他意识形态无法替代的社会功能,这也决定了文学史料在整个史料体系中的特殊价值。

再次,文学上的交往交流交融,对推动中华民族从多元走向一体的历史进程,推动中华民族凝聚力的形成和中华文化认同,影响深远而巨大。这是由文学的巨大历史载量、巨大思想力量、巨大情感力量、巨大审美力量所决定的。没有什么是文学所不能承载的,所以文学在各民族交往交流交融中,既是显性的交往(如文化层面的交流互动、文学作品的跨民族、跨文化传播),又是精神、情感和心灵层面的属于文学接受和影响范畴的隐性的深度渗透。作为文化的直接载体和表现符号,文学具有先天优势。正因如此,在中华民族交往交流交融历史上,留下了浩如烟海的文学史料。例如,根据历史文献的记载,文成公主入藏时,所携带的书籍中不仅有佛经、史书、农书、医典、历法,还有大量诗文作品。藏区最早的汉文化传播,就是从先秦儒家经典和《诗经》《楚辞》开始的。再如,辽代契丹人不但实行南面官北面官制,还学汉语习汉俗,更是对《诗经》、《楚辞》、汉赋、唐诗、宋词照单全收。辽圣宗耶律隆绪对白居易崇拜有加,自称"乐天诗集是吾师"。耶律楚材在西域征战中习得契丹语,将寺公大师的契丹文《醉义歌》翻译成汉语,不仅使之成为留存下来的契丹最长诗歌作品,也使我们从中领略到契丹人思想领域中的多元状态——既有陶渊明皈依自然的思想,又有老庄思想与佛教的思想观念。而这种多元的思想是契丹基本的思想格局,它不仅反映了契丹社会的开放性和包容性,更显示了契丹文化与其他民族文化的交融,特别是对汉族文化的吸收。这些生动丰富的文学史料,从生活出发,经由文学,抵达人的思想和精神层面,共鸣并升华为中华民族的向心力和凝聚力,极大地促进了各民族交往交流交融,成为中华民族从多元走向一体的文学记录。

也正因如此,党和国家对各民族文学史料高度重视。早在1958年,党和国家在全国各民族社会历史调查和语言调查取得丰硕成果的基础上，决定由中华人民共和国国家民族事务委员会主持编写《中国少数民族》《中国少数民族简史丛书》《中国少数民族语言简志丛书》《中国少数民族自治地方概况丛书》《中国少数民族社会历史调查资料丛刊》（简称"民族问题五种丛书"），这一系统而浩大的国家历史工程历经艰辛，于2009年修订完成，填补了中国历史研究的空白，成为研究中华民族从多元走向一体的基础文献。

而同年，由中共中央宣传部直接领导，各省区党委负责，中国科学院文学所主持的中国少数民族文学史（概况）编写工程启动。

中国少数民族文学史（概况）编写与"民族问题五种丛书"作为社会主义意识形态重大工程和国家重大历史文化工程的同时启动，说明党和国家对少数民族文学的重视，也说明各民族文学史料之浩繁、历史之悠久、形态之特殊，是"民族问题五种丛书"无法完全容纳的，须独立进行。例如，《蒙古族简史》在"清代蒙古族的文化"一章中，专设"文学作品"一节，但这一节仅介绍了蒙古族部分作家作品，没有全面总结蒙古族文学与汉族、满族等民族文学交流融合的历史进程。其他民族的"简史"存在同样的问题。

事实证明，正是新中国成立后对各民族文学的有组织的全面调查、搜集、整理、研究，使我们掌握了各民族文学的第一手史料，摸清了各民族文学的"家底"，尤其是在搜集、整理过程中发掘出来的各民族文学关系史料，为揭示中华民族从多元走向一体的思想、情感、文化动因，提供了重要的支撑。1983年中国社会科学院毛星主编的三卷本《中国少数民族文学》第一次呈现了中国少数民族文学发展的历史，绘制了中国少数民族文学版图。此后，马学良、梁庭望等也陆续推出通史性质的中国少数民族文学史。而这些通史性的少数民族文学史，正是以各民族文学史料的整理、各民族文学史（概况）的编写为基础的。

特别需要说明的是，20世纪90年代，梁庭望、潘春见的《少数民族文学》，立足于各民族交往交流交融的理念，拓展和深化了少数民族文学研究，也为中国特色的比较文学学科体系、学术体系、话语体系建设做出了积极努力。2005年，郎樱、扎拉嘎等人的国家社科基金重大项目"中国各民族文学关系研究"立足

"关系"研究,通过对始自秦汉,止于近代的各民族关系研究,得出了"你中有我,我中有你"的历史结论,成为中华各民族交往交流交融关系研究最早、最系统、最宏观的成果。而这一成果也是作者们历时数年,对各民族文学交往交流交融史料进行的最全面的梳理和展示。

事实上,自少数民族文学学科建立以来,对各民族文学交往交流交融研究就是重点领域,特别是 20 世纪 90 年代以来,各民族文学关系研究成为少数民族文学研究的分支学科。相应地,对各民族文学交往交流交融的史料整理也自然成为研究的基础。《中国各民族文学关系研究》《20 世纪中华各民族文学关系研究》《元代蒙汉文学关系研究》等都是具有代表性的成果。这些成果,不仅重新梳理、发掘了一大批各民族文学交往交流交融关系的史料,同时也进一步揭示了中国各民族自古以来的交往交流交融的历史发展规律。

因此,在"三交史料"体系中,各民族文学交往交流交融史料的重要地位是不能忽视和不可替代的。剥离了文学史料,各民族交往交流交融史料体系是不完整的。

二、新中国少数民族文学史料的性质和价值

少数民族文学史料,既是少数民族文学发展、学科建设历史的足迹,也是少数民族文学史知识生产的基础材料。

新中国少数民族文学史料是新中国文学史料体系中重要而独特的组成部分,是各少数民族文学史料的集成。这是新中国少数民族文学的性质决定的。

新中国成立后,少数民族文学被纳入社会主义新文学的整体之中,被赋予了社会主义新文学的性质。同时,少数民族文学还被党和国家赋予了宣传党的民族政策,维护国家统一,促进民族团结,促进各民族之间的了解和文化交流,反映各民族人民社会主义新生活、新面貌、新形象、新精神、新情感、新思想的社会功能和政治使命,受到党和国家的高度重视。少数民族文学因此成为国家话语的组成部分,从而与党的民族政策、各民族经济和社会发展保持密切关系。因此,无论从社会主义意识形态角度观之,从统一的多民族国家的角度观之,还

是从新中国社会主义文学的角度观之，少数民族文学的性质、功能、使命和作用都决定了少数民族文学史料国家性的特殊属性。

例如，1949 年 7 月 14 日中国第一次文代会通过的《中华全国文学艺术界联合会章程（草案）》，首次提出在即将成立的中华人民共和国的文学艺术事业中，要"开展国内各少数民族的文学艺术运动，使新民主主义的内容与各少数民族固有的文学艺术形式相结合。各民族间互相交换经验，以促进新中国文学艺术的多方面的发展"。这里的"各少数民族文学艺术"概念以及对少数民族文学的定位和发展规划，虽然与 1934 年《苏联作家协会章程》有一定联系，但重要的是，为什么在规划新中国文学时，就已经充分考虑到各少数民族文学艺术。显然，这与即将建立的新中国是一个不同于苏联的统一的多民族国家的国家性质直接相关。这样，"促进新中国文学艺术的多方面的发展"，显然超越了《苏联作家协会章程》中对各苏维埃联邦共和国中不同民族文学翻译的重视和发展各兄弟民族的文学——《苏联作家协会章程》在第四项任务中称："实行相互帮助，交换各兄弟共和国作家和批评家的创作经验，有组织地将艺术作品从一个民族的语言翻译成其他民族的语言——借此尽量地发展各兄弟民族的文学。"也就是说，《中华全国文学艺术界联合会章程（草案）》中统一的多民族国家的立场和对少数民族文学发展目标的确定明显不同于《苏联作家协会章程》。这一点在《人民文学》发刊词中得到了更直接的体现。在发刊词中，少数民族文学的国家文学、国家学科、国家学术的国家性被正式确定，各民族文学共同发展的国家意识，也都指向了统一的多民族国家，指向了统一的多民族国家中各民族一律平等，指向了反对大民族主义和地方民族主义的国家意识，指向了在统一的多民族国家的社会主义新文学的整体格局中定位少数民族文学的性质，指向了在国家文学和国家学科中通过推动少数民族文学的发展，落实党和国家的民族政策，指向了党对少数民族文学在统一的多民族国家建设中的作用的重视、规范和期待。

所以，国家在启动"民族问题五种丛书"编写的同时，也启动了少数民族文学史编写以及"三选一史"的国家工程。1979 年，少数民族文学史编写工程再次启动,《光明日报》发表述评《重视少数民族文学》,再一次发出国家声音。故而,在对少数民族文学发展和对少数民族文学史编写的重视方面,只有从建构统一的多民族国家历史知识的角度,从中华民族共同体历史知识生产的角度,才能理解和认识党和国家的良苦用心。而少数民族文学史料所呈现的历史现场也是如此。老舍在《关于兄弟民族文学工作的报告》和《关于少数民族文学工作的报告》中,从统一的多民族国家的高度,提出少数民族作家的文学创作要达到汉族作家的水平,清楚地表明了以平等为核心,共同发展为目标的民族政策在少数民族文学事业上的国家顶层设计。

历史地看,新中国少数民族文学以积极主动的姿态实现了国家对少数民族文学性质、功能、作用的定位和期待。例如,玛拉沁夫的《科尔沁草原上的人们》在《人民日报》的短评中斩获了五个"新",从作家角度说,是因为其对少数民族文学性质、功能、作用的实践;从国家层面说,是因为党和国家对少数民族文学所承担的责任和使命得到了很好践行的充分肯定。再如,冰心的《〈没有织完的统裙〉读后》也是一个典型案例。冰心从"云南边地自然风光和民族风情""新人新事""毛主席伟大民族政策在云南的落地生根"三个观察点进行分析,这三个观察点同样也来自国家赋予少数民族文学的功能和使命。与《科尔沁草原上的人们》不同的是,在冰心这里,少数民族文学在促进各民族之间的了解和文化交流方面的功能得到强调。冰心说,"那些迷人的、西南边疆浓郁绚丽的景色香味的描写,看了那些句子,至少让我们多学些'草木鸟兽之名',至少让我们这些没有到过美丽的西南边疆的人,也走入这醉人的画图里面"。而且,民风民俗同样吸引了冰心,特别是作为民族智慧结晶的民族谚语,更引起她的注意:"还有许多十分生动的民族谚语,如:'树叶当不了烟草','老年人的话,抵得刀子砍下的刻刻','树老心空,人老颠东','盐多了要苦,话多了不甜','树林子里没有鸟,蝉娘子叫也是好听的'⋯⋯等等,都是我们兄弟民族人民从日常生活中所汲取出来的智慧。"所以,冰心"兴奋得如同看了描写兄弟民族生活的电影一样"①。

---

① 冰心:《〈没有织完的统裙〉读后》,《民族团结》1962 年第 8 期。

冰心的评价既表现了国家对少数民族文学的期待和规范，同时也呈现了少数民族文学在增进各民族了解和文化交流方面的作用和少数民族文学独特的美学特质。正如老舍 1960 年在《兄弟民族的诗风歌雨》中所说："各民族的文学交流大有助于民族间的互相了解与团结一致。"①

少数民族文学史料的国家性，使之成为新中国文学史料体系中具有独特价值的不可或缺的组成部分。

首先，少数民族文学史料真实客观地记录了党和国家从统一的多民族国家和中华民族共同体建设的高度，发展少数民族文学的国家立场和实际举措。

其次，少数民族文学史料真实客观地呈现了少数民族文学对党和国家赋予的功能、使命的践行，真实客观地反映了各民族社会生活的历史性巨变。

再次，少数民族文学史料忠实记录了少数民族文学自身的发展历程，记录了不同历史时期政治文化语境的变化对少数民族文学创作、文学批评和理论研究的深刻影响。

最后，少数民族文学史料真实客观地反映了少数民族文学对中国文学做出的巨大贡献。各民族民间文学的搜集整理，少数民族古代作家作品的研究，当代各民族文学发展研究，不仅渗透到中国语言文学的各个学科，而且高度体现了中国文学史的多民族共同创造的属性。各民族文学史料对中国文学史料的丰富、完善，不仅为少数民族文学史研究，也为新中国文学史研究提供了基础材料。

所以，少数民族文学史料的性质和政治价值、社会价值、历史价值、文化价值、文学价值都是值得重视和研究的重要课题。

三、新中国少数民族文学史料形态

"形态"一词通常指事物的形式和样态、状态。在这里，笔者更倾向于从研究生物形式的本质的形态学角度来认识新中国少数民族文学史料，借鉴形态学

---

① 舒舍予:《兄弟民族的诗风歌雨》,《新华半月刊》1960 年第 9 期。

注重把生物形式当作有机的系统来看待的方法,不仅关注部分的微观分析,也注重总体上的联系。

史料基本形态无外乎文献史料、口述史料、实物史料、图片史料、数字(电子)史料五种。专门研究史料形态及其演变规律的史料形态学,关注的重点是史料的形态、结构、特征以及它们在不同历史时期和文化背景下的变化,史料形态与社会、政治、文化等因素的相互关系,以及这些因素如何影响史料的形成、传播和保存等。通过深入研究史料形态学,我们可以更好地理解史料的本质、来源、传播和保存方式,从而更准确地解读历史信息,揭示历史事件的真相。这样,史料形态学的研究就要从史料的形态入手。新中国少数民族文学史料也是如此。

从有机的系统性角度来看,无论是对新中国少数民族文学整体评价的文献史料,还是微观形态的作品评论史料,乃至一则书讯、新闻报道,都指涉着特定历史语境中的意识形态、社会思潮、社会生活、文学创作、文学评价所构成的彼此关联和指涉的有机系统的整体性和内部的丰富性、复杂性。这些要素各有特定的内涵和不同话语形态,但其内在价值取向的指向性却具有一致性和共同性的特点。至于对社会生活反映的话语的不同,对不同问题的阐发的不同,学术观点的争论甚至某一人观点前后的矛盾,也都是一体化的政治文化语境下,不同的文学观念与社会价值观念的对话、冲突、调适,并且受控于国家意识形态规范的结果。因此,对史料系统的有机性的重视,对史料系统完整性程度的评估,对不同史料关系的梳理,对具体史料生成原因的挖掘,直接关系到真实、客观、全面还原少数民族文学的历史现场。

从史料留存的基本情况看,1949—1979年少数民族文学史料形态涵盖了前述五种形态,但各形态史料的数量、完整性极不平衡。其中,文献史料最多且散佚也最多,口述史料较少且近年来也未系统开展收集工作,图片史料少而分散,故更难寻觅,实物史料则少而又少。因此,以文献史料特别是学术史料为主体的史料形态是本书史料的主要特征和重点内容,这也是由目前所见少数民族文学史料的主体形态和客观情况所决定的。

文献史料在史料形态中的地位自不必言，而文献史料存世之情形对研究的影响一直作为无法破解的问题，存在于史料学和各学科研究之中。孔子在《论语·八佾篇》中言：夏礼，吾能言之，杞不足征也；殷礼，吾能言之，宋不足征也。文献不足故也，足，则吾能征之矣。在这里，孔子十分遗憾地感叹关于杞、宋两国典籍和后人传礼之不足，十分清楚地说明了史料与传承的重要性。孔子尚感复原夏殷之礼受史料不足的局限，后人研究夏殷之礼的难度就可想而知了。正如梁启超所说："时代愈远，则史料遗失愈多而可征信者愈少，此常识所同认也。"同时，他还说："虽然，不能谓近代便多史料，不能谓愈近代之史料即愈近真。"①这也是梁启超在研究中国历史时，对晚近史料之不足与史料之真伪情形的有感而发。他的感想，也成为所有治史料之学人的共识。傅斯年所说的"有一分材料说一分话"，指出了远古史料、近世史料的基本状况、形态以及使用史料的基本规范和原则，但从中也不难体察出治史者对史料不足的无奈。

少数民族文学史料也是如此。本书搜集整理的是 1949 年至 1979 年间的少数民族文学史料。其起点距今不过 70 多年，终点不过 40 多年。按理说，这 30 年间，国家建立了期刊、报纸、图书出版发行体系，建立了国家、省、市、县、乡镇的体系化图书馆。早在 20 世纪 50 年代，许多工厂、机关、学校、街道在极其艰难的条件下，陆续建立了图书阅览室。另外，从国家到地方，也有健全的档案体系，文献史料保存的系统是较为完备的。但是，史料的保存现状却极不乐观。以期刊为例，即便国家图书馆，也未存留 20 世纪 50 年代出版的少数民族文学的全部期刊。已有的部分期刊，断刊情况也非常严重。特别是 20 世纪 80 年代后期，因为种种原因，许多地区和基层图书馆期刊、报纸文献遭到大面积破坏，20 世纪 50 年代至 60 年代的许多珍贵史料，被当作废纸按"斤"处理掉。对本地区期刊、报纸文献保存最完整的各省级图书馆，也因搬迁、改造、馆藏容积等使馆藏文献被"处理"的情况极为普遍。因此，许多文献已经很难寻找，文献史料的散佚使这一时期文献史料的珍稀性特点十分突出。

---

① 梁启超：《中国历史研究法》，上海人民出版社，2014 年版，第 39 页。

例如,在公开发行的史料中,《新疆文艺》1951年创刊号上柯仲平、王震撰写的创刊词,我们费尽周折仍无缘得见。再如,关于滕树嵩的《侗家人》的讨论,是以《云南日报》为主要阵地展开的,但是,《边疆文艺》《山花》也参与其中,最终的平反始末的史料集中在《山花》。其中还有《云南日报》的"编者按"以及同版刊发的批判周谷城的文章,其所呈现出来的一体化的时代政治文化语境中,边疆与中心的同频共振给我们深入分析这些史料的价值提供了第一手材料,也还原了特定的历史语境。是不是将这些史料"一网打尽"后,关于《侗家人》发表、争鸣、批判、平反的史料就完整了呢?当然不是。因为,这些仅仅是公开发表的,或者在社会公共空间生产和传播的史料,还有另一类未在社会公共空间公开生产和传播的珍稀史料存世。例如,云南省委宣传部的《思想动态》上刊发的《小说〈侗家人〉讨论情况》《作协昆明分会同志对讨论〈侗家人〉的反映》《部分大学师生对批判〈侗家人〉很抵触》《〈侗家人〉作者滕树嵩的一些情况》,这些未公布于世的内部资料,与公开发表的史料汇集,才能真实地还原《侗家人》由讨论到批判的现场。因此,未正式刊行史料中的这类史料的价值是难以估量的。

未正式刊行的珍稀史料除了内部资料外(如各种资料集),还有各种文件、批示、作家手稿、书信、日记、稿件审读意见、会议记录、发言稿等。这类史料散佚更多,搜集整理更难,珍稀程度更高。

例如,1958年首次启动,至1979年第二次启动,其间有大量史料产生的少数民族文学史史料编撰,目前我们所见的成果仅有中国社会科学院1984年选编的《中国少数民族文学史编写参考资料》这一内部刊行资料。其中收录了中共中央宣传部关于少数民族文学史编写工作座谈会纪要,关于少数民族文学编写原则、分期等讨论稿,以及李维汉、翦伯赞、马学良等人的信件等。事实上,在1961年关于少数民族文学史编写座谈会召开及对已经编写的少数民族文学史进行讨论时,中国科学院文学研究所曾编印了《一九六一年少数民族文学史讨论资料》和少数民族文学史编写、审读、讨论的"简报"等第一手资料,但这些珍贵史料已经不知去向。我们只能从《中国少数民族文学史编写参考资料》的断简残章中去捕捉当时的宝贵信息,还原历史现场。

再如，1955年玛拉沁夫为繁荣和发展多民族国家的少数民族文学"上书"中国作协。中国作协领导班子经过讨论给玛拉沁夫的回复和玛拉沁夫的"上书"，一并发表在中国作家协会的《作家通讯》上。但是，"上书"的手稿，中国作协领导层如何讨论，如何根据反映的情况制定了对少数民族文学发展起到重大影响的"八个措施"的会议纪要等，已湮没在历史之中。

再如，少数民族文学概念的提出是一个"元问题"。目前有人追溯到公开发表的第一次文代会通过的《中华全国文学艺术界联合会章程（草案）》。但是，本来是有记录的《中华全国文学艺术界联合会章程（草案）》的起草过程，各代表团、各小组对大会报告和《中华全国文学艺术界联合会章程（草案）》的讨论情况的第一手材料，已经无处可觅。近年来，王秀涛、斯炎伟、黄发有等人对第一次文代会史料的钩沉虽然有了不小的收获，其艰难程度却渗透在字里行间，仅第一次文代会代表是如何产生的这样重大问题，"目前学界的研究却仍然是笼统和模糊的"[①]。至于是谁建议将少数民族文学艺术纳入《中华全国文学艺术界联合会章程（草案）》，是谁修改了《苏联作家协会章程》中的"各兄弟民族文学"的表述，却没有一点记录留存。因为，从《苏联作家协会章程》中的"实行相互帮助，交换各兄弟共和国作家和批评家的创作经验，有组织地将艺术作品从一个民族的语言翻译成其他民族的语言——借此尽量地发展各兄弟民族的文学"，到《中华全国文学艺术界联合会章程（草案）》中的"使新民主主义的内容与各少数民族固有的文学艺术形式相结合。各民族间互相交换经验，以促进新中国文学艺术的多方面的发展"，显然进行了本土化创造。这种本土化创造的立足点是中国共产党和尚未正式宣布成立的新中国的文学发展的国家构想。那么，是哪些人参与了讨论并提出修改意见？特别是，两个月后《人民文学》发刊词中，才对少数民族文学概念有了真正意义上的命名，而且确定了少数民族文学的社会主义新文学和国家学术、国家学科的性质和地位。在这短短两个月中，少数民族文学发生变化的历史信息，都成为消逝在历史时空中的电波。而消逝在历

---

① 王秀涛:《第一次文代会代表的产生》,《扬子江评论》2018年第2期。

史时空中的电波,又何止于此。这一时期的作家手稿、书信,作品的编辑出版过程,期刊创办的动意、刊名的确定、批文等,或尘封在某一角落,或早已消失。而这一点,也是我们在寻找一些民族地区期刊创办史料、作品出版史料、作家访谈时得出的结论。

再如,已有的史料整理,也存在着缺失或差错的问题。例如,20世纪80年代初,吴重阳、赵桂芳、陶立璠三位先生编辑整理并用蜡纸刻印过《当代少数民族作家作品研究资料索引》,该索引于1983年由中国社会科学院民族文学研究所作为内部资料印刷。这是目前所见最为全面的1949年至20世纪80年代初少数民族文学创作与研究文献目录索引。但是,其中仍有无法避免的诸多疏漏和差错。例如包玉堂的《侗寨情思》(组诗),该索引仅收录了《广西日报》刊登的第二首,而未收《南宁晚报》刊登的一首,包玉堂发表在《山花》上的《侗寨情思》(五首)不仅对原作进行了修改,而且具体篇目也作了取舍和调整。这些在《当代少数民族作家作品研究资料索引》中都没有呈现。而追寻这一源流,呈现《侗寨情思》从单篇、"二首"到"组诗"的扩大、修改、更换的历史现场,本身就是一件非常有价值和意义的史料甄别和研究工作。

至于少数民族文学的其他史料形态,如图片史料,我们所见更多的是一些文献史料的"插图",而第一手的图片更难搜寻。第一手的实物史料、数字(电子)史料就更加稀缺。所以,本书的史料形态只能是文献史料以及部分文献史料中的部分图片。从这一意义上说,本书用十年时间从各种渠道搜集整理出来的这些文献史料,虽然不是这一时期少数民族文学史料的全部,但这些史料的珍稀性是确定的,它以这样的方式呈现的这一时期的少数民族文学史料形态上的残缺,提示我们应该加强这方面的工作和研究。

四、少数民族文学史料的结构体系

少数民族文学史料有文学史料的共性特征,也有少数民族文学史料的独特性,这一独特性,主要体现在史料的内容体系、空间结构和学科体系、学术体系、话语体系的特征上。

在内容体系上，少数民族文学史料分宏观性史料、中观性史料、微观性史料三个层次。

宏观性少数民族文学史料是指 1949—1979 年间少数民族文学宏观性、全局性的史料，包括新中国少数民族文学政策、制度，少数民族文学发展的宏观性、全局性总结，宏观性的文艺评论与理论概括等。如费孝通、马寿康、严立等人的《发展为少数民族服务的文艺工作》《开展少数民族的艺术工作》《论研究少数民族文艺的方向》等关于少数民族文学功能、性质和发展方向的论述，1959 年黄秋耕等人对新中国成立十年来少数民族文学发展的整体性评价的《突飞猛进中的兄弟民族文学》，华中师范学院、中国社会科学院、山东大学等高校和科研机构在中国当代文学格局中对少数民族文学发展的宏观总结，老舍关于少数民族文学发展的两个报告，中宣部关于少数民族文学史编写工作座谈会纪要，《光明日报》关于《重视少数民族文学》的述评，还有对民族形式、特点等少数民族文学重大理论问题的讨论等。这类史料的数量不多，但代表着特定历史时期国家对少数民族文学发展的规划、设计，对少数民族文学的社会功能、使命、作用的定位，对少数民族文学发展方向的指导和规范，对少数民族文学发展的总体评价，对少数民族文学发展中存在问题的分析及解决办法和具体措施。

在宏观性史料产生的时间上，1956 年老舍《关于兄弟民族文学工作的报告》是第一篇关于少数民族文学全局性、整体性情况介绍、评价和改进措施的报告。1959 年至 60 年代初，是宏观性史料产生最多的时期。其间，三部当代文学史对少数民族文学的宏观评价，标志着少数民族文学第一次进入中国文学史知识生产，意味着中国多民族文学的整体架构初步建立。

中观性少数民族文学史料是指 1949—1979 年间，以单一民族文学为单位形成的文学史料，包括某一民族文学史的编写、某一民族文学发展的整体评价、某一民族文学期刊创办等史料。

在这三十年中，伴随着党和国家民族政策的落实，中国各民族文学有了较快发展，特别是各民族民间文学资源的系统发掘，为全面评价各民族对中国文化的历史贡献提供了强大支撑，其意义远远超过文学本身。因此，这部分史料的价值不言而喻。

中观性少数民族文学史料有三个基本特征。

其一,各民族民间文学搜集整理、文学史编写、作家培养和作家文学的发展,党的民族政策、文化政策、文学政策的落实情况。

例如,国家对各民族社会历史情况调查和"三选一史"的编写,作为国家历史知识、民族文学谱系的"摸底"工作,覆盖了每一个民族。这种覆盖是有组织、有计划进行的。客观地说,各地方党委、政府的重视程度是高度一致的,这是一体化的意识形态规约和特定的政治文化语境中,国家、地方、个人意志、行动高度契合的生动表现。在民族平等政策的制度设计中,国家把各民族文学的发展纳入各民族经济、社会、文化教育发展的整体格局之中,并将其视为重要标志。这种无差别的顶层设计,具有文学共同体建设的鲜明指向。

其二,各民族民间文学史料多于作家文学史料,且其分布呈现出与该民族人口不对等的不平衡状态,这种不平衡是各民族民间文学发展历史的不平衡、文学积累的不平衡的真实样貌的客观反映。

例如,《纳西族文学史》《白族文学史》最早问世,是由云南各民族民间文学的丰厚积累和大规模的集中搜集整理决定的。云南各民族民间文学宝藏的惊人程度,可以用汪洋大海来形容。1958年、1962年、1963年、1981年、1983年云南进行了五次大规模的民族民间文学调查。特别是前三次调查,为云南各民族文学史提供了第一手丰富而珍贵的史料。1956年云南人民出版社就出版了《云南民族文学资料》。1959—1963年,中国作家协会昆明分会民间文学工作部以内部资料的形式,编辑出版了《云南民族文学资料》18集。这还不包括云南大学1958—1983年民间文学调查搜集整理的18个民族的2000多件稀见的作品文本、手稿、油印稿、档案卡片和照片。其文类包括神话、传说、民间故事、歌谣、史诗等。而楚雄对彝族文学史料搜集整理后稍加梳理,就编写出《楚雄彝族文学史》。相比之下,满族、蒙古族、藏族、维吾尔族这些人口较多的民族,民间文学搜集整理的状况就远不及云南各个民族。当然,这些民族一些经典的民间文学作品首先被"打捞"上来。如在科尔沁草原广为流传的《嘎达梅林》,维吾尔族的

《阿凡提故事》等。

此外，各民族民间文学史料的搜集整理也不平衡，以三大史诗为例，青海最早发现和相对系统地整理了《格萨尔》。1962 年，分为五部二十五万行的《玛纳斯》已经完成整理十二万行。1950 年，商务印书馆已经出版了边垣自 1935 年赴新疆后整理的 291 节、1600 多行的《洪古尔》(《江格尔》)，但《江格尔》大规模的整理并未能及时跟进。

其三，各民族民间文学与作家文学发展状况复杂多样。民间文学发达的民族，在新中国成立后，作家文学并不一定发达；书面文学发达的民族，在进入新中国后，民间文学并不一定同步发展。这种复杂多样的文学格局也决定了史料的格局和形态。

以文字与文学发展关系为例。我国现在通行蒙古族、满族、维吾尔族、哈萨克族、朝鲜族、彝族、傣族、纳西族、壮族等 19 种民族文字，不再使用的民族文字有 17 种。有文字的民族书面文学发展相对较早，但新中国成立后，文学发展差异较大。如蒙古族涌现出一大批汉语、双语、母语作家，各文类作家作品保持了较高的水平。同时，民间文学也保持着旺盛的生命力。以玛拉沁夫、纳·赛音朝克图、巴·布林贝赫、安柯钦夫、敖德斯尔、扎拉嘎胡为代表的蒙古族作家群，游走在汉语与母语之间，为把蒙古族文学推向新中国社会主义文学共同体做出了杰出贡献。而傣族虽然有自己的民族文字，且产生过《论傣族诗歌》这样的古代诗歌史、诗歌理论兼备的著作，但是，新中国成立后，作家文学却并不发达，民间歌手"赞哈"仍是创作主体。当然，许多民间歌手在这一时期是具有双重身份的——傣族的康朗英、康朗甩、温玉波，蒙古族的毛依汗、芭杰等，他们创作的口头诗歌被广泛传颂，同时也被翻译成汉语并发表，实现了从口头到书面的转换。

然而，另一种情形是，诞生了伟大史诗《格萨尔》和发达的纪传文学、诗歌、戏剧的藏族，在新中国成立后，除了云南的饶阶巴桑的汉语诗歌创作外，无论藏语创作还是汉语创作都鲜有重要作家和作品产出。而维吾尔族、哈萨克族、朝鲜族，则以母语文学创作为主，民族文字文学史料类别、数量远远超过汉语文学创作及其史料。

微观性少数民族文学史料,是指 1949—1979 年间少数民族作家作品史料。这部分史料占比较大,既反映了少数民族民间文学、书面文学的发展状况,也反映了少数民族文学批评、研究的基本格局。特别是,我们在介绍少数民族文学史料形态时所强调的有机系统性、宏观史料与微观史料的关联性,在微观性史料中得到了更加具体的体现。例如,前文所列举的《科尔沁草原上的人们》在《人民文学》发表后斩获的"五个新"的高度评价,表明该小说很好地实践了国家赋予少数民族文学的功能、使命、作用。同时,这种评价也对少数民族文学创作方向产生了巨大的引领作用。因此,正如史料显示的那样,这一代少数民族作家的心是与祖国同频共振的,他们的作品成为新中国少数民族翻天覆地的深刻变化的忠实记录,关于这些作品的评论,也规范、引导了各民族作家的创作。

值得一提的是,在微观性史料中,还有一类容易被忽视的简讯、消息或者快讯类的文献史料。这类史料文字不多,信息量却很大。例如,《新疆日报》1963 年 4 月 12 日发表的《自治区歌舞话剧一团演出维吾尔语话剧〈火焰山的怒吼〉》一则简讯不足 300 字,但该文却涵盖四个方面的信息:一是《火焰山的怒吼》是维吾尔族作家包尔汉创编的维吾尔族革命历史题材的汉语话剧;二是该话剧由中央实验话剧院在北京演出后,又由新疆歌舞话剧院话剧二团在乌鲁木齐演出;三是包尔汉对汉语剧本进行了修改并转换成维吾尔语;四是新疆歌舞话剧院话剧一团排演了维吾尔语的《火焰山的怒吼》并在新疆各地巡回演出,受到了各族群众的热烈欢迎。那么,这些信息背后的信息又有哪些呢?其一,这部原创汉语话剧反映了辛亥革命后维吾尔族、汉族共同反抗阶级压迫的革命斗争,揭示了"汉族人民同维吾尔族人民自古以来的兄弟般的情谊",在革命斗争中,新疆各族人民的命运同汉族人民的命运紧密地连接在一起,在今天看来,这里蕴含的正是共同体意识。那么,包尔汉为什么选择这个题材?而中央实验话剧院又为什么选择这部话剧?其二,新疆话剧团是一个多语种的话剧演出团体,这种体制设置和演出机制的背后,传达出什么信息?其三,维吾尔语革命历史题材话剧的演出,对宣传民族团结,增强维吾尔族人民对中国共产党革命历史的认识起到了重要作用。那么,包尔汉的选材,是自我选择还是组织安排?其四,由汉语转译为维吾尔语的《火焰山的怒吼》的排演,说明当时话剧团的领导和创编人员有高度的政治觉悟。那么,这种觉悟在 1963 年的政治文化语境中,究竟是自觉意识还是体制机制规约?因此,这则微型文献史料让我们回到 20世纪 60 年代的新疆政治文化语境,看到了各民族作家的可贵的国家情怀和共同体意识。

在空间分布上,本时期少数民族文学史料空间广阔性和区域性特征十分鲜明。如《促进云南文学艺术的发展和革新》《云南民族文学资料》《内蒙古文学史》《积极发展内蒙古民族的文化艺术》《关于内蒙古自治区民间音乐、舞蹈、戏剧会演的几个问题》《十五个民族优秀歌手欢聚一堂　昆明举行庆丰收民歌演唱会》《新疆戏剧工作的一些新气象》《西南少数民族艺术有了新发展》《少数民族艺术的新发展——在西南区民族文化工作会议期间观剧有感》等,这些史料,大都是对某一区域性少数民族文学历史、现状和文学艺术发展的评价、分析和总结,在空间上呈现出了中国多民族文学丰富多彩的文学版图,是少数民族文学史料体系最为独特的体系性特征。

在少数民族文学史料的学科体系、学术体系和话语体系上,1949 至 1979 年的少数民族文学史料的体系性特征十分突出。

首先,已有的史料形成了文学理论、民间文学、古代书面(作家文学)、现当代文学、戏剧电影文学的学科体系,尽管各学科的史料数量不等,但学科体系的确立已经被史料证明。

其次,从学术体系而言,少数民族文学在各学科的框架中同样以大量的、丰富的史料为基座,初步形成了各个学科的学术体系。例如,在少数民族当代文学学科中,形成了包含诗歌、小说、散文等文类和相关文类作家作品批评和研究的史料体系。在民间文学学科中,形成了以各民族史诗、叙事诗、神话、传说、故事、谚语搜集、整理、研究为主体的学术体系。而且,因研究对象的不同,各民族文学形成了特色鲜明、丰富多样的学术体系。

最后,从话语体系而言,新中国少数民族文学史料话语体系的国家性、时代性、民族性相融合的特征十分鲜明。

　　在国家性上,少数民族文学史料是新中国社会主义文学话语体系的重要组成部分,也是最具中国特色的文学话语体系。这表现在,统一的多民族国家、中国共产党的领导、民族平等政策、民族团结是少数民族文学史料最核心、最关键的共同性和标识性的话语。在所有宏观性、全局性的史料中,统一的多民族国家、民族平等、民族团结、社会主义是少数民族文学话语生成和发声的国家语境,少数民族文学总是在这一语境中被强调、阐释和评价。

　　在时代性上,"兄弟民族文学""兄弟民族文艺""新生活""新人""新面貌""新精神""对党的热爱""突飞猛进"等话语,无不与"团结友爱互助""民族大家庭"这一对中华民族的全新定义高度关联,无不与新中国成立后的各民族生活发生的历史性巨变高度关联,因此,各民族之间的关系,各民族文学中的新生活、新气象、新面貌成为具有鲜明时代辨识度的评价少数民族文学的关键词。特别是,在共同性上,社会主义新文学、社会主义新生活、社会主义新人,各民族文化遗产,以及作为国家遗产的各民族民间口头文学、书面文学、文学史的编写原则等,是少数民族文学各学术体系共同的标准和话语形态。

　　在民族性上,社会主义内容与各民族传统艺术形式的结合,使少数民族民间文学、作家文学的民族形式和民族特点的表现,成为少数民族文学的标志性的合法话语被提倡。各民族丰富多彩的民间文学文类和样式,如蒙古族的祝赞辞、好来宝,哈萨克族的阿肯弹唱,藏族的藏戏、拉鲁,维吾尔族的十二木卡姆,白族的吹吹腔等各民族丰富而独特的艺术形式被发掘并重视。前述冰心在评价杨苏小说《没有织完的筒裙》时称赞的边疆风光、民族风情作为少数民族文学的民族文化和地域文化特征,在统一的多民族国家的中华民族文化多样性和国家文化集体性的高度上被认同。如何正确反映民族生活,如何正确评价少数民族文学的民族特点等理论问题,也在新中国社会主义文学的框架下被提出、讨论并得到规范。取其精华,去其糟粕不仅广泛运用于民族民间文学整理,也用于民族风情的描述和展示。可以说,这一时期少数民族文学民族性话语范式和评价标准基本确立。

　　尤其要说明的是,少数民族文学史料话语的国家性、时代性、民族性是融合在一起的。这一点在各类文学批评史料中都得到充分体现。而且，这些史料也清楚地表明，1949—1979 年间，是少数民族文学全面发展的第一个黄金期，因此，这一时期少数民族文学史料的历史价值、社会价值、文化价值、文学价值都弥足珍贵。

五、问题与展望

如前所述，史料是学科大厦的基座。这个基座的广度、厚度、深度，决定学科大厦的高度和生命长度。

应该看到，与中国文学其他学科相比，中国少数民族文学学科的历史并不长，史料学建设还相当薄弱。少数民族文学史料整理从 20 世纪 50 年代各地民间文学大规模的搜集整理时就已经起步，"三选一史"和"三套集成"都是标志性成果。1979 年中央民族大学整理编辑过《中国少数民族作家作者文学作品目录索引》《中国少数民族民间文学作品目录索引》。20 世纪 80 年代中国社科院民族文学研究所成立后，于 1981 年、1984 年将吴重阳、赵桂芳、陶立璠合作辑录的《当代少数民族文学作家作品研究资料索引》纳入《中国少数民族当代文学研究资料丛书》，还有《中国少数民族文学史编写参考资料》等以内部资料方式刊行的文学史料。全国各地在少数民族文学史料方面也做了大量工作，如云南多种版本、公开与非公开刊行的《民间文学资料》，广西的《广西少数民族当代作家作品目录索引》，玛拉沁夫、吉狄马加主编的《中国少数民族文学经典文库》，中国作家协会编辑的多种少数民族文学作品选（集），以及纳入"中国当代文学研究资料"丛书中的少数民族作家专集，等等，成果是显而易见的。特别是近年来，各民族学者依托各类项目对少数民族文学专题性史料的系统整理，形成了点多面广的清晰格局。

尽管如此，史料学意义上的少数民族文学史料系统整理和研究尚没有真正展开。本文所述的少数民族文学史料形态中，文献史料占据主体地位。这也意味着，除中国社会科学院民族文学研究所积几代学人之功建立的口头文学数字史料库外，其他形态史料整理还尚未起步。

本书选择 1949—1979 年少数民族文献史料作为整理对象，一是基于文献史料在所有史料形态中的主体地位；二是基于目前文献史料散佚程度日益加剧的现状，本书带有抢救性整理的用意；三是这一时期的史料在少数民族文学发展史上具有重要价值，特别是在少数民族文学学科发展处于转型升级阶段的今天，这些史料不仅还原了这一时期少数民族文学的历史现场，同时对少数民族文学发展也具有重要的历史参考价值；四是在少数民族文学研究中，面向少数民族文学历史的研究，必须以史料为支撑，面向未来的研究，同样要以史料为原点。

本书对文献史料特别是以文学批评和文学研究文献为主体的史料的整理与研究，仅仅是少数民族文学史料学建设的一个开始，本书所选也非这一时期史料之全部。只有当其他形态的史料也受到重视并得到系统发掘、整理和研究，当少数民族文学史料学体系真正建立起来，各形态史料构成的有机系统所蕴含的历史、社会、文化、文学等丰富的思想信息被有效激活时，我们才能在多元史料互证中走进少数民族文学发展的真实的历史空间。在此，笔者想起洪子诚先生在《问题与方法——中国当代文学史研究讲稿》的封面上写的一句话："对 50—70 年代，我们总有寻找'异端'声音的冲动，来支持我们关于这段文学并不单一、苍白的想象。"那么，这个寻找和支持来自哪里？——史料。

从史料看 1949—1979 少数民族民间文学"三大体系"

在新公布的中国语言文学学科简介中,民间文学正式成为中国语言文学学科下的二级学科,这是中国语言文学学科完善和成熟的重要标志,是新中国成立 70 多年来民间文学史料整理与研究取得的丰硕成果对民间文学学科推动的结果。其中,1950 年代至 1980 年代大规模的民间文学搜集整理与研究,更是功不可没。现存的中国少数民族民间文学史料证明了这一点。

一、民间文学与民间文学学科的初创

中华民族在发展过程中创造了浩如烟海、文类繁多、形式多样的民间文学,这是人类文学史上的一大奇观,是中华民族为人类文明做出的重要贡献。

然而,民间文学的口头性、集体性、传承性、变异性,使民间文学一直活在民间。中国早期文献对民间文学有大量记载,《诗经》中的"十五国风"便是民间文学多姿多彩的生命样态的历史记忆。19 世纪 30 年代,黑格尔在其著名的《美学》中断言中国没有民族史诗。而彼时中国的《格萨尔》《江格尔》《玛纳斯》等三大史诗已经在民间传唱了 700 至 1000 年。巨大的漠视与中国各民族民间文学巨大的储量,形成巨大的反差。这种反差强烈呼唤中国民间文学学科的崛起。

1918—1937 年,北京大学的"歌谣运动"正式将这种呼唤转化为实际行动。《歌谣》《民俗》和诸多民间文学学科的奠基性成果纷纷问世,如刘经庵编著的《歌谣与妇女》(1925)、钟敬文编的《歌谣论集》(1928)等,从民间文学的文类、内容、形式、形态、语言、传承以及文艺学、民俗学、宗教学、社会学等多学科视角，对民歌进行了深入的研究。这场运动推动了民间文学与民俗学在中国的兴起。正因如此，钟敬文于1935年正式提出了建立中国民间文艺学的学科构想，并写下了《民间文艺学的建设》一文，系统地阐述了这门学科的研究对象、研究特点、研究的必然性与研究方法等基本理论问题，为民间文学学科在中国的建立和发展奠定了重要的理论基础。

然而，学科的建立和发展绝不是个人或相同志趣的学术群体所能推动或完成的，它必须有该学科的积累和学科独立发展之内生性要求，这种要求又必须与国家对该学科之需求相一致。所以，当年钟敬文的倡导只有在1949年建立的统一的多民族国家中才能实现。

《人民文学》发刊词在其"稿件"要求的第三条中规定："要求给我们专门性的研究或介绍的论文。在这一项目之下，举类而言，就有中国古代和近代文学，外国文学，中国国内少数民族文学，民间文学，儿童文学等等；对象不论是一派别，一作家，或一作品；民间文学不妨是采辑吴歌或粤讴，儿童文学很可以论述苏联马尔夏克诸家的理论；或博采群言，综合分析而加论断，或述而不作；——总之，都欢迎来罢。"

这里两次提到的民间文学，分别指民间文学研究与民间文学作品。民间文学、少数民族文学与中国古代文学、近代文学、外国文学、儿童文学并置，说明在新中国最初的中国文学学科设置中，民间文学和少数民族文学独立的国家学科地位就已经确立。

1950年3月29日，中国民间文艺研究会成立。研究会明确规定它是中国共产党领导的、由全国各民族民间文艺家、民间文艺工作者组成的专业性人民团体。郭沫若在中国民间文艺研究会成立大会的讲话中，从国家立场肯定了民间文学在中国文学史上的地位。中国民间文艺研究会的成立以及《民间文艺集刊》的创办，标志着中国民间文学管理机制、学术机构、学术平台的建立。

之后，在《一九五六——一九六七哲学社会科学规划纲要（修正草案）》中，民间文学与古代文学、外国文学研究等，再一次被纳入国家哲学社会科学体系之中,其国家学科的地位进一步巩固。

从民间文学学科的国家属性的角度来看,对各民族民间文学的重视——无论是把它作为中华民族文化遗产,还是将其视作中华多民族文学遗产——不仅是多民族文学历史知识生产的需要,也是多民族国家历史知识生产的需要。

正是在这一意义上,我们才能够正确认识国家主导的大规模的各民族民间文学的搜集整理工作,才能正确理解1958年中共中央宣传部主持的"三选一史"的国家工程的用意。这一国家工程,一方面体现了国家对少数民族的文学传统和文学历史的重视,另一方面也是国家通过建构多民族文学历史知识体系,支撑国家历史知识生产的顶层设计和全局性考量,所以,其意义是超出文学本身的。

可以说,如果没有民间文学学科和中国少数民族民间文学学科的国家规划和架构,就谈不上少数民族民间文学学术体系、话语体系的建设。

二、少数民族民间文学学术体系和话语体系的建立

中国少数民族民间文学学科架构的完成,并不代表少数民族民间文学学科学术体系、话语体系建构的完成,而三者又必然是相互支撑、密切关联的一个整体。所以,少数民族民间文学在国家确立了其国家学科地位和相应的学科架构之后,迫切需要少数民族民间文学学术体系、话语体系的支撑。因此,少数民族民间文学学术体系、话语体系的建设就成为1949—1979年少数民族民间文学学科发展的重点。

(一)1949—1979年,以民间文学理论、神话、传说、故事、歌谣为主体的少数民族民间文学学术体系初步建立。

第一,少数民族民间文学理论体系建设。郭沫若在中国民间文艺研究会成立大会上的讲话中对新中国民间文艺研究工作提出了五点要求:第一,保存珍贵的文学遗产并加以传播;第二,学习民间文艺的优点;第三,从民间文艺里接受民间的批评与自我批评;第四,民间文艺给历史家提供了最正确的社会史料,要站在研究社会发展史、研究历史的立场来加以好好利用;第五,发展民间文

艺,不仅要收集、保存、研究和学习民间文艺,而且要给予改造和加工,使之发展成新民主主义的新文艺。这五点要求,也成为新中国成立之初民间文学理论的思想内核,成为随之开展的少数民族民间文艺搜集、整理工作的基本遵循。而钟敬文的《口头文学:一宗重大的民族文化遗产》、贾芝的《谈各民族民间文学搜集整理问题》《谈解放后采录少数民族口头文学的工作》等理论讨论,将郭沫若的五点要求系统化和理论化,涉及各民族民间文学搜集、整理、研究工作的各个方面,对各民族民间文学的搜集整理和研究起到了理论指引和规范作用。

首先,民间文学搜集整理的具体原则、方法是这一时期少数民族民间文学理论的重点内容。贾芝根据党关于民族文化遗产"两种文化""精华与糟粕""人民性"等原则,在《谈各民族民间文学搜集整理问题》(1961年)和《谈解放后采录少数民族口头文学的工作》(1964年)中进一步提出了更加具体、更加规范的搜集整理少数民族民间文学的原则和方法。他明确指出,发掘整理各民族民间文学,是清理我国古代文化遗产的一个重要部分,清理这宗民族文化遗产的目的,一是为发展民族新文化,二是为提高民族自信心,必须坚持"忠实记录,慎重整理"原则。他还结合具体案例,就全面搜集问题、忠实记录问题、整理方法问题进行了论述。1980年代被称为"世纪经典"和"文化长城"的"中国民间文学三套集成",也遵循了"忠实记录,慎重整理"的原则和方法。

其次,社会主义思想与各民族传统文学形式相结合,是少数民族民间文学文学性和审美性最核心的理论评价标准。例如,毛依罕运用蒙古族传统好来宝形式创作的《铁牤牛》受到广泛的赞誉。另一位蒙古族著名民间艺人琶杰运用蒙古族传统民歌、好力宝、祝赞词等传统形式创作的《两只羊羔的对话》《献词》等受到一致好评。傣族民间歌手康朗英、康朗甩对傣族民歌、神话传说的创造性继承,也受到评论者的广泛认同。原因在于,社会主义新生活与民族传统文学形式在他们的作品中获得了完美结合,他们的作品被看成少数民族民间文学转型为社会主义新文学的重要标志。

再次,少数民族文学史编撰中的理论问题成为中国特色民族民间文学理论的重要组成部分。例如,各民族民间文学的价值和意义、民间文学的人民性、文学与宗教的关系、民间文学的分期、如何甄别两种文化、如何区分精华与糟粕、少数民族民间文学如何入史等问题,在少数民族文学史编写过程中都已涉及。因此,尽管这一时期少数民族民间文学理论体系的系统性和完整性还存在一定不足,但是围绕民间文学整理和少数民族文学史编写两个重大文化工程,少数民族民间文学理论体系建设的自觉意识已经萌发,这为之后的少数民族民间文学理论的发展奠定了坚实基础。

第二,神话、传说、民间故事、歌谣学术体系建设。中国少数民族民间文学文类体系和研究体系的建立始于"民谣运动"对民间文学的分类。1958 年"三选"中的民间故事、叙事长诗、歌谣表明这三种文类是民间文学学术体系的三个支柱。在当时,神话、传说、民间故事、笑话和寓言被纳入"民间故事",史诗和各类叙事诗被纳入"叙事长诗",各类民歌用"歌谣"来统称。这种权宜之计是对各民族民间文学实际的尊重,也是出于各民族民间文学学术体系初创期"宜粗不宜细"的考量。

在神话学术体系方面,中国神话学研究早在民国时期就已经成为一种独立的领域或学术体系。尽管这一时期被认为是中国神话典籍文献的挖掘期,但诸如"神话论""研究""丛考"等话语已经十分清楚地表明神话研究的展开。这一时期的少数民族神话既在中国神话的整体中,又在少数民族神话的独立体系中。钟敬文、芮逸夫、吴泽霖、楚图南、马长寿、陈国钧、岑家梧、马学良等对少数民族神话学体系的建立做出了重要贡献。其中,楚图南对西南少数民族神话的综合研究具有宏观研究的性质,对少数民族神话与中国上古神话如伏羲神话关系研究的意义和影响更是深远。但遗憾的是,在 1949 至 1979 年间,少数民族神话的学术体系并没有在"民国学术"的基础上很好地承继。

在叙事诗学术体系方面,以《格萨尔》《江格尔》《玛纳斯》三大史诗为中心的中国史诗学术体系和叙事诗学术体系悄然确立。中国民间文艺研究会主编的"中国民间叙事诗丛书",不仅是各民族叙事诗的集成者,也是叙事诗学术体系进一步分化重组的标志。

在故事学术体系方面,民间故事整理的累累硕果,奠定了各民族民间故事的学术体系，为中国故事学研究积累了第一批成果。例如，藏族民间故事集《康定藏族民间故事集》、云南少数民族民间故事集《云南民间故事选》、蒙古族民间故事集《内蒙古民间故事集》、纳西族民间故事《阿一旦的故事》、黎族民间故事集《勇敢的打拖》等。贾芝、孙剑冰主编的《中国民间故事选》第一集和第二集，共收集 42 个民族的 241 篇民间故事。这些民间故事在勾勒出中国各民族民间故事版图的同时，也反映出故事体系的科学性还有待完善，例如，神话、传说与一般性的故事仍混杂在一起。

在歌谣学术体系方面，许多少数民族整理了大量民歌并刊行了多种民歌集，仅藏族民歌集就有《康藏人民的声音》《哈达献给毛主席》《西藏歌谣》《西藏短诗选》《玉树藏族民歌选》《金沙江藏族歌谣选》等。此外，云南多种选本的《云南民歌选》，内蒙古的《内蒙古民歌选》，新疆的《维吾尔民歌》等，都是具有代表性的选本。特别是许多 1949 年后产生的新民歌也得到及时的记录和整理。但是，这一时期少数民族民歌整理成果较多，而民歌研究成果较少，这是这一体系内部存在的问题。

应该指出，少数民族民间文学学术体系的建立，与国家主导的大规模的民间文学搜集整理行动密不可分，与各地党委政府的配合密不可分，与广大民间文学工作者的倾力投入密不可分。例如，仅云南省就组织了由云南大学、昆明师范学院的师生以及有关文艺团体干部共 100 多人组成的调查队。他们对白族、纳西族、傣族、彝族、壮族、苗族、哈尼族、傈僳族、瑶族等民族的文学情况进行了调查，收获颇丰。

总之，这一时期各民族民间文学文类整理成果的数量虽然有多有少，但不同文类构成的少数民族民间文学文类体系基本成形，并呈现出不断丰富和发展的态势，这一点在后来的少数民族民间文学学科的发展中得到了证实。

（二）1949—1979 年是少数民族民间文学话语体系建立的初创期，话语体系的时代特征非常鲜明。

"民族文化遗产""人民性""去其糟粕，取其精华""忠实记录，慎重整理"是这一时期民族文学话语体系的核心。

"民族文化遗产"是对少数民族民间文学性质和价值的定义;"忠实记录,慎重整理"是少数民族民间文学搜集整理实践中得出的结论;"去其糟粕,取其精华"是基于"两种文化"结合社会主义意识形态和文化规范,对各民族民间文学的甄别;"人民性"是以对待人民的态度如何,在历史上有无进步意义为标准确立的价值取向,对中国文学价值评价体系影响巨大。

这一时期少数民族民间文学的核心话语具有内在逻辑关系,辐射到少数民族民间文学的搜集整理与研究的方方面面,以此建构的话语体系一直延续至今。

三、1949—1979年少数民族民间文学史料整理与分类

根据少数民族民间文学"三大体系"和史料的基本情况,本丛书的少数民族民间文学史料分《民间文学综合卷》《史诗、叙事诗卷》《神话、传说、歌谣、艺人卷》三卷。

《民间文学综合卷》中将少数民族民间文学搜集整理的政策、原则、方法等文献作为第一辑,选择了具有代表性、导向性的文献。其中还有相关理论问题的讨论文献,如《听取意见,改进工作》一文的选择,力图还原当时的历史现场,呈现少数民族民间文学发展不平凡的历程。第二辑"少数民族民间文学理论研究"以《中华民族大团结——〈兄弟民族歌颂毛主席〉后记》开篇,以《浅谈云南民族民间文学的人民性》收尾。其中有讨论民间文学与宗教关系、民间文学中的帝王将相问题、无神论问题的文献,这些文献从一个侧面反映了民间文学研究在理论向度上的拓展。第三辑"各民族民间文学综合研究"是各民族民间文学的综合介绍和概述,涉及20个民族的民间文学,这些文献反映了这一时期少数民族民间文学整理和研究在空间和民族分布上的基本情况。

《史诗、叙事诗卷》中的文献史料,呈现了这一时期少数民族三大史诗和叙事诗整理和研究的基本情况。从内容看,三大史诗的相关内容占据了半壁江山,其中关于《格萨(斯)尔》的内容最多,而且,藏族的《格萨尔》的搜集整理研究处于主体地位。搜集—整理—翻译—研究的学术理路十分清晰。

此外，彝族、傣族、纳西族、蒙古族、维吾尔族的史诗和叙事诗整理和研究情况，也在史料中得以呈现。

尽管少数民族史诗、叙事诗搜集整理和研究呈现出极不平衡的特征，但中国少数民族史诗、叙事诗的基本图谱已经较为清晰地呈现在人们面前。

《神话、传说、歌谣、艺人卷》呈现了这一时期少数民族神话、传说、歌谣、艺人研究的基本情况。尽管神话传说并未细分，且仅涉及傣族、白族、纳西族、彝族等民族，但神话类型却涉及始祖神话、洪水神话、战争神话等多个类型，尤其是白族龙的神话、傣族黄帝和蚩尤的神话已经涉及少数民族神话的传播、影响，指向了各民族共祖神话的某些特征，而傣族神话与古代家庭关系的研究更有理论深度。因此，虽然这一时期少数民族神话研究的文献不多，但学术价值和文化价值不菲，不仅为少数民族神话学的建立奠定了较好的基础，也标志着神话在少数民族民间文学学术体系中作为一个独立的分支学科已经初见端倪。

在"故事"类史料中，已有史料仅涉及藏族、维吾尔族、蒙古族、苗族等民族，显然并未展示出中国各民族故事丰富多彩的特征。

"歌谣、谚语"一辑的文献数量和涉及民族较多，研究角度和学术价值都值得重视。特别是《浙江畲族人民歌唱太平军攻克云和的山歌稿本介绍》《读译成汉文的蒙古族民歌》《独特的诗歌艺术形式——纳西族文学的民族特色研究》从发现、翻译、研究三个向度上，展示了少数民族民间文学搜集—整理—研究的完整路径，这为今天中华优秀传统文化"创造性转化与创新性发展"提供了可资借鉴的史料。

"歌手、艺人"一辑，涉及云南歌手比赛，傣族的赞哈、埃章和蒙古族民间歌手琶杰、毛依罕、哈扎布等。这些文献资料不仅印证了这一时期歌手在民间文学中的地位受到重视，也为后来的歌手（艺人）研究奠定了基础。

这一时期少数民族民间文学史料整理虽然取得了重大收获，但是我们也不难发现一些问题，如史料的类型和形态较为单一，史料佚失情况较为严重等。

史料的发现，永远在路上，我们期待更多的史料从历史的烟云中浮现出来，让历史真实的面貌更加清晰生动地呈现在我们面前。

第一辑

少数民族民间文学搜集
整理政策、方法

本辑概述

　　本辑共收录了 7 篇史料。有郭沫若撰写的 1 篇讲话稿，发表于《民间文艺集刊》；钟敬文、贾芝撰写的 3 篇论文和中国作家协会昆明分会的 1 篇总结，分别发表于《民间文艺集刊》《文学评论》《边疆文艺》；费孝通撰写的 1 篇关于民族文化遗产搜集整理的意见，收录于《费孝通全集》；杨元寿撰写的 1 篇商榷文章，发表于《边疆文艺》。

　　郭沫若在《我们研究民间文艺的目的——在中国民间文艺研究会成立大会上的讲话》中，指出了以前对民间文学不重视的现象，强调了民间文艺的重要性，并提出了五个要求。钟敬文在《口头文学：一宗重大的民族文化遗产》中论述了口头文学的价值，目的是引起人们对民间文学的重视。贾芝在《谈各民族民间文学搜集整理问题》中，强调了少数民族民间文学整理的原则。贾芝在《谈解放后采录少数民族口头文学的工作》中对民间文学搜集整理工作中存在的问题和错误观念进行了纠正，同时也总结了经验。费孝通在《关于对待民族民间文艺遗产的一些意见》中，论述了民族民间文学搜集整理的目的和意义，最重要的是他与贾芝一样，指出了民族民间文学搜集整理工作存在的问题，以及抢救民族民间文学遗产的问题和方法。《努力发掘民族民间文学遗产和帮助各民族发展社会主义的文学》中介绍的云南民间文学发掘、整理、创作的情况，是全国民间文学整理的一个缩影。杨元寿的《整理遗产还是拼凑传说？——读〈红兆波飞过红石岩〉后》谈的虽是一篇民间文学具体作品的整理与创作，但所涉及的问题却是民间文学整理过程中的普遍性和原则性问题。

　　这一时期，受党的文艺方针政策，尤其是毛泽东"新民主主义"思想的影响,社会主义新文学得到全面发展。由于民族民间文学是最贴近民众生活、符合民众愿望的,反映了民众的思想、爱憎,而且历史悠久,源远流长,所以受到了极大重视。上述文献创作者的思想也受到了深刻影响,他们看到了民间文学的人民性,以党的路线方针为指导,关注民族民间文学,并提出了搜集整理方法,对民间文学搜集整理工作起到了规范和指导作用,影响较大。

我们研究民间文艺的目的

——在中国民间文艺研究会成立大会上的讲话

郭沫若

史料解读

　　该文为讲话稿。原载《民间文艺集刊》第 1 册。该文是时任中华全国文学艺术工作者联合会主席、中国人民政治协商会议副主席、政务院副总理、文化教育委员会主任、中国科学院院长的郭沫若应时任中共中央宣传部副部长、文化部副部长、中国作家协会副主席的周扬之邀，在 1950 年 3 月 29 日中国民间文艺研究会成立大会上的讲话。在讲话中，郭沫若以回答民间文学遗产整理的目的为核心，从民间文艺加工、提高、发展，以创造新民族形式的新民主主义文艺的角度，对新中国民间文艺工作提出了五点要求：第一，保存珍贵的文学遗产并加以传播；第二，学习民间文艺的优点；第三，从民间文艺里接受民间的批评与自我批评；第四，民间文艺给历史家提供了最正确的社会史料；第五，发展民间文艺。这些要求，体现了第一次文代会精神，也体现了新中国成立之初党对民间文艺工作的重视和基本方针。这些基本方针，也成为随之开展的少数民族民间文艺搜集、整理工作的基本方针。在本次成立大会上，按中央宣传部指示精神和相关安排，郭沫若当选为中国民间文艺研究会第一届理事长，副理事长由老舍、钟敬文担任，周扬等 11 人担任常务理事。这标志着国家对各民族民间文学的价值进行了准确定位，管理机制、学术机构的体系建设基本完成。

原文

各位同志：

今天民间文艺研究会成立，主席周扬同志要我来讲几句话。我感到非常惶恐：第一、这些日来我好像是青蛙跳上了干坎，专心搞科学行政的工作，把文艺从脑子里赶了出去，叫我今天来谈文艺，实在有些生疏；第二、说实话我过去是看不起民间文艺的，认为民间文艺是低级的、庸俗的。直到一九四三年读了毛主席在延安文艺座谈会的讲话，这才启了蒙，了解到对群众文学、群众艺术采取轻视的态度是错误的。在这以后渐渐重视和宝贵民间文艺。可是直到现在还没有做过深入的研究，更没有写过什么东西，不像在座的钟敬文先生是民间文艺的研究家，老舍先生是民间文艺的写作家，我什么也不是，也说不出什么。

民间文艺包括范围很广，文学之外还有各种艺术。如果要我全面地来发表意见，是不可能的事。但如果回想一下中国文学的历史，就可以发现中国文学遗产中最基本、最生动、最丰富的就是民间文艺或是经过加工的民间文艺的作品。

最古的诗集是《诗经》，其中包括国风、大小雅、三颂（周、鲁、商）。国风是当时（春秋末，战国初）的民歌民谣，大雅小雅主要是周代的宫廷文学，周颂是周朝祭神的颂歌，鲁颂是鲁国祭祀的赞美诗，商颂是宋襄公时代的祭祀之歌，也是贵族文学。所以一部诗经，只有国风是来自民间的，雅、颂都是贵族文学、宫廷文学。但是比较起来，国风的价值远超过雅、颂。也就是说民间文学的价值远超过贵族化的宗庙文学、宫廷文学。

再说到众所周知的《楚辞》。屈原写《离骚》是采取了民间的文艺形式而又发展了的。其他有些也是民间文艺作品，经过宋玉、景差等人加工的。这证明了经过正当地加工的民间文学是最有价值的，是有最长的生命的。

两汉引以自傲的赋，实际上是一种像两扇大门一样死板的，比明清的八股还要没有价值的东西。两汉遗留给我们的最有价值的是乐府。而乐府正是从民间来的诗歌。它们所达到的艺术水准，现在的诗人还达不到。

5

六朝盛行骈文,但是这些东西在今天已没有价值。有价值的是民间的,尤其是在南朝流行的《子夜歌》、《读曲歌》等。这些作品都是非常佳妙的,非常动人的。

再往下跳跃一大步吧,可以看到奇峰突起的元朝戏剧。在中国文学史上是个突然的高潮。现存的元曲数量很多,大都是很有价值的。元朝的统治者是个外来民族,还不知道利用文学艺术作为统治人民的工具。一般文人巴结不上,只得下求,创作以人民为对象的作品,使民间文艺开放了奇花异彩,至今仍具有很大吸引力。明清小说如《水浒》、《西游记》、《三国演义》等,都是承袭了民间的传统如变文、评话等创作出来的中国文学史上的伟大成就。

国风、楚辞、乐府、六朝的民歌、元曲、明清的小说,这些才是中国文学真正的正统。以前认为是正统的那些,事实上有许多是走入了斜道的,在今日已经是毫无价值的东西。

今天,经过了毛主席的启示,我们应当彻底改正以前鄙视民间文艺的错误观点。民间文艺是无尽的宝藏。从事文艺工作的人应当特别重视它,并且加以研究。

我们今天成立民间文艺研究会,就是要对中国古代和现代的民间文艺进行深入的研究。我们研究的目的,我想到的有五点:

(一)保存珍贵的文学遗产并加以传播。中国幅员广大,各地有各地的色彩,收集散在各地的民间文艺再加以保存和传播,是十分必要的。我很喜欢《国风》这个"风"字,这"风"用得真是不能再恰当了。民歌就是一阵风,不知道它的作者是谁,忽然就像一阵风地刮了起来,又忽然像一阵风地静止了,消失了。我们现在就要组织一批捕风的人,把正在刮着的风捕来保存,加以研究和传播。在中国五千年的历史上,捕风的工作是做得很不够的,像《诗经》这样的搜集就不多。因此有许多风自生自灭,没有留下一点踪迹。今天我们不能重蹈覆辙,不能再让它自生自灭了。

(二)学习民间文艺的优点。我们搜集了民间文艺,并不是纯粹为了当作艺术品来欣赏,甚至奉为偶像,而是要去寻找它的优点来学习。在诗歌,要学习它表现人民情感的手法语法,学习它的韵律、音节。同时,还可以借民间的东西来改造自己。民间艺术的立场是人民,对象是人民,态度是为人民服务。凡是爱人民的即爱护之,反对人民的即反对之。我们的作家应当从民间文艺中学习改正自己创作的立场和态度。

(三)从民间文艺里接受民间的批评与自我批评。文艺不仅是现实生活的反映,而且是现实生活的评价与批判。民间文艺中,或明显的、或隐晦的包含着对当时社会,尤其是政治的批评。所以今天我们研究民间文艺不单着眼在它的文学价值,还要注意其中所包含的群众的政治意见。今天我们大家都要有自我批评,更要收集群众意见。在民间文艺中就提供了不少材料。民间文艺是一面镜子,照出政治的面貌来。这个道理,并不是今天才发现的,古人也早已有此见解。据说古代统治者派遣采诗官,采集诗歌在朝廷演奏,借以明了民间疾苦,这种事是否的确有,不能确定,但至少有人有过这种想法。在音乐方面,古人也知道"审乐而知政",从民间音乐的愉悦或抑愤中考察政治的清明或暴虐。我们不好单把民间文艺当作一种艺术来欣赏,一种文学形式来学习,还必须借民间的镜子来照照自己。

(四)民间文艺给历史家提供了最正确的社会史料。过去的读书人只读一部二十四史,只读一些官家或准官家的史料。但我们知道民间文艺才是研究历史的最真实、最可贵的第一把手的材料。因此要站在研究社会发展史、研究历史的立场来加以好好利用。

(五)发展民间文艺。我们不仅要收集、保存、研究和学习民间文艺,而且要给以改进和加工,使之发展成新民主主义的新文艺。在中国历史上长久流传的文学艺术,如《离骚》、元曲、小说等,都是利用民间文艺加工的。这对我们是个很好的启示。今天研究民间文艺最终目的是要将民间文艺加工、提高、发展,以创造新民族形式的新民主主义的文艺。

口头文学：一宗重大的民族文化遗产

钟敬文

史料解读

　　该文为论文，原载《民间文艺集刊》第 1 册。身为中国民间文艺研究会副理事长的钟敬文，结合自己在民间文学研究中的体会和新中国建设社会主义新文艺的时代要求，将口头文学纳入新中国社会生活和文化体系之中，对中国民间口头文学发展的历程、特点、文学价值和社会功能进行了系统总结。文章指出口传文学的内容价值不但在于广阔地反映了社会生活，尤其在于忠实地表现出人民健康的进步的种种思想、见解，认为口头文学是一宗重大的有价值的人民文化遗产，是我们新文艺、新文化的有机组成部分。因此，要把这宗巨大而有重大作用的文化遗产充分发掘出来，充分清理出来，特别是充分利用起来。指出这是一项社会主义文化建设的巨大的工程，要建设新中国的新文化、新文艺，一定要完成这一工程。该文对启发人们重视民间文学的价值，具有重要的指导意义。

原文

一

从去年十月一日起,我们中国四万万七千五百万的人民①就依照自己的愿望和意志,进行建立一个完全摆脱封建统治和帝国主义压制的国家,一个新民主主义的国家。所谓新民主主义,不单是一种政治体系、经济体系,同时也正是一种生活和文化的体系。这个新的体系,虽然还不是我们社会、文化理想的极峰,但是,它保证了和催促着我们走向那极峰。你看,那峰上的阳光不正在在我们的前面闪亮么?

现在,大家正在为着达成同一的伟大的目标而各献出全身心的力量。在政治的、经济的、文化的每个领域上都在摸索和创造。目标是建造一种合理的进步的社会制度和生活文化,一种为着广大人民和适合广大人民的新制度和新文化。我们在写作崭新的历史。

是的,我们在写作没有前例的历史。我们是旧历史的送葬人。但是,建造一个民族的新制度、新文化,不管带着多大的革命意义,总不是从虚空中去创造。不是像希伯来神话中的上帝一样,说要有光就有光。真实的建造,大都是要有已经存在的事物作凭借或借鉴。它选择、消化,进而综合、创造。新的东西主要从旧的东西蜕化出来。毛主席早就说过:"中国现时的新政治、新经济是从古代的旧政治、旧经济发展而来的,中国现时的新文化也是从古代的旧文化发展而来,因此,我们必须尊重自己的历史,决不能割断历史。"一般新文化的建造是这样,新文艺的创造也是这样(也许应该说,特别是这样)。要创造为工农兵服务的文艺,不从民族固有的有价值的文学艺术遗产上去观摩、去吸取,就不容易进一步创造出真正民族的、大众的作品。这个简明的真理,在毛主席的《新民主主义论》,特别是《在延安文艺座谈会上的讲话》没有发表以前,是被一般文

---

① 　这是旧的估计数字。现在则是六万万零一百九十一万多人了。——编者

艺工作忽略的。他们虽然存心为大众服务，事实上却往往闭门造车，或企图简便地移花插木。近年以来，老解放区的文艺实践基本上已经改正了这种错误方向。新文艺的创造，要从人民大众固有的文化水准和文艺基础上出发，这是一个公认不易的原则了。

能够给与新文艺创造以凭借或借鉴的文化财产，范围是相当地广大的。在这里面，有今天世界进步的国家（特别是苏联）的文学、艺术，有欧洲各国资本主义社会初期乃至远古的比较健康的文艺成果，有我们自己民族长期创造和继承下来的许多有价值的作品。单就自己民族的这一份来说，也就相当繁富了。"中国的长期封建社会中，创造了灿烂的古代文化。"在这种创造物里，有一部分当然是从有教养的知识分子的心手中出来的。他们虽然大多数是服务于统治阶级的，但其中比较优秀的一些作者，他们多少反映了人民的生活、思想和愿望，他们的艺术在历史限制中达到了一定的高度。这种作品，虽然不怎样多，但总是值得看重的。这是民族文化遗产的一部分。但是，更大的部分，而且性质上往往是更有价值的，却是广大人民的创造。亿万人民，在长流不断的世代中，过着贫苦灾难的生活，他们却创出了无量数的物质财富，更创造了无量数的精神财富。口头文学就是这些财富中的一宗。这宗财富决不是等闲的。其中，包含着不少优异的东西，包含着我们民族文化的精华部分。所以毛主席谆谆教导我们："必须将古代封建统治阶级的一切腐朽的东西和古代优秀的民间文化即多少带有民主性与革命性的东西区别开来。"先有这种区别，进一步把后者（优秀的民间文化）吸收起来，这样，才能够"发展民族的新文化提高民族的自信心"。在清理民族文化遗产，并要进一步吸取它的精华来建立和丰富新文化、新文艺的今天，对于民间的口头创作，来一个大略的检讨，这是我们一种不容推诿的义务。

二

中国是一个有长久历史和广大领土的国家。我们的人民就占了世界全部人口的四分之一。他们创造了非常丰富的口头文学。往往在一个并不大的地区中，我们可以采集到很多的故事、歌谣和谚语等。这方面的采集工作，过去虽然断断续续地已经做了二三十年，但是，我们现在随便在刊载这类资料的报纸、杂志上，都可以看到那些从来没有记录过的新东西。有许多省区，在这方面差不多还是"处女林"。有许多地方，已经发掘出来的矿产，还远不到它的蕴藏量的十分之一二。就歌谣方面来说，连那些种类的固有名称，我们也还知道得太少。在别的领土狭小、采集比较普遍和深入的国家，他的学者们已经可以画出民间作品的分布地图了。我们在这方面，一时是没有法子动手的。我们的新的采集工作还在开始。新的种类和作品，正在源源汹涌出来。要在这时候来做一种"概算"工作，是太早的。总之，我们由于地大人多，历史长久，特别由于读书、写作的事情，给那小数的人所垄断，广大人民只能用口传的文艺形式来表现情思，传达智识，因此，民间所产生和继承下来的口头文学作品，在数量上实在是太富饶了。我们这份文化财产，如果充分发掘出来，并加以科学的整理，那不但是我们民族的一种夸耀，同时也是世界人民（特别是劳动人民）的一种夸耀。

我们人民的口头创作，如果光从它的产量的丰富来夸耀，那是不能够叫人完全心服的。产量丰富是好的，但同样重要的是它的素质问题。如果人民的口头创作在内容上在形式上没有怎样值得珍贵的地方，那么，它就像恒河沙数，又有怎样了不得呢？因此，我们必须检讨它在内容和形式上的成就，才能够确定它在民族文化遗产上的位置，才能够确定它在新文化建造上的意义。但在这里详细地来检讨口头文学的一切特点和优点是不可能的。我们只要指出它在内容和形式上一些比较基本的优点，而这些优点是跟我们今天所要求的思想和艺术密切关联的，这就足够了。

我们都说文艺是社会的反映，生活的反映。真正能够广泛地而且正确地反映出一定历史阶段中重要的社会、生活的现象和它的意义的，必待一定时代中的伟大作家。这类作家在我们的文学史上并不很多。过去服务封建统治阶级的大多数作家，往往把题材局限于自己的琐事闲情，或者上层阶级的一般生活事象。他们很少把眼光照射到广阔的社会那里去。就是偶然写到这类题材，那观点和立场也大都是统治阶级的或近统治阶级的。

但是，在广大人民的口头创作中，却正是另外的一种情形。口头文学的作者，是生息在广大的民间的，是熟悉各种社会现象、关心各种实际生活的。因此，在他们的故事中、歌唱中，甚至三言两语的俗谚中，大都能够反映出比较有普遍性的世态人情。汉、魏以来文人骚客所做的仅少的社会诗、故事诗，大抵取法于乐府，而所谓乐府"古词"（即许多乐府诗题的最初篇作）却大都是采自民间的口头创作。这就表明这类性质的作品，是民间歌谣的固有特色。近代民谣里面也清楚地证明了这点。在过去中国社会中具有普遍性质的许多不平的、悲惨的社会现象，好像官吏欺侮百姓、地主压迫佃户和长工、男子虐待女人、家姑刻毒媳妇等，在浩如烟海的诗文集里能够看到多少反映呢？更不必问到反映的观点、立场怎样了。但是，现代的民谣里（故事里也一样），我们可以找到关于这方面的怎样丰富的抒述啊。而且这种抒述，观点上大体很正确。它决不歪曲客观事实和它的意义。好像关于"姑恶鸟"的题目，宋朝以来曾经有好几位诗人歌咏过。他们大都是用封建道德的观点，给那位家姑辩护的。（他们有的甚至于说出这样强词夺理的话："姑恶，姑恶，姑蒙恶名，非姑虐妇，自戕厥生！"）但是原来民间的口头作者，不但郑重地把这种封建社会中太普遍的家庭惨剧当作创作题材，而且在作品中明白地揭露了这惨剧的真实意义。被虐待而死的媳妇，冤魂不散，化为鸟儿，永远向人间叫着"姑恶，姑恶"，这不是对于封建伦理的罪恶的无情暴露么？民间文学不但广阔地反映出一定社会中有普遍性的重要事象，并且真实地反映了它——没有歪曲，没有粉饰。它现实主义地暴露了事实的真相。M·高尔基说过，俄国的民谣就是俄国的历史。我们如果要写一部比较具体的中国的社会史、生活史，舍弃了民间文学和一般民俗资料是不能够有更丰美的凭借的。

口传文学的内容价值，不但在于广阔地并且正确地反映了社会的、生活的真相，尤其在于忠实地表现出人民健康的进步的种种思想、见解。

尽管封建社会的唯心论的学者，怎样片面重视精神的价值，说"劳心者治人，劳力者治于人"，但是，广大的劳动人民却充分知道"劳力"（体力劳动）的真正价值。他们用不着去做艰深的理论探索。他们的生活和劳作，自然地教给了他们这种伟大的真理。谚语是最简括地直接地反映人民的思想、意见的。在这种断片的口头文艺里,我们可以晓得广大劳动的人民是怎样看重劳动,品定劳动的价值。他们赞扬自己劳苦的行业:"三十六行,种田下地第一行","种田钱,万万年;做工钱,后代延;经商钱,三十年;衙门钱,一蓬烟"。他们肯定劳力的收获:"锄头口里出黄金","扁担一条龙,一世吃勿穷","若要富,鸡啼三声离床铺"。他们看不起那些劳心的大人或坐享别人血汗果实的人:"孔子孟子,当不得我们挑谷子","乡下人不种田,城里人断火烟"。(或者说:"没有乡下泥脚,饿死城里油嘴。")高尔基告诉过我们:原始劳动人民的口头创造(神话、传说等),那故事中的英雄,大都是现实的劳动者的理想化。而这种想象的创造是由于现实劳动的需要——减轻苦恼和提高工作信心等。在中国的古神话传说里,这种劳动人物的"神圣化"或劳动本身的"高雅化"的故事,虽然由于使用文字的封建士大夫的有意抹煞或无意忽略,保存得并不多,但是,如果详细的探索至少是可以找到一些的。鲁班师的故事就是劳动和劳动英雄神圣化的一个例子。这种故事,不但屡见于文献,而且今天还广泛地活在人民的口头上:这里说这座塔是他一夜造出来的,那里说那座桥是靠他的神力建造成功的,……像希华斯托斯(Hephaistos)是希腊神话中冶金的大神一样,像特淮斯特尔(Tvastr)是印度神话中技艺的大神一样,鲁班是中国神话传说中建造的大神。他是建造工匠的理想化。他是工匠们的英雄和模范。此外,好像牛女神话的裁制荒废劳动,愚公移山神话的隐示劳动可以战胜自然的障碍等,都是古典神话中明显可看到的尊重劳动的思想。在现在口头活着的故事、传说中,表明人民这种思想的例子,就更举不胜举了。这些故事,有的从正面证明劳动的美满成果,有的从反面指出懒惰的悲惨结局,有的用对照的结构使人领悟到劳作的重要意义,有的却用了诙谐的情节使人明白不劳动的可耻。在多样的叙述中,明确地表出一个共同主题:劳动的必要和高尚。这是口头文学对于文人文学在思想上一个最明显的对照。中国过去的诗文,大部分是宣传闲适、游乐、疏懒的。那些作者以脱去俗务为风雅,以四体不勤为高贵。他们在文艺上是表示着不吃人间烟火(实际上自然是相反的)。这种宣扬逸乐、游惰的士大夫文学,不但是我们今天所唾弃的,也是从古以来的口头创作家所不容许的。凭自己的勤劳养活了自己并也养活了社会寄生虫的劳动人民决不能创造出根本上反劳动的文艺作品。

人民口头文学中另一种值得注意的思想，是对于集体力量的肯定。过去一般的文人，是不怎样认识群众力量的重要的。他们的社会地位、生活和工作方式等都不容易叫他们深感到这点。劳动人民就跟他们相反。在生活上——特别是在工作上，劳动人民不可能是孤独的。好像建造城堡、房屋，修筑河道、堤防等重大工程，固然要有群力合作，就是小规模的农业经营，在某些重要的工作好像莳秧、收割、车水等，也必须有多数人的参加，才能进行和完成。好像过去知识分子那种离群的生活和工作情况，在一般民众是不存在的。所以真正劳动人民的口头创作，显著地表现着他们肯定集体力量的思想。有一个流传相当广阔的民间故事说，有个穷苦人家，生了十个孩子。每个孩子都有一种特出的本领。他们就凭了这种多样的集体的本领，不断应付了许多困难，最后并且收拾了他们的敌人（参看束为记的《水推长城》）。这是一个很有意思也是很有趣味的故事。又我记得过去的小学教科书里，曾经载过一个传说，大意说吐谷浑的首领将死的时候，怕他的儿子们不知道合作，容易遭人消灭，就用折箭竿的事实（单枝易折，多枝难断）警戒他们。这本来是一个世界性的传说，我们的古文献上也不止一次地记载过。这传说所以流传很广阔和长久，就因为所表现的真理，是各处人民容易共同体验到的。在谚语里，更常看到这种道理的宣传。"三个臭皮匠，合成一个诸葛亮"，这是毛主席引用过的。此外，好像"大家一条心，泥土变成金"，"只要人手多，牌坊搬过河"，"一个人是死的，两个人是活的"，或者"一人不治二人治，三人治的圆圆的"……实在不能尽举。和这些同样的意思，但说得更加精警的，是："众人是圣人。"人民也用诗歌唱出同样的道理："一条竹竿容易弯，三缕线纱拉断难，……"离群独立，虽然过去好多知识分子在作品里歌颂过它，但到底不是一般的生活真理。它是一种病态。只有过着这种病态生活方式的人才会珍重它。

我们国家绝大多数的人民，在很长久以来就是受榨取的、受压迫的。这种榨取和压迫，方面很多，程度也很酷烈。在经济上，他们饿着冻着为贵族、地主们生产。在政治上,他们受差遣,受凌辱,受不公平的法律裁判。在文化上,他们连起码的教养也被剥夺掉,而且还要被迫着去喝统治阶级的思想、文化的毒液。平常的日子,他们就已经像牲口一样活着,遇到水旱等灾难年头,他们除了"造反"就只有死亡了。过着这种不幸生活的广大劳动人民,对于那些统治者、剥削者,怎能够不心怀抗议和仇恨呢?而一般统治者、剥削者,由于地位和财富的关系,他们的生活、行为,又大都是放纵的、腐化的、虚伪的和凶残的……这又要使下层的广大人民深深感到厌恶和痛恨。他们是受损害和侮辱的,因此,他们对于那些罪犯的罪行、丑态自然会特别敏感和注意。这种对压迫阶级的抗议、仇恨和厌恶等,在给统治阶级服务的文学中,自然不能希望它有较多的和真实的表白,但在人民(特别是劳动人民)自己的创作中必然要或明或暗地反映着。只是过去由于统治阶级把持了发表工具和严行着思想统治的结果,人民反抗、攻击和嘲笑的声音,除了偶然的例外,一般是不容易被保留下来的。但是,就是这样,我们还能够在官家或士大夫的著作中得到一些材料。单从韵文方面看,好像孟轲所引用的"时(是)日曷丧,予及女(汝)偕亡",这样两句简短的古谣,是含蕴着人民对于"独夫"的多少仇恨!此外,好像秦时民谣(杨泉《物理论》引)、汉桓帝时巴郡人谣(常璩《华阳国志》引)、吴孙皓时童谣(《宋书》五行志引)等,有的怨恨徭役的艰重,有的哀诉勒索的残酷,有的抗议供应的繁重,这些都是控告统治者的压迫和剥削的。又好像后汉顺帝京都童谣(《后汉书》五行志引)、宋宣和民谣(吴曾《能改斋漫录》引)、南宋行在军中谣(庄季裕《鸡肋编》引)、元至正江西奉使宣抚谣(陶宗仪:《辍耕录》引)、马士英卖官谣(《明史》马士英传引)等,有的讽刺是非不明,有的诅咒奸佞祸民,有的讥弹将军的腐化,有的嘲笑大臣的贪污。在这些歌谣中深刻地暴露了统治阶级和他的爪牙的丑行、劣迹。在现在广大民间活着的口头创作中,这种材料就更加富有了。我们固然有许多抗议统治者、剥削者凶恶、残暴的歌谣、故事,同时更有无数嘲笑、讥评地主、官僚、财主的无知、贪婪、虚伪、荒淫等的故事、传说,其中好像攻击国民党反动派匪帮的歌谣,暴露地主丑恶行为的故事,都是一些最凸出的例子。如果今天还有像过去的梁实秋之流不相信文学的阶级性的人,他固然应该读一读这类作品，就是想学习文学的斗争性、攻击力的同志们也不可忽略这种很尖锐的民间创作。

人民不但仇视自己民族的压迫者、剥削者，他们尤其反对异族的侵略者、压制者。过去曾经有些所谓"学者"，以为中国的广大人民是愚昧的、自私的。他们从来没有什么爱国心，没有什么民族意识。这其实是一种明目张胆的污蔑。我们用不着多谈理论，只要看一看历史的事实就可以明白了。当北宋和明朝覆亡的时候，近年日帝大举入寇的时候，人民的反金、反清和反日帝的斗争队伍何等众多并且勇敢！事实告诉我们：大多数勤劳而英勇的人民，才是最彻底最坚强的爱国者，民族保护者。他们大都比地主阶级或资产阶级的人肯牺牲、明大义。他们既然用血肉去表现他们爱国心，自然也要用歌声、故事去把它传达出来。古代的作品我们且不必征引了。就现在口头活着的作品（这种作品一部分是前代流传下来的，一部分是现代人民即景即事创作的）看，已经够使我们明了一般人民怎样坚决反对异族的侵略者、压制者了。

在中国的许多省份，流行着一个传说。这个传说叙述的是元朝统治者的残酷和人民起义的故事。据说，元朝的统治者从占领了中国以后，就实行了他对汉族的严酷统治。每三家人只准合用一把菜刀，夜里睡觉不准关闭门户。三家人要合养一个元兵，那个异族统治阶级的爪牙，事实上就等于一个小皇帝。他对十汉人要打就打，要杀就杀。每家娶亲，都要让给他们"初夜权"。在这样的虐待和侮辱下面，每个人的心里都烧着复仇的火。但是，监视太严密了，他们不容易公开进行宣传和集会。在那时候，有一个聪明的人，就用了计策，事先把号召起义的传单暗藏在中秋节用的月饼里。到了那一天，大家果然一齐起义，就把异族的统治推翻了。（大致如此，枝节上有许多不同说法，例如中秋节，有的地方就说是端午节。）这个传说的主要情节，自然不会是真正的史实。但是，这里表现着一个更重大的"史实"，就是中国人民对于异族压迫者的反抗心理。这是真正的"民族魂"的表现。此外，还有许多关于反抗异族英雄的传说（好像戚继光、陈大成、郑成功、李秀成等的故事），流传在东南沿海的许多省份。这是永久在人民心里照射着"民族意识的光"的创作。在歌谣里，这种声音是更响亮了。自日清战役以来,数十年间,中国不断受着日本帝国主义者的欺负、压迫,到抗战时期,竟被践踏了半个国土。在这长期血肉涕泪交织的悲惨历史中,产生了许多长歌短谣,有的慨叹国权的丧失,有的愤恨敌人的凶残,有的充溢着战斗的情绪,有的喷射着咒诅的语词。篇幅只准我们举出一两个例子。"黄渤海,财无边。东洋鬼子驶汽船,有鱼不能捉,有钱不能赚。可恨中国没试验船!"(这是抗战前,山东昌邑地方人民愤慨大连日本试验船在渤海里捕鱼,公然妨害我国渔民利益的歌谣。)"日寇汉奸毒过蛇,区役所系(是)渠把牙(意同爪牙),表面看看,好似观音个菩萨,谁知食人骨头都无渣!"(抗战时期,产生和流传广东省宝安一带地方的民谣。)"神出鬼没游击队,炸弹机枪一阵扫,老东老东(指日本侵略者),落水送终!"(抗战时期,浙江四明山区的民谣。)从这些仅少的例子里,不是已经充分显出中国广大人民对日本侵略者的看法和态度么? 自抗战结束以后,美帝国主义者在中国的侵略行为表现得更加露骨了。人民对于这位伪装做外婆的老黑狼,是认识得很清楚的。当蒋匪帮正在高声歌颂那老黑狼的"友爱""仁德"的时候,中国的人民却用歌谣抗议和暴露着它的横蛮、丑态,异族的侵略者是不容易欺瞒和降服中国的广大人民的。我们人民的血管里沸腾着保卫乡土,保护祖国的血液。他们的创作,就是忠实地表示着这种高贵的精神的脉搏。

过去我们常听到一些人们说,民众是保守的。他们的头脑不容易转弯。他们对于新事物的兴味和理解,远不如对于旧事物的眷恋。这种说法,自然不是完全凭空捏造的。它有某些事实的根据。但它到底不是很正确的、很周全的判断。过去,广大的人民(特别是劳动人民),由于他们经济、政治上的受压榨,很少有发展的机会,因此,在文化上、生活习惯上存在着相当的保守性。这是事实。但是,这是在一定历史阶段中的有限制性的社会事实。它不是在什么情况下都不变的。人民是很现实的,因此,他们也就相当敏感和容易改变。在社会比较固定的时期中,他们的思想和行动,一般地虽然遵循着传统的观念、形式(但我们得赶紧声明,这种情形,也并不是怎样绝对的。就在这样的时期,他们的观念和行动,也常随着具体的情况而多少有着变动),在社会急剧变革的时候，他们的思想、态度等就会有重大的改变了。这种情形自然要在文学上表现出来。口头文学的创作中，过去有许多题旨、题材、结构和形式，长期地被反复着。表现新的思想、题材等的作品，并不是没有，但是那些因袭的好像总占着很大的位置（这使一部分资产阶级的民间文学研究家，拿"不变的因袭性"当作民众文学一个固定的特性）。但是，到社会起了巨大的变革的时候，人民不但是新人物、新事件和新制度的眼见者，而且他们许多简直自己就是担当者、创造者。在这样的景况中，他们怎样会反对新的事物呢？他们怎能够不在自己创造的文学里明显地表白他们对于这种新人物、新制度的爱好和拥护呢？在伟大的十月革命发生以后，苏联民间产生了许多歌颂列宁、斯大林、夏伯阳等英雄人物，歌颂革命战争，歌颂苏维埃政权的故事、传说和歌谣。这些口头的文学创作，跟苏联著名作家的作品，在思想上乃至于艺术上是没有基本差别的，它们都是些人类新世纪的革命花园中美丽的不凋零的花朵。在我们二十多年来人民革命的过程中，民间的口头创作反应着现实的情况，也产生了许多同样的歌颂新人物、新事件等的作品。比较早的，好像江西中央苏区所产的歌谣，红军北上抗日时所经过地区对于红军的传说。抗日以来，这类歌咏革命英雄（毛主席、朱总司令、贺龙将军……）赞扬新事件、新制度（土地改革、民主选举、变工互助、自由结婚、学习文化……）的口头作品就更加丰富了。我们的人民不但是勤劳、勇敢的，而且是进步的。在他们无数的实际行动上证明这点，在他们无数的口头创作上一样证明着。

我们上面简要地举述了口头文学中所含蕴的有价值的思想、见解，就是看重劳动，肯定集体力量，反抗压迫者、剥削者并讥刺他们的妖形鬼状、反对异族的侵略者、歌颂新的事物等等思想、见解。当然，人民的这些思想、见解，多少带有素朴性。它未必都是很完整、很精纯的。但是，这些思想、见解，无疑是优越的思想、见解，是我们今天和明天都急切需要的东西。何况口头文学，除了这些思想上的优越质素之外，还有艺术上的优越点。从历史上说，口头文学，长期地受着封建文人的轻蔑。这种轻蔑是思想上的，同时也是艺术上的。他们总觉得人民的作品，一般是粗陋、平凡。它缺乏雅致，缺乏精炼，缺乏富丽和庄严。其实,这种意见,正是从他们阶级的审美成见中出来的。口头的创作,单从表现技术的观点看,也正有它不可企及的成就。

民间的散文作品,好像神话、传说和民间故事等,大多数是虚构性的。但是,它从现实的深处取来重要的题旨,取来人物、情节的素材,用灵活的想象和有力的结构、语言把它表现出来。流传过程中,又经过千万人的增删和锤炼。因此,能够造成那些优越的典型人物和故事。关于这一点,高尔基说得更精要不过了。就是资产阶级文人学者中,洞察力比较敏锐的,也多少能够看出神话等在艺术上的某种优点。好像我们过去文艺界曾经很熟悉的文艺批评家 L.哈恩(日本姓名叫小泉八云)就非常推崇神话文体在艺术上的优越地位。在故事型的创作中,有一种喜剧性的作品(笑话或寓言),在讽刺的简短尖锐上,往往达到不能比拟的程度。这是统治者文艺的武库里所缺乏的匕首。至于一般韵文的抒情的作品中,很多是简练、谐和,富于天然的风韵和情味的。这就是过去有些封建的文士不能不违反自己阶级或所服务的阶级的审美观,去承认民谣(例如乐府中所收的某些作品)的艺术价值的原因。有位明朝的批评家对古代的民谣推崇得很到家。他说:"质而不俚,浅而能深,近而能远,天下至文,靡以过之!"(见胡应麟《诗薮》内篇)这种颂词,不但他所指的汉代乐府歌谣可以承当,就是一切优秀的民间歌谣都是受起来并不会脸红的。到今天,我们进步的文艺界里还有些朋友,以为民间文艺都是幼稚的、原始的,在艺术上完全谈不上什么价值。这种见解是错误的、不公正的。它对于人民创造的有价值的文化没有理解和敬意。民间的口头创作,虽然大都是幼稚的、原始的。但是,从另一方面看,它往往又是成熟的、美好的。你以为这是一种矛盾的说法么?是的,这是矛盾的。但它的实际情形却正是这样。如果我们要引用一句经典的话来说,这种幼稚而又美好的作品,就是一种"早熟的儿童"。儿童是幼稚的,但是"早熟的儿童",却具有一种永不能回复、永使人羡慕的"天真"。而且如果容我进一步说,优秀的民间口头创作在艺术的完成程度上,并不完全只是些早熟的儿童,有的还是身心都相当发达的青年或壮年。它是可以列入健康的成人行列的。总之,民间文学在艺术上的成就,并不比它在内容思想上的成就来得逊色。

三

由于上面简单的论述,可以大略知道我们丰富的民间口头创作,在思想上艺术上具有怎样优越的质素。这些质素,对于我们新文化、新文艺的建立和创造是很关重要的。搜集、研究和利用民间文学,在今天正是我们文化工作者,特别是文艺工作者一种迫切的任务。记得十多年前,J·阿里特孟在论到高尔基对民间文学的态度的时候,说:"在我们的国家里,这种口头文学,既不属于口头文学研究者特殊行帮的老人们的玩物,也不是考古学者、博物馆员和研究家的'美味',这是一切文学的活生生的问题。"(见《论文学的真实》)这话正可以适用在今天中国的情形上。由于毛主席明智的见解和指导,过去数年中,许多为人民服务的文艺工作者,抛弃了身上不合时宜的"思想包袱",毅然投身到人民的海洋中,跟他们一道生活、一道呼吸和战斗。看重人民固有的文艺,搜集它、分析它、评赏它、吸取它。用他们那些传承了许多世代的艺术形式来表现最新的人物、事件和思想。在戏剧上、绘画上、音乐上、诗歌上、故事上,都创造了"新民主主义内容、民族形式"的作品(当然在运用民间形式时候,已经有着或多或少的改造,但一般地是保存着民间艺术某些主要特色的)。这不但是现阶段为工农兵艺术的适时创造,而且也是未来伟大艺术的坚实基础。可以说,由于这种新结合(就是新的题旨题材跟人民的固有创作形式的结合),我们的真正的大众的民族的新文艺才正式开始的。

从这种显著而且有非常意义的事实看来,民间口头创作对于中华人民共和国的新文化、新文艺的影响的巨大,是没有疑义的,也没有人能够否认的。可是,如果我们因此就以为口头文学对于新的人民文艺的作用,对于新的人民文化的作用,光限于上面所说这一点,那就把这宗重大的民族文化财产的价值小看了。口头文学在今天新文艺、新文化的建设上是有比这更广大的作用的。几年来,我们对于民间口头创作的利用,虽然主要限于形式方面,其实,它的内容方面一样是值得采取和利用的。我们有权利或义务,把那些人民在实际生活和斗争中所感受到的某些形象和真理(这种形象和真理,往往是经过千百万人民在数不清的年代中鉴定和陶炼过来的），再活在我们的作品里，去继续和扩大它的教育作用。这是过去从东方到西方，许多伟大作家走过的道路，在今天还是一条可走的道路。走这条路的人现在虽不是完全没有（譬如中山狼、三伯英台一类的故事，就有人把它拿来"再创作"），但是，到底不多。或者有人不免怀疑，在那些封建统治下的人民产生的口头作品，它的故事和思想、情感等，到今天崭新的社会中，还值得我们注意、值得我们采取、值得我们吸收么？是的，有许多歌谣、故事的内容，是跟着它的创作者和享受者，跟着一去不返的时代和社会一齐过去了。如果它今天还活在人民口头上，那是一种没有扫除的文化渣滓，是应该把它放进垃圾坑里去的。但是，人民口头创造的贮藏室中，固然有许多发了霉的东西，同时也有很多还在闪光的东西。后者是我们民族文化上的永久财宝。它有权利再活在我们的新创作里，它会在新的孵育下更加强壮的生活起来。我们谁能说，普罗密修士已经不能感动我们新世代的人了？同样，谁能说，夸父的跟自然斗争的意志，是我们的教养上所不需要的？谁能说，斯但加·拉进（Stanka Razin）不是永久的富于诗意的形象？同样，谁能说，我们许多好像巴尔达那样机智地捉弄地主的长工故事，不是在阶级观点的教育上很有效的？在过去人民创作的库藏里，蕴蓄着相当份量的有价值的创作思想和题材，它在等待新时代的埃斯基拉斯、薄伽丘、莎士比亚、米尔顿、歌德、雪莱、拜伦、普希金……它等待在新艺术的形体中射出它不朽的光芒，发挥它的优异的教育效能。

把有价值的有意义的民间口头作品，来再一度的创造，使它有了新的意义和作用，这自然是今天文艺工作者应该做的一种工作。但是，民间的口头创作，不但可以做我们新创作的题旨、题材，有许多，实在本身就是完成了的作品，不是一种"素材"，或一种值得入诗的"思想"。这种作品，我们只要从人民的口头忠实地把它记录下来，就能够发挥新的作用。这不是我个人的理想或推测。它是有事实根据的。让我举一位在这方面有过实际经验的工作者的报告罢：

"……晋绥山地的农村里，也有很多故事传说。在一九四二年，就有少数文艺工作者注意采集。有计划的主动的采集、整理工作，则是在延安文艺座谈会毛主席讲话以后。那时候晋绥文艺工作者深入到农村，在农村工作中，逐渐的接近了民间故事，采集与整理工作才认真的搞起来。在一九四五年以后，就接续的出版了《水推长城》、《天下第一家》、《地主与长工》三个民间故事集子。这三个集子中所包括的故事大部分是当地采集的，一小部分是从其他报刊上选来的。当地采的故事全部在《晋绥大众报》上发表过。从在报纸上发表到出版集子，一直受广大读者（或听众）的喜爱，特别在群众变工互助组里，土改时的诉苦会上被朗读与讨论。它成了区村干部工作的有力助手。由此帮助提高了群众的生产热忱和阶级觉悟。在晋绥，凡是具有初步阅读能力的区村干部、小学教员、中学生几乎是人手一册。民间故事成了干部和群众的好朋友。"（李束为《民间故事的采集与整理》）

在这一段简明的叙述里，我们可以明白看到那被照样记录下来的民间传说、故事，在新的情况下，怎样发挥着积极作用。这种情形，决不限于一时和一地。人类真正有益的东西，它的作用远比我们能够想象的更为深大。人民口头创作的教化上的潜力，往往不是我们一时脑子能完全测度得尽的。现在我们盟邦的教育家，在培养国民的爱国思想、情操上，相当重视民族的口头创作。我想，这是有充分理由的。广大人民过去在生活和斗争中产生的美好文艺作品，是汇集了众多的体验、众多的思索和众多的才能创造成功的。这种作品比起个别的优秀作家的创作，往往还更深刻、更伟大、更富于艺术的香气。在时间的考验上，它不容易成为一种文化的化石。它是一道不枯竭的流泉。如果一个民族或全人类有一种值得长久保留，并且能够长久发挥教养作用的文化财产，那么，从口头记录下的有价值的民众创作，至少要在那中间占一个位置。

有价值的人民的文化遗产，不但是新文艺、新教养的一种凭借、一些基础，有许多本身就是我们新文艺、新文化的活的构成部分。要把这宗巨大而有贵重作用的文化财产充分发掘出来，充分清理出来，特别是充分利用起来，这工程是相当巨大的。好在我们今天大家对这工程的意义已经有相当认识，工作的条件又非常有利，在某些方面并且有了可喜的开始。为着建造新中国的新文化、新文艺，我们一定要完成这份工程，而且相信也是能够完成这份工程的。

——一九五〇年开国纪念日前夕脱稿

关于对待民族民间文艺遗产的一些意见

费孝通

史料解读

本文写于 1956 年 9 月 20 日,收于《费孝通全集》第 7 卷。在该文中,费孝通指出,当前民族文学工作的两个主要目的,首先是要帮助少数民族形成自己的民族形式和社会主义内容相结合的文化,帮助他们形成社会主义民族。其次,发掘民族民间文学遗产和培养少数民族作家,表现出祖国多民族大家庭的特点。要以少数民族文艺传统为基础发展少数民族的文学艺术,注意各民族文艺的特点和民族形式。发展民族文学艺术的主体应该是少数民族,同时也需要汉族文艺工作者提供各方面的帮助和做出艰苦的努力。费孝通提出,当前最迫切的重大问题——抢救民族民间文学遗产,不仅要抢救有文字记载的东西,还要抢救口头上流传下来的东西。整理和介绍少数民族的文学艺术作品首先要尊重历史,必须进行全面搜集,深入研究,慎重处理。他主张在收集少数民族文学作品的原始材料时,要用少数民族文字记录下来,没有文字的民族,直接用记录符号记录下来。在翻译时要努力保持各民族原有的风格,不能随意改动。本文最有价值的观点是提出了抢救民族民间文学遗产问题,一是要抢救有文字记载的作品,二是抢救口传文学作品,三是抢救少数民族艺术人才,三者刻不容缓。

原文

　　我们从事少数民族文学工作的人，明确发掘与整理民族民间文艺的目的性是一个很重要的问题，我们的目的首先是要帮助少数民族形成它们自己的民族形式和社会主义内容相结合的文化，帮助它们形成社会主义民族。我们现在帮助若干少数民族创造文字，还不过是一个先决条件，大家都知道文字是根据语言来创造的，这个工作当然很重要，但是文学是语言的艺术，通过文学艺术，一个民族的语言才能发展起来，趋于规范化，形成现代民族语言。所以文学艺术在社会主义民族的形成中将起很大的作用。培养少数民族的文艺工作者是我们当前很迫切的任务。其次，我们之所以必须发掘民族民间文学遗产和培养少数民族作家，也就是为了要表现出我们祖国多民族大家庭的特点。我们现在有很好的条件来进行各民族间的文化交流，互相学习，以丰富各民族的文化。以上两点是今天我们做民族文学工作的主要目的。

　　如何来发展少数民族的文学艺术呢？我认为，主要是以少数民族自己的东西为基础，否则，吸收和交流都将落空，所以必须注意各民族自己的特点和民族形式。一般说来，在经济上，在生产方式上，各民族有先进与落后的区别，但在艺术上不尽如此，以民族的大小来衡量民族文化传统的先进与落后是不恰当的。在文学艺术上各民族都有其各自的特点和所长，就是说有其各自的民族形式。这种民族特点和民族形式，应该加以很好的发扬。在这方面，我希望我们的艺术家在介绍和设计少数民族用品的时候，要考虑到少数民族所喜爱的具有民族风格的图案，并且希望更多地产生通过本民族的形式来表现歌颂党和毛主席的乐曲，不如此，某些民族的艺术就有丧失民族形式的危险。

　　关于发展民族文学艺术工作中的主体和重点这个问题，我认为，主体应该放在少数民族身上，首先是让它们自己有伟大的作品出现。这就需要汉族文艺工作者各方面的帮助和做艰苦的努力。过去汉族的文艺工作者做了一些工作，取得了成绩，但我们不能满足于这个成绩。我们可以肯定，少数民族存在优良的文学艺术传统，既然存在，就要发展，事实上现在正在发展变化。有些民族虽然没有文字,但也有口头创作。这些东西要在社会主义文化建设中起很大作用。在这里,我想提出一个当前最迫切的重大问题——抢救民族民间文学遗产问题,不仅要抢救有文字记载的东西,还要抢救口头上流传下来的东西。我是一个热心肠的人,刚才听一个同志说近来又死了一个懂得很多的老艺人,我很着急,这是少数民族的损失,也是我们祖国的损失,因为民间文学艺术必然是人传人的,我们要珍惜少数民族的艺术人才。有一次,我们去听一个民间艺人弹扬琴,有的人欣赏扬琴的本身,有的人感到乐曲好听把谱记了下来,而我看最主要是这个弹琴者可贵,他们在那样的艰苦情况下保留并继承了民间的艺术作品,如果我们现在不去关心和爱护他们,如果将来老艺人有个三长两短,以后怎么办呢?岂不会从此失传了吗?因此,抢救少数民族艺术人才是一项刻不容缓要做的事。

有些同志反映,有的少数民族对本民族的东西存在着某种顾虑,这一点都不奇怪。少数民族有它们自己的优良的文学艺术传统,这一点必须首先肯定,但是也应该承认它们的文学艺术有精粹,也有糟粕,而且它们在历史上没有很好的条件发展,所以有些东西也不一定完全都是好的,但我们汉族文艺工作者和汉族干部都不能因此而加以轻视。今天有些少数民族老艺人不愿唱讲自己民族古老的传说,就是怕汉族干部不要听,怕被人说成落后,说成封建迷信,并不是他们自己真的不喜欢,而是忍痛不唱不讲的。民族民间文艺中虽然存在着宗教和封建、迷信问题,但我们如果对宗教采取粗暴的态度,就要犯很大的错误。其实,有些传说作品中虽然有神有佛,但也把自己民族的思想感情和愿望放了进去,也有不少人民的东西是通过宗教故事表现出来的。我们今天要建设少数民族的社会主义文化,决不排斥这些东西,我们要真正支持它们,尊重它们多少年来所创造的文学艺术遗产,我们如果对人民性的精华和封建性的糟粕一时辨别不清,那么首先保存下来再说(必要时可以录音),如果我们不喜欢这些东西,不鼓励它们,那么很难发掘宝贵的东西出来。首先要让"百花"放起来,我们应该有这种气魄,从各方面(首先是政治上、理论上)支持它们。这里,我顺便讲一件事情,就是我们某些汉族文艺干部对少数民族艺人的尊重是不够的,往往向他们伸手要了些东西以后，就把他们丢在一边了，盗了宝就丢了山，这种做法是错误的。其实所谓发掘工作并没有这么简单，并且很可能会引起反感。所以我们首先要把少数民族的文学艺术遗产保留下来，继承下来，如果不这样做，我们的后辈将来也会抱怨我们的。我们要认真地研究，如何具体地培养和帮助少数民族文艺工作者，不能错误地对他们抱着"使用"观点。这任务很重大，是继往开来的工作，希望作协昆明分会和《边疆文艺》编辑部早点搞出计划来，包括如何抢救民族文艺遗产问题。

我们汉族从事少数民族文学工作的同志们，除了抢救遗产和培养少数民族文艺干部以外，还有把少数民族的文学艺术作品整理介绍出来与汉族文化作交流的任务。为了做好这一工作，汉族文艺干部必须具备一些基本条件，其中最主要是要学会一二种少数民族的语言和文字。文学是语言的艺术，不懂少数民族的文字和语言，在做翻译工作时不免会闹笑话。搞少数民族工作的同志应该在一个或两个民族的文学艺术上下些苦工夫，使自己成为这一方面的专家。一个人的精力是有限的，不可能同时对每一个民族做全面的研究，所以这就需要大家分头去做。一个人钻进一个民族或两个民族中去是完全可以做到的。我们有了这些专家，就可以在具体工作上解决不少问题。但就是在整理介绍的工作上，还要重视依靠其本民族的干部，发挥他们的积极性，取得他们热情的支持和帮助。

我们做搜集整理工作时不要挑选，不要怕麻烦。翻译作品也要多种多样，不怕多，越全面越好。我们民族民间文学特点之一是口口相传，也是口头文学，它的变化很多，历代传述的人，加进他们自己这一代的东西进去，所以必定有所增减。但这种增减也是符合他们本民族的思想感情的，因而这是非常复杂而微妙的变化。我们要进行细致的分析研究，实事求是地去体会一个民族在不同时代的不同的思想感情。文学艺术离开思想感情是不行的，这是一个十分艰苦的斗争和锻炼过程，也是很有意思的事情。这就要求我们对某一个民族的历史和社会生活熟悉，决不能只靠记录下来完事，应该以历史主义的态度来对待，要善于利用近代社会科学的成果，通晓一个民族的发展规律和特点，生动地反映出他们不同历史阶段的不同的思想感情。这样，我们的工作会提得高，成绩也会更大些。

关于整理和介绍少数民族文学艺术的问题，我想强调说：切忌把汉族的东西"走私夹带"进去。整理和介绍首先要忠实，但要达到这个标准事实上是不容易的。就是主观上要这样做，如果对一个少数民族的文艺没有深入的研究，体会不够，整理时必然会漏掉许多重要的东西，或是歪曲许多真实的感情，那也就谈不到忠实地介绍了。最容易犯的毛病是在没有占有和掌握充分的材料之前，急于要进行整理和介绍的工作。有些音乐家连全部曲子都没有记完就走了，有些作家连一个故事的情节都没有弄清楚就离开了。回来之后，关了门，进行整理和介绍工作，不可避免地会逢到材料不完整的困难，那时候就会凭想象来杜撰一下了，结果就把自己民族的东西，走私夹带了过去。这几年来，这种例子可以说是不少的，现在强调一下，整理和介绍少数民族文艺必须先进行全面搜集，深入研究，慎重处理的要求是有必要的。

我主张在收集少数民族文学作品的原始材料时，必须是用少数民族自己的文字记录下来，没有文字的民族，直接用记录符号记录下来。但是其他民族的读者看不懂这些东西，于是要翻译。在翻译时怎样保持各民族原有的风格是一件细致的工作。文学作品故事的内容，叙述的方法各民族都有它们的特点，这些方面如果擅自修改是极不妥当的。比如原是一个悲剧，翻译的人为了考虑到另一民族的读者不一定喜欢这种结局，而装上一个喜剧的尾巴，那是不当的。可以说是一种粗暴的行为；又比如有些少数民族喜欢用对问的体裁来发展一个故事的主题，而翻译的人却觉得不合自己的口味，硬把它改成叙事体，那就不容易传达出原来的那种风格了；又比如有些少数民族的作品中采用韵文体裁，它们通过强烈的节奏来表达丰富的感情内容，如果翻译的人把韵都取消了，也就抹杀了它一部分的风格了。

在翻译的时候，如果不能不改动，也应当做到不乱改或少改为是。老舍同志在有关兄弟民族文学的报告中提出不随便添补的问题是值得注意的。这当然不是说必须一字一字地对译。各民族语法不同，硬是一字一字对译，读者是看不懂的。他的意思是要我们忠实于原有的民族风格。这一点是很重要的，特别是针对某些整理者擅自改动的坏现象而提出这个要求是及时的。今后我们对翻译工作的要求严格一些是有好处的。

最后我要说明一点，我是一个研究民族学的人，不是一个文学家，所以关于文艺上的问题是外行，很多看法是不一定正确的。但是作为一个民族学者，我想要求介绍少数民族文艺的朋友们能忠实于原作品。因为民族学者要根据这些作品来研究各民族的生活文化，如果介绍得不忠实，那不是会上当么？我们历史上有个孔子，据说他把古代民间的诗歌删去了很多，以致有些反映当时人民生活的作品没有流传下来；汉代又有个刘歆，把一些伪造的东西掺入了古书里去，害得清代很多学者费了大劲去进行考证。我们不希望现在整理和介绍少数民族文艺的同志中有孔子和刘歆这类人。这类人是很对不住后代的。

谈各民族民间文学搜集整理问题

贾　芝

史料解读

　　该文为论文,原载《文学评论》1961 年第 4 期。20 世纪 50 年代对各民族民间文学的搜集整理,是新中国成立后由国家主导的重要的少数民族文化建设工程,也是少数民族文学学科发展史的奠基工程。在该文中,贾芝充分肯定了少数民族民间文学的价值和新中国成立后少数民族民间文学整理取得的成绩。特别强调了少数民族民间文学整理的原则,即民间文学工作首先必须有实地的调查采录;其次研究作品也必须与实地的社会调查相结合。因为发掘整理各民族民间文学,是清理我国古代文化遗产的重要组成部分,清理这宗民族文化遗产的目的一是发展中华民族新文化,二是提高民族自信心。其中,应该注意的问题主要有:一、全面搜集问题;二、忠实记录问题;三、整理方法问题。这些观点,对此后的民间文学整理工作发挥了重要的指导作用。

原文

　　民间文学是劳动人民的语言艺术。我国各民族人民的这宗巨大的文化宝藏,解放以后我们才普遍地开始调查研究。这项工作在"大跃进"的三年中,成绩最为显著。我们不仅发掘了巨量的珍品和资料,而且积累了一些宝贵的工作经验。毛主席一再教导我们调查研究的重要,民间文学的科学研究工作恰恰也是一个有力的证明。民间文学工作不能只是坐在书斋里来做；它必须有实地的调查采录。因为一，采录作品这是当前的大事，做这件事就不能不到群众中去；二，研究作品也必须与实地的社会调查相结合，才能真正了解民间的创作这种活生生的文学，面向书本，面壁苦思，是看不到它的真面目也很难完全了解它的。我国各民族人民的口头创作，过去被记录下来的为数寥寥，绝大部分至今都还留传在人民群众的口头上，新的继续在产生着，旧的失传了或正在失传的不知有多少。时代交给我们的任务，首先就是把这些作品用文字记录下来。把它们留下来，不让它们失传，这就是非常有意义的事情。这同劳动人民的翻身是密切联系在一起的；也是同我们的社会主义革命和社会主义建设事业密切联系在一起的；也只有在党和毛主席的领导下人民取得了政权以后，我们才有条件动手有计划地来做这件事情。单说少数民族的口头创作，从一九五八年秋天起，全国少数民族聚居较多的十六个省、区两年多的时间就陆续写出了二十余部少数民族文学史和文学概况的初稿；这些著作从无到有，都是在群众性的调查研究的基础上写出来的。这样普遍的群众性的调查采录和研究，发掘了这样多的东西，在旧时代是不可能设想的。但是，我们也并不以此自满。在少数民族文学史编写工作讨论会上大家一致感到，要写好这些过去从来没有过的书，还必须作进一步的调查研究。因为比起蕴藏量异常丰富的宝藏来，我们搜集的作品毕竟还有限；有很多地区都还没有来得及去调查，或者虽然调查过了也调查得不够深入。在这种情况下，资料不足，作品的比较研究不够，我们对于作品的分析，对有些问题的探讨，便往往不易得出确切的、有说服力的论断；甚至武断的地方也很不少。我们特别强调应当大力开展民间文学调查研究，还因为有这样一个很简单然而十分重要的理由：那些世代相传的珍品，或产生年代不算久远，人们还能记得的一些作品，大都保留在老年人的头脑里，若不赶快搜集，说不定哪一天会忽然失传。我们曾经听到过不少让人震惊的例子；譬如，鄂伦春族有一位老人，八十多岁了，他知道很多的故事。我们有一个同志去访问他时，不巧他骑马到一千多里以外的森林里打猎去了，没有找到他；后来不久，就听说这位老人病故了。这当然是一件使人深感遗憾的事情。新疆柯尔柯支族会唱民间长诗《玛娜斯》的职业艺人（即"玛娜斯契"），一般都在七、八十岁以上。居住在黑龙江省的只有六百多人口的赫哲族，现在会唱"伊玛堪"的，据作过调查的同志说，只有三、四个人。像这样一些听了不免让人担心的例子，几乎凡是作过实地调查的人都可能碰到过。而且，我们还应当看到，今天在社会大变革的时代，由于许多民族从过去落后的社会制度和经济生活一跃而进入社会主义社会，移风易俗，破旧立新，变化是巨大迅速的，人们的思想意识、艺术趣味也在跟着改变。年轻的一代人，从生活到思想变化尤其显著；虽然群众对民间的东西一般地说总是喜爱的，愿意传也愿意听的，但在新事物面前，旧的一切在消失，那些与旧风俗、旧习惯结合在一起的古老作品，或者因失去了存在的基础而中断演唱了，或者因后继无人，渐渐被人遗忘了，或者被人们误以为过去的作品都是封建迷信的东西，那也是有的。因此，我们既然要保存民间文学这宗民族文化财富，就必须赶快动手抢救。

发掘整理各民族旧时代的民间文学，是清理我国古代文化遗产的一个重要部分。清理这宗民族文化遗产的目的，也正如毛主席在《新民主主义论》中所指出的："中国的长期封建社会中，创造了灿烂的古代文化。清理古代文化的发展过程，剔除其封建性的糟粕，吸收其民主性的精华，是发展民族新文化提高民族自信心的必要条件……"（《毛泽东选集》六七九页）我国各族劳动人民的口头创作，不只反映了不同程度的封建社会的人民生活，甚至反映了氏族社会、奴隶社会的生活；全国各地区、各民族的民间文学既然是劳动人民的意识形态的生动反映，而且是不同民族的各种历史阶段的生动的反映，这些各种各样的作品，便显得更为珍贵了。我们发掘这宗民族文化遗产，同时注意采录新的民间创作，清理和研究它的发展过程，目的无非是：一为发展民族新文化，二为提高民族自信心。这两个目的今天对我们都非常富有现实意义。搜集、研究和整理民间文学与社会主义革命和社会主义建设的伟大事业的联系，正是在这里。我们发掘各民族人民的优秀作品，最直接的意义，就是吸取前人的斗争经验，学习劳动人民的智慧和优良品质，增加我们对历史的了解，满足人民群众的娱乐的需要，用劳动人民自己的创作帮助培养社会主义的新人，同时为发展社会主义新文艺提供重要的借鉴。此外，各种文化科学工作者也都会从人民口头文学这个语言艺术宝库里各自取得他们所需要的珍贵资料。我们发掘、保存和清理这宗民族文化财富，是为了使它在社会主义的革命和建设事业中多方面地长久地发挥作用。

我们要宣传这样一种认识：发掘各民族的民间文学宝藏，是我国社会主义革命和社会主义建设的伟大事业的一个不可缺少的方面，所有参与民间文学的搜集整理工作的人，应当树立保存国家文化财富的观念。

一

我们对于已往的搜集整理工作应当作怎样的估计呢？

十多年来，我国各民族的民间文学的搜集整理工作在各个地区逐步展开，各民族的长诗短歌，许多名著，大放异彩。然而我们的工作仅仅还只是开端。我们已经搜集的作品，很多是可信的。我们的搜集整理的根本作法是科学的；在具体工作上，科学性的程度逐步在提高。要求把工作做得科学些，更科学些，这一点已越来越受到了广泛的注意。而且，我们在民间文学调查研究工作中已经取得了一些实际经验，这是尤其值得珍贵的。

我们的搜集整理工作，从一九四二年延安文艺座谈会以后起，比起五四新文化革命运动兴起以后的情况来，已经根本改观。不但各少数民族的口头文学这样地受到重视；我们在对待民间文学工作的立场、态度上，在观点和工作方法上，与从前也已经大不相同。

我们的工作是在毛泽东思想的指导下进行的。站在无产阶级的革命立场，努力以马克思主义的观点和方法，即运用马克思主义的历史主义的观点和阶级分析的方法，是使我们的搜集整理工作有可能达到较高的科学水平的最根本的保证。

搜集整理劳动人民的口头创作，这个工作的好坏，决不单纯是一个技术问题，也不能孤立地提出记录的方法是否科学。搜集整理工作有一个重要的前提，就是对劳动人民的作品采取什么看法和态度。只有站在无产阶级的立场，即站在与劳动人民的利益一致的立场,对待人民的创作有正确的态度和观点,然后才能贯彻运用科学的方法,使科学技术更好地发挥作用,才能谈到真正准确地记录人民的创作,并且加以科学的整理。因此,我们首先需要树立革命的无产阶级的世界观,要树立为人民服务的思想,要解决立场、观点以及美学趣味的问题。此外,就需要扩大我们的科学知识领域,提高一般的文学修养,懂得民间文学专业并掌握进行工作所必需的技术。这些条件对于一个搜集整理者都是不可或缺的。这样,他对于取舍增删群众的东西,才既有选择的眼光,也有工作能力。

特别是树立为人民服务的无产阶级的立场、观点,改造非无产阶级的思想情感和美学趣味,我以为尤其重要。没有思想改造一条,即使掌握了科学技术也不成。劳动人民的口头创作是劳动人民的思想情感、心理状态的最细腻深刻的表现;同劳动人民没有共同的思想情感,没有共同的美学趣味,也就是说同劳动人民没有共同的语言,要能够了解和欣赏劳动人民的文学作品恐怕是很困难的。在这种情况下记录和整理劳动人民的作品,即参与他们的创作活动,要说能够做得那样科学,能准确地用文字把他们的作品写定下来,不走样子,不丢掉味道,怕也很不容易吧?

资产阶级学者也讲究材料忠实,他们所记录的东西也为历史科学提供了一部分有益的资料,但是他们是以站在少数民族和劳动人民的头上的态度,从猎奇的心理去搜集劳动人民的作品的,他们不可能不受到他们的阶级偏见的限制。他们选择作品就要经过他们的眼光;他们有他们的尺度,他们的趣味。过去资产阶级社会学者到少数民族中去作调查,专门寻找落后的风俗,以为落后和野蛮才是少数民族的社会生活的特点,他们却看不见也不愿意去看少数民族的劳动人民过去在身受残酷压迫和生活困苦的条件下所作出的种种优美创造,看不见他们的聪明才智和高尚品质,这是什么缘故呢?只能说是囿于偏见罢了。鼓吹资产阶级民俗学的人曾经提倡趣味主义。可是他们的趣味到底是怎样一种趣味呢?例如有人说,他发现了几首猥亵的歌谣,欢喜得就象哥伦布发现了新大陆一样。几首猥亵的歌谣,这是不是民间文学中的"新大陆"呢?照我们看那是属于民间文学中的糟粕，可是这位学者却欢喜若狂，竟把它们比作"新大陆"。我们觉得少数民族的许多民歌无论内容或曲调都极为优美，可是他们又轻蔑地管这些作品叫"野人之歌"，这又是什么缘故呢？这也只能说彼此趣味大不相同罢了。不难想象，要求他们发掘劳动人民的创作中的好东西，发现真正的新大陆，似乎是一种奢望。因为他们貌似客观，实际上却是以一种特别的眼光看待劳动人民，以他们自己的观点和趣味来寻找和取舍。至于说到动手整理劳动人民的作品，那也只能凭他们的理解和意图来取舍增删；要求一个资产阶级学者能像一个劳动人民那样了解劳动人民的创作，忠实于原来的作品，大概是办不到的。是的，资产阶级学院派有一字不动论。一字不动的做法有好的一面，比如我国古代有些学者的那种严谨的治学传统，是我们应当继承的。但那种脱离生活的繁琐的考证注释，有时分明是一个别字也不敢改动，是迂腐可笑的。更重要的是，他们把从民间搜集来的东西只当作科学研究资料保存起来；否则就是把蜜糖与毒药一起送给群众。总之，他们为科学而科学，为研究而研究，对于把劳动人民的创作更好地送还人民，使它们古为今用，他们是没有兴趣的，事实上他们也不会真的一字不动。

试把我国解放以后发表的民间故事与五四以后发表的民间故事比一比，无论从作品的内容看，无论从作品的语言和风格看，都迥然不同。不能说从前搜集的没有一篇好作品，但是，真正从劳动人民那儿记录的内容动人、语言也富有艺术光彩的，实在少见。不用说，那时记录的民间故事里很少看到反映长工与地主或奴隶与奴隶主的斗争故事，一般常见的是傻女婿的故事、徐文长的故事、皇帝的故事，或最多是《狼外婆》一类的民间童话；（虽然这些故事里也有好的故事）这就可以看出搜集者的观点和趣味了。即使是《狼外婆》那样有名的民间童话，记录得富有劳动人民的语言艺术风格的，过去也很少见。当时的热心家们写的故事，往往是小时从他的祖母或什么人那里听来的，只知道故事的轮廓，他们用自己的语言文字把它们追记出来以后，劳动人民的作品原来特有的那种艺术光彩差不多丧失光了。少数民族的民间创作在那时候当然记录得极少。能够以正确的态度对待少数民族的作品的，更是少见。过去曾经长期流传过中国无史诗的说法,事实上在少数民族中保留着很多优美的史诗和叙事诗,这就可见当时对少数民族的文学是多么无知了。这就是当时各民族民间文学的搜集整理工作的大概情况。可以想见,在当时的条件下,特别是抱着大汉族主义甚至高等华人的态度和民俗学的观点、方法,是既不易发掘出少数民族的好东西,也难发掘出很多汉族劳动人民的好东西的。

今天,我国各民族劳动人民的许多优美作品才大量地被发掘出来,并且保持着它们原有的艺术光彩,这是深入群众调查研究的结果,是工农兵方向在民间文学工作领域照耀的结果,是民间文学工作者努力执行党的文艺方针政策和改造自己的世界观的结果。

五四以后介绍西欧民俗学的人,曾经译过英国班恩女士的一篇专门谈搜集经验的论文,题为《民俗的采集和记录》。这篇文章是作者综合了到亚洲、非洲等“落后”民族中进行民俗调查的牧师、学者们所写的亲身体会和经验而成的。从这个经验总结里完全可以看见,有些殖民主义者到亚、非地区所谓“野蛮人”中去搜集民俗是抱着怎样一种态度,采取的是怎样一些方法。他们有些人装出貌似谦逊和蔼的样子,实则完全是虚伪和欺骗。据说有一位克洛克先生在北印度土人中搜集民间故事,每夜让“土人”讲故事是用默写的方法像法庭的供状一般记录下来。我看到这里,颇感愤慨。不难想到,殖民主义者摆出一副法官老爷的面孔向所谓“土人”、“野蛮人”要故事,无论怎样假装谦和,他和“土人”之间有着多么大的距离!他能够真正理解他们的文艺作品吗?班恩女士总结这些搜集者的经验,强调谦虚态度,强调细致入微地调查,这是有益之谈;但我们看到,他们总归摆脱不了一副殖民主义者的眼光。他们搜集了不少东西,可是我不相信从他们的记录里能够听到多少“落后”民族的心声和呼声。我们是为劳动人民服务的。我们强调民族平等。我们对于殖民主义分子的这种目的在于奴役落后民族的调查了解,很有反感;对有些资产阶级民俗学者对待少数民族的类似的态度和腔调,也是不赞成的。可是值得提醒一下:我们中间有没有人面向群众记录作品时也摆出一副法官老爷的面孔呢?

我们是不同意这种审判式的搜集方法的。我们同劳动人民只能是真正的交朋友和谈心。同群众不能谈心，你就别想听到有声有色的故事。

实行"三同"：同吃、同住、同劳动，主要是为了同群众打成一片，同工人农民交朋友，同时改造自己。这对搜集整理者非常重要。"三同"中最重要的是同劳动。同劳动的目的，不仅为了与群众打成一片，为了能使群众瞧得起你（群众往往以劳动态度取人），愿意同你交朋友，谈心里话，与法官审问式恰恰相反；不仅为了"见缝插针"，争取时间——这一点也很重要，因为必须不误农时，利用空暇；更重要的是为了与群众同呼吸，共命运，并改造自己非无产阶级的思想情感。只有这样，我们才能很好地理解劳动人民和他们的作品，才能懂得口头文学在他们的生活和斗争中占着怎样一种地位。

有一种看法认为，现在我们搜集的作品都是靠不住的，记录都是不忠实的。这个批评我想是不能反映我们的搜集整理工作的实际情况的。按照这种看法，现在所搜集的东西都应重新来过，因而这种批评也是有害的。

提出这种批评的同志，由于看到我们有些作品记录整理得不科学，而把一切都看成不科学的，或者认为我们的工作还停留在五四时代。他们持有这种否定态度，除了没有考察一下我们的工作在解放以后的全部进程，还因为他们把记录整理的不忠实只是看成技术方法的问题。如上所述，如果我们解决这个问题不是从改造思想、解决立场和观点的问题开始，我们便不能越过资产阶级的雷池一步。资产阶级的科学研究注意工作的科学性，也有一套比较科学的技术方法，但他们对于完全理解劳动人民的东西是无能为力的。我们采取革命的方法，树立无产阶级的立场观点，再加上科学的技术方法，我们就可以彻底地解决建立劳动人民的文艺科学的问题。这是历史上任何封建时代的学者或资产阶级的学者都无法做到的。他们的阶级局限性使他们不可能完全忠实地记录和整理劳动人民的口头文学。他们由于不同的目的记录了一部分劳动人民的作品，使劳动人民的东西在典籍中能保留一些下来，这是他们的功劳。但他们记录劳动人民的东西，势必经过他们的主观取舍，在作品中往往不免渲染了他们的观点，甚至经他们的手篡改，这正是他们的局限性所在。把能否忠实记录简单地归结为技术方法问题，不仅会对我国民间文学工作的巨大变化认识不足，不能增强我们的前进信心,真正辨别是非,而且也会伤害群众对这一新的工作的积极性,使工作陷在一部分专业工作者的圈子里,不能运用广大群众的力量。因为按照这种批评,把记录劳动人民口头文学的要求标准提高到只有专家才能达到的科学水平,认为群众中的热心家们的搜集的东西都是不科学的,那就把群众吓住了,把群众的手脚捆了起来。当然,民间文学作为一门科学,从事这个工作的人应当具备一定的专业的和一般文化的知识,也必须提倡学习科学的技术方法;如果以为这个工作任何人都可以做,只要一下命令,群众动手,立刻就可以把民间的东西全部记录下来,那是一种幻想或不切实际的做法。这种把群众路线庸俗化的倾向,在我们中间也并不是不存在的。但是,这个工作毕竟要依靠广大群众来做,要依靠群众中的热心家、爱好者;要知道,有时在专家不易了解的事情,对当地的群众说来却是他们日常生活中的最平常的事情。因此,只有发动群众参与这个工作,既有专业工作者做骨干,又有广大群众动脑、动手,使更多的人由不懂工作的科学要求、缺乏这方面的专业能力到逐渐懂得它的要求,并学会掌握一些必要的专业技术,我们的工作才能大力展开,逐步前进。群众所搜集各式各样的作品,即使是一个故事的梗概,一个作品的片断,一个搜集的线索也是有用的;只有广大群众动手,我们才能看到民间文学的大致全貌,才能发现很多的线索,才能由不完全的凑成完全的,由不够科学的记录提高到科学的记录;而群众中对民间文学的搜集研究偶尔为之的人,也会渐渐培养出兴趣,变成了专业民间文学工作者。我们必须把大门向广大群众敞开来。

事实上,解放以后参加民间文学搜集整理工作的不仅有广大群众,而且有各方面的专业工作者,例如语言工作者,他们搜集的各民族的民间口头创作最多,又是直接记录原文或用音标记音,他们的记录一般都是忠实可靠的;例如有些音乐工作者,他们记录民歌,也讲究忠实,他们并没有修改原词的必要;文学工作者有些人是喜欢任意修改的,但也有不少人是讲究忠实记录努力保持民间原作的面貌的;此外,还有其他从事社会历史调查、民族学研究等等的人,也都参与了民间文学的搜集整理工作。显然,认为我们的搜集整理工作都是不科学的这一说法,是缺乏事实根据的。

我觉得有必要对我们的工作道路作这样一点回顾。但是，我们的搜集整理工作中的确存在着一些问题。

二

有一些什么问题呢？

归纳起来，主要的不外是：一、全面搜集问题；二、忠实记录问题；三、整理方法问题，特别是整理与改编、创作的区别问题。

这三个问题，也就是一九五九年《民间文学》上发动讨论搜集整理问题时争论比较多的问题；对于搜集少数民族的文学的作品说来，还有一个翻译问题，这是在这次少数民族文学史讨论会上才特别被提出来的。当时对这三个问题的讨论，都有不同的意见，论争的焦点主要是在"忠实记录，慎重整理"上。有三派意见：一派是不赞成"忠实记录"，也不赞成"慎重整理"，而主张"创作加工"、"自由发挥"的。还有比这更进一步的主张，是号召民间文学工作跃进一步——创作。另一派与此相反，极力主张"忠实记录"。反对把记录民间文学与创作混为一谈，因而又认为民间文学只要有"编辑"工作就行了，根本不应有"整理"一说，意思是深怕为乱改之风留下后门。主张前一种意见的，多半是对创作有兴趣的人，也有一部分热心搜集民间文学的同志；主张后一种意见的，是注重民间文学的科学研究的部分同志。第三派，人数最多，是同意"忠实记录，慎重整理"的原则的。我也是主张这个原则的。

在少数民族文学史编写工作讨论会上，有些同志提出：搜集整理工作的原则应当是什么呢？

我想，搜集整理工作仍然应当遵循一九五八年全国民间文学工作者大会上所确定的工作方针："全面搜集，重点整理"；搜集整理的方法则是："忠实记录"和"适当加工"。后者也就是"慎重整理"（当时在整理工作上所以提出"适当加工"是为了既反对一字不动论，又反对乱改的倾向，主要是反对乱改的倾向；强调容许加工，但加工要持慎重的态度，要求"适当"。因此，"适当加工"是"慎重整理"的比较具体的说法，二者的精神是一致的。）

那次大会以后，直到今天还没有取得一致意见的，在搜集问题上仍然是"全面搜集"和"忠实记录"的问题；在整理工作上，是"慎重整理"即"适当加工"问题，也就是必须反对篡改的问题。

关于全面搜集过去也有一些争论。全面搜集的重要性，今天是越来越明显了，这可以从许多方面看得出来。在讨论会上，许多同志都谈到过去搜集不全面给整理工作和研究工作带来的严重困难。我们要写出比较能概括一个民族的文学发展的全貌，能具有较高的科学水平的著作，为什么一定要强调全面地、反复地对这个民族的文学状况进行调查研究呢？这里面的道理，几乎是不言自喻的。我们知道，不进行上下古今、四面八方的调查研究，占有大量的全面的系统的有关材料，整理一个民族的作品就没有依据，就不可能发掘很多的作品，也无法尽可能把作品整理得完美一些；也不易对一个民族的文学的成就和特点或对一个具体作品、一个具体问题，得出比较公正的科学论断。我国有不少民族分布在不同的省、区，它们支系不同，语言不同；而民间口头文学的产生和流传，一方面因民族、因地区、因民族支系的不同而有着差别，另一方面有不少作品在它们彼此之间又相互流传，相互影响。民间口头文学还因时代的变迁，因讲唱人的不同而变化多端，或者容易散失不全。那么，如果不作全面调查，不加以比较研究，往往一个作品就看不清它的全貌，看不出它的发展变化；根据片面的材料势必得出片面的结论。对于一个民族的文学的认识，对于民间文学的全貌的认识，也是这样的。

比方，苗族分布在贵州、湖南、广西、云南、四川、广东、湖北七省，现在贵州负责编写的《苗族文学史》，还只作了贵州苗族文学的调查和一部分湘西苗族文学的调查，还没来得及进行更广泛的调查，因此苗族文学史中还只能主要是写贵州苗族的文学。我们要看到我国苗族的文学的全貌，便还需要各有关省、区协作作进一步的调查研究。

比方，目前在云南，《白族文学史》基本上写出了白族文学的大致面貌，但滇西白族聚居的地区也还有不曾去调查或调查不深入的地方。剑川县的木匠多，木匠的故事也很多，如果比较深入地全面调查了木匠的故事，在《白族文学史》

里就会增加一个很有特色的内容。

比方，云南进行傣族文学的调查时，群众发动的比较好，有的群众说："你们是来采果子的，我们把最好的果子摘给你们。"但结果因美不胜收，工作组只能捡"最好的果子"留下，其它较差些的就都没有要了。"最好的果子"当然是必须摘的；但要看到傣族文学发展的全貌，味道不太好的果子也得尝尝，何况在验收的忙碌中，也难准说没有疏忽的地方。长诗《千瓣莲花》，起初根据傣族经典的一种版本写入傣族文学史，是当作糟粕来批判的；后来在群众中发现了口头流传的《千瓣莲花》确实比较好，这才看到了《千瓣莲花》的真实面貌，并作出比较确切的评价。可见只根据一种材料，不尽可能寻找各种异文，又只是根据经过佛教徒篡改的书面材料，而不是同时将口头的与书面的比较研究，便会使人对作品作出片面的、相反的评价。

比方，《阿诗玛》的各种记录稿中有不同的结尾：有投降主义的结尾，有反抗到底、最后阿诗玛变为回声的悲剧的结尾；如果不是有二十多种说法不同的记录，而只有一种以阿诗玛屈服成婚结尾的记录，整理作品时就没有选择的余地，我们也不会有今天的《阿诗玛》整理本了；如果只有后一种悲剧结尾的记录，我们也不会对《阿诗玛》这篇民间长诗的流传演变情况有全面的了解。可见只根据一种材料，只见精华不见糟粕，或只见糟粕不见精华，都不利于对作品作出正确的判断。

比方，少数民族的口头创作的发展中究竟有没有两种文化的斗争？有的同志在写文学史时碰到了这样的疑问。他们认为，根据列宁的两种文化学说，理论上肯定少数民族的口头创作中也应当是有两种文化的斗争的；但是在目前搜集到古代作品中找不到反面材料来作具体的阐述；最后，他们终于找到了土司有"立碑禁歌"这样一条历史记载。虽然他们在文学作品中也还没有找到反动统治阶级的作品那样直接的反面材料，但这就可见两种文化的斗争是存在过的了。有不少人搜集作品时只要好的不要坏的，当记录作品时就剔除了"糟粕"，而到写文学史要谈到两种文化的斗争时便苦于没有留下反面材料。民间文学中是既有精华又有糟粕的，是存在着两种文化的斗争的，因此，要对民间文学的全貌有所认识，就不仅要看民间文学中的大量的历代劳动人民的优秀创作，也要看到其中有些什么糟粕。认为民间文学都是好的，把它理想化，不容说坏，这是对民间文学的一种片面认识。

仅仅举出上述这几个例子就可以说明："全面搜集"的原则是绝对不可缺少的。离开了这个方针，就会使我们的民族文化遗产蒙受损失，使研究工作遭到困难。

"全面搜集"的"面"，包括：一个民族的、一个地区的作品搜集要全面；同一母题有各种异文的作品搜集要全面；同一作品而散失不全的搜集要全面；口头的要，书面的也要；正面的要，反面的也要；新的要，旧的也要：总之，上下古今，精华、糟粕，一概搜集，全部保存。

全面搜集是否有闻必录，工作不应当有重点呢？

并不是这样。

全面搜集与注意重点并不矛盾。我们进行调查采录的时候，有闻必录是需要的。挑拣太多，有的记有的不记，偶一不慎，就会把甚至珍贵的材料丢掉。有的人碰到残缺不全的作品不愿意记；但散失不全的作品，要靠许多片断才能凑成功。有的人因嫌故事简单也不屑于记；可是它也许正是一个很有历史价值的作品。民间文学的特点之一，也正是内容简单明了。有的人遇到一个作品，听过的就不想再听了，可是同一个故事由不同的人讲便会各有长短；一个人讲同一作品，每次讲的也都会有些不同处，多听几遍，可以记下不同的情节，不同的语言，这也正是采录民间文学的一个必要的方法。因此，不管是片断的、重复的、简单的、听过的、没有听过的，片言只字都应当不厌其烦地记录下来。不必过早地选择。即使真有浪费时间和精力的地方，也要不吝惜这种浪费。因为"全面"是由"不全面"来的，只有在不断地寻找发掘中才有可能搜集到更多的、更完善的作品，了解更多的情况。但是，这并不妨碍我们进行工作时应当心中有数，应当有计划、有目标、有步骤，应当分出轻重缓急。

什么是重的、急的和轻的、缓的呢？

例如需要"抢救"的作品就应当是属于急的，自然也是重的。这就是一个重点。

例如到一个地区，首先应当发现典型的人才；只要发现一个好歌手、一个名艺人、一个被埋没的天才的故事家，就会比漫无目标地到处记录要有用得多。一般地说，应当注意去找劳动人民，因为真正的民间艺术往往是在他们那里；那些比较有些知识分子气味或到外地跑过的能说会道的人，他们知道的作品也自有特点，同时还能从那里看到更多的口头文学的交流情况，看到书面文学与口头文学的相互影响，但如果不找劳动人民，那是不易看到真正的民间文学的。找天才的讲唱人，从劳动人民中去找，这是重的、急的；找其他阶层的人，可以说是轻的、缓的；但对于研究工作也是必要的，否则，就看不到同一作品在不同阶层的人中间流传变化的情况。毛主席在《〈农村调查〉的序言和跋》中说他在湖南和井冈山作调查时找的是干部、农民、秀才、狱吏、商人和钱粮师爷，他说这些人都是"我的可敬爱的先生"。（《毛泽东选集》八一○页）虽然调查的对象因调查的内容不同而不都是一样的，民间文学调查与一般社会调查有区别，但注意到从不同阶层的人中去了解这一点都是需要的。作文学调查要善于解剖麻雀，就是说要选取不同的典型细致了解，不能漫无目的也不讲究方法地去盲目调查。那样的有闻必录，便成了心中无数的烦琐的调查。

搜集工作必须心中有数不能心中无数。要善于抓重点、寻典型，找出最有特色的东西；同时又不能只顾目前利益，不看长远利益，只要完美的作品或对目前有用的材料，而不管其它。这就是全面观点。

三

忠实记录是搜集工作必须遵守的准则。至于如何达到忠实记录，具体作法可以按照个人的条件有所不同，你可以采取你自己认为比较好的可行的方法；但我们也不妨提倡一些比较科学的方法。

既然要保存国家的文化财富，怎么可以容许不忠实的记录呢？

没有忠实的记录，也像没有全面搜集一样，立论就没有根据，整理作品也没有依据，甚至使人根本看不到真正的民间作品。记录不忠实，不仅使人得不到真正民间的文学作品,看不到它的艺术风貌,也使民间文学丧失了它的一切文献价值。因此,没有忠实记录,它的后果比搜集不全面还要更坏些。

反对"忠实记录、慎重整理"而主张"创作加工"、"自由发挥"的同志,觉得一要求忠实,二要求慎重,对他们实在是一种约束,是硬派到他们的头上去的。他们以为,忠实记录只是科学研究工作的要求,搜集科学研究资料,那是研究工作者自己的事情,而他们,只要写出供给一般读者阅读的作品就行了。持有这种见解的人,情况也不尽相同。有的人认为,民间创作经过自己的一番加工改作,仍然是民间文学;认为他们作为文艺工作者或作为人民中的一员,都有责任也有权利对民间创作进行"创作加工",把民间创作加以"丰富"和"提高";也有一些人把自己学习民间腔调的创作或把民间作品乱改拼凑以后,叫作民间文学,实际上他们是在自造民间文学。

持有这些见解的同志中有些人在民间文学的搜集整理工作上是有成绩的。他们的动机也是很好的:例如说为了向群众提供完美的作品;例如说从宣传教育工作的需要出发,这些都是无可非议的,而且这种为人民服务、为社会主义服务的精神是应当受到欢迎的。但是,我们还应当看到,这些同志发表的作品,受到社会称赞和能够起较好较多的社会作用的,仍然是他们记录得比较忠实或保持民间原作面貌较多的那些作品;相反的,越是任凭他们主观修改、伪造的,往往正是读来乏味不受欢迎的东西,或只能是一时使人受到迷惑的东西。他们逃不了同时代人和后人的指责。他们把民间创作与个人创作混为一谈和篡改民间创作的行径,从人民的长远利益看,是错误的,有害的。

民间作品,容不容许任意"加工创作"、"自由发挥"呢?对于保存和推广民间文学的工作说来,我想这是不容许的。按照个人意图修改民间创作,把它们改得面目全非,使劳动人民的作品没有留下真实的记录,它们自然不好仍称为民间文学。我们是反对古代文人篡改民间文学的,而这些同志的任意修改也只能说是篡改民间文学,这当然是对待民族文化遗产的一种粗暴行为。

有的同志说,民间故事太简单了,不加工拿不出来。也有人认为少数民族的民歌、叙事诗简单粗糙,非要经过加工提高不可,他们也都确实这样做了。这些看法都是认为民间文学似乎非要经过一番"丰富"和"提高"的加工不可，实际未必是这样的。

是的，民间创作，有些是比较简单的。它们是在劳动人民的生活和斗争中产生的"萌芽状态的文艺"（毛主席语），作家完全可以也应当在民间创作的基础上加工提高，但那是另外一回事，那是属于作家的创作活动，与搜集整理民间创作的工作是不相干的。我们还应当考虑这样的问题：第一，原作就是那样简单呢？还是你记得比较简单呢？你认为简单的是否又真的是简单呢？第二，你对民间创作的"丰富"和"提高"，是真正"丰富"了它，"提高"了它呢？还是事实上你是损伤了民间艺术，把它"降低"了呢？

有些同志是抱着创作的目的和急于求成的心理到民间去的，他们并没有深入群众，反复地进行调查研究，把民间的优秀作品发掘出来，照原样记录下来，并尽可能完美地整理写定，再把它们献给人民，而往往是捞到一点故事的影子，片言只语，不再追问，就凭空创作加工、自由发挥起来。我们常会遇到这样的情况：讲唱人对一个作品记得不完全，或原来听的就不完全，或者因不善于讲故事，只能说个大概；当然我们从这种讲唱人的口里就只能得到故事的片断或一个轮廓。记录的人，如果不是逐字逐句记，只是记了作品的大体的情节和轮廓；那么，即使原来是一个内容丰富动人的作品，也被记录的人简单化了。搜集民间创作是一个艰苦的工作，需要有极大的耐心，需要经过不断地探索，反复地记录、比较、研究，才能在大量占有材料中理出一些比较完美的作品。有时碰到会讲故事的人，或好歌手，可以一下就遇到完美的作品，这也是常有的，但并不总是这样，而且更多的情况不是这样。

认为民间作品简单粗糙，或什么少数民族的作品简单粗糙，实际上常常不是因为作品真是如此，而是持有这样观点的人看不起民间的东西，看不起少数民族的东西。他们对于劳动人民的东西并不很理解。他们的思想情感、艺术传统、欣赏趣味，同劳动人民有多大的不同呵！他们以为劳动人民的东西太简单，非经过他们的加工创作不可，例如"突出"作品的主题情节，"丰富"人物的"性格"，实则不经过这种加工还可，一经加工，一经他们"自由发挥"，民间作品就被砍伐、被涂改得面目全非,使人看不到真正民间的东西了。

　　民间作品有的虽然简单,但自有其风格;有的则不是简单,而是达到了艺术上的高度单纯。它们一经用知识分子的腔调加工,复杂固然复杂了,但往往丧失民间作品的味道。艺术上的单纯,并不等于“简单”;“繁杂”也不等于“丰富”;即使是比较简单的作品,也要看是怎样的加工。过去引起过争论过的《牛郎织女》的故事,还算是写得比较好的,但整理者给牛郎和织女加上了许多细腻的心理描写,把他们描写得好像新小说中的人物一样,就不免使它失掉了民间故事的艺术风格。有的人记录整理的故事,就好像是半磅牛奶加了两磅、三磅的水。那种急于丰富和提高民间作品,要“突出作品主题”、“丰富人物性格”,主张把二百字的记录写成八千字的做法,也不过就是这种牛奶掺水法。结果淡而无味或味不纯正;决不是“丰富”了民间的作品,而是破坏了它;不是“提高”了它的艺术水平,而恰恰是把它的艺术水平降低了。

　　写二百字就够了的作品,就宁可只用二百字,不把它拉长到八千字。这就是我们的主张。不要觉得民间的东西简单。我们要真正了解它的社会内容,了解它的艺术,了解它的产生和价值,往往也很不简单。你轻易动手改它,你就很容易弄出错误。下面我还要谈到这一点。这里只是说,不要指责它简单,不要急于加工,首先照原样把它记录下来就好。我们首先应当力求忠实地记录劳动人民的作品。因为忠实记录是一切工作的基础。

　　我们不应当把记录民间的东西与个人进行创作混淆起来,也不可把搜集作品与科学研究工作对立起来。

　　第一,我们知道,民间创作这种文学,不作科学研究,既难整理出完美的作品,甚至也是记录不好的。要认真地整理民间创作,整理得比较完美,必须以忠实可靠的多种异文作基础,而只有不厌其烦地调查研究,才能占有必要的资料,也才能对作品有比较确切充分的理解。只捞到一点影子就生造民间文学,是不可以的。因此,反对忠实记录,把科学研究与搜集整理作品对立起来,是与发掘整理民间作品的愿望相违背的。进行民间文学的科学研究,目的也无非是为了正确评价劳动人民的文学创作,分析它的思想内容和艺术创作规律,以有助于发展社会主义文艺；对于搜集整理作品的人，我们也同样向他们提供出有益的材料。

第二，难道从事搜集作品的同志对我们这一代人记录和保存民族文学遗产这宗国家文化财富不应当有一点责任感吗？

凡是插手搜集劳动人民的作品的人，参与这个工作的人，对保存国家文化财富都应负有责任。发掘整理民间文学，是社会主义的事业。我们非常需要提倡共产主义协作精神，树立保存国家财产的观念。而且，我们要充分认识民间文学的第一手材料的重要性。希望不作文学研究工作的同志，在记录和保存民间文学的工作上同民间文学工作者通力合作。篡改、伪造民间文学，即使一时对群众性的宣传教育能起些作用，它所造成的困难和损失，却也是难以弥补的。

记录作品应当忠实于什么？这里不能一一陈述，只谈一点语言问题。

语言是构成文学作品的基本材料。特别是诗歌，用词遣字，大有讲究。毛主席说文艺工作者要把自己的思想情感和工农兵大众的思想情感打成一片，要大众化，就应当认真学习群众的语言。"如果连群众的语言都有许多不懂，还讲什么文艺创造呢？"他还指出："许多文艺工作者由于自己脱离群众、生活空虚，当然也就不熟悉人民的语言，因此他们的作品不但显得语言无味，而且里面常常夹着一些生造出来的和人民的语言相对立的不三不四的词句。"（《毛泽东选集》八七三、八七二页）毛主席在反对党八股时也强调学习语言要苦功夫，并且提倡第一要向人民群众学习，他赞美"人民的语汇是很丰富的，生动活泼的，表现实际生活的"。（《毛泽东选集》八五八页）

要讲"文艺创造"，就不能不懂得人民群众的丰富的生动的语言。文艺工作者进行创作尚且如此；那么，记录人民自己的作品，岂可不保留人民群众自己的语言么？

高尔基在给 М.Г.雅尔采娃的一封信里鼓励她在学习语言上多用功夫，并且要她"深切地注意民间语言的美妙之处"。他对于民间文学里的语言也作了高度的赞美。

我们在记录得比较好的作品里看到，确实是往往只要有非常生动的几句话,就把人物的性格、形象栩栩如生的勾画出来,使全篇充满光彩;相反的,如果是没有记下讲述人的生动语言,只记了一个故事梗概,或用记录人自己的知识分子的语言把故事重述了一遍,民间创作的艺术光彩便丧失殆尽,使得一个作品暗然无光。可惜在我们的民间故事记录中这样的作品并不少见。毛主席指出党八股的罪状之一是:语言乏味,像个瘪三。这是很值得用学生腔"翻印"劳动人民的口头创作的人警惕的。在这样的民间创作的记录里,哪里还看得见什么像高尔基所形容的"一股股清新的甘泉",我仍只能说,丰富的形象、精确的比喻、迷人的诱人的质朴等等,就像五颜六色的肥皂泡一样,刹那间一切都化为乌有了。这样的经过重写的作品,文艺工作者还能从它学到什么"人民群众的丰富的生动的语言"呢?

不注意记录讲述人的语言,以为只要记下故事的情节就算尽到了记录民间文学的责任;以为换了一副知识分子的"学生腔",还是民间故事,不以为失掉了什么,甚至花花草草,追求词藻华丽,还以为是对民间创作的"加工润色"和"提高",这些似乎是常见的。有些记录整理者不以为这对记录民间创作是没尽到责任,反倒以为是理所当然,赫然有功,这是尤其可怪的。记录民歌、叙事诗及其它比较定型的民间创作和记录民间故事情况不同。民歌、叙事诗逐字逐句记录,一般地不发生改换作品语言这样的问题。但改动个别的词句,若不慎重,也同样会把群众的诗歌的深刻内容和生动形象改得大为逊色。

少数民族的民间创作翻译成汉语,语言又怎么办呢?少数民族的口头作品,无论是边口译边用汉语记录,无论是用少数民族自己的语言或国际音标记录了以后再译为汉文,翻译的好坏是能不能让广大读者真正看到各兄弟民族的作品的一个关键问题。而翻译的问题最重要的就是译者掌握和运用语言的能力。当然,既为翻译,要丝毫不差地保持讲述人的原话那是不可能的。但记录时按讲述人的原话记录,翻译则力求忠实于原作的意思和风格,生动传神,这是可能办到的。无论翻译诗歌或翻译故事,既然用的是另外一种语言,要保持原作的语言上的许多美妙之处是比较困难的,特别是诗歌的翻译可说是办不到的;但我们力图保持原来语言的丰富的形象性、生动性,既做到"信"、"达",而又做到"雅"，应当是可能的。译文用一些生造出来的句子，半文半白、不三不四的句子，用外国文学翻译差不多的欧化句子，总是同人民群众的语言相对立的，不调和的。而这样的语言，在我们目前的发表的少数民族的民间故事、叙事诗里，也是经常可以看到的。翻译作品，特别要求在语言上花功夫，这也是一种"文艺创造"。如果翻译人民群众的口头作品而不熟悉人民群众的语言词汇，如果翻译不是既努力保存内容的真实，又寻找相应的准确生动的语言来表达，当然译文也就难以传神，难以保持原作的民族风格和艺术光彩。而这些，正是我们对于少数民族作品的翻译工作的正当要求。

记录的方法，也有过争论。哪样方法好呢？当面逐字逐句记录呢？事后靠回忆来追记呢？

我也同意记录的方法可以有多种。采取什么方法好，要看具体情况；例如农村夏夜说故事，例如有些地区在节日或歌墟上听对歌，例如在田间与群众同劳动、同说笑、同比歌，在这些场合当面掏出本子记录，显然不易办到。"见缝插针"是个好办法，但无缝可以插针时难道宁可事后也不追记吗？有的人在陌生人的面前腼腆，不愿开口唱歌，也无讲故事的兴致，那么是否追记一个轮廓，一个片断也比根本不记好呢？

上面说过，无论什么样的材料都是有用的，即使一个线索也好；这里还可添一句：无论采取什么方法，有闻必录就好。至于说到什么方法是最好的方法，我是同意当面逐字逐句记的。这个方法对在我们没学过速记的人是有困难的，但这只有经过锻炼，提高作记录的能力。记忆力很好的人，靠回忆追记，也可能基本上做到忠实记录，但逐字逐句当面记录，保留的东西显然会更多，可靠性也更大些。不管采取什么方法，都应以达到"忠实记录"为准。而由于记录口头文学最大的问题是保持民间语言的问题，因此逐字逐句记录，应当是我们努力学习采用的一个比较好的方法。

如果有条件使用录音器，自然先录音最好。我也很赞成傅懋勣同志提倡的语言工作者记录民间创作的方法：用国际音标记录。它的好处是：不仅逐字逐句记下原话，连音调也标出来。

保留民间创作的生动语言,也就是保存劳动人民的口头文学的艺术生命的问题,所以无论采用什么方法记录,都应以忠实于讲述人的语言为准则。只要做到语言忠实,我们就会看到一篇作品的全部忠实记录。

四

跟着记录问题而来的,就是整理问题。整理工作比起记录工作来更要复杂些。我们能否看到真正民间的东西,第一个关键是能不能做到忠实地记录;此后,就要看整理工作了。

整理各民族的优秀的口头创作,向广大群众推广流传,是我们的一个庄严任务。

整理工作应当在全面搜集和忠实记录的基础上进行。整理作品的方法,可以各人不同;事实上也不会是完全一样的。同一作品,因整理人不同,整理的结果自然也就各不相同。但是,我们必须有一个共同的努力标准,这就是整理民间的创作要采取慎重的态度。不是一字不动,既然"整理",就要动;但我们坚决反对任凭主观的设想乱改。整理工作同样要求忠实于民间原作。特别是整理民间文学遗产,要用新的观点和方法,需要有站在无产阶级立场的批判的眼光,并采取阶级分析的方法,同时又严守历史主义的原则。墨守陈旧的资产阶级的观点和方法,毫无革新观点,或将古代作品现代化,陷入反历史主义的泥坑,是同样有害的。

我们整理民间创作的原则,仍然应当是"慎重整理",或说"适当加工"。

目前,任意乱改仍然是整理工作方面的主要的危险倾向。把民间的东西改坏的例子是数见不鲜的。

《阿诗玛》的第一次整理本中,把"头发像落日的影子"改成"头发像菜油",确是把民间的非常富有诗意的句子改坏了。从这样一个简单的例子,我们就可以获得应当如何对待劳动人民的艺术的深刻的教训。在藏族的《格萨(尔)王传》和傣族的《千瓣莲花》里,也有过这样不经心的改动:《格萨(尔)王传》有一个译本里,译者把虱子改为蝴蝶。据说理由是因为虱子太脏了不如蝴蝶美。《千瓣莲花》，也有一个整理本，整理人把冬瓜改成了西瓜，整理者坦率地在注解中说明：人藏在冬瓜里，他觉得冬瓜不美，不如改为西瓜。这些都是我们的一些好心肠的人，由于追求"美"，把民间的东西改坏了。在民间创作里，虱子应不应改，我想可以研究。如果不改会伤害艺术的完美，除了夸张民族的落后没有别的，改一改也未尝不可。我也碰到过类似的情况，有过这样的考虑。但在《格萨尔王传》里，我觉得不应当改。临凡的仙女怯尊益希问格萨尔是从哪里来的，她说，我刚才看到你从山脚底下来时有一百军队围绕着你，怎么等你走到众水旁边，你却成了一个叫化子？你像是大英雄，不像是个穷苦人。格萨尔回答她说：我是沿门讨吃走四方的。我从山脚底下来时哪里有一百军队围绕着我，你是看错了，你看到的那是我头上的虱子。译者却改写为：

　　哪有一百军队围绕我，

　　那是蝴蝶儿成群结队飞。

　　叫化子头上有虱子，是很合乎情理的。改成"成群结队的蝴蝶"，风光似乎是很美的，但实在不如让格萨尔说那是他头上的虱子，同他极力把自己装扮成一个叫化子的情景更相吻合，更能让人看到格萨尔的变幻莫测的本领和风趣。虱子改为蝴蝶，把叫化子周围美化了，加了点浪漫主义色彩，却削弱了现实主义的描写；实际上原来说把虱子看成一百军队也是颇有浪漫主义的调子的。至于让人藏在冬瓜里，我看既富有民间味道，也是既有现实根据，又很富有浪漫主义。因为大冬瓜里有空隙，藏人是一种合理的想像；西瓜里除了瓜瓤就是瓜籽，有什么地方可以藏人呢？改成西瓜，显然破坏了民间创作的优美想像。为什么西瓜一定就比冬瓜美呢？

　　整理民间创作加入个人的创作成分，甚至将完全是个人的创作称为民间文学，这种做法所造成的混乱和困难也许不是整理人或作者能够预想到的。

　　有的同志整理少数民族的"古歌"，因记录残缺不全，就补入一段自己的创作，使上下文衔接起来。我以为这样做是没有必要的。古代作品有残缺，原因或者由于年久失传，难以弥补；或者由于搜集工作做得不够，没有收全。对于这样的作品，如果属于前一种情况，我想就像对于断碑残迹一样，作为古物应当原样保存，宁缺不补；如果是后一种情况，那就有待于继续搜集，设法搜集完全。今人添补的部分，只能被认为是今人的作品，不好充作古人的作品，特别像史诗这样有文献价值的作品，更改了它的面目，也许艺术上完整了一些，却损伤了它的历史价值，失去了材料的可靠性。有些同志让民间歌手或工农群众集体创作来修补添改民间的长诗，或者自己想好了意思让群众用自己的语言编造一番，这倒也是一个别出心裁的办法。《阿诗玛》最初整理时就用过这样的办法。但添改的部分毕竟也还是今人的创作。虽然加工的结果仍是民间创作，避免了知识分子篡改的嫌疑，但经过这样的添改，我们看到的已不完全是古代民间原来流传的作品了。这样作仍然不能说是保持了作品的本来面目，而是使民间传统作品在新时代有了新的发展。劳动人民自己当然是可以整理民间创作的，他们有更好的条件；他们推陈出新，将民间流传的作品加以发展，也是一件好事情；然而他们进行整理和进行创作加工同样也应当是有区别的。他们对古代作品的创作加工，新添改了哪些部分，最好用注解说清楚。不注意两者的区别，同样使我们混淆古今，弄不清到底是什么时代的作品。

以为整理可以任意加入个人的创作成分，有不少人曾经是这样理解的。为了探讨具体经验，我想还可再举一、二个写得比较好的故事为例。

义和团故事和捻军故事，有许多非常好的作品。搜集整理这些反映近百年来中国人民燃起革命斗争烈火的故事，有着重大的意义。这些故事向人们表明，我国人民能够取得今天的革命胜利不是容易的，不搬掉压在我们头上的两座大山——野蛮残暴的帝国主义和封建主义，对人民就是无穷无尽的灾难。正因为这样，我们记录整理这些故事，就必须注意忠实于原作。有些同志没有注意到整理和创作应有区别，他们在有的故事里加入了个人创作的成分，也有过个别的作品是根据史料创作的。义和团故事中的《洪大海》是一篇激动人心的好作品，它的基本轮廓也是民间原有的，但这篇故事的创作成分比较显著。故事里原来并无洪大海这样一个英雄。原来是六个兄弟反对与洋毛子勾结的武举老爷，他们碰到这个二毛子侮辱民女，愤愤不平，一个人打了他一巴掌，整理者为了把人物写得集中一些，就把六个兄弟改写为一个巨人般的英雄，起名"洪大海"，洪大海一巴掌就将武举老爷从马上打出三丈远。洪大海这个经过整理者典型化了的英雄，给人的印象是深刻的，但这是整理者塑造的人物，而不是民间塑造的人物。故事的基本情节没有改，只是换了它的主角。这个新产品作为改编的例子是成功的；作为整理的例子，我们便不能说它是忠实的了。这个故事如果按照原来的六个兄弟对付一个举人老爷的情节整理，我们是看不到洪大海这个大力士的，可是也自有它的民间味道。因此，我们应当欢迎张士杰创作洪大海的努力，不可否定这个作品。但应当说，保存民间的六个兄弟对付一个举人老爷的传说，对整理民间创作说来是很重要的。民间的传说也不可否定。捻军的故事可以举出《鲁王和他的小黄马》。这也是一篇非常动人的作品。小黄马在它的主人牺牲以后四处嘶鸣，士兵们听到它的叫声以为鲁王还在指挥他们，便继续拼命杀敌；从鲁王手里落下的齐头钗居然自动飞到半空，砍了藏在树上的杀鲁王的叛徒；但是故事的末尾，太平军的一位首领到来，小黄马跪下迎接他，落下泪来，据说这一节是整理者加上去的。从故事的发展来看，虽然加上这个情节表现捻军与太平军有联系，更广阔地反映了捻军斗争的历史背景，也加深小黄马对主人的忠诚，对作品的情节添加了一番曲折，似也未尝不可，但对于整理民间创作说来，像这样原来就比较完整的作品，不再由整理者增添新的情节也是无损于作品的完整的。

　　只捞一点民间的影子，自由发挥，铺叙成篇，而仍然称为民间文学，离整理工作就更远了。这也可以举出苗族的《蔓萝花》。《蔓萝花》出于苗族民间传说《蔓萝诺萝》。原传说有两种相反的内容情节：一种说法是，一个穷苦少女不爱七个骑马的富人，跳舞时她公然拒绝了他们。后来过河时船翻了，少女跌进河中，七个富人没有救她；女的死后变成了蔓萝诺萝花。另一种说法相反是，女的是富人，七个男的是穷人，她看不起穷人，过河时翻了船，七个人都没有救她。整理者——实际上是创作者，对这些传说的基本情节一概没有采用，而创作了一对青年男女为反对封建婚姻而牺牲的爱情悲剧，并用了这样一个由"蔓萝诺萝"压缩了的名字——"蔓萝花"。显然，这已经不能说是蔓萝诺萝花的传说了。剧本写的还不错，它与蔓萝诺萝花的传说相去颇远，可是它仍然是以民间故事的名义出版的,而且后来这个剧本受到观众的赞扬之后,又被改编成电影剧本,改编成小人书,等等,它们都署明是根据民间故事改编,这就以讹传讹,一误再误了。

上面提到过伪造的话。伪造也有两种:有捕风捉影的伪造,也有全为无中生有的伪造,前者有些是出于善意,未可厚非;后者则完全是一种对人民的事业极不严肃的态度。例如竟有人伪造太平军的歌谣。这虽然是极个别的现象,却是恶劣的。而一般的情况,是把整理同个人创作分不清楚。据凉山彝族一位同志揭发,史诗《阿龙寻父》是一个伪造品。据说阿龙原是彝族史诗《勒乌特意》中的一个射太阳的英雄,"整理者"只借用了这个英雄的名字,而用了同书另一章中的一个寻父的故事,并且加上了他自己的创作。于是《阿龙寻父》这样一篇史诗就产生了。原来传说中的阿龙并没有父亲。史诗中说,阿龙的母亲有一天在织布,一只雕从头上飞过,滴了几滴血落在她的裙子上,她于是怀了孕,随后生了阿龙。根据这个远古的传说,阿龙既然父亲也没有,他寻什么父亲呢?

从上述这些例子看来,对待整理民间创作不采取慎重的态度,无论是不自觉的篡改了民间的作品或蓄意伪造,显然都会造成不良后果。一个后果是让人真伪难辨,看不到民间创作的真面目。面对这样的作品,人们既分不清是民间创作还是个人创作,也分不清是古代的作品还是现代的作品;在分析和评价作品上,不仅不易说明作品的时代背景、思想内容和艺术特点,甚至写文学史的人也因断代困难,不知该把它们摆入何章何节。一连串的问题由此发生。研究我国古典文学的人,深知辨别真伪之苦,为了考证古代民间诗歌或古代作家的创作的真伪,不知花费过多少时间和精力,最后往往也并不能比前人的考证前进一步;我们这些应当有点科学头脑的人,为什么偏要给我们同时代的文学史编者和后人制造考证的麻烦呢?民间创作本来就有不易断代的困难,为什么我们还要再在我们的民族文化遗产的宝库里添加些篡改、伪造的货色,把人们引入迷宫或五里雾中去呢?再一个后果:毁坏了民间作品,使不同民族、不同地区的劳动人民的语言艺术失去了它原有的教育意义和艺术风格。古代的民间创作,在今人看来,缺陷和糟粕,过了时的观念,一定是会有的;但这正因为它们是古代的作品的缘故。古代作品反映远离开我们很多世纪的社会生活和古代的观念，它们不可能不受时代的局限。古人有古人的作品，我们有我们的作品；我们在艺术创作中可以也应当有我们的新的创造，但是，要知道历史，要欣赏古代作品或在创作经验上向古代劳动人民借鉴，我们只有去读古代的作品。我们虽然也可以整理古代人的作品，但目的还是要人更好地欣赏古代的作品，受益更多，而不是别的。人们是不会欢迎掺了假的或冒充的古代作品的，正如谁也不愿意买了一颗假宝石一样。最后，经过篡改的作品或伪造品，自然也就丧失了它的文献价值或根本没有文献价值；而各民族的民间文学具有历史文献的价值，正是它的一个重要的特点。

应当重复地说，对记录整理民间创作态度不严肃的人在我们中间为数极少；他们是资产阶级思想的俘虏。许多不自觉地篡改或乱改了民间创作的人，则大半属于好心肠的人，他们对待社会主义事业热忱高，干劲足，只是面临这个新的工作，由于缺乏经验，或受了一些错误论调的影响，采取了一种错误的、不适当的做法。在我们刚刚开创民间文学这个新的工作领域的时候，有这样的缺点是难免的。当然，最重要的是探讨经验，还不是谅解。我们不赞成任何对待民间创作的粗暴态度。对待古人不能粗暴；就是对待今人，整理劳动人民的新创作，也不应当粗暴。要知道，劳动人民的创作，虽然也难免有糟粕，有粗疏之处，但确实自有特色；历代留下来的作品，确有很多无价之宝。因此，对于民间创作的任何糟蹋或损伤，都是不应当被允许的，都是应当努力避免的。

恩格斯是很珍视民间创作的成就反对乱改的。他在《德国人民的书》一文中对乱改民间作品的现象作了严正的指责。恩格斯很推崇格林兄弟，说他们在正确选择作品上具有充分的批判的锐敏眼光和鉴赏能力，叙述方法上又善于运用旧文体。他同时批评了德国浪漫主义诗人士瓦布、马尔巴哈等对民间创作的篡改和一个出版商的胡乱编纂。恩格斯称赞格林兄弟能正确地选择民间的东西，又有充分的批判的锐敏眼光，这就可见他决不是一字不动论，而且，在同文中他反对让占梦书、幸福车轮、百年日历那样一类"有害的迷信的愚蠢的产物"在民间传播，并且积极主张从人民的利益出发审查民间的创作，进行加工；但是,他对于浪漫主义诗人们和那位出版商的做法确实是很愤怒的。

德国浪漫主义诗人对发掘民间创作是有功绩的。但恩格斯指出,这些诗人所感兴趣的只是民间创作的诗的内容,而不了解它作为人民的书的意义。他说士瓦布和马尔巴哈的改写本在真正人民的文体面前暗然失色。他又说,在不知道民间故事的人看来,马尔巴哈的故事非常好,可是一加比较,他的全部功绩只是改错字而已。我们上面所举的一些随便乱改的例子,如果把它们同真正民间的作品一加比较,有的不是也会暗然失色吗? 可是那些作品初看起来不是也往往颇能迷惑读者于一时,使人们误以为是真正的民间创作吗?

恩格斯批评出版商杂乱无章地拼凑的一本题名《狮子公爵亨利希》的书,也很典型。这本小书里收有布朗士维克的家谱,有亨利希公爵的传记,末篇才是民间传说;除了这些正文而外,还附有一篇故事,一首诗。恩格斯指出:民间传说本身是精采的,其余的都是没有意思的。他特别不同意在人民的简洁文体之后附上那篇现代的冗长的叙事诗。他说这首叙事诗的"天才的改编者"大概是上世纪的一位"神父"或"小学教师"。在这里,恩格斯既不同意把改编、创作的东西与真正民间创作混杂在一起,又很欣赏民间文学特有的那种"简洁的文体";他强调保存民间文学的本来面目,强调"保存诗的精神"和民间形式,而不赞成把民间的东西改得毫无民间的味道,把一针见血的民间的"简洁文体"改写为现代的冗长的叙事诗之类。在我们的某些经过篡改伪造、鱼龙混杂的所谓民间作品中,不是也有恩格斯所指责的这样一些现象,并且我们也可以发现有恩格斯所讥讽的十八世纪的"神父"和"小学教师"那样一些天才的伪造家吗?

五

整理民间创作对我们是一件新的工作,也是一件杂复细致的工作。

"整理"一词的含义,是随着我们的实际发掘工作的进展而逐渐明确起来的。过去在工作的发展中,我们对于整理、改写、改编、重述、创作这些字眼的含义的概念,各人理解不一致,用法也不相同。有的人把整理一词的含义理解得比较宽广,连改编也放在内;有的作品可以归入整理的,但用的是改写一类字样;有的作品经过了很大的加工改作,却署的是"整理"、甚至"记录";也有为了既表明忠实于民间原作的内容,又经过搜集者本人的写作过程而并非原始记录,因而使用了"重述"字样的,这种"重述"实际也是"整理";整理同创作是比较容易区别的,但有的人也把它们混淆起来(韦其麟创作的长诗《百鸟衣》被作为整理民间长诗创作的范例推荐,便是一例)。有的人公开提倡可以用各种形式"整理"民间创作,这种提倡只能制造混乱,助长乱改之风,显然是不适当的。

我们有必要把这些表示不同工作性质的用语,按照它们的实际内容,区别开来。我同意将它们大致分为:整理、改编(或称改写)和创作(或称再创作)三种。整理和改编(改写)虽然距离极近,有时似乎不易区别,但将它们的含义即工作范围区分清楚,并不是不可以的,也是很有需要的。

为了把我国各民族的口头文学这宗文化财富全部保存下来,既有忠实记录的原始资料,作为一切工作的基础,又可以在大量的忠实的记录的材料的基础上便于许多人利用这些材料整理作品、进行改编和创作以及其它用途,把记录和整理分为两个工作步骤,并分别出版资料汇编和作品,是一个很好的办法;把各种记录稿分类编纂,一字不动,作为研究资料出版,这是第一步。第二步,整理人可以按照自己的理解和能力,根据自己以及别人搜集的各种原始记录整理作品。根据既是可靠的,方法也可因人不同。整理得好坏,可以比赛,也有案可查。这样,既保障了记录的忠实性,也保障了整理工作的严肃性和创造性。

整理的方法,概括地说不外乎两种。

一、选取一种比较完整的记录或版本,加以整理。删节显然有害的内容;艺术上粗糙的地方在无伤原意的情况下作适当的修改;换掉过于偏僻的方言土语;规整词句,删去不必要的重复,使文字准确生动,通俗易懂,并能充分地显示出民间的风格。

二、同一母题的作品,选取比较完善的一种为蓝本,进行综合整理。但这种整理只限于同一民族、同一地区、而且情节大同小异的作品;如果它们之间差别较大,则不必勉强整理成一篇而可整理若干篇。像《狼外婆》、《巧媳妇》、《龙三公主》这类故事各地都有,民族色彩不同,北方的与南方的也不相同,毋须勉强拼凑,以致毁坏民间创作的本来面目,丧失地方生活特色和民族特色。

无论是上述哪一种整理,都应当努力保持作品的本来面目,主题和基本情节不变,保持群众的生动语言,保持民间创作特有的叙述方式(例如重复的叙述、反复重迭的歌唱)、结构和艺术风格。

整理同改编、创作怎样区别呢?

整理是清理民间文学这宗文化财富,特别是它的遗产部分的一个重要方法。劳动人民的口头文学靠口头产生、口头传播,大都没有定型,因时因地而异,许多作品在群众中说法不一;比较定型的作品往往又失散不全;有的真伪交错;有的瑕不掩瑜。我们要把这些飘忽不定的作品,用文字肯定,还要把它们送到群众中去推广传播,更好地发挥作用,我们就不能照原样送给群众而不做一番整理工作,也就是说,我们要拂去灰尘,去芜存菁,使劳动人民的优秀创作比较完美的送给读者。经过整理的作品,虽然加上了整理人的心血,仍然还是劳动人民的作品,不过再送到群众中去时作品的内容比较健康,形式也比较更为完美罢了。整理者的目的,就是把人民群众的好作品发掘出来以后,作些必要的和可能的加工,使它们恢复本来面目,或尽可能地完美一些,以便列入祖国文艺宝库,长久流传。

整理和改编的区别就在于:整理人的任务既然是把劳动人民的作品按照它的本来面目力求完美地交给读者,他只能是根据民间原有的东西进行加工,去伪存真,去粗取精,不能杜撰情节,加入个人的创作;他的加工只能是使作品内容上无毒害,并且深切地体会民间创作的原意,尽可能把它充分地写出来,把原作的艺术形象正确无误和准确生动地表现出来。他可以在内容上小有增删,特别是应当删除显然反动的、有害的部分,但不可任意大砍大改。他没有权利改动作品的主题、人物和基本情节,而且增删改动也应当是有根据的。原作的体裁、形式,他也无权变更,不能把故事改成诗歌,也不能把诗歌原是一节两句的改成四句。有些作品是好的,但所反映的旧时代的观念不易改动,也不宜改动。这些地方可能对读者、观众产生副作用,但只要是新时代的群众有能力分辨的,便不须改。至于改编,改编者则可按照自己的意图,改动原作的主题、人物和重要情节，使民间原作的某一方面的意义充分发挥出来，而删除它的不合理、不必要的部分；他也可以采取这样或那样的艺术形式，比如把民间传统改编成电影剧本之类。经过改编的作品，有的仍然保留着民间文学的风貌，但有了新发展，成了新产品；有的甚至根本是新的创作了。

以民间创作为素材进行创作，或称再创作，对于民间原作的发展就更大了。作者完全有自由按照自己的意图进行创作，也像其它任何创作一样。作家、艺术家的创作天地是异常广阔自由的。作者可以将民间创作中他认为可取的内容大加发挥，加以发展，写成新作品。我们在这里可以用"丰富和提高"来形容作者的功绩。作者也完全有权利不管原作内容如何，借题发挥；至于采取什么形式，那就更是由他了。中外古今的历代大诗人、大作家，有不少人这样做过的。因此，我们说民间创作是文艺创作取材的一个重要来源。

我们进行整理、改编或利用民间的素材进行创作，都是为了使劳动人民的各种文学创作继续在人民群众中更好地长久流传和发展新的文艺创作，为广大人民服务，为社会主义建设和共产主义理想服务。这三种性质不同的工作对于民间创作都有程度不同的革新以至发展；整理者、改编者、作者都经历了不同程度的创作过程。它们都是根据民间的东西拿出新作品，不过整理是要求把人民的作品按照它的本来面目拿出来；改编是把人民的作品，按照改编者的意图拿出来；创作是利用民间题材作为作者的作品拿出来。三者的加工程度好比一个梯子形。区别它们的关键，就在于是否增加个人的创作和加入了多少创作成份，在于改不改和加不加的问题。改编是要改的；创作更要改；整理虽然容许改，不是一字不动，但如果不是显然应改的地方，一般的不必改。整理工作中的改，必须采取慎重的态度，也必须有根据，要经过调查研究，不能想当然。什么是精华，什么是糟粕，糟粕和时代的局限性的区别和联系在哪里，这些都应研究和区别，然后才能决定应当改或不应当改。如果方便的话，比较重要的增删改动，最好由整理者加以注释说明。总之，不能凭整理人自己的意图想怎么改就怎么改。至于"加"，改编者是有加的自由的，虽然他不能不按照作品本身的需要来考虑；创作是完全有自由任凭作者添加的，当然不在话下；至于整理，"加"

的自由就少了,除了接受同一母题的其它作品的部分而外,一般不可以加,总之,一句话,不能加上个人的创作。

整理同改编、创作(再创作)的区别,要从最后的成品来看:是谁的作品?劳动人民的呢?作者个人的呢?还是劳动人民的作品加上了新的创作成份呢?

我们决不应当把整理、改编和创作这三件工作混同起来;加工应按照不同工作的要求力求做到恰如其分。如果不是这样,如果整理性质的加工是不适当的,超出了它所要求和许可的范围,同改编以至创作混同起来,这就势必产生乱改的倾向。那么,我们也就不易看到真正的民间创作了。

强调整理应忠实于民间原作,决不是保守不前。我们发掘民间文学宝藏的重要目的之一,就是清理民间文艺遗产,达到古为今用,其中包括改革旧艺术。谈到利用民间素材进行创作,或将民间的文学艺术加工提高,历代大作家、大艺术家都这样做过,做得很好,我们时代的作家、艺术家同样有权利需要这样做。民间文学从来都是文艺创作取材的一个取之不尽的源泉;作家、艺术家应当从民间创作中汲取人民的智慧,接受他们的在艺术上的创造,使自己插上人民群众的集体智慧的翅膀,更便于起飞,也飞得更高些;文学艺术的不断发展同劳动人民的文艺创作根本是分不开的。恩格斯在上述同文中就称赞过哥德对《浮士德》的新创作,他说《浮士德》和《永久的犹太人》这两个民间传说是取之不尽的宝藏,每个时代都可以把它们当成自己的东西,从中展示出新的方面。他还认为,这些传说在民间流传中曾经不是被看作自由的空想的产物,而是被看作奴隶的迷信的产物;《浮士德》传说降低为庸俗的妖怪故事,《永久的犹太人》要人们保持对基督教的信仰;浮士德被看作一个普通的魔术师,而阿哈斯菲尔(《永久的犹太人》中的主角)被看作是一个最大的恶棍。他愤慨地说:"难道不能为德国人民拯救这两个传说,恢复它们的纯洁性,十分鲜明的表现出他们的本质,使教养很低的人也能了解它们的深刻意义吗?"可见恩格斯是主张对民间创作进行创造性的加工的。但是,恩格斯所谈的恢复民间创作的纯洁性的加工,虽然在去伪存真即取其精华、去其糟粕的意义上,含有我们所讲的"整理"的意思,但按照他所举的哥德对《浮士德》传说的改编加工,实际是利用民间的素材进行再创作。为了保存或恢复民间创作的本来面目，并且保持原作的形式和风格，需要把"整理"同"改编"加以区别。重新创作（再创作），更是另外一回事。以革新的精神改编民间创作，或者把它当作素材再创作，剔除其中的糟粕，发扬它的某一方面的意义，特别是发扬它与我们的时代精神相联系的富有教育意义的内容，使劳动人民在旧时代保留在他们的作品里的生活的真理经过改编者、作家的加工在新的时代发挥作用，这对诗人作家们是完全应该的。整理工作也含有某种程度的革新，但整理民间创作是为了有批判地尽可能比较完善、充分地显示它们所原有的丰富内容，显示它们原有的艺术风格，仅仅为了这一点而已。因此，不应当把改编（基本上属于创作性质）、创作（再创作）与以马克思主义的观点、方法整理民间创作混同起来。

整理民间创作，必须忠实于民间创作。

但是，从一个故事、一篇叙事诗那样不定型或不太定型的作品，因讲唱人的不同，搜集人听到的常常各人一样，究竟忠实于谁呢？保持谁的风格呢？经过记录人的文学表达，特别是经过整理人的加工，不可避免地会带上他们本人的文风，那么他们还能够保持民间原作的风格吗？

上述第一种整理方法，无疑地从内容到形式、风格都应当忠实于讲述人；第二种即综合性的整理方法，既然是取各种不同记录、版本的长处，作品内容就不是忠实于哪一个讲述人，而应当是忠实于民间的这一个作品，它应当保持以作为蓝本的作品为主要依据的民间风格。民间故事的讲述人，会讲故事的与不大会讲故事的大有区别。有的人很会讲故事，甚至能编故事，也有一些人是平庸的讲述者。记录民间故事应当要求忠实于每个讲述人；根据各种记录整理民间故事，忠实于谁更好，就不能不有所选择。要忠实于最会讲故事的人；他讲的故事一定是别有风格，富有文采的。要保持他的语言和风格。这也不是一字不动，而是力求保存民间的艺术光彩。有人说讲述人都是故事的作者，这话是不符合事实的。

作品既然是经过整理人花了心思，被他炮制过一回，表现了他的眼光，他的取舍，他的写作能力，当然不可避免地会带有他的主观见解，而且必然"文如其人"。特别是用第二种整理方法,结果会是这样。董均伦有董均伦的风格。张士杰有张士杰的风格。事实就是这样。然而董均伦、张士杰他们也都在自己整理的民间作品里不同程度地传达了劳动人民的艺术风格,这一点在他们是共同的,也是最重要的。劳动人民的艺术风格越是保留的多,越是整理得好。看不见劳动人民的艺术风格的作品,不能认为是好的整理。"文如其人"中的"人"。这里第一是讲述人,即应当是文如讲述人;第二才是整理人,即不可避免地是文如整理人。整理人不能摆脱自己的文风,因为他参与了创作过程,他实际上也是一个作者。但他需要努力突破自己的风格,更多地体现劳动人民的风格、讲述人的风格,这是整理人需要花功夫的地方。

整理人要达到充分地理解他的工作对象,能够在反复调查研究中掌握人民群众的文学创作的社会内容、思想情感、心理素质、艺术风格,尽可能把它们准确、生动、完美地用文字表现出来,这是需要花大量的劳动而不是草率可成的。

整理民间创作是一种创造性的劳动。整理也像翻译一样,它带有很大的创作的性质,然而我们不能把它与创作混同起来。它比翻译工作还要更复杂一些。文学翻译,尤其是诗歌的翻译,实际上是半创作,与日常交际的翻译很不相同。日常生活交际的翻译,只要把意思准确无误地翻译出来就行了;文学翻译却要求译者经过他的一番心血用另外一种不同的语言,按原作的内容和风格制作一个艺术品,既要忠于原意,又要传达它的神韵。翻译容许小有创造,然而翻译终归是翻译。译者不能超过他应遵守的工作范围;他必须努力保持原作的内容和风格,而不可以自己创作一段加进去。整理与翻译在这一点是相同的;它应忠实于原作。整理人只有努力体现民间的作品,而不能由自己创作一段加进去。整理工作,特别是用第二种整理写法,它与翻译工作不同的地方,是要求整理人有更多的主观选择和艺术加工。整理的过程也就是创作过程。有人说整理是一种特殊的创作过程,这话有道理。但是,整理也终归是整理。整理人加入了自己的心血,才出现了比较更为完美的作品,但他也没有权利杜撰一个人物,杜撰一个重要情节,放进人民的创作中去。他也不应当超越他的职责范围。

有的人号召民间文学工作跃进一步——创作,这是一种错误的提倡。民间文学工作要不要跃进呢？采风运动是民间文学工作的大跃进。写我国各少数民族的文学史，也是一种大跃进。全面开展调查，记录和整理民间作品，也是一种大跃进。民间文学的整理工作也必须跃进，但不是跃进到谁都来创作民间文学，而应当是深入群众调查研究，不厌其烦地从各种人记录民间的东西，反复比较，认真地花功夫整理民间的优秀作品。把整理工作推向另一个方向——创作，这就只能是鼓励伪造了。

　　摆在我们面前的我国各民族民间文学的搜集整理工作是一个新的工作。我们还必须在工作过程中不断地总结经验，改进工作方法。只有树立采取实事求是的科学态度、科学的工作方法，我们才能很好地发掘和利用各民族民间文学这个巨大宝藏。

一九六一年五月二十四日。

一九六一年七月三十日改。

谈解放后采录少数民族口头文学的工作

贾　芝

史料解读

　　该文为论文,原载于《文学评论》1964年第5期。该文系在《谈各民族民间文学搜集整理问题》的基础上,对少数民族口头文学整理进行的专门论述。文中强调了口头文学的特点,指出我国有五十多个少数民族,各少数民族都有很好的口头文学,作品都各有自己的民族特色。在他们的口头文学中,有反映不同社会历史阶段的作品,阶级斗争在史诗、创世纪神话中都有所体现。口头文学不仅反映了各族劳动人民的生产斗争和阶级斗争的生动图景,而且广阔地反映了他们的不同的社会生活和历史,如文中提到许多少数民族都有好歌的风俗,不但恋爱要唱歌,婚礼、丧事、节日要唱歌,甚至有的问路、打官司也唱歌。他们把唱歌看作表达思想情感和社会交际的一种手段,一种温习历史、比赛知识的自我教育的工具。同时作者也对少数民族口头文学调查采录工作者在采录中的一些错误做法进行了纠正,并提出新的要求:要总结新的经验,克服工作中的缺点。

原文

一

有计划地采录发掘各少数民族的口头文学，在我们国家是一项新的工作，一个规模巨大、意义重大的工作。

我国有五十多个少数民族，他们都有很好的口头文学。但这许多民族的口头文学也如同它们的作者一样，过去是被历代反动统治阶级所瞧不起的，它们的蕴藏情况也长久不为人们所知晓。只有到了全国革命胜利以后，随着各族人民在政治上的翻身，它们才大量地被发掘出来；而一经发掘，它们便花开万朵，赢得了人们的热爱和赞赏。

每个民族都有自己的优美的神话、传说、歌谣、民间故事、寓言、笑话、谚语以及其它形式的作品。过去曾有一些中外学者探讨过为什么中国没有史诗，以及长篇叙事诗也很少的问题；现在我们看到少数民族中史诗、长篇叙事诗相当多。很多民族都有自己的说唱艺人和著名歌手，他们不仅是长篇诗歌的保存者和演唱者，而且很多又是即兴歌唱的诗人，他们能够弹唱或讲述很多古老的和新编的作品。尽管各个民族在解放前所处的社会历史发展阶段并不相同，大部分实行封建土地占有制度，有的保持着封建农奴制度，还有一些民族保留了浓厚的原始公社制度的残余。然而他们都各有丰富动人的口头文学，都有自己特有的优秀的作品和独特的艺术形式。这些作品忠实地记录了各族人民的历史，成为他们以往的生活和斗争的历史见证；它们表现了各族劳动人民的思想情感，从来都起着鼓舞、团结和教育人民的作用。

首先以反映人同自然的斗争，即生产斗争的作品来说吧。许多少数民族都有关于创世纪的神话传说，它们极其生动地反映了古代人为创立人类社会生活而向神秘难解的自然界所进行的伟大斗争。

譬如创世纪的传说中关于定日月、分昼夜一节，各民族就有不同的奇妙的设想，都有它们自己所描绘的造福人类的英雄。传说最初天上有成群的太阳和月亮,那时候月亮和太阳也同样的热,晒得天干地裂,人类无法生存。于是,有一位英雄挺身而出,努力战胜这场旱灾。各民族的英雄们战胜这场灾难的方法也各有不同。阿龙(彝族《勒乌特依》)是站在山顶上的一棵杉树上,搭箭拉弓,把六个太阳、七个月亮一齐射掉了,然后他把它们压在石板底下。可是这样一来,人间又变成一片漆黑,无法进行生产了。最后是请白公鸡喊了三个昼夜,才叫出一个太阳、一个月亮来,世界由此分出了白天和黑夜。苗族的杨亚(《苗族古歌》)是砍桑树制成黑漆大弓,然后跑到天涯海角,站在海边的高岗上,一连射了十四箭,把八个太阳、八个月亮各射掉七个,第十五箭射歪了,横冲过最后的一颗太阳、一颗月亮,而结果吓得它们都藏起不敢出来了。布朗族的顾米亚(《顾米亚》),他在射掉了八个太阳、九个月亮以后,剩下的一个太阳吓得扭头就跑,月亮却跑得更快。顾米亚这时已累得两臂无力,他勉强射出了第十八支箭,这一箭没射中,从月亮身边擦过去了,吓得月亮出了一身冷汗,从此它便不会发热了。彝族的格兹(《梅葛》)和阿拉(《阿细的先基》)对付一群太阳和月亮的办法,与上述这些英雄们不同,他们一个是钻,一个是捉。史诗中说:"格兹天神,左手拿钻,右手拿锤,来钻太阳,来钻月亮。留一个太阳在天上,留一个月亮在天上,太阳落在阿娃西山,月亮落在波罗西山,四季分出来,草皮树根长起来。"这位格兹天神象石匠一般来钻天上的太阳和月亮,这个工程也够壮观的了。捉太阳和月亮的阿拉,没有被说成是神,而是一个普通人。史诗中说:"有一个叫阿拉的人,他看见太阳这样多,便背着篮子,把太阳拿下来,装在篮子里面,可是他装了这个,那个又飞到天上去了;他装了那个,这个又飞上天去了。后来他拿着一个,便把它埋在土里面。"捉到第七个时,他留下这一个不再捉了。你看,人可以任意捉拿太阳,随便处理,古代人创造出这样一个英雄形象,很值得我们思索。这里还应当向读者介绍一下布依族的制服一群太阳的方法。天神翁戛为人类造了十二个太阳一齐挂在天上,要它们各守职责,有的照山川,有的照稻谷,有的照男人打鱼,有的照女人搓麻,等等。可是这群太阳不听话,它们一齐出来,照得大地上象火烤一样。翁戛爬上椿树,一气射落了十个太阳,留下两个众人不叫他射了,要让它们照庄稼。可是这两个太阳,有一个吓昏了,一跤跌在牛滚凼，它的光不热了，变成了月亮。从此，世界便分出了白天和黑夜。

　　神话中所反映的古代人对于天地日月形成的解释，自然是荒诞无稽的，不科学的，然而在这类富有诗意的描述中，却充分描绘出古代人依靠自己双手和才智来征服自然的力量，以及他们的顽强不屈的战斗精神。这也正是对于人的力量和自信的表述。在这些描写里，人格化了的神实际上是一些最能劳动、最有办法的人，是人按照自己的面貌塑造出来的英雄形象；或者根本就是一个普通人。在创世纪的史诗里，我们看到，从开天辟地，造出日月江河，变出花鸟虫兽，把世界布置得昼夜分明，风景宜人，一直说到盘庄稼、狩猎、畜牧、发明医药以至制作乐器。这里面我们看到古代人力图理解自然现象并战胜自然灾害的各种努力，看到每个民族不忘记追忆本民族的起源，歌颂某一位劳苦功高的祖先披荆斩棘的创业史。这些神话传说无论有怎样幼稚的想象，却都非常真实地反映了原始社会中人同自己所不理解的自然界作斗争的巨大勇气，表明劳动人民是世界历史的创造者，他们是敢于设想，也自信有办法来实现他们的理想和愿望的。同时也正是由于他们从人类童年时期起就有自己的理想和愿望，有自己的劳动和斗争的实践，他们才能以如此奇丽的、天真的想象创造出许多美妙的神话。

　　反映人同自然的伟大斗争的，当然并不止是我们今天所看到的古老的创世纪神话。在描写各族人民的劳动生活和生产活动的大量作品中，不断地表现了人同自然的斗争。由于各少数民族社会历史发展的不平衡，有一些解放前还处在氏族社会末期或保留着浓厚的氏族制度残余的民族，他们的作品，不论是古老的或新产生的，都反映了采集、狩猎、捕鱼、畜牧、农事和工艺等各种生产实践活动；另外一些具有悠久文化历史的民族，至今也还流传着一些很古老的渔猎时代的作品，以及各个历史时期反映他们的劳动生产活动的作品。这些作品，不同民族也都各有自己的特色。例如只有几百人的赫哲族，有反映他们的捕鱼或打猎的惊险的传说；生活在大兴安岭原始森林中的鄂温克族，有在狩猎生活中产生的《鹿仔之歌》那样的抒情诗；怒族有着关于猎神的美丽传说；纳西族有古老的《猎歌》；以畜牧为生的柯尔克孜族、哈萨克族，也有他们的各种动人的

《牧歌》;有许多民族,如苗族、畲族、布依族、瑶族、傈僳族等等,干什么有什么歌,有各种表现劳动生产的歌,如《造酒歌》、《插秧歌》、《季节歌》、《纺棉歌》、《伐木歌》,等等。这些不同民族在不同时代和不同社会条件下产生的口头诗歌,极其生动地表现了他们为向大自然索取食物和创造社会物质文化所进行的各种生产斗争,反映了他们的生活状况和理想愿望,并且鲜明地显示出他们在同自然作斗争中的勇敢、乐观,以及在长期的共同劳动斗争中所形成的那种集体主义的、不自私的可爱品质,其中有些作品还深深地打上了阶级反抗的烙印。这些作品都表现了人们企图使自己成为自然的主人的各种辛勤努力;在这种努力下,便不断地产生了各民族的各种绚丽多采的语言艺术创作。

在我国少数民族中还有世界上比较罕见的史诗巨著,它们是反映部落英雄征战时期的作品。如藏族有《格萨尔》,柯尔克孜族有《玛纳斯》。在这两部史诗中,塑造了象格萨尔、玛纳斯一类南征北战的无敌英雄,他们被本民族看作保卫人民和平利益,反抗外来侵略或黑暗统治的古代英雄,被看作是正义和勇敢的象征。人们至今还喜欢听艺人弹唱这些神奇英雄的事迹。

各少数民族的口头文学中,反映阶级斗争也极其鲜明。我们可以这样说,没有什么作品比劳动人民自己的口头创作更能告诉人们以往时代阶级对立的真实状况和阶级掠夺的残酷性了。

我们从少数民族地区的民主改革中知道,四川大小凉山的彝族人民不久前还生活在等级森严的奴隶制度下面,西藏上层反动集团实行政教合一的封建农奴制度,使藏族人民生活在极其野蛮的血腥统治下面。人们很难设想生活在这样一些社会制度下面的奴隶们、农奴们会没有反抗。我们只要听听他们的民歌或故事传说,就会了解他们的反抗斗争是多么激烈了。他们过去的民歌和故事虽然有很多是悲惨的,可是在这些作品里面却经常响着反抗阶级压迫和阶级剥削的战斗的声音,而且他们总是乐于叙述他们曾经是怎样以胜利者的姿态战胜奴隶主和其他剥削者的。请听藏族人民的两首悲歌:

一

奴隶的痛苦无法比，

好比悬崖上的獐子，

悲苦地吃一口草，

伤心地喝一口水。①

二

天空的太阳和月亮，

还有在天空转的时间；

我在凯墨当奴隶，

脚跟没有着地的工夫。②

这都是奴隶的悲愤的申诉。歌者以獐子，以太阳和月亮，来与自己的处境相比，把他们的不满心情，表达得多么富有智慧！

在凉山彝族地区，土司贵族把"娃子"（奴隶）看作"会说话的牲口"，娃子们没有人身自由。虽然在现实生活中受害的总是他们，但在故事传说里面，娃子往往是非常聪明，非常有办法的，没有他们就办不成事。他们总是胜利者。一个名叫阿果的娃子，他多次设法挫败主人卖他的阴谋。在他遭到土司的毒害以后，他让家里人按照他的设计，把他的尸体装作象他生前的样子；照常坐在火炉旁边，吹着他的"巨尔"。主人到他家里一看，以为他没有死，结果中了他的计，主人用害他的毒药毒死了自己全家。阿果死后还吹"巨尔"的故事是很凄惨的；可是他的智慧是惊人的，他的终必胜利的自信，鼓舞着听者（《阿果斗智》③）。

历史上劳动人民反抗剥削阶级的统治的办法，一般说来有两种：一种是以怠工、嘲弄剥削者、乃至动武来个别地进行对抗；一种是聚众起义。个别地进行反抗斗争反映在口头文学中也有两种：一为以斗智取胜，一为以力大服人。上

---

① 唱这首歌的是藏族一个贫农妇女，五十二岁。一九六〇年七月五日乔维狱、卓如在西藏山南拉加里记译。

② 唱这首歌的是藏族一个农奴。一九六〇年六月佟锦华在西藏山南乃东县记译。

③ 《阿果斗智》，见《四川彝族民间故事选》（四川人民出版社）。

面所说的《阿果斗智》描写阿果孤单一人与奴隶主较量，就属于前一种。许多民族都创造了阿古登巴一类善于嘲弄统治者的代表智慧、正义的典型，又创造了一些力大无穷的巨人的形象。土家族的《科斗毛人的故事》中三个兄弟各举一头牛，使官兵望而退却，这样的故事是劳动人民对自己的力量的高度颂扬。至于象藏族的阿古登巴式的机智人物，在蒙族①有巴拉根仓，在维吾尔族有阿凡提，在苗族有幌江山，等等。它们一般地都采取了富有幽默感的笑话的表现形式，这就使得这些作品常常是盈溢着劳动人民的乐观的战斗精神。我们知道，少数民族在历史上多次爆发的农民起义，也留下了许多动人的传说和诗歌。

在大量发掘的少数民族的叙事诗、长篇抒情诗、故事传说中，反对婚姻不自由是一个经常被描写的重要主题，它们往往比较曲折而强烈地反映了阶级斗争。一般地说，少数民族中的封建礼教的统治还没有达到象汉族那样男女授受不亲的严厉程度。很多民族，男女在婚前有社交自由，以对歌为媒介的恋爱习俗就是男女社交自由的一种表现。但是，门第不相当，恋爱要受到父母、兄长的严厉的干预，买卖婚姻盛行，在不少民族中也普遍存在。而且，许多少数民族中都有舅权制的风俗，女子到达结婚年龄，舅家的儿子有优先娶她的权利；如不嫁给舅家，就要给舅父出赎身钱。这种古代母系社会残留的遗迹，成为少数民族中一种特有的束缚男女恋爱自由的枷锁。这种种使男女爱情不自由的残暴束缚，造成了青年男女的许多悲剧。旧时代青年男女们对这些束缚和干预采取了各种方法进行反抗。各民族在描写青年男女为反对爱情不自由而进行的斗争中创造了许多富于幻想的优美离奇的故事，也有许多动人的情歌。

在这些反对婚姻不自由的作品里，斗争和冲突表现得异常尖锐。象侗族著名的《珠郎娘美》（一名《秦娘美》），就极其生动地反映了女主人公娘美在地主恶霸的逼、骗下的悲惨命运，以及她在荒野中用斧头劈死恶霸的勇气。象这样同土豪恶霸面对面的阶级斗争，是任何善良的读者或听者都要为之惊心动魄的。这是一幅毋须任何巧饰都会激动人心的封建时代的现实图画。此外，以美丽的

---

①　编者注："蒙族"应为"蒙古族"，后同。

幻想作为结尾的悲剧,汉族民间传说中有梁山伯、祝英台式的作品,在少数民族中也相当多。例如藏族的《茶与盐的故事》,土族的《仁布与且门索》,都是这样的作品。前者说,一个穷苦牧民和他的情人殉情后被分葬在河的两岸,河两岸长出两棵树来,枝叶交错;树被砍掉了,二人又化作了金银鸟,终日伴唱;一对鸟又被射死了,他们从此就化作藏民每日离不开的茶与盐。后者说男女死后是化为一对播谷鸟,常年在他们生前一块放羊的山岗上双双飞翔。这些美丽动人的传说,是用反抗者的血和泪凝结成的。

最后,我再举一个少数民族反对帝国主义和殖民主义侵略者的例子:一九〇四年,英帝国主义曾派遣了一支英国远征队从印度入侵西藏,这支远征队进入西藏以后,遭到了藏族人民的节节抵抗。在战斗最激烈的江孜,留下这样一首民歌:

> 米米古宅的房子里,
>
> 住着一群外国坏蛋。
>
> 坏蛋们,你们不要叫嚣;
>
> 二十九日[①],让你们一起离开人间!

在离江孜不远的却眉,也有一首民歌把这场对付侵略者的斗争描写得很好:

> 乌朵曲米谷枝[②],
>
> 用柔软的羊毛织成,
>
> 在却眉地方扔出的石头,
>
> 击得英国人脸肿鼻青。

从这一个例子,我们就可以看出近百年来少数民族口头文学中所反映的各

---

① 藏历十二月二十九日是旧俗"赶鬼节"。这首歌见《中国反帝反封建的歌谣》(中华书局出版)。

② 乌朵曲米谷枝——是最好的掷石器,带形,用九股羊毛线织成。1904 年,英军入侵西藏,却眉地区的群众为了保卫祖国的神圣领土,用刀、枪、矛、乌朵……打击拥有洋枪洋炮的侵略军,在那里坚持了好多天,使敌人寸步难移。这首歌见中国民间文艺研究会主编出版的《西藏歌谣选》。

族人民对待殖民主义侵略者的态度了。

在少数民族口头文学中,有反映各种社会历史阶段的作品,特别还保留了比较多的早期社会历史阶段的作品,是一个明显的特点。同时,它们也记录了各族人民反对各种阶级压迫和剥削的斗争史,它的最后一章,是在中国共产党和各族人民领袖毛主席领导下的民族民主革命。

许多少数民族都有好歌的风俗,不但恋爱要唱歌,婚礼、丧事、节日要唱歌,甚至有的问路、打官司也唱歌。他们把唱歌看作是表达思想情感和社会交际的一种手段,一种温习历史、比赛知识的自我教育的工具。因此,他们的口头文学不仅反映了各族劳动人民的生产斗争和阶级斗争的生动图画,而且广阔地反映了他们的不同的社会生活和历史。各少数民族人民不仅在他们的口头创作中描写了他们的生活状况,他们同大自然作斗争,同剥削阶级、外来侵略者作斗争的种种经历,而且储存了他们的生产斗争和阶级斗争的知识,他们还特别把这些知识用寓言和谚语的形式传授给后人。我们看到,所有少数民族,即使是一些人口很少的民族,也都有他们自己的带有本民族的生活特点的出色的寓言和谚语。

二

所有少数民族都有好作品,他们的作品都各有自己的民族特色。有的民族长诗多,如彝族、蒙古族、傣族、纳西族、柯尔克孜族;有的民族传说故事很有特色,如白族、傣族、藏族、普米族、达斡尔族等等;至于民歌,单是各民族的不同的民歌形式,就可以举出很多种,它们本身就是少数民族在诗歌艺术上的丰富创造。但是,所有各少数民族的这些好作品在解放以前却被无声无息地埋没了许多世纪。

在旧时代,不同的阶级的人对待少数民族的口头文学有不同的态度:一种是反动统治者的态度,他们对于人民口头创作深恶痛绝,或者企图加以扼杀,或者加以篡改曲解,使其为反动统治阶级的利益服务。再一种是人民群众自己对待口头文学的态度。他们是爱好自己的口头创作的,他们在没有文字或虽有文字而无权使用的条件下,把口头创作当作表现、娱乐和教育自己的工具。但在反动统治思想和反动宗教奴化宣传的影响下，人民群众也并不都能认识自己的创作的性质的。只有在工人阶级的领导下，劳动人民才由自在的阶级变成自为的阶级，也只有这时他们才能真正地了解他们旧时代的口头创作的全部意义，并且能够拂去蒙于其上的封建迷信等反动思想的灰尘。还有第三种态度，就是帝国主义、殖民主义者妄图利用我国少数民族的口头文学为其侵略和奴役我国人民的政治野心服务，或者在旧中国这个"冒险家的乐园"里随意猎奇、盗窃，把所谓"野蛮人"的作品拿给欧洲的"文明人"去欣赏。这是对我国各少数民族的莫大侮辱。

特别值得提到的是第三种态度，即帝国主义、殖民主义侵略者对我国少数民族的口头文学的态度。

自从一八四〇年鸦片战争到一九四九年全国解放，我们的国家在帝国主义列强的侵略下变成了一个半殖民地、半封建的社会。中国成为西方殖民主义者大量掠夺财富和建立殖民统治的理想地方。各帝国主义列强梦想瓜分中国，而处在西南、西北和东北边疆一带的少数民族地区，特别成为帝国主义、殖民主义侵略者肆无忌惮地进行分裂蚕食活动和他们彼此相角逐的场所。帝国主义和殖民主义者在这些地区进行对中国的军事的、政治的、经济的和文化的侵略中，也注意利用了民俗学。他们进入我国少数民族地区，有专探贸易商路的，有从地理、气候到政治、经济、社会历史、民族关系、语言、风俗作全面侦查的，有随侵略军搜括文物的，有长期传教的，有考古的，有探险的，也有作语言调查、历史调查或民俗调查的，等等。这些人多半是帝国主义派遣的殖民主义分子。所有这些勘察家、军人、冒名学者、传教士之类，在他们的各种调查活动中都或多或少地接触到民俗学调查，其中包括少数民族的神话传说和诗歌。殖民主义者是非常懂得利用民俗学调查为其侵略目的服务的；其中有不少人是在他们的侵略性的职业活动中自然而然地变成了所谓"海外民俗学家"。

美国民俗学家理查德·多逊（R.M.Dorson）在《英国民俗学研究》一文中谈到英国的"海外民俗学家"时说："英国人在全世界旅行、教书、宣教和管理。一些重要的民间传说和译本，都是一些住在亚洲和非洲的传教士、旅行家和殖民地官员带来的。"又说,"政府官员和传教士相信,熟悉当地的民俗对他们的工作(按即指殖民主义侵略和统治——引者)会有无可限量的帮助。"

关于这一点,英国人班恩女士(C.S.Burne)早在一九一三年在她的《民俗学概论》的导论中就已经讲得很明白了。她说:"民俗学对于人类知识的总量上恐不能有太多贡献,但有一个非常实用的效果会从这种研究中产生出来,就是,统治国对隶属民族从此可以得出较好的统治方法。"为什么呢?班恩女士引用了丹波爵士(Sir Richard Temple)和茹侯特夫人(A.R.Wright)的两段话来证实她的论点。丹波说:"我们倘不研究隶属民族,那么恐怕我们永远不能正确地理解他们。我们要记住:亲近和正当的理解可以产生同情,同情可以产生良好统治,那么,谁能说'亲近、理解、同情、良好统治'和能够使这些成为现实的科学研究不中用呢?"你看,研究民俗学在西方资产阶级学者看来是一项不可缺少的重要工作,它可以使殖民主义国家获得统治被压迫民族的良好方法。这就是为什么那些到亚、非国家的一些西方的传教士、旅行家、殖民地行政官员都懂民俗学对他们的工作有不可限量的帮助,而且他们都由担任与民间文学研究工作毫不相干的职业忽然变成了"海外民俗学家"的原故。他们对于殖民地、半殖民地的人民的"亲近、理解"或什么"同情",其目的和结果不过是要产生对被压迫民族的"良好统治"。说得多么甜蜜而又多么恶毒呵!茹侯特夫人也真能为殖民主义分子们出主意。她说:"乡下人内心的情绪,都和他们的传统语言及语调联系在一起,你们只要控制得到他们的语言的形式,你们就能把他们的心弦操在你们的手中。"这也是一语道破了殖民主义者爱上了民俗学这门科学的秘密。通过"语言的形式"——各种口头文学创作,懂得"乡下人内心的情绪"——也就是我们所说的劳动人民的思想情感、心理和愿望,就可以把他们的心弦操在殖民主义者的手中,这是多么赤裸裸的招供呵!

理查德·多逊对于民俗学的反人民的作用也是理解的。他在一九六二年给美国议员韦恩·莫尔斯(W.Morse)写了一封信,向美国政府献策,认为利用被压迫民族和被压迫人民的风土习惯、神话传说,就能很巧妙的操纵他们,而且他认为民俗学是加强帝国主义推翻一切共产党国家的战斗力的手段。美国某些人士不了解民俗学的作用，竟把民俗学与教堂音乐等同看待而主张削弱民俗学和教堂音乐的经费，他批评说：这"说明他们不知道民俗学能够深入下层千百万群众的内心深处，若利用风土习惯，传说神话，就能很巧妙地操纵他们"。他认为，如果照那些不懂民俗学研究的妙处的人的主张去做，就会"削弱自由世界企图要推翻一切共产党国家的战斗力的"。多逊提出这种见解和主张，是针对着斯大林时代的苏联以及其他社会主义国家把民俗学作为加强共产主义的意识的手段而发的，其中特别提到中国，并引用了十九世纪老殖民主义英国以及纳粹德国也都很重视民俗学的情况，以为立论的依据，他说："在十九世纪，从英国派往殖民地的官员和传教士们完全体会到，要了解和他们打交道的人们，最有价值的方法就是了解他们的民俗，于是他们就搜集了很多很好的民俗材料。新西兰的总督葛来爵士（Sir G.Gray）是第一个搜集新西兰岛上毛利族的许多传说的人，也是成功的统治他们的人。"①

　　这番话说得十分明白。十分赤裸裸地表明了帝国主义国家的民俗学和它们的殖民主义侵略政策之间的密切关系。多逊还指出，纳粹德国把民俗学当作控制、沟通本国与他国人民的思想的有力媒介，并利用民俗学充实了他们的"民族统治论"。谁都知道，在第二次世界大战以后，美帝国主义代替了法西斯德国的地位，横霸全球，到处伸出魔手，千方百计地镇压亚、非、拉民族解放运动，而在国内则实行对黑人的种族歧视。"民族统治论"，依然从纳粹德国那里衣钵相传，成为美帝国主义的侵略和镇压政策的理论根据。多逊的理论比班恩女士之流的见解又高超了很多，也更激烈得多。班恩女士总结了英国在海外进行殖民主义侵略中利用民俗学的经验，找出了民俗学这把能以打开殖民地人民的心灵的钥匙；多逊则不但懂得这把钥匙的功能，而且把它看作是维护他们的所谓"自由世界"、推翻一切共产党国家的得手武器。新殖民主义者向老殖民主义者学

① 葛来在他所写的一部《多岛海神话》的序言里曾说他著书的目的并非全为学术，大半是政治上的手段。甚至还举例说他怎样假借神话的历史来欺骗新西兰人。说：譬如要造一条铁路，倘若对他们说这事如何有益，他们决不肯听；我们如果根据神话，说从前某某大仙，曾推着独轮车在虹霓上走，现在要仿它造一条铁路，那便无所不可了。——见《鲁迅全集》第一卷第四〇三页。

习统治被压迫民族的办法,可谓青出于蓝而胜于蓝了。

在英国政府派遣远征队武装侵略西藏的年代,英国就早已出版了西藏的民间传说。当然,企图通过我们的口头作品及其它调查了解我国各族人民的思想与愿望,为殖民主义侵略开路的,不止是英国的殖民地官员、旅行家和传教士,还有许多不同国籍的这类人。这些传教士、军官、探险家、殖民地官员、文化间谍等在我国少数民族地区进行各种探测活动中注意民俗调查,是企图了解我们这些民族的生活方式、风土人情、社会历史,了解他们的思想和愿望,以便寻出进行侵略和统治的手段,掌握他们的命运,用西方民俗学者的话说,就是巧妙地"操纵"他们。美国的传教士们在云南怒江地带曾经为傈僳族、拉祜族编造拉丁文字,译出了傈僳语、拉祜语的《圣经》;此外,他们大概还怕用《圣经》不能俘虏这些民族,据说还伪造了这样一篇神话:上帝有两个儿子,大儿子名孔明,二儿子名耶稣,过去大儿子掌事,所以我们要信奉孔明,现在大儿子孔明退休了,掌事的是二儿子耶稣,所以我们现在不应信奉孔明而应信奉耶稣了①。你看,传教士们在民俗调查的基础上还编造起二十世纪的殖民主义的神话来了！神父们是很懂得利用民间形式来欺骗群众的。他们了解到怒江沿岸的少数民族崇拜孔明,有孔明的传说,于是便捏造了这个新"神话"。当然,殖民主义者到少数民族地区进行勘探调查,所借助于民俗调查的,远不止直接利用民俗材料向群众进行欺骗宣传,他们更大的罪恶目的,是利用民俗调查,以便于策划对被压迫民族实行殖民主义侵略和统治。一八九五年,英国的戴维斯少校(H.R.Davis)在云南作了包括语言、民俗在内的全面考察,他的考察结果之一,是捏造古代南诏国是由傣族建立的②,从而挑拨当地的民族关系,又鼓励泰国的扩张主义。这位将军在他的海外勘测工作中居然变成了一个语言学者,他在语言学中所显示的政治阴谋难道还不够明白吗？法国的传教士保罗·维亚(Paul Vial)从一八九九年起,在《阿诗玛》的故乡云南路南县一带,一边传教一边搜集各种彝族资料,他不仅也把《圣经》译成彝语,在彝族群众中深入地进行奴化宣传,而且还把法

---

① 　江应梁《西南边疆民族论丛》,二五六页。
② 　戴维斯《云南——印度与扬子江之间的锁链》,一九〇四年出版。

国和彝族直接联系起来，编了《彝法辞典》，并写了《倮倮与苗子》一类著作。这岂不是远远超过了一个神职人员的职责范围吗？再看美国的洛克博士（Joseph F.Rock）。洛克博士在云南前后住了二十年之久，他是解放前夕才离开那里的。他曾经雇用了许多人陪同他考察了纳西族聚居区、西藏以及我国西南各省①，他说他为了探测中国"这个神秘的、不可思议的国家"，"从暹罗一直走到蒙古的西南部"②。这位洛克博士自称是一个农艺学家，可是他此刻在研究纳西族的文学，又写了关于纳西族历史和地理的著作《中国西南部的古代纳西王国》，书末还附有他亲自绘制的几张十分精细的地图。洛克博士研究纳西族的"宗教文学"，目的也不过是要了解和掌握中国这个"神秘的国家"的一个民族的社会生活、风俗和思想。这些将军、传教士和博士们从事考察和著述，不过是抱着为进行殖民主义侵略罪恶目的来研究我们这些边陲地区的民族而已。他们这个捏造说古代的南诏国是由傣族建立的；那个又编出一个神秘而野蛮的古代纳西王国。不久前我又看到由一位叫 A.H.弗兰克（A.H.Franke）的摩拉维亚教传教士所搜集的藏族的《格萨尔》，这个记录本是从一九〇五年到一九四一年在孟加拉皇家亚洲学会陆续全部出版的，书的前言中，竟公然把西藏和中国说成是两个国家，说什么西藏是一个"佛教国家"。所有这类伪造历史、挑拨离间的行径，目的无非是妄图把我们的一些民族地区从中国的版图上分割出去而已。

殖民主义者到我国少数民族地区进行各种勘测、调查活动，除搜罗可供他们利用的民俗学及其它各种资料而外，他们也广为搜括文学艺术作品以及其他文物，供欧洲的"文明人"欣赏。奴役和掠夺，这正是殖民主义强盗的本色。我国古代记录的民间创作，有的至今还陈列在资本主义国家的博物馆或图书馆里。大家都知道，英国的斯坦因（Sir Aurel Stein）是著名的敦煌文物的最大的盗窃者。在军阀国民党统治的黑暗年代，接踵而来到我国少数民族地区进行勘探和盗窃活动的，还有法、俄、德、日等国的帝国主义和殖民主义分子。这里我还要特别提到上面所说的美国人洛克，洛克所盗窃的纳西族的东巴经，大部分

---

① 洛克著《纳西纳加崇拜及有关仪式》（一九五二）序言。

② 洛克著《中国西南部的古代纳西王国》（一九四七）前言。

是口头文学。斯坦因在我国新疆、甘肃一带到处掘古墓，寻秘洞，任意搜括我国古代文物如入无人之境。他在《西域考古记》（一九三二）中还毫不掩饰地叙述了他在敦煌千佛洞盗窃我国古代文物的全部经过，自供从中国盗走的佛经、文学著作、古画、绣品等，一共装了三十四口箱子。他说：他把其中大部分好的都运往英国（次好的留给印度，作为英印政府供给他经费的条件），直到"平安地安置于伦敦不列颠博物院以后"，这时他"才真正如释重负"。这是一个强盗的坦率的自白。再看看洛克博士，他在《中国西南部的古代纳西王国》的前言及其他著作中也不止一次地炫耀他自己从中国盗窃《东巴经》及其它名贵文物的经过。他说他搜集了四千份以上的纳西族象形文字的手稿，还有部族首领（按指木家土司——引者）所珍藏的手稿、家谱以及唐宋时代保存下来的传家宝。他洋洋得意地说："有一些原稿在今天是任何一个东巴或纳西祭祀都没有的。"洛克所盗运的两部藏文佛经《丹珠》和《甘珠》的木板，据说一共装了九十二驮，在一九四五年送到美国国会图书馆。斯坦因和洛克不但公然大批盗运我国文物，而且还毫不掩饰地炫耀自己的强盗功绩，这正是恬不知耻的殖民主义分子的自画象。洛克及其他深入我国少数民族中的传教士、探险家在民俗调查中也直接记录了一些口头创作，例如上述藏族的民间传说、史诗《格萨尔》等便是。

我们就再看看洛克是怎样在我国果洛藏族地区进行搜集工作的吧。他说："一个外国人，只有在用现代的武器充分武装起来并且组成一大帮人的时候，才能到这里来旅行。可是人越多，他的旅队也就越加笨重不灵。在这个地区旅行的人，必须是灵便的，不能用行动迟缓的牦牛，而只能骑快马，弹药要充足，要有最好的来复枪。"洛克还有一些关于他在阿尼马卿山探险的困难以及他所采取的对付办法的生动回忆，恕我不再引了。这位探险"英雄"在我们的民族地区进行武装勘察的狰狞面目，于此可见一斑。

三

帝国主义和殖民主义者虽然千方百计地利用各种手段，其中也包括利用民俗学这一手段，以达到他们侵略和征服我国各民族的目的。但是他们的阴谋和野心在觉醒了的中国人民面前是永远不能得逞的。在党和毛主席的英明领导下，我国各族人民终于推翻了反动剥削阶级的统治，赶走了包括所谓"探险家"、"考古家"、"学者"在内的一切帝国主义和殖民主义侵略者。

我国各少数民族在全国革命胜利以后，翻身作主，与汉族人民一道跨进社会主义社会，他们的世代相传和新创作的各种口头文学，这时也才从反动统治阶级和帝国主义者的摧残、迫害下摆脱出来，得到党和国家的重视，并且在社会主义革命和社会主义建设中充分发挥它们的作用。

解放以后，我们首先改变了人们对待少数民族的态度和对于他们的口头创作的认识，尊重劳动人民，尊重少数民族，也尊重他们的口头文学创作。我们反对那种瞧不起劳动人民和少数民族的资产阶级贵族老爷的态度和盲目崇拜西欧资产阶级文化的民族虚无主义观点，也反对了大汉族主义和地方民族主义。劳动人民是世界历史的创造者这一马克思主义的基本原理，在少数民族的口头文学的发掘工作中显示了它的光辉意义。党中央和毛主席所制订的各民族一律平等的政策，发展社会主义的民族的新文化的政策，文艺为工农兵服务的方向和百花齐放、百家争鸣、推陈出新的方针，以及毛主席对民间文学工作的指示为我们的民间文学工作规定了明确的方向和道路。我们重视采录整理各少数民族的口头文学（包括新作和遗产两个部分），目的是十分明白的，就是为了进行社会主义的文化革命，创造社会主义的文学艺术，使上层建筑和社会主义所有制的经济基础相适应，从而推进社会主义革命和社会主义建设。美国民俗学家多逊攻击社会主义国家正确利用人民口头创作为革命服务时，首先攻击苏联在斯大林领导的时期把人民口头创作（多逊用的是"民俗学"——引者）作为加强共产主义意识的手段，其实这样做是十分正确的。在利用口头文学为革命服务上，多逊特别指责了中国。可是，如果谈到记录各民族的口头文学，使其紧密地为社会主义革命和建设的斗争实践服务，那么，在我国，无论从全民采风运动来说，无论从广泛记录旧时代各族人民的各种口头文学来说，或者是从我们的革命和建设中充分发挥口头文学的作用来说，都出现了不少新的情况。毛泽东思想是我们一切工作的指导思想，它同样有力地把我国民间文学工作推上了一个新的历史阶段。我们在党的文艺为工农兵服务的方向和一系列的正确政策的指导下,我国民间文学工作也走着一条社会主义的新道路。

各少数民族的口头文学,在我社会主义革命和建设中是怎样百花齐放,又怎样发挥作用的呢?

第一,充分重视群众口头文艺创作配合革命斗争的教育作用。在过去革命战争的烽火中,和全国解放以后的历次政治运动与生产运动中,群众的口头文艺创作都起了配合革命斗争和武装广大人民思想的重要作用。各少数民族在翻身作主的民主改革和跨进社会主义社会的跃进中,都以自己特有的诗歌形式和其它文艺形式创作了大量的歌颂党和毛主席、反映革命斗争和建设的新作品;久不弹唱的艺人们也重新编唱起来;各民族民间文艺都有了新的发展。听听他们对三面红旗的歌唱吧!听听最近社会主义教育运动中的新民歌吧!听听那些歌唱学习毛主席著作的民歌吧!许多的新作品都起了团结、教育人民和反对阶级敌人的战斗作用。而且,记录旧时代人民的优秀作品,也能起提高民族自信心的鼓舞作用。《阿诗玛》的出版就受到了撒尼人的热烈欢迎。彝族人民对采集民歌的同志用歌来表示欢迎说:从前他们在高山上唱歌,歌声被风吹走了,在河边唱歌,歌声被水冲走了;可是今天他们唱的歌,毛主席派人记下来,还要印成书。因此,我们首先提倡采录群众的革命的新创作,同时也要采录他们世代相传的旧作品,去芜存菁,让它们发出新的光彩。帝国主义指责我们借民间传说和诗歌武装人民的思想,其实这正是他们害怕真理的表现。因为真理总是掌握在人民的手中,人民的口头创作往往就是被剥削被压迫人民对真理的最好的表述。美国民俗学家如多逊之流,一方面指责我们正确运用人民的口头创作,另一方面又建议美国政府利用民俗学来操纵被压迫民族的民众心理,建立殖民主义统治即所谓"良好统治",也正是帝国主义的表现。难道人民的诗歌、传说和笑话,应当为反共、反人民的压迫者和殖民主义侵略者所肆意歪曲和利用,而我们为了进行革命斗争,为了建设社会主义,反而不应当运用人民自己的文艺武器吗?不,正确的还是毛主席,他的"从群众中来,到群众中去"的马克思主义原则,应当也成为民间文学工作的第一个指导原则。过去一向为各族劳苦人民所习惯、欣赏和使用的口头文学这一斗争手段，经过一番挑选和拂去灰尘的工作，在无产阶级手里就会变成对付敌人，或者变成动员广大人民群众参加革命斗争和社会主义建设的锋利武器。

第二，革命文艺创作必须解决民族形式问题。我们的革命文艺要为占全人口百分之九十以上的劳苦群众服务，传播社会主义和共产主义的思想，第一要反映社会主义革命和建设的现实斗争，第二就要解决民族形式问题。真正做到民族化、群众化，这就必须要求作家艺术家向民间学习，继承各民族的口头文艺的优良传统。解放以后，我们的革命文艺有条件广泛地吸收汉族和各少数民族的口头文学的丰富营养，使自己具有多民族的丰饶色彩。现在，在少数民族中，已经出现了一批新的诗人、作家；很多民族都有自己的民间说唱艺人，经过学习改造而变成了社会主义的歌手；有一些民族第一次产生了书面文学。反映社会主义革命和建设以及由民间传说改编的歌舞、长诗、戏剧、电影、小说相继出现。五十多个少数民族开始产生了自己的社会主义文学还是一个新的开端，然而它却是在毛泽东文艺思想的指导下的一个伟大的、正确的开端。

第三，研究各族人民的口头文学，是研究我国文学发展历史的一个极为重要的方面，这对我们是一个新课题；同时利用人民口头创作正确地阐述社会发展的历史，也是从马克思、恩格斯就开始采用的马克思主义科学研究的传统，我们非常重视继承这一优良传统。在我国社会科学的研究工作中，特别是历史、语言、民族、农艺、宗教等等的研究中，少数民族的口头文学正发挥着重要的作用。口头文学是各民族的文化奠基者——劳动人民的生活和斗争的知识的总汇，它们不止是文学，也是科学的材料；不仅是现实的生动写照，又是历史的忠实记录；所以从这些作品里面，我们可以看到一个民族的历史，也可以得出很多在科学研究上有益的结论。正因为这样，少数民族的口头文学十五年来才成为民间文学工作者和历史研究工作者、语言学工作者、民族学工作者、农艺学工作者、音乐、戏剧、美术、舞蹈等艺术工作者共同调查研究的对象。例如口头文学对我国少数民族社会历史研究工作就极为重要。上面所提到的戴维斯捏造说古代南诏国是由傣族建立的，但我们知道，当地流传至今的南诏时期的口头传说（如白族的《蝴蝶泉》、《火把节》）便是揭穿这种谬论的有力佐证；同时在傣族的口头传说和史籍中，也没有涉及南诏国的记述，这又是有力的反证。这个例子就足以说明口头文学对于历史科学研究的重要作用了。可以断言，我国五十多个少数民族的口头文学的大量采录和发掘，对我国马克思主义的科学研究工作是非常有益的。

五十多个少数民族的口头文学，在我国第一次进行普查记录，从口头写到书面上。我们把优秀作品列入我们的文艺宝库推广流传，同时又以大量资料提供给科学研究事业。它们是在人民政权下第一次显示自己的艺术光彩和科学价值。但是，不论是为了用优秀的作品武装人民的思想，或是为了推陈出新发展民族形式的社会主义新文艺，也不论是为了发展马克思主义的科学研究，要充分发挥少数民族的口头文学的战斗和教育的作用，发展民族新文化，使各少数民族的口头文学在艺术上和科学上真正显示它们的艺术光彩和科学价值，都必须以无产阶级的立场和观点进行马克思主义的阶级分析，作历史地研究，批判地继承人民自己的这些文化遗产。批判地继承过去时代的文学艺术，是毛主席的文艺思想中对待遗产的最重要的、绝不可疏忽的原则。毛主席说："无产阶级对于过去时代的文学艺术作品，也必须首先检查它们对待人民的态度如何，在历史上有无进步意义，而分别采取不同的态度。"① 又说："清理古代文化的发展过程，剔除其封建性的糟粕，吸收其民主性的精华，是发展民族新文化提高民族自信心的必要条件；但是决不能无批判地兼收并蓄。必须将古代封建统治阶级的一切腐朽的东西和古代优秀的人民文化即多少带有民主性和革命性的东西区别开来。"② 显然，我们要使少数民族人民世代相传的口头文学为今天的革命斗争服务，也必须遵循毛主席的这些指示。因为：

一、旧时代的口头文学虽然是劳动人民自己的创作，是被剥削被压迫者的艺术，具有强烈的民主性和革命性，但它所反映的阶级思想是异常复杂的；反动统治阶级的思想影响和他们的篡改、伪造，是大量存在的。

---

① 《毛泽东选集》第三卷，第八七一页。
② 《毛泽东选集》第二卷，第七〇一页。

二、在阶级社会产生的各族人民的口头创作，主要是农民、牧民、猎人、渔民和手工业者的创作，小生产者的世界观的阶级局限性不可能不在这些作品中反映出来，而小生产者的世界观与无产阶级的世界观是相对立的；即使是原始社会的古老作品，也不免带有古代社会的落后痕迹。

三、少数民族的口头文学与各民族的民间风俗、宗教信仰往往是结合在一起的，有一些口头文学反映了落后风俗和迷信。

由此可见，继承劳动人民自己的文学遗产，也不能采取兼收并蓄的态度，而必须是批判地继承，否则，同社会主义革命和建设的要求是相违背的。采录各少数民族的口头文学，重视全面搜集和忠实记录是十分必要的，因为搜集不全面，记录不忠实，就不可能进行历史地研究，得不出合乎实际情况的科学的结论。然而，说到继承和推广，就只能是吸取其中属于精华的东西，而且由于过去的东西往往是糟粕与精华混在一起，还要做一些分析批判的工作。这样，怎样识别精华与糟粕，吸收精华而剔除糟粕，怎样给优秀作品以应有的历史地位，就成为我们研究工作中的一个重要课题。

由于采录、收集各少数民族的口头文学是各族人民翻身作主以后的一件大事，正如毛主席所指示的是发展社会主义民族新文化和提高民族自信心的必要条件，开国十五年来，在党和政府的提倡和积极支持下，我们在全国范围内逐步开展了各少数民族的口头文学调查采录工作，至今已收集了大量的作品和有关的资料。我们已经取得的成果，正如周扬同志在第三次文代大会的报告中所估计的："我们为着继承和发展本国的文学艺术遗产，进行了大量的、卓有成效的工作。"[1]特别是一九五八年，毛主席提倡搜集民歌，把汉族和少数民族的口头文学的采录调查工作推进到了一个新的阶段。许多少数民族聚居的省、区，在采风运动和编写各少数民族的文学史和文学概况的工作下，进行了有计划、有组织的重点调查或全面调查。有的地区，自治州州长、县长、州委书记、县委书记亲自主持调查采录工作。各地民间文学工作机构、作家协会、大学中文系、艺术

---

[1]　周扬《我国社会主义文学艺术的道路》。

院校、群众艺术馆,这样或那样的机构都参与了民间口头文学的调查。调查的范围,首先是从口头上记录作品,同时也搜集了寺院或民间保存的经典、抄本,并组织了翻译工作。贵州、广西、云南、青海等许多省、区都编印了成套的民间文学资料汇编。而且,同一民族、同一作品,各有关省、区分头调查或互相协作,各种异文和不同的抄本相继出现。十五年来,许多优秀作品陆续出版。我们已看到了所有五十多个少数民族的口头文学作品。

这种在人民政府的支持下有计划、大规模地调查采录工作,在历史上是少有的。如果回首看看历史上少数民族的口头文学在我们的史书中如同凤毛麟角的情况,我们就不难懂得人民革命的重要了。我为什么要叙述这些大家都已熟知的情况呢?因为我们有必要把帝国主义分子对我们的诬蔑同我国的民间文学调查采录的实际情况稍加对照,看看黑和白到底有什么区别。最近我偶然看到美国罗汉·巴龙德斯(R.de Rohan Barondes)在一九六○年出版的一本《中国的风俗、传说与诗歌》中有这样一段话:"当前中国的混乱状态已经破坏了所有美学的发展;雕塑艺术已经在它的出生之地濒于灭绝,甚或已经灭绝。审美观念已经无可救药地走向退化,不管用多么精心复杂的艺术设计也无从得到补偿了。人们已经丧失了这方面的兴趣,同时搜集、研究和出版等等也都告终了,因为艺术是依赖于中国人对于自然美与自然兴趣的发自内心的情感的。他们的艺术家们现在十有八九都成了在稻田里干活的苦力了。"

这位哀叹我国艺术"灭绝"的先生,造谣的本领实在惊人。他攻击我国作家、艺术家深入工农群众参加劳动,改造思想,也并不奇怪,我们已经从帝国主义那里听够了这种叫嚣。关于雕塑艺术,因为这里不探讨,不必多说。但略微知道一点我国美术界的情况的人就知道美国的这位哀叹家煞有介事地喊叫"灭绝"多么可笑。真的搜集、研究、出版等等在我国"都已告终了"吗?看看我在上面大致描画的少数民族口头文学的搜集、研究、出版的状况,难道还要我们再费什么唇舌来驳斥巴龙德斯的谎言吗?早在十年以前,G.杜西(Giuseppe Tucci)在为洛克博士的《纳西纳加崇拜及其有关仪式》写的前言中,就叫喊过什么"最近,事态的发展已经完全打乱了(纳西的)传统,很可能纳西的宗教文学也将要灭绝。这就使得洛克博士的研究工作变得更加重要起来"云云。美国的先生们这样为我们的民族文化传统的命运担心，好象必须由他们来拯救似的；而这种喧嚷，正是美帝国主义敌视我国革命胜利，并为其殖民主义的侵略阴谋放的一种烟幕。他们以上帝的仁慈关怀我们，而背后藏着屠刀。杜西先生叫嚷我们很可能"灭绝"纳西的传统；过了九年，巴龙德斯先生就喊"濒于灭绝"，"甚至已经灭绝"了"所有美学的发展"，真是一个叫的比一个欢。实则我们所有的文学艺术都在大发展，我这里谈的只不过是少数民族口头文学的采录发掘工作而已。至于深入群众，参加劳动，与工农群众打成一片，也是民间文学工作者的一个根本原则。因为不改造非无产阶级的思想情感，就不可能了解表现劳动人民的思想情感的作品。难道象洛克那样带上快枪，骑上快马，由大队人马护送，到我们民族地区去，就能够搜集到人民的口头创作吗？洛克在丽江地区长期居住，依靠勾结土司，用钱收买了一些《东巴经》的抄本之类，但是他是不可能理解我们的少数民族人民的。我们现在无论是从群众的口头上记录作品，无论是搜集《东巴经》一类抄本，都比洛克所能看到的不知要多多少倍。遗憾的是，被洛克盗走一些"传家宝"或一部分珍贵的藏经木板，由于失盗，我们确实是没有了。

我们的少数民族的口头文学调查采录工作，就各民族的艺术宝库的蕴藏量说来，目前也还只是一个开端，各地区、各民族的记录、收集、调查工作还是很不平衡的。我们的研究工作也有待于更快地跟上去。我们还需要总结新的经验，克服我们工作中的缺点。但只要我们高举毛泽东思想红旗，坚持走社会主义的道路，以马克思主义的观点和方法进行工作，五十多个少数民族的口头文学一定会在我国社会主义革命和社会主义建设过程中放出异彩，并对世界文化宝库提供出新的贡献。

一九六四年七月十二日夜

（本文有删节）

努力发掘民族民间文学遗产和帮助
各民族发展社会主义的文学

作协昆明分会

史料解读

　　该史料为中国作家协会昆明分会对新中国成立以来民族民间文学工作的全面总结。史料原载《边疆文艺》1957 年第 1—2 期合刊。该文共分四个部分，第一部分从四个方面对 1949—1957 年全省民族民间文学工作情况进行了总结，特别强调了发掘、翻译云南各民族民间文学作品取得的成就。第二部分剖析了云南省民族民间文学工作中存在的问题，如省文联、作协在党的文艺方针以及民间文学工作的意义、态度、内容和方法上存在的模糊和简单化等问题，特别提出了翻译、整理、创作三者关系的问题。分析了在民族文艺活动、民族民间文学组织和领导等方面存在的需要改进的问题。第三部分是如何帮助兄弟民族发展本民族文学的问题，提出首先要认识到民族民间文学的重大意义，要做好宣传工作，其次是民间文学精华与糟粕的区分问题。认为，在实际工作中要重视对各民族文化遗产的抢救，发掘民族民间文学的当代价值。第四部分谈了民间文学搜集整理工作的四点体会。涉及具体工作中原始材料的发掘、翻译、整理、加工、创作等问题。第五部分明确了今后的努力方向。该文对我们了解当时云南省民族民间文学工作的具体情况、取得的成就、存在的问题，具有重要的认识价值。

一　解放以来我省民族文学工作的发展情况

　　云南是一个多民族的边疆省份，民族民间文学蕴藏是丰富多采的。因为是多民族，各民族的历史来源又很不相同，经济发展和社会生活更差异很大，所以民族文学方面也就随着代来了各自的传统和特点。因为是边疆交通不便，历史上各族之间及各族与汉族之间的文化交流究竟不像黄河、长江两岸一样频繁，所以各民族民间文学的传统和特点，也就易于保存下来。以色彩标志的"云南省少数民族分布略图"，是五彩斑斓，异常美丽的，云南的民族民间文学的绚烂多采，也是完全可以理解的。

　　对于云南的文学工作者说来，发掘、整理这样丰富多采的民族民间文学遗产和帮助各民族发展自己的文学，自然成为我们极其光荣而重要的、同时也是极为艰巨和长期的任务。解放以前，虽在国民党反动统治摧残文化和歧视兄弟民族的情况下，不少先进的文学工作前辈们已十分重视这一工作，并严肃的进行了若干发掘、整理和研究的工作，获得一定成就。这里，我们应该特别记起闻一多先生编辑的《西南采风录》，光未然同志整理的《阿细的先鸡》和许多前辈们的重要的功绩。解放后，党是十分重视各民族的团结友爱和积极帮助各兄弟民族政治经济和文化生活的提高发展的。在文学方面，特别尊重民族传统和注意发掘、整理和相互交流的工作。几年来，由于各级党委的重视领导，文学界许多同志的辛勤努力，我省民族文学工作有了较大发展。主要的有如下四个方面：

　　1.首先我们发掘和翻译、整理出为数不少的云南各民族的优秀的民间文学作品或是根据原传说创作了不少值得重视的作品。根据极粗略的统计，近两年来在我省和省外的五种主要报刊上，就发表了这类的作品共 102 件，其中包括翻译和整理 11 个民族的民歌 76 首，12 个民族的民间传说 26 个（现仅《边疆文艺》编辑部存稿中，这类稿件，也还有 2 百多件）。已发表的这些作品，一致都被文艺界以及广大读者所欢迎和赞赏，认为具有很高的艺术价值和学术研究的价值;认为是各兄弟民族的光辉灿烂的文化珍珠,也是祖国文学遗产中的可贵的瑰宝。特别是《阿诗玛》的发表,其影响的巨大深远,简直是我们在先所意想不到的。它不仅在省内引起了各族人民的重视,也获得全国文艺界较高的评价;它不仅有力的批判了过去文艺界存在的许多对民族民间文学蔑视的错误观点,而且也改变了存在于兄弟民族间的自卑感。更重要的是它对我省的民族民间文学的发掘工作,给以有力的推动,使它走上一个新的阶段。

2.我们也开始对云南各民族民间文学的蕴藏情况有了初步了解。会议参考文件中,我们先整理出六个民族的情况,这些虽然还很粗略和缺乏深入的分析研究,但总算是全面系统情况了解的开始。我们希望在同志们的帮助下,逐渐积累、丰富,两三年内能完成中国科学院12年科学规划中所确定的关于这方面的一项重大任务。从我们初步了解到的情况中,十分明显的说明了一个问题:云南各民族的民间文学蕴藏,的确是十分丰富的。无论有文字或没有文字的民族,民歌、传说都成为他们历史文化和社会生活当中的最重要的一部分。各族人民中大都流传有能唱几天几夜的叙事诗,而这些伟大的史诗的内容是极为广阔多样的,包括从开天辟地,本民族来源,劳动生产经验,民族或部落的战争和战争中的民族英雄的故事,以及很多描绘各民族的祖先向自然斗争的优美的神话故事……等等。他们生活中的各个方面都依靠民歌传说传给后代。他们也用民歌、传说歌颂生活或表达自己的痛苦。盖屋有"盖屋调",砍树搭桥,种西瓜黄瓜、订婚、结婚、出门、探亲访友、打官司、死人……等,都各有唱调。最近在白族自治州洱源县了解到:他们的"西山调",一个民间歌手就能唱两三千首,各地各人又还记的不同,估计下来恐怕当在万首上下。这样丰富的蕴藏情况,在我省各民族中都是同样存在的。

根据我们现在了解到的一些材料来看,我省各民族的民间文学蕴藏情况,大体可分为三种类型:

甲、许多还没有自己民族文字的民族,虽然社会经济、政治和文化的发展都比较落后,但他们的民族民间文学仍然有着很好的发展。其特点有四:①主要是流传于人民群众间的口头文学。②大多数都是采取能够上口唱的诗歌的形式，而且常常是和舞蹈分不开，"且歌且舞"，在舞蹈的同时，也就唱出了诗歌。③他们各自都有自己专门掌管文化的人，如像哈尼族的"贝玛"，景颇族的"摩头"，傈僳族的歌手等。这些人虽然大都同时掌管着宗教，但从社会发展的历史来看，古代的文化和宗教常常有着密切的关系，而古代的宗教，也和后来的欺骗麻醉人民的"封建迷信"完全不同，正如恩格斯所说："它是……人民日常生活中支配着人们的那种社会力量在人们头脑中之幻想的反映……在历史的初期，这样被反映的，首先是自然的力量……"（关于这问题，下面还要详细谈到。）因而，这些用自己的歌唱保存了本民族历史文化的人，我们绝不能简单的看做是"迷信职业者"，实际上他们是这些民族的传统文化唯一赖以保存的民族"文化工作者"，他们对保护与发展本民族的文化是有很大功劳的。④他们诗歌的内容是丰富的，从各方面表现了各民族祖先的生活情况和愿望，故事结构朴素简单，艺术表现的手法常常极为精练动人，为我们今天的作家们无法想象出和写得出的。佧佤族①的《我们怎样生活到今天》和《昆堂》，反映了他们民族的古代生活，和野兽搏斗，最初的开荒生产。景颇族也有类似的故事。哈尼族的《奥色米色》是造天造地的传说，《歌布》（布谷鸟）是反映生产的，《不愿嫁的姑娘》生动的描绘了当时的婚姻问题。苗族也有《盘古开天记》，《红昭与饶觉席那》，《勒加》等。这里特别值得提一提傈僳族，他们虽然有的地区还保持着刀耕火种的落后生产方式，也还没有自己的文字（传教士曾代制罗马字拼音，但未在人民中流传开），但他们民族的口头文学创作却得到了高度的发展。除我们所看到的"逃婚调"，"生产调"之外，还有反映人类来历的《人类生活的故事》，以及歌颂他们生活的各个方面的调子。这真是一个歌唱的民族，甚至在打官司时也唱着歌去告状，法官断案也必须用唱词。

乙、许多民族已有简单的本民族文字，并已开始把自己的诗歌传说用文字记录下来，但主要的形式仍是流传广大民间的口头文学。如彝族的各支系都有了文字，红河区彝族有"贝玛文"，撒尼族有撒尼文，纳西族有"多巴文"等。我们

---

①　编者注：佤族的旧称，后同。

所熟知的《阿诗玛》、《阿细的先鸡》和苗族史诗《梅葛》等，有的都可找到以本民族文字记在贝叶上或涂油的土纸上的本子。红河彝族"贝玛文"的本子，这次我们的调查组就看到几十本。纳西族的多巴经据说有千多本，《玉龙第三国》、《从蕊丽偶和天上的公主》（即《人类迁徙记》）等等，都在多巴经里。但他们的文字文学却掌握在少数的"贝玛"，"贝摩"和"多巴"手里，还没能在群众中广泛流行。因之，他们的民间文学仍是口头文学占很重要的地位。过去省文工团搜集的 21 种《阿诗玛》，当中只一种是文字记载的。纳西族《多巴经》中的传说，同时也在纳西族人民的口头中流传，这就是"游悲"。这是他们的第一个特点。其次，随之而来的情况是，他们大多数的诗歌、传说都还仍是不定型的。故事情节随着讲述者的阶级、处境和兴趣，常常会有修改、发展和变化，有的甚至主题思想都完全改变了。《阿诗玛》的结尾，现看到的就有八、九种，有的歌颂阿诗玛，有的竟至把阿诗玛当做不正派的姑娘来咒骂。这些口头文学，常常由于歌者的生活体验，思想情感和艺术才能的不同，在艺术创造上也很有不同。艺术形式上，也有叙事诗，对唱的情歌，神话传说、寓言等等。最近曲靖地委文教部的圭山调查组，在不长的时间内就在圭山撒尼族①地区一个乡就搜集到三十多个，其中有《逃到甜蜜的地方》、《紫勒织阿曼》、《找酒果》等。

丙、白族、傣族、藏族，可以算为第三类型。他们的口头文学创作大多已用文字固定下来。白族远在千年以前的南诏期就有了高度文化，也借用了汉族文字记音。那时他们就有了杨奇鲲等诗人，以后各朝代都产生过艺术成就较高的诗人（如明代的李元阳）。民间故事至今流传下来的很多，优美的《望夫云》、《蝴蝶泉》、《火烧松明楼》以及记述各地本祖的丰功伟绩的《段赤城》、《杜朝显》等，都是极为感人的。傣族的许多民间作品都有了文字记载，流传在德宏区的《娥冇》、《撒木洛》，西双版纳的《召树屯》、《嘎龙》、《召马维》、《兰嘎西贺》、《召贺洛》等二、三十首长叙诗，我们都搜集到了它们的文字本。但这些文字本主要都是手抄本，在贝叶或涂了油的土纸上。故事结构基本是固定下来了，但由于手抄，

---

① 编者注："撒尼族"应为"撒尼人"，后同。

在抄录过程中也还会因为抄录人的思想、爱好、处境不同,有时还有增删,加进他个人的意见去。有的写上了甚至跟原传所宣扬的内容思想完全相反的个人的意见或牢骚。虽然这样,但口头文学仍占着一定地位。剑川白族的长诗《鸿雁代书》,洱源高寒山区过着更较原始生活的白族的"西山调",都是口头文学的重要作品。傣族的"赞哈"(男女歌手),在每村每寨唱时极受人民欢迎,但他们基本上都以本子为依据,小部分才根据自己的天才和情感,进行创作发挥。这个类型的民族文学形式也比较多样化了,除情歌、叙事诗外,有寓言、歌谣、神话传说、谜语等,傣族且有傣戏,白族有"吹吹腔"(已形成完整的戏剧形式),"大本曲"(说唱)。藏族有藏戏、沙族①、土族都有戏。傣族且有初期的小说形式的"波敢木光"(故事书)。

我省汉族民间的文学蕴藏也是既丰富又有特点的,但这次会议主要研究各兄弟民族的民间文学问题,因此,在此就不详细谈了。

情况了解的工作,今后还须系统、深入的进行。曲靖地委宣传部不久前组织力量,专门到圭山区有计划的进行调研、搜集工作的做法,是值得学习的。只有这样,才能在今后两年内完成这一艰巨复杂的任务。

3.我们发现和培养了一大批民族民间文学工作者,由于各级党、政领导的重视,由于《阿诗玛》和其他优秀作品发表的推动,54年以来全省已逐渐形成一种发掘、整理民族民间文学的热烈风气,因而就不断涌现出不少的民族民间文学工作者。我们老一辈的民族文学工作者徐嘉瑞、方国瑜等同志仍然经常注意到发掘整理和研究工作。新起的黄铁、公刘、杨知勇、白桦、鲁凝、周良沛、刘绮、彭肃非等则更为努力,在这时期内做出了显著的贡献。最可贵的,最值得重视的是:我们出现了兄弟民族自己的文学工作者苗族的鲁格尔夫·扎猛、陆新凤,藏族的饶阶巴桑、泽汪仁增、苏郎甲楚,傈僳族的祝发清、木玉章,彝族的李乔、勒黑,哈尼族的普阳,白族的杨毓才,纳西族的牛相奎、和志武、木丽春,回族的王东……以及与他们合作的汉族干部弘毅、周诚等。(而数以千百计的各族民间

---

①　编者注:"沙族"应为"沙人",后同。

艺人的活动情况我们还不了解，他们即兴创作的许多歌颂新生活的诗歌，我们还完全没进行搜集和翻译。)以上所有的同志今后将对我们的工作有更大的贡献，我们还相信将有更多的人参加到我们的队伍来。我们也还希望今天在座的长期已经停笔的老文艺工作者如马耀、赵银棠、张竞秋等同志在过去的基础上，今后做出更多贡献。

4.在不断的工作实践过程中，我们对贯彻党在这方面工作的政策路线的问题，对具体工作中的思想态度以及整个工作发展的特点和规律问题，对发掘、整理工作的若干具体工作，都逐渐有些明确，也获得一些不成熟的经验。特别是最近在贯彻中央"百花齐放，百家争鸣"的方针，开展"如何发掘、整理民族民间文学遗产"的讨论以来，得到全国作协和民间文艺研究会许多同志的帮助，我们的思想认识上又有了进一步的提高，这对今后工作的开展，显然是一个有利的条件。

二 目前工作中存在的三个问题

解放六年来我们在民族民间文学工作方面的成绩是肯定的，但更重要的我们应该认识到：我们工作中还有许多重大的缺点，直到今天也还存在很多严重的问题。这些缺点和问题，虽然有着它在工作发展的历史过程中主客观的必然的原因，但为了今后更好的加强推动这一工作，我们必须严格的加以检查。

一、首先是我们这些省文联和作协昆明分会的负责干部，在指导思想上对于在各民族地区贯彻党的文艺方针开展民族民间文学工作的意义、态度、内容、方法等等问题，长时期以来都是十分模糊的。我们只从概念出发来体会党的民族团结和重视民族民间文艺的政策，却不能具体深入的认识它的远大意义。这具体表现在：1.我们只简单的了解到"各民族的文化交流，对于增强民族团结是最方便的方式，也有着意想不到的影响"，但我们绝没想到：民族民间文学最初的发掘、整理工作，对于今后发展社会主义的文化工作，竟会具有关键性意义的作用。社会主义的内容，必须通过各民族特有的风格和形式，才能正确、深切的表达、贯彻。因而，不进行发掘，研究民族民间文学遗产的工作，不能掌握民族形式,社会主义的思想教育无法进行,社会主义的文学也无从建立。再进一步说,甚至各民族的文字的创造和固定化,文化的传播和提高,其最初的关键,恰恰就是民族民间文学的发掘、整理。2.我们只简单的了解到"我省各民族的民间文学蕴藏是丰富多采的",但我们却并不能具体了解它究竟丰富到什么程度,更不能确定它的高度的艺术价值和学术研究价值以至对整个祖国的社会主义新文艺发展的重大的意义。3.对于发掘及整理民族民间文学的目的方法和态度,我们更缺乏具体认识和经验。我们既不能清楚的划分"翻译","整理"和"创作"各种工作的界限和它的各自不同的目的和方法,我们更不能了解它们之间的辩证的、有机的联系。正由于以上种种指导思想的模糊,再加我们不能配合党的中心工作,适时进行许多政策宣传和总结经验,写些理论性的文章,解决一些工作开展中的思想问题,因而在全省工作中出现的许多严重问题,不能及时的得到解决。

二、目前我们全省的民族民间文学工作中的确还存在许多严重问题。其中我们感觉最重要的有二:

1.不少从事民族民间文学工作同志,思想认识上虽然随着工作的进展有了提高和进步,但有的人认识仍然不够,少数的还存在着很不正确的想法和错误态度。有的同志虽然重视这一工作并在实际工作中获得了不少成绩,但具体从事发掘、整理工作时仍然显得不够严肃忠诚。发掘工作中,常常不够艰苦深入,缺乏耐心的全面搜集原始材料,只凭个人主观兴趣和爱好出发。翻译及整理工作中,常常不能仔细研究作品的主题思想,人物形象的社会意义,也不能认真的注意其民族的艺术风格及语言的特点。有的但凭自己的简单理解,主观要求,任意删节篡改,形成了对民族文学遗产极不尊重的粗暴行为。少数同志从事这一工作时存在着很不正确的想法和态度。只从个人的名利观点出发,自然不能了解到这一工作的重大意义,更不会严肃对待我们各族劳动人民的祖先千百年来辛勤的创造。因此,各种奇特的现象直到今天也还不时发现,什么"猎奇、盗宝",什么"专利、保秘"等等错误做法。为了今后工作的健康发展,为了文学工作者正确对待自己的光荣职责,在会议上我们全省各方面的文学工作同志建议今后都应十分警惕，自觉的予以纠正。

2.在对待民间艺人和群众性的民族文艺活动问题上，有许多人，特别是县、乡的基层干部同志中，存在着盲目性的简单看法，也发生若干违反政策的粗暴做法。对民间艺人，错误地看做是"宣传封建迷信"或"宗教迷信职业者"，"地主阶级狗腿子"，其结果必然对于各民族的"赞哈"、"贝玛"、"贝莫"等艺人同志，不从人民对他的喜爱、尊重出发，不从他为本民族保存了重要的文化遗产出发，常常轻易的加以排挤和打击。因为只看到民歌中部分落后的内容，或许以封建的观点把情歌看做"不正当的东西"，其结果也必然产生变相的以至公开的对群众性民族歌唱活动的限制和禁止的错误行为。这些都是违反党的政策的，对帮助兄弟民族建立其社会主义的文学将起着极大的妨害作用，实质上正是大汉族主义思想在文化工作上的一种表现。不管是自觉或不自觉的，不管现在的情况严重不严重，我们要求各级党、政领导，今后都应认真的加以检查和纠正。

三、在组织领导上，几年来我们也缺乏计划性和群众路线的观点和作风。解放初期我们主要配合着加强民族团结的工作，做了一些文艺宣传鼓动的工作，而民族文学的调查研究，发掘、整理工作只是少数同志个别的做了一些。53年曾因省委的督促和全国歌舞汇演的推动，组织过2百人以上的工作队，分到6个地区进行工作，但只是突击性的做了一段，以后却未在这基础上更有计划、有领导的工作。54年省文联"民族文学研究会"建立了，许多同志很兴奋很努力的做了一些工作，也继续发掘、整理出一些作品，但仍缺乏计划和实际的组织工作。我们曾向民族文学工作的同志发填登记表，自然是组织工作开始的一项重要工作，但以后的联系和具体的推动，有组织的进行工作就很差了。特别是对于新生力量的发现及培养，对各兄弟民族自己产生的民族知识分子的发现和帮助，对民族民间文艺的关心和帮助，更是十分不够的。以上这些，虽然有着我们主观力量薄弱及其它的一些具体困难，但我们绝不应随便的原谅自己，不做认真的检查。只有严肃的把工作中存在的问题弄清楚，我们今后的工作才可能有正确的切实可行的方向。

三　有关帮助兄弟民族发展自己的文学的问题

目前我国新的政治形势和人民对我省的民族民间文学工作已提出了新的要求和新的任务。中国革命在中国共产党的正确领导下，经过长期艰苦的和伟大复杂的斗争，已经光荣的获得两个战略阶段的胜利，即是"完成了资产阶级民主革命，并且基本上取得了社会主义革命的胜利"。党的八次代表大会上，总结了过去的斗争经验，并对我国的革命事业和国家建设提出更为伟大的新的要求和任务。在民族文化工作方面，"八大"的决议中提出："加强国内各民族的团结，促进各民族的共同进步，是我们国家工作中的一项重大任务"；又说："必须积极发展少数民族地区的经济和文化工作"，"对于我国过去的和外国的一切有益的文化知识，必须加以继承和吸收，并且必须利用现代的科学文化来整理我们优秀的文化遗产，努力创造社会主义的民族的新文化"，还说："必须切实注意民族自治机关的民族化和培养少数民族干部的工作。"这些新的任务和要求完全是根据形势的需要，符合人民的要求的。我们的民族文学工作，必须积极响应八大的号召，坚决的贯彻到我们的工作中来，从我省的实际情况来看，在各民族地区和平土改胜利完成后，民族的初级社或高级社正积极发展，民族地区的近代工业逐步建立，各族的新文字亦逐渐编订、各专、县报纸已相继出版，苏联小说《被开垦的处女地》《萨根的春天》的历史时期，正在我们这儿展开着。各民族正在采取直接过渡或通过民主改革逐步进入社会主义。这种种情况，不能不向我们提出新的要求。因而我们的具体的任务就是：团结一切力量，更积极的有计划的，努力发掘民族民间文学和帮助各民族发展和建立自己的社会主义的文学。

怎样来完成上述的任务呢？我们初步考虑到的，是应从如下两个方面着手：

一、首先我们应该严肃的认识到民族民间文学工作的重大意义，弄清它的几项主要工作内容，划清政策界限，并摸出它的发展规律。这就是说，我们必须树立一些符合党的思想、政策原则的基本认识，并在实际工作中，正确对待它的态度。这不仅对我们文学工作者必要,我们还须向各族各界人民进行广泛的反覆的宣传教育。最基本的,我们觉得至少要弄清以下三个问题:

1.民族的民间文学,是我们各民族人民的祖先千百年来集体创造的宝贵的精神文化遗产。它是我们祖先在向自然斗争和在社会生活中的艺术的反映。正如我们看到古代的石雕和壁画,自然就可形象的了解他们的生活一样。它常常把我们祖先古代社会的劳动过程和生活面貌的全部现象都表现出来了。这在诗经,阿诗玛,红昭与饶觉席那等作品中,我们就明确可以体会到了。他们没有文字和书本,只好以口头文学(故事、诗歌和神话)的方式,代代相传,教育他们的子女,也一直流传到今天给我们。高尔基还认为:这是"唯物主义思想的显明的标记",而且"在古代一个时期,劳动人民的口头的艺术创作,乃是他们的经验的唯一的组织者,他们的思想的形象化的体现者,以及集体的劳动力量的鼓舞者"。我省兄弟民族中关于传播农业生产及狩猎经验的歌唱和舞蹈是很多的。民间文学艺术方面的价值,马克思曾给以高度的估价,也肯定:"艺术甚至在社会发展的较早阶段有时就已经达到了很大的高度",还认为"……希腊艺术和史诗……还继续供给我们以艺术的享受,而且在某些方面还是一种标准和不可企及的规范"。斯大林经常引用希腊神话,毛主席常常引用古代的寓言,都生动而深刻的说明了极富教育意义的生活真理。高尔基也说:"最深刻,最鲜明,在艺术上达到完美的英雄典型乃是民谣,劳动人民的口头创作所创造的。"列宁和毛主席都曾经强调的提出:要继承传统文化中的民主主义的乃至朴素社会主义的精华部分。鲁迅对民间文学的一些看法和高度的估价,其基本精神也完全是一致的。从文学史的实际情况看,我们中国古代的《诗经》,《楚辞》中的根据神话创作的若干篇章以及《山海经》中的许多神话传说,外国的《伊利亚特》,《奥德赛》和许多希腊神话,阿拉伯的以及印度的神话传说和史诗,谁能否认他们的历史文化的和文艺的崇高的价值? 今天发掘出来的《阿诗玛》,《格斯尔的故事》(蒙古一千年前的史诗)《库他提·扣贝里克》(新疆维吾尔族 12 世纪的重要史诗)《格萨王传》(西藏 13 世纪的史诗)等等,谁不承认它是各民族的,同时也是我们整个祖国的宝贵的文学遗产呢?

2.我们也必须认识到：民族民间文学是产生在旧的历史时代，也流传在旧时代的人民口中，因而它必然含有少量落后的糟粕。但正因为存在这样的情况，我们在具体工作中最容易犯简单化理解的错误。我们常常不能把古代的神话传说和真正有害的封建迷信的界限划清。

对于古代的神话和故事，高尔基曾说：它虽是一个"虚构"，但却是"从既定的现实的总体中抽出它的基本意义而且用形象体现出来"的，（在另一场合，并明确指出：在哲学思想上是唯物主义的，文艺上是最初的现实主义。）又说："……是包含着目的的"，"……它们的根本意义……是：古代劳动者们渴望减轻自己的劳动，增加生产率，防御四脚或两脚的敌人以及用语言的力量，魔术和咒语的手段以控制自发的害人的自然现象。"（我国京剧的《泗州城》，就表现了古代人民企图要控制淮河的愿望。）最后一点是特别重要，因为它表明着人们是怎样深刻的相信自己的语言的力量，（哈尼族人民相信"贝玛"能用咒语"贝"死人，正是这种表现），而且这种相信可以从组织人们的社会关系和劳动过程的语言的显明的、完全现实的用处上面得到说明。"他们甚至企图用咒语去影响神。这是完全自然的，因为古代的神都住在地上，和人相似……举动和人一样：宽待驯顺者，仇视忤逆者，而且也一样好妒嫉、好报复、好功名。"（希腊神话中的神，我省纳西族的"三多神"，都会帮着本族人民打仗、复仇……等。）

我们长段的引用了高尔基的话，是因为他对古代传说中的神话和神，能给我们最明确的解释。历史唯物主义的观点使我们确实了解神和神话的产生，必然有它社会历史的基础。从"飞车"，神医，盘古，普罗美修士，白蛇传，泗洲城，孙悟空……等神话传说和我们已发掘出的许多民族民间文学作品中，都有力的证明了上面所引用的话是十分正确的。这些神话传说，在文艺上具有高度的价值，在社会史的各方面的学术研究工作上和实际工作上都有着重要的意义。对我们正在建设社会主义的新中国人民来说，继承这些宝贵遗产是必要的；毫无害处，绝不能轻率的当做落后迷信的东西，加以抛弃。

在民族民间文学中，自然也会夹杂着一些真正有害的宗教迷信。但那是极少极少的部分，是历代相传中被传说者加上去的或统治阶级有意篡改的。我们必须严肃、细致的加以分析,才能正确的区别出来并予以删除和舍弃。

3.根据以上的基本认识,我们立刻可以体会到发掘、整理民族民间文学遗产的工作,对我们今天的工作是有着极为深远的现实意义的。我们不仅因为尊重各民族的文化,积极发掘整理,相互交流而可达到各民族之间政治上更紧密的团结;而且我们能通过它更真切的深刻的了解到各民族的社会发展的情况,人民的思想、生活面貌,根据这样的特点才能找出如何帮助他们过渡到社会主义先进民族的道路。我们不仅可以熟悉他们的文艺上的民族形式、风格、特点,而以此更易于向他们进行马、列主义,社会主义思想的宣传教育工作,更重要的是:通过这一工作,可以提高各兄弟民族对自己的文学传统的光荣感,自尊感,巩固和丰富他们原有的或新创造的文字,培养和提高各民族的文艺干部,而逐步发展和建立自己的社会主义文学。同时相互的交流中也必然要丰富和提高我们整个祖国的社会主义的文学。因此,我们的发掘、整理工作,不只有着文学的意义,也有着远大的学术上的和政治上的重大意义。不只为了当前的宣传教育,更重要的将为整个社会主义文化建设打下坚实的基础。正如省委边委同志的报告中所说:"没有各兄弟民族共同进入社会主义,我省谈不到社会主义建设的成功。"没有兄弟民族文化上的提高,他们也不可能进入社会主义。

二、其次,在实际工作方面,必须注意到如下的三个问题:

1.首先我们必须注意一个急迫的工作,就是抢救各民族的文化遗产。由于这些遗产很多只保存在老年的民间艺人的头脑里,即使在有文字文学的民族,很多也被国民党反动统治摧残破坏了不少,因而今天我们如果不赶快抢救,必有失传的危险。各族人民千百年留下来的宝贵的文化遗产,我们绝不该在我们这一代遗失了,那是不符合于党的民族政策,"百花齐放"的政策精神的,也将是一个永远无法弥补的错误。在这里,我们紧急的向各级的党政领导呼吁,过去虽然已注意了这一工作,但仍还不够,希望今后采取一些紧急措施,抽调一些人力、财力来进行及时抢救工作。当中,特别要注意克服若干基层干部盲目鄙视,变相限制和禁止的违反政策的粗暴行为。

2.培养干部的工作是一切工作发展的重要关键,而在当前的民族文学工作中,更重要的则是"保护民间艺人"的工作。民族文学的干部可分三类：(1)汉族的专业的或业余的文学工作者,(2)各兄弟民族的老年和青年的知识分子,(3)各民族的民间艺人(赞哈、贝玛、贝莫……等)。汉族的文学工作者可以在最初阶段的发掘整理、翻译介绍工作,以及今后继续的相互翻译交流,总结经验等方面起重要的帮助作用。民族的知识分子就像我们的方国瑜、鲁格夫尔·扎猛等同志,既熟悉本民族的语言和生活,有的也深入了解人民的思想感情,同时又接受了汉族的以至世界先进的文化,在发掘及发展各民族的文学工作中,当起着极重要的骨干作用。而民间艺人更特别重要,过去他们替本民族辛苦的保存了文学遗产很有功劳,(在此我们要向全省的各民族的民间艺人致以感谢的敬意)而今后在发展新的文学事业中,他们最熟悉民族形式和人民的思想、感情,他们人数最多(仅西双版纳赞哈据说就在1千以上),与群众联系密切,必然将起着极重大的作用。苏联江布尔民族诗人的道路和巨大的作用,我们都很清楚。可是,今天许多同志不曾看到这点,片面的强调了"贝玛"等民间艺人的"宗教职业"一面,个别的"历史出身不好"的一面,不去积极支持、提倡,反加以限制、打击,这是极不全面的看法,也是违反党的政策的做法。我们坚决的要求：各级党、政领导一定要采取积极措施,"保护各民族的民间艺人"并注意培养发展民族文艺所需要的各类干部。

　　3.发掘民族民间文学的更远人的目的,还是为了建立各民族的社会主义的文学。文学的社会主义内容是统一的,而形式却一定是具有民族特点,多样多采的。这才是党的"百花齐放"政策的精神,也才能产生绚烂多采的社会主义文学。一面发掘整理传统的文学,一面也必须提倡以各民族的特有形式反映现代生活,歌咏新的伟大转变,鼓舞前进;也要批判阻碍进步的坏人坏事,这方面,过去全省曾做了一些工作,这次不想专门总结。但有一点觉得必要提出的是：我们在今后工作中,必须把应用文艺形式进行的宣传鼓动和真正意义的文艺工作,划清界限,正确领导。应用文艺形式进行各种中心工作的宣传鼓动,确是最易为群众所接受的,过去战争时期确实起了重大作用,但它的缺点是概念化、公式化,不能深入人心,感染人的思想感情,改变人的思想、道德。而这样简单化,千篇一律的东西,也不能满足今天的人民的要求。必须是真正的文艺作品,有生动的形象描写,有突出的典型人物,有曲折引人的故事情节,活泼动人的语言,和作家各有各人的风格特色,这样的作品才能给人以深刻的感染能力和思想、精神上的教育能力。而对于文艺创作的领导,也绝不能以简单化的任务观点、行政方式从事。必须掌握文艺的特点,通过业务,加强思想、政治的领导,发展繁荣各民族的文学,建立各民族的社会主义文学才有可能。

四 有关发掘、整理民族民间文学遗产工作中的一些初步体会

几年来从具体实践中,我们对发掘、整理民族民间文学遗产,逐渐得到一些粗浅的体会和不成熟的经验。其主要的有如下四点:

1.在具体从事发掘、整理工作中,必须一方面要明确区别原始材料的发掘、翻译和对民族民间文学作品的整理、加工以及在原传说基础上进行创作这三者之间的差别,同时又必须看到它们三者之间的联系和统一的目的性。这好像是简单易明的道理,实际我们却很费些周折,认识上才获得明确的。而且许多同志也确实因为对这三者的区别而又统一的辩证关系不了解,常常在实际工作中犯了错误。在从事发掘工作的开始,不明确它的发展、创造民族文学的远大目的,自然只能做些技术性的工作,且由于思想上的盲目混乱工作上常常事倍功半。但刚一进行发掘工作就只想着要创作伟大作品,也必然带来很多错误,照样搞不好。把整理工作和制作混淆起来,也将弄得四不像,既不能忠实的介绍民族文学作品,作为创作又会受到很大限制。只有明确了发展民族文学的总目的,工作中才不致盲目;只有区别开三个主要工作的性质、任务,工作中才不致混乱。文艺批评中若不能区别三者的异、同,也将造成很多混乱。最近《望夫云》的时论文章,有几篇说服力不强,除了思想方法简单化之外,也由于弄不清这问题。

2.发掘工作的目的是"存真",是原始材料的忠实的记录。但实际工作中,也不是一件轻而易举的事。这方面,过去许多先进的民族文学工作者已为我们创造了好的经验,光未然同志在搜集《阿细的先鸡》时,工作态度的严肃认真,都值

我们今天很好学习,工作方法基本上也是正确的,只是他总结的七种方法中,后六种都属于加工整理的范围。我省在《阿诗玛》的搜集工作中的许多做法也值得表扬和加以推广的。他们一、深入生活,体验兄弟民族的思想感情,了解民族特点,改造自己(这比在汉民族的工农中更困难,因此本民族的干部就有着天然的有利条件)。二,争取比较全面的搜集材料。三、在搜集过程中,随时分析,逐步深入。这些经验和他们当时艰苦深入的作风都是值得学习的。《阿诗玛》搜集工作中也曾有些缺点,但无论如何那是个别的,次要的。

此外,翻译工作也是发掘阶段的重要部分。作为原始材料的翻译,要求是绝对忠实的,但这当中仍然存在着很多困难。由于原来的歌手和说故事的人以及担任口头翻译的同志的文化水平,思想、情绪和民族语言结构及艺术表现上的特点等种种原因,使我们做到"忠实的记录"也是不容易。要打破这一困难,我们感到必须做好:一、对原传说人和语言翻译者都要首先做好政策宣传和打破各种各样可能有的思想顾虑的工作。二、具体翻译中必须采取"逐字记音和全句、全文意义贯通相结合"的方法。三、必须深入钻研其语言及风格的特点,整个传说的主题、人物、时代背景等。

有些同志常常强调"由于民族语言结构和艺术表现的特殊风格,民族民间文学的翻译很困难,几乎是不可能的",我们对这样的意见是不能同意的,因为各民族的文学中,无论内容和形式,思想和艺术表现方法上,仍然有相同的部分。过份强调这点,势将否定各民族文化的必需交流和可以交流,结果必将把各民族的文化各各孤立和分隔开来。

苏联对于民族文学翻译工作者提出两个基本要求,也值得我们注意学习的。

3.整理工作的目的是把原来的民间故事和诗歌更完美正确的介绍给读者。对汉族读者说来,他们能因此更好接受和了解兄弟民族文学的宝贵遗产,从交流中吸收清新、刚健的成份,来丰富和发展祖国的社会主义文学。对兄弟民族读者来说,是还要"翻译回去",帮助他们固定自己从口头到文字的作品,丰富他们的文学语言和文字,并推广他们群众性的口头文学活动和文字文学,得到进一步的发展。在整理工作中必须有慎重的加工。所谓"慎重"指的是:我们首先必须对那民族的宝贵遗产,采取无限的热爱和尊敬的态度。其次,在进行加工以前,必须对产生这作品的天才的民族,作社会生活、历史及艺术特征上的深入研究。由于口头文学常不固定和不完整,同一传说的多种"异文"中,必须要慎重的研究出其真实的主题,保留其人物、情节、艺术表现等各方面的精华部分。由于原传说中有的部分情节交代不够清楚,人物形象不够完整,也必须在深刻的理解了原传说的精神和风格后,加以慎重、适当的添补和修改。由于民族语言的结构互异,做为整理加工性的翻译,不能按板规逐字逐句的译,必须"信、达、雅"都要注意。一字不动的说法,在实践中会出现许多困难,造成很多笑话。但目前最危险的倾向还是,从庸俗社会学的简单化理解,胡乱的任意改动,粗暴篡改。这将伤害原来的民间文学珠宝,成了使人真伪莫辨的东西。这样错误的做法,将造成各方面意想不到的坏的影响。苏联的民族文学翻译界也认为:照字面硬译而牵强附会,是两种流行最广和为害最大的倾向。

4.根据民间传说进行创作,是完全可以而且是必要的。其目的是:更为突出的发展传统的思想精神和提高它的艺术水平。中国古典文学中的《九歌》、《山海经》、《西游记》、《封神榜》,鲁迅先生的《故事新编》,西欧的《暴风雨》、《浮士德》、《解放了的普罗美修士》、《渔夫和金鱼的故事》、《恶魔》……等。这些伟大作品,就是光辉灿烂的实例。因此比较前两者自由得多,而且因作家的思想、感情和艺术风格及修养不同,将又产生完全崭新的艺术性更高的作品,但深入的研究原传说的思想内容,社会背景,民族风格,还是十分必要的。道听途说,轻易动笔,即使思想水平,艺术天才较高的作家,也不易得到好的收获。

苏联诗人伊萨柯夫斯基曾说:"……我自己诗的构思,我的诗的形象和色彩有机的和民间文学溶成一个体。它们溶进民间文学中去,而民间文学也溶进它们中去,因此丰富起来,结果就产生了根本新的诗歌语言的'合金',——如果可以这样说的话,就产生了新的诗作,它已经有了它自己独立的生命了。"这明确的说明了作为根据民间传说进行创作的意义和整个过程。那就是:①必须通晓所翻译的民族语言,②必须通晓本民族的语言,并应为它的丰富和纯洁而斗争。

这样的要求对我们今天的民族文学的翻译工作者可能较高，但却是我们今后应努力的方向。我们绝不希望永远只看到间接译述的作品，缺乏文学修养的翻译者的作品。

以上几点，都是一些极不成熟的、不完整的看法，还希望同志们加以批判、补充。

五　今后努力的方向

同志们，以上我们初步总结了过去几年的工作，提出了一些经验教训，其目的是为了供会议讨论的参考，以便共同确定今后如何进一步开展我省民族民间文学工作。

根据"八大"决议的号召和"百花齐放，百家争鸣"的精神，针对着我省工作中存在的问题，我们也初步考虑到今后改进工作的一些主要方向，现一并提出以供会议研究。

1.我们希望今后应有计划有步骤的进行民族民间文学遗产的发掘、整理工作。我省的情况是民族多，蕴藏丰富，专业和业余的文学工作同志的力量还嫌薄弱。因而我们必须统一的计划，而又分工合作的进行。所谓"分工"是指的地区的分工和个人工作对象的分工。省里作协分会和各专区应有分工。分会明年的工作重点，打算只搞好傣族、白族、景颇族等三个族的情况了解工作和发掘、整理出一些主要作品，而且这些工作还是要配合当地的同志和中央民族调查团的同志来搞。希望各地的同志也按照自己的主观力量和当地的民族情况，排一排队，订出明年工作的重点和计划。今后12年的工作，本应有个全面规划，但我们现在条件不足，还订不出。只希望这次会议能做些初步酝酿，在明年或后年我们再召集规模较大的代表大会来解决。个人的分工则是考虑到我们从事这一工作的同志，若需要提高和深入，就必须对自己工作的民族对象，也应进行分工。一个同志至多确定一个或两个民族为对象，订出自己的计划，学习民族语言，深入生活，从事搜集、整理、研究。我们若能以几年甚至终生的时间，做好一、两民族的发掘、整理和帮助发展的工作，我们的贡献已经算是不小了。

2.要达到上面的要求,我们必须要加强组织活动,贯彻工作中的群众路线。因而我们建议:①作协分会的"民族文学委员会",这次应扩大一些委员,请各地同志推荐一个同志参加。②希望各地能团结专业和业余的文学工作者的力量,建立起"民族文学小组"或"民族文学研究会"的组织,在当地党委宣传部领导下,有计划开展工作。

3.希望各地要重视培养民族文学干部,扩大我们队伍的工作。当中特别要重视兄弟民族干部的培养和民间艺人的保护和照顾的工作。

4.还希望重视加强民族民间文学的理论建设和思想领导工作。这方面,我们过去做得最差,今后希望大家共同努力学习马、列主义关于这方面的一些重要文件,经常总结我们的经验,有任何的意见,不管对不对,成熟不成熟,都拿出来"争鸣"。只有这样,许多思想问题和工作中的困难才能得到解决,认识上也才能提高。

5.我们不仅注意传统文学的发掘、整理,我们还应该开始注意反映边疆各民族的新生活和现实斗争的创作的组织工作。关于这,明年作协分会当另开会讨论。同志们,摆在我们民族文学工作者面前的任务是极为光荣,也很繁重的,希望我们大家都更好学习八大的五大档和"百花齐放,百家争鸣"的方针,学习马、列主义和文艺理论,学习国内和苏联的这方面的先进经验,不断提高自己,并开展反对教条主义,宗派主义的斗争,更好团结各方面力量,切实的把我们的工作向前大大推进一步。

整理遗产还是拼凑传说？

——读《红兆波飞过红石岩》后

白族　杨元寿

史料解读

　　该史料为一篇商榷文章，原文载《边疆文艺》1957 年第 4 期。杨元寿针对《边疆文学》1957 年 2 月号刊发的"白族文学专辑"中的《红兆波飞过红石岩》，认为整理者欧小牧整理的过程不是如他所说的"只采用了一些历史骨干，大部份是依据剑川民间传说，也补充了一些自己的想象"。而是按照自己的某一想法，首先翻开现成的文献资料，做成一个框子，再把若干个记得不甚清楚的故事硬套进去，然后加上自己臆测和词句上的润色，拼凑了一篇似乎是"完整"的故事。指出整理民间传说必须忠实于原传说，作者主观想象必须从社会特点、历史特点、生活习惯以及可能性出发。这一问题涉及民间文学整理、改编、创作的普遍性、原则性问题，作者提出的观点至今也值得重视。

原文

　　看了《边疆文艺》二月号刊的"白族文学专辑"，使我万分高兴。的确，我们白族虽是一个有着悠久历史和高度文化的民族，我们的祖先曾为我们留下了极其丰富的文化遗产；然而，有史以来，我们的文学能够在报刊上发表和介绍还是解放以后的事,至于出刊"专辑",这还是头一次。

但看了欧小牧整理的《红兆波飞过红石崖》后,我总的感觉是一篇胡拼乱凑的东西。虽然也有一些好的地方,如:文字的朴素、语言的引人、民族气息的浓厚等,但我觉得这些都不能占主要地位。因此,这里我就不再一一列举分析了。下面就我个人发现文中的一些错误以及我个人对这些错误的看法,发表一点不成熟的意见,供大家参考。

整理后的《红兆波飞过红石崖》不是一个完整的故事,而是由若干个故事拼凑起来的,这若干故事又不是发生在同一时间、同一地点的。为了便于对照,所引史料,按该文秩序排列。我这样做,不是想作学究式的考据,而是事实本身就是如此。

一、夏一松任剑川州官,不是嘉庆年间,应是康熙第一任州官。白族人民起义杀了夏一松是实有其事,起义地点在兰州(剑川三区)而不是在岩场。起义首领是兰州白族农民苏三宁而不是红兆波,至于起义年代当然决不会在嘉庆年间了。苏三宁在兰州起义后,就带领人马,专走僻静小道,悄悄杀奔州城。由剑川到兰州,大路走金华山南麓,小路走岩场(金华山北麓)。因此,苏三宁打州城是由岩场出来。至今,往三区路上,老年人还能指点遗迹,给人们讲述苏三宁起义的故事哩!

二、白族人民上北京告州官也是实有其事。但被告的州官不是夏一松,上北京去的也不是王建辰,而是木匠李四维(白族),王新爷只是负责起草状子。告州官的原因不是为的"州官诈害"所致,而是为了全剑川州人民的利益(一说为了水利,一说为了徭役太重、民不聊生)。这件事虽无史籍可考,但过去在剑川是广泛流传过"李四维告御状"的本子曲和故事的(惜现尚未搜集全)。

三、欧小牧文中所提的"扎营于西门外万松山上,炮击剑城"的事也是有的,但扎营攻城的不是嘉庆年间的清兵,而是咸丰的杜文秀回族起义军,守城的也不是红兆波起义军而是清兵。至今万松山上营盘遗址尚依稀可认。海尾河筑坝,水淹剑川城的事也有,但这也是杜文秀起义军而不是清兵。杜文秀起义军攻打剑川时,遭到了清兵和白族统治阶级地主武装的顽固抵抗,加上统治阶级的民族离间和杜文秀军的宣传不够，因此群众中也有一些恐惧心理，没有回应和协助杜文秀起义军。这样，在剑川才发生了这两件事情。

四、"绅士开城门投降的事"也有，但那已经是一九二六（丙寅）年的事。攻城的人勿庸考察，自然不是"清兵"了。

"红兆波"的故事，在剑川偶有人传说，但因为不是剑川白族的传说，知道的人自然就少了，这个故事和上述几个故事是联不到一块的，如果要生硬地拼凑成一个故事的话，那么矛盾就百出了。从康熙到民国将近三百年，红兆波真的活了这个岁数么？三百多岁的人，还能翻山越岭、打仗跑路而最后还能飞过红石崖么？在世界历史上还未有过起义相持三百年的事，欧小牧的"整理"可算是亘古未有的"创举"了。

上面这几个故事，在剑川白族人民中是普遍地流传着的。它们具有这样的一些特点：是历史故事，有确凿的年代、人物、地点或遗址；经过多年的口头流传，这些故事都已经"神话化"了，逐渐地已经趋向于传说而不再是单纯的历史了；这些故事都是各有其独立性的。看来欧小牧同志整理这些故事时，是没有仔细研究这些特点的。

一般说来，民间故事都不是十分完整的，因此，在整理民间故事的时候是允许作者把若干个故事、传说融合起来，加以想象和创造，使其成为较为完整的故事的。但我觉得在这样做之先，有必要弄清这样几个问题：这些故事的相互关系怎样？主题思想有何异同？各个故事产生（或流传）的社会背景、历史背景是怎样？在研究了这些问题的基础上，再来作有机的融合。东拉西扯、生拼硬凑的"剪报"式的连结故事，以致使故事失去了本来面目的做法是错误的，是应该受到反对的。

白族在迤西是一个大民族，而且多年来和汉族发生经济交流、文化交流的同时，也接受了汉族统治阶级的民族歧视的影响，至今，这种情绪还残留着。因此，"万松山扎营"、"海尾河筑坝"这些故事的产生，一方面是由于实有其事以及我上面所举第三点中提到的一些原因。而另方面，在流传当中也包含有大民族主义和狭隘民族主义一类的情绪的。欧小牧同志在处理这两个故事的时候，用

"改头换面"的办法是否就恰当呢？我认为这也是值得研究的。因为这些故事既有其历史性的一面，那么在整理时，就须考虑其历史真实了。去其糟粕固然无庸置疑，但历史事实也不能用粗暴的态度"一脚踢开"。

从附记里，知道欧小牧在整理这个故事的时候，采用了一些史料作骨干，而这些史料是载于《滇系》卷四册的，让我们拿这些史料来对照一下吧！

欧小牧所采用的历史载于《滇系》第四册最末两页上，共二则。一则记的是嘉庆二年三月"压盐致变"的事，与欧小牧文有关部分同，但起义虽在十三个县内同时发生而其中却没有剑川在内。另一则记的是嘉庆八年（欧小牧附记中作嘉庆四年），维西力些（傈僳）藤鲊蟀（即红兆波）起义的事，起义历时一年。藤鲊蟀亦"知医药"，为人治病亦"却钱币"。然而原记载亦未提到藤鲊蟀首义地点在剑川岩场的话。记载虽涉及剑川，却与欧小牧所写不同，原文是"……总督瑯公玕驻剑川，集兵剿之……"。

这样看来，欧小牧的"采用一些历史骨干"也就违背了历史真实了。这种"张冠李戴"的做法也是错误的。

历史材料可以拿来写"故事新编"和作为创作的材料，而且可以按照作者的思想来写成具有一定目的的作品，这是对的而且也有先例。鲁迅先生的《故事新编》，郭沫若的《屈原》、《孔雀胆》等都是受到广大读者欢迎的作品。这些作品虽为文艺创作然而作者仍是多么严肃认真地对待历史啊！

除了"采用历史骨干""依据民间传说"之外，欧小牧还有自己的一些想象。但它们和白族的一些特征毫无共同之处。大家知道，白族和汉族有着历史悠久的文化交流，同时，白族自己没有通行的文字，因此读的书都是汉文书籍。在白族曲艺"白曲"演唱中，也常有引用汉文书籍故典、成语的。这样的一个民族，是有相当一部分人至少知道黄河在剑川的北边，隔剑川好几个月的路程等知识的。而白族是否早已形成，然后从黄河边上迁来呢？值得研究。据我所知，剑川白族的家谱上，有的记载着自南京应天府搬来，或是元朝时的军人落籍（这些军人又大多是江南的）。有的则是大理国段氏之后。然而欧小牧竟想象出红兆波起义后，提出了要打"回"黄河去的口号，而且打到了一条江边，竟没有一人认得这是否就是黄河（这里欧小牧没有交待走了多少天，但起义军是会知道走了多少路程，从而可以约略估计出这是否就是黄河的）。这些"想象"究竟有何根据呢？而起义军为什么一定要打"回"黄河去？看来整理者已经超出了反抗民族压迫的范围，而是要与汉族争天下了。显然，欧小牧没有从白族的民族特征与历史特征出发，没有从民族间的正确关系出发这样的整理，得确切一些，是"臆造"。

综上所说，可以看出：欧小牧同志"整理"《红兆波飞过红石岩》的过程不是如他所说的什么"只采用了一些历史骨干，大部份是依据剑川民间传说，也补充了一些自己的想象"。而是"按照自己的某一想法，首先翻阅现成的文献资料，做成功一个框子，再把若干个记得不甚清楚了的故事硬套进去，然后加上自己臆测和词句上的润色，最后就拼凑了一篇似乎是"完整"的故事。

整理民间传说必须忠实于原传说，作者主观想象必须从社会特点、历史特点、生活习惯以及可能性出发；这些原则到目前已被公认而且成为常识了。欧小牧整理的这个故事为什么会产生上述的"失真"、"生拼硬凑"这样一些现象呢？当然，作者本身深入不够，对待已有的材料未能认真分析和严肃处理是一些原因。但是不仅只是这样一些呢？我想决不止此。如果仅是深入不够、材料不足而他的整理态度是严肃的话，那他是会感到自己的不足而再作一番努力的。然而，看起来，欧小牧似乎没有感到这一点，竟大刀阔斧地"整理"下去。这难道不会是某种错误思想在支持着他么？这样，就涉及到作者的整理态度问题了。

发掘、整理民间文学是个艰巨的工作，须要作长期的努力。要求一下子就做得很完善是不可能的，但也正因为这是一项艰巨的工作，因此就需要更多的人来注意它、关心它。我正是本着这样的精神来提出我的上述看法。

第二辑

少数民族民间文学理论研究

本辑概述

　　本辑共收录了8篇史料，有史宗龙、秦家华、邢凤麟和凡木、晓雪、米若、杨元寿撰写的6篇论文，分别发表于《读书》《诗刊》《思想战线》等；李秉达撰写的1篇随感，发表于《中国民族》。此外，值得我们关注的是诗集《中华民族大团结——兄弟民族人民歌颂毛主席》的后记，该诗集是新中国第一部各民族新民歌"主题"性选集，后记也是最早对各民族新民歌进行的全面评价，史料价值不言而喻。

　　这些史料涉及云南各民族的民间文学，其中有许多少数民族革命歌谣。云南民族民间文学的研究值得重视，如史宗龙在《浅论云南民族民间文学的人民性》中，从三个方面论述了云南民族民间文学的人民性，提出了在分析这样的作品时，要把握两个尺度。首先要对统治阶级作具体分析，其次要看作者的立场。秦家华在《云南民族民间文学中的无神论思想》中，指出云南民族民间文学中体现的无神论思想虽具有积极价值但也存在明显的历史局限性和阶级局限性。这些史料大都提到了党的领导以及社会主义文学政策对文学的影响，具有鲜明的时代性。

　　从整体来看，这8篇文献中1篇是综合性评论，4篇讨论的是云南民族民间文学，还有2篇是就少数民族民间文学总体而言的。这些史料显示，对南方民族和西北民族关注较多，对华北、东北民族的关注甚少，有明显的区域性，缺乏整体性研究。从文献作者的立场看，作者大都以社会主义意识形态和党的文艺政策作为评价标准，认识和评价各民族民间文学。其中有的史料涉及的如何发展社会主义时期的民族民间文学，具有较强的政策性和指导性。

《中华民族大团结——兄弟民族人民歌颂毛主席》后记

史料解读

《中华民族大团结——兄弟民族人民歌颂毛主席》是新中国第一部各民族新民歌选集,1951 年由华东人民出版社出版。诗集从公开发表的少数民族新民歌中,选编了 80 多首歌颂毛主席主题的蒙古族、藏族、维吾尔族、苗族、彝族、傈僳族等民族的歌谣。这些歌谣,不仅反映了各兄弟民族人民在解放以后思想感情上的变化,也反映了党和国家对各民族文学事业的重视。该诗集后记还对新中国成立后中央人民政府派出的西南、西北访问团,民族政策、民族情况进行了介绍,对新中国成立后各民族新民歌的思想内容和艺术风格进行了分析评价。该诗集和后记具有重要的史料价值。

原文

一

土地广袤、物产丰富的我们伟大的祖国,是一个多民族的国家;过去由于反动的统治者实行大汉族主义,对少数民族采取排挤、消灭的政策,把他们从平原迫向边缘的深山中,不许他们和汉族人民接近,把他们说成不开化的"生番"、"野蛮人",用种种带有侮辱的名字称呼他们(如把他们民族名称加个犬旁)。这样歧视和离间的结果,使汉族人民对于少数民族的情况,非常隔膜;反动派除了对少数民族人民的残酷掠夺以外，对他们的存在和发展极不关心，所以在中国境内究有多少种民族，从来就是不清楚的。中华人民共和国成立以后，有了正确的民族政策，使中华各民族成为相亲相爱的兄弟，人民政府用了种种办法帮助兄弟民族在经济上和文化上迅速发展，去年七、八月间中央人民政府派了自己的访问团去西南、西北访问他们，传达中央人民政府、毛主席对他们的深切关怀，宣传《共同纲领》中的民族政策，并倾听兄弟民族的意见和要求。据初步研究和估计，兄弟民族总数约在五、六十种以上，人口在三、四千万到五千万之间，约占中华民族总数的十分之一，所分布的地域也很广，约占全国总面积的二分之一。

兄弟民族在历史上一直被汉族的统治者逼迫得过着非人的生活，他们一次一次的从自己开垦的土地上被赶走，当他们用自己的劳动，开垦了一块新的土地时，汉族的统治者又占而作为己有；在西南，特别是苗族，因为所处的地理环境，首当其冲，所以被打击得更其惨苦，苗族的民歌"乌鸦无树桩，苗家无地方"，就是描写这种苦楚的。彝族的民歌也反映了这种情况："平坝地上不许我们住，把我们赶在高山上。"极大多数的兄弟民族都被迫居住在极其贫瘠的，所谓"地无三尺平，人无三分银"的地区；但反动的统治者并没有就此放过他们，还把他们看作是最好的压榨对象。因为可以任意掠夺他们，从满清到"民国"统治者们在"逢苗富"的口号下，争着做"苗官"。由此可以想见，兄弟民族在反动统治者无耻的掠夺榨取下，是过着怎样痛苦的生活。

在各兄弟民族的民歌里，我们可以看到他们把被迫害的愤怒的情绪反映在自己的歌曲里：

"见了你的钱，

他就要钱，

把钱要完，

把人杀死；

见了勇敢的人（指壮年的人），

他就征兵去打仗，

勇敢的人被打死，

独儿子被杀死。

富人变穷人，

穷人变灰灰(光杆的意思)，

他强迫弟兄们互相残杀，

亲戚变成仇敌。"

这是西南彝族人民的歌(载《大众文艺》二卷十二期)，这首歌里，反映了汉族的反动统治者对彝族人民的任意掠夺、杀害、抽丁、"以夷治夷"等罪恶统治。藏族人民也在自己的歌里唱着无法比喻的被迫害的苦楚：

"折多山再高也有顶，

金沙江再长也有源，

惟有藏族痛苦说不完。"

在国民党大汉族主义者的无情迫害和血腥的掠夺下，无法忍受其痛苦的康区藏族，就起来反抗，虽然遭受了反动派的凶暴残杀，但藏族人民并没有屈服，他们唱道：

"等着吧！等着吧！甲种错①！

你无故欺压我们，

不止一次二次三次；

第一次屠杀了我们的四个领袖②，

第二次又刺杀协傲耕秋③，

第三次打死了阿陈④，

第四次又把曲墨竹马⑤当成靶子打；

你们杀人、抢人、打人、刺人，

---

① 指国民党统治者大汉族主义的压迫。

② 带领藏民起来反抗压迫的四个领导者。

③ 藏人译名。

④ 一位农民代表的名字。

⑤ 一个僧女土司的名字。

这样的刑法从来没有听见过。

谁有慈悲心？

谁有同情？

你们把我们当成牛马看待。

那里有廉耻？

那里有法律？

没有人性的甲种们——

饭碗里解大便，

平常吃的是藏族人民的血和汗。

今天啊，不报此仇心不甘。"

（《大众文艺》二卷十二期）

反映受大汉族主义者排挤迫害的兄弟民族的民歌很多，这里我们再引一首苗族的民歌：

"吃不饱来穿不好，

说话别人听不到；

每到街头说句话，

被骂苗子被撵跑。"

（《民间文艺集刊》第二册）

这里饱含着多少辛酸，苗族人民不但被掠夺得吃不饱穿不好，连走路说话的权利都没有。在历史上，苗族受尽了汉族统治者歧视、残杀；宣扬"非我族类，其心必异"的统治者，不但公开的"开发边疆"，对他们采用武力剿灭，同时也用各种暗害手段，去屠杀他们；在贵州黄平，现在还留着一个"杀人洞"的古迹，据说它的来历是："在满清咸丰同治年间，皇帝派了兵到黄平，说是召集苗家来听圣旨，各地苗胞必须经过这里才能到黄平，清兵就埋伏在这里，来一个杀一个，来一双杀一双，把尸体丢在一个山窝里，这个山窝底下有一个洞，流出一股水，血染红了这股水，流了出去，苗家看到知道不好，才携老带小的向深山逃命。"

（见《展望》七卷二十三期）

但历来被汉族统治者残酷迫害的苗族人民,并没有低头,他们经常起来反抗,"苗族三十年一次小反,六十年一次大反",这句流行在贵州的话反映了这种情况。

由于大汉族主义者对兄弟民族长期排挤迫害的结果,造成了兄弟民族与汉族之间的隔膜,在云南、贵州二省的兄弟民族中,很普遍地流行着二句话:"石头不能做枕头,汉人不能做朋友。"因为汉族的统治者一方面在汉族人民中间培养歧视兄弟民族的偏见,另一方面又以汉民族的名义进行对兄弟民族的压迫,所以直到解放之后,兄弟民族的人民很多还以为毛主席是他们自己民族的人,因为在他们的经验里,汉人是决不会爱护他们的。

二

高尔基说:"如果不知道人民的口头创作,那就不可能知道人民底真正的历史。"特别是民间歌谣,更集中和广泛地反映了人民的思想感情和时代的真实面貌,如上所述各兄弟民族在大汉族主义迫害下所受的痛苦,在民歌里得到了反映;同样的,民歌也反映了解放以后民族中间的融和的感情和愉快幸福的生活。

在共产党领导下,中国人民打跑了持续数千年之久的反动统治的最后一个皇朝——国民党反动派,建立了历史上从来未有的人民民主的国家——中华人民共和国;这是一个翻天覆地的变化,一切都由此而倒了过来,从前为统治阶级做牛做马受压迫的人民,现在翻身成了主人,这个人民的国家,实行了正确的民族政策,和国民党反动政府歧视少数民族的大汉族主义相反,新的国家里民族之间完全平等,人民政府采取了各种措施照顾和帮助兄弟民族经济和文化上的建设,使兄弟民族解除受长期压迫所造成的各种痛苦,生活中充满了新的希望和愉快;从前苗族的人民唱着"太阳落山红啊!月亮出来黄啊!苗家要出头,摆脱苦和愁,好比月亮赶太阳啊!越赶就越没下场!"的绝望的哀怨的歌,但出头的日子终于来了,面对着新的自由幸福的生活,人们也用他们所擅长的歌舞来歌颂它。解放以后,兄弟民族所产生的歌谣,为数是颇为巨大的,他们从各方面来歌颂新的解放的时代,而比较突出的是他们对于自己的领袖——毛泽东同志的歌颂。他们知道新的生活与毛泽东的名字分不开，所以他们把对于自己解放的庆祝，对于祖国的爱和感谢，以及全部的欢乐和热情，都集中地表现在对领袖的歌颂；这些歌颂大多不是空洞的概念的叫喊，而是通过他们切身的感受从心底里唱出来的；这种感情不是凭空产生的，而是与他们的新生活密切地联系着，这是他们的生活之歌。

　　这里我们编集了八十多首歌颂毛主席的兄弟民族的歌谣，大多是从全国各地报纸刊物中摘录的；其中很大一部分是为了庆祝党的三十周年而在报刊发表的。从这些歌里我们可以看到兄弟民族人民在解放以后，思想感情上的变化，这里至少反映了下列几种情况：

　　第一，这些歌谣中充分流露了兄弟民族人民对于新生活的愉快热烈的心情；他们为这而欢呼，为这而歌舞。他们在把自己以前黑暗受罪的日子，和今天自由幸福充满希望的生活对照之下，对于新生活的热爱就越发不可遏止；他们对于领袖的衷心感激和爱戴，几乎到了狂热的程度。有首藏族的民歌唱道：

　　从东方大海里，

　　快乐的太阳升起来了

　　你——毛主席，

　　光辉照满了南瞻部洲，

　　快乐啊，数啦牙数。

　　……

　　跳舞啊唱歌，

　　纵情的欢乐啊，

　　这没有什么稀奇，

　　共产党像开门的钥匙，

　　我们步入美好的天堂，

　　快乐啊，数啦牙数。

　　这首意境深远的歌里，把藏族人民解放后的自由幸福的生活和喜悦的心情以及对未来日子的信心和希望，充分地表达出来了。这种情绪在其他各族的歌里也同样是一个共同的特点。下面再摘引一首云南阿细族^①的民歌,在这首歌里也把人民的这种心情表达得很生动:

　　可恨的反动派政府已被推翻了,

　　西山上的阿细人日子好过啦!

　　在我们古老的山区里,

　　咯咯的笑声响遍四方……

第二,这些歌谣里很明显的可以看到解放以后民族关系的变化。过去由于反动统治造成的民族间的隔阂消除了,民族间的团结达到空前未有的深度。过去怨恨地唱着:"石头不能当枕头,汉人不能做朋友"的苗族人民,现在歌唱着:

　　一拜毛主席万寿无疆,

　　二拜苗汉和好姊妹样。

云南傈僳族人民也热烈的歌颂解放后民族间的融和的感情道:

　　好像是亲弟兄一样,

　　从今以后舍不得离开。

在新中国,毛主席、共产党已成为一种民族团结的象征,歌颂毛主席、共产党也就歌颂了民族之间的伟大的团结。上述傈僳族的民歌里这样唱道:

　　毛主席好像我们父母一样,

　　我们兄弟民族永远跟着毛主席。

内蒙^②的民歌唱道:

　　向日葵看着太阳转,

　　我们永远跟着共产党。

像这样的民族团结的感情,充满了所有这些歌谣里,这是一个巨大的变化,有谁能够想象,由反动统治造成的长期存在的民族之间的深刻的隔阂,竟在这短短的二年中间扭转过来,并使民族之间产生了这样亲密的感情;这是毛泽东时代的奇迹,这是人民政府正确的民族政策的胜利。

---

① 编者注:"阿细族"应为"阿细人",后同。

② 编者注:"内蒙"应为"内蒙古",后同。

第三,这些歌谣中我们还可以看到各民族人民强烈的爱国主义的感情。对兄弟民族来说,在久远的年代里,从来不知道有什么祖国,在这个国度里,他们所受到的只有凶恶的掠夺和残酷的排挤、屠杀,因此除了对大汉族主义者的仇恨之外,从来不曾对祖国发生什么爱。解放之后他们以平等的一员居住在祖国的土地上,人民政府用各种措施帮助他们消灭过去为反动统治长期造成的不平等和落后现象,使他们从政治、经济、文化上得到翻身,从前反动派诬蔑兄弟民族是"蛮子作不得官,猪毛做不得毡"。现在不但各级人民政府有兄弟民族的代表,而且在各民族居住的区域,也逐渐建立了民族自治区,从苗族的一首民歌里可以看出他们是多么高兴呀!

　　最喜欢二月二十三,

　　龙再宇他当县官,

　　当了县官做了主,

　　从今苗家把身翻。

从前被反动统治迫害得过着穷苦不堪流荡不定的日子,现在是:

　　苗家都有了田地种,

　　苗家都有了新衣穿。

这样产生了他们对于祖国的强烈的爱情,他们唱道:

　　新中国好像父娘一样,

　　毛主席好像太阳一样,

　　我们苗家从此有了国,

　　要守卫国土再没二样心肠。

内蒙的民歌里也唱出了团结保卫祖国的意愿:

　　独根的铁棍容易折,

　　拧成的麻绳拉不断,

　　中华各民族团结紧,

　　保卫我们的自由、幸福、和平!

此外,兄弟民族人民爱国主义热情,还表现在祖国的建设上面,这里摘引一

首新疆维吾尔族民歌,以见一斑:

　　多年被压迫的新疆人民,

　　伟大的毛泽东给带来了幸福,

　　我们要用血和汗,

　　灌浇这美丽的花园。

　　上面是这些歌谣中内容上的几个主要方面,列宁说,研究人民的热望与希冀,民俗学乃是宝贵的泉源。我们从上述几点里也可体会到列宁这句话的意义,当然这些歌谣所反映的人民的感情是很丰富的,这里我们不能多说,读者们在阅读本书时当可体会到更多的东西。

　　在艺术方面,兄弟民族的这些民歌也存在着一切民歌所具有的特点,其主要的特征是朴素、生动、具体、形象、概括、简练、气魄雄伟、想象丰富,充满着乐观主义的情绪。如藏族的一支短歌:

　　毛主席的队伍来到我们村,

　　黑暗的乌拉制度一扫清,

　　到今日自己的马儿才能自己骑,

　　喜喜欢欢骑到城里去买东西。

　　又如阿细族的民歌:

　　西山阿西濮,

　　坐着站着都和别人一样高,

　　西山阿西濮,

　　耍手耍脚都轻快。

　　这些歌都通过具体的日常生活现象的歌颂,把解放后自由愉快的生活感情很形象逼真地描画了出来。短短的几句就如闻其声,如见其形。

　　兄弟民族长期受反动统治的压迫,一旦解放,喜悦之情,往往非言语所能表达,所以采用了另一种表现手法,或把感情寄托于天地间最广最大的事物的比拟,或从具体事物的比拟上来达到无法形容的感情的表露,如:

　　不会编篮子,编起来很困难,

不会说好话，说出来也枉然，

今天我们解放了，

不知道那句话来歌颂毛主席。

这感情是真挚和朴素的，虽然它没有具体形象地说出对领袖的歌颂，但这里包含着最深的感情。又如维吾尔族的民歌：

把天下的树都变成笔，

把天下的水都变成墨，

把天下的人都变成作家，

都写不完共产党和毛主席的好处！

这里包含着维族①人民对党和毛主席的多少激情，天地间竟至于没有可以与之相比的，这气魄是雄伟的。

高尔基说："最深刻的、鲜明的，在艺术上最完善的英雄类型，都是民间文学创造的。"在这些歌谣里所反映的毛主席的形象也是深刻的，他们差不多是以自己全部的生活来歌颂毛主席的，这就把伟大领袖的精神面貌给表现出来了。在概念上他们基本上是通过二种事物来形容领袖的，一种是以庄严崇高的事物作比拟，如太阳、天星、救星、恩人、父母、活菩萨、青天、太阳的儿子、玉白明灯……等。另一种则以日常生活的具体事物的对比陪衬来表达领袖的伟大，如把自己比作田里的禾苗，把领袖比作天上的雨露；把自己比作石头底下的草，把毛主席比作砸石头的人；以及像鱼儿得了水，树儿出了苗……等。

此外，这些歌谣里还通过各民族所特有的崇高的事物来歌颂，如藏族把毛主席领导的政权比作须弥山一样的坚固，把党比作"天上的秤"；云南摩些族②把毛主席比作《多巴经》里面的竹……等。

当然这些歌谣因为都是从这二年中产生的，虽然大多已在各兄弟民族人民中广泛传诵，但究竟时间不久，尚未像一般口头文学那样，在群众中经过千锤百练；同时在迻译成汉文时，又不可避免地要多少影响到原来歌词的音韵的谐和。

---

① 编者注："维族"应为"维吾尔族"，后同。

② 编者注：纳西族的旧称，后同。

因此其中某些歌词也有不十分精练的，不过极大部分都是比较好的。

三

今年"七一"是中国共产党的三十周年，这个领导中国人民革命得到胜利的伟大的、光荣的、正确的党，在它三十周年纪念的时候，人民对它和它的伟大的领袖的歌颂，成了一种广泛的政治行动；特别是为数众多的兄弟民族的歌颂，在这方面占着显著的地位，把这些颂歌加以编辑出版，不用说是有重大意义的。在这个集子里我们可以亲切地感到中华人民共和国的一个伟大的特征和成就——民族间的坚固的团结。

这就是我们编这个集子的用意。同时，我们编这个集子，也为了迎接即将到来的我们国家的第二个伟大的国庆节日。

在本书的编辑上，由于我们对兄弟民族的知识不丰富，语言不熟悉，所以存在着不少困难。在译文和其他方面，除了尽可能加以查考外，有不少地方就无法做得更完美些，很多地方应该加注的未能加注，个别歌词不通或不能懂的，因没有原文校订，也只好保留原来面目。有几个歌谣的末尾，除了注明民族名外也无法查明其民族所在的地区。此外为了形式的统一，许多标题都是由编者加上的。

本书的排列次序，主要是照顾地区和民族，同在一个地区（如西南、西北……）的民族，放在一起；同时又照顾民族，就是同一民族（如藏族、苗族……）虽然不在一个地区，也放在一起，同在一个地区内的民族，又把系统相近的民族放在一起。这样编排，纯粹为了编辑技术上的方便，因我们对于民族知识太缺乏，这样编排不一定适当，可能会有不少错误，希望读者加以指正，以便再版时有机会改正。

天鹰

一九五一年九月一日

试论云南各族新民歌

晓　雪

史料解读

　　该史料为诗歌评论，史料原载《诗刊》1958年第11期。诗人晓雪首先介绍了新民歌产生的背景，即随着新中国的建立，云南各族人民的精神面貌、风俗习惯和各种关系发生了深刻变化，因而诗歌的内容不仅显示出生活、制度的变化，还表现了人民思想的进步，情歌也增添了新的内容和新的思想。其次，作者认为云南各民族新民歌的浪漫主义精神与过去是大不一样的，新民歌采用革命现实主义和革命浪漫主义相结合的创作手法。不仅如此，同一个民族的民歌，也有着丰富多彩的形式风格和表现手法。最后，云南各民族新民歌，各有各的文学传统和语言特点，民族风格丰富多彩，表现手法多种多样，如土族的浑厚质朴、白族的刚健清新、彝族的幽婉明丽等；在形式上，云南境内的汉族民歌并没有受五字句、七字句的限制和束缚，也在不断地变化、发展和丰富。该史料对于认识云南新民歌具有借鉴作用。

原文

云南早就被称为诗的土壤，歌的海洋，神话的故乡。有位诗人说，在云南，每一条小河都有美丽的故事，每一块石子都有自己的诗，每一片树叶都会唱动人的歌……

这样的描写，如果说在过去还稍嫌夸张，那么现在就完全恰如其分了。随着社会主义生产和共产主义思想大解放，云南各族人民异语同声地歌唱起来，比过去任何时候唱得更多、更美、更响亮，他们歌颂党和毛主席的英明领导，歌颂农业发展纲要四十条，歌颂社会主义建设总路线，歌颂自己移山倒海的冲天干劲和旋转乾坤的雄大气魄，歌颂我们祖国的"一天等于二十年""一年跑过几千年"的伟大神奇的革命生活……而这样的诗，这样的歌，每天不是几十几百地产生，而是成千上万地产生，不是一本两本，而是"用马驮""用船装"，"千箩万箩"，让我们听听：

跃进山歌实在多，

好似牛毛千万箩；

正月唱到端午节，

只唱完支牛耳朵。

　　　　——白族民歌

唱歌要唱跃进歌，

跃进山歌用马驮；

头马到了天安门，

尾马还在苗家坡。

　　　　——苗族民歌

很显然，这样一些不同民族不同地区的民歌，不仅仅是在形容现在的山歌多了，多到唱也唱不完，而且是人民群众怀着自我夸耀的激动心情，对自己充满诗意的豪迈生活的满意而自豪的写照。"遍地是诗篇，歌声飞满天"，这是我们的时代才会有的现实，这样的民歌当然也只有今天才会产生。

举世周知,云南各兄弟民族正在党的领导下跨时代跃进,其中有不少民族是从原始社会末期和奴隶社会直接向社会主义社会过渡的。在这具有重大政治意义的史无前例的伟大历史飞跃中,各族人民的精神面貌、风俗习惯和各种关系,都起着急速的深刻的变化。共产主义思想精神在各族人民中间蓬勃发展。几千年来在野蛮残酷的奴隶制度下的民族,已经打碎奴隶的枷锁,开始唱豪迈的跃进之歌;充满自信和自豪地提出要"赶上汉族老大哥"的口号。随着革命现实的变革、奋进和飞跃,人的思想意识和精神面貌也在变革、奋进和飞跃。人变成了真正的人,管理国家、征服自然的人。这一切必然要表现在各族人民的民歌创作上,这就构成了云南各族新民歌的划时代的政治意义和崭新的艺术内容。我们在各族新民歌中看见了新的生活,新的思想,新的爱情和新的道德风气,我们看见了民族心理的深刻的细微的变化,看见了新的人,新的感情。

　　燕子飞得最远,

　　三月才能飞过大海;

　　骏马跑得最快,

　　一辈子难跑出大凉山;

　　只有翻了身的彝族人民,

　　跑一天路,要抵过去几千年。

这不仅显示出生活的变化、制度的变革,而且还表现了彝族人民在思想意识上值得骄傲的飞跃。这样的飞跃,如果我们在看了"遍山羊群是奴隶主的,软软牧鞭是奴隶主的,牧羊姑娘是奴隶主的,牧场唱起了悲歌,唯有歌声才是自己的"一类的旧民歌后,再来读读"猛火要将奴隶制度烧成灰""凉山归我们娃子(即奴隶)来管""跑步赶上汉族老大哥"这样的新民歌,就会看得很清楚。

　　我们另外看一首哈尼族的民歌:"新年歌"(见《边疆文艺》一九五八年六月号)。长达一百多行,深刻有力而独具风格地表现了哈尼族人民生活跃进中的重大主题——打破常规过新年。哈尼族是云南边疆社会形态最落后的民族之一,迷信、鬼神把他们的思想和心灵统治了几千年。据说过去一年三百六十天,哈尼族有一半以上的日子是用来祭鬼祭神祭龙和祭龙树的。过新年,那就更不用说了,几乎所有的鬼神龙树都要在这一天祭。还要加上祭祖宗。可是今年搞生产,鬼神不祭了,龙树不祭了,祖先也不祭了。这是多么了不起的变化啊!

往年过年,杀猪献地神,

我们最大的神灵呀!

它没有给过我们一点点欢乐。

今年过年不离锄头把,

我们勤快的劳动呀,

给自己带来丰衣足食的生活!

往年过年忙去把龙祭,

万能的龙呀!

从来没有把雨水降落。

今年过年忙着修水利,

祖祖辈辈不听人使唤的江水呀!

如今把它引上了山坡。

全首民歌洋溢着觉醒者的幸福愉快的情绪,洋溢着胜利者的骄傲的欢乐的情绪;这是对大自然的胜利,对鬼神龙树的胜利,对一切封建迷信和陈规陋习的胜利。哈尼人如今在党的领导下,已经是以觉醒者、革命者和胜利者的姿态,站在一切鬼神之上了!他们已经是充分相信自己的智慧和力量而和其他各民族一道,向共产主义理想飞腾跃进了!"新年歌"通过哈尼民歌的完整的形式,富于概括而又独具特色地表现出它的主题意义,表现出哈尼人打破常规过新年这一事件的深刻丰富的思想内容。从开头的缓慢而欢愉的抒情音调,到后来的鼓点般跳动的急骤的旋律,到最后托"喜鹊大哥"把哈尼人的跃进之歌带去给毛主席,令人满意地构成了一首完美鲜丽的抒情长歌。应该承认,这首民歌在思想和艺术的结合上已经达到相当的高度,它是云南各族新民歌中比较成熟的作品之一。当然,这样的民歌,每天都在产生,不但哈尼族很多,其他各民族也是很多的。这里我们不能一一论述。

随着思想上的跃进和生活上的变化，人们的爱情和情歌也增添了新的内容和新的光采。

姑娘啊姑娘

朝霞还没爬上椰子树

你就来到流沙河水库

你那闪闪发光的扁担

就象翩翩飞翔的蝴蝶

多少眼睛在偷看你

羡慕你一次能挑一百五

姑娘呀姑娘

太阳把你的嫩脸晒黑

树桩把你的裙子挂破

尘土把你发髻上的花朵染污

可是你的笑声呀

却象春风在我的心底吹拂

这是一首傣族民歌中的两节，是小伙子给姑娘唱的。这里歌颂的是一个普通的傣族姑娘。因为劳动好，她更美了，因为劳动好，她引起了多少人的注意、尊敬和爱慕。我们从这里看见了一种新的社会风气。看出了新的人物的高尚品质和新的爱情。

云南各族新民歌也象全国各地的跃进新民歌一样，有着非常鲜明突出的时代特点，这就是革命浪漫主义精神，就是在创作方法上的革命的现实主义和革命的浪漫主义的结合。

过去的民歌是有浪漫主义色彩的，而且大部份也都是现实主义和浪漫主义相结合的。但是由于过去人民群众受着各种各样的压迫和束缚，生活在极为艰苦的饥寒交迫的情况下，所以反映在民歌中的也更多是愤怒哀伤的控诉或恋爱殉情的悲剧。现在，人民的思想从种种桎梏中解放出来了。人民的感情从个人圈子里解放出来了，人民的智慧和力量从层层压迫束缚下解放出来了。任何困难都可以克服,任何事情都可以办到,任何过去不可想象的神话般的奇迹今天都可以创造。而这一切反映在新民歌中就构成了与过去民歌中的浪漫主义截然不同的革命浪漫主义精神。过去民歌中的浪漫主义当然也是引人向上的,也是积极的,因为人民从来也没有对自己失望过,人民总是希望和相信自己有光辉的未来的,但因为没有共产主义思想作为指路明灯,没有"一天等于二十年"的伟大革命现实作为基础,所以人民对自己的未来的憧憬也就比较渺茫,人民的种种幻想也就模糊而遥远,反映在民歌中和其他口头文学中的浪漫主义想象,也就更多的带有神话色彩。这就决定了过去的积极浪漫主义的某种程度的虚幻性和空泛性,决定了过去的浪漫主义和现实主义相结合只是在思想精神上,在积极反映人民的生活愿望和美好幻想的倾向上,而不能更多的在具体形象的塑造和艺术想象上表现出来。只有到我们的时代,只有在红旗高高飘扬、共产主义太阳普照大地的时代,人民的幻想和奋勇的自觉劳动结合起来了,人民的理想和飞跃的革命现实结合起来了,任何最大胆的浪漫主义想象都可以实现或正在实现了,革命浪漫主义才发展到了更高的新的阶段,而比过去民歌中的浪漫主义更丰富、更美丽神奇却又更易于自然而然地与革命的现实主义结合起来。这就形成了我们时代的新民歌和一切文学艺术的创作方法和时代风格。

修起水库,叫"魔鬼的河流倒淌"

架起天梯,把天边的星星摘完

天旱,也要把石头捏出清水

黑夜,也要把它变成白天

————傣族民歌

跃进山歌飞上天

山歌飞到银河边

请得牛郎下凡来

看看铁牛在犁田

————白族民歌

挖沟遇着陡石岩

半夜三更干起来

　　石工舞锤吼三声

　　悬岩陡壁低下来

　　　　——滇南民歌

　　阿诗玛死后化为岩石上的回声，是美的，但却虚幻；南诏公主死后化为望夫云，是美的，但却虚幻；而今天傣族人民叫"魔鬼的河流"倒淌，要"把石头捏出清水"来，却是可能的，现实的，并不觉得虚幻；而今天我们请"牛郎下凡"也同样是可能的，现实的，并不觉得虚幻。因为天上不如人间，如果别的星球上真有人类，我们请他来地球上参观也不是很遥远的事情了。当然，这样说并不是认为革命的浪漫主义要停留在"可能"或"现实"的水平上，而是想说明：今天的伟大革命现实为革命浪漫主义打开了无限广阔的天地，但这无限广阔的天地仍然是现实的境界；今天人民群众的冲天的干劲、宏伟的胸襟和雄大的气魄，给革命浪漫主义添了万能的翅膀，但同时又保证它不论怎样飞翔，仍不至于形成脱离现实的虚幻和空泛。劳动人民的口头文学从来就是与悲观主义绝缘的，但只有我们今天的新民歌，只有革命的现实主义和革命的浪漫主义相结合，创作出来的新民歌才具有这种把握一切、透视未来的革命的乐观和自信，才具有了前所未有的豪壮的气概、大胆的想象和响亮的声音。周扬同志说：新民歌"开拓了民歌发展的新纪元，同时也开拓了我国诗歌的新道路"。这个话我觉得也应该首先从这个角度来理解。

　　从云南各族民歌中，我们就看出了鲜明的时代风格和民族风格。至于个人风格，绝大多数民歌不知道作者，无法研究。事实上，从现有的材料我们也已经看出，即便是同一个民族的民歌，也有着丰富多采的形式风格和多种多样的表现手法。

　　身披下关风，

　　脚踏苍山雪，

　　山顶开沟去，

　　晚盖洱海月。

　　这是一首白族民歌。下关的风是最大的，苍山的雪是终年不化的，山脚下四季如春,山顶上却是四季如冬,但这一切对于白族人民都不算什么。从短短的四句诗中,我们看见了一个高大的巨人形象,在他的脚下,高耸入云的苍山显得那么矮小! 这是今天白族人民的形象,也就是我们时代的解放了的人民的形象。披风踏雪,开沟盖月,这是多么了不起的英雄气概,又是多么美丽动人的劳动画面。这样的景象(当然还有比这更激动人心的景象),天天有,处处有,歌颂这种伟大劳动场面的民歌也在天天产生、处处产生,在各族新民歌中都是举不胜举的。而正是从这样的民歌中,我们首先看出了我们时代社会主义现实主义文学的时代风格,这就是通过民族的艺术形式表现出来的,一种豪迈乐观的战斗创造的激情,美丽的政治理想和自觉的深刻的哲理思考的诗意的融合;也就是我们时代的精神和性格的表现,也就是共产主义风格在艺术上的表现。在这个意义上,毛主席所指示的革命的现实主义和革命的浪漫主义的结合,我认为既是创作方法,也是时代风格。它在创作过程中,是方法,而体现在艺术作品中,就成为鲜明的时代风格。

当然,时代风格不但不会抹杀民族风格,它还必须通过民族风格表现出来。云南各兄弟民族,由于千百年来聚居在一起,在口头文学上特别是某些神话故事和民间传说上,难免互相有过一定影响,但风格仍然是鲜明的,各具特色各不相同的。这从新民歌中也看得很清楚。例如同样是歌颂合作化和毛主席的,阿哲族①民歌《带路人》这样唱:

> 我们阿哲人,
> 走合作化的路走对了!
> 才走了一年,
> 就大大变样了!
> 毛主席,你把我们带上路了!

傈僳族民歌《好日子》:

> 因为走了共产党的路,

---

① 编者注:"阿哲族"应为"阿哲人",后同。

因为听了毛主席的话，

做活手臂有力了！

走路脚杆有劲了！

因为有了合作社啊！

生产的粮食堆成山，

织出的布匹象万丈江河流不尽。

藏族民歌《合作化的道路最宽广》：

大大的海子啊，

吉祥的神灵在倾吐葡萄酒浆，

那葡萄酒浆流淌在宽宽的海子上，

不，

那不是甜美的葡萄酒浆，

那是藏家合作社新修的河流闪着光芒。

陡峭的山路啊，

尘土飞扬，

那尘土飞扬的地方有人在纵情歌唱，

不，

那不是尘土飞扬，

那是藏家合作社的马帮。

热闹的山寨啊！

人们天天跳锅庄，

那锅庄表示藏家欢乐的心肠，

不，

那不是跳锅庄，

那是庆祝合作化的道路最宽广。

如果要用几个字或几句话概括出各民族不同的民歌风格，当然是不可能的，但是就从上面列举的这些例子中，我们还是可以看出各族民歌在民族风格上的某些差异和表现手法上的多种多样，尼苏族①和苦聪族②的朴素单纯的短歌，与藏族人民在雪岭高原上放声歌唱的沉洪旷达、辽阔宏亮的调子是迥然不同的，土族的浑厚质朴、白族的刚健清新、彝族的幽婉明丽和傣族的艳丽幽柔也是同样地不能混淆的。苦聪族的民歌："毛主席领导好啦！共产党领导好啦！阿爹阿嬷没有到过的地方，我们到了！阿爹阿嬷没有见过的，我们得见了！毛主席领导，眼眼望得远，共产党领导，心里想得宽。"这真是最朴素不过的句子了，真是单纯到不能再单纯的了，但是如果我们知道这个民族不久以前还过着原始社会的生活，不久以前还不习惯使用火柴而用石片取火，直到今年才从树林里搬下来，我们就会感到这简简单单的几句，包含着多么深刻的思想和多么真挚厚重的感情，这短短的几句倾泻着一个民族的全部喜悦和欢乐、感恩的激情。这是最朴素、最单纯的歌句，却也是最深刻的诗。而这样的诗，这样的民歌风格，是只有苦聪族、尼苏族这样的民族才会具有的。

云南境内的汉族民歌和全国其他地区的汉族民歌差不多，目前在形式上仍然是五字句、七字句的短歌占了多数，这大概和传统也有关系。但某些人因此误认为：新民歌的形式就是、或主要就是五字句、七字句，这却是可笑的。事实上现有的汉族新民歌，也并没有受五字句、七字句的限制和束缚，而且特别值得注意的是：它正在不断地变化、发展和丰富起来。

至于兄弟民族的新民歌，各有各的文学传统和语言特点，呈现在我们面前的形式风格也就更加丰富多采和各色各样。看了一小部份整理出来的云南各族新民歌（这仅仅是云南新民歌海洋里的一滴水）以后，我们对新民歌为我国各民族诗歌开辟的新道路就看得更加清楚，因而也更加充满信心了。

（本文有删节）

———————————

① 编者注："尼苏族"应为"尼苏人"，后同。
② 编者注："苦聪族"应为"苦聪人"，后同。

略论历史上少数民族革命歌谣

邢凤麟　凡　木

史料解读

　　该史料为论文，原载《诗刊》1958 年第 11 期。作者提出历史上少数民族革命歌谣具有现实主义文学的战斗作用，并阐释了造成这种现象的原因：一是少数民族民众的阶级地位和历史地位，决定了少数民族革命歌谣必然具有强烈的革命性；二是革命斗争是符合历史发展潮流和时代需要的正义斗争；三是许多革命歌谣的作者本身就是革命者；四是各民族革命歌谣具有悠久的传统。作者还将历史上少数民族革命歌谣的艺术特点归纳为五种：感情浓烈，风格鲜明；比喻生动，形象、深刻；大胆联想，绝妙夸张；运用比兴，引人入胜；语言朴素，清新、凝练。最后，作者认为各民族革命歌谣是深深植根于阶级斗争的，具有阶级斗争的尖锐性和复杂性。该史料对于我们如何正确认识和对待历史上少数民族革命歌谣具有指导作用。

原文

壮族歌仙刘三姐唱过这样一首歌谣：
　　州官出门打大锣，
　　和尚出门念弥陀，
　　皇帝早朝要唱礼，

种田辛苦要唱歌。

历史上各族劳动人民虽然政治上处于无权地位,经济上受尽剥削,文化上被剥夺了受教育的权利,但是,他们在劳动、生活和战斗中,唱出了许多优秀的民歌。其中驰名中外的长篇史诗和叙事长诗如藏族的《格萨尔》、柯尔克孜族的《玛纳斯》、撒尼族的《阿诗玛》、壮族的《刘三姐》、蒙古族的《嘎达梅林》等就有二十部以上,这是中华民族文学史的宝贵财富。但是在"四人帮"的摧残下,这些民族民间文学也糟踏成七零八落,队伍被打散了,作品被扼杀了,资料被烧毁了。藏族著名的英雄史诗《格萨尔》,长达 150 万行,约一千二百万字,是中外古今诗史上所罕见的长篇巨著,已经翻印和从老艺人口头记录的大量原始资料被烧毁,约几十部的汉译本纸型被送进造纸厂当纸浆。"四人帮"是中华民族文学史上的千古罪人。

下面我们从历史上少数民族革命歌谣的粗略分析中,可以看出江青一伙诬蔑民歌"落后"、"下流"是何等无知、无耻和反动。

一、历史上少数民族革命歌谣的现实主义文学战斗作用

少数民族优秀的歌谣,究竟是"儿女情长,风云气短"呢,还是反映各族人民的爱憎,具有强烈的阶级感情,体现了现实主义文学的战斗作用,这是首先必须弄清的问题。

事实证明,历史上各族人民口头的和文字创作的革命歌谣,猛烈地抨击反动统治者的阶级压迫和民族压迫,生动地反映了各族人民的斗争生活、追求光明幸福的理想和不怕牺牲、前赴后继的斗争精神,具有强烈的革命战斗性。

首先,历史上各族人民革命歌谣深刻地揭露了剥削者压迫者的罪恶,倾吐了各族人民的苦难生活,声声泪,字字血,斗争锋芒直指反动统治的心脏。历史上有许多进步诗人,同情人民的疾苦,写出了暴露社会矛盾、抨击黑暗现实和忧国爱民的优秀诗篇。这些古典作家,有的本身就是代表一种进步力量,具有一定的进步思想;有的较多接触劳动人民的生活,与劳动人民的思想感情有某些相通之处;还有的是被排斥、打击而沦落为普通平民,所以能够为劳动人民说

话。但是，无论那种情况，这些进步诗人，与生活在社会最低层的各族人民相比较，阶级地位不同，思想感情也有区别，因而在作品中所反映出来的现实主义文学的深度和广度，往往不及各族人民的革命歌谣那样深刻、有力。鲁迅先生说："如果作者是一个战斗者，那么，无论他写什么，写出来的东西一定是斗争的。"又说："怒吼的文学一出现，反抗就快到了。"历史上各族人民的革命歌谣，可以说是战斗者的怒吼文学，它是震天的雷霆，是战斗的号角。在革命前，它是革命舆论准备工作的一部份；在革命中，它是教育人民、打击敌人的尖锐武器；在革命失败后，它是传播革命思想的火种。如果说，历史上进步诗人写过了许许多多忧国忧民的优秀诗篇，这些无疑是我国优秀的文学遗产和人民性精华的重要组成部份。但就其思想深度来说，最多也是为民请命，最后的目的是为了"补天"，维护长治久安。即使如此，对于减轻压迫剥削和缓和社会矛盾还是有利的。这是历史上进步诗人所能达到的高度，我们不能苛求他们提出他们所不能完成的任务。但是，我们也不能因为这个缘故，而否定、贬低或轻视各族人民革命歌谣一般说来具有更高的现实主义文学的战斗作用。历史上各族人民革命歌谣一方面表现出异常强烈的爱憎，无情揭露朝廷、官府和本民族的土官、头人、山坝、王爷的残暴、酷毒和野蛮，另一方面热烈歌颂各族人民变革社会现实，用反抗手段，逃亡、出走、抗租抗捐、抗兵抗选，直至武装反抗，争生存、求解放、翻身作主。这样的文学战斗作用，论是历史上为民请命的进步诗人所难于企及的。例如壮族歌仙刘三姐的许多歌唱，揭露了地主莫海仁及其帮凶为了消灭壮族人民的反抗思想和反抗斗争而施展种种阴谋手段，包括霸山、占地、夺粮、禁歌，以及迫害、困逐、收买、欺骗，对地主阶级的残酷性、虚伪性和欺骗性的揭露，尖锐，泼辣，绝不留情。最后刘三姐和众人唱道：

富人少来穷人多，

锁住苍龙怕什么；

剥掉龙鳞当瓦盖，

砍下龙头垫柱脚；

力不穷来智不尽，

敢和龙王动干戈。

对地主阶级的政治压迫、经济剥削和文化专制,有揭露、有反抗、有斗争,最后一句已唱出了武装斗争的前奏。这正是唐代壮族社会矛盾尖锐化、表面化的反映和概括。在壮族历史上,最早发生的壮族农民起义出现在唐代,刘三姐反抗地主压迫的故事和歌谣最早出现在唐代,这不是偶然的巧合,正是唐代壮族地区阶级矛盾和阶级斗争的产物。

少数民族革命歌谣热烈歌颂各族人民的革命斗争,表现了各族人民的英雄气概和血肉关系,记录了各族人民用鲜血写下的斗争经验和光荣传统,表现了极其强烈的人民性。例如:反映近代苗族人民反清起义的《张秀眉颂》、维吾尔族的《英雄沙迪尔的歌》、蒙古族的《嘎达梅林》等史诗,都是各族人民革命的正气歌和革命教科书。《张秀眉颂》共分"官逼民反"、"宣誓"、"出征"、"审问"、"苗家的想念"等五章,如"审问"一章中写十九世纪中叶苗族起义领袖张秀眉不幸被俘受审时,敌人问他:"你没有山高,你没有水深,你和常人一样,为什么搅乱江水? 为什么能乱起地方?"张秀眉坚贞不屈,自豪地说:"我没有山高,我没有水深,我和常人一样,我一个人的力量,搅不混江水,乱不起地方,大家的力量,才搅得混江水,才乱得起地方!"表现了一个革命者对人民力量的坚信和依靠。张秀眉不幸被敌人杀害了,"苗家的想念"一章中有这么一段动人的描写:

秀眉领导打官兵,我们穿得兰阴阴,

秀眉牺牲后,我们穿得灰溜溜。

活转来吧,秀眉哥!

活转来除强暴,

用你的双脚,踏平地上的山坳;

用你的双手,捉尽山中的恶狼;

用你的大刀,杀尽人间的强盗。

这段描写,表达出各族人民对张秀眉的敬仰、爱戴和怀念,一个顶天立地的人民英雄的形象跃然纸上。象这样战斗性和人民性非常强烈的少数民族革命歌谣,只能是各族人民自己的创作,这是历史上进步诗人所不曾有也是无法代替的。历史上的进步诗人由于阶级的和历史的局限，要求他们赞成和歌颂人民的起义斗争，是不可能的。我们没有理由贬低和否定各族革命歌谣的现实主义文学的战斗作用和在文学史上应有的地位。

历史上少数民族革命歌谣中，还有不少篇章是反映了抵抗外来的侵略、维护祖国的统一和各民族人民的团结。鸦片战争后，帝国主义用鸦片的重炮，摧毁了中国闭关自守的万里长城，从此，中国社会一步一步沦为半殖民地半封建社会。边疆各族人民站在反侵略斗争的前线，在反对帝国主义的武装干涉、经济掠夺和文化侵略的斗争中，涌现了许多英雄人物，积累了许多斗争经验，产生了许多革命诗歌。新疆柯尔克孜族著名史诗《玛纳斯》，长达二十万行，通过玛纳斯一家六代的斗争生活，反映了柯尔克孜族人民抗击侵略争取自由的光荣历史，表现了他们热爱祖国、维护民族尊严的正义立场和不屈不挠的斗争精神。又如鸦片战争期间，镇江的回族人民流传的"竹枝词"写道："都督夷人骂教门，镇江回子不逃奔"，表现回族人民和镇江人民生死与共、抵抗侵略的斗争精神。蒙古族人民响应义和团运动，发动声势浩大的反帝爱国的"独贵龙"运动，提出"上打洋人下打官"，表现了中国各族人民反抗帝国主义及其走狗清朝的伟大斗争精神。

柔软羊毛编的，

乌朵又扁又长，

却眉山前的石，

正中英兵鼻梁。

这是藏族人民反击英军侵略的一首革命歌谣。牧民赶羊的鞭子能夹起石头抽出叫乌朵，这首歌谣是描写藏族牧民埋伏在羊群中用乌朵痛击侵略者的奇迹。

妹莫忧，

哥去龙州当勇头，

去到越南打胜仗，

英雄盖过永安州。

这首壮族革命歌谣反映了中法战争期间，南疆壮族人民告别家乡和亲人，踊跃参军参战，奔赴反帝斗争的前线，杀敌立功的豪情壮志。"英雄盖过永安州"，表现了各族人民继承太平天国金田起义反帝反封的革命传统，前赴后继，斗争一浪高过一浪。

总之，我们仅从历史上少数民族革命歌谣所反映的某些社会生活及其作用，可以清楚看出，这些优秀的革命歌谣，不象过去有些人说的传统观念拈附其中表现出保守性，它既没有娇羞作态，无病呻吟，也不是感叹人生不常，逃避现实，何来的"儿女情长，风云气短"?! 相反，这些少数民族革命歌谣，既有强烈的阶级感情，而不失于柔弱和哀伤；既有猛烈的反抗精神，而不失于迂阔和狂诞。这正是它的战斗性的突出表现。为什么有这种现象和作用呢？归纳起来，大致有下列几方面：第一，各族人民是劳动者、被压迫者，这样的阶级地位和历史地位，决定了他们必然具有强烈的革命性，他们不仅对革命充满理想，而且对自己力量充满自信，所以能写出叱咤风云，气吞宇宙的革命战歌。一般进步诗人虽能同情和反映人民的疾苦，但阶级地位局限使他们不可能正视和依靠人民的力量，支持和参加人民的革命。而在奋笔疾呼"八月秋高风怒号"时无法找到光明和力量。第二，各族人民的革命斗争，都是用革命手段解除阶级压迫和民族压迫的正义斗争，各族人民的斗争推动了历史前进，他们的活动包括革命歌谣的创作是顺应历史发展的潮流和时代的需要的，因而能够唱出时代的最强音。第三，许多革命歌谣的作者，本身就是革命者，他们有的在战场上是冲锋陷阵的英雄，有的在敌人的监狱中是威武不屈的好汉，有的是站在革命斗争前列的先驱者，这样的革命者和英雄，写出来的歌谣必然闪耀着革命的光辉，鲁迅先生说得好："从喷泉出来的都是水，从血管里出来的都是血。"诗言志，正是如此。第四，各族革命歌谣具有悠久的光荣传统，世代相传，历久不衰，具有革命战斗风格和顽强的生命力，这种传统在斗争中不断得到发光扬大。

二、历史上少数民族革命歌谣的艺术特点

毛泽东同志指出："每个民族都有它的长处，不然它为什么能存在？为什么

能发展？"（《论十大关系》）我国各少数民族"虽然文化发展的程度不同,但是都已有长久的历史"（《中国革命和中国共产党》）。我国五十多个勤劳、勇敢、智慧的少数民族,自古以来就劳动、生息和繁殖在这块广阔的土地上,从雪山草地到海岛渔乡,从密林山寨到戈壁沙漠,各族人民都有能歌善舞的传统和长处。许多民族几乎处处有歌手,家家有歌本,人人会唱歌,群众性的歌咏活动十分普遍。老人教歌、青年唱歌、小孩学歌,汇成了"歌海",涌现了许许多多的优秀民歌手,流传着长达几万、几十万甚至几百万行的长篇史诗。各族人民的这种优秀的文化传统,连外国人也叹为观止。十三世纪意大利著名的旅行家马可波罗来中国后记述说:"蒙古人在参加任何一个战争之前,常是热烈地歌唱。"蒙古人民世世代代流传着这样一句话:"河套的民歌牛毛多,唱了三年,唱了一只牛耳朵。"各族革命歌谣,好象灿烂的星星缀满天空,放射出夺目的光彩。但是过去有人认为这些歌谣粗鄙、俗气,甚至认为是愚昧、无知,迷惑老实的听众。殖民主义者诬蔑这些歌谣是原始、野蛮艺术。英国资产阶级民俗学代表彭尼说过:这些是"流行于文化较低的民族,或保留于文明民族中的无学问阶级里面的东西"（林惠祥:《民俗学》）。而"四人帮"对于民歌包括历史上少数民族革命歌谣也是十分仇视和恐惧,一棍子打死。

历史上少数民族革命歌谣究竟是艺术珍品还是废品,有没有艺术特点？回答是肯定的,这些艺术珍品有它的艺术特点。

首先,感情浓烈,风格鲜明。历代少数民族革命歌谣,有朴实深沉的战鼓,有奔放悠扬的琴声,有刚健粗犷的螺号,有铿锵悦耳的鼻箫,万方乐奏,汇集成扣人心弦的乐章。

蒙古族人民历史上,不但有"天苍苍,野茫茫,风吹草低见牛羊"的劳动生活的画卷,而且有许多革命的牧歌,如描写反抗封建军阀和王爷而进行英勇斗争的《嘎达梅林》,许多章节可以看到大草原上蒙古人民纯朴的性格和坦荡胸怀。嘎达梅林战斗到最后,号召剩下的兄弟们鼓起劲来干下去,写着这样几句诗:

当敌人杨大马棒杀过来啦!

知心的朋友都被杀光,

誓死不投降！

连人带炮投入那辽河的波浪。

这样的诗句，气魄雄伟，悲壮激烈，激越人心，令人肃然起敬。象这样的诗，是革命思想诗化，诗情浓化，意境深化的优秀的政治鼓动诗。

维吾尔族革命歌谣幽默含蓄、大胆泼辣，充满了乐观战斗精神，如《英雄沙迪尔的歌》写十九世纪中叶维吾尔族英雄沙迪尔不怕坐牢、坚持狱中斗争最后破狱逃跑时这样写道：

在大牢里囚禁了多久啊，

我的头发长到了三尺；

凿通了这牢狱的墙壁，

我把骨头当作刀子。

用头发长到三尺表明不甘屈服进行持久的斗争，用骨头当刀子表现艰苦斗争中无比坚强的意志。这样的诗句，意味深长，充满着乐观的战斗风格。

云南傈僳族人民倾诉灾难深重的悲歌唱道：

澜沧江的水，

日日夜夜流的是傈僳人民的血和泪！

怒江的激浪，

世世代代呼喊着傈僳人民的仇和冤！

这首诗是傈僳族人民愤怒控诉统治者永世不共戴天的血海深仇，声泪俱下，深沉有力，令人读了心潮起伏，怒气冲霄。

第二，比喻生动，形象、深刻。

少数民族革命歌谣植根于波澜壮阔的斗争生活，并根据直接的生活感受，运用各种各样的比喻，深入浅出地揭示出斗争生活的本质，使作品更形象、更生动、更深刻、更富于艺术的感染力。各族人民用羊群中的豺狼、森林中的秃鹰、米仓里的老鼠和天上的乌云、阴间的魔鬼比喻反动统治者及其残忍、凶恶、贪婪、可恨的本性。例如水族人民比喻说："穷人头上三把刀，官家压、财主剥、土匪烧"，把县官、地主、土匪比喻为三把杀人的刀子。有的用饿虎扑食、毒蛇出洞、恶犬吠村比喻反动统治者的穷凶极恶，形象地揭示了阶级斗争你死我活的规律。蒙古人民用"影子以外没有朋友，尾巴以外没有鞭子"比喻反动派的孤立、虚弱、无能和不得人心。又如藏族的《英国蒺藜》中写道：

> 拉萨神圣的土地上，
>
> 长了一棵蒺藜；
>
> 先生是称铊鼻子，
>
> 学生是些流氓地痞。

用铁蒺藜比喻英国侵略者的捣乱和破坏，用先生和学生比喻帝国主义及其走狗卖国贼的师徒关系，由于注意人物特点，比喻恰当，大大增强了歌谣的思想性和感染力。又如维吾尔族英雄沙迪尔唱道：

> 翻过一山又一山，
>
> 两条腿累得发酸。
>
> 把皮裤烧焦了吃一餐，
>
> 简直象鲜美的羊肝。

这里描写了沙迪尔越狱后又累又饿，吃皮裤比喻为鲜美的羊肝，表现了他艰苦斗争生活和乐观战斗精神。这种形象的比喻，完全来源于生活体验，所以十分贴切、生动，充满了生活气息。

第三，大胆联想，绝妙夸张。革命是人民盛大的节日，各族人民在革命斗争中追求美好的未来和相信自己的创造力，所以在革命歌谣中塑造了许许多多英雄人物的高大形象。集中概括了各族人民的智慧和力量，通过大胆的联想和夸张，表现了英雄人物的崇高理想、豪迈气魄、热情奔放，表现了革命人民扭转乾坤的气概和力量。例如撒尼族的长诗《阿诗玛》描写青年英雄阿黑，他射在头人热布巴拉家大门、供神桌、堂屋上的箭，热布巴拉用五条牛来拉也拉不动半分；他抓起热布巴拉放出的老虎尾巴甩一甩，就能把虎皮剥下来。通过联想和夸张，使阿黑的英雄性格更完美、更高大、更能鼓舞人民的斗志。又如维吾尔族人民唱道：

> 我流泪呀，我悲伤，

让我的眼泪变海洋，

让我的悲歌变霹雳，

把压迫者全埋葬！

从眼泪联想到海洋、从悲歌联想到霹雳，想象和夸张十分得体，充满了积极的浪漫主义色彩，有力地显示出被压迫人民的不满、愤怒、反抗和不可抗拒的伟大力量。

第四，运用比兴，引人入胜。各族人民革命歌谣常常运用比兴，借物咏怀，使所表现的主题，爱憎更分明，情节曲折而多变化，感情丰富而有起伏。如藏族人民的歌唱：

天边的乌云不散，

春风吹不到牧场；

家乡的头人不死，

草原上听不见歌声。

用乌云不散、春风不到的比兴，引起联想，必须推翻压迫者，才能自由歌唱，表现了藏族人民对统治者不抱任何幻想，决心反抗斗争，直至把敌人消灭光。又如明代瑶族人民起义的歌唱：

龙在深湾虎在山，

龙皮不晒虎皮斑，

叫龙一声天地动，

虎叫百声也是闲。

用龙在深湾、虎在深山的比兴，揭示了瑶族人民被压在人间地狱的最底层，但是，压迫愈深，反抗愈烈，瑶族人民起义斗争惊天动地，使反动统治者发抖。这样的比兴，含意深刻，语言优美，活龙活现出瑶族人民的战斗风貌和豪情壮志。

第五，语言朴素，清新、凝炼。语言是表达思想的工具，各族劳动人民勤劳、勇敢、正直、朴实，他们发自肺腑的歌唱，也必然是自然、清新、朴素的，没有华而不实和雕琢的文病。如东乡族的一首革命歌谣写道：

官逼民反，

不得不反。

若要不反，

免粮免款。

短短十六个字，概括了甘南汉、回、东乡和藏族人民被迫联合起义，反抗征粮派款的斗争。言简意明，斩钉截铁，明白如话，铿锵有力，前呼后应和递进的关系十分密切，逻辑急转直下，活象黄河奔腾的涛声、泰山屹立的形象、洪钟巨响的音韵，把各族人民联合起义的坚强意志和斗争精神，表现得淋漓尽致而富于号召力。又如太平天国翼王石达开从天京回师广西庆远，当地壮族人民流传一首民歌："翼王派兵到我家，问我米粮差不差，缺粮给谷并银两，牵来耕牛又有耙，财主佬儿乱似麻，穷佬心里正开花。"语言非常朴实真挚，十分亲切，把太平军爱护人民、纪律严明和壮族人民欢迎太平军的情景，表现得又具体、又动人。

三、各族革命歌谣植根于斗争

生活，在斗争中发展，具有不朽的生命力。各族劳动人民不仅创造了物质财富，而且也创造了精神财富。人民群众的劳动、战斗和生活，是文学艺术原料的矿藏，是一切文学艺术取之不尽、用之不竭的唯一源泉。劳动人民自己的创作，更是直接反映了人民的生活和斗争，表现了人民的思想和感情，要求和理想。历史上各族人民的革命歌谣，是我国优秀的文学遗产的重要组成部分。它是人民群众进行自我教育的文艺武器，也是杀向敌人的匕首和投枪。

任何一个民族，都分为两部分人，一部分为统治阶级，这是少数人；另一部分人是被统治阶级，这是多数人，任何一个民族，都有两种文化，一种是为统治阶级服务的文化，一种是反映被统治阶级的利益和要求的文化，两种文化的对立和斗争，从根本上说，是不可避免的，也是不可调和的。历代反动统治阶级为了推行愚民政策，实行文化专制主义，压迫、摧残、"围剿"进步的革命文化，必欲置之于死地而后快。清朝末年藏族一个农民创作了一首《老鼠歌》：

从星星还没有落下的早晨，

耕作到太阳落山的晚上，

用疲倦翻开这一锄锄的泥土，

见太阳升起又落山岗。

收的谷子粒粒是血汗，

耗子在黑夜里把它往里搬，

这种冤枉有谁知道有谁可怜？

累死累活只剩下自己的辛酸。

我的皇帝他不管，他不管，

我的朋友只有月亮和太阳，

耗子呵，可恶的耗子呵，

什么时候你才能死光！

这首歌谣咀咒西藏农奴制度的罪恶，倾吐藏族人民辛苦劳动而不得温饱，鞭挞了敌人贪得无厌和可憎可恶，抒发了劳动人民的反抗思想和感情，在群众中迅速流传，引起了西藏反动派的恐慌。因为人民的觉醒和斗争，就是反动统治的动摇和破产。所以，这首老鼠歌遭到了反动统治者的百般摧残，他们用高压手段下令禁唱（禁歌），妄图维持其愚民统治。但是藏族人民不甘屈服，继续传唱，不断发挥它教育人民，打击敌人的战斗作用。后来藏族人民因为唱这首《老鼠歌》，许多人横遭反动派的酷刑和株连。毒打、灌屎、烧脚心、剥指甲、挖眼、割鼻、断肢、剪肉、剖腹、活埋、烧死，大批藏族人民被投入血泊之中。反动统治者的发狂，表明他们的反动和虚弱，同时也说明革命歌谣的教育意义、战斗作用和深刻的社会影响是不可低估的。这不仅是一首歌谣的问题，而是阶级斗争在观念形态上的反映。就是在这样白色恐怖下，《老鼠歌》仍然象其他许许多多的革命歌谣一样，继续传播，它植根于斗争生活，在激烈的斗争中发展，表现了各族革命歌谣有如"石板上生根开花"一样，不怕风吹雨打，具有不朽的生命力。

所以，藏族人民唱得好：

从前家乡头人多，

穷人有什么他抢什么；

只有嘴巴没抢去，

就用嘴巴编山歌。

这就是反动派惊呼："破山中贼易，破心中贼难"的绝妙说明。各族人民抛头颅、洒热血、革命斗争从不停息，革命精神永不熄灭，革命歌谣世代传唱，源远流长。

历代反动统治阶级对各族革命歌谣不仅施展残酷的手段，下令禁唱、查封、焚毁直至杀人，还采用卑鄙阴险的手段，对流传下来的数量不多的革命歌谣，别有用心地加以歪曲、篡改和伪造，妄图偷天换日，以售其奸。他们把革命歌谣涂上一层民族色彩，掩盖它的阶级实质和斗争锋芒，转移人民的斗争视线。他们把革命歌谣掐头去尾，把各族人民反抗的呼声，篡改为消极的呻吟，妄图泯灭人民的反抗思想。他们把腐朽的思想、没落的情调，硬塞进革命歌谣，丑化革命人民的斗争。所有这些，说明了各族革命歌谣并不是平安地产生和传播，而且说明了两种文化的斗争的尖锐性和复杂性。

历史的潮流不可阻挡，人民的力量不可征服。各族人民正是在这样的激烈斗争中曲折前进，各族革命歌谣冲破重重困难和迫害，越传越远。而且，各族人民的斗争总是互相呼应，互相声援，互相配合，共同反对压迫者和剥削者。各族革命歌谣也互相交流，互相吸收，互相影响，互相学习，共同进步和发展。例如，藏族的《老鼠歌》和古代汉族的《硕鼠》："硕鼠硕鼠，无食我黍……"既有交流、继承，又有创新。藏族的"只有嘴巴没抢去，就用嘴巴编山歌"和壮族的"只有嘴巴抢不去，留着还要唱山歌"都是异口同声的合唱，说明各族革命歌谣共同丰富和促进中华民族文学的繁荣和进步。

结语

综上所述，我们从历史上少数民族革命歌谣的起源和发展、作用和特点中，可以看出，历史上少数民族革命歌谣不少篇章，不仅有史料价值，而且是我国文学宝库的一分宝贵财富，应该与其他优秀的诗歌同样列入正宗，在文学史上予以应有的地位。尽管这些革命歌谣不可避免地存在着它的弱点和不足,例如:由于阶级和历史的局限,历史上少数民族人民由于没有先进阶级的领导和马列主义的科学理论指引,所以,在一些歌谣中还保留着一定程度的迷信命运、因果报应和奇遇的幻觉等等的思想缺陷,在艺术上难免还存在比较粗糙的缺点,如情节比较简略,艺术形象比较简单,修辞上比较简朴等等,这些问题,只能站在爱护人民的立场上,实事求是加以科学的总结,而不能以老爷式的态度,否定、轻视和贬低人民群众中这些萌芽状态的文艺。

(本文有删节)

云南的民族民间文学整理工作

——兼述《边疆文艺》的民族特色

米　若

史料解读

　　该史料为论文，原载《读书》1960 年第 2 期。云南的《边疆文艺》是具有民族和地域特色的文学月刊，发表了一批表现现实生活的新作品和经过整理的民族民间文学作品。应注意的是，《边疆文艺》给予了汉族文学适当的地位，促进了各民族文学的互相影响，从而在建设社会主义新文学中，发挥了积极作用。同时，该刊遴选的许多作品具有鲜明的民族风格、民族气派，展示了各民族文学在继承本民族优秀文学传统基础上的新的发展。《边疆文艺》发掘整理了大量的民间文学遗产，发表了许多研究成果，介绍了发掘整理工作中的宝贵经验。据作者统计，该杂志搜集到的各民族的各种文学作品十万多件，在整理方法和艺术加工方面也有了进一步的提高。特别是关于民间文学要不要整理这一问题，《边疆文艺》贯彻了"必须但不能胡乱加工，忠实客观地收集，严肃认真地整理，要普及并提高"的方针。此外，在整理加工过程中，关于精华与糟粕的鉴别做出了确当的处理，贯彻了整理民族文学遗产中"去伪存真"的原则。该史料对于了解《边疆文艺》以及如何整理加工民间文学具有重要的史料价值，也是较早对边疆民族地区文学期刊进行研究的成果。

原文

云南出版的《边疆文艺》是一本引人注视的、具有民族特色的文学艺术月刊。它在过去的一年中又有了新的跃进，发表了一批优秀的描叙现实生活的新作品和经过整理的光彩夺目的民族民间文学，反映了在党的社会主义总路线的光辉照耀下，云南群众文艺运动，百花齐放、万紫千红的繁荣景象。

这个杂志刊登的作品，博得全国读者一致良好评论的有：傣族老歌手康朗英的《流沙河之歌》，作者用宏亮的歌声赞美傣族人民不畏艰苦与自然灾害斗争、修建流沙河水坝，所表现的冲天干劲。康朗甩继《从森林眺望北京》以后，又写成了描写傣族历史巨变的《傣家人之歌》，发表在这个刊物庆祝建国十周年特大号上。这位歌手通过对家乡的欣欣向荣情景和傣族人民幸福生活的描写，歌颂伟大的祖国和敬爱的共产党。白族作家杨苏的《求婚》（见《边疆文艺》一九五九年四月号）虽是一篇只一千八百字的短篇小说，却是庆祝建国十周年的文艺献礼创作。作者抓住了现实生活中普通的一个场面，集中地阐述了崇高的共产主义思想在景颇族人民的思想领域中牢固地建立起来，支配着人们的家庭、婚姻和伦理关系。小说自始至终富有喜剧色彩，并用抒情的笔调刻画主题，使人读了感到特殊的轻松愉快。此外，这个杂志在一九五九年十月号发表的彝族作家李乔的《咆哮的凉山》的部分和彝族青年农民作者普飞的《普大嫂》等都是比较好的作品。

特别值得注意的是《边疆文艺》对少数民族文学作出充分估价的同时，给予汉族文学以适当的地位，促进互相吸收，互相学习。一九五九年十月号发表了刘澍德的《老牛筋》。这同以前他在《边疆文艺》发表的一些小说相比较，作者笔下的"老牛筋"这个农民形象愈来愈鲜明，性格愈来愈突出。作者的艺术手腕，已经能够"在对人物进行形象概括的同时，以砂里淘金的工夫穿插上一些议论。这些议论性的叙述，都是形象描写的升华与飞跃，而不失于空洞、无味，反使读者的认识更加清晰。……作者善于从平凡的事物和人物中，揭示出生活的本质特征，给人以深刻而又生动的教育。……作者还运用准确、生动、含蓄和幽默的语言来塑造人物。特别是在对人物脸谱（外形）的勾画上，作者有独具一格的能力"（见《边疆文艺》一九五九年十一月号，李荫后《刘澍德近作中的农民形象》）。一九五九年十二月号选载了李茂荣的《人望幸福树望春》中的三章。李茂荣是在党多年培养下的农民作家，他以云南某地为背景，集中地反映了一九五五年农业合作化高潮前夕的农村风貌。这个地区的农民有力地打击了地主、富农和反革命分子的破坏，克服了右倾保守思想，乘风破浪实现了农业合作化。这是一篇闪烁着社会主义光芒的作品，描绘着云南各族人民朝气勃勃地前进。也同样受到读者的欢迎。

《边疆文艺》在建设民族的社会主义新文学中，发挥了积极作用。它抓住了如上所述的伟大时代题材的作品，反映云南各族在党的领导下，多快好省地建设社会主义的沸腾的新生活；描绘云南各族在社会主义伟大时代精神风貌的激剧变化。同时，在遴选的许多作品中鲜明地表现出民族风格，民族气派，和在继承优秀传统基础上的新的发展。

《边疆文艺》继一九五八年又发表了已经整理过的傣族民间叙事长诗《娥并与桑洛》（见《边疆文艺》一九五九年六月号）和阿细族史诗《阿细的先基》（见《边疆文艺》一九五九年七、八月号）。在过去的一年中，这家杂志还发表了各族的民歌近六十首，民间故事五篇。

云南是我国一个多民族的省份，他们各自创造了许多优秀的文学作品，但各民族的历史传统不同，生活习惯不同，又在文学上形成各自不同的风格。继承各族优秀的文学传统，对于发展新的社会主义的文学，有着十分重要的意义。因此，发掘和整理各民族的丰富多彩的文学遗产，是一项重大而又光荣的任务。《边疆文艺》在这方面有许多的重要论述，并介绍了在工作中取得的一些宝贵经验。

云南"关于对文学遗产进行调查、搜集的工作，解放以来年年都曾做过一些，其中较大规模的共有三次。一九五三年，中共云南省委宣传部组织了二百个专业文艺工作者到六个地区，进行了重点的调查和搜集。一九五六年省和少数专区又对六个民族进行了比较深入的调查和研究。以上两次主要参加的还是专业文艺工作者,一九五八年的一次则完全不同。中共云南省委宣传部及各级党委都一齐动员,组织了近三百人,包括宣传干部,文艺工作者,两个高等院校中文系的师生,并发动和依靠广泛的农民群众,普遍进行了调查、发掘、整理和研究工作。原规划'三年摸清情况,十年发掘整理出来',但仅仅一年内提早完成了初步计划。"(见《边疆文艺》一九五九年十月号,陆万美《十年春风,百花怒放》)一九五九年十二月号《边疆文艺》以"反右倾,鼓干劲,争取文学艺术工作的更大跃进!"为题的社论中,更着重提到:"我们在调查、发掘、整理、研究民族民间文学方面取得了比过去几年更多更好的成就,仅一九五八年一次,就搜集到各主要民族的各种文学作品十万多件,其中民族民间叙事长诗有数十部,今年已经整理出来的或基本上整理好了的约有六部,象傣族民间叙事诗《娥并与桑洛》和《葫芦信》等,质量都很好,在整理方法和艺术加工方面也有了进一步的提高,是继撒尼族叙事诗《阿诗玛》以后的又一批光采夺目的优秀作品。这些作品已经成为祖国文学宝库中的可贵财富。"

《边疆文艺》发表的文章,也比较注意研究民族民间文学的特色,这对后来的加工整理将是很有参考价值的。朱宜初在《读傣族的几部民间叙事诗》(见《边疆文艺》一九五九年十一月号)一文中的分析认为:首先这些作品,将社会问题,阶级斗争问题巧妙地和青年男女之间的爱情紧密结合一起,从而揭示出社会制度、阶级关系中最本质的问题。这种把冲突安排在一个家庭里来进行,就更便于大胆否定封建伦理关系。其次,在叙事长诗或故事中塑造正面的主人翁,重视刻画他们内在的美。再次,故事发展的曲折,都带有浓厚的浪漫主义色彩,语言修辞上用鲜明的夸张、对比方法,使主题影响更加深刻。另外,这些民间作品都揭开了一幅亚热带风景画,以及富有民族情调的风俗习惯。

朱宜初的分析意见是根据:《召树屯》、《嘎龙》、《松帕敏和嘎西娜》、《葫芦信》、《娥并与桑洛》,以至新的长诗《流沙河之歌》和《傣家人之歌》等得出来的。特别从这两部新诗,可见民族民间文学对于民族的社会主义新文学的深刻影响。袁勃在推荐长诗《流沙河之歌》时曾指出:"长诗的艺术形式是崭新的,但它并不是离开了傣族传统文学而凭空产生的,是在极其深厚的传统文学基础上发展起来的。它保持了浓厚的民族情调，以生动适切的比喻，把古老的传说，久远的历史和当前的现实生活融汇在一个诗篇之中，做到了革命的现实主义和革命的浪漫主义相结合。"（见《边疆文艺》一九五九年三月号）强调说明民族民间文学对于建设社会主义新文学的意义是很重要的。

关于整理工作，《边疆文艺》发表了德宏调查队、红河调查队工作研究性质的两篇文章和四川、广西、贵州、云南四省民族文学工作座谈会的长篇报道。

云南在发掘、整理民族民间文学方面收到了显著成绩，根本在于党委挂帅、统一领导和群众路线的工作方法。云南早在省委领导下，在中国作家协会昆明分会成立了民族文学委员会统一进行这方面的工作。在整理时，党委又给予调查队以具体的帮助和指导。德宏调查队在《关于〈娥并与桑洛〉的搜集翻译和整理》一文中对于党委亲切关怀民族民间文学整理工作有一段详细的记载："我们把在芒市整理的初稿带回昆明后，又得到了省委宣传部部长袁勃同志的具体指导。袁勃同志和我们一道反复研究了整理中的问题，详细查对原始资料，逐字逐句，都慎重考虑和推敲过，和我们一起作了第二次、第三次修改、整理。"（见《边疆文艺》一九五九年六月号）

民族文学遗产要不要加工？这是多年来有所争论的一个问题。《边疆文艺》一九五九年一月号刊登的关于四省民族文学座谈会的报道，肯定了"必须加工，但不能胡乱加工；收集时要尽量忠实客观，整理加工时要严肃认真。……加工问题，实际上是一个普及与提高相结合的问题；民族文学是从群众中来，到群众中去，是千百万人民的集体创作。从群众中来，到群众中去，就是普及、提高，再普及，再提高的过程。普及是基础，但不提高不行。事实上群众自己也在加工。"从已发表的几部民族民间叙事长诗中说明他们基本上贯彻了这个方针。

在整理加工过程中，重要的问题是关于精华与糟粕的鉴别。民族文学和宗教之间存在着复杂的联系，再加上过去统治阶级窜改和编造故事，以及渗入写定者的思想感情时带入部分不健康的因素，这就使原始材料精华和糟粕交织在一起，必须作确当的处理。红河调查队整理《阿细的先基》时，对于"最古的时候"这一章中宣传拜佛的好处，说古时有三年天不亮，人们无法盘庄稼，于是天神就叫汉人塑象拜佛，这样天就亮了，从此人们才能种庄稼。属于这样一些个别细节，他们干脆把它删掉了。但他们在这一章中却又在冲淡祭神效果的同时保留了人们的祭神愿望。因为祭神反映了阿细族人在一定历史条件下的部分生活状况和精神面貌。在"男女说合成一家"一章中原诗中有一段描写男女在"阴间相爱"的生活情况，这不仅反映了少数民族的迷信落后，而且气氛相当阴暗，他们毫不犹豫地把它删除了。德宏调查队在整理《娥并与桑洛》时，根据了八个底本，和大量的传说、故事、唱诗片断，剔除了封建统治者窜改过的直接插入的因果报应和宗教徒在写定本中宣扬教义的糟粕，而还原诗的本来面目，这是很有价值的工作和贡献，贯彻了整理民族文学遗产中"去伪存真"的原则。

（本文有删节）

白云深处响瑶歌

——听少数民族唱山歌想到的……

李秉达

史料解读

　　该史料为一篇随感，原载《中国民族》1962 年第 9 期。作者由新华社发表的广西民间文学研究会派调查组到大瑶山采风的消息，联想到少数民族唱山歌的一些问题。作者提出，在处理民族艺术遗产时，应注意民族的社会环境、风俗习惯、心理素质等因素，并且在这些少数民族地区，应充分尊重民族特点，注意他们不同的社会环境和生活习俗，有组织有指导地积极支持和提倡唱山歌。原因有二，一是山歌是瑶族人民记录历史和农业耕作的叙事歌，是传递生产知识和与统治阶级作斗争的工具，也是表达人民愿望和娱乐生活的方式；二是瑶族唱山歌符合他们的生存地理环境，能够更好地表达他们的性格与思想，是一种思想教育和娱乐手段。作者认为，作为少数民族工作者和艺术工作者，不应止步于搜集、整理和编辑民间文学作品，而应进一步把民族民间艺术和习俗，批判地继承下来，给予扶助，加以推广、发扬，更好地为社会主义服务。

原文

　　据新华社消息，广西民间文学研究会派调查组到大瑶山搜集到大批的瑶族民间诗歌和其它故事传说。由此,我想到少数民族唱山歌的一些问题。

今年春天,正当南方樱红的木棉花盛开的时候,我有机会来到广西僮族^①自治区,瑶族聚居的大瑶山漫游。跋涉在那纵盘交错的崇山峻岭之中,每当我感到山重水复无人问的时候,突然间,在白云深处又响起了一片瑶歌,山区瑶族人民嘹亮而柔美的歌声,正象荒漠中的驼铃一样,指引着我前进,给我的旅途平添了不少的生趣,使我常常酣醉在茫茫无际的诗歌的山海中。

"瑶山山歌特别多,唱遍高山唱遍河,夜晚唱到日头起,白天唱到太阳落。"这反映了瑶族人民是多么爱唱山歌。他们不仅在五彩缤纷的民族节日里,穿着斑衣花裙,戴着银镯头钗,围聚在碧绿的山头上尽情欢唱,就是在严肃的讨论政策或生产的集会上,也团团地围着"火堂",娓娓吟起山歌,宣述着党的政策和时事;当然,在农闲小憩的梯田中或在荷月锄归的山道上,更是他们施放歌喉的时候了;据说,有些地方,就是在迎来送往的礼节中,主人也是以山歌来款待客人的,初来者,要是不懂山歌,还要请歌手来奉陪,不然,就会认为是失礼了……"瑶族最尚歌,男女杂还,一唱百和……"这是古史的评价。因此,大瑶山的瑶族山歌,正像涓涓不绝的甘泉一样,滋润了那里的高山密林,拨起了瑶族人民心中的弦琴。

我想,唱山歌,这种瑶族人民——也是中南和西南大部分山区的少数民族人民,特有的民间艺术或习俗,(由于唱山歌是这些民族的许多传统节日的重要内容,也是男女社交活动,因此,人们又把唱山歌看作是这些民族的风俗节日)在他们中间自古至今,能有这样广泛的群众性和绵延的生命力,是绝非偶然的,是正因为在历史上,山歌是牢固地根植在他们生产斗争和阶级斗争的泥土之中的,是因为它和这些民族的社会环境,风俗习惯,心理素质有着密切联系的。

因此,我想,当我们在处理这分民族艺术遗产的时候,就必须要注意到上述有关的种种因素。

今年春节,在大瑶山自治县县府附近的一个公社里,曾经举行了四天的山

---

① 编者注:即今壮族,后同。

歌盛会，参加的有五、六百人。当地的文化馆和有关单位很重视这个文化艺术活动，把它组织安排得很好。他们事先选择了两个相距几十公尺的碧绿而又平阔的山头，名叫"风俗岭"当作会场。到时候，瑶族男女老少都纷纷赶来，男的大都身穿对襟小褂，头包巾帕，朴素大方；女的一身花边衣裙，扎着绑腿，有的头上还带着闪闪发光的弧形银钗，俊秀标致。他们分占两个山头对唱起来了。他们即景生情，即情生歌，夺口而出，滔滔不绝，有的在回忆对比新旧社会不同的遭遇；有的在对答交流农事的知识和技艺；男女青年却更多的在倾吐彼此的恋情，用山歌来向对方介绍自己的身世、家庭和生活，人们都说，年青人不懂山歌，是难得找到佳偶的……而所有的每一首山歌，都像一粒粒珍珠一样，被一根红线串起来了，这根红线就是洋溢着对我们伟大的党和毛主席的热爱，歌颂了我们今天的幸福生活。因此，那几天，真是山歌遍山林，粗犷而嘹亮；娓婉而悠扬的歌声就像云雾一样终日缭绕在山头。

据说，这次有组织有指导的举办山歌活动起了不小的效果，它不仅鼓舞了当地人民建设社会主义的斗志，同时，也集中地表现了瑶族人民的智慧和才能，培养了他们民族自豪感，丰富了他们的精神生活，提倡了他们的健康的生活习俗……许多人告诉我，老乡们唱了山歌后，生产的劲头更大了，许多青年男女们还通过唱山歌的正常的社交活动，培养了健康的爱情生活，遵循了正确的婚姻制度。春节唱山歌后，到公社办理结婚登记的就有好几对。

因此，从这个歌会的情况来看，我觉得在这些少数民族地区，充分尊重民族特点，注意他们不同的社会环境和生活习俗，有组织有指导地积极支持和提倡唱山歌——这种少数民族自己特有的民间艺术和习俗是应该的，也是必须的，理由很显然。

第一，在大瑶山，我有机会接触到一些老态龙钟的歌手，他们告诉我，在过去，瑶族男女老幼人人皆爱，人人皆会唱山歌，那时候，小孩子从七八岁就学歌，上了十岁就会出口成歌，不识字的人一样合着歌本背古典的历史歌和记录农业耕作的叙事歌。为什么会这样呢？因为唱山歌，是当时被瑶族人民视作一种争取生存和生活的技艺而存在的。当他们谈到许许多多唱山歌的历史和故事时，总是和个人的或整个民族人民的悲欢离合的动乱遭遇连系在一起的。歌手们介绍了人民是如何应用山歌来和统治阶级作斗争的,来争取人民的自由和幸福的;又如何应用山歌来交流和丰富生产知识,来识破自然的秘密去创造生活的……因此,一首山歌或一部山歌也往往就是他们社会斗争的血泪的记录。例如在瑶族中有许多生产歌和诘难歌(相互盘问,测验知识)就记录了他们丰富的生产知识,听下列这首歌:

何物光光不出汗,

何物光光不出叉;

何物出叉不出叶,

何物生子暗开花。

水面光光不出汗,

牛角光光不出叉;

鹿角出叉不出叶,

杨梅生子暗开花。

从这首歌里,反映出了劳动人民多么丰富的生产知识和浓厚的生活气息呀!质朴的语言和惊人的想象力,就是和屈原有名的《天问》相比也不失色。

因此,我想唱山歌或以唱山歌为主要内容的少数民族节日习俗,正是这些民族人民自己创造的,喜闻乐见的,充具民族色彩的,绚烂的民间艺术或习俗。可以想象,在解放前的漫长的岁月中,在这些少数民族地区生产水平和文化知识还十分落后的情况下,人民正是巧妙地运用了这个较为简便的独特的艺术形式,来为他们自己的生产斗争和阶级斗争服务的。进一步,他们还把唱山歌扩大到许多重要的民族节日里去,或组织各种单独的集会来唱山歌,形成了这些少数民族人民独有的丰富多彩的歌会节日。这都为的是使人民自己能更好地、更集中地表达自己美丽的愿望和斗争的意志。在这些活动里,在许多山歌中,反映了人民的爱憎是十分鲜明的,政治斗争是异常尖锐的,僮族歌剧《刘三姐》就很能说明这点。因此,我觉得,这些少数民族的唱山歌和歌会,应当看作是一种优秀的民间艺术和优良的民族习俗把它继承和发展下来，这是主要的一面。

当然，在另一方面，少数民族的唱山歌或歌会活动，在长期的发展过程中，也掺杂了一些落后的糟粕，这原因，大部分是反动统治阶级强加于它的，因为，在过去，他们也是企图利用这种活动来为自己服务的，因此，他们就在山歌或歌会中尽力散播种种迷信或宿命的思想和提倡不良习俗，以便麻痹人民的意志或制造人民内部的纠纷和仇杀，但是这一切都应该归罪于反动的统治阶级和落后的制度，而不应该认为是唱山歌或歌会本身造成的，从而就把唱山歌或把各种歌会节日都一概看成是"落后的习俗"而加以抛弃或否定。

明确上述两点，我认为，今天我们完全可以运用马列主义的观点和党的民族政策去剔除那些糟粕，给山歌或歌会——这种少数民族的民间艺术或习俗赋予新的社会主义的内容，使它更好地为我们服务。

第二，为什么唱山歌，在这些民族地区的人民中间，还有这么大的魅力呢？这是值得我们玩味的。在大瑶山，我觉得瑶族唱山歌是非常适合他们的社会环境和极能表达他们的思想性格的。无容置疑，解放后，在共产党和人民政府的领导下，大瑶山和其它山区的少数民族人民的经济物质条件有很大的改善，文化生活也日益丰富，在许多边僻的山区已经有了电影和各个剧种的剧团到那里演出，但这些比起先进的汉族地区来，总还是落后的。在那绵延不绝的山区里，由于物质和交通条件的限制，他们不可能在短期内有那么多的文娱活动场所和定期的社交活动。一个民族或一个地区的艺术活动，总是和它的物质条件和社会特点相适应的，因此，唱山歌或各种歌会，在目前，在这些少数民族的山区，还是非常"因地制宜"和切合实际的群众喜闻乐见的艺术活动形式。您想想，在那高高的山头上，在那密密的林木中，到处都是唱山歌的好天地，人们到哪里，都可以引吭高歌，如果需要的话，摘下头上绿色的叶子——吹起木叶，就可伴奏了，真是人人都表演，人人都欣赏；这不是绝妙的、天然的、最简便的艺术活动的场所吗？劳动人民在那里通过唱山歌来认识彼此，来交流感情，可以获得巨大的思想教育和精神享受。

当然，把这些地区的少数民族唱山歌提到过高的地位，也并不一定需要的，因为随着经济文化的发展,他们的艺术活动将会是更加丰富和多样化的。但话得说回来,一切民族的新的艺术形式都必须从他们原有的艺术基础上来提高,因此,这些地区少数民族唱山歌或歌会,这个民间艺术或习俗,虽然是较粗糙的,较简单的,但也是最生动、最基本、最丰富的。它应该是形成和发展少数民族绚烂多彩的民族艺术源泉之一。

因此,今天我们少数民族工作者和艺术工作者的任务,就不仅仅是停留在搜集、整理和编辑他们的民间文学资料上面;而应该进一步把那些群众喜闻乐见的,易于接受的,富有生命力的民族民间艺术和习俗,有批判、有取舍地继承下来,给予扶助,继续在这些少数民族人民群众中推广、发扬。"到什么山上唱什么歌",只要我们有组织地、有领导地积极提倡和支持这些山区的少数民族唱山歌,我们相信,在今天的人民坐江山的伟大时代,他们是会唱出更多、更美、更富有思想性的山歌来为社会主义服务的。

难道我这个想法会过于浪漫吗?

试谈民族民间文学中的"帝王将相"问题

王　松

史料解读

　　该史料为论文，原载《思想战线》1979 年第 2 期。作者认为，厘清民族民间文学作品中的"帝王将相"问题，不仅关乎民族民间文学工作的开展，也关乎各民族社会主义文学的建设。各民族的社会历史发展进程不同，情况相当复杂，所以应作具体分析研究。作者将民族民间文学作品中存在的帝王将相分为三类：第一类是神话传说中的帝王将相，第二类是被歌颂的"帝王将相"，第三类是被鞭挞、被否定的帝王将相。作者认为，这三类都不存在"宣扬"帝王将相问题，对于那些真正"宣扬"帝王将相的作品，也不能完全予以否定，因为这些资料不仅对研究其文学史有重要价值，而且对研究该民族的历史、文化也有十分宝贵的价值。况且，一刀切容易丢失其中的精华。文章最有价值的地方在于，作者提出了我们该如何正确对待民族民间文学作品中的"帝王将相"问题。

原文

　　民族民间文学中存不存在帝王将相？如何对待民族民间文学作品中的帝王将相？这个问题早在"文化大革命"前就已有了争论。在"文化大革命"中，

"四人帮"却利用这个问题,把所有民族民间文学作品都打成反社会主义的"毒草",一大批包括各民族歌手在内的党的民间文学工作者,被诬蔑为"搞封建文化"、"全盘继承"、推销"旧礼教、旧思想、旧文化"的"复辟派",是"配合民族头人实行复辟的现行反革命",也是"帝国主义的别动队",等等。

粉碎"四人帮"以后,人们从政治上认识到"四人帮"的卑鄙无耻。但是,在学术思想上的许多问题,在一些具体的界限上却仍然没有弄清。例如,什么叫做帝王将相?什么叫做"封建文化"?民族民间文学在今天究竟有没有存在的价值?如果这些问题得不到澄清和解决,有朝一日,极左思潮还可能会卷土重来,民族民间文学仍有可能遭到浩劫。就当前来说,不肃清这些流毒,民族民间文学工作就难以开展,也就谈不上建设各民族的社会主义文学。

一

各个民族社会历史的发展是极不平衡的。汉族的封建社会延续了三千多年,但是,我国的许多少数民族直到解放前夕,有的还存在氏族社会末期的痕迹;有的已进入完整的奴隶社会;有的虽然进入了封建社会初期,但还保持或遗留着农村公社制残余;也有的已发展到高度的地主经济;有的则几种社会并存,呈显出异常复杂的情况。象汉族这样完整的封建社会制度,在我国的少数民族里是不存在的。对汉族文学作品中的帝王将相,我们尚且要作具体分析。那么,在还没有发展到像汉族这样的社会条件下,各少数民族的文学作品中的帝王将相,就更应该作具体分析研究了。

民族民间文学,基本上都是人民自己的创作。许多民族的歌手也基本上是受压迫的劳动人民。傣族的"赞哈",在解放前虽已被封建领主作为制度固定下来,但绝大多数赞哈仍然是受压迫和被歧视的劳动人民。人民的创作,当然也有糟粕,但能流传下来,也是因为反映了当时的人民的愿望,有充分的民主性的缘故。

在少数民族遗留下来的许多文学作品中,描写开天辟地的史诗占了一个重要地位。在云南的少数民族中几乎都有自己的创世纪,已经整理出版的就有彝族的《梅葛》、纳西族的《创世纪》、彝族支系阿细人的《阿细的先基》，和最近发表的拉祜族的《牡帕密帕》。这些叙事长诗不仅表达了他们对征服自然的坚强意志，而且也具有强烈的艺术魅力。纳西族的《创世纪》就塑造了纳西人民勇敢的英雄从忍利恩和一个天神的姑娘、聪明的衬红褒白命的形象，他们经过了不屈的斗争，终于开辟了人类世界。

令人啼笑皆非的是，这些开天辟地、描述人类最初的劳动和爱情的诗篇中的英雄人物，也被戴上了"帝王将相"的帽子。他们说："普天之下莫非王土"，是封建皇帝的最大特征，那时候，天地都是属于这些英雄人物支配和统治的，他们怎能不是帝王将相呢？对于这些忘记了祖先的今天的"英雄"们，你还能说些什么呢？

二

无可否认，在民族民间文学作品中确实存在着帝王将相。在我们所读到的许多民族民间文学作品中，确实遇到过国王、王子、宰相之类的人物，藏族的格萨尔王就是一例。在傣族的文学作品中，就有神话《召树屯》里的勐板佳国王和王子、《苏文纳和她的儿子》里的巴拉拉西国王和围利扎的国王；还有《葫芦信》里的勐遮国王和景真国王；《松帕敏与戛西娜》中的勐藏巴的国王松帕敏；再有叙事长诗《相勐》、《兰戛西贺》都是描述国王和战争的故事。此外，白族的"本主"的故事里，有的是南诏或大理国时代的皇帝（如细奴逻、赵善政、段思平等），有的是南诏或大理国时代的一些大将和大官（如段宗榜、郑日等），有的是汉族将官（如李宓父子、付友德等），有的则是为民除害的英雄（如杜朝选、段赤城等）。总之，本主神中，有各种各样的人，而这些人，多半是历史人物。[《见白族文学史》(初稿)129页]对这些作品中的帝王将相，应如何看待呢？

就我们所接触的上述一部分民族民间文学作品看，大致可以分为三大类：第一类是如《召树屯》、《苏文纳和她的儿子》等神话传说；第二类是被歌颂的帝王将相如《松帕敏与戛西娜》中的松帕敏，《葫芦信》中的景真王，白族"本主"中的帝王；第三类是被鞭挞、被否定的帝王将相，如《松帕敏与戛西娜》中的召刚，

《葫芦信》里的勐遮王和其他。

现在谈第一个类型：神话传说中的帝王将相问题。

神话传说产生于比较古老的年代，它主要不是封建社会的产物。神话传说虽然也是现实社会的人的思想愿望的反映，但它不是现实斗争的直接写照。因此，这类作品本来是不存在所谓封建社会的帝王将相问题的，就因为在作品中有个"国王"，因此也被说成是宣扬帝王将相的"封建文化"。《召树屯》和《苏文纳和她的儿子》这两部傣族长诗，就是一个突出的例子。

这两部长诗里的"国王"，都不是被歌颂的对象，被歌颂的则是他们的儿子和子孙。应该怎样来理解这两个国王呢？这就要弄清这两部长诗所产生的时代背景，弄清这两个"国家"的性质和作品所反映的主题。

《苏文纳和她的儿子》整理者的"说明"中有那么一句话："这部长诗，原名傣语叫'珍达萨朵'，是一部反封建礼教的叙事长诗。"根据就是因为苏文纳与月亮公子相爱怀了孕，使国王"气得要发疯"，"她干出这种事情，丢尽了我的脸面，我一定把她杀死，来保住我的声名"。这个"声名"，是不是就是封建礼教呢？我表示怀疑，因为基本上不是从研究这个作品和它的历史背景以及这个民族的风俗习惯得出的结论。

就我所知，直至解放以后，还有一些民族仍然保持着某种风俗，即婚前恋爱很自由，但不能有私生子。爱尼人如果有了私生子，不但不光彩，而且要被撵出村寨，甚至有被迫害至死的危险。傣家青年男女恋爱和结婚离婚都很自由，但私生子是受到歧视的。苏文纳的怀孕和被父王撵走，是不是这种风俗的反映呢？如果是这种风俗的反映，那么，这种风俗至少说明了两个问题：其一，它反映了由群婚制到配偶婚姻，或由母权社会到以男性为中心的社会的转变。一方面反映了群婚制的恋爱社交的自由，另一方面为了巩固以男性为中心的社会，就对妇女采取了残酷的惩罚。其二，反映出继承权的问题已经产生，即私有制社会出现之后，社会财产的继承权已成了一个问题。这种继承权产生于何时？是不是产生于封建社会？当然不是。继承权是私有制的孪生姐妹，在封建社会以前就产生了。欧洲中世纪被肯定下来的财产继承权，早在部落军事首领产生之后就已开始萌芽，它是和权力分配紧紧联系在一起的。

另一方面，故事从头至尾都没有丝毫接触到封建礼教的问题。苏文纳的救命恩人，是住在森林里的"亚谢"（宣传佛教的苦行者），《召树屯》中也有类似的人物"叭拉西"。佛教传入傣族地区大概在十三、四世纪，那时傣族社会正是逐步形成封建领主制的时期，封建社会还未完全形成，当然谈不上反封建问题了。

至于长诗中写到的"国家"，我不知道长诗原文的"国家"是什么意思，翻译整理者又是根据什么把巴拉拉西译成了国家的。我们翻译整理《召树屯》时，是把"勐"译成了国的。巴拉拉西是不是如西双版纳流传的理想的地方"勐巴拉纳西"呢？而把勐字去掉直译为"国家"了呢？我后来才知道，"勐"并不是一个国家，而是一个地方或坝子。西双版纳和德宏对国家有专门的名词，前者叫做"帕跌"，后者叫"等"。至今还沿用着这个名词。其次《苏文纳和她的儿子》里的国王傣语的叫法是什么，我不知道。《召树屯》是把勐板佳的"召勐"译成"国王"的。"召"并不只是王的意思，含有主人，或对别人的尊称之意。一个地方的头人叫"召勐"，最大的头人叫"召片领"（翻译为广大土地的主人），但是一个家长也叫"召恨"，而对别人的尊称则叫"叔召"。因此把"召勐"译成"国王"是一个错误。同样的，把傣族对贵族小姐或对姑娘的尊称"喃"，译成"公主"也是不妥当的。

勐，可能也是个行政区划，西双版纳至今还有许多勐，过去，这些勐既属于召片领管辖，却又形成割据或半割据的独立状态。《苏文纳和她的儿子》里描写国王亲自在殿上击鼓，召来了大臣和一百零一个国王，"国王向一百零一国的人讲话"。显然，这是围绕在巴拉拉西周围的一些坝子或地方，他们的关系不可能是国与国的关系。随便举一个例就可以说明，巴拉拉西国王竟可以随便对其他的国王宣布："我要让位给外孙，我要让珍达当国王，请你们带来美丽的女子，让珍达选做他的新娘。"这是一种什么关系？倒象是上下关系，所属关系。这种关系正反映了部落联盟的集合体，有如解放前西双版纳各个勐和召片领的关系，而不可能是封建制的国家。

如果这是一个新兴封建制国家，那么，不论在生产力和生产关系上必然有一个新的气象,这两部长诗出现的劳动人民都是猎人,在封建社会里的主要劳动已经不是狩猎了,这一点也是很明显的。

根据上述理由,我认为,这两部作品不是产生于封建时代,甚至并不是描述国家兴起以后的国王,他们当然更谈不上是什么封建帝王将相了。

至于诗人为什么要用"召"这个字,除了上述翻译的原因之外,我想即是真的描写的是国王,作为神话,也跟现实斗争中的封建帝王将相毫无关系。因为这个时候,也许除了用"召"这个身份和字眼之外,再也找不着更适当、更能表现这样一个形象的身份和字眼了。也许这是历史的局限吧。

在整理出版的长诗《苏文纳和她的儿子》里,出现了一个叫"宰相"的官员。据我所知,直到解放前,傣族的政治制度中并没有什么"宰相"这个官衔,傣语中也根本没有这个词。很明显,这个词是翻译整理者根据汉族封建王朝的"相"移植过去的。傣族文学作品中有"细里",现实里有"召贯"、"召童帕萨"、"叭酷"等等,这些名词和宰相是两个反映不同社会制度的不同概念。在对待一个民族的文学作品时,决不可以用想当然的帽子戴在这个民族的头上,而应该尊重其本来面貌,尊重历史的真实。

三

被当成正面人物来歌颂的民族民间文学作品中的帝王将相,是否就是"宣扬封建文化"呢?宣扬封建统治者的作品是有的,但每一个作品和人物都有各种不同的情况,也应该具体分析,而不应该一概斥之为"封建文化。"

历史唯物主义者认为:人类的每一个发展阶段都曾经起过进步作用。恩格斯在《反杜林论》中讲到奴隶社会的作用时,就清楚地说:"只有奴隶制度才能使农业和工业之间的分工在辽阔的阶程上成为可能,由此而有古代世界的灿烂辉煌,即希腊的艺术和科学。"没有奴隶制度,绝不会有希腊的国家,也绝不会有希腊文化。"没有奴隶制度,也绝没有现代的社会主义"。在中国漫长的封建社会里,人民也创造了灿烂辉煌的文化艺术。作为人类发展的过程,当奴隶主代替了部族头人的时候,他就代表了上进的、光明的阶级,每一个阶级都有它的上升、发展到没落与消亡的过程，我们能说，秦始皇统一中国，发展生产的行动是"束缚人民的桎梏"、"锁链"吗？刘邦、曹操乃至岳飞、包拯等等这些帝王将相的统一祖国、发展生产、改革社会、抵御外侮的爱国精神，对于我们今天一点用处都没有吗？

白族是一个发展到高度地主经济的民族，但是，她的"本主"的故事，却是一个复杂的文学现象，开始于对图腾的崇拜，这是可信的，接着就发展成为对英雄的崇拜。到了南诏的后期，有许多皇帝，甚至屠杀白族人民的汉官也成了白族人民的"本主"，这是一个很复杂的问题，不能简单地说这只是被统治阶级所利用。这种情况，在傣族民间故事中也有，在农村公社形成的过程中，就有宣扬"南召领召"（土地是领主的，水也是领主的）的神话传说。但是，这种故事是极少数的，不是民间文学的主流。就白族来说，本主的故事一般还只是"段赤城的故事"、"杜朝选的故事"、"瓦色本主的故事"等。比如杜朝选和段赤城都是白族人民与自然斗争的英雄人物，前者是杀了苍山云弄峰的妖蟒的英雄，后者是杀了洱海里"吸食人畜、淹没田园"的大小蟒的英雄。这些英雄出现在南诏国并非偶然。南诏是一个什么社会呢？据《白族文学史》（初稿）中说："根据目前掌握的材料看，南诏基本上是一个建立在奴隶制度基础上的以国家形式出现的部落和部族的集合体。但它并不是单纯的奴隶社会形态。在奴隶社会的经济结构内部已产生了封建经济的因素。这种因素为下一历史阶段——大理国时代的社会经济结构进一步封建化准备了条件。"就是说，南诏是处在一个社会大转变的阶段，这两个英雄显然是为新的生产力扫除道路而产生的。

大理国已经进入了封建社会，生产力无疑向前发展了一大步，这个时期的统治阶级对人民的统治当然是残酷的，但是某些统治阶级连汉将李宓父子也成了"本主"。什么原因呢？有人说这是个奇怪的现象，当然统治阶级为了巩固他们的统治，鱼目混珠的事是可能的，但是，也不能一概而论。在封建社会上升的时期，统治阶级为人民，为发展生产做出贡献是可以理解的，南诏大将段宗榜之所以被记为"本主"，当然可能是他的后来当了皇帝的子孙段思平封的，但他远征过狮子国，为南诏扩展版图立下了功劳，是个历史事实。在当时的条件下，扩展版图,使之成为较统一的大理国,当然是进步的。因此,在他死后被封为"狮子国王——德天心中央皇帝",人民纪念他,也是可能的。后来他的子孙段思平起兵讨晋高祖,建立了大理国,工农业都有一个大发展。因此,人民同样怀念他,后来被立为"本主",我认为并不是不可能的。傣族长诗《相勐》也有类似情况,他战胜了一个称霸的大勐,从而统一了一百零一个勐,组成了一个统一的国家(地方政权)。因此,也不是偶然的。长诗《相勐》被广泛流传,甚至在东南亚一带也有巨大影响。

另一个白族著名故事《白羽衣》却塑造了一个皇帝赵善政,比起段赤城和杜朝选就更完整了。赵善政实有其人,但故事中的赵善政与历史的赵善政已经完全不同,他已经成为白族人民理想的化身,成为战胜天灾,发展生产,农民要求政权的象征。像这样为民谋利的帝王,人民纪念他,歌颂他,有什么不可以呢?

还有一类是反抗侵略和反抗民族压迫的帝王将相。藏族的著名长诗《格萨尔王传》中的格萨尔王,回族传说《杜文秀》中的杜文秀,哈尼族传说中的多萨阿波,以及傣族长诗《葫芦信》中的景真王等等都是如此。

长诗《葫芦信》在"文化大革命"中一直被诬为宣传"封建土司"的"大毒草",研究一下这部长诗是有意义的。

据翻译整理者说,长诗产生于一百年前左右。故事发生在今天西双版纳傣族自治州勐海公社和勐遮坝子只隔十华里左右的村寨景真。长诗主要刻划了勐遮王子和景真公主南慕罕的爱情悲剧,悲剧的根源在于勐遮王企图吞并景真的称霸野心。因此长诗揭露的是暴戾的勐遮王的野心和阴谋,由于南慕罕通过葫芦信通知了景真王,于是爆发了一场战争。结果勐遮王子召罕拉和南慕罕同时被杀害。主题非常鲜明,她不是无原则地宣扬统治阶级内部的争权夺利,更不是无原则地颂扬统治阶级的"德政"、"仁慈",恰恰相反,正是通过公主南慕罕的行动,反映了强烈的爱国主义,或者爱家乡、爱正义的思想。同时也就反映出反霸权、反侵略的思想。像南慕罕这样的出身不好的"公主",在她身上却体现出这样一些代表人民的优秀品质,这有什么值得非难的呢?

景真国王的形象并不是很成功的,着笔也不很多,他似乎有些软弱无能,优柔寡断，性格也不十分鲜明，还不是很活的一个人物，应该说这是长诗的一个弱点。然而这正反映了一个小国国王谨小慎微的心理。他愿意把公主嫁给勐遮大国王子也正是出于相安无事的和平愿望。甚至有点害怕勐遮王。这种思想是真实的，有代表性的。这种处境和思想有什么可以指责的呢？这跟所谓的和平主义又有什么关系呢？当然景真王对他的百姓也是进行残酷的压迫和掠夺的。但是，文学作品并不是面面俱全的调查报告，它可以突出地去描述一个主要的方面，从而烘托出自己的思想。因此，在他得到葫芦信击鼓召集大臣们商议战还是和的时候，他的大臣们一致拥护他的抵抗政策，并且立刻得到了百姓们的拥护，对勐遮王的进攻实行了坚决抵抗。这样一个弱小的、受欺压的帝王（如果可以说是帝王的话）不仅在当时有其进步意义，就是在今天的反对大小霸权的斗争中，也有其现实意义的。这跟所谓的"宣传封建土司头人"，不是风马牛不相及吗？

《松帕敏与嘎西娜》则反映了另一种所谓"贤明君主"的思想。

在傣族历史上，据说距今八百多年前，由一个叫做叭真的人，统一了这片土地，成立了一个叫景陇金殿国的统一的国家。据传这个国家的版图辽阔，十分繁荣。不久由于兄弟间争权夺利，很快就土崩瓦解，又分裂成许多独立或半独立的小国或勐了。历史证明，在距今七、八百年前后，在澜沧江两岸的确存在过许多小国或勐。据《松帕敏与嘎西娜》整理者的"后记"中说：是根据一个傣历1044 年（公历1926 年）的手抄本翻译整理的。从内容看，长诗很可能就是产生在这个时期。如果这个推测可靠，那么，可以确定，松帕敏就是封建帝王无疑，另一方面，从松帕敏这个名字看，这个时期的佛教已成为控制着傣族思想的宗教了。松是傣语高的意思，帕是和尚，敏是贤明的意思，联起来就是最高等级的、贤明的和尚。（西双版纳和尚据说分为七级，均按贵族和官职来定，一般百姓最高可升到第七级即祜巴），而松帕敏这个等级只有国王（或最高封建主）一个人，而且必须正式升为国王（领主）之后，才能获得这个称呼。这些都证明，松帕敏确实是一个封建帝王。那么，《松帕敏与嘎西娜》是不是就是宣扬封建帝王将相呢？也要具体分析。长诗确实是把松帕敏当成正面人物来同情和歌颂的。

这是因为他是傣族人民的"贤明的君主"。第一,长诗把他看成是"爱护百姓",使勐藏巴的百姓"过着和平安定的日子"的君王。第二,长诗一开始就把松帕敏放在一个特殊的环境中去描述。这个特殊环境是皇叔召刚出兵篡夺他的权势和抢夺他的爱妻戛西娜。这就使松帕敏的地位起了一个变化。从国王变成一个受害者,受害的人是容易得到人们的同情的。第三,这是在把松帕敏和暴君召刚作了对比的情况下,才使人认识到他的"贤明"。第四,这是在松帕敏一家逃出宫殿,流落到森林,开始了他一家的生离死别之后所发生的。评论一部作品、一个人物,看不到他的变化,看不到松帕敏已经被赶出了皇宫,已经变为一个受害者,而仍然把他看成是勐藏巴的国王,这就是形而上学。用这种观点,是决不可能正确地理解事物的真实面貌,因而也不可能得出正确结论的。第五,松帕敏之所以"贤明",是因为抛弃了他个人的地位和利益,对召刚的进攻采取了不抵抗政策。这不是因为他没有力量反抗,而是被当作一种善良的行动来歌颂,是不让"百姓遭殃"的心愿。出于一种爱好和平,不愿爆发战争的愿望。这种美德恰恰反映了傣族人民的高尚的感情。在小国林立,你争我夺,战争频繁的情况下,人民总是喜欢和平而不喜欢战争的。

当然,这种不抵抗主义在今天看来,是错误的,长诗在描述松帕敏一家的遭遇中,对它已有某种程度的批判。但是,仍然应该看到一个民族的特殊性和历史的局限性。用今天的观点要求一个全民信奉佛教的傣族人民的感情,去衡量历史上所发生的事物,这是不符合辩证唯物主义和历史唯物主义的。傣族人民是一个酷爱和平的民族,在他们遭受种种不义战争的危害的时候,在他们长期受到佛教思想的影响和熏陶的情况下,松帕敏的行动就代表了他们的民族性,这是真实的。这就是这首长诗的人民性和民主性。我们应该尊重它。

当然,在尊重它的同时,应该分析它,吸收它的精华,抛弃它的糟粕。长诗《松帕敏与戛西娜》是有它的糟粕部份的。由于松帕敏的"仁慈"和不抵抗,被看成是"贤明君主",结果不仅被别国的大臣们接去当了国王,他的一家重新得到团圆,而且最后人民把暴君召刚撵走了,又把他迎回,重新做了勐藏巴的国王,这就很明显地宣扬了佛教的所谓恶有恶报,善有善报的因果报应的思想。这种思想是不真实的，因而也是有害的。因此，对这个人物形象，对这部长诗应该一分为二，批判地继承，既吸收其精华，又批判其糟粕，才是科学的态度。

事实上，对所有民族民间的古代文学，即使很好的包括神话在内的优秀作品，都应该有这种科学态度，就拿《苏文纳和她的儿子》来说，巴拉拉西国王的"良心"发现，从而原谅了苏文纳，乃至把王位让给了她的儿子珍达，使一部悲剧变成了喜剧是没有现实社会根据的，仅仅从父女之情去解释，无疑多少是用了人性论去解决社会矛盾。《召树屯》所反映的也正是纯粹的乌托邦的空想。

还有一种是上述作品中被当作反面人物加以批判和否定的帝王将相，如《葫芦信》中的勐遮，《松帕敏与夏西娜》中的皇叔召刚之类，当然就不能看成是"宣扬封建帝王将相"的问题了。对于那些真正宣扬封建帝王将相的作品，我们又应该采取什么态度呢？我以为，也不能简单地加以否定。用一顶所谓"复辟"的帽子扣了过去，完全否定发掘、收集、翻译整理的工作。这是因为许多民族还没有自己的文字，有些虽有文字，但文盲仍然占绝大部份，其历史和文学仍然靠口头传播。因此这些资料，不仅对于研究其文学史有重要价值，而且对研究其民族的历史、民族学也有十分宝贵的价值，何况，要一下子就分清其精华与糟粕并不是那么简单，如不注意，很容易玉石并弃，连精华也被丢掉了。

四

由于上述种种原因，我们不能把民间文学中的帝王将相和文人、统治阶级自己塑造的帝王将相混为一谈，不能把历史上真实的帝王将相和文学作品中的帝王将相混为一谈，尤其应该把不同民族中不同历史阶段的帝王将相加以区别。"四人帮"已被粉碎，我们必须把民族民间文学工作向前推进一步，发展各民族的社会主义文学。

（本文有删节）

云南民族民间文学中的无神论思想

秦家华

史料解读

　　该史料为论文,原载《思想战线》1979 年第 3 期。由于云南少数民族直至解放前夕还分别处于不同社会形态之中,所以在其作品中体现了人类社会在不同的发展阶段上无神论与有神论的斗争。作者提出,云南民族民间文学中关于开天辟地、万物起源的神话,与有神论的观点不同,主要表现在天地创造、人类起源上。此外,在云南民族民间文学中,不乏劳动人民与宗教神学的欺骗作斗争的作品,例如人民敢于冒犯神灵祖先的尊严,劳动人民揭穿"天堂"的骗局,直接描述人们与宗教神学作斗争的过程,如傣戏《公孙犁田》、纳西族《创世纪》、傈僳族长诗《重逢调》等。作者指出,云南民族民间文学中所体现的无神论思想具有积极意义,但也存在明显的历史局限性和阶级局限性。在社会主义时代,要利用民族民间文学宣传现代科学和无神论,与宗教迷信作斗争,让民族民间文学更好地为社会主义新时期的总任务服务。该史料关于民族民间文学作品中无神论思想与有神论思想之争,具有鲜明的时代话语特征,其时代局限性非常突出。

原文

马克思主义经典作家高度评价民间文学。列宁曾经指出："从社会政治的角度来整理这些材料,用这些材料是很可以写出非常出色的关于人民的理想和愿望的著作的。"(《列宁论文学与艺术》卷二,957页)丰富多彩的云南民族民间文学,不仅给我们提供了文学上的审美价值,而且给我们提供了研究各民族人民世界观的形成、发展的科学价值。在人类的思想发展史上,无神论与有神论的斗争,曾经是唯物主义与唯心主义两军对战的一个重要方面。这种斗争,必然要反映到人民的口头创作中来。由于云南的少数民族直至解放前夕,还分别保留着原始氏族公社、奴隶制和封建制的不同社会形态,使我们能够透过他们的民间文学作品,看到人类社会在不同的发展阶段上,无神论与有神论斗争的一些情景。

一

世界上本来没有神。最初的神,是原始人在大自然的威胁面前设想出来的。在原始社会,由于生产力极端低下,知识极端贫乏,人们还不能认识种种大自然现象,而某些大自然现象,又与人们的生活密切相关,于是就幻想出一种超自然的力量来解释它、战胜它,或者祈求它的保护。这种超自然的力量,就是最初的神的观念。恩格斯指出："单是正确地反映自然界就已经极端困难,这是长期的经验历史的产物。在原始人看来,自然力是某种异己的、神秘的、超越一切的东西。在所有文明民族所经历的一定阶段上,他们用人格化的方法来同化自然力。正是这种人格化的欲望,到处创造了许多神。"(《马克思恩格斯全集》第20卷,672页)

在原始人的观念形态中,万物有灵,神是无处不在的,他们采取各种方式来祭祀,这就是原始宗教。

随着生产力的发展,人们要求战胜自然的欲望和实际控制自然的能力日益提高,原来那种单纯的对神灵的膜拜已经不能满足人们的需要了,于是就从原来信奉的神当中,分化出一种代表人民意志和力量的神,由此产生了神话。值得注意的是,从这些神话中,我们就可以看到远古时期的人类已经具有朴素的唯物主义思想,也就是无神论思想的萌芽。

这岂不是矛盾的现象么? 既是神话,怎么又有无神论思想? 其实,只要我们对神话中的"神"加以具体分析,这个问题是很清楚的。

在云南的许多少数民族中,差不多都有自己的描述开天辟地、万物起源的神话。这是很自然的。因为随着人的思维能力的发达,究竟人类赖以生存的天地是怎么来的,人类又是怎么起源的? 这些都成了一个不能不思考,不能不回答的问题。在当时的条件下,要正确地认识这些问题,当然是人力所不能及的。人力所不能及的地方,就只有借助于神力了。但是,这里借助的"神",跟有神论者用来欺骗人民的神是不同的。这种不同,首先就反映在对天地是怎么来的这个问题的回答上。

有神论者认为,天地万物都是上帝创造的。基督教的经典《圣经》上说,上帝用六天时间创造了世界万物。第一天造了光,第二天造了天地,第三天造了植物,第四天造了日月星辰,第五天造了动物,第六天造了人,第七天上帝累了,就休息了。究竟上帝是用什么物质,又是怎样创造世界的,都没有说明。因为在有神论者看来,上帝是至高无上,无所不能的,所以世界就是上帝的意志、精神的产物,是上帝从虚无中为所欲为地创造出来的。这是典型的有神论者的上帝创世说。多少年来,尽管它如此荒唐混乱,漏洞百出,不能自圆其说,但它却成了不可怀疑、不可违抗的宗教信条,谁要超越一步,就被视为"异端邪说",就要受到残酷迫害。欧洲中世纪的科学家哥白尼、伽里略等,正是因为坚持天体演化的学说,触犯了上帝创世的说教而惨遭迫害的。

可贵的是,在古代劳动人民创作的神话中,对天地万物的来源,就提出了与有神论者截然不同的见解。彝族史诗《阿细的先基》中,说天上的阿底神造天地时,是"云彩有两层,云彩有两张","轻云飞上去,就变成了天","重云落下来,就变成了地"。在《阿细人的歌》(光未然整理)中,又说空中的阿颠神栽了一棵树,树大叶蓝,一直长到像天空一样宽,他吹了一口气,把树送上高空,从此就有了蓝色的天。另一个阿志神,也栽了一棵树,树粗叶黄,枝叶伸向无限广,阿志神坐在这棵大树上,使它不能往上长,枝叶垂下来,从此我们就有了这个黄色的地。在拉祜族史诗《牡帕密帕》中,对天地来源又是这样解释的:天神厄莎搓下脚手汗,做了四条大鱼,四棵柱子,柱子支在鱼背上,再架四棵天梁,四棵地梁,从此天地就分开了。这些描写,都触及到哲学上的一个重要问题,即世界不是凭上帝的主观意志从虚无中创造出来的,由"无"不能产生"有",世界是用物质来创造的。在当时,人们当然不可能懂得地球是宇宙尘埃凝结长期演化而来的科学道理,他们只能通过日常生活中常见的云彩、大树、汗泥、大鱼、柱子等事物的运动变化来想象天地形成。这在今天看来当然是不科学的。但是在人类的幼年时代,能够认识到世界是由物质造成的,是各种物质互相联系互相作用的结果,却是十分难得的。这是他们的最初的哲学和宇宙观。它来自于劳动人民的生产实践,不仅具有朴素的唯物主义因素,而且有了初步的辩证法思想。

在一些神话史诗中,还写到天地造出来后不圆满,不稳定,于是"用松毛做针,蜘蛛网做线,云彩做补丁,把天补起来"。(《梅葛》)"天不满用云补,地不满用水补"。(白族《打歌》)这些优美而大胆的想象,又进一步提出了天地不仅可以造,而且可以补。这就意味着对宗教神学的否定,对人的力量的肯定,它的唯物主义因素就更加明显了。

特别有趣的是,在许多神话中,还细致、形象地描绘了创造天地万物的艰辛过程。在《梅葛》中,描写造地的四个姑娘,"忘了吃穿来造地,忘了睡觉来造地,不管天晴下雨来造地,不分白天黑夜来造地,耐耐心心地造地,勤勤恳恳地造地,一天一天过去,一点一滴造成。"在傣族神话中,是说天神用一把大犁耙来犁地,犁出高凸的地方就成了山峰,犁出低凹的地方就成了江河。在纳西族史诗《创世纪》中,更是明确地提出:"不辛苦就开不了天,不劳累就辟不了地。"世界就是这样辛辛苦苦,流血流汗创造出来的。这对上帝凭空创造世界的谎言来说,不是一个有力的揭穿和批判么!

在这些作品里,虽然都写到了神,但是,这些神都是按照人民的理想、愿望创造出来的。他们实际上是与大自然搏斗的劳动人民集体的缩影,或者是人们对原始部落酋长的神化和歌颂。我们从这些神的身上，不是看到了劳动人民的勤劳、勇敢和智慧吗！这些神创世立业的过程，就是劳动人民创造世界、推动历史前进的过程。所以高尔基说："我认为帮助人民的古代的神，是手艺能手和'劳动英雄'，这并不是我的'臆想'。"（《论古代史诗中宗教和神话的因素》）云南少数民族的神话，也证实了这一点。

同样，在关于人类起源问题的解释上，云南少数民族神话也体现出一定的唯物主义思想。有神话论者胡说什么人是凭上帝的嘴巴，按照上帝的形象创造出来的。《阿细的先基》中却说人是用泥巴做成的，是用"黄泥做男人"，"白泥做女人"。傣族神话中是说用汗泥做人。纳西族《东巴经》里记载人是从蛋里孵化出来的。佤族、拉祜族史诗中说人是从葫芦里走出来的，等等。这些说法，今天看来虽然荒唐可笑，但是在人类还不了解动物进化的科学道理之前，能够认识到人是由物质的东西变的，能够从生物孵化的原理来想象人的起源，说明人是自然变化过程中的产物，不是凭上帝的嘴巴任意创造出来的。这种见解，不也是包含着一定的合理成分而与宗教的胡说相对立！

劳动人民在进行这些想像的时候，总是以现实为基础的。许多民族的用泥土造人的神话，同汉族的女娲"抟土为人"的神话一样，都说明人类已经进入了能够烧制陶器的时代。没有捏塑烧制各种陶器的生产实践，也就不会有用泥土造人的联想。没有在劳动之余顺手搓下汗泥的动作，也就不会有用汗泥造人的神话。透过这些想像，我们可以看到古代劳动人民朴素的唯物主义思想即古代的无神论思想，是怎样产生和发展起来的。高尔基曾经批评过一些研究原始文化的历史家，说他们"完全抹煞了唯物主义的思想的十分明显的标记，而唯物主义的思想是劳动过程和古代人全部社会生活现象所必然激发起来的。这些标记以故事和神话的方式传给我们"。（《论文学》第 97 页）正是在这一点上，云南民族民间文学给我们提供了宝贵的认识价值。

二

人类进入阶级社会以后，由于人剥削人、人压迫人的制度的存在，为其服务的宗教神学就日趋完整。有神论者假托神的名义，鼓吹君权神授，把剥削阶级的反动统治合法化、神圣化。同时又宣扬什么"天堂"、"地狱"、"今生"、"来世"等宿命论思想，用以恐吓、欺骗人民，要人们忍耐、顺从、甘当剥削阶级的奴隶。宗教神学已经成为历史上反动统治阶级的得力帮凶。特别是在云南的许多少数民族如傣、藏等族中，出现了政教合一，即封建的政权系统与佛教寺庙系统配合起来共同对人民进行统治。当然，历史是不会因为宗教神学的欺骗而停滞不前的。生产的发展，科学的进步，使人们的视野不断扩大，知识日益增多，他们不仅看到自己的力量，而且相信通过自己的力量能够战胜自然界和社会上的敌人。这是一种觉醒，它意味着宗教的地盘日益缩小，宗教的欺骗性也逐渐被人们所揭穿。劳动人民的口头创作，总是独特地伴随着历史。从云南民族民间文学作品中，我们可以看到在阶级社会里，劳动人民为了摆脱被压迫被剥削的历史地位，是怎样与宗教神学的欺骗作斗争的。

在云南民族民间文学中，有一种深受群众欢迎的文学样式——讽刺故事。如纳西族的《阿一旦的故事》、傣族的《朱腊波提的故事》、彝族的《松谷克忍的故事》、佤族的《岩江片的故事》、藏族的《阿古登巴的故事》等等。这些故事，反映了人民的强烈爱憎，凝结着人民的聪明智慧，其斗争锋芒直接指向那些历史上的反动统治阶级、剥削者以及为其服务的宗教神学。劳动人民运用夸张的、喜剧式的手法，塑造自己心目中的理想人物，他们既有大无畏的斗争精神，又有超人的聪明才智，他们通过各种巧妙的斗争，使那些凶狠贪婪、腐朽愚蠢、欺诈人民的反动统治者、宗教徒现出了原形。比如《升天的秘密》中，阿古登巴就不相信寺庙里的大喇嘛宣扬的什么"佛法无边"、"度人升天"等鬼话，他决心要去探听一番，就装作很虔诚的样子，到佛寺里要求升天，大喇嘛把他领到一间黑屋子里，坐在一个垫子上，要他盘膝静坐，净心思过，等待超度。阿古登巴趁喇嘛出去的机会摸清了情况，原来垫子下面装着一块活动木板，木板下面是一个腥臭难闻的杀人坑，人就是从这里超度升天的。为了惩罚这些害人虫，阿古登巴很巧妙地叫大喇嘛坐在垫子上做样子给他看，阿古登巴用脚一踩木板，大喇嘛就掉进坑里升天去了。为了揭穿宗教的骗局，阿古登巴又把那些祈求超度的人们找来,把喇嘛如何骗人的秘密讲了一遍,在血淋淋的现实面前,人们终于认清了宗教骗人害人的本质,气愤之下,一把火把寺庙都烧了。在刑法残酷、教规森严的藏族封建农奴制社会里,人们能够对宗教采取这样坚决的行动,的确是令人钦佩的。在白族的《段赤城的故事》中,也同样揭露了宗教用来骗人的所谓"天堂",原来就是山凹里一条吸食人畜的大蟒的肚腹。这些骗局是如此令人发指、触目惊心。一旦人们从受骗中觉醒过来,就会起来与宗教作坚决斗争。这个故事的结尾,描写代表人民力量的英雄段赤城,杀死了大蟒,为民除了害。这是对宗教的彻底否定,是人民无神论思想的生动体现。

反动统治阶级为了恐吓人民,总是把神灵祖先说成是神圣不可侵犯的。可是在人民的口头创作中,就有许多作品敢于冒犯神灵祖先的尊严,敢于使他们威风扫地。在彝族故事《敬祖的礼物》中,松谷克忍就不把这些不可一世的家伙放在眼里,他不仅把敬祖的礼物都吃掉,而且当主人来查问的时候,还敢当面嘲笑他的祖先神灵说:"你的祖先嘴馋,还不等我叩完头,就把供物吃完了。"在傣族的民间传说中,不仅反映人们敢于与佛爷比赛唱歌,终于把佛爷唱输了,(《赞哈的始祖》)而且反映人们敢于在嘻笑怒骂中把和尚的头都割了下来。(《岩舒、岩西、岩皮格》)值得注意的是,这类嘲笑佛爷,批判宗教的故事不仅在民间广泛流传,而且在傣族佛寺里的经书中也有记载。说明反宗教的无神论思想,不仅在广大劳动人民中存在,就是在一部分宗教徒中也存在,它作为一种进步的世界观,已被越来越多的人掌握。

宗教神学为了欺骗人民,竭力描绘"天堂"如何美好,借以安慰人们,世间得不到的东西,可以在天堂那里得到。可是古往今来,谁见过天堂是什么样子呢?劳动人民一辈子含辛茹苦,为什么摆不脱被压迫被剥削的地位呢?有的人一辈子信教,可是谁享受过天堂的幸福呢?那些压迫人民、剥削人民的寄生虫,坏事做尽,无恶不作,为什么就不怕"报应"上不了天堂呢?现实生活中的这一系列矛盾,不能不在人们思想上引起怀疑。他们通过自己的口头创作,对所谓"天堂"的骗局一个个给予揭穿,又通过自己的想像,来描绘"天堂"并不是那么美好,并不是宗教所吹嘘的那种极乐世界,真正美好的是劳动人民用双手开辟出来的大地人间。在《火把节的由来》这个优美的纳西族传说里，就描写玉皇大帝在天宫里"发闷"，他看到人间的青山绿树、花鸟流泉，就起了嫉妒心。他派了一个大将去把人间烧光。这个大将来到人间，看到一切美好的东西都是人们用劳动换来的，不忍心烧毁，就回到天上骗过了玉皇大帝。过了不久，玉皇大帝发现人间不仅没有烧毁，反而越来越美丽，就杀了大将，下令再把人间烧光。被杀的大将变成一个娃娃，下来告诉人们家家点起火把，连烧三个晚上，以迷惑玉皇大帝的眼睛，保住人间的美好生活。在纳西族的《创世纪·迁徙人间》一段中，描写英雄利恩和衬红结成夫妻后，不愿住在天上，要迁徙到人间生活。长诗写道："阿普（天神）给的银衣裳，利恩穿着不暖和；天女（衬红）制的虎皮衣，暖了身子暖了心。阿仔（天神）给的绸腰带，天女系着不好看，利恩制的毛带子，像缠绕山腰的云彩。"这些描写中的褒贬爱憎是很鲜明的，它表现了人们对神的否定，对劳动的歌颂，也就是对天堂的否定，对人间的歌颂。这对帮助人们识破虚幻的"天国"，看到自己的力量，是有一定的积极作用的。

在许多作品里，还直接描写了人们与宗教神学作斗争的过程。从古老的傣戏《公孙犁田》中，人们就借助一把生产劳动的"犁"，喊出了"要把一切不好的鬼都犁掉"的呼声。这把"犁"，已经成了人们向宗教鬼神作斗争的一个武器。在纳西族《创世纪》中，当利恩和衬红从天上来到人间时，路上遇到了各种神和鬼。这些神鬼砍倒祸树、引来祸水、带来疾病，妄图挡住他们前进的道路。但是他们并没有被吓倒，而是经过斗争，把这些神鬼都赶跑了。他们响亮地回答："星路挡不了，草路挡不了，树路挡不了，水路挡不了，人类迁徙的道路挡不了。"这里所说的人类迁徙的道路，就是人们战胜自然和社会的各种敌人，求得生存和发展的道路。这是任何神鬼妖魔也阻挡不了的。这是人民力量的体现，是藐视神权，不怕困难的颂歌。到了近代，这种对人民力量的歌颂在民族民间文学中反映就更突出了。比如傈僳族长诗《重逢调》就是一个很突出的例子。作品里的主人公面对着重重困难时，不是去求神问卦，不是把自己的命运交给神去摆布，而是相信人是自己命运的主人，为了改变自己的悲惨生活，他毅然投入农民起义的行列，用武装斗争去推翻吃人的旧制度。还有许多反映赶走传教士，火烧洋教堂的民间文学作品,其斗争锋芒更是直接指向宗教神权和帝国主义的文化侵略了。

列宁曾经指出,每一种民族文化里都有两种民族文化的斗争。云南民族民间文学的发展也是如此。历史上的反动统治阶级为了维护其剥削制度,通过宗教文学向人们灌输精神上的浊酒;劳动人民在争取自身解放的斗争中,则创造了闪耀着无神论光辉的反宗教文学。这是两种民族文化斗争的生动体现。透过这些反宗教的民间文学作品,我们可以看到在阶级社会里,劳动人民唯物主义的世界观是怎样进一步形成和发展的。

三

从云南民族民间文学中我们可以看到,从人类的远古时期一直到近代的封建社会,我国历史上是具有悠久、光荣的无神论传统的。这是我们中华民族的智慧的不灭的光辉,也是民族民间文学遗产的精华之所在。这种无神论思想,来自人民群众的社会实践。人民群众是一切物质财富和历史的创造者。自古以来,劳动人民为了生存和发展,与自然界和社会上的各种异己力量进行着不屈不挠的斗争。由于他们所处的社会地位,决定了他们要求认识客观世界的本来面目,要求掌握各种事物发展的客观规律。由于社会是不断向前发展的,人们的实践活动也必然一步步由低级向高级发展,这就使人们的认识能力也跟着不断提高,由片面到全面,由知道得不多到知道得较多,这就有可能使他们对周围世界的认识得出唯物主义的结论,从而产生无神论思想。这是一笔宝贵的精神财富。它在揭露宗教神学的反科学性,教育人们抛弃那虚幻的来世幸福的追求,去为求得现实的真正幸福而斗争等方面,是起了积极作用的。它为马克思主义科学无神论的创立积累了成果,准备了条件。这些都是必须给予充分肯定的。

但是也应指出,在马克思主义产生以前,旧的无神论有着明显的历史局限性和阶级局限性。它不能深刻揭露宗教的本质,不懂得宗教产生的根本原因,更不能指出一条与宗教作斗争的正确道路。反映到云南民族民间文学中也是如此。在反映开天辟地的许多神话中，虽然写到了世界是由物质的东西变化而来的，是通过艰辛的劳动创造出来的。但是在描写这些物质变化的时候，又是通过神的力量来进行的。从文学角度来说，我们可以从这些神的身上，看到人类童年时代天真幼稚的幻想，可以感受到那种特殊的艺术魅力。但是从科学角度上，从认识论上来看，把物质运动的原因归结为神力，这就渗入了唯心主义的杂质。同样，在反映劳动人民与宗教神学作斗争的作品中，我们一方面可以看到人民见解上的卓越，思想上的勇敢，同时也会看到他们在斗争中带有很大的盲目性、偶然性。他们往往只是在一些具体场合，一些偶然的情况下起来揭露宗教的欺骗。他们只可能在一些方面、一些问题上有正确的见解，而不可能对宗教的欺骗给予彻底揭穿。旧的无神论只可能在一定程度上说明世界，不可能从根本上改造世界。正如列宁所指出的："农民过去的整个生活，教会了他们去仇视地主老爷和官吏，然而没有教会而且也不可能教会他们在什么地方去寻求这一问题的解答。"（《列夫·托尔斯泰是俄国革命的镜子》）只有马克思主义的科学无神论，才能深刻论证宗教产生的根本原因，指出它是人民的鸦片，阐明宗教必然消亡的客观规律和铲除宗教的根本途径。

社会主义制度的建立，开辟了彻底摆脱宗教影响的广阔前程。我们党领导下的社会主义革命和建设，正是为了最后铲除宗教存在的根源——剥削制度和贫困落后。在社会主义时代，由于生产和科学的巨大发展，由于马列主义、毛泽东思想的武装，广大人民群众树立了新的无产阶级的世界观，其中包括马克思主义的科学无神论思想。这种意识形态领域里的深刻变化，也必然反映到人民自己的口头创作中来。解放以来我国各族人民创作的大量的新民歌中，就有不少批判宗教迷信，宣传无神论思想的作品。傣族解放前是全民信佛教的，佛教思想对人民群众的毒害影响比较突出。但是在新的时代、新的生活面前，他们也豪迈地唱出了"修起水库，叫魔鬼的河流倒淌"，"向神圣的叭因（即天神）宣战"。有一首哈尼族民歌，把获得解放的人们对宗教神灵的否定描写得十分生动明确："往年过年，杀猪献地神。我们最大的神灵呵，它没有给过我们一点点欢乐。今年过年不离锄头把，我们勤快的劳动呵，给我们带来丰衣足食的生活。"这是人民的觉醒,是社会主义时代的崭新的精神面貌。

特别可喜的是,许多少数民族民间歌手在三大革命运动中提高了觉悟,在自己的创作中自觉宣传无神论思想。傣族歌手康朗英在他的《流沙河之歌》中,具体、形象地描写了祖国边疆各族人民如何摆脱宗教迷信的束缚,向鬼神宣战,向大自然宣战,炸平神山神岩,修起了为人民造福的水库。多少年来,傣族人民赕佛信教,希望战胜水患,祈求庄稼丰收。可是信了一辈子佛,还是受一辈子苦。只有在解放后的今天,在人民掌握了自己命运的时代,过去那种只能在彼岸世界得到的虚幻幸福才会变成今天的现实世界的真正的幸福。在破除了迷信,解放了思想的人们面前,过去佛祖鬼神办不到的事情今天也能办到。这就从根本上否定了宗教,使人们认识到只有马列主义、毛泽东思想的科学真理,才能指引我们得到真正的幸福和解放。这一点,在另一个傣族歌手波玉温的长诗《彩虹》中揭示得更加深刻。这部长诗的主人公之一玉坎大妈,在旧社会里受尽了苦难。丈夫、儿子被头人害死,未过门的儿媳被迫逃离家乡。沉重的打击,无情的折磨,使她"不得不把委屈和耻辱、愤怒和绝望埋在心里,仰望茫茫的苍天,希望在那里找到救星"。(《斯大林全集》第6卷,第43页)她天天念经拜佛,成了虔诚的纳佛老人。解放了,毛主席派来的亲人解放军给边疆人民带来了新生,玉坎大妈也第一次看到了阳光。可是,宗教思想的毒害不是一下子就可以扫除干净的。她为了使死去的丈夫、儿子能升入天堂,恪守着宗教的戒律,不敢踩死一个蚂蚁,不敢吃一块鹿肉,仍然到佛寺里赕佛献礼。在现实斗争的教育下,在亲人解放军的帮助下,玉坎大妈逐渐觉悟了,当她发现披着袈裟,进行叛国活动的阶级敌人正要暗害解放军的时候,就毅然挺身而出,用土锅砸伤敌人的头,最后壮烈牺牲。作者通过玉坎这个人物,控诉了宗教的罪恶,歌颂了人们一旦摆脱宗教影响,打碎精神枷锁以后所表现出来的大无畏精神和崇高品质,说明只有共产党领导下的人民革命,才能最后铲除产生宗教的土壤。作者给我们提供了这样一个典型环境和典型形象,揭示了旧意识怎样消灭和新的世界观怎样形成的复杂过程,无疑是很有教育意义的。宣传无神论,与宗教迷信作斗争,这是无产阶级的一项长期的战斗任务。特别是在今天,我们要搞四个现代化,要实现工农业生产和科学文化的高速度发展,就要清除宗教迷信这个思想障碍。在社会主义时代,民族民间文学仍然存在,它在群众中仍有深广的影响。运用这一形式进行科学无神论的宣传,容易为广大群众所接受。这是一件意义重大的工作,我们应当把它搞好,让民族民间文学更好地为新时期的总任务服务。

浅论云南民族民间文学的人民性

史宗龙

史料解读

　　该史料为论文,原载《思想战线》1979 年第 4 期。作者首先介绍了人民性的概念以及重要性,然后就云南民族民间文学的人民性展开论述。作者从三个方面分析云南民族民间文学中的人民性:一是直接反映人民的生活、斗争、愿望和要求的作品,如民族史诗、民间歌谣和民间故事;二是描写王子、公主间的爱情纠葛,或者王子公主与贫苦青年之间的爱情故事;三是描写统治阶级之间的矛盾和宫廷生活的作品。作者认为,在分析这样的作品时,要把握两个尺度。首先是要对统治阶级作具体分析,在不同的发展时期,统治阶级对待人民的态度并不完全一样。其次是要看作者的立场,要站在人民的立场上去揭露统治阶级残暴贪婪的本性,此外还应注意艺术性和是否为人民熟悉的问题。作者还认为民族民间文学本身就包含着强烈的人民性。该史料不仅对云南民族民间文学的人民性进行了论述,而且对我们如何评价民族民间文学中的人民性,提供了很好的借鉴和指导。

原文

人民性是评价文艺作品的重要标志，是马克思主义文艺理论中不可缺少的一个组成部分。可是，在"四人帮"推行法西斯文化专制主义和禁锢政策的一段时间里，"人民性"却成了"全民性"和"取消文艺的阶级性"的同义词，成了文艺理论领域的危险禁区。为了拨乱反正，正本清源，肃清流毒，我们必须以马克思主义为指导，对过去具有人民性的文学作品，作出实事求是的分析评价，以利于更好地清理和继承优秀的文学遗产。

（一）

文艺作品中的人民性，首先要看它对待人民的态度如何，在历史上有无进步意义。或者说，文艺的人民性，就是文艺和人民命运的血肉联系，就是人民的思想、感情、愿望、要求、利益在文艺作品中的表现。一句话，凡属历史上那些与人民利益有某些联系的优秀作品，都应该是具有人民性的作品。

我国是一个统一的多民族国家，有着悠久的历史与文化。各族人民在艰苦的生产斗争和阶级斗争中，创造了灿烂的古代文学，它是我们伟大祖国文化宝库中的一个重要组成部份。文学的人民性成份，早就存在于这些古代文学作品之中，民族民间文学中的人民性，就更为鲜明突出。这种鲜明和突出的人民性，首先是通过文学作品的内容表现出来的，就云南民族民间文学的内容而言，我们大致可从以下几个方面分析：

第一，直接反映人民的生活、斗争、愿望和要求的作品。在云南民族民间文学中这是主流，是大量的。如劳动人民最早集体创作的民族史诗，就记载了各个民族社会发展最初阶段的生活斗争图景，和本民族童年时代对宇宙万物、人类社会的不同解释和看法。彝族的《梅葛》、《阿细的先基》，纳西族的《创世纪》，白族的《开天辟地》，佤族的《西岗里》，拉祜族的《牡帕密帕》……等。这些劳动人民创作的艺术珍品，热情歌颂了人民英勇顽强的劳动和不屈不挠的斗争；歌颂古代人民、人类的祖先创世立业的艰苦曲折的劳动和战斗业绩。彝族史诗

《梅葛》，描写人们怎样经历千辛万苦，"忘了吃穿来造地，忘了睡觉来造地，不管天晴下雨来造地，不分白天黑夜来造地……"。纳西族的《创世纪》，以开天辟地为背景，以从忍利恩和衬红褒白的爱情故事为线索，描写男女主人公怎样与洪水、凶神、妖怪等"自然暴君"和"社会暴君"作顽强的斗争。它热情歌颂"神的九兄弟"和"神的七姊妹"，把古代劳动人民改造自然、征服自然的斗争，表现得朴挚、豪放、生动感人。佤族史诗《西岗里》，则是描写佤族的祖先达摆卡木，在洪水袭天的时代，做了一个猪槽躲过洪水，飘落到西岗岭上，种植葫芦，创造了人和万物，歌颂了劳动，歌颂了智慧。这些作品以美妙的神话故事、丰富的艺术想象，天真地反映出古代劳动人民想驾驭自然、改造自然的美好愿望。

史诗中的"神"，写得灵通广大，他们造人、造天、开天辟地，创造万物。神奇得似乎不能置信，但是，当你一口气读完这些作品之后，又觉得真实、亲切，形象丰实饱满。原因是这些史诗立基于人民的劳动生活，反映了人民对自己斗争实践的理解；是劳动人民根据自己的生活经验，按照自己的样子设想出来的英雄形象；是古代人民心目中理想的祖先。正如高尔基在《论文学》一文中指出的，在原始人的观念中，"神是某种手艺的能手，是人们的师傅和同事。神是劳动成绩的艺术概括……把人们的能力加以理想化"。因此，民族民间文学作品中的"神"，实际上是劳动人民充满自豪感的自我表现和自我歌颂。这些作品中的人民性，是显而易见的。

民间歌谣和民间故事，是民族民间文学的重要部份，这些作品的内容，大多数也是直接反映劳动人民的生活和斗争的。许多少数民族的古代歌谣，密切结合生产劳动，有的甚至成了实用的"历书"。到了阶级社会，人们通过歌谣来诉说自己的苦难，寄托他们的理想，歌颂他们与剥削者、反动统治阶级的英勇斗争。彝族民歌"板子打了九十九，出了衙门手牵手"，把青年男女反抗封建婚姻制度的决心写得多么充分。傣族民歌"你是路，我们不走；你是水，我们不喝；你是神，我们不赕……"，把劳动人民反抗封建领主的斗争写得多么坚决。还有一些作品，以隐晦、曲折、比喻的手法，反映了人民与反动统治阶级的尖锐矛盾。有一首纳西族民歌就把剥削者比做"不劳而获的鸟"。民歌这样写道："大鸟和小鸟，要说是大雁，又不是大雁。大雁不种谷，大雁嘴很尖，吃米它在先。五月果子黄，果黄那一天，树上有害虫，虫来吸果汁，果汁被吸干。"把剥削阶级比做大雁和蛀蚀果子的害虫，反映了人民对剥削者的切齿痛恨。

在民间故事中，这个主题就表现得更加明显了。比如广泛流传于德宏傣族地区的《阿朗的故事》，就是人民塑造阿朗这样的理想人物，来向自然界和社会上的敌人作斗争的。这些故事中的阿朗，大部是穷人出身，他们自幼不凡，本领超人，在斗争中虽然要遇到各种艰难险阻，但都是阿朗最后要战胜对方，都是经过艰苦的斗争换来幸福的生活。这是旧社会里劳动人民的理想愿望和他们在斗争中的自信心的生动体现。

在一些故事里，其斗争锋芒更是直接指向历史上的反动阶级和剥削者了。在纳西族的《木家败》这个故事里，劳动人民塑造了一个机智、勇敢的青年形象——阿一旦。他是木土司家的长工，深受木土司的压迫和剥削，他利用木土司将要崩溃时的恐惧心理，愚弄和嘲笑他。一天，木土司竟把舂碓的声音听成"木家败"而惊恐万状。阿一旦抓住这个机会，把木土司的新碓换给了穷人，木土司知道后十分生气，后来阿一旦告诉他换来的旧碓会发出"木家旺"的声音，才转怒为喜。这个故事暴露了统治阶级的愚蠢无知，歌颂了劳动人民的聪明智慧，维护了穷苦人民的利益和要求。类似的故事，还有彝族的《松谷克忍的故事》，傣族的《朱腊波提的故事》，藏族的《阿古登巴的故事》，佤族的《岩江片的故事》等等。这类作品的特点是直接以人民生活为主题，直接抒发人民的爱憎和理想，因而，它具有强烈的人民性。

第二，在云南民族民间文学作品中，还有一些作品没有直接描写最底层人民群众，而是常常写了王子、公主间的爱情纠葛，或者王子公主与贫苦青年之间的爱情故事。对于这些作品，"四人帮"曾经给它戴上宣扬"帝王将相"、"才子佳人"或者"宣扬阶级调和"的帽子，一律加以否定。实践告诉我们，人民性并不完全是以写人民的直接形象来表现的。我国古代有许多优秀文学作品，如《红楼梦》、《西厢记》，它写的是上层统治阶级青年男女的爱情，但作品对罪恶的封建制度提出了强烈的控诉和抗议。提出了具有重大意义、符合历史发展总倾向的社会问题,符合人民的利益和愿望,它同样具有人民性,并且流传至今仍不愧为一部伟大的现实主义作品。民族民间文学作品的人民性,也常常体现在一些没有直接描写底层人民群众的作品中。如傣族叙事长诗《葫芦信》,主要是表现了勐遮王子和景真公主南恭罕的爱情悲剧。悲剧的根源在于勐遮王企图吞并景真王的野心。勐遮王子与景真公主,为了替两勐架起友爱的金桥而缔结姻缘,后来当他们得知勐遮王的侵略野心时,南恭罕断然通过葫芦信告诉了景真王。结果勐遮王子和景真公主都遭杀害。这部长诗的主题是非常鲜明的,它歌颂的是勐遮王子和景真公主这对青年身上的美德,这些美德是只有劳动人民身上才有的。他们虽然身为王子公主,但是人民在塑造这两个形象的时候,是赋予了他们劳动人民的优秀品质的。长诗揭露了勐遮王残暴和贪婪的本性。这同样反映了人民对反动统治阶级的愤恨。长诗猛烈地抨击这场"不知要有多少男人丧命,不知有多少女人守寡,不知有多少竹楼被烧毁,不知有多少田园被践踏"的非正义战争,也符合人民希望有一个安定和平的环境,以及反对侵略战争的要求。所以,这样的作品同样是具有人民性的。

白族的民间故事《望夫云》也是如此,它写了南诏公主和出身贫寒的年青猎人的爱情悲剧。悲剧的结尾,猎人化为海中的石螺,南诏公主化为苍山顶上的五彩云——"望夫云"。他们虽然在和封建等级制度和封建道德观念的斗争中成了牺牲品,但是,他们为争取自由幸福的斗争却永远没有停息。那五彩明丽的"望夫云",总是在每年风和日丽的日子在苍山顶上出现。每当这个时候,洱海就掀起巨大的风暴,直到海底现出石螺,风暴才渐渐平息。"望夫云"是南诏公主的化身,它凝结着公主对青年猎人的深情,也寄托着人民对自由与幸福的不懈追求。分析一部作品,我们不能形式主义地只看它描写的人物的身份,而是要看它所描写的人物代表了一种什么倾向,这种倾向是否符合人民的利益。我们考察一部作品是否具有人民性,不能仅仅以能否直接描写人民生活作为标准,还应该看它是否表现那些具有重大社会意义的、为人民群众所深切关心的社会生活问题。表现了具有重大意义的社会生活问题,也就是表现了人民的思想、感情和愿望,这样的作品,同样是具有丰富的人民性的好作品。

　　第三，有一些作品写了统治阶级之间的矛盾，写了宫廷生活，这样的作品有没有人民性呢？分析这样的作品，我们认为应该掌握的尺度是：一是要对统治阶级作具体分析。历史上的统治阶级在其形成和发展的过程中，都经历了新兴的、进步的时期，和没落的、反动的时期，在不同的发展时期，它对待人民的态度并不一样。有的时期，它能代表一定的人民的愿望，因而各个时代人民中都流传着一些追求贤明君王的故事。而有的时期，它又成了人民的敌人，人民的口头创作，当然也就要猛烈地抨击它，辛辣地讽刺它了。二是要看作者的立场。写统治阶级而不是站在统治阶级的立场上去赞美它，而是站在社会下层的立场上去揭露他们残暴贪婪的本性，这是符合人民愿望的。因此，决非写了统治阶级的作品就没有人民性。

　　傣族叙事长诗《松帕敏和嘎西娜》就描写了古老的勐藏巴统治阶级的内部矛盾：贪婪残暴的王叔召刚，为了争夺勐藏巴的统治权，制造战乱，逼走了他的哥哥贤明的召勐松帕敏。松帕敏历尽艰辛，逃到勐西纳，又被勐西纳人民拥戴为召。召刚夺得政权后，荒淫暴戾，使人民陷于绝境，松帕敏知道了人民的苦难，打回家乡，赶走召刚，使勐藏巴又恢复了和平安宁。

　　王叔篡权，君王出走，这当然是统治阶级上层的矛盾。但是，这个矛盾的产生发展及其带来的后果却直接关系到无数善良百姓的命运。松帕敏"按照古老的规矩管理百姓，人民欢乐他高兴，人民流泪他伤心"，使得"勐藏巴的谷子一年三次黄，勐藏巴的牛羊满山岗"，因而他得到人民的深切爱戴。而自召刚带着叛军攻入勐藏巴后，人民却蒙受了深重的苦难："召刚在宫廷里荒淫无度，享不尽的荣华，闻不厌的花香，从此宫廷里天天杀羊宰象，送酒送肉的人象赶街一样。勐藏巴的百姓呵，年年闹饥荒，找不到食物的雀鸟呵，也飞到了远方。"因而人民痛恨召刚，最后群起而攻，推翻了他的统治，也是历史发展的必然趋势。从这里我们看出，人民在贤明君王松帕敏身上，寄托了自己追求和平与幸福的理想。因为在当时的历史条件下，人民只可能这样做。所以，这些作品虽然写的是上层统治阶级的矛盾，反映的却往往是底层人民的利益和愿望，因而，它同样具有人民性。

（二）

人民性除了表现在作品的思想内容方面,还应该包括艺术性和是否为人民所了解的问题。列宁说:"艺术是属于人民的,他必须在广大工人群众中间有其最深厚的基础。它必须为群众所了解和爱好。"一部真正具有人民性的作品其艺术形式总是在群众中间有极深厚的基础的。云南这几部古代民族史诗和民族叙事长诗,以及丰富瑰丽的民间传说、故事、歌谣等,正是以它特有的反映生活的方式,以及优美的语言,独创的风格,动人的艺术形象,使自己具有长久的艺术魅力,得以在人民之中保存下来。这些作品选取的题材,都是与人民生活密切相关的人物和事件,它所反映和回答的问题,也是人民群众所关心和需要回答的问题,是他们对各种自然现象和社会现象的看法和评价。有些作品虽然情节离奇曲折,但归根到底都立足于人民的生活,扎根于现实的土壤。这些作品所刻划的人物,也都是与人民群众有着血肉联系的具有民族性格的活生生的人物,在他们身上,可以看得到人民群众的影子,所以这些作品才会在劳动人民中广为流传,历久不衰。

民间文学在长期的流传过程中,经过无数代人的集体加工,集中了人民的智慧,形成了一套为广大群众喜闻乐见的表现方法,比如故事情节的完整紧凑,抒情与叙事的有机结合,各种比兴的巧妙运用,等等。在这点上,各个民族都有它自己的鲜明特色。比如傣族民间歌手赞哈的演唱,就是深受群众欢迎的一种文艺形式。赞哈大都是贫苦农民出身,他们的歌唱活动和歌唱内容与劳动人民的生活紧紧相连。他们在人们结婚的时候唱,在盖新房的时候唱,在欢乐的节日上唱,并经常把现实生活中的事件编成诗歌唱词。比如演唱长篇叙事诗的时候,前面一般都有一段"序诗",如"听吧,傣家人呵,你请听,太阳疲倦得闭上了眼睛,雀鸟阵阵飞回森林……",它是故事的引子,同时也把听众和演唱者融合在一起,增强了艺术感染力。正因为有了这样一些独特的表现方法,才使民族民间文学作品和人民保持了最广泛、最亲密的联系,深深植根于人民生活的土壤之中,能最直接地表现人民的思想感情,这是它富有人民性的最根本的原因。

民族民间文学在长期流传的过程中，形成了一些固定的调名，一种调子专门表达一种感情。如白族调中的"花柳曲"是属情歌一类；"五更调"是表达悲欢离合的复杂感情；"出门调"则是表现离乡背井的伤感悲愁……这些专门名称，无一不和人民生活有着紧密联系，是出于生活和人民的需要而形成的专门的艺术形式。在这些人民群众喜闻乐见的形式里，就包含着强烈的人民性。又如，纳西族诗歌中有一种更为独特的表达方式——吟唱，"骨泣"调就是这种独特吟唱形式的代表。"骨泣"是纳西语，就是"悲痛丧吟"的意思，常用来表达纳西人民在旧社会所创作的苦歌、悲歌。一唱起来长歌当哭，低回流连，如泣如诉，扣人心弦。据纳西族的同志说，好歌手出来"骨泣"时，常常哄动街坊四邻。如遇对手，更能把方园百里以内的听众吸引到他们身边来。可见，在人民长期的艺术实践中形成的艺术形式，有多么强的生命力和感染力。每当我们谈起云南民间文学的时候，就会自然而然地想到带着亚热带风光的傣族情歌；缭绕在苍山洱海之间的白族"打歌"；萦洄在石林深处的阿诗玛回音。那朴实无华的语言，独特的比兴，惊人的想象和夸张，富有旋律的音韵，浓郁的诗情画面，以及具有说唱特点的结构等等，构成一幅幅民族生活、斗争的优美图画。

高尔基在《论文学》这部著作中说得好："人民不但是创造一切物资财富的力量，同时也是创造一切精神财富的唯一无穷的泉源，他在创造的时间、美和天才都是第一流的哲学家和诗人，这样的诗人写出人间一切伟大的诗篇和悲剧，也写出了其中最伟大的一篇——世界文学史。"云南丰富多采的民族民间文学，就是由各民族人民这样一些伟大的诗人在生产斗争和阶级斗争中所创造，又在世世代代的传唱中，加工、丰富形成的。这是我们祖国宝贵的文学遗产。今天，我们评论过去一些民族民间文学的作品，并不是简单地给这些作品戴上一顶"人民性"的帽子就了事，而是要通过评论，真正从理论和实践上肃清"四人帮"在文艺创作和评论工作中的流毒。从而坚持文艺的真实性原则，保持文艺和人民的血肉联系，深入实践，创作出更多人民群众喜闻乐见的文艺作品，更好地为"四个现代化"建设服务。

各民族民间文学综合研究

本辑概述

本辑共收录了 24 篇史料,有阿不都克力木、黄惠焜撰写的 2 篇论文;佟锦华、梁山、白木、朱宜初和秦家华、刘允褆、蓝鸿恩、傅光宇和王国祥、杨秉礼、朱刚和李延恺、宁泛撰写的 10 篇介绍性文章;辰华、广西壮族文学史编辑室、郭思九、苗族文学史编写组、张文勋、弋丁、张俊芳、刘达成、杨知勇撰写的 9 篇关于各民族民间文学基本概况、发展情况、思想艺术特点的概述;巴布道尔吉、李佳俊撰写的 2 篇杂谈;广西省(编者注:旧有名称,不作修改,后同)文联民族文学调查组撰写的 1 篇调查报告;分别发表于《内蒙古日报》《民间文学》《西藏日报》《新疆大学学报(哲学社会科学版)》《中央民族学院学报》《文学评论》《四川日报》《思想战线》《广西日报》《南宁师范》《青海民族学院学报》。这些史料涉及蒙古族、藏族、维吾尔族、哈萨克族、壮族、彝族、苗族、侗族、傣族、佤族、白族、瑶族、仫佬族、纳西族、哈尼族、傈僳族、怒族、撒拉族、崩龙族(编者注:德昂族的旧称,不作修改,后同)、畲族的民间文学。广西省文联民族文学调查组的《三江侗族民间文学调查报告》,是珍贵的田野调查资料,不仅介绍了侗族民间文学的作用、形式、内容、风格,最重要的是总结分析了搜集调查工作并提出了改进意见和具体方法。

从各民族民间文学综合研究的角度来看,这 24 篇文献覆盖面广,涉及多个民族,并且都较为全面地介绍了该民族主要的文学形式、风格、内容,涉及神话、传说、故事、歌谣、民歌诸多文类。缺点在于除 3 篇介绍蒙古族、维吾尔族、哈萨克族的文章外,其余 21 篇文章都是关于南方民族的研究,指向性、区域性强,可以看出对北方民族的研究是很薄弱的。从史料类型上可以看出,这一时期各民族民间文学还处于研究的初始阶段。此外,这些文章提及了各民族文学之间的相互影响,许多民族民间文学存在相似性,证明了中华文化是由中华各民族共同创造的,也证明了在中华各民族自古以来进行的交往、交融和交流中,文学是最活跃的因素。这些发现也为各民族文学关系研究奠定了史料基础。此外,这些史料大都产生于20世纪70年代末,说明各民族民间文学的搜集、整理和研究开启了新时代。

三江侗族民间文学调查报告

广西省文联民族文学调查组

史料解读

　　该史料为调查报告，原载《民间文学》1957年第30期。报告介绍了广西三江侗族民间文学的蕴藏情况。报告指出，三江侗族民歌在侗族人民的生活中发挥着重要作用，包括但不限于记述历史、日常劳动、追求爱情等。其次介绍了三江侗族民歌的形式——歌地、歌旦、歌笛、歌技、歌进、歌也，因地区不同还有名称上的差异。最后介绍了三江侗族民歌内容："坐夜歌""军""也""酒歌"。该报告还总结了三江侗族民歌的独特风格，如，不是五七字的排列，也不是散文体的组成，多以单字结尾，较为自由，在音韵上有严格的限制，有内韵和正韵。调查组在报告最后对搜集调查工作进行了总结分析，提出了改进意见和方法。该史料对于认识侗族文学，如何进行田野调查工作具有参考价值。

原文

一般工作情况

　　三月四日自南宁出发，十日到达古宜，在古宜住了四天，从县委、文化科、文化馆了解了一些情况，然后确定八区程阳、林溪，六区富禄为调查重点。程阳、林溪是侗族聚居的地方,也是歌手群集的所在,所以仅只十天,就访问了老艺人二十五位,搜集翻译了长篇叙事诗《秦娘梅》《莽子》《抗刘官》《龙门肖女》《毛红玉英》《李元华》《周秀银》七部,和侗族抗交茶税引起的斗争故事一个;后转富禄,正值三月三盛会,又搜集翻译了长篇叙事诗《甫桃》、《九郎》(即秦娘梅)、《歌公公》和《甫桃》的侗剧剧本,以及短歌一百三十多首。

侗族民间文学的蕴藏情况

侗族是一个善歌的民族,他们无论在劳动,无论在追求爱情,无论在记述历史和说教处世,都是通过歌的形式来达到目的的。因此,它的蕴藏量相当丰厚,像侗族的林溪河,溶江河那样的清甜诱人,那样的流淌不尽。这次,根据初步了解,长篇叙事诗除了以上几部外,还有《九十九》《放排歌》《抗征兵》《金汉》《甫贯》《甫奥》《妹道》《三裳》,这些长诗,多已改为侗剧;至于山歌短谣,那就更像春天的花朵,小溪边、伐木场、茶林中、阡陌之上,到处皆有。

侗族民歌的作用

侗歌是侗族文化生活中的主要部分,上面已经提过,记述历史需要它,日常劳动需要它,追求爱情更需要它,所以,他们从小便学便唱,准备迎接未来的一切。在工作中有人就这样说:"侗人不会唱歌,会被别人说蠢的。他永找不到合意的爱人。"由此,我们可以看到侗歌是多么令人感到重要。另外,我们从一般生活中去看它,也是这样,过去有些干部认为唱歌会影响生产,其实,并非如此,因为人总不是机器,如果把这惟一的精神食粮加以断绝,那就会一切陷于萎靡。葛亮寨有一个放排的侗族青年,他是在森林局集体生活的,可是他每一个星期六的晚上,都要跑三十里以外的地方去会见他的情人,并且一直到星期一的早晨,才披星戴月的回来。有人问他这样不太劳累吗? 他却答得痛快:"有什么劳累,我们唱两天歌什么劳累都没有了,你知道,歌能养人。"再有,在八区程阳,群众听说歌手吴居敬到了,他们便不约而同的提着琵琶,欢聚一处,从黄昏一直唱到月沉星落。这是多么强烈的魅力啊! 最后,为了更好的说明这一问题,我再举一故事为例："过去，有两个青年，很要好，家乡受了灾害，他们便一同跑到很远的地方去谋求生活，后来，就有一个青年提早归来，说另一个青年饿死在外面，并将这一个青年的妻子骗到手里，这样，几年后被认为死去的青年回来了，一看妻子被别人骗去，当然非常气愤，于是在无可挽回的情况下，便买了四十斤盐，送给一个有名的歌手给编了一支歌，这支歌每天到夜深人静的时候去唱，结果，已经改嫁了的妻子，却真的被他唱了回来。"当然，这些都不算是什么重要的例举，然而却可以看出，民歌在他们的生活中发挥着怎样的力量和作用。

侗族民歌的形式

从形式上看，侗族民歌是多样的：

一、歌地：是一种普通之歌，在一般生活和劳动的情况下唱的，它可以不需伴奏，它可以随地而兴。

二、歌旦：用琵琶伴奏之歌，在坐夜时向对方抒发自己的爱情或叙述一件故事时唱的，它可以长，它可以短。

三、歌笛：是由笛子伴奏之歌，它是在某一种欢快的场合中唱的，唱时一人吹笛，其他有领有和，也可以一人独唱。

四、歌技：用侗族木制的乐器伴奏之歌，这木制的乐器像个古琵琶，两根弦，下面挖空，弹拨时有另外手法，是在表达历史或歌颂某一样东西时唱的，是侗歌较古老的表现形式。

五、歌进：用大琵琶伴奏之歌，是在说教劝世的情况下唱的，它在一般时不常出现。

六、歌也：一人领唱，众人随后三字的集体之歌，唱这歌唱，内容一定要大家熟悉。

以上是近贵州富禄的民歌表现形式，而近湖南的程阳、林溪，在名称上又有所不同：如歌笛谓之笛子；歌也谓之哆也；歌旦谓之琵琶歌，而琵琶歌又分为"多全""琵琶"二种。这些都是在不同的环境和不同的情绪下来决定它的形式出现的。

194

侗族民歌的内容

这个问题是比较复杂的问题,因为它接触的方面太多,所以很难把它构画得清楚。现在,就初步的调查暂分述如下:

一、"坐夜歌":其中有"问歌":即男女初次见面,为了逐步的了解对方;"谜子":男女相识后,为了试验对方的歌才;"竹情生那":尚没有建立感情的一般朋友;"竹情昆也":远路情人的追求;"竹情各乡":遇到他乡的姑娘时;"竹情良来":向对方赞美;"歌汗单":述说单身汉的寂苦;"当情美":爱情已达新的高潮,彼此倾谈幸福的心情;"当情搞":有待结婚等内容。

二、"军":其中有说唱历史或叙述长篇故事等内容。

三、"也":其中有妇女作伴,歌颂功德,赞仰某一个地方,互相挑逗等内容。

四、"酒歌":其中有作客,结婚,迎亲送友等内容。

这些内容的类别,形成了侗族民歌的体系。

侗族民歌的风格

侗歌不同于其他民歌,它既不是五七字的排列,也不是散文体的组成;它的特有形式,构成了它的特有风格,这种风格,在侗族地区是统一的,它不因其他原因而不同;另外,它的语句没有双字句,一般都是以单字结尾,少至三字五字,多至二十多字,这是它比其他民歌自由的地方。除此,谈到它不是散文体的组成,主要是因为它在音韵上有着严格的限制,它有内韵和正韵,所谓内韵,就是在一句的第四字韵和第五字韵相合,而正韵则在二四句的尾韵相符,这个尾韵是不能随便更改的,它从头到底,那怕是千句长歌,也是一顺而下。它和内韵有所不同的地方,就是内韵除了上面的要求外,还有它一定的活动范围。如第一句的尾韵和第二句中第四或第五个字相合,那末第三句的尾韵就不一定重第一句的尾韵再和第四字或第五字相合,以下可以类推。它的特殊格调,就这样的构画出来。

侗族民歌的特点

　　从这次搜集翻译工作中，深深感受到侗族民歌的生活气息是相当强烈。现在，我们试举一些短歌来说明这个问题。

　　在他们追求爱情时唱的：

　　如果我能得你结为夫妻，

　　河面上的石头，

　　人家也会说成木盆大的花……

　　在他们诉说思念时唱的：

　　你说你想我，

　　纵然眼泪落下，也不过湿透三寸纸，

　　现在我想你，

　　我的眼泪流下，却湿透了十八层草垫，连床板都发霉了……

　　在他们得不到爱情时唱的：

　　我给你一条头巾包头，

　　你呀！情人呀！

　　却给我一根藤条让我吊颈……

　　在他们讽刺对方薄情时唱的：

　　以前你和我好的时候，圆得像柚子一样，

　　现在你和我不好了，尖得好像茅草一样……

　　在他们诉说郁苦的心情时唱的：

　　想哩！怎么不想！

　　上山也想，在家也想，

　　上山看不见，回来就寻，

　　回来寻不见，只有坐下叹气！

　　我抬头看看天高，我低头看看地厚，

　　我问你，你能给我什么！

要是给我金子银子,久了也会用去,

要是给我几句好话,我这一辈子却忘不了。

......

这些都说明侗歌是充沛着什么样的感情而形成的,它的夸张与虚构是多么大胆,多么奔放,在对一个人的内心描写上和对一个人的理想比喻上又是多么深刻、生动。下面,我们再看看一个单身汉的歌:

我是个穷罗汉,

我姑且走寨,却背着个被人讨厌的名分,

现在我的衣服已经烂了,裤子也破了,

肩膀上烂的地方,使我常常歪着头去看,

我没有情人,也没有姐妹,

没有那一个帮我随便缝上几针,

我上到高坡上去做工,并没感到有风将茅草吹动,但独独的却看到我烂了的衣服在风中飘摆,

现在,我想进到那深厚的乱树丛里,在那阴暗的地方,上树去吊颈,或者吃下带毒的草藤,来除掉自己的悲愁,

我拿人家来比,别人是成双对,因此我更感到孤单,

......

在山上听朋友讲笑,我也应酬几句,但背着朋友,我却扯一把草坐在那里流泪,

......

吃了晚饭,朋友邀我去坐夜,我也随同他们。可是我穿的破烂,却不敢近火塘吃烟,也不敢和姑娘们谈话,只有躲在人的背后叹气……

这更把一个人的心理动态细致而形象的刻画出来,这种真实的感情,浓厚的生活气息,在一般民歌当中是不容易找到的。

搜集调查中的几点体会

一、一定要深入下去:

搜集调查工作和其他工作一样，不深入就谈不上搜集，也谈不上调查，因为有很多东西，不是伸手就来的，特别是那些古老的民间传说和故事，更得要耐心细究才行，否则，只是在浅水滩上摸鱼。是摸不到什么的。如侗族的《秦娘梅》，在流传地区来说，近湖南与近贵州的情况就不一样，如果不深入的多方面了解，你就无法来鉴别它和研究它。再说，这一部长篇叙事诗的特殊风格和它的独有民族色彩，你是没办法掌握的。

二、多研究少数民族的生活习惯：

这个工作在搜集调查中同样重要，因为有很多东西，除了作歌者或老歌手，一般人是很难理解的，现在，我们举两个例子加以说明：

在女方已经嫁了别人，而男方仍在依恋不忘的歌中有这么两句：

……如果你真和你的丈夫不合，

就千祈要我这个蜘蛛来代替你的灵魂！

怎么，"蜘蛛来代替你的灵魂"呢？这在不解说以前，恐怕谁也不会知道底细，原来侗族过去有这么一个风俗习惯，即凡是有了病人，差不多都要请鬼师来赎魂的，他的赎魂办法是预先拟一地点，在枫树下烧火，如得蜘蛛从树上掉了下来，那就是说有赎回的希望，这样就把蜘蛛收在饭笼里，拿回来挂在病人的床头上，多少天以后，病人就可以痊愈。上面那句话的意思，就是说："你只要是和我好，我替你死就情愿。"另外，在长歌《甫桃》中有这么几句，它是来形容父亲要将母亲赶出去，女儿挽留母亲的情景的：

我是嗷规鸟急急忙忙的到处喊，

你是嗷边鸟停在矮的树枝上，

叫我白天黑夜到那里去找呢……

这几句话，从表面上看，同样的看不出什么，可是，当你细究嗷规鸟与嗷边鸟的关系时，你就感到它的意思深远了。它俩的关系是这样的：在一般时候，嗷规鸟叫，嗷边鸟一定要和，而且一定要飞到最高的树梢上去和，要不，它是不停留在树梢上的，它在低树丛里，决不会去应和嗷规鸟一声的。所以，他用这两只鸟相比意思也就是说："母亲啊！过去我什么时候喊你，你什么时候应，如今你不在家了,我就是再喊,也不会听到你应的声音了!"由此,我们可以看到侗歌是怎样从生活中提炼出它的艺术形象,这些深刻动人的形象,如果我们不从熟悉侗族的生活感情来观察体验,我们又怎么能在以后的整理工作上去保持它的情调和色彩呢!

三、从感情上和少数民族打成一片:

在少数民族地区,如果不从感情上和他们打成一片,想挖掘宝贵的东西,那是比较困难的,因为关键在于藏之他们的口内心中;就是有点抄本,也不容易马上交了出来,这样,就等于对你拒之门外,特别是近几年来,由于个别地方干部对少数民族的民间文艺不够重视,说他们是唱风流歌,影响生产;甚至有些人用汉族的封建意识来抵触他们的娱乐活动,就更使他们在这方面划出了鸿沟。所以,在搜集调查的工作中,要首先冲破这个障碍,然后再去依靠他们将好的东西提供出来。这次,到三江能够搜集一些东西,主要是在那里交了一些朋友,这些朋友和自己吃在一起,住在一起,感情融洽了,当然他们会不加顾虑的协助你搞好这件工作。有一个老艺人,将他保存了五十多年的歌本拿给我看,并且介绍给我很多的东西,这也说明了感情结合的问题。总之,这件工作是艰苦的,像探矿那样的艰苦,如果把它看成轻而易举,那就什么也搞不出来。

一九五七.五.十.

苗族的文学

作协贵阳分会筹委会

贵州省语委会　　　　　苗族文学史编写组

贵州大学

史料解读

  该史料是贵州苗族文学史编写组对苗族口头文学和书面文学整体情况
进行的全面介绍,涉及苗族文学的分类、苗族文学的历史分期、苗族文学的
内容、苗族文学的特点、苗族文学的发展五个方面。史料原载《文学评论》
1959 年第 6 期。作者指出,在分类上,苗族书面文学分为创作和整理两个方
面,口头文学有诗歌、传说故事、说唱、戏剧、曲艺等文类。苗族文学的发展
分为三个时期:古代时期的文学,近代时期的文学,现代时期的文学。古代
文学又分为远古时期文学和近古时期文学。在内容上,苗族口头文学内容
丰富,在不同历史时期所反映的社会内容大有不同。在艺术特点和表现手
法上,苗族文学富有浓厚的浪漫主义色彩,重视事物的形象化和人格化塑
造。苗族口头文学有自己的表现形式和特定内容,也受到了其他民族的影
响,苗族歌手在文学创作中具有重要地位。在发展历程上,苗族文学发展的
基本轨迹是,由反映与自然斗争发展到反映与现实生活中黑暗势力的斗争,
由反映民族内部的阶级斗争发展到反映民族之间的阶级斗争;苗族口头文
学成为思想斗争的武器,成为幸福生活的歌声,成为建设社会主义的号角。

该史料内容比较丰富,评价方法和标准具有鲜明的时代特征,阶级论以及"两结合"创作方法对其影响较大。

原文

一　苗族文学的分类

劳动不但创造了人的自身,也创造了社会和整个世界。文学艺术的产生当然不能例外。苗族文学和其他民族文学一样,也是产生于劳动的。根据我们现在所掌握的资料,从最古老的开天辟地歌、造日造月歌到最近的新民歌,都与生产劳动有密切的关系。

苗族分住好几个省份,形成几个方言区,口头文学的搜集工作还没有全面展开,有个别地区的文学资料我们也没有掌握到,这里介绍的,只是根据现有资料提出的初步看法。

苗族文学分书面文学、口头文学两类。

书面文学,一般是指用文字记述的,是文学工作者的创作或根据口头资料整理的作品。这些作品,都是用汉文记述的。书面文学的作者或整理者,有苗族,也有其他民族。解放前,就有人用文学形式描述了苗族人民的生活和风俗习惯。这些作者带有猎奇思想,他们的作品所表现的大多是奇风异俗,显然有些不正确的观点,因而含有不少毒素。解放后,在共产党和毛主席的领导与培养下,苗族有了自己的文学工作者,有了自己的文学队伍,发表了不少具有一定民族风格与特色的作品;其他民族作者也深入到苗族地区,创作了不少反映苗族人民生活和斗争的作品。这样,苗族文学发展到了新的阶段,已改变了以口头文学流传为主的状况。

书面文学分创作和整理两个方面。创作的作品,有诗歌、小说、戏剧、散文等。诗歌、小说较多,散文次之,戏剧因语言、民族形式及其他演出关系,各地区都在探求民族戏剧的原有基础和发展的新方向。整理的作品,有长篇故事歌、情歌、传说故事、说唱文学等，主要是根据口头资料进行加工整理的，实质上还是口头文学。不过，经过加工整理后，有的作品就比口头流传的更丰富、更完整了；有的作品，在整理过程中增加了部分创作，与口头流传的也有了不同；有的作品，一经整理，创作的部分增多了，但又不能说是整理者的创作。因此，我们都暂时归在书面文学里面。

苗文还在实验推行，苗族书面文学都用汉文创作，过去，也很少有人搜集整理苗族口头文学，因此，苗族口头文学至今还是以口头流传的为主。

苗族口头文学是极为丰富的。有诗歌、传说故事、说唱、戏剧、曲艺等。

诗歌　苗族口头诗歌，一般说都是歌。这一文学形式，从最古老的神话到解放后的新民歌，都是比较通用的。而且，这是苗族口头文学最早的文学形式。诗歌有五言体、七言体、自由体、排偶句的杂言体。韵律上有的地区只讲调不押韵，有的地区要押韵不讲调，但都有节奏，有的能唱，有的供朗诵。因此，我们是从文体上看，凡是有格律、有韵律、能唱和供朗诵的，都看成是苗族口头诗歌。苗族口头诗歌，有叙事歌（我们也叫故事歌），有抒情歌。根据现有的资料和从它所反映的内容来分，有神话、史歌、情歌、爱情故事长歌、生产劳动歌、婚姻歌、理歌、理词、祝颂歌、祝词、起义斗争歌（反歌）、苦歌、颂歌、新民歌等等。这些诗歌民间蕴藏最丰富，也不可能全面搜集完的。特别是情歌、祝颂歌（包括酒歌和对唱时加的花歌）、颂歌和新民歌等，就更丰富了，我们现有的资料中，这几方面的歌也还不很多。苗族口头诗歌，篇章较短的有几行、上十行到几十行的，篇章较长的动辄是百行以上，千行一首的诗歌也很普遍，且有长达一万四五千行的。口头文学能保存这样的长歌，确是不多见。

传说故事　这一文学形式，语言、结构与文体，和小说要求相同，有人物，有故事情节，有社会历史背景。因此，我们认为，它在体裁上就与书面文学的小说、散文大体相同。苗族的传说故事，有本民族自己的传说故事，有与其他民族同源的传说故事，有由其他民族地区传入的传说故事。由其他民族地区传入的传说故事，有的流传时间已久，具有了一定的民族特色，有的流传时间还不长，故事情节、人物形象、生活习惯，还与其他民族的很难区别。传说故事这一文学形式，在苗族口头文学的发展史中,显然比诗歌产生的时间要迟些。在远古时期的神话和史歌中,很少发现有传说故事,就是有,也是根据诗歌讲说的,黔东南地区就有这一情况。其他地区,譬如湘西和大苗山的一些神话传说,都是用讲话的故事体,我们根据反映的内容列在远古时期的神话中,但它的产生已不是远古时期了。因此,我们认为,传说故事形成独立的文学形式,是在诗歌之后,是在近古初期或稍后的事了。传说故事和诗歌一样,及时地反映了苗族社会历史各个时期的现实生活。它不但反映的生活面很广,而且富有很深邃的思想内容,特别是到了近代,它的现实性更强,成为苗族文学的一个重要组成部分。

说唱　这一文学形式,是由讲说和歌唱两部分组成的。有的地区,只是在传说故事中加了歌,讲说时可以唱,也不一定都唱;有的地区,已形成了独立的文学形式。这里介绍的说唱,包括了以上两方面,但着重在后一种独立的文学形式。这种文学形式,在苗族口头文学中有它应有的地位。它与汉族民间说唱有相同的地方(形式上基本相同,但苗族说唱在演唱时,有二人对唱,有独唱,说是朗诵,唱与一般唱歌同,都不用伴唱乐器)。说明事件原委,交代人物关系,一般用说;故事的重要情节,一般用唱。这种说唱,在一般场合上,其内容和说唱的目的,寓有规劝、警戒的意思;在双方对唱时,就含有说理、斗争、讽刺、打击的意思。这一文学形式,说的部分,发挥了传说故事和寓言的现实作用;唱的部分,继承了古歌的风格与特色。至于内容,兼有了理词和寓言的社会功能,比理词更富有人民性,比寓言的教育作用更明显。理词,随着社会历史的发展,逐渐走上了维护封建统治阶级的利益,成为统治者利用来统治劳动人民的工具;说唱是继理词之后而产生,向为人民所掌握和利用,一经产生,就代替了理词,成为反对封建制度、对统治阶级进行斗争的比较尖锐有力的思想武器。解放后,这一文学形式,有的地区还利用它来为社会主义建设服务,在批评坏人坏事上,起了一定作用。

戏剧　怎样发展苗族自己的戏剧,各方面都在寻找根据和摸索经验。有的地区,由于汉族花灯传入,想在这一基础上去发展;有的地区是想在说唱文学基础上去发展,有的地区又想从歌舞中、祭祀仪式中去找根据、求发展;有的地区就在话剧中去寻找方向。在原有的口头文学中,很少发现戏剧资料,只有《阿荣和略岗》具有戏剧形式，还不能肯定这就是苗族民间戏剧。

曲艺　苗族的曲艺，解放后才产生，已发现有快板和相声。快板是在诗歌基础上发展的；相声是按照汉族形式，用苗语对白。演出形式，与汉族地区大体相同。

我们没把说唱文学包括在曲艺中，根据苗族口头文学的实际情况，我们认为它有独立的必要。

二　苗族文学的历史分期

我们对苗族口头文学的历史分期，是参照社会历史分期的办法，并根据现有的口头文学资料和它所反映的社会内容，分为三个时期：古代时期文学，近代时期文学，现代时期文学。在古代这一漫长时期中，苗族几个方言地区，都各流传有极为丰富的古代文学；就其所反映的社会内容和表现形式来看，又可以分为远古、近古。因此，我们又把古代文学分为两个历史时期，即远古时期文学，近古时期文学。

文学史的分期和社会历史的分期，在断代上稍有不同。社会历史分期在断代上，是根据社会历史发展情况来决定，我们在文学史分期的断代上，除了参照社会历史发展情况外，主要的是根据文学所反映的社会内容来决定。

这样，远古时期文学，是从产生文学以后，到苗族经过迁徙定居下来，恢复了生产并有了一定发展，私有制正在形成，有了阶级萌芽，原始氏族制度正在崩溃时，估计约到唐代初期（约在公元七〇〇年左右）为止这样一段时期。这一时期的文学，主要是神话和史歌，是神话时代，是苗族文学的童年。反映的是人与自然关系，主要是人与自然的斗争；史歌有的已反映出人与人的斗争了。

近古时期文学，截至清朝改土归流为止。这一时期苗族社会经济从开始形成封建领土经济，到建立土官土司，领主经济得到飞快的发展，并逐步向封建地主经济转化，直到改土归流封建地主经济的形成。这一时期，是苗族文化昌盛和繁荣时期，是苗族文学成长期。文学作品的内容，开始是在神话基础上揭示氏族制度的崩溃，礼赞生产繁荣的小康局面；接着是暴露民族内部之间的阶级压迫与剥削。只是,反映在文学作品里的阶级斗争,显得还不十分尖锐。这是苗族文学奠定基础时期。因此,从我们所掌握的资料中看出,还有大量的规章制度、风俗习惯、礼仪礼节等的口头记述,对研究社会历史有作用,对了解苗族文学发展也有不少帮助。

近代时期文学,截至解放时为止。苗族地区自改土归流后,中间经过鸦片战争的动乱,苗族社会经济更有所发展,封建地主经济形成统治经济,封建王朝的统治势力也更加强了,特别是在鸦片战争失败以后,帝国主义的侵略势力也入侵到苗族地区,苗族人民的头上就压上了好几重大山,阶级斗争也越来越复杂化了。这一时期,苗族口头文学已成为阶级斗争的思想武器,反映鸦片战争前后的起义斗争为这一时期的文学特色。这是苗族文学的发展时期,也是苗族文学史上的光荣时期。这一时期的苗族口头文学,主要反映这样三个方面:揭露苗族人民被压迫、被剥削、被奴役的痛苦,歌颂苗族人民起义斗争的英勇事迹,怀念红军、盼望红军早日回来解除苗族人民的痛苦,领导苗族人民斗争等。

现代时期文学,是解放后的文学,是苗族文学发展的转折点,是新的苗族文学。它不再反映苗族人民的痛苦,它也不再歌唱苗族人民的悲哀,它所歌颂的是太阳一样光明温暖的共产党、亲娘一样慈祥和蔼的毛主席、劳苦功高的解放军,是一天一个变化的新社会,是生活越来越美好、家庭越来越富裕的新气象。幸福生活就是这一时期苗族文学的内容。

我们这样分期,特别是对古代文学的分期,主要是根据作品所反映的社会内容,这样的根据是有不足之处的。因为苗族文学当前还是口头文学,是以口头资料为主要根据。口头文学是一代又一代地流传下来的,是在不断流传中逐步丰富、逐步发展起来的集体创作,大多是很难确定当初的作者是谁,是什么时候创作的。因此,要判定一件作品所产生的准确年代就比较困难。马克思说:"随着经济基础的变更,于是全部庞大的上层建筑中也就会或迟或速地发生变革。"①文学既属于上层建筑,是随着经济基础的变更而变革,它的变革时间又有

---

① 马克思《政治经济学批判》《序言》。

迟有速,那么,我们根据它所反映的社会内容,用来作文学历史分期的依据,显然是有值得商榷的地方了。但我们想,口头文学的产生,是在这一故事所发生的当时,或是事件的目击者和亲身经历者的追述中形成的。若时间一久,即使是重大事件,如不传诸人民之口,也会被遗忘的。现在苗族文学文字记载的资料还很缺乏,又很难明确作者是谁,因此就只有从所反映的社会内容来寻找它的产生依据了。我们这样来考查作品产生的年代,用作品所反映的社会内容来作历史分期的根据,自认为还是可以的,大致还不会与所反映的历史时期相距很远。

三　苗族文学的内容

苗族口头文学,不管是任何时期的作品,都是人民自己的生活、思想、感情的深刻真挚的表现,都是苗族社会的生产斗争、阶级斗争和风俗习惯在文学艺术上的反映,这些作品,从它产生的那天起,就传播在人民口中,通常是一人又一人地、一代又一代地口头流传,传播开去,流传下来。由于传播人的爱好和他的讲话、唱歌天才、社会经历,每一时代社会经济不断变化的影响,作品内容就在这样的集体创作过程中逐步丰富起来,与形成初期有了很大的不同。有的作品由于流传地区越来越广泛,讲述的方式不同,形式与内容也有地区性的差别。但是,不管变异的多大,口头文学的特质永远不会变,它是反映人民战胜自然、反抗压迫,惩罚丑恶、向往幸福、希求美好生活的幻想和愿望,是生产、生活和阶级斗争的实录;而苗族口头文学,它还反映了苗族人民的乐观进取精神,反映了苗族人民勇气百倍的对自然的斗争与社会的斗争。

苗族口头文学各个时期所反映的社会内容,由于社会历史的不断发展与变化,斗争经验的日益丰富,文化生活逐步提高,就各有不同。

远古时期的文学　远古时期的苗族口头文学还处于神话时代。文学作品主要是神话和史歌。史歌是关于古代社会历史的传说,大多是现实生活的反映。有的史歌是用神话形式表现的或受神话表现手法的影响,因此富有浓厚的神话色彩。神话主要是反映人与自然的关系,反映人与自然的斗争;史歌是反映人与自然和人与人的关系,主要是反映人与人的斗争——即原始社会的部落战争。

神话　从我们所搜集到的资料中看出,苗族神话是很丰富的,它集中地反映了远古时期苗族人民对自然现象的一些朴素的认识和理解。苗族人民在伟大的自然力面前感到无能为力时,不是悲观失望,而是勇气百倍地幻想如何战胜自然、创造世界。苗族神话反映了这种坚韧意志、雄伟气魄。苗族神话所反映的社会内容,主要是天地、日月、千种万物的来源,人类的起源以及一些神化了的英雄人物等。故事情节比较完整、艺术价值比较高、反映的事物比较复杂、述及的生活面比较宽广的,有黔东南的《开天辟地》歌和《说古歌》等。《开天辟地》歌是由十首(其实不只十首)大歌组成的,有人也不用《开天辟地》概括这十首大歌。这首歌是从开天辟地唱起,接着唱撑天、造日月、千种万物和人类来源、洪水滔天、兄妹结婚等。最后是《跋山涉水》,属于迁徙史歌了。《说古歌》的内容大体与《开天辟地》歌相同,是另一歌体,不分首,一气呵成。我们掌握的资料中,这首歌最短的是几千行,最长的是一万四五千行,也是首较大的歌。其他地区,譬如滇东北地区有创造天地万物歌,云南文山有《九十八个太阳和九十八个月亮》、《黄水起朝天》、《伏羲姊妹治人烟》等,湘西地区有张果老射日月(这张果老若不是意会,显然是受汉民族文学的影响)和洪水朝天(有两个说法)等,贵州西北部地区有《盘古》、《混沌天地》、《女佛补天》、《日女月男》等,广西大苗山有《顶洛田勾》、《龙牙颗颗钉满天》等,都是一些独立成章的故事,也是天地、日月、千种万物和人类起源在各个地区不同的说法。

英雄人物的传说有《打杀蜈蚣》,歌颂长寿的有《榜香由》等。

这不但看出苗族神话很丰富,还充分证明它是苗族古代文学很重要的部分。

史歌　苗族远古时期口头史歌,主要是指迁徙歌。迁徙歌是记述苗族被迫迁徙的惨痛经过,它是在神话的基础上发展起来的,有较浓厚的神话色彩;但它又是在现实生活基础上产生的,是现实生活的反映,有较强烈的现实教育意义。

迁徙史歌各地区都有,内容不尽相同。湘西地区有《果聂》,是唱祖先随河而下又沿河而上寻找好地方居住的歌。黔东南地区有《跋山涉水》，广西大苗山有《龙乌支离》，都是唱祖先沿河西迁的故事。前者与湘西地区略有相同，都是为寻找美好生活而迁徙；后者与贵州中西部地区又有相似之处。贵州中西部地区的迁徙史歌有《杨老话》和《格罗枯桑之歌》，与滇东北地区略有相同，反映了战争迹象。思想性比较强、艺术价值比较高的迁徙史歌，要算滇东北地区的迁徙组歌了。这一组歌反映了苗族祖先在强大势力的部族压迫下，一次又一次地战争，一地又一地的迁逃，最后才逃到现今住的地方。

史歌中也有一些英雄人物的传说，如《居诗老》、《者甘乐》等，这些祖先在发展生产和建造生活上有很大贡献，才使后代子孙永远怀念不忘。

总起来说，迁徙史歌反映了苗族人民是由异地迁来的。有的是为向往幸福生活、寻找美好地方的迁徙，有的是被强大部族压迫、驱逐的迁徙。可以看出，迁徙史歌不但如实地反映了远古时期苗族人民被迫迁徙的悲痛生活，还具有供研究苗族社会历史特别是考察苗族族源相当有益的参考价值。

近古时期的文学 到了近古时期，苗族口头文学由反映对复杂的自然现象的无知发展到反映对社会现象的正确理解，进而成为生活与生产斗争的思想武器。这是苗族文学的成长期。

从史歌中就已看出，苗族口头文学有了较强烈的现实性，已向现实主义文学道路发展。随着生产不断发展，私有制逐步确立，阶级分化明显，苗族口头文学的现实性就更强，反映的生活面也更广泛。这一时期的口头文学，内容虽然很丰富，但不外乎这样两个方面：一是通过艺术形象概括集中地反映了这一时期苗族人民在生产和生活斗争中的真实面貌；一是如实地记述了这一时期苗族社会中一些规章法度、生产和生活知识、礼仪礼节、风俗习惯等等。

文学形式上除了诗歌外，又产生了讲说的传说故事，并与诗歌配合，形成了这一时期苗族口头文学蓬勃发展的新气象。

这一时期的苗族口头文学反映了苗族社会经济得到很大发展的小康局面以及文化繁荣的昌盛景象，因而也就产生了一些维护这一社会制度、礼赞这一小康局面的诗篇；另外，也同时产生了对这小康局面并不感到满足的作品，因为它给人民的生活特别是婚姻生活带来了不少的痛苦。由于有了这一不同的倾向,在文学发展道路上前者就逐渐脱离了人民,与人民的文学背道而驰,逐渐停止了发展;后者反映了人民的生活,歌颂了人民的斗争,成为人民的精神食粮、思想武器,是苗族口头文学的正宗,并不断地得到发展与丰富。

这一时期的苗族口头文学,主要有以下几个方面:

情歌　　苗族情歌很丰富。由于苗族社会历史发展的特殊情况和婚姻制度关系,苗族青年男女谈情说爱,在很多古歌中反映的时候,很少受到限制与阻止,因此,情歌流传很普遍。在近古时期,情歌内容大致反映以下几个方面:见面歌,男女青年初会面时,互相探问爱情唱的歌;青春歌,男女青年见面后,相劝要及时谈情说爱,寻找终身良伴,莫错过青春年华唱的歌;赞美歌,男女青年互相赞颂对方生的俊秀,歌唱的好,人能干等;相恋歌,男女青年依恋不舍的歌;求爱歌,男女青年相爱,进而向对方求爱的歌;逃婚歌,男女青年自由成婚得不到父母的允许,就约定双双逃走的歌;单身歌,男女青年得不到爱情,单身痛苦的歌(这类歌包括有失恋歌、伤心歌、苦歌、身世歌、春天歌等);离婚歌,男女青年已有了爱情,但彼此的婚姻被父母包办了,决心脱离包办婚姻唱的歌;分别歌,男女青年谈情至应该分别时唱的歌。

从以上看出,这一时期的情歌,是以歌唱自由幸福的爱情生活为主,但也反映了婚姻制度的不合理,以及它给予爱情生活的痛苦。情歌中也反映了阶级压迫,但还不及在爱情斗争故事长歌中那样明显。

爱情斗争故事长歌　　是反映苗族青年男女在爱情上争取自由幸福生活进行斗争的长篇故事歌。这一时期较突出的有《仰阿莎》、《阿娇与金丹》、《久宜和阿金》、《哈迈》、《冷祥》、《雄当与配莉》等。《仰阿莎》是歌颂苗族姑娘最美丽、苗族的婚姻最自由、苗族男女青年的爱情生活最幸福的神话故事长歌。民间有"美丽歌是《仰阿莎》"的说法。《阿娇与金丹》、《久宜和阿金》和《哈迈》等,都是反映对不合理的婚姻制度进行斗争的故事长歌。前一篇反映氏族与氏族通婚转到氏族内分宗分鼓通婚的婚姻变革;后两篇反映舅爹权给青年男女婚姻带来了很深重的痛苦。都极富有时代特色。《冷祥》是神话故事长歌,它的内容前一部分近似《蛇郎》，后一部分近似《钓鱼郎》。《雄当与配莉》是反映反对封建迷信的故事长歌。

传说故事　近古时期的传说故事，反映了这样一些社会内容。

与猛兽和鬼怪的斗争：反映与猛兽斗争的是指对虎、熊、猴、野猫等斗争的故事。虎的形象有的是统治势力的化身，如《安品与满奏》；虎是害人的猛兽必须设法杀除的，如《两兄弟和两姊妹》等；虎是好人的化身，如《降西和白额虎》等。这一时期与猛兽斗争的传说故事中，虎是最突出的表现。与妖魔鬼怪斗争的有《谷戛和杜戛》和《妮姣秀和保硐哈》等。但鬼怪的形象不是獠牙长舌。因而，并不给人恶劣的印象。

与皇帝和恶势力的斗争：反映与皇帝斗争的有《苗王和公主》、《往里丹沟》、《百鸟羽龙袍》、《花边姑娘》等；反映与恶势力斗争的有《斗法记》、《大列雅觉》、《朵布和阿英》等。这些传说故事有较浓厚的神话色彩。

对幸福生活和美好婚姻的向往：这一方面的传说故事最丰富，如《猎人和龙女》、《渔夫和螺蛳》、《蟒蛇精》等。这些故事，最受人民喜爱，流传地区很广，也有与其他民族相同之处的，因此，内容交错复杂，有时一个故事包含了几个故事的内容。

对好的歌颂、坏的批评：歌颂方面有《驼背老老和香蕉仔仔》、《三只锤》、《求婚》等，都是赞颂牺牲自己成全别人的大公无私的好人和勤劳勇敢的庄稼汉。批评方面有《两兄弟卖柴》、《两兄弟分家》等，都是揭露和批评贪利忘义甚至不顾手足之情的坏人坏事。

此外，也有一些思想不够健康的传说故事，不过分量不多。

生产劳动歌　是歌颂劳动、美化劳动的歌。根据现有资料，生产劳动歌反映了以下几个方面。

制造方面的生产劳动歌：有酿酒歌、造船歌、造字造纸歌、造房屋歌、造乐器歌等。如酿酒歌有《酒药歌》、《造酒歌》、《瓷器歌》等，都是歌唱生产和生活的情景的。又如造乐器歌，是歌唱锣鼓、芦笙、唱歌怎样兴起来的，含有追源溯流的意思。

农业方面的生产劳动歌:有《活路歌》(有叫《小客歌》和《生产歌》的)、《雨水歌》等。《活路歌》是歌唱一年的生产劳动,歌唱一年的幸福生活的。还有节日歌,唱过节日的欢愉快乐,它反映了节日是由勤劳生产中得到的,以及一些虫鸟知时冷暖,给生产带来了季节的征候等,这与农业生产也有紧密关系。

副业方面的生产劳动歌:有《找鱼歌》、《鱼的来源歌》等。苗族人民喜爱养鱼,但主要还是为了祭祀,因此,也属于祭祀歌。

祝颂歌和祝词　祝颂歌是一般礼尚往来互相祝贺的歌,如酒席筵前唱的礼歌(一般称为酒歌)。祝词就是颂词,一般不歌唱,用朗诵方式。概括来说,都是一种礼节歌词。包括以下场合唱的歌、诵的词:对生活美满、儿孙满堂的祝颂,欢度节日、庆祝丰收的祝颂,起房造屋、生男育女、接亲嫁女的祝贺词,酒席筵前主客所唱的敬酒歌、答谢歌、互相祝颂歌,对年老人的恭维歌,祝福歌,互相对歌时加的"花"歌,等等。这些歌反映了苗族人民好客、重礼节,讲情谊、热爱和平、自由、幸福生活的欢乐的浑厚感情。

婚姻歌　是歌唱婚姻礼节的歌,大多是属于风俗习惯方面的歌。主要有这样几个方面。歌唱开亲来源的:有《开亲歌》、《择吉开亲歌》等。是唱怎样接得"亲"来,才择日子开亲的,把亲形象化了。歌唱婚姻礼节的:有《大客歌》、《打扮歌》、《染衣给姑娘出嫁歌》、《出嫁歌》等。都是唱姑娘出嫁的盛况和欢乐场面,只有《出嫁歌》唱到了姑娘出嫁时的痛苦心情。歌唱婚姻制度的:有《兄妹歌》、《男子出嫁歌》、《吃姊妹饭歌》等。《兄妹歌》和《吃姊妹饭歌》,有较高的文学艺术价值。

总起来说,婚姻歌有这样两个方面的内容:一是记述婚姻礼节、婚姻制度变革的,这方面的歌数量较多;一是反映被迫出嫁和对婚姻制度不合理的痛苦心情,这方面的歌为数也不少,都有较高的思想内容和很强烈的艺术感染力。

理歌与理词　理老是在远古时期就有的,因此,理歌与理词的产生时间一定也很早。但我们所搜集到的资料,反映原始公社的迹象不多,是后期发展和丰富的作品了,因为它反映了人们间私有纠纷。理歌即《道理歌》、《议榔词》等。前者唱道理的来源;后者是规章法度,有称为《榔规》的,即共同遵守的公约。我们想，这种公约是原始社会的产物。《理词》也称为讲理歌，是双方理老相互辩论的话。理词因人因事，各有不同的内容。这也看出，《议榔词》和《理词》，是在一定社会制度下的产物。所以，到了后来，阶级斗争愈来愈尖锐，理词的进步性和维护人民利益的作用，就愈来愈少了。

此外，祭祀歌、丧歌、巫词等，在这一时期的苗族口头文学史中，也有它们一定的地位。象祭祀歌，就有好几首故事长歌。巫师对苗族口头文学的发展和丰富也起了一定作用。童话、儿歌、寓言等，也是苗族口头文学中的一项内容。象童话故事长歌《金鸡与竹鸡》，寓意很深，有积极的教育作用。又如为母报仇的《小鸡为妈妈报仇》，强占别人功劳的《狗为啥不和猫好》等，千百年来，还在人民口头上传诵着。

近代时期的文学　苗族社会自从设立了土司、土官以后，政治经济就起了根本变化，特别是鸦片战争以后，劳动人民所受的痛苦加深了，阶级斗争更加尖锐和复杂化了。这一时期，苗族人民头上压着封建领主、封建地主阶级、土司土官、历代王朝统治阶级、国民党反动派、帝国主义等几重大山，再加以连年不断的灾荒，无穷无尽的苛捐杂税、抓兵派款，结果土地被掠夺了，妇女不敢出门，男子不敢归家，过着野人似的生活，再加上灾荒年岁，就四处逃荒，或起来反抗进行斗争。这是近代时期苗族社会的历史特点，也是近代时期苗族口头文学所反映的历史特色和社会内容。

红军长征路过苗族地区，撒下了革命种子，给了苗族人民新的希望，促使对统治阶级的压迫进行更加坚定、更加积极的反抗斗争，而苗族口头文学也有了新的内容，起了质的变化。

这一时期的苗族口头文学，除了继续向前发展、更富现实性、反映面更广泛的传说故事、爱情斗争故事长歌、情歌外，还有反映反抗统治阶级压迫和剥削的苦歌和起义斗争歌，歌颂红军盼望红军早日归来的想念歌，新兴起来代替了理词作用的说唱文学等。这是近代时期苗族口头文学最突出的内容，也是近代时期苗族文学向前发展的一大特点。因为苗族文学不再是发挥礼仪、规章或对事物的议论作用，也不再是用神鬼、自然物或想象来代替现实、来满足人们对现实的要求与愿望,而是真正地成为苗族人民反抗压迫反抗剥削的思想斗争武器了。

　　苦歌　改土归流后,苗族人民所受的压迫和剥削的痛苦是多方面的,有被掠夺田地迁逃高山的《安屯设堡歌》、《屯田苦》的痛苦;有土地大量集中、农民种田没有土地的《大田不是我们的》痛苦;有灾情严重、天旱无收、借债受重利盘剥、当长工终年四季受剥削的《诉苦歌》、《天旱歌》、《逃荒歌》、《长工歌》等的痛苦;有一见清王朝官兵就四处逃亡、任其烧杀掳抢的《逃难歌》、《变乱歌》的痛苦;有国民党反动派抓兵派款、剪发剪花衣的《逃荒躲兵歌》、《抓兵歌》、《剪发》、《摊款》等的痛苦;以及被帝国主义蹂躏等痛苦。这是苗族人民在解放前这一较近的历史时期内所经历过来的重重灾难的具体表现。

　　起义斗争歌　苗族人民痛苦不堪,难以生存,只有起来反抗,进行不懈的斗争。反映起义斗争的,有《乾嘉大暴动》、《菜粑粑》、《突围记》等。都是歌颂石柳邓、吴八月起义斗争的事迹。有《张秀密史歌》(组歌),歌颂张秀密大闹十八年起义斗争的故事歌。另外还有反映湘西革屯和跳仙会、黔东事变的歌谣和故事等。

　　想念红军歌　红军长征路过苗族地区,给苗族人民指出了反抗统治阶级的压迫、剥削的新方向。同时,在文学里也反映了苗族人民这一时期的斗争情况和急切心情,如《好象天干望落雨》、《朝朝暮暮望天边》、《死也不打共产》、《红军在苗家心里生了根》等,正确的反映了苗族人民这一时期日夜盼望红军早日回来,领导苗族人民与反动派进行斗争,翻身过自由幸福和当家作主的日子的心情。

　　说唱文学　为了对不利于人民斗争的文学进行斗争,适时地产生了一种新的文学样式——说唱。这种说唱体,有的地区是在传说故事里增加了一部分歌,这种歌是可以唱的,但在流传中讲说者不一定唱,这只不过是形式上稍有变动而已;有的地区着重在唱的内容上,有很优美的能唱的歌,讲说的部分是为了更突出内容,补助诗歌之不足,这样,它的形式变了,内容也变了,象黔东南地区的《嘎福歌》就是这样。这种《嘎福歌》,是主事双方对歌说理,唱不赢的一方算输理。有理词作用，也保存着说理斗争的迹象。说唱文学，民间流传极为丰富。它所反映的社会内容，偏重于社会生活方面特别是婚姻问题方面：有歌颂夫妻感情深厚、爱情永远不变等；有揭发挑拨离间夫妻感情、嫌贫嫌丑要离婚、欺骗妇女成婚等；有批评理老不公平、讲理贪财等。对坏人坏事，也有加以打击嘲讽的，只是，有时因为对象不明确，就有少数不够健康。这就看出说唱文学有理词和寓言的社会作用了。

爱情斗争故事长歌　这一时期的爱情斗争故事长歌，反映了统治阶级特别是土司土官和地主阶级的压迫和剥削行为，如《友蓉伴依》，就反映了地主阶级勾结官家对青年男女幸福婚姻生活进行残酷的破坏；又如《阿荣和略岗》，反映了统治阶级直接干涉和破坏苗族青年男女的婚姻生活，把全部家产搜括干净等。

传说故事　到了近代，传说故事所反映的社会内容，随着政治经济制度的变化，也有了新的发展。反映对地主阶级进行斗争的，有《地主和长工》、《打魔鬼》、《果罗涧》等；反映对官家、恶势力进行斗争的，有《猎人和公主》、《石笋》、《洞主大王》等；反映山神、巫师贻害人民的，有《花妹的故事》等；纪念起义革命领袖的，有《糖泉记》、《仙水树》等；反映官家勾结传教士抢劫人民的，有《白羊的故事》等；批评坏人坏事的，有《两伙计》等；反映后母虐待子女、兄姐谋害弟妹的，有《曹妹》、《恶毒的后母》等。这些传说故事与近古时期显然又有了不同。

情歌　近古时期的情歌，这一时期仍然继续流传下去。但是由于这一时期的政治经济变化，情歌也有了新的发展，主要是增添了反映婚姻不自由、离婚、为婚姻打官司、找不到爱人的痛苦等新内容。从情歌中也透露出阶级压迫的影子。

这一时期，有的地区传入了汉族花灯，于是，苗族人民自己也演唱起来。当然，这些演唱，与汉族花灯不同，内容有所改变，它反映了一定的苗族的社会生活。

现代时期的文学　苗族人民同其他民族人民一样，在共产党的领导下，推翻了反动统治，建立了人民民主政权，实行了民族区域自治，翻身当家作了主人，过着自由幸福美满的生活。这是解放后苗族人民的欢乐愉快的心理状况，这是现代时期苗族文学所产生的政治经济基础和它所反映的社会内容。这一时期苗族文学的另一特点，是它继承和发扬了口头文学的优良传统，及时地反映了当前的社会生活和政治斗争，出现了前所未有的新的内容和更富有积极的斗争作用。同时，在共产党的领导下，已培养了新的文学创作队伍。苗族文学今后的发展方向，不仅是继续发展民间口头文学，并应继续壮大文学创作队伍，发展书面文学，改变以口头文学为主的状况。

苗族口头文学的搜集整理工作，获得了一些成绩，建立了一定的基础，今后仍应继续开展工作，把重要的口头资料整理出版，丰富祖国的文化宝库。这一时期的口头文学，有颂歌、新民歌、新情歌、曲艺等。

颂歌　解放后苗族人民所唱的颂歌，已摒除了希望发财、当官、买田置地、坐享富贵荣华等不正确的思想。苗族是在共产党、毛主席的领导下，是在毛主席的队伍——解放军的英勇战斗下，翻了身，当家作了主的，这样，颂歌歌颂了共产党、毛主席和解放军就特别具有伟大意义了。如《苗家永远跟着党走》、《共产党象太阳》、《苗家感谢毛主席》、《他象一棵遮阴树》、《祝福毛主席万寿无疆》、《千里传言解放军乖》、《毛主席的队伍》、《不吃杯茶不让他走》等，象这样的颂歌，在苗族各个地区随处皆是。今天唱了明天又唱，这样的颂歌，他们会永远唱下去，因为共产党、毛主席是永远活在苗族人民的心上的。由此，这样的颂歌，也将会永远记录不完。

新民歌　苗族的新民歌象苗族人民的新生活一样，一天又一天地在变化，一天又一天地更好起来。每一次运动，都给苗族人民带来了更大的幸福，每一次社会改革、生产革新，也给苗族人民带来了更美好的生活，这些就是苗族新民歌的内容，新民歌就是这样唱下来的。从解放起，苗族新民歌所反映的社会内容，遍及了各个方面：有反映解放初期新旧社会对比的诉苦歌、清匪反霸歌、土改翻身歌、抗美援朝和参军歌；有反映第一个五年计划时期的合作化运动、大生产运动、统购统销和解放台湾的歌；有反映总路线、人民公社好、大炼钢铁等的歌。这些歌多到无法估计。

此外,曲艺有《解放台湾》、《迎东风》等。情歌反映了谈爱情找对象有了新的目的和新的条件,这就是要讲劳动好、学习好了。

苗族文学创作工作者,就以在西南和中南地区文艺刊物上发表作品的计算,约有四十人。短短十年间形成这样一支文学队伍,不是在共产党和毛主席的领导下,是不可能取得这样辉煌成绩的。

这一时期的书面文学,有小说、诗歌、戏剧等方面。比较好的小说有伍略的《野渡无人》、《小燕子》,向秀清的《雨夜》,阿尼的《鬼》等。《野渡无人》和《雨夜》描写了一群从事美好生活建设的令人钦佩景仰的英雄形象。《鬼》反映了苗族社会人与人之间的新的关系;《小燕子》反映了帮助山区建设的一个汉族姑娘的乐观进取精神。还有农民作者也提起笔来描写了自己的生产和生活斗争,如熊开明的《要永远高举红旗前进》,杨汝华的《望城坡上庆丰收》等。他们把人民公社成立后农村大大改变了的新面貌、新气象呈现在读者面前,是很使人感动的作品。诗歌,也涌现了不少及时反映现实生活的优秀作品:《吉凤公路通车啦》(龙树森)、《我们建立了自治州》(阿泡等)、《苗文和星星》(张跃国)、《新春献歌》(龙再宇)、《山区改变了》(苏少明)等。苗族戏剧,还在萌芽状态中。

四　苗族文学的特点

苗族口头文学的特点,我们想从它的表现手法和内容两方面来说明。

在艺术表现手法上,苗族口头文学具有这样两个特点:一是富有浓厚的浪漫主义色彩,一是对事物的形象化和人格化。

一般说,浪漫主义的表现方法,口头文学都运用的,但苗族口头文学运用这一表现方法特别突出。即以神话来说,它是人类对自然现象的幼稚的、主观想象的朴素认识和理解,所以,高尔基说:"神话是一种虚构。"[1]但这种虚构,又不是凭空想象的,而是有一定的现实生活为基础的。这样,神话就充分地表现了人类的聪明智慧,促进了人类对自然界的革命意志,从而激起了人类改变世界

---

[1]　高尔基:《苏联的文学》。

的决心。苗族远古时期的神话,譬如黔东南地区的《开天辟地》歌,对天地、日月、千种万物来源的看法,是迹近荒诞离奇的,但其中的一事一物一人的活动,无不与现实生活有紧密联系,而又在现实生活基础上充分发挥了想象,这样的浪漫主义表现方法,就富有了它的积极教育作用了。至于反映现实生活和社会斗争的苗族口头文学,也一样具有浓厚的浪漫主义色彩,如《仰阿莎》、《酒药歌》、《年歌》等是神话体,不说了,象《久宜和阿金》、《田螺相公》、《诺德仲》、《石笋》、《安品与满奏》、《张秀密史歌》、《菜粑粑》等,也有浓厚的幻想成分,读了后极为鼓舞人心和激起人们的革命斗志。高尔基又说:"如果在从既定的现实中所抽出的意义上面再加上——依据假想的逻辑加以推想——所愿望的、可能的东西,这样来补充形象,——那末我们就有了浪漫主义,这种浪漫主义乃是神话底基础,而且它是极其有益的,因为它帮助激起对现实的革命态度,即实际地改变世界的态度。"①苗族口头文学广泛运用这一浪漫主义表现方法,不但符合了高尔基的这一说法,也是它的一个突出的特点。

再谈谈对事物的形象化、人格化的表现这一点。童话,对事物一般采取形象化、人格化的表现方法,而苗族口头文学不论是韵文体或散文体,都运用了这一方法。譬如,有许多歌唱事物的歌,采用了叙事方法,把某一事、某一物也赋予了形象,从而和人类生活一样,上天下地,四处周游,如前面提到的《酒药歌》里的酒药,《年歌》里的年,就是这样。至于动物人格化,就更普遍了,象《金鸡与竹鸡》里的金鸡、竹鸡,《牛和虎》里的牛、虎,《保定》里的野猫,《百鸟回东》里的虫鸟,等等,把自然界的飞禽走兽都表现成和人类一样生活、活动,使人读了后感到人与自然界是那么地亲密友善地和平共处,而人力又是那么地伟大,可以驾驭天地万物,无形中就给人一种力量,感到生存在这样的社会里永远是快乐幸福的,没有什么困难是克服不了的。

苗族口头文学对神和鬼怪的表现,也自有其与一般口头文学不同的特点。

苗族口头文学,以神话里出现神为最多。一般说来,神力是不可战胜的,每

---

① 高尔基:《苏联的文学》。

个民族上古时期,由于认识力低下,对复杂的自然现象不能理解时,就归之于神力,从而产生了很多优美的神话,这是很自然的事。但表现于神话中的神,并不是迷信中的神,高尔基说:"神并非一种抽象的概念,一种幻想的东西,而是一种用某种劳动工具武装着的十分现实的人物。"①我们从苗族神话中看出,高尔基的这些话完全是正确的。苗族古代神话,大多数地区连开天辟地的人都很少看成是神,而只说成是人,是公是奶,甚至神界的雷公(有好些地区的古歌反映,雷公是天界的至尊至大的神),也人化了,和人是兄弟、是朋友,太阳、月亮是人铸的,是人把它钉在天上的,土地神简直听人使唤,呼之即来,挥之即去。这些神,除了天地、日月、千种万物来源的神话中有这样表现外,譬如《撵旱歌》里的龙、地神、雷公,《年歌》里的天界表现,都与人类社会是相同的。高尔基又说:"因为古代所有的神都住在地上,和人相似,他们的举动和人一样:宽待驯顺者,仇视忤逆者,而且他们也和人一样好妒忌,好报复,好功名。"②苗族神话中的神,就是和人一样的神化了的人,实在就是理想化了的人。并且,有的地区古歌中还没有神这一概念。

在反映现实生活斗争的苗族口头文学作品中,也很少看到表现鬼怪的。神与鬼,有的地区在语言上有区别,有的地区没有神只有好鬼与恶鬼的分别。鬼在古歌中看出,也与人是相同的,并不是獠牙、长舌、鼓眼的凶恶形象。有的地区说是人死时受冤屈,死后要报仇雪恨,这就是鬼。因此,现有的资料中,很少看到宣传鬼怪的。这不是说,苗族人民不迷信,而是说,从口头文学作品中很少看到反映这一迷信行为。譬如《仰阿莎》里的架桥,把生人看成是因架桥而得;《撵旱歌》里的天旱,说成是因妇女生子女未满月,到井边洗东西,把龙王气走了;《造船歌》里的砍树,竖房子歌里的敬高山神等,是涉及到一些迷信行为,但一注意到民族的风俗习惯和宗教信仰,就会知道这不是主要的问题,也不是宣传鬼怪的迷信行为了。对于涉及到鬼怪的作品,象《谷戛和杜戛》里,杜戛吃了妖精的迷魂药,不爱谷戛了,最后,还是被救了回来;《妮姣秀和保硐哈》是人鬼

---

① 高尔基:《苏联的文学》。
② 高尔基:《苏联的文学》。

同爱一个姑娘,后来,姑娘被鬼要去了;《美丽姑娘和聪明小伙》是反映人与妖精的斗争,但这些妖精鬼怪,并不是令人害怕的凶恶形象,而是人化了的鬼怪,甚至和人一样,有人的性格、形象和活动,只不过是心地很坏罢了。

苗族文学特点,各个时期各有不同,每篇作品也各有区别,这我们是应该注意到的。

五 苗族文学的发展

苗族口头文学的发展,应该从它的表现形式、反映的社会内容、其他民族特别是汉民族文学对它的影响以及歌手在文学发展中的作用等这样几个方面来看。

首先谈表现形式的变化。初看起来,苗族口头文学的表现形式没有什么变化,事实上是有变化的,是随着反映的内容不同而有了发展的。大体说来,远古时期的苗族口头文学,基本上是能唱的歌。还可以这样说:苗族最早的口头文学,是较短的歌,是记述事件经过的歌,与劳动有紧密的关系;至于较长的歌,特别是流传到今天的古代诗歌,肯定是经过不断发展与不断丰富了的东西,但它或多或少还保存着较原始的特色。用讲说方式传述的传说故事,在远古时期的口头文学里,它的产生时间比歌迟一些。在各地区的古代神话特别是天地、日月、千种万物来源的神话中,只有湘西地区的射日月、洪水朝天和狗取粮种是讲说的传说故事,其余各地区的都是能唱的歌,特别是黔东南地区的这些神话,民间也流传着故事,但故事内容完全与歌一样,有的语言甚至与歌相同。到了近古时期,这一情况就变了,一个故事有歌同时也有传说故事,这一情况虽仍然存在,但主要的是,有的歌不再流传有传说故事,有的传说故事也不再同时有歌流传了。这一变化,显然是为了适应新的内容的需要。再一发展下去,传说故事内增添了歌,特别是到了近代时期,甚至歌与说白形成同等重要的内容,构成新的说唱形式,它的社会作用也更强了。这是从表现形式看文学发展的一个方面。

另一方面,从黔东南地区的文学形式来看,在古歌中,有轮回问答体,有排偶句的杂言体,也有短小的抒情歌。抒情歌主要是指情歌和各种礼节歌,这一形式到了现代,由于便于抒发感情,表现新的生活,广大群众很乐于运用;而轮回问答体和排偶句杂言体,到了近代,它对这一时期的苦情歌、起义斗争歌等这一新的内容和新的气魄不能适应,因此,就让位给了新的形式。这一新形式与抒情歌的表现形式相适应,就构成了现代口头文学的主要表现形式,把这一时期口头文学的汹涌澎湃的斗争气势,流离失所痛苦不堪的愤恨情状,象长江的流水,一泻千里,充分地表现了出来。

从前面介绍的苗族口头文学的内容看来,各个时期就反映了不同的社会内容,这也说明了是文学发展的具体表现。

我们已经看到,远古时期是苗族口头文学的神话时代,反映了苗族人民在这一时期对自然现象的一些朴素认识和理解,因此,这一时期的文学作品的积极内容,是人们一些幼稚的、想象的、主观幻想的自然现象,富有鼓舞人战胜自然,改造自然的积极斗争作用。马克思曾经说过,一到人们对自然力有了现实的支配,神话就消失了。马克思这句话,对我们认识苗族口头文学的发展有了很大的帮助。到了近古时期,确切点说,应说是从远古时期的史歌起,人们对自然现象有了进一步的认识,对自然力有了进一步的现实的支配能力,文学所反映的社会内容,就由自然现象逐步转向现实社会的实际生活,这就是说,由反映对自然的斗争逐步到反映对社会生活的斗争了。远古时期的史歌,反映了人与人的关系,有的地区的描绘了部落间的战争图景,有的地区的还带有浓厚的神话色彩,但都是人类社会生活的记述了。再一向前发展,到了近古初期,纵使是神话体的口头文学,如前面举出的《仰阿莎》、《酒药歌》、《安品与满奏》、《诺得仲》,甚至《哈迈》等,都是人类社会的实际生活,只不过是用神话形式表现或带有神话色彩罢了。其他如爱情斗争故事长歌,生产劳动歌,情歌和传说故事等,显然就比神话与史歌更富有现实性,甚至描绘了人类阶级社会中的阶级斗争关系了。另一方面,近古时期的苗族口头文学,还记述了不少的规章法度、礼仪礼节、风俗习惯、生产生活知识等方面的歌,对这一历史时期和平幸福的小康局面有了广阔的反映,形成了相当繁荣的苗族口头文学的昌盛时期。这就是说,在人们的思想意识上对自然的认识得到了某些统一,主观意识与客观事物的矛盾减少了,反映到文学艺术上就更富有了现实性,更深入地揭露了社会生活的矛盾与斗争,更符合于客观事物的发展规律,更满足于人们的愿望和实现人们的理想,这就是近古时期苗族口头文学大大地向前发展了的主要原因。

到了近代时期,苗族口头文学由反映民族内部阶级斗争发展到反映民族之间的阶级斗争。这是由于封建领主经济得到了更高的发展,到了建立土司制度,特别是到了改土归流,鸦片战争,封建地主经济形成以后,苗族社会的政治经济生活有了很大的转变,阶级斗争越来越尖锐、越来越复杂,反映到口头文学上来,就使文学作品越来越与人民的斗争生活紧密联系,成为了歌颂人民的斗争生活、揭露统治阶级的残酷压榨与剥削的丑恶行为的思想斗争武器。如这一时期的起义斗争歌、反封建压迫的苦情歌,就充分地表现了这一思想内容;其他如传说故事和各个故事长歌,无不充满着积极的富有这一强烈的阶级斗争的热烈气氛。解放后,苗族口头文学更显出了它的战斗性,是歌唱新社会、新生活的歌声,是努力建设社会主义、共产主义社会的号角了。

这就是苗族口头文学发展的一条红线:由反映对自然的斗争发展到反映对现实生活的斗争,由反映民族内部的阶级斗争发展到反映民族之间的阶级斗争;苗族口头文学成为思想斗争的武器,成为幸福生活的歌声,成为建设社会主义、共产主义社会的号角。

其他民族特别是汉民族文学对苗族口头文学的发展也起了相当大的作用。从搜集到的资料中可以看出,苗族口头文学的形成有这样几个方面。

本民族自己创作的:这一方面的作品,主要是反映本民族的社会生活和政治斗争,是苗族口头文学的主要方面,如《运金运银》、《者甘乐》、《阿娇与金丹》、《白羊的故事》、《石笋》等,不但表现了民族生活和风俗习惯,还具有了民族特有的风格与特色。

苗族文学中有,其他民族文学中也有的作品,如《开天辟地》、《射日月》、《洪水滔天》、《兄妹结婚》等,这些从故事情节来说,与其他民族特别是汉民族很多传说相同,但在表现手法上,反映社会内容上,充分地反映了本民族的生活面貌和风俗习惯，有着本民族文学的风格与特色。

其他民族传入的：这是其他民族的口头文学流传到苗族地区，又在苗族地区流传开去的文学作品。这方面的作品，有的已很难看出是其他民族地区流传进来的了，如《两兄弟》，已具有了浓厚的民族特色；有的又显得很一般，民族特色不突出，如《两伙计》、《哥呵鸟》、《虎外婆》等。

其他民族的文学：如《梁山伯与祝英台》、《武松的故事》、《孟姜女哭长城》等，这看得出来，显然不是本民族的。这是汉民族文学在苗族地区的流传。

这就看出，苗族各个时期的口头文学，都与其他民族特别是汉民族文学发生很密切的联系，其他民族文学对苗族口头文学的发展也起了积极的作用。因为其他民族文学传入苗族地区后，就为苗族人民所喜爱并传播开去，这就丰富了苗族文学内容；同时，苗族文学增加了新的内容，吸取了新的营养，就使它更不断地向前发展。

苗族口头文学掌握在群众手中，主要是保存在民间歌手的口中。因为苗族过去没有文字，在解放以前这一漫长的历史时期内，苗族文学完全是处于口头流传状态，依借歌手的口在社会中传播，同时，在传播中不但保存和丰富了民族口头文学，还因社会发展的需要，又创作了新的民族口头文学。这样，民间歌手在文学发展中就显得是相当重要和富有积极的作用了。

一般说来，歌手是个普通劳动者（有的歌手是巫师，苗族巫师也不是专业），唱歌没有报酬，编歌也没有稿费，生活来源主要是靠自己的劳动收入来维持。这就看出，苗族民间歌手是个民间歌唱者，又是个民间创作者，也是一个普通劳动者。从而也就看出，苗族民间歌手的政治经济地位，对文学的创作和传播活动是起着一定的影响与作用的。这种影响与作用就或多或少地促进了苗族口头文学的正常发展，保证了苗族口头文学更富有人民性和它的积极的战斗作用。

解放后，苗族人民在政治上、经济上都翻了身，文化上呈现了一片新的气象，苗族口头文学得到了新的发展，表现了全新的政治生活题材，反映了全新的人民的思想感情，文学创作者遍及了全体群众。同时，也出现了文学创作队伍和书面文学,开展了搜集整理工作,并取得了一定成绩。今后,苗族文学发展临到了一个新的阶段:应继续开展搜集整理工作,把口头文学尽可能地保存下来;民间歌手、群众创作和文人创作应同时繁荣,口头文学和书面文学应同时发展;特别是书面文学,应在口头文学的光荣传统基础上发展具有民族风格与特色的社会主义新文学。有了共产党和毛主席的领导,苗族文学的繁荣时期就要到来了。

(本文有删节)

僮族的近代文学

——鸦片战争至太平天国革命时期

广西僮族文学史编辑室

史料解读

　　该史料为《僮族文学史》的节选，原载《文学评论》1959 年第 6 期。该史料介绍了鸦片战争至太平天国时期壮族近代文学。首先介绍了当时壮族的社会状况与文学概况。指出，在帝国主义和封建势力的压迫之下，广西金田村爆发了太平天国运动，这一时期的文学继承了古代文学的现实主义优秀传统，具有强烈的战斗性和革命性，属于革命文学。这些作品思想性强，爱憎分明，同时保持了民间文学朴素、清新、刚健有力的优秀传统。它以丰富的题材，积极的主题，生动地反映了这个时代的面貌。其次是这一时期的民间故事。有关太平天国运动的内容，是民间口头文学的主体。这一时期的歌谣，主要有三种：太平天国运动歌谣、黄鼎凤起义歌谣、太平天国时期文人诗作。这些歌谣以强烈的时代感和战斗性，激励了民众，生动地反映了时代面貌。

原文

一　社会状况与文学概况

帝国主义为了向中国倾销商品(尤其恶毒的是倾销鸦片)，用大炮轰开了中国的大门。鸦片战争以清皇朝的失败而告终。清政府不得不与英帝国签订了丧权辱国的条约。在"英国大炮消灭了皇帝的权力，迫令'天朝'与外洋接触"①以后，中国闭关自守的封建社会，转变为半殖民地半封建社会。

"一八四〇年战争失败以后中国所付给英国的赔款，大宗的鸦片消耗，鸦片贸易所引起的金银外溢，外国竞争对地方生产的破坏影响，全部国家行政机关的腐败——这些情形就引起了两种结果：旧捐税更加繁重而难以担负，旧捐税外又加上新捐税……"②

清政府为了偿付巨额的赔款，加重了对人民的剥削榨取。帝国主义、封建王朝、土司、买办、地主互相勾结，形成一个无孔不入的剥削网。当时的广西农村，水旱连年，手工业倒闭，当铺林立，高利贷者趁饥荒年成，对人民进行残酷的超经济剥削。在这种种剥削压迫下，人民过着极端痛苦的生活。

广西是灾荒特别严重的地区，大批饥民挣扎在饥饿线上。为了活命，他们不得不拿起武器，去打粮店，开仓库，烧当铺。反动统治者对饥民采取血腥的高压手段，大批饥民被无辜杀害，人民陷于水深火热之中。

在这种情况下，人民忍无可忍，只得起来反抗。革命的烈火在广西的土地上燃烧起来，几十起甚至上百起的农民革命爆发了。这就是帝国主义和封建势力压迫中国人民的结果。一八五三年马克思在《中国和欧洲的革命》一文中曾说："在中国起义连绵不断，已有十年之久，而且现在已汇合成为一种强有力的革命；不管这些起义的社会原因是什么，不管这些起义带有何种宗教的、朝代的

---

①　《马克思恩格斯论中国》，四十三页，人民出版社一九五〇年三月北京第一版。

②　同上书，四十二页。

或民族的形式,而起义爆发的本身毫无疑义地是由英国的大炮引起的,英国用大炮来逼迫中国输入那种名为鸦片的催眠剂。"①

伟大的太平天国革命就是在这种情势下,经过充分酝酿准备,在广西金田村爆发的。革命的烈火,迅速烧遍了半个中国。太平军于一八五一年九月从大宣突围后,不久打下永安,建立了革命政权。一八五三年三月十九日攻克南京,就以南京作革命的首都。太平天国革命从开始到结束历时十五年,纵横十七省,打下半个中国,从根本上动摇了清皇朝的封建统治。

一八五八年十月,石达开带领部队回到广西,当时各县的农民起义军非常活跃,石达开曾在宜山驻扎了一年左右,当时太平军"连营二百里"②,声势还相当大。不过从整个形势来说,石达开已是孤军作战,没有后援,终于在一八六三年失败了。

在太平天国革命时期,广西爆发过上百起的农民革命,如陈开、李文茂的起义,贵县黄鼎凤的起义,新宁州吴凌云、吴亚忠的起义……这些起义都与太平军互相呼应,给统治者以有力的打击。

这一时期的文学继承了古代文学的现实主义优秀传统,并且有了发扬和光大。这一时期的文学与时代紧紧地联系着,特别是那些值得重视的且有革命意义的篇什。鸦片战争到太平天国革命时代是广西各族人民(同时也是全中国人民)进行反对帝国主义、反对封建主义的革命斗争时代。尤其是太平天国革命,在我国历史上写下了光辉的一页。这一切不平凡的斗争必然反映在文学中。由于反动统治者对革命文学残暴地加以摧残,有许多宝贵的民间作品失传了,但仅就现在我们收集到的资料分析,也可以看到丰富的革命文学的概貌。例如有关金田起义的传说,《冯云山的故事》、《翼王石达开》、《黄鼎凤起义》等等,反映了这一时期的伟大革命斗争,表现了僮汉族人民英勇地反抗清皇朝、地主、官吏等一系列的斗争。通过它们,我可以看到当时社会的真象,可以澄清由于反动统治者窜改历史,诬蔑革命斗争所造成的坏影响。无疑地,这些故事是僮族

---

① 《马克思恩格斯论中国》,四十页。
② 《咸丰东华录》。

民间文学宝库中的珍品。

革命领袖本人们的诗作是当时文学的另一个重要部分。革命领袖的诗作，能够保留下来，是非常可贵的。虽然这些诗不多，但它们却像一颗颗晶莹光洁的珍珠，在人民的文苑中放着异彩。如黄鼎凤的《杀他全家不留情》、石达开的对联和《白龙洞题壁诗》、冯云山的诗和对联，都是有价值的作品。

产生自民间的诗歌也反映了人民对起义军的拥护和爱戴。由于太平军的主张体现了农民的愿望，太平军严整的军纪，鲜明的阶级路线，都给人民留下深刻的印象。人民用美丽的诗篇来歌颂革命队伍及其领袖，这些热情洋溢、爱憎分明的诗篇，到今天还是非常激动人心。像《翼王派兵到我家》就是这种热情的颂歌。其他如《天军破城歌》，也深刻地揭露了土官的罪恶，热烈地赞扬了太平军的高贵品质。

总括以上所述，这时期的文学是革命文学，具有强烈的战斗性和革命性，不管是诗歌还是故事，都具有这个特点。这些作品思想性强，爱憎分明，同时保持了民间文学的朴素、清新、刚健有力的优秀传统。它以丰富的题材，积极的主题，生动地反映了这个革命时代的面貌。

二 太平天国革命时期故事

作为僮族民间故事的内容，主要是这一时期的革命斗争。其中有反映著名的太平天国革命运动以及其他农民起义斗争，颂扬起义领袖的不屈不挠的革命精神；有反映人民在残酷的阶级压迫下忍无可忍而投身革命的反抗斗争。这些民间故事揭示了当时僮族社会在帝国主义侵略和封建统治下日益尖锐复杂的阶级矛盾，反映了僮族人民对当时统治者的刻骨仇恨以及对革命的热切要求和愿望。

在这些民间故事当中，有关太平天国革命的内容，得到最深刻、最突出的反映。可以说，它是构成这一时期的民间口头文学的主体。例如金田起义、冯云山的故事、韦昌辉的故事、洪秀全和翼王石达开等，在僮族民间都有着广泛的流传，是僮族人民对太平天国革命及其领袖人物的热烈赞颂。

《金田起义》：这是一篇歌颂金田起义的战斗的故事。它记述了起义前后反击敌人的战斗事迹。故事表现了当时革命起义的浩大声势，歌颂了太平军在洪秀全等领导下，坚决击退敌人的疯狂进攻的英勇斗争精神。

故事一开始就指出了革命酝酿已经成熟，金田起义即将爆发：

白沙村造武器的工作进行得很快，不多久武器都造得相当多了。冯云山就叫人悄悄运回金田。这是一八五〇年夏天，洪秀全和上帝会的几位首领商议好了以后，就下令各路军马集中到金田来，准备起义。

正当金田村人心沸腾，上帝会的弟兄们（即后来的太平军）表示要"齐心合力消灭妖魔（指统治者）"的时候，清朝官府接二连三地派兵前来镇压，他们以为只凭枪炮和绳子就可以把"造反"的人们捕尽杀绝。可是，事实完全出于他们的意料之外，他们的进攻，在起义军猛烈的回击下，遭到了不可收拾的惨败。蔡村江边的包围战，就是起义军在起义爆发前夕给敌人以歼灭性打击的一次大战役。故事叙述了敌人第一次吃了败仗逃回去以后，立刻飞报上司，调集大队兵马，卷土重来，直扑金田村，并且还挑着几十担绳子跟在军队后面，准备将起义军一网打尽。不料却被早有准备的起义军分三路夹击，像收袋口一样的团团包围。经过激烈的战斗以后，敌人不仅是兵众被杀得"吓破了胆"、"没命地叫'娘呀，娘呀'"，而且连率兵主帅伊克坦布也无法逃命，无处藏身，最后被起义军"把脑袋剐了下来"。

击退了敌人三次进攻以后，金田起义在胜利的欢呼声中爆发了。人民对这次起义给以崇高的礼赞，故事是这样描述金田起义的：

……这时太平军的兵将比从前多得多了。等博白、陆川、苑州、贵县等各路兵马都集中到金田以后，就在一八五一年一月十一日——洪秀全的生日早晨把所有的上帝会的人都集中在营盘跟前。只见岭上岭下一片红旗；士兵个个头包红巾，身扎红带，拿着大刀长矛，看上去非常威武。拜过了旗，只看见一个头领站在高处讲话，站在后边的人竖着耳朵听也听不清讲些什么。只听见那人说了几句以后，大家就欢呼起来。红旗、矛杆、大刀一根根直伸向天空，看去就是刀山剑林，金田起义就这样爆发了。

金田起义宣布建号太平天国以后,军队都叫太平军了。

这是何等庄严的时刻和伟大的场面啊! 这个"一片红旗"、"刀山剑林"的伟大场面,象征着千万人民崇高的革命心愿,体现了人民排山倒海、所向无敌的革命力量,人民在这里、在这时刻,正式揭开了伟大的太平天国革命的序幕。

推翻清朝统治是广大人民的希望,是太平军坚定不移的目标和光荣的使命。金田起义以后,太平军开始向大湟江进军。敌人是不甘心失败的,面对着这壮大了的革命队伍,他们是倍加惶恐和疯狂。这时他们像在金田起义以前一样,一再派兵遣将来阻击太平军。但是,革命的洪流是任何力量都遏阻不住的,它必然要冲毁一切阻拦去路的"颓墙残堤",清朝大将乌兰泰率领了三四千兵马来战,结果由于太平军英勇抵抗,几乎全军复没。最后太平军在新圩被围,被迫与敌人相持对垒。因为一方面弹荒粮缺;一方面要继续进军,所以决定突围前进。于是设下了一个计策,先日以继夜地出击,扰得敌人坐睡不宁,没个休息。然后趁敌人麻痹并坚守不出时,夜里便叫人把一些猪捆住后脚倒吊在墙上,让前脚踏在大鼓上,猪叫声和鼓声喧闹成一片,这时开始撤兵出发,全军人马顺利地突破了重围,浩浩荡荡地继续进军,在这一段里,人民热烈地歌颂了太平军足智多谋、勇敢善战。

《石达开闹革命》:石达开,祖籍是广东新会县,他出世以前,家里就迁至广西桂平白沙村居住,不久又迁至贵县那帮村。他的母亲是僮族,他一直在僮族地区长大。

他自幼聪明,博学多才,尤其擅长于诗文和兵法。他生长的时代,正是民不聊生,农民起义运动此伏彼起的时代,这样的社会环境给他以很大的刺激和影响。因此,他自与洪秀全结识以后,便立下了革命的决心,到处招兵买马,积极进行革命活动,成为一位出色的革命领袖。太平天国建立后被封为翼王,在人民群众中享有很高的威信。

在僮族民间流传的有关太平天国革命领袖的故事传说,根据目前所掌握的材料,歌颂石达开的最多。虽然都是零星片断,但是内容甚广,其中包括有他的身世、革命活动、军事策略、群众关系等等。为什么歌颂石达开的故事特别多呢？这大概由于如下两个主要原因：一、石达开一直生长在僮族地区，母亲又是本地僮族，他跟僮族人民长期相处在一起，与僮族人民之间感情特别深厚；二、他在广西搞革命活动的时间比太平天国其他首领要长得多，最后他又退回广西，在广西作了很多好事，深为广西人民拥护和热爱。

《石达开闹革命》是一篇传记式的民间故事，这故事记述了石达开的成长，赞扬他对革命的追求和赤诚，赞扬他为革命而奔波努力的大志和奋斗精神。故事虽是片断小记，但我们从里面不难看到僮族人民对一个起义领袖如何深表崇敬与怀念。

故事叙述了石达开是生长在一个生活优裕的家庭。他本人不同于一般的纨绔子弟。他从小就参加劳动，热爱劳动，同时又喜欢读书，特别是有关民族英雄的战斗故事。他白天放牛就坐在牛背上看书，晚上埋头伏案到深夜。长大以后，成为一个博学多才，具有强烈爱憎感情的人，后来结识了洪秀全，参加了上帝会。洪秀全派他到矿工区去进行革命活动。他想出种种办法，动员了许多工人参加上帝会，壮大了革命队伍。接着又接受洪秀全的密令，造枪铸炮，并率领队伍开往金田村，准备武装起义。

故事通过对石达开的形象的刻划，表现了石达开富于正义感的反抗的性格。在他少年时候，有一个晚上捧着一本书在流泪，他的叔叔看见以后，就指责他道："你不怕砍头吗，看这种书？假若给官府知道了，要灭九族的！你知道吗？"这时他气愤愤地说："我不怕，那些狗官家太坏了，我恨不得马上把他们斩尽杀绝。"他本来才华过人，诗文写得很漂亮，但却非常鄙弃功名。当别人劝他去"应应功名"、"争个一官半职"的时候，他就觉得这些话非常逆耳。他说读书不是为了做官，并且认为"官家是我们的仇人，去应他们的功名岂不辱没了堂堂黄帝子孙！"

虽然当时他对黑暗的社会已经感到深恶痛绝，对清朝的残酷统治埋下了深仇极恨，但是决定他走上革命道路，还是在他与洪秀全结识以后，因为他从洪秀全那里接受了革命的道理，并且由洪秀全介绍他加入了革命组织"上帝会"。从这时候起，他就"在本乡搞起革命活动来了"。

至于他在革命活动过程中,利用宗教迷信来发动群众,如故事叙述到他叫加入了上帝会的人来拜旗,事前做好一红一白两面旗子,并暗中使人操纵着。当大家一拜,白旗升起来;再拜,红旗升起来,白旗倒下去了。这样,大家都以为是"天意",一传出去,群众立刻纷纷要求参加上帝会。诸如此类的手段,我们可以这样解释:它仅仅是一种革命手段,是针对当时群众的实际思想情况而行事的,正如义和团利用宗教迷信进行革命活动一样。

在许许多多有关石达开的故事中,除了绝大部分把他当作英雄和天才的革命领袖来歌颂以外,另外也有一些内容极不健康的传说。如说他是一个金钱贪婪者,说当他快打进南京时,玉帝在皇宫里置一堆金银和一堆泥土,以试他革命是为了发财或是为了取江山,若是取江山就助他完成大业。石达开进皇宫以后,取金银而不取泥土。玉帝见了以后,就认为他是贼,不再保佑他,结果,革命就失败了。这显然是受封建统治者思想影响,丑化石达开的光辉形象。像这一类的故事传说,必须加以批判并从民间文学领域中剔除出去。

有关太平天国革命的故事传说是这一时期民间文学的重要部分,但其他农民起义斗争在文学中也有着深刻的反映,例如《吴凌云起义的故事》《黄鼎凤起义》《乔老苗的故事》等,都是反映当时农民起义斗争的。

《黄鼎凤起义》:黄鼎凤是太平天国革命时期著名的农民革命领袖。这位僮族雇农,从小受到地主残酷压迫,苦难的现实生活教育了他,使他知道劳动人民要活命只有一条路,就是:起来反抗封建地主阶级的统治。黄鼎凤早年曾参加"天地会",一八五二年在贵县覃塘成立"洪顺堂",发展组织,作好起义准备。次年(一八五三)贵县发生严重蝗灾,官吏、地主逼租逼粮很急,农民忍无可忍,黄鼎凤乃率领他们起义。他的起义军先后占领了横州、宾州、武宣等十余县,起义军扩张至十余万人。军队一律扎红头巾,纪律严明,严惩土豪劣绅,废除地主剥削,实行"耕者有其田"政策,同时又禁烟、禁赌,对盗窃、奸淫犯皆处以极刑。起义军爱护人民,勇敢善战,平时帮农民耕种。他憎恶地主和高利贷者,部队每到一处,必先烧当铺,帮助穷人。一八五六年陈开的"大成国"建国以后,黄鼎凤全力拥护,首先接受"大成国"的官职封号。他曾与陈开联兵打贵县,后又和太平天国石达开联系，由石达开派"礼部大中丞"周竹岐到他那里协助他处理军政事务。陈开牺牲后，黄鼎凤又收留陈开部下四万人，并于一八六三年称"建章王"，几次大破清军。可惜的是由于当时整个革命处于劣势地位，黄鼎凤最后中计被俘就义了。

像黄鼎凤这样一位农民起义领袖，在僮族劳动人民中的威信无疑是很高的。直到今天，贵县一带还广泛流传着关于黄鼎凤的故事。《黄鼎凤起义》就是这些故事的综合，它比较全面地概括了黄鼎凤的整个一生。

《黄鼎凤起义》描绘了黄鼎凤的战斗的一生，描绘了近代僮族人民对地主阶级和封建统治者所进行的英勇斗争。这个故事通过对黄鼎凤一生英雄事迹和他所领导的农民起义运动的描绘，歌颂了这一场不平凡的起义斗争，并着重说明了起义之所以能取得胜利，是由于起义军代表了广大受压迫受剥削的农民群众的利益，得到农民的积极支持。故事忠实地反映了当时的社会面貌和阶级关系——农民在地主、恶霸和封建统治者的剥削压迫下，过着求生不得求死不能的悲惨生活，对统治阶级进行反抗斗争成了广大农民群众的一致要求。

故事对黄鼎凤童年所受地主阶级的虐待和迫害作了真实的叙述。特旁（黄鼎凤的乳名）小时候给地主家放牛，经常吃不饱、受寒受冻，还得挨地主打。他父亲有一次在田里拿了几把稻草编草鞋，就被一个姓周的地主控告，捉到官府去打得遍体鳞伤。他把父亲背回家来，父亲就死了。以后那个地主还要"斩草除根"，派了流氓狗腿去捉特旁，如果不是邻居陆阿妈搭救，把他藏了起来，黄鼎凤自己也难免遭到毒手。血淋淋的现实生活教育了他，使他对地主阶级的狰狞面孔有了极深的认识。这是他后来能够领导农民起义、向统治阶级进行顽强斗争的认识基础。

黄鼎凤一向是关怀群众利益的。群众没有耕牛，他就特地派人去买了一批耕牛来，以低廉的租价租给农民使用。他对农民群众的关心从下面一段叙述可以看出：

鼎凤的兵士，闲时都种田，所以仓库很充裕。他们不要老百姓的东西，兵士在路上遇见百姓，都给老百姓让路。

有一年清朝的税官来收税，给鼎凤杀了。从此，官府就不敢来了，老百姓就把租税交给鼎凤。鼎凤收税分别贫富，富户多出，贫户少出。筹军饷时，一般都下贡单给地主富农，叫他们如数出，若不按时交来就算利。至于穷人不出，有时没有口粮，鼎凤还给他们接济。鼎凤常说："我也是穷够了的，我晓得你们的苦处，不要紧，有我黄三在就饿不死你们。"穷人听了都很感动。

这就很清楚地说明了黄鼎凤与人民的关系。劳动人民正因为对于黄鼎凤的热爱和怀念，所以才把他起义的故事一代代地传了下来。

黄鼎凤在民族问题上，也处理得很正确——他所领导的起义军坚持了民族团结的政策。当时有所谓"土客之争"，土人多僮族，客人指外来户——实际指客家人，土客间有时发生械斗。有一次"土人"要赶"客人"，黄鼎凤知道了此事，一面把闹事的"土人"抓起来，另一面派人把出走的"客人"找回来，安顿好他们，然后对双方教育，希望大家团结一致。人民群众对这样处理感到十分满意，还特别作了山歌来歌颂这件事：

真是好来真是好，

特旁做事真不差；

土也莫分客莫分，

大家都是一家人。

故事除了歌颂起义人民外，还深刻揭露了敌人的丑恶与罪恶。叛徒反骨六（宋六）出身地主阶级，中途背叛了起义军，卖身投靠了清王朝，最后还是被清军刘坤一杀死了。故事对反骨六的背叛起义军、卖身求荣以及他的可耻的下场都有详细的记述。此外，故事对清朝奴才刘坤一的嘴脸也有生动的描述。刘坤一是清朝大将，他的部下称他为"刘九大人"，但人民却给他起了一个恰如其分的名字，叫"刘狗大人"，或干脆叫"刘狗"。刘狗与黄鼎凤对垒，屡战屡败。后来，他集中了四、五十万兵，把黄鼎凤围在小天平山。围了半年多，对黄鼎凤还是无可奈何。最后刘狗想了一条毒计，一面把全部兵力撤走，使鼎凤不起疑心；另一面设法收买鼎凤一个亲戚，叫他上山报信说鼎凤母亲病重，要鼎凤回家探望。鼎凤思母心切，一时丧失了警惕性，一听到消息就赶忙下山，半途就被刘狗的伏兵捉住。不久，这位领导农民反抗封建统治阶级的起义军领袖黄鼎凤就牺牲了。

《活捉赵狗官》：这是一篇对封建统治者的血泪的控诉，同时也是一篇对劳动人民反抗压迫的赞词。

故事叙述宁明城一家姓杨的有个儿子外出逃荒不在家，宁明府武官赵台（赵狗官）知道后，便硬说是去跟"长毛"（太平军），逼杨某交出银子。他见杨某女儿杨的娇年轻貌美，就想霸占她做小老婆，于是把她抢走，并当场踢死她的父亲。

杨的娇被拖进赵狗官家以后，遭受赵狗官的威逼与凌辱，也遭受"老虎婆"（赵的大老婆）的百般折磨。在一次被老虎婆毒打得死去活来以后，被塞进麻袋抛到河里（后被一个渔夫救活，收为义女）。

在赵狗官家里有一个长工名叫符谋勋，他是杨的娇的哥哥杨国英的好朋友。他对赵狗官平日所干的种种罪恶勾当看得清清楚楚，对杨的娇的不幸遭遇寄予无限同情，恨不得把赵狗官一刀两截。在一个深夜里，他佩刀去为杨的娇报仇，但杀掉的不是赵狗官而是老虎婆（赵外出未回）。不一会，赵狗官回来发觉，带家丁追赶。符谋勋在跑途中遇上了自己的朋友——已经加入了太平军的杨国英——正奉命率队前来围攻宁明城。杨国英知道情况以后，非常气愤。这时赵狗官刚赶到，太平军立刻把赵狗官的家丁杀得四散败走，赵狗官本人落荒而逃。他逃到了河边，正想觅渡去投奔太平府，忽然看见一只渔船，便央求渔夫把他载去。恰巧这渔船正是杨的娇和她的义父。他们父女俩认出是仇人赵台后，就将计就计把他载往宁明城，送交太平军了。

故事在揭露统治阶级的横暴与凶残的同时，强烈地表现了人民的阶级仇恨，热情地歌颂了人民反抗的精神。那个姓杨的受到赵台步步追逼，甚至要他交出女儿的时候，"一下子怒火烧心，再也忍不住了"，他不再是"低声下气的恳求"，而是"指着狗官的鼻梁大骂道：'你仗着官高势大，欺压百姓，也要知道人家都恨不得吃你的肉，剥你的皮，老天是长眼睛的……'"多么理直气壮，多么强烈的反抗声音！虽然他被踢死了，但是他不是默默地死去。故事也把符谋勋当作

一个富于正义感、富有阶级仇恨和反抗性格的形象来刻划和歌颂,突出表现在符谋勋与杨国英相遇的那一段:

他一把拉住杨国英的手,未曾说话就掉下眼泪来。他把杨老汉和杨的娇被害的经过一五一十地说了以后,气忿忿说:"我看见狗官王八蛋就恨,决定先干掉他再去找你们。我趁着巡更的机会去报仇。我闯进了王八蛋的房间,掀开蚊帐一刀,谁知滚落到地上的是老虎婆的头,狗官不在房里,便宜了他。我刚跑出大门,狗官就回来了。我听得铜锣乱响,知道狗官带兵追来,我就拔腿飞跑,刚才洇过河,抄上小路,不想正遇着你们。"

符谋勋这个行动,不是单纯的为朋友打抱不平,报仇雪恨,主要是他对赵狗官所干下的种种罪恶勾当深恶痛绝,对被奴役、被压榨和被糟踏的人们深为同情,把他们的命运跟自己的命运联系在一起。因此,当这次目睹杨的娇惨死(后被渔夫救活),杨家被害得家破人亡的时候,埋在心底的阶级仇恨再也压抑不住,非把这残害人民的"王八蛋"杀掉不可。正如他自己说的:"我看见狗官王八蛋就恨,决定先干掉他再去找你们。"可见他的行动完全出于他的强烈的阶级感情。

故事最后勾画了赵狗官被太平军杀败落荒逃命时的狼狈相,指出他的穷途末路和可耻的下场。故事以嘲讽的口吻叙述了赵狗官对渔夫千呼万唤,苦苦哀求,渔夫答应把他载往太平府以后,便"象丧家狗一样的慌忙钻进仓底,不敢露半边脸儿"。可是他在感到"万幸"之中,却没料想到这只船的主人正是杨的娇和她的义父,也没料想到这只渔船不是"载送"他到太平府,而是"押解"他到已被太平军占领了的宁明城。

在这一时期里,同样以暴露封建统治者的罪恶,歌颂人民的反抗斗争为主题的,还有民间故事《张利生报仇投天军》、《高端复仇》和《马四娘》等。从这些故事传说中可以看出:当时僮族人民在残酷的阶级压迫下的深重苦难,也可以看出当时僮族地区之所以和全国其他地区一样,农民起义如怒涛般的汹涌澎湃,一浪接一浪,此伏彼起的社会原因。

这些有关革命斗争的民间故事传说,大都短小活泼,具有强烈的战斗性;语言也很直率、朴素。

三 太平天国革命时期歌谣

太平天国起义始于广西，在整个太平天国革命时期，广大僮族劳动人民不断创造出歌谣来歌颂起义军、歌唱革命。这些歌谣以其强烈的时代感和战斗性，感染、鼓舞了人民群众，它们是时代的战鼓与号角。

一、太平天国革命歌谣 这个时期流行的革命歌谣很多，其中最著名的有《翼王派兵到我家》、《天军破城歌》、《颂翼王》以及一些有关黄鼎凤起义的歌谣。《翼王派兵到我家》是劳动人民对太平军所唱的一首热情赞歌，原歌是这样的：

翼王派兵到我家，

问声米粮差不差，

缺粮给谷并银两，

牵来耕牛又有耙。

财主佬儿乱似麻，

穷佬心里正开花，

自耕自耘自得吃，

大家齐唱太平歌。

这里，人民群众所歌颂的当然不仅是翼王石达开本人，而是整个太平军。太平军是一支农民革命队伍，它的土地制度、田粮政策深入人心，为广大农民群众所拥戴。这首歌形象地表现了太平军和农民群众的关系——革命队伍来了，首先关心的是贫苦农民的生活，不但送来米粮和银钱，而且送来耕牛农具。这在农民是如何的深深感激啊！农民的欢乐和地主的愁眉苦脸成了一个尖锐的对比："财主佬儿乱似麻，穷佬心里正开花"，从这个鲜明对比不难看出太平军的阶级路线。劳动人民用自己的亲身感受唱出了这一首欢乐的歌。"自耕自耘自得吃"，这是当时农民的最高理想，也是几千年来广大农民群众世世代代盼望而又得不到的幸福，现在一旦实现了这个理想和获得了这样的幸福，他们怎么能不以无限感激和兴奋的心情，"大家齐唱太平歌"呢？

这首歌真实而生动地表现了当时农民的朴素的理想和精神面貌。这首歌的内容深刻，它的特点是以极其朴素、通俗、浅显易懂的群众语言表达出了劳动人民对太平军的看法。劳动人民清楚地知道自己的命运是和太平军以及太平天国革命运动紧紧连在一起的，《翼王派兵到我家》就是以质朴无华的群众语言，道出了人民群众和革命运动紧密结合这个真理。

还有一首《颂翼王》，原歌于下：

武人不怕死，

文人不要钱，

翼王来坐镇，

天下才太平。

前两句类似宋代岳飞的"文官不贪钱，武官不怕死"，太平天国时期群众拿这两句话来歌颂太平军，也说明了太平军的纪律严明和劳动人民对它的看法。"翼王来坐镇，天下才太平"，人民对太平军和翼王石达开寄以如此殷切的希望，当时人心向背，由此可见。

还有一首较长的歌《天军破城歌》，这首歌是歌唱太平军吴凌云部队攻克宁明县城这件事。歌分三部分，第一部分叙述土官赵台在宁明欺压人民，罪恶多端，人民盼望太平军到来；第二部分叙述庚申年（一八六〇）正月十九日太平军吴凌云率部于半夜攻下了宁明县城；第三部分叙述太平军入城后人民群众的欢乐："满城老幼同欢乐，乌云扫去见青天。"今以第二部分吴凌云攻打宁明城为例：

庚申正月十九日，

凌云下令夜行军，

更深迫近宁明府，

城外天军集如云。

赵台醉看犀牛舞，

锣鼓冬当十里闻，

爆竹放了几十担，

堂下宾客闹纷纷。

城外天军猛如虎，

头领亲来攻北门，

云梯直架城楼上，

只见红萤飞满城。①

赵台闻报失了魂，

脸如白纸像死人，

姓黎州官忘大印，

假装平民逃出城。

在这几段歌内，我们不仅看到了太平军的用兵如神，和太平军攻城时的情形，而且也看见清朝州官黎某和土官赵台等仓惶遁逃，狼狈不堪。歌的第一部分曾叙述到土官赵台为了强占一个小商贩的妻子，派狗腿子谋杀小商贩，霸占了他的妻子，苛征暴敛，虐杀人民。这样一个凶恶暴虐的封建统治者，到了太平军攻城之夜，尚在狂饮作乐，可惜的是太平军入城时未捉住他，给他逃跑了。但不管怎样，宁明人民总算得了救（虽然时间只是暂时的，三个月后太平军又退出宁明），人民群众就以最大的欢乐来歌唱太平军的入城（见诗歌第三部分）：

天军攻克宁明城，

次日安民出布告：

贫苦老弱齐集中，

有饭大家同吃饱。

----

① 吴凌云军队进城时，每人头上插香火二枝为号，此处"红萤"即指此。

男丁忙去运米粮，

妇女煮饭喷喷香，

年少孩童喂牲畜，

同祝天军日月长。

太平军的热爱贫苦人民，贫苦人民的欢乐和衷心希望太平军像日月一样久长——这一切都在这里表现无遗了。像《天军破城歌》这样的太平天国时期革命民歌，在当时固然大大地鼓舞了广大劳动人民群众，给革命擂起了战鼓，即使太平军失败很久以后，也一直在人民中间流传，起着教育、鼓舞人民的作用。

二、黄鼎凤起义歌谣　有关黄鼎凤起义的歌谣甚多，这些歌谣都是黄鼎凤起义前后广大劳动人民或起义军所作，流传于贵县一带。

上等之人欠我钱，

中等之人得觉眠，

下等之人跟我去，

好过租牛耕瘦田。

另一首是：

十石八石起个楼，

三石二石买只牛，

十分没有跟我去，

跟我上山就收留。

这两首歌的主题相近，都是号召贫苦农民参加起义军的。两首比起来，前面一首所反映的起义军的阶级路线更加明确："上等之人欠我钱"，这就说明剥夺大地主豪绅等"上等之人"的财产的必要性和正确性；至于一切贫苦农民，就应该"跟我去"，去参加农民起义，去为自己的生存而斗争，这比"租牛耕瘦田"好得多了。深刻的道理在这里是用极浅显而形象的语言表达出来的。这首歌虽不长，但对敌、友、我三者却分辨得极为明确。第二首歌后两句"十分没有跟我去，跟我上山就收留"和前面一首"下等之人跟我去，好过租牛耕瘦田"含义是一样的。这样的歌通俗易解，一唱就懂，对农民的号召力很大。

还有一些歌是群众编来歌颂黄鼎凤起义军的，例如：

黄三当世真是好，

侬队（我们）开门睡觉也不忧，

侬队穷人哈哈笑，

财主佬儿满面愁。

又如：

黄三出世贵似油，

农工百姓买春牛，

一来有了太平日，

二来田禾大丰收。

农民群众对黄鼎凤起义军就是这样热情洋溢地歌唱的。劳动人民从自己最深刻的现实生活中体验，认识到黄鼎凤起义军是为他们并且属于他们自己的，也深刻感受到黄鼎凤起义军给他们带来的好日子，于是，就情不自禁地这样歌唱起来。黄三（黄鼎凤）来了，穷苦人们连开门睡觉也不忧了，这不是一件小事，这说明了一些前所未有的天翻地复的变化。过去被侮辱、被损害、被剥削、被骑在头上难以喘息的苦难群众这时翻了身，站了起来，能够过较好的、象个人样的生活了，这怎能不叫人欢欣鼓舞、兴奋地欢唱起来！这些歌都很朴素易解，正是在这些朴素、自然的歌里面，劳动人民诉说出了自己心窝里的话，说出了当时农民起义的实际情况。

如前所说，有关黄鼎凤起义的歌谣很多，由于篇幅所限，这里就不再一一介绍了。

三、太平天国时期革命首领及文人诗作　在整个太平天国革命时期，除了上面所说的群众口头创作外，还有一些当时革命首领的诗作及文人诗歌。

这些诗作中较著名的为石达开的《白龙洞题壁诗》：

挺身登峻岭，

举目照遥空；

毁佛崇天帝，

移民复古风。

临军称将勇,

玩洞羡诗雄;

剑气冲星斗,

文光射日虹。

这首诗刻在广西宜山县白龙洞壁上,一般人认为它是石达开所有诗作中唯一真实的①。诗里充满了革命者的英雄气概。这首诗创作时,已是杨秀清、韦昌辉内讧以后,太平天国内部分裂,形势十分恶化,然而在诗内仍然充溢着气吞斗牛的革命的乐观主义精神。此外,石达开骁勇善战,又有诗名,这里"临军称将勇,玩洞羡诗雄;剑气冲星斗,文光射日虹",充分地表现了这位太平天国名将的文才武略。

黄鼎凤也有诗作留下来。他在青少年时备受地主迫害,不得已而逃亡,逃亡时曾吟一歌:"这个皇天不平均,总是富人欺穷人,若我黄三有天日,杀他全家不留情。"这首诗歌对当时封建地主阶级剥削压迫农民表现了极大的愤恨,对当时封建社会的不公道也表示了极大的不满。黄鼎凤的阶级感情、他的爱憎在诗里是黑白分明的。

太平天国军人李锦贵是贵县僮族人,也曾遗留下来一首诗及两付对联。李锦贵原是清朝一个总团局的局长,借总团局进行革命工作,事泄,就和黄鼎凤联合占上林县城,蓄发变服,改用太平天国年号。紧接着他又占宾阳,声势很大,后石达开曾封他为"纯忠大柱国体天侯"。他遗留下来一首这样的诗:

志气雄豪贯斗牛,

生平事业未成酬;

手持三尺龙泉剑,

不斩奸邪誓不休。

又有两付对联,一付是:

---

① 见罗尔纲编注《太平天国文选》第二三五页,上海人民出版社,一九五六年一月第一版。

大勇壮山河，除暴安良扶社稷；

军功昭日月，救贫济苦祐民生。

另一付是：

真君子相时而功，

大丈夫有志竟成。

这些诗联，都表现了他的革命壮志和豪迈气概，充满了革命的激情。

太平天国另一将官黄十（一作黄石）也写了一些革命诗歌。一八五八年（清咸丰八年），他和石达开回到广西，部队驻在凤山县城。以后三年内写了一些诗。一首是：

几度春风注凤兰，

干戈扰攘万民艰；

翻新十里埋千冢，

我亦仁人不忍看。

另外还有一首是：

我亦仁人不忍看，

于今进退又维艰；

流芳欲诉谁分解，

异代才知气若兰。

当时太平军的处境是艰苦的，翼王军队在广西两面受敌，正要向贵州退去，战况剧烈，太平军伤亡甚重，情况异常险恶。这个情况在上面这两首诗里都得到了反映。

上面这些太平天国时期革命首领及文人诗作都是用汉文写的旧体诗，和前面说的僮族民歌有差异。但值得注意的是，这些旧体诗同样热情地歌唱了当时的农民革命运动，同样充溢着饱满的战斗精神。这些旧体诗和僮族民歌一样，都是僮族人民在革命斗争中所唱出的意气昂扬的战歌。

丰富多彩的傣族民间文学

白木

史料解读

　　该史料为傣族民间文学调查和取得成果的简要介绍,原载《民间文学》1959 年第 7 期。作者首先介绍了西双版纳调查队和德宏调查队调查搜集傣族民间文学作品的成果。其次对傣族民间文学蕴藏情况、傣族诗歌及其形式、傣族民间故事等文类进行了概括。最后指出傣族文学的价值——多方面和富有特色地反映了傣族人民的生活和斗争,显示了傣族人民的聪明智慧和勤劳、勇敢、乐观的高尚品德。

原文

　　中共云南省委宣传部组织了一支民族民间文学调查队,半年来,分批深入到西双版纳、德宏、红河、大理、楚雄、文山等六个自治州和丽江专区,全面地调查和搜集白、傣、纳西、彝、僮、哈尼、苗等少数民族的民间文学。负责调查傣族民间文学的是西双版纳调查队和德宏调查队。他们先后调查了西双版纳傣族自治州的景洪、勐海、勐腊、易武、勐连等六个县和德宏傣族景颇族自治州的潞西、瑞丽、盈江等三个县的傣族民间文学情况,搜集了傣族长篇叙事诗、长篇抒情诗、短诗、民间传说、故事和唱本等 35000 余件。目前,这些作品,都在翻译、整理和编选中。

在傣族文学中,诗歌是居于主要的地位。千百年来,傣族的诗歌一直保持着"入乐"这一最大的特色。不论短诗、或是长篇叙事诗,全部都能歌唱。傣族诗歌的形式也很多,大体上可以分为以下几种:①"波干哈"(即长篇叙事诗)。这一类诗一般都是几百行、几千行,甚至有万行以上。②"干哈"(即短诗)。大多是情歌、祝词之类的作品,短小精悍,多为即兴之作。③"卡几",是有唱有跳的歌舞。这种歌舞,多半是在节日时跳唱,唱词都是三个字一句,有严格的韵律和节奏。④"卡林",是"赞哈"在婚礼、盖房子或其他喜事时唱的颂歌。此外,还有寓言诗和"干双"(即格言诗)等。

傣族民间文学蕴藏量是非常丰富的。这一次,西双版纳调查队除搜集了大量的短歌(包括传统歌谣和新歌谣)外,还搜集了几十部长篇叙事诗和长篇抒情诗,如:《布桑善和亚桑善》、《兰夏西贺》、《娥并与桑洛》、《召树屯》、《召树瓦》、《喃捧花》、《香萌》、《波荒板戛》、《朗害发》、《喃金波》、《召摩腊》、《喃阿辛》、《戛乃》、《松帕敏与嘎西娜》、《从勐遮飘来的葫芦》、《沽响》、《嘎龙》、《九颗宝石》、《阿暖混盖》、《线绣》、《月罕佐、冒弄养》等等。其中以《布桑善和亚桑善》、《兰夏西贺》、《娥并与桑洛》、《喃捧花》和《从勐遮飘来的葫芦》等最有名。《布桑善和亚桑善》是傣族最早的神话传说,它叙述了开天辟地和人类起源的故事;《兰夏西贺》反映了古代生活的真实面貌,并且表现了傣族人民的勇敢和富有反抗的精神;《喃捧花》是通过一对年轻人的婚姻问题,反映了傣族人民对封建势力的反抗;从《勐遮飘来的葫芦》表现了傣族人民憎恨战争和渴望和平的愿望以及征服敌人的坚强意志。这些作品,大都篇幅巨大,如《兰夏西贺》约有两万行左右,《松帕敏与嘎西娜》约一万行左右,其他都在千行以上。

除诗歌外,傣族的民间故事也异常丰富,几乎一草一木,一山一水都有它的优美的传说和故事。据初步调查,最为群众喜爱的有:《多嘎达兄弟》、《召莫和西塔》、《尅鬼草》、《千瓣莲花》、《娥并与桑洛》、《难夕河》、《鸡屎宝贝》、《喃洪邦与召贺乐》、《双身凤》、《湖沼的主人》、《造酒的故事》、《谷子的故事》、《小金鹿的故事》、《水的故事》、《打雷的故事》、《刮风的故事》、《岩苏、岩西和岩比格三兄弟的故事》以及《关于太阳的传说》等等。其中以《谷子的故事》、《小鹿的故事》、

《难夕河》、《鸡屎宝贝》等为最好，它们具有强烈的反抗性和斗争性。

　　傣族的民间文学真是浩如烟海，它们多方面地和富有特色地反映了傣族人民的生活和斗争，显示了傣族人民丰富的创造智慧和勤劳、勇敢、乐观的高尚品德。

民间文学及其社会作用

—— 蒙古族民间文学杂谈

巴布道尔吉

史料解读

　　该史料为一篇杂谈，原载《内蒙古日报》1961 年 11 月 17 日。作者认为，民间文学是社会历史和时代生活的反映，它通过艺术的形式表现人民的生产和生活，具有极大的社会作用。这些作用有三个方面：一是战斗性及教育作用。蒙古族民间文学的主要特征是战斗性和阶级性，它不仅成为阶级斗争的有力武器，而且保存着劳动人民积累起来的生产知识和生活经验。二是艺术特点和审美价值。蒙古族民间文学的艺术形式丰富多彩，常用比、兴、重叠、夸张等表现手法，其语言生动活泼、精炼朴素，不仅具有浓厚的生活气息，还具有形象的鲜明性、描写的生动性和形式的民族性。三是认识社会历史的价值。民间文学是人民自己的创作，它真实地反映人民的物质、文化生活和阶级斗争，有助于我们认识当时的社会历史状况。除此以外，蒙古族民间文学还具有丰富人民文化生活、娱乐生活和振奋精神等作用。

原文

　　内蒙古自治区的各民族，拥有丰富的民间文学遗产。其中，既包括称颂父母慈爱的赞歌，也包括催眠婴儿的摇篮曲；既包括全面反映人们社会生活的故事,也包括赞美祖国的颂词、优美的谚语以及琅琅上口的好力宝和歌谣。

民间文学是劳动人民在生产和阶级斗争过程中创造的口头艺术。千百年来,劳动人民用艺术天才对这种口头艺术进行锤炼加工,使之达到了珠圆玉润的地步。它们象"深山的泉水一样静静地、无穷无尽地流着"①,经历了许多时代,流传到今天。

劳动人民是生产和阶级斗争的亲身参加者,是社会的一切物质和精神财富的创造者和保存者。关于这点,加里宁曾经指出:"……不论歌和舞都是人民在过去几十年,甚至几百年中所创造的,人民只把其中最宝贵的东西保留下来,不断地改进,使它们达到尽善尽美的地步。任何伟大的人物都不能在自己短短的一生中做出这样的工作来,——只有人民才能做到。人民是一切宝贵东西的创造者和保存者。"②

我们祖国大家庭的各兄弟民族人民,自古以来,从事英勇的劳动,发挥卓越的才能,共同创造了祖国的物质和精神财富。我国的民间文学,也就是各兄弟民族民间文学的优秀遗产的总的宝库。其中,既包括充满北方草原气息的作品,也包括具有西部高原特色的作品;既包括江南平原的诗词,也包括祖国每一个角落的优秀作品,真可谓万紫千红、丰富多采。在这民间文学的宝库中,也包含着蒙古族人民的许多东西。我国各兄弟民族人民用他们各自特有的民族艺术形式丰富了祖国口头艺术的宝库。今后,这些民族艺术形式,还将永远放射出它们各自特有的光辉。

建国以来,在党的民族政策的光辉照耀下,长时期被埋没的民族民间文学遗产,被搜集整理、编选出版,放出了它的光辉,受到各民族人民的热情欢迎。如撒尼族的《阿诗玛》、藏族的《英雄格桑》和《老鼠歌》、苗族的《蝴蝶歌》、蒙族的《格斯尔》和《嘎达梅林》、达斡尔族的《我亲爱的母亲》等。

在党中央的关怀和内蒙古党委的直接领导下,近年来内蒙古民间文学的搜集研究工作获得了很大成绩。我区高等学校和科学研究机构里,民间文学的搜

---

① 见周扬著《新民歌开拓了诗歌的新道路》(1958 年第一期《红旗》)。
② 见爱文托夫编《加里宁论文学》第 175 页(新文艺出版社,1955,上海)。

集研究工作正在大力展开。但是,已有的成绩还满足不了当前的要求。党号召我们在这方面作出更大的成绩。

民间文学的搜集研究工作是社会主义革命和社会主义建设事业中一个不可分割的组成部分。搜集研究民间文学,是为了发展社会主义的新文艺。摆在我们面前的新的任务要求我们高举毛泽东的文艺红旗,齐心协力,为取得搜集研究民间文学工作方面的新成就而奋斗。

民间文学是社会的整个具体历史时代的镜子,它通过艺术的形式反映生产和阶级斗争的亲身参加者——劳动人民的英勇的品质、高尚的道德、经年累月积累起来的生产知识和生活经验以及他们的思想感情。它具有无可限量的社会作用。总起来讲,可以归纳为下述几个方面。

一、民间文学的战斗性及其教育作用

阶级社会里,民间文学以战斗的姿态出现于文坛上。它深刻地揭露了反动统治阶级的丑恶面目,对仇敌的反动腐朽行为给以无情的嘲讽;同时,它热情地歌颂了群众的正义斗争,鼓舞群众的斗争意志,教育人民养成高尚的道德作风。它成为打击敌人、教育自己的有力的战斗武器。

十三、十四世纪时,戈壁草原上蒙古贵族发动的非正义战争,不但使被压迫的其他民族人民遭受灾害,也给蒙古族人民带来深重的苦难。蒙古族人民生活在"互相残杀没闲空,不容人们入被窝;彼此屠宰无停息,不容人们上床铺"的情况之下。他们反对血腥的战争,向往和平的生活。这种心情,在民间文学——例如出现在那个时代的民歌《母子对唱》等——中得到了明确的反映。

当黄教在内蒙古广为流传,并以逆来顺受、甘为奴仆的反动思想毒害着人民时,产生在广大人民群众中以揭露和讽刺寺院封建主的残暴卑鄙、贪婪无耻的行为的故事、歌谣、谚语、寓言和讽刺诗等,亦如雨后春笋般地大量涌现。这些民间文学作品,和黄教思想进行了针锋相对的斗争。

满清统治时代,贪官污吏日益增多,人民遭受沉重的压迫。于是,揭露和讽刺这些贪官污吏的口头文学也就大量涌现。有一个这样的谚语:

　　"耀武扬威的脑袋上，

　　插着孔雀的羽毛，

　　显宗耀祖的脑袋上，

　　缀着易碎的玻璃。"（翎支、顶子）

　　这个谚语对于作威作福的贪官污吏的爵位和顶戴作了多么尖锐辛辣的讽刺啊！

　　在日本帝国主义者统治时期，反抗的怒火燃遍了内蒙古地区，到处流传着揭露敌人的残酷暴虐的口头文学：

　　"松树的摇晃，　　　　　 嗬咿

　　是因秋天的凉风吹；　　 嗬咿

　　谁逼散我们的老和少？　 嗬咿

　　是日本和满洲国。　　　 嗬咿

　　山丁子树的摇晃，　　　 嗬咿

　　是因黎明的寒风吹；　　 嗬咿

　　谁逼散我们老和少？　　 嗬咿

　　是仇敌满洲国。　　　　 嗬咿"①

　　家喻户晓的"疯子"——讽刺诗人莎格德尔，以其寓意深长的讽刺语言对反动封建主进行了尖锐而又确切的揭露。他的诗歌具有极大的战斗力。他唱过：

　　"乌鸦和喜鹊争食物，

　　贪婪的诺彦争贿赂。"

　　民间文学的战斗性赋予了民间文学以巨大的战斗力。民间文学的战斗性无论过去或现在都起着巨大的作用。解放后，每一个政治运动中都有各种形式的口头文学诞生。它们在不同历史阶段发扬自己的战斗性，光荣地执行了自己的历史任务。因此，民间文学是阶级斗争的有力武器。

———————————

① 　译文引自《蒙古民歌集》第 10 页（《内蒙古日报》，1949）。

蒙古族民间文学具有鲜明的阶级性和强烈的战斗性。

蒙古族人民在长期的阶级斗争和自然斗争中表现了伟大的英雄气概和不屈不挠的战斗精神。他们从来"不向困难屈膝，不向折磨低头"，也从来不因受苦而灰心丧志。他们充满乐观主义的精神和对美好未来的希望。

出现在蒙古族民间故事中的英雄总是"骑着长翅膀的快马，在布云的天空下，在高耸的树顶上，一月飞完一年的路程，一天飞完一月的路程，用射穿岩石和山崖的宝箭，杀死九十九个脑袋的恶魔。"他们的人民：

"长生恒不死。永远卅五岁。"

在他们的领土上：

"无冬春常驻，永远没寒冷；

无夏秋常在，永远没炎暑。

熙风常吹拂，甘霖常降泽。"

这中间除表现了劳动人民的英雄气概之外，也表现了劳动人民保卫祖国和家乡的崇高的爱国主义热情。

蒙古族人民历来反对封建礼教，为自由幸福的生活进行英勇的斗争，这在民间文学里得到了充分的反映。

封建社会里，人与人的关系是不平等的；天命宿运、喇嘛教义、世俗伦理、三纲五常、三从四德等封建礼教，充斥着当时的社会。

蒙古族民间文学突出地反映了劳动人民坚决反对封建礼教的束缚以及争取自由和婚姻自主的愿望。

蒙古族民间文学，特别是民间歌谣中，有不少是反映青年男女真挚的爱情和追求幸福的心愿的。

"看见十个大元宝，

就想伸手接吗？爸爸！

看见二十个大元宝，

就想用襟兜吗？妈妈！"

这首民歌坚决地反对了封建时代的买卖式婚姻。

民间文学中保存着劳动人民积累起来的生产知识和生活经验。它反映劳动人民的高尚的道德和思想观点。

劳动人民并不是通过某一种学校或某一本"教科书"获得上述知识和经验的。这些知识和经验乃是通过千百年劳动斗争的实践,从自然和生活的伟大教科书中学到的。因此,民间文学是最丰富、最生动的"教科书"。

这种"教科书",教育人们具有高尚的道德,养成勤俭的性格,褒奖虚心的学习精神,贬斥强词夺理、无事生非、游手好闲、荒唐下流的行为,对人们的思想感情起着循循善诱、潜移默化的巨大作用。例如蒙古族民间谚语中常说:

"个人利益,好比草影;

大伙利益,如同天穹。"

还说:

"别考虑个人得失,

别忘了帮助别人。"

蒙古族民间谚语中还有不少是勉励勤学的:

"阳光射世界,学问照心胸。"

"与其浑身珠宝,不如满胸学问。"

"自己学习别懒惰,给人讲授别推拖。"

"多从少来,高由低始。"

又如在鼓励人们努力进取方面,谚语中常说:

"努力,人能达到志愿;

驰骋,马能走尽草原。"

蒙古族民间文学爱憎分明,既有热烈的歌颂,也有尖锐的讽刺,战斗性和阶级性是其主要特征,也是我们继承和发展的光辉传统。这种传统在近代民间文学中获得了很大的发展。特别是新时代的民间文学,正在成为以共产主义思想教育人民的战斗形式之一。它在建设社会主义和共产主义社会的伟大事业中起着无法估价的巨大作用。

二、民间文学的艺术教育作用

民间文学是劳动人民语言的艺术，它以此同民间艺术的其他形式区分开来。假如说其他民间艺术，特别是雕塑、舞蹈、音乐等，是借颜色、动作、声音等表现人的生活和感情的话，那么民间文学却是通过语言，借描写来表现这种生活和感情的。各种民间艺术采用的方法和工具相互之间虽有差别，但其表现感情、反映生活的目的却都一样。

斯大林曾经说过："语言活动的范围是包括人的所有各方面的行为，它比上层建筑活动的范围要广泛得多，复杂得多，并且它的活动范围差不多是无限的。"[①]以语言作为工具的民间文学，在描写事物方面的可能性差不多是无限的。因此，民间文学不仅具有作为阶级斗争的武器和教育人民的"教科书"的作用，也具有高度的艺术作用。它促进民族艺术的发展。

长时期来，劳动人民的艺术作品同其阶级命运一样，遭受剥削阶级的压制和排斥。但是，民间艺术创作是永久的，具有巨大的斗争能力，因而在斗争中得以不断丰富和发展，具有了高度的艺术性。

由于劳动人民亲身参加了改造自然、提高生产力和发展社会的斗争，因此其知识和经验是最丰富的。民间文学的宝贵的东西经过世代相传，获得了新的生命，从而教育了后来的诗人和作家。虚心向民间艺术的丰富遗产学习的作家和诗人写出了为人民群众所喜爱的优秀作品。屈原、关汉卿等人的作品有力地证明了这点。高尔基说过："不掌握民间口头创作知识的作家是坏作家。民间口头创作中保存着许多无价之宝。勤恳诚实的作家必须加以掌握。"

蒙古族民间文学在艺术方面是丰富多采的。蒙古族有这样一个民间谚语：

"有耳听不见，有眼看不见，

无口倒有声，无箭倒有弓。"（四弦琴）

这谚语极其巧妙地把具体事物的特征加以概括，并赋予高度的艺术想象

---

① 斯大林著《马克思主义与语言学问题》第 8 页（人民出版社，1953，北京）。

力,虽然用词一般,但确切动听,具有鲜明的形象,给人们描绘出一幅似乎可以捉摸的具体图画。

蒙古族民间文学在塑造英雄的形象上有很高的造诣。出现在蒙古族民间文学中的人民英雄身上,往往集中了蒙古族劳动者和人民群众的高尚的作风、杰出的才能和巨大的力量。在他们面前,绝无不败的敌人。《江格尔》和《格斯尔可汗》中描写了江格尔、格斯尔如何镇压恶魔,使全体人民获得自由幸福的生活。这些故事表现了蒙古族人民能骑善射的英勇尚武的精神,也表现了他们为自由幸福的未来,不惜自我牺牲的崇高品质。

蒙古族民间文学的语言生动活泼、精炼朴素,具有浓厚的生活气息。形象的鲜明性、描写的生动性和形式的民族性,是蒙古族民间文学的优良传统,也是我们学习的典范。

据说,一天,蒙古民间讽刺诗人莎格德尔在周游各地之后来到一个台吉的家里,一进门他就信口唱道:

"嗬咿,三等台吉呵,
你们的灶火熄灭了吗?
嗬咿,四等台吉呵,
你们的马镫碎裂了吗?
为什么贵客临门,
却既不备茶也不赏脸?
奉承拍马,你们象过丰秋;
对我这慕化人,却象青黄不接的寒春。"

这是多么生动活泼而又有力的讽嘲呀!仅仅用了几句话,就把封建主的本性揭露无遗。

蒙古族民间文学的表现手法是丰富多采的,最常见的有比、兴、重叠、夸张等等。这清楚地反映了劳动人民的智慧。

"黄色的山峰上,出现了黄色的虹;
想起奶我的妈妈,心中好悲痛。"

"蓝色的山峰上，出现了蓝色的虹；

想起奶我的妈妈，心中好悲痛。"

这首民歌里，用重叠的手法反映了怀念慈母的真挚感情。

"紫色丝线呀，是袖口上的奴婢；

生来漂亮的我呀，啊妈妈，

是婆家的奴婢。"①

这里，更加突出了出嫁的女儿对亲生的母亲的怀念之情。

现实主义和浪漫主义相结合的创作方法，是蒙古族民间文学中鲜明的艺术特点之一，这在蒙古族的民间童话和英雄史诗中显得尤为突出。民间文学反映劳动人民的现实生活和斗争，也表现劳动人民的理想和勇敢无畏的精神以及不屈不挠的斗争意志。

蒙古族民间童话《集针制镢》讲的是一对贫穷的老人挖掘金山抚养自己的儿女的故事。由于无力购买工具，便搜集小针，制成镢头。从此，他们靠挖掘出来的黄金，不但不再愁吃愁穿，而且生活得很幸福。穷人借着坚强的意志，终于实现了自己的理想。

这个童话充分突出地表现了人类向自然作斗争的坚强意志。

蒙古族民间英雄史诗《江格尔》、《格斯尔可汗》中的主人公，都是被人民理想化了的英雄人物。他们在"神"和骏马等的帮助下，战胜自己的敌人——人类最凶恶的仇敌"魔鬼"。这里所描写的"神"和骏马，被人格化了。它们用来为现实斗争服务，为理想的主人公服务。

社会主义文学不但具有社会主义的内容，而且具有民族的形式。毛主席教导我们说："中国文化应有自己的形式，这就是民族形式。"②包含着社会主义内容的民族形式，并不是凭空从天上掉下来的，而是在充满我国民族气息的优秀遗产的基础上产生并发展起来的。

---

① 以上两段译文分别引自《蒙古民歌集》第 64 页和第 70 页。

② 见《毛泽东选集》第 679 页（人民出版社，1952，北京）。

民间文学是发展民族形式的社会主义新文艺的肥沃土壤。蒙古族民间文学通过优美、鲜明、生动的形象表现出自己的民族特色。例如《江格尔》中用这样的词句描写马的走势：

"细草并不因而摇晃，

粗草也不为之低头。"

用这样的词句描写马的疾速：

"比心思还快三尺，

比疾风还快半丈。"

用这样的词句描写力士摔跤的情况：

"羊皮的裤管，卷上了膝盖；

鹿皮的裤管，卷上了大腿。"

民间文学中保存着丰富的艺术宝藏，是取之不尽、用之不竭的源泉。民间文学中这种艺术宝藏是我们新文艺的基础，也是我们的作家和诗人们努力学习的典范。

三、民间文学具有认识社会历史的价值

民间文学是劳动人民自己的作品，它真实地反映各个具体历史时代人民群众的物质和文化生活，生产和阶级斗争。因此，它具有认识社会历史的巨大价值。列宁在研究了民间故事和民歌之后说："……这一切（民间文学）必须从社会、政治思想出发加以认识，并用这种材料研究人民的希望和期待。"[①]

研究民间文学，必须联系社会一切财富的创造者——劳动人民的历史。这是马克思主义艺术科学的主要依据。马克思曾经说过："……希腊的艺术和史诗是和一定的社会发展形式分不开的。"[②]

高尔基也说过："不知道民间口头创作，就无从知道劳动人民的真正历

---

① 引自俄文版《俄罗斯民间文学》第 29 页（安得列也夫著，1938，莫斯科）。
② 译文引自《民间文艺集刊》第三册第 95 页。

史。"①他还说："民间文学是历史的独特的同路人。"②苏联著名的民间文学研究者苏科洛夫说过："民间文学是过去时代的回声,同时也是现代的声音。"③这些见解,在研究民间文学对于社会历史的认识价值时,具有重大的意义。

不论过去或现在,产生于一切具体历史时代的民间文学都是各该时代社会历史的具体反映。它使我们获得有关当时的知识。关于托克托琥和锡尼喇嘛等人的民歌,真实地反映了他们生活的不同时代社会历史的实际情况。因此,我们可以从这些民歌里了解当时的社会历史情况。它们不象历史记事似地通过叙述的方式,而是通过艺术的形象化的方式,授予人们以历史知识。由于这些民歌产生于各该时代的斗争中,因此,它们中间没有虚构的、不真实的东西。

旧社会里,剥削阶级及其御用知识分子排斥劳动人民的历史,不把它写入历史著作中,诬蔑起义斗争和人民英雄是"野蛮的暴乱"和"绿林的强盗"。但是,劳动人民在自己的创作中,却用歌颂和赞美的态度,反映了历史上的革命运动和人民英雄的英勇斗争。

近来,反映劳动人民的生产和阶级斗争、革命运动以及革命英雄的英勇事迹的民间故事和民歌被大量地发掘出来,这对认识当时社会历史情况具有巨大的价值。所以我们说,民间文学帮助我们获得认识社会历史的知识。

民间文学的社会作用是广阔的,也是多方面的。除上面已经提到的外,它还具有丰富人民文化生活、解闷取乐、振奋精神等作用。关于这点,恩格斯曾经说过："人民作品有娱乐农民的任务,当他辛苦地做完一天的工作,晚上回来疲惫不堪,这时人民作品就用来消遣、恢复精神、使他忘掉沉重的劳动,把他那贫瘠砂砾的田地变为芬芳的花园。"④

民间文学一直是鼓舞劳动人民参加劳动斗争,教育劳动人民养成高尚道德以及继承生产知识和生活经验的"教科书"。

---

① 译文引自《民间文艺集刊》第三册第 94 页。

② 同上。

③ 引自俄文版《俄罗斯民间文学》第 14 页(苏科洛夫著,1941,莫斯科)。

④ 译文引自《民间文艺集刊》第三册第 96 页。

现在，我们面临着一个以民间文学的优秀遗产丰富社会主义新文艺，并使之具有更坚强的战斗力的光荣任务。

让我们高举毛泽东的文艺红旗，努力向民间文学的丰富遗产学习，为发展祖国社会主义的新文艺而奋勇前进！

写完于 1961 年 10 月 14 日　修改于 1961 年 10 月 28 日

（陈乃雄译）

凉山彝族民间文学

梁　山

史料解读

　　该史料为凉山彝族民间文学的介绍,原载 1962 年 9 月 26 日《四川日报》。凉山彝族的民间文学丰富多彩,不仅有壮丽瑰奇的历史传说、神话,还有丰富多彩的民间叙事诗、抒情诗、民歌、民谣、民间故事等,具有彝族浓郁的民族特色。解放后,许多优秀的民间艺术作品得到收集和整理,已结集出版的有《凉山彝族民间长诗选》《大凉山民间故事选》,以及新民歌《大凉山彝族民歌》等。

原文

　　彝族人民在长期的斗争历史中创造了自己丰富的民族民间文学。

　　彝族的历史传说、神话,色采斑斓、壮丽瑰奇。它们通过对天地万物形成发展的描述,反映了彝族劳动人民藐视神灵,驯服万物,战胜自然的雄伟气魄。史诗式的《勒乌特衣》和《马姆特衣》,就是这样两本记载彝族古代传说、神话最重要的经典著作。这两本书是古代彝族人民的集体创作。彝族人民中流传极广的英雄支呷洛的故事,也是一篇人类征服自然的壮歌。故事通过鹰的儿子、英雄支呷洛寻天平地,射日捉月,降服各种动物等行为,显示了彝族人民的聪明智慧和战胜困难、战胜敌人的坚毅顽强的性格。此外流传民间的《洪水潮天》、《找父亲》、"选住地"等各种各样数以百计的历史传说和神话,也都具有同样壮丽瑰奇的特点。这些传说和神话不仅具有艺术价值,而且其中有不少自发的、朴素的唯物主义思想的萌芽,具有珍贵的历史价值。

丰富多采的民间叙事诗、抒情诗、民歌、民谣、民间故事等,也都具有浓郁的民族特色和鲜明的战斗主题。民间诗歌多叙事和抒情相结合,象《农夫吟》、《孤儿的歌》、《妈妈的女儿》、《我的么表妹》等流传极广的诗篇,就是控诉奴隶制度和歌颂青年追求自由、幸福,以及对爱情的忠贞的作品。民间故事、童话、寓言等,则多以明白晓畅的语言,生动幽默的笔调,赋予作品和人物形象以隽永的寓意,借描述光明战胜黑暗,弱小战胜强暴,鞭挞了奴隶主阶级的贪婪、残暴,歌颂了劳动人民英勇和智慧。

解放后,获得翻身的奴隶群众,迸发出了从未有过的创作热情。他们激情地唱出了对社会主义的赞美,对党、对毛主席的衷心感激。这些新民歌,刚健清新,热烈真诚,同样独具民族特色。

在党的百花齐放,推陈出新的方针指导下,彝族传统的优秀文学遗产也得到了继承和发扬。许多优秀的民间艺术作品,都已结集出版为《凉山彝族民间长诗选》、《大凉山民间故事选》,以及新民歌《大凉山彝族民歌》等,成为我国各族人民共同享有的精神财富!

丰富绚丽的瑶族民间文学

蓝鸿恩

史料解读

　　该史料为一篇瑶族民间文学的简介，原载 1963 年 2 月 23 日《广西日报》。作者先介绍了瑶族的基本情况，再介绍了瑶族的民间文学。瑶族民间文学历史可以追溯到母系社会，具有浓郁的浪漫主义色彩，它以现实生活为基础，反映阶级斗争和自然斗争，抒情且真诚，体现出瑶族人民的豪迈、勇敢、坚定不移的性格。作者写这篇文章的目的，主要是将瑶族民间文学调查组近一年时间搜集到的成果归纳总结和发表出来，以期得到人们的重视，进一步做好瑶族民间文学的搜集整理工作。

原文

　　瑶族是一个勤劳、勇敢和具有悠久历史的民族，全国共有七十多万人口。居住在广西、湖南、广东、云南、贵州等五个省（自治区），其中分散聚居在我区六十个县份的就有四十六万多人。

　　由于历史上反动统治阶级施行民族压迫和阶级迫害，瑶族人民不得不多次迁徙居住，以求生存，因而形成大分散、小集中的局面。这种长期的被迫散居就形成很多族名：有因迁徙较多而得名的如"过山瑶"、"背篓瑶"（盘瑶）；有因善种蓝靛而得名的如"蓝靛瑶"；有因服饰得名的如"红头瑶"、"顶板瑶"、"白裤瑶"；

也有因居地得名的如"平地瑶"、"西山瑶"、"八排瑶"……

瑶族有优秀文化遗产。蕴藏在瑶族民间的口头文学,正如他们的瑶锦和服饰一样绚丽多彩。如果到瑶族地区,每天晚上,就可以在每家火塘周围听到年老的对年青的讲古,青年男女互对山歌。他们利用这些口头文学来教育后代,帮助后代加深对自然斗争和阶级斗争的理解,明确对丑恶与良善的划分,鼓励对未来生活的向往和追求,因而有"年老不讲古,年青不识谱"的谚语。

瑶族民间文学和世界上一切民间口头文学一样,贯串着浓郁的浪漫主义色彩。而这些浪漫主义是以现实生活为基础的,因而对人们有积极的影响。从发掘到的口头文学中,可以上溯到母系社会的痕迹。如传说故事《妹佬》或长诗《米罗陀》,都是叙述人类的母亲如何创造万物和与自然作斗争,能够把太阳阄了不生儿子,能够把山锁起来不能移动,甚至威力赫赫的雷王,也给人吓得脸色发青。尽管在历史上他们被压迫分散成极小的生活单位,但他们自豪地说:"先有瑶,后有朝。"他们既有记述过去的"过山榜",也有美好生活的图景"千家峒"。他们在长期的阶级斗争中领会到阶级敌人的本质,象《蚂蚱的头为什么扁》的故事,对统治者的真面目就刻划得入木三分。

瑶族的民歌也是很优美的。在反映阶级斗争和自然斗争的民歌中,如一首:"上山砍柴不怕虎,下河捕鱼不怕龙,不怕官家权势大,捉虎擒龙斗官家。"类似这些,表现出瑶族人民的豪迈、勇敢、坚定不移;而在情歌中,如一首:"高山起屋门朝西,斧子砍树刀削皮;宁肯和哥刀下死,不肯和哥两分离。"调子是抒情的,真诚的,但不也同样表现出瑶族人民的豪迈、勇敢、坚定不移吗?

为了挖掘、整理和研究瑶族文学遗产,广西民间文学研究会于去年组成瑶族民间文学调查组,分别深入到我区内瑶族聚居的村寨,进行全面、深入的调查和搜集工作。以将近一年的时间,搜集到了大批的资料。这里整理出一小部分与读者见面。希望各方面协作,进一步做好瑶族民间文学的搜集整理工作。

发展社会主义新畲歌

（福建） 宁泛

史料解读

该史料为畲族民歌的介绍，原载《民间文学》1965 年第 1 期。作者对不
同历史时期畲歌的变化进行了追溯。新中国成立前，在国民党的压迫下，演
唱畲歌是被禁止的，然而畲族人民仍用畲歌同国民党反动派进行斗争。畲
歌表达了人民热爱祖国、热爱劳动的思想感情，但也存在思想糟粕。新中国
成立后，在党的领导下，人们对畲歌进行了调查、搜集、整理和去芜存菁工
作，培养了一大批畲族新歌手，编写了新畲歌。为了改造畲族一些带有封建
迷信的传统节日，各地文化部门开展了社会主义文化宣传活动，用社会主义
新文化抵制封建主义、资本主义旧文化，用革命的畲歌代替有不良倾向的旧
畲歌。此外，畲歌的内容和形式也得到了新发展。该文具有那个时代鲜明
的话语特征。

原文

畲歌是畲族人民文化活动的一种主要形式，是畲族人民的一颗文化明珠。
这里就我们所了解的情况，着重介绍一下我省畲族聚居地区在发展社会主义新
畲歌方面所进行的工作。

我省畲族，约有十二万多人，绝大部分分散居住在福安专区的山区，他们有

自己的语言,但也普遍使用汉语和汉文。

畲族是一个极爱唱歌并极善于唱歌的民族,只要走到他们居住村落的附近,不论在辽阔的田野中,还是在葱绿苍翠的深山密林里,随时随地都会听到嘹亮的歌声。他们不仅在节日里歌唱,抒发自己的思想感情,而且在劳动中和劳动余暇时也常以歌当话,以歌为乐。如走路时要唱"拦路歌",坐着要唱"酬茶歌",上山采伐要唱"对歌",下田耕作要唱"盘歌",真是人人能唱,个个善唱;只有唱得多少、好坏之别,而无会唱、不会唱之分。

但是,在解放前,畲族人民在国民党反动派重重压迫下,不仅政治上处于被奴役的地位,在经济上受到极端残酷的剥削,过着"蜡烛弯弯倒,火笼顶棉袄,辣椒当油炒,蕃茹丝吃到老"的悲惨生活,而且在文化上也受到种种歧视和限制,就是用自己的嘴巴唱自己喜爱的畲歌也被禁止。

面对国民党反动派的迫害,具有光荣革命传统的畲族人民唱道:"千条大水终归海,畲家有口总要开;一纸告示难封喉,活活气死反动派。"他们并不因国民党反动派对畲歌的禁止而闭口不唱;相反的,他们却用畲歌向反动派展开了更激烈的斗争。在封建王朝和军阀混战时期、土地革命时期,以及抗日战争时期,他们都以畲歌为武器,同统治阶级展开了斗争,特别是在土地革命时期,中国共产党曾在这里领导群众进行革命斗争,并建立了苏维埃政权,他们编了许多反映革命斗争的畲歌,鼓动群众参加革命斗争、把旧世界改变过来。如《二十三年革命歌》、《到我们村里当红军》、《毛泽东兵士真真多》等,至今还流传着。当红军北上抗日以后,尽管畲族地区遭到国民党反动派疯狂的镇压,但畲族人民仍以畲歌同敌人作斗争。他们通过畲歌强烈地控诉国民党反动派的滔天罪行,热情地歌颂畲族人民在党领导下进行的英勇斗争。象:"鹧鸪啼叫声声苦,畲家唱歌骂官府;山主贪心凶过狼,村长残酷猛过虎。""骂声蒋贼罪滔天,残杀畲民千千万,万般坏事都做尽,血海深仇记心间。"这些歌抒发了畲族劳动人民心中对反动派的仇恨,表现了畲族劳动人民勇于斗争的革命精神。

但是,畲歌作为畲族人民文化活动的一种主要形式,在畲族人民思想意识形态这一领域中占有重要地位。一方面,畲族人民通过它表达自己热爱祖国、热爱劳动的思想感情，并运用它同反动派展开斗争；而另一方面，反动阶级也挖空心思把畲歌变成愚弄人民、压迫人民的工具。因此，在畲歌中也有不少含有浓厚的封建主义、资本主义思想，反映地主阶级、资产阶级思想意识的糟粕部分。例如，盘歌中的情歌，就有相当部分是含有思想毒素的"粗歌"，这些"粗歌"、坏歌对劳动人民是有害的。

解放后，畲族人民重见天日，在党和毛主席的领导下，他们和汉族人民一道进行土改，并积极地投入农业合作化和人民公社化运动，走上了社会主义道路，在文化方面，各级党政领导从人力、物力上给以很大的支持，还特别注意依靠群众自己的力量，开展群众性的文化活动，用社会主义新文化来满足畲族人民对文化生活的需要，因此，畲族人民更爱唱歌了，他们编出了很多新歌作为宣传教育的工具，歌唱畲族人民的翻身，歌颂党和毛主席的恩情，欢呼三面红旗带来的无限幸福，表达畲族人民在党和毛主席领导下革命到底的决心。在一首《毛主席恩情大过天》的歌中，他们唱道：

　　糖蔗浸蜜甜加甜，

　　畲家日子赛神仙，

　　三尺孩童也会唱，

　　毛主席恩情大过天。

在一首《畲家同党心连心》的歌中，他们唱道：

　　座座高山连得紧，

　　畲家和党心连心；

　　海枯石烂不动摇，

　　千年万载不离分。

　　条条江河长又长，

　　党是畲家的红太阳；

　　河水永远奔大海，

　　畲家象葵花向着党。

但是,解放以来,畲族地区的阶级斗争在群众文化活动领域中的反映,仍然是尖锐的、复杂的,尤其是近几年,更是十分激烈。阶级敌人往往就在这一领域中,运用含有封建主义、资本主义思想毒素的畲歌腐蚀畲族人民和年轻的一代。针对这种情况,我省各地采取了有力措施同封建主义、资本主义的旧文化开展针锋相对的斗争。其中对于畲歌,曾有计划地进行了三次较大规模的调查,认真地对传统畲歌进行了挖掘整理和去芜存菁工作;同时,在群众中大力开展社会主义新畲歌活动,用革命的新畲歌代替含有思想毒素的旧畲歌,以畲族比较集中的福安专区为例,近几年就采取各种办法培养新歌手八百多名,并组织这些新歌手编写新畲歌。据不完全的统计,这些歌手编写的反映三大革命运动的新畲歌就有四千多首。这些新畲歌通过盘诗会、节日赛歌、文艺会演、出版以及文艺工作队上山下乡演唱等形式,在广大畲族群众中广为传播。现在,革命的新畲歌在这个专区的少数民族地区,深受群众的欢迎,并且不断地涌现出许多新歌手,他们以能唱、能编新畲歌为荣。这些新歌手绝大部分既是生产能手,又是畲歌能手。如蓝品妹,不但热爱集体,积极劳动,而且经常运用畲歌帮助群众提高阶级觉悟,提高生产积极性,她既是全国农业劳动模范,又是一名出色的党的宣传员。福安县的畲族仙岩大队,已有一百多人会唱新畲歌,畲族姑娘雷凤娇被群众叫做"活的刘三姐"。宁德县的畲族新楼大队,有一百多户,也培养出新歌手四十多名,会写新歌的八名。

现在,在许多畲族地区,畲歌已成为提高群众阶级觉悟、鼓舞生产干劲、推动各项政治斗争和生产斗争的一种犀利的武器。他们用畲歌教育群众坚持社会主义道路,有一首歌这样唱道:

单条竹子摇不定,

鸟雀飞过不敢停;

公社梁大墙基固,

大风大雨能担承。

他们也用嘹亮的歌声鼓舞人们自力更生,奋发图强,改造山区,建设山区:

手勤能把穷山开,

心热能把冷水改；

畲家儿郎斗志昂，

山垅变成金谷海。

他们在挑粮去粮站的路上唱道：

挑起新谷去粮站，

半岭姑娘把路拦，

要我唱首新畲歌，

才准喝茶行下山。

我的歌才勿算高，

不敢献丑来对歌，

三年受旱仍丰收，

这桩喜事可相告。

　　在社会主义教育运动中，他们用畲歌引导群众忆苦思甜，不要好了疮疤忘了痛，教育群众要永远听党的话，发扬民族的革命传统，把革命进行到底。如福鼎双华畲族文化站，为配合社会主义教育运动，大力组织老革命、老干部、老贫农讲革命斗争史、家史、畲族翻身史；并运用畲歌中"叙事歌""小说歌"的形式，编为新畲歌，人人歌唱。这些畲歌实际上已成为阶级斗争的工具。如《石臼歌》，描写三个贫农兄弟为抗拒地主抢石臼顶谷租而打碎石臼的事，歌颂了贫农的坚定的立场和斗争精神，揭露了地主阶级的罪恶。这首歌在文化站组织歌手唱开后，激发了群众的阶级觉悟，提高了群众阶级斗争的观点。有一个贫农的女儿自幼由父母包办同一个不法地主家庭订下婚约，听了这首歌以后，表示坚决不做地主的媳妇，并把这首歌唱给她的父母听，她的父母终于觉悟过来，主动向地主解除了婚约。

　　在向阶级敌人作斗争中，他们唱道：

发现毒草就要挖，

看见毒蛇就要抓；

畲山处处是净土，

眼睛难容一粒沙。

阶级敌人要打倒,

邪风不压会兴妖;

人民今日坐江山,

革命果实要保牢。

这些畲歌以爱憎分明的歌词,唤醒阶级兄弟,擦亮眼睛,提高警惕,向一切坏人坏事和阶级敌人作坚决的斗争。

畲族地区有自己传统的节日,如霞浦马洋的"九月九",福鼎双华的"二月二",福安穆阳的"分龙节"等等,在这些节日里,各地畲胞汇集一起,多达两、三千人,一般为期三天,迎神祭祖,请戏设赌,请客喝酒,并且通宵达旦盘歌,唱的是含有封建迷信、色情淫秽的旧畲歌、坏畲歌。这不仅铺张浪费,影响生产,也成为宣扬封建主义、资本主义思想毒素的集中场所。为了使社会主义文化占领这个阵地,各地文化部门根据这个特点,除了在新节日里,如国庆节,"五一"节等,开展较集中的文化宣传活动外,在传统节日到来时,则有计划、有组织地开展声势浩大的社会主义文化宣传活动,用社会主义新文化活动抵制封建主义、资本主义旧文化活动,用革命的畲歌代替有毒的旧畲歌。例如去年"二月二"时,福鼎县双华畲族文化站,根据畲族的喜爱和传统习惯,组织了大型的盘诗会,开展宣传活动,在盘诗会上,组织歌手大唱革命的畲歌,歌颂党和毛主席,歌颂三面红旗,歌颂汉畲团结,歌颂畲区成就。盘诗会成为了庆功会、学习会、团结会。通过这一活动,不仅增强了劳动人民之间的友谊,而且大大鼓舞了群众集体生产的积极性,起到了移风易俗的作用。广大畲族群众对此都表示满意。该县大路公社有个老太婆回双华娘家过"二月二",感动地说:"共产党领导就是好,连我们的'二月二'都办得这么热闹,而且件件正经,比起解放前到处唱邪歌,摆赌摊,胜过千百倍了。"

经过解放以来的许多工作,现在畲歌不但赋予它以崭新的社会主义思想内容,而且也发展了它的形式,使它越来越受群众的欢迎。例如,过去畲族群众普遍喜欢用"假声"唱歌,这在表达新思想、新内容时,便受到一定的限制。现在,广大畲族群众已逐渐习惯于用"真嗓"唱歌了。这就使得他们唱革命的畲歌时，表达得更加质朴、开朗。过去畲歌演唱形式，都是清唱，很少伴随动作。现在，也发展有演唱形式。这次，在全国少数民族群众业余艺术观摩演出会上，我省畲族代表演出的几个小演唱节目：《草岗变茶岗》、《难为迎亲伯》、《织锦带》等，就是在原来对歌盘歌的基础上，增加了戏剧表演因素的。在这些小演唱中通过角色的对歌、盘歌，以及对白，不仅有人物活动，有简单的故事情节，而且有矛盾冲突和性格刻划等。但是它们仍然保持着短小精悍、轻便易行的特点，适应群众业余活动的需要，因而也就受到群众的欢迎。当这些节目在畲族地区演出时，畲族群众成群结队地赶来观看，有的跑了几十里，他们说："这些节目，越看越有味道。"

总之，畲歌在内容方面已起了崭新的变化，在形式方面也有新的发展，越来越受畲族人民的喜爱，正如福鼎双华畲族群众唱的："党来领导歌音变，畲山新歌圆又圆，好似蜂窝存冬蜜，字字眼眼赛蜜甜。"这是在毛泽东思想光辉的照耀下，遵循文艺为社会主义服务，为工农兵服务的方针，坚持业余自愿、小型多样、勤俭节约的原则，大兴无产阶级思想，大灭资产阶级思想的结果。

当然，在畲族地区文化活动这一领域中进行社会主义革命的任务仍是十分艰巨的，我省畲族地区对畲歌进行的工作还存在不少问题，许多经验还有待总结，但是，我们相信，随着全国少数民族群众业余艺术观摩演出会精神的贯彻，在少数民族地区的文化革命必将进一步深入开展起来；畲歌，无论在内容方面还是在形式方面也必将进一步朝着革命方向发展。在阶级斗争、生产斗争和科学实验的三大革命运动中，畲歌将会进一步发挥其革命的战斗作用。

丰富多彩的哈萨克族文学

辰　华

史料解读

该史料为一篇概述性的文章,原载《中央民族学院学报》1977 年第 3 期。作者介绍了哈萨克族民间文学的各种形式和哈萨克族的民间歌手。一是哈萨克族民歌,其题材涉及生活的各个方面,但最多的是习俗歌、关于自然界的歌、颂歌。二是哈萨克族民间叙事诗,有《卡布朗德》《卡木巴尔英雄》《英雄塔尔恩》等。三是哈萨克族的格律诗。诗行中的音节数目,多为六、七、八、十一个音节,押脚韵,而一般传统民歌多押"普通韵",叙事诗多押"叙事诗韵"。另外还有"双行押韵""隔行押韵"等形式。四是哈萨克族民间故事。其内容有神话故事、传说故事、生活故事、动物故事、笑话故事等。五是哈萨克族格言谚语,多半是由一个单句或两个相互对称的单句构成,由两个单句构成的多押同一个脚韵。六是哈萨克族的民间歌手,哈萨克语叫作"阿肯",是游吟诗人。在文中,作者还介绍了新中国成立后哈萨克族民间文学的一些新发展、新内容。该文是较早较全面介绍哈萨克族文学的文章。

原文

我国哈萨克族主要居住在新疆维吾尔自治区伊犁哈萨克自治州、木垒哈萨克自治县、巴里坤哈萨克自治县；除此而外，在甘肃省阿克塞哈萨克族自治县和青海省海西蒙古族藏族哈萨克族自治州境内也居住着部分哈萨克族，人口约有七十多万人。

哈萨克族有着悠久的口头文学传统，民间文学丰富多彩，有民歌、叙事诗、民间故事、格言谚语、谜语和绕口令等形式。

哈萨克人民非常喜欢唱歌，他们常说："我们是歌的民族。"哈族[①]有一首谚语说："你伴随着歌声躺进摇篮，也伴随着歌声离开人间。"这也反映了诗歌在哈萨克人民的生活中，在哈萨克文学中所占的重要位置。哈族地区有许多民间歌手，哈语[②]叫做"阿肯"，是游吟诗人。他们骑着马，怀抱一只"东不拉"（一种二弦弹拨乐器），触景生情，即兴创作，走到哪儿就唱到哪儿，边弹边唱，语言生动形象，通俗易懂，便于记诵。那些用自己的歌声反映了劳动人民的生活、斗争和理想的"阿肯"们，深受群众欢迎。每逢节庆、婚礼等活动时，牧民经常邀请周围的"阿肯"来弹唱。这种活动实际上是草原上的赛诗会。解放后，特别是"文化大革命"以来，在党的关怀下，"阿肯"弹唱已成为一种有组织的文艺活动。"阿肯"弹唱作为哈萨克族的一种文艺形式得到了进一步发展。现在，"阿肯"不只弹唱各种民歌，进行对唱，而且也能密切结合现实斗争创作一些长达千行以上的新叙事诗，有的还把革命现代京剧等改编成了哈萨克的叙事长诗。

哈萨克民歌，题材极为广泛，包括了哈萨克人民生活的各个方面。除了传统的习俗歌、诙谐歌外，还有歌颂大自然的民歌，也有揭露、控诉万恶旧社会和赞颂人民进行反抗斗争的民歌。解放后，涌现出了大量歌颂伟大祖国、歌颂党和毛主席、歌颂解放军、歌颂民族团结、歌颂新生活的新民歌。

在哈萨克传统民歌中，习俗歌有很多种，例如在婴儿出生时，要连着三个夜晚唱"祝贺歌"（什勒达卡纳　库则吐），当婴儿躺进摇篮后，又唱"摇篮歌"（别西克　吉尔）。姑娘出嫁时，唱"劝嫁歌"（朱巴土），在新娘动身去婆家以前，向亲人告别时又要唱"出嫁歌"（生素），新娘到了婆家，由男方一位亲人唱"揭面纱

---

① 　编者注："哈族"应为"哈萨克族"，后同。

② 　编者注："哈语"应为"哈萨克语"，后同。

歌"（别特阿沙尔），在婚礼开始时，由"阿肯"等唱"婚礼开始歌"（套依巴斯塔尔），然后再由参加婚礼的男女青年分唱"佳尔—佳尔"，主要内容是向公婆及哥嫂等致礼。当婚礼结束时或一个人要离开家乡外出时，要唱"告别歌"（考什塔苏）。家里的长者或丈夫去世及每逢死者的周年祭日时，妇女们要唱"哀悼歌"（交克塔乌）。这些习俗歌随着哈萨克族习俗的变化，也发生了很大变化，一些旧的习俗已被新的仪式所代替，习俗歌的内容也注入了新的思想，有了新的发展。在诙谐歌中较普遍的是"谎言歌"（约提力克　约朗），这种歌是用许多离奇逗笑的语言组成的，它反映了哈萨克人民异常丰富的想象力和幽默、诙谐的性格。

关于自然界的歌也有很多，例如有关于山、水、牲畜的歌等。哈族人民根据自然界各种事物的形状、性质及用途编成了各种各样的歌，反映了他们对自然界各种事物的看法。如歌颂大自然、歌颂家乡的民歌，音域开阔，曲调优美，感情充沛，很富有想象力。

颂歌（马克塔乌　约朗）本来是赞美家乡，歌唱民族英雄的歌。解放后，这种颂歌有了新的发展，它改换了新的内容。新的时代赋予了颂歌以新的生命。现在，草原上到处都可以听到歌颂党，歌颂毛主席、华主席，歌唱幸福新生活的新颂歌。下面就是一首名为《阿肯的歌儿唱不完》的新颂歌：

> 幸福的时代是毛主席亲手开创，
>
> 阿肯们在弹唱会上欢聚一堂，
>
> 诗歌象滔滔奔腾的大江，
>
> 我们满怀豪情放声歌唱。
>
> 歌儿献给毛主席，献给党！
>
> 是您领导我们翻身得解放，
>
> 伟大的党有马列主义武装，
>
> 带领各族人民奔向共产主义前方。

歌儿献给社会主义祖国！

在党和毛主席的领导下，

伟大的祖国日益繁荣富强，

象巨人屹立在世界东方。

歌儿献给亲人解放军，

你们是祖国矫健的雄鹰。

歼灭一切来犯的敌人，

把祖国边防筑成铁壁铜墙。

歌儿献给大庆、大寨人！

你们的革命精神激励着我们，

大干快上建设社会主义，

各族人民在毛主席革命路线上前进。

阿肯的歌声源源不断，

唱出了各族人民的共同心愿，

胜利的歌儿永远唱不完，

伟大的毛泽东思想是我们歌声的源泉。

哈萨克民间叙事诗非常丰富，有《卡布朗德》、《卡木巴尔英雄》、《英雄塔尔恩》、《阿勒帕梅斯》、《考孜库尔敝什与巴颜苏鲁》、《姑娘吉别克》、《阿依曼与绍勒潘》、《奴隶和姑娘》、《萨里哈与萨曼》等。这些叙事长诗有的通过生动的语言，歌颂了热爱人民和与侵略者进行英勇斗争的英雄人物；有的带有反封建色彩，但多半是以悲剧结束。上述叙事诗虽然过去在民间广为流传，但因过去受到时代的局限，而且在流传过程中被封建统治阶级所篡改、利用，夹进了不少封建性的糟粕。所以，需要加以深入调查，认真整理，才能批判地继承这些文学遗产。

　　哈萨克族的民间诗歌是格律诗。一般来说,每一诗段多由四行组成,也有多行组成的。诗行中的音节数目,多为六、七、八、十一个音节的,据有人研究,认为每行十一个音节的是一种较古老的形式。哈族诗歌都押脚韵,一般传统民歌多押"普通韵"(卡拉约朗　吾衣卡斯),多为一、二、四行押韵;叙事诗多押"叙事诗韵"(吉尔　吾依卡斯),每段行数不限,多为一段相连的几行押同韵,一般的对唱和叙事诗多采用这种形式。另外还有"双行押韵"(艾给孜　吾衣卡斯)、"隔行押韵"(开则克特　吾依卡斯)等形式。

　　民间故事也是哈族文学中的一个重要组成部分,就其内容说,可以分为神话故事、传说故事、生活故事、动物故事、笑话故事等几种。《叶尔　托斯蒂克》、《英雄坎德巴依》等就是较为流传的神话故事。它们反映了原始人类的理想及与自然界的斗争,歌颂了人类的智慧。这些故事充满了浪漫主义色彩。《伊犁和巴拉他尔》和《聪明的艾里》都是传说故事,前者叙述了哈族人民对于巴尔哈什湖、伊犁河和巴拉他尔河的传说,后者叙述了乐器"东不拉"的来历,并通过这些传说歌颂了哈萨克族人民对封建统治阶级进行的英勇斗争。生活故事多半通过描叙日常生活中的一些事情来反映劳动人民对封建统治阶级进行的斗争,也有的是对人民内部进行自我批评教育的故事。前者有《扯四十个谎玩》、《马还没有长尾巴的时候》、《神马》等,后者有《两个庄稼人》、《旅行者和懒汉》、《三个朋友》等。动物故事大部分带有寓意,实际上是寓言故事。例如《自大的牛》、《羊吓倒狼》等。笑话故事多半是围绕着阿勒达尔·考赛、吉林谢、考加·纳斯尔等人物的一些故事。例如《阿勒达尔和宝贝皮袄》、《吝啬的巴依和阿勒达尔·考赛》、《抬骆驼》等都是关于阿勒达尔·考赛的故事。《吉林谢和皇帝》、《吉林谢和汗》等,都是关于吉林谢的故事。关于考加·纳斯尔的故事也有很多。哈萨克人民通过这三个故事的主人公来揭露封建统治阶级的残暴和昏庸,歌颂劳动人民的智慧。

　　格言谚语也是哈萨克人民等常喜爱的口头创作形式,它简明上口,流传很广,其中概括了劳动人民的生活经验,还有不少包含了许多丰富的哲理和卓越的智慧的,对剥削阶级进行了无情的鞭笞和揭露。例如:

有水草的地方牛马壮，

有死人的地方。"毛拉①胖"。

又如：

诗歌的语言赛珠子，

灵巧的双手赛金子。

幸福的钥匙是劳动。

哈萨克格言谚语多半是由一个单句或两个相互对称的单句构成，由两个单句构成的多押同一个脚韵。

哈萨克格言谚语和其他形式的民间文学作品一样，其中也有一些是反映了剥削阶级思想感情的，需要加以批判。

从哈萨克民间文学中，我们可以看到各民族民间文学的相互影响，例如哈族的叙事诗《阿勒帕梅斯》同样也流传在乌孜别克人民中间。哈族的神话故事《艾尔　托斯蒂克》也同样流传在柯尔克孜人民中间，不过在柯族②人民中是作为一部叙事诗流传下来的。笑话故事《考加·纳斯尔》的故事，也同样流传在维吾尔、乌孜别克、柯尔克孜族人民中间，即《阿凡提的故事》。又如哈族生活故事《两个庄稼人》很像维吾尔民间故事《两兄弟》，都是反映和歌颂了劳动人民之间的互相关怀和团结互助的高贵品质。至于格言谚语中，各民族相同或相近的就更多了。

哈萨克民间文学如同其他各族人民的民间文学一样，是一种由数不清的人参与增删和修改的集体口头创作。在阶级社会中，作为上层建筑组成部分的民间文学，虽然大多数是由劳动人民集体创作，其主流基本上是健康的，具有一定的进步作用；但是剥削阶级对这些作品从来就不是漠不关心的，而是千方百计地按照反动阶级的思想去进行篡改。这样，统治阶级的思想、观点，就不可避免地要侵入和渗透到民间文学中去，因此在民间文学中也有不少夹杂着剥削阶级

---

① 伊斯兰教宗教职业者，指对教义有研究的人，他们利用解释和执行教规对群众进行欺骗和剥削。

② 编者注："柯族"应为"柯尔克孜族"，后同。

的迷信、宿命论、阶级调和论等有利于巩固反动统治的思想、观点。我们在对待哈萨克的民间文学上,既要反对否定民族民间文学的虚无主义倾向,又要反对把一切民间文学作品不加批判地都看作是优秀的文学遗产的倾向。"四人帮"在对待民族民间文学问题上,这两种谬论都有,应当给予彻底批判。毛主席说:"中国的长期封建社会中,创造了灿烂的古代文化。清理古代文化的发展过程,剔除其封建性的糟粕,吸收其民主性的精华,是发展民族新文化提高民族自信心的必要条件;但是决不能无批判地兼收并蓄。必须将古代封建统治阶级的一切腐朽的东西和古代优秀的人民文化即多少带有民主性和革命性的东西区别开来。"这一教导,是指导我们正确处理民间文学问题的唯一重要准则。

哈萨克族过去虽曾有过文字,但那是以阿拉伯字母为基础的文字,不够科学,比较难学。在旧社会,劳动人民也无权享受教育。因此,那时只有统治阶级的少数人和宗教职业者才通晓这种文字,绝大多数劳动人民都是文盲,致使哈萨克族人民丰富多彩的民间文学也不能通过文字进一步发扬和传播。自本世纪三十年代起,中国共产党为了团结新疆各族人民共同抗日,曾派不少优秀的共产党员和汉族进步的文艺工作者来新疆工作。在党的关怀下,随着哈族文化教育事业的发展,哈萨克旧文字开始普遍应用。在"五四"运动以来内地汉族进步文学和当时苏维埃进步文学的影响下,在传统的民间文学的基础上产生了我国哈萨克现代书面文学。在这个时期内共出版了四种哈文①报纸,一种定期的哈文刊物,这对哈萨克现代书面文学的形成起过一定作用,当时有一部分哈族青年知识分子开始从事诗歌创作活动,写过一些有关抗日及抨击宗法封建制度的作品。盛世才的反动面目暴露以后,刚刚出现的哈萨克现代书面文学遭到摧残、扼杀。三区革命时期。有的哈族作者写过一些揭露国民党反动派的作品,哈族现代书面文学有所发展。

解放后,哈萨克人民翻身当了国家的主人。在毛主席、共产党的正确领导和亲切关怀下,培养了一批哈萨克作者,建立了哈文的出版机构,并定期出版哈

---

① 编者注:"哈文"应为"哈萨克文",后同。

文的文学刊物,使哈族现代书面文学有了蓬勃发展的条件。优越的社会主义制度,草原上翻天覆地的变化,是哈萨克现代书面文学得以繁荣的基础。反映哈族人民幸福的新生活,歌颂党、伟大的领袖和导师毛主席,歌颂民族团结,歌颂工农兵先进人物,成了重要的创作主题。解放以来,除了出版过哈文的一些诗集外,还出版了一些短篇小说和散文作品等。应当指出的是,短篇小说或散文主要是在解放以后才发展起来的,并开始在哈萨克现代书面文学中占有一定位置。哈文短篇小说《起点》和《牧村纪事》都是较好的作品,已被译成汉文、维吾尔文和外文,受到好评。这两篇短篇小说,一个是反映了牧业合作化道路上的阶级斗争,批判了自发的资本主义倾向和封建意识;一个是歌颂了牧区人民公社的伟大胜利。毛主席的革命文艺路线更加深入人心,党对文艺工作的领导更加加强了,一支哈萨克族的创作、评论队伍正在形成,哈萨克族现代书面文学作品如雨后春笋,涌现出了不少较好的诗歌(包括较长的叙事诗)、短篇小说和散文等,例如先后出版了哈文的诗集《欢腾的生活》、《飞跃的年代》、《战斗之歌》、《鲲鹏展翅》等。在短篇小说方面,也写出了不少象反映农业学大寨的《战天斗地》这样的作品。解放后,特别是"文化大革命"以来,毛主席的诗词,鲁迅的作品以及汉族和其他民族的文学作品(包括汉族古典文学作品)大量译成哈文。从一九七六年八月一日起,哈族人民全面使用了以汉语拼音方案字母为基础的新哈文。这对哈族文学的发展也起了重要作用。

　　一年多来,在以华主席为首的党中央的关怀和培育下,哈族专业作者和工农兵业余作者又写出了一批新的作品。我们相信,丰富多彩的哈萨克族文学,在祖国多民族的文学大花园中今后必将得到进一步发展,开放出更加鲜艳的花朵来。

(本文有删节)

历史悠久、绚丽多姿的白族民间文学

张文勋

史料解读

　　该史料为白族民间文学的简介,原载《思想战线》1978 年第 1 期。白族民间文学丰富多彩。首先,白族民歌蕴藏丰富、形式多样,其中最流行、最常见、最富有民族特色的是白族调,又称"白曲",旧称"民家调"。除此之外还有各种山歌小调,其中"对口山歌"是最流行的。白族民歌由于格式长短的不同以及在形式上的特点,其所反映的社会生活内容也各有侧重。其次,白族民间故事传说优美动人、引人入胜,除了有反映阶级斗争的故事传说、关于"龙"的神话故事、根据白族地区的历史事件所创造的故事传说、关于"本主"的故事之外,还有许多根据本地的山水名胜和自然景物而创造的故事、童话和寓言。此外,白族民间戏曲和舞蹈也独具特色,为人民所喜闻乐见,不仅有说唱结合的大本曲,还有"吹吹腔"和载歌载舞的洱源西山"打歌",大理的"绕三灵"以及各地流行的"霸王鞭"等。作者认为白族民间文学还有许多问题,有待我们利用马列主义文艺理论进行更进一步的探讨与研究,使白族民间文学向着社会主义方向不断发展。该史料第一次全面展示了白族民间文学的丰富性和多样性。

原文

在祖国西南边疆云贵高原上，以秀丽的苍山洱海为中心，包括大理、洱源、剑川、鹤庆、云龙、漾濞……等近十个县属在内的广大地区，居住着八十多万勤劳勇敢的白族人民。这就是云南大理白族自治州。

伟大领袖和导师毛主席，在谈到我国数十种少数民族时说，他们"虽然文化发展的程度不同，但是都已有长久的历史"。白族人民的历史，仅就有文字记载的史料看，就可上溯到秦汉之际，如果算上没有文字记载的历史，那就更悠久了。白族自古以来就是中华民族大家庭中的一个成员，它创造了丰富多彩的民族文化，对中华民族灿烂辉煌的文化的发展，作出了自己的贡献。

白族文学有悠久的历史，早在南诏时期，白族文人的诗歌和文章，就已闻名国内，并在后来收入《全唐诗》和《全唐文》文中。人们把白族地区称为"诗歌的王国"，称誉白族人民是"能歌善舞"的人民，这的确并不算夸张。白族人民创造的文学艺术，不但蕴藏丰富，而且瑰丽多姿，是我国文学艺术百花园中不可分割的部份。这里有婉啭动听的民歌，有引人入胜的故事传说，有别具风格的歌舞，有优美动人的童话和寓言。其内容之丰富，形式之多样，蕴藏量之大，都令人感到惊奇。一九五八年"白族民间文学调查队"仅在大理等五六个县内进行了不到半年的调查，就收集到数万首民歌，数十种长诗资料，上千件故事传说和戏曲的资料。然而，白族人民所创造的这些丰富的精神财富，在解放前是长期被埋没了，它们遭到统治阶级的歧视、排斥和打击，被诬蔑成为不能登大雅之堂的、有伤风化的东西。解放后，在毛泽东思想光辉照耀下，在党的民族政策的指引下，白族人民的文学艺术，才和白族人民一道得到翻身解放，获得极大的发展。尤其是一九五八年以后，根据伟大领袖毛主席关于收集民歌的指示，我省各级党委十分重视对各族民间文学的收集整理和研究工作，曾多次组织大批人力，深入各兄弟民族地区，进行了调查研究、收集整理。白族民间文学也和其他兄弟民族文学一样，经过发掘整理，大放异彩，成为祖国社会主义百花园中的一朵引人注目的鲜花。

一、酝藏丰富，形式多样的白族民歌

谈到白族民歌，很自然地就想到下面这首气势雄浑，意境优美的白族民歌：

"身披下关风，脚踏苍山雪，山顶开沟去，晚盖洱海月。"

这当然是一首出色的民歌。但是，这只不过是形式多样、内容丰富的白族民歌中的一首而已。要了解白族民歌，我们无妨先从它的形式和格律谈起。

白族民歌中最流行、最常见、最富有民族特色的是白族调，又称"白曲"，旧称"民家调"。白族调就其格式和唱腔来说，各地虽有所不同，但只不过是大同小异。用白语唱，这是共同的，一般都以三弦或树叶子（口吹树叶发出悠美的声音）伴奏，也可以清唱。白族调有严谨的格律，这是十分引人注意的现象，它表明其形成已经历了悠久的历史。一首白族调，由上下两段组成，和我国古代的词有上下阕极其类似，上半段由两个七字句、一个五字句，再加上一句三个字的韵首组成；下半段由三个七字句，一个五字句组成。全诗格式，由"三七七五，七七七五"组成，一韵到底。所谓"韵首"，又称"曲姓"、"曲头子"、"调引"，它与内容无直接联系，只起起韵、限韵的作用，例如"花上花"押"花"字韵，"以是以"押"以"字韵，"翠茵茵"押"茵"字韵，等等。"韵首"脱口而出，有时也有"起兴"的作用。

"三七七五，七七七五"为一首白族调，这是一种最基本的格式，由这基本格式，可变成各种体裁：独立成章者谓之短调；把十几首或几十首连起来去表现一个完整的故事，或者是比较长的抒情内容，这叫做"本子曲"。这就是说，白族调在这固定格式的基础上，可长可短，可分可合，变化多样，运用自如。"白族调"是白族人民创造的地道的民族诗歌，具有鲜明的民族特色，便于表现多种思想感情和复杂的社会内容，所以在白族人民中，它是一种男女能唱、妇孺皆晓的群众性的诗体。

除"白族调"之外，还有各种山歌小调，其中"对口山歌"是最流行的，在田野，在深山，在各种劳动场合，只要有人"阿呼呼"一声吆喝，就对唱起来了。其内容多半是即兴创作，脱口而出；其形式都是两句一组，双方一唱一和。对口山歌都是用汉语,白族人民称之为"汉曲",以示与"白曲"有别,这很明显是受汉族民歌的影响,说明白族与汉族之间的密切关系。此外,七言四句,七言八句的民歌也有流行,解放后,特别是在一九五八年,这种民歌更为普遍,这也是汉白两族文化交流、互相影响的明显表现。

白族民歌由于格式长短的不同以及在形式上的特点,它们所反映的社会生活内容也各有所侧重。

先说长诗。白族人民创作的长诗不算很多,大本曲中的唱本,多系汉族历史小说题材,至于自己创作的用"白族调"唱的长诗,虽然有一些,但也尚未得到很好的收集整理。迄至目前为止,收集到的比较完整而且有价值的长诗,首先应算是洱源西山"打歌"《创世纪》,除杨亮才、陶阳同志记录整理的《开天辟地》(见《白族民歌集》)外,还有几种资料,大同小异,可相互补充。这首长诗内容有"洪荒时代"、"天地的起源"、"人类的起源"等部份,想象丰富而优美,内容质朴而天真,充分表现了人类童年时代的幼稚淳贞。

白族民间长诗流传较广的还有《鸿雁带书》、《青姑娘》等,前者是一篇叙事抒情相结合的书信体长诗,通过一对由于生活所迫而长期分离的夫妇的来往书信,反映了旧社会妻离子散的社会现实,思想内容婉啭动人,心理描写细致生动。后者通过青姑娘这个被封建礼教迫害至死的白族妇女的悲惨遭遇,控诉了封建婚姻制度的罪恶,歌颂了白族妇女对封建礼教的反抗精神。

"白族调"所反映的生活内容是多方面的,其中不少是直接反映阶级斗争,揭露和控诉旧社会的黑暗,抒发他们对统治阶级的仇恨和反抗情绪。例如有一首民歌唱道:

"土官你是新镰刀,我们百姓是韭菜;刚刚长出你就割,实在长不赢。"

这译文有些别扭,但诗的生动切贴的比喻是很独特的,它把剥削者与被剥削者比作镰刀与韭菜的关系,韭菜长得再快也没有土官的镰刀割的快,这对剥削阶级的贪婪是多么深刻的揭露和控诉啊!又如流行于剑川一带的《泥鳅调》,用一条细鳞鱼的形象,比喻被压迫被剥削的白族劳动人民,尽管它东藏西躲,始终是逃不出成为釜中之鱼、俎上之肉的命运。但是,他并不屈服,他要以身上的刺去卡剥削者的脖子,这不正是对封建社会里阶级斗争的生动写照吗?

"白族调"中大量的是表现婚姻和爱情的,这也有其深刻的社会根源。白族地区的封建统治是很厉害,封建礼教的枷锁,不知葬送了多少青年男女的幸福青春,所以,人们用"白族调"去控诉封建礼教的罪恶,表示对封建婚姻的反抗,抒发他们追求自由和幸福的理想和愿望。我们还可以从白族调的一些专门名称看出其不同的思想内容,例如"花柳曲",是属情歌一类;"五更调",一般是用固定的五段曲子表现悲欢离合各种思想感情的;"出门调",是专门表现白族人民由于生活所迫而离乡背境的艰苦生活和离情别绪的;"当兵调",是以揭发控诉反动统治阶级穷兵黩武,抓夫拉兵的罪恶为主要内容。总之,"白族调"的内容丰富,是白族人民阶级斗争、生产斗争生活的忠实记录,也是他们进行斗争的武器。

此外,还有对口山歌又被称为"情歌",其内容主要是谈情说爱的,所以,过去是不准在家里、村里唱的。其实,这类山歌中,不少内容深刻地揭露了封建礼教的罪恶,生动地反映了白族青年男女对于婚姻爱情和幸福自由的愿望和理想,其语言生动形象,感情真挚细腻。例如"采花调",比喻生动,形象鲜明;"相思调",情真语切,娓娓动听;"盘歌"联想丰富,富有生活气息。对口山歌的艺术表现手法变化多样,比兴兼用,抒情叙事相结合,很适宜于即兴创作。

总之,白族民歌的内容,在解放前的漫长岁月里,虽然反映了阶级斗争和生产斗争,有战斗性的一面;但是,其中也有一些情调低沉哀怨,伤感缠绵的东西。有些民歌,由于受统治阶级思想的毒害和影响,也掺杂有不少封建迷信,低级庸俗的糟粕。只有在解放以后,白族民歌才发扬其优秀积极的传统,克服其消极落后的一面,成为崭新的社会主义的诗歌。新的时代,新的思想,新的社会风貌,赋予白族民歌以崭新的内容和风格,成为白族人民用以团结人民、教育人民、打击敌人的有力武器。解放后二十八年间,白族民歌所反映的社会内容更广阔了,绝大多数是歌颂党、歌颂毛主席、歌颂新社会的。历次政治运动和祖国一日千里、天翻地覆的变化,在白族民歌中,都得到及时而生动的反映。《白族山村连北京》这首白族民歌,无论在思想性和艺术性方面,都可以说是有代表性的，现引录如下：

> 白族山村连北京，山山水水笑盈盈。人民公社搭金桥，景象一片新。
>
> 千座水泵喷清泉，万亩梯田绿茵茵。白云深处放牛羊，点点似繁星。
>
> 山村建成水电站，村村寨寨亮晶晶。家家挂起夜明珠，照亮人人心。
>
> 山村建起公路网，条条彩带绕山岭。金光大道宽又广，山村连北京。
>
> 白族山村连北京，山山水水笑盈盈。毛主席指引幸福路，山村连北京。

这首民歌不仅在内容上具有典型性，而且在白族民歌形式的运用方面，也提供了新鲜经验，对我们如何在民歌的基础上，发展新的诗歌，很有启发和借鉴的意义。它生动地表明：解放以后，特别是一九五八年以后的白族民歌，获得飞跃的发展，从数量到质量，都超过了过去的水平。打倒"四人帮"，白族人民的歌声更响亮了，在"抓纲治国"、向四个现代化进军的跃进声中，他们将为社会主义的诗坛，创作出更多更美的优秀民歌来。

二、优美动人、引人入胜的白族民间故事传说

在白族的民间文学中，酝藏丰富而又优美动人的是故事传说。白族人民是勤劳勇敢而又富于幻想、具有乐观主义精神的人民，他们不仅善于"歌以咏志"，而且也善于创作出想象丰富的故事传说，来寄托他们的理想，表达他们的思想感情。在白族地区，上了年纪的老大爹老大妈，一般都能给你讲上七八个十来个故事传说，有的人竟能讲述数十个。就其体裁来说，有富于浪漫主义色彩的神话，有反映本民族本地区的历史和斗争生活的故事传说，有短小精悍而又优美生动的童话、寓言，也还有根据史书和小说再创作的故事（被称为"古典"）。就其内容来说，绝大多数都是直接或间接地反映生产斗争和阶级斗争的，无论是古老的《创世纪》，还是《望夫云》、《段赤城斩蛟》，也无论是关于龙的故事，还是关于"本主"的故事，都是如此。尤其令人注意的是，白族地区山川秀丽，风景优美，关于这些自然景物，也有很优美的故事传说。现分别介绍于后：

①反映阶级斗争的故事传说。白族经历了漫长的阶级社会，阶级斗争十分尖锐，白族人民反剥削反压迫的斗争，形式虽然多种多样，但从未停止过。因

此,在故事传说中,直接反映阶级斗争主题的占绝大多数。其中有的是直接揭露剥削阶级的罪恶,控诉社会的黑暗,歌颂人民反抗斗争的精神。例如《杀州官》、《农民告状》、《高家土官的故事》等,是直接写劳动人民和压在他们头上的地方官府所进行的各种形式的斗争。《神笛》、《牛角》等,揭露了地主阶级对劳动人民的残酷剥削和压迫。这类故事,多半是用现实主义和浪漫主义相结合的方法去描写的。有的故事,则通过情节曲折、内容生动的爱情和婚姻的题材,反映了阶级斗争的状况。这方面的故事传说很多,其中著名的如《望夫云》、《辘角庄》等。《望夫云》在白族地区,真可以说是有口皆碑、家喻户晓,它不仅口头流传,而且也有书面记载。故事通过南诏公主和出身贫苦的年轻猎人的爱情悲剧,揭示了尖锐复杂的阶级斗争。悲剧的结尾,男主人公化为洱海中的石螺,女主人公化为苍山玉局峰顶的“望夫云”,他们虽然在不可调和的阶级斗争中成为牺牲品,但是,他们为争取幸福自由的斗争却永远没有停息,每年八九月间,玉局峰上的“望夫云”出现了,洱海马上就掀起巨大的风暴,直到把海水吹开,看到石螺,风暴才会停息。情节曲折生动,想象丰富优美,人物性格鲜明感人。象这类以爱情婚姻为题材的故事很多,如《美人石》、《辘角庄》等,但各有独特的构思,丝毫没有雷同之处,这也是白族人民富于创造的表现。

②关于“龙”的神话故事。王士祯曾说过:“大理多龙。”其实,在整个白族地区都是如此;解放前,差不多只要是有水源之处,都有龙王庙或关于龙的神牌。这自然是和大理地区多水源的自然条件分不开,因此,早在南诏时期,洱海区域的人民就把龙作为图腾崇拜。由于上述自然的和历史的原因,白族地区关于龙的神话故事特别多,例如《关于河头龙王的故事》、《小白龙的故事》、《小黄龙与大黑龙》、《雕龙记》、《苍山九十九条龙》等,这也是白族民间文学的一大特色。这些龙的故事,有的直接反映阶级斗争,但多数是反映白族人民和大自然的斗争,它们都是用神话的形式,反映出白族人民在阶级斗争和生产斗争中的理想和愿望,也反映出白族人民在各个时期的社会历史发展的状况。它不仅是优美的文学艺术作品,可供鉴赏,也给我们研究白族的社会历史的发展,提供了生动的资料。

③根据白族地区的历史材料所创造的故事传说。这类作品占的比例也比较重,而且也使白族民间文学具有鲜明的地方色彩。例如关于"白王"的故事传说,这是比较古老的一种,在白族历史上究竟有无"白子国"和"白王",目前无史料可考。但是,白族形成很早,并且早就建立过本民族的统治政权,这是可以肯定的。所以,民间故事中才有这方面的反映,随着历史的发展,白族地区出现了"六诏",后又兼并为"南诏"政权,流传很广的《火烧松明楼》,就是这个历史时期的产物。此外,有关杜文秀以及另外一些历史人物的故事也很多。

④关于"本主"的故事。解放前,白族地区普遍奉祀"本主",这是一种特殊的宗教信仰和民族风俗。所谓"本主",就是本地或本境之主,也就是一个村寨或一个地区范围内所供奉的神。"本主"的奉祀,就其本质来说是一种封建迷信,但是,和佛教之类的宗教不完全一样,白族人民信奉"本主",是和他们的生产斗争与阶级斗争密切相关的。因为他们心目中的"本主",都被认为是替人们做好事,保佑人们平安生活,使庄稼获得丰收的一种力量。白族人民信奉"本主",不是为了脱离现实,寄希望于来世,而是希望改善当前的现实生活。因此,许多关于"本主"的故事,富有浓厚的生活气息,而这些"本主",也是一些具有凡人的性格和生活习惯的"神"。他们有的是白族历史上的人物;有的是本地的受人尊敬的人物,有的是白族人民心目中的英雄。因此,在关于"本主"的故事中,除少数是宣扬忠孝节义之类的封建落后的东西之外,多数是反映阶级斗争和生产斗争的。例如舍己救人,为民杀蟒除害的英雄杜朝选和段赤城的故事;还有像普罗米修斯那样为了拯救人类而受玉皇大帝处罚的大黑天神的故事,都属于白族地区"本主"的故事。这些神话故事,生动地反映了白族人民的斗争生活和他们的理想愿望,具有较高的文学价值。

白族民间的故事传说内容,除上述种种之外,还有许多根据本地的山水名胜和自然景物而创造的故事、童话和寓言,这类作品不仅形象优美生动,而且想象奇异丰富,例如《鸟吊山》、《下关风》、《海西海》以及关于洱源的茈碧湖,大理的蝴蝶泉的故事等等。有人说白族地区的一山一水,一草一木,甚至一块石头都有自己的故事。的确可以说,白族民间故事传说,就是白族文学的土壤。解放以后,白族民间故事有了新的发展,过去那些封建迷信的甚至是反动的东西,很自然地逐渐被淘汰了,那些优秀的健康的东西继续流传,并得到整理加工而更现光泽。更可喜的是,许多革命故事,如红军长征的故事,在中国共产党领导下白族人民参加武装斗争的故事,以及解放后根据不断涌现的新人新事而创作流传的故事。它们将具有强大的生命力,将在阶级斗争和生产斗争实践中,不断产生,不断成熟,成为繁荣书面文学创作的珍贵的土壤。

三、独具特色、人民喜闻乐见的白族民间戏曲和舞蹈

人们常说白族人民能歌善舞,这是由于他们不但爱唱民歌,而且还创造了形式多样的民族戏曲和舞蹈,其历史也很悠久。《旧唐书》中就有南诏献圣乐舞曲,"上阅于麟德殿"的记载,说明南诏时期白族地区的音乐舞蹈已有相当高的水平了。当然,这里所说的不一定都指白族,但至少也可获得关于白族人民的音乐舞蹈发展历史的一点信息吧?

首先介绍白族的大本曲。这是一种说唱结合,以三弦伴奏的曲艺。其内容一般是演唱长篇叙事诗或长篇抒情诗,取材有反映本民族的历史和生活的,例如《兰季子会大哥》以及《鸿雁带书》等一些"本子曲",但是绝大多数是根据汉族的野史小说上的故事改编而成的白语唱本。传统大本曲腔调很多,仅就大理地区,就有"南腔"、"北腔"之分,各有自己的风格。唱腔、音韵、格式都比较严格,一般是在"七七七五"的句式基础上组成长诗,押韵可一韵到底,也可换韵。唱腔有"三腔、九板、十八调"之称,足见其变化之多,由于腔调变化幅度大,所以表现力也比较强,它可以细腻地表现喜怒哀乐各种复杂的感情。过去,白族人民每逢过年过节,总要请一位大本曲艺人到村子里来演唱,不需很多道具,只要搭一个简便的台子,一张桌子,一条凳子就可以了。远近村寨的人,闻风而至,非常热闹。可见大本曲在白族人民中是多么的受欢迎!

其次,介绍一下"吹吹腔"戏。这也是白族人民接受了汉族戏剧的影响而形成的一种民族戏剧,剧本多数是根据《三国演义》、《杨家将》之类历史小说故事编的。演出的行当、角色、化装、表演各方面都和滇剧差不多,当然是要比较简

单一些。其鲜明的民族特色是在唱腔和音乐方面，唱腔有二十多种，有按行当区分，有的依据角色表演的思想感情区分，例如平腔、高腔、大哭腔、一字腔等等。演唱时，除锣、鼓、钵……等打击乐器外，主要是唢呐伴奏，舞台气氛非常热烈，声闻几里之外。这种戏剧除舞台演出外，凡遇婚丧嫁娶，或者栽秧劳动，都可以演唱。

除上述戏曲外，载歌载舞的洱源西山"打歌"，大理的"绕三灵"以及各地流行的"霸王鞭"等，都是一些具有民族特色的歌舞。解放后，白族的戏曲不论在内容上还是形式上，都起了巨大的变化。就其内容来说，都是歌颂党和毛主席，歌颂新社会，反映三大革命运动的，就其形式来说，出现了崭新的剧种："白剧"。这是以大本曲为基础，吸取了"吹吹腔"、"绕三灵"等民族戏曲舞蹈的特点，并学习京剧、滇剧、话剧的先进演出经验而形成的新剧种。但是，它并不是大杂烩，它具有鲜明独特的民族风格，是具有社会主义内容、民族形式的新剧种，尽管它还不成熟，但其发展前途是很广阔的。

以上所介绍的白族民间文学情况，只不过是全豹之一斑而已，既不全面，也不一定都准确，无非是为了抛砖引玉，以便同志们进一步去研究。关于白族民间文学，还有许多有价值的遗产，尤其是大量的新创作，还未得到深入的调查研究和收集整理，有许多重要的问题，也还未得到深入的研究。例如关于白族文学发展史的分期以及作品产生时代的判断问题，关于白族文学与汉文学的关系问题，关于"本主"和"龙"的故事的社会根源和思想评价问题，关于口头文学和书面文学的关系问题，以及关于白族民间文学的收集、整理、翻译等等问题。对于这些问题，还有待我们按照马克思列宁主义的基本理论，一一加以深入研究，并要经常地进行调查、收集、整理的工作。只有这样，才能使白族民间文学沿着社会主义的方向，不断发展，日趋繁荣，为发展我国社会主义文艺作出更大的贡献。

（本文有删节）

勤劳勇敢的民族　丰富多彩的文学

——略谈彝族文学

郭思九

史料解读

　　该史料为彝族文学的介绍文章,原载《思想战线》1978 年第 2 期。彝族民间口头文学,大多记载于彝书和"贝玛经"。作者介绍了彝族民间文学的六种形式。一是彝族诗歌,主要包括史诗、民间叙事诗和抒情长诗、诉苦诗和情歌。二是民间故事,主要反映阶级剥削和压迫,还有许多尖锐辛辣的讽刺性故事,有的是根据真人真事创作的,此外还有以爱情为主题的故事。三是红军歌谣和故事传说,表现了彝族人民对反动统治阶级、旧制度的反抗,对红军的信任和赞美,是革命现实主义和革命浪漫主义相结合的产物。四是彝族儿歌,音乐性强,生动活泼,浅显易懂。五是童话、寓言,具有思想性和艺术性。六是谚语、谜语,富有地方色彩和民族特点。作者强调指出,彝族文学的突出特点在于,首先,与音乐舞蹈有着密切的联系;其次,在发展过程中,受到汉族文学很大影响;最后,在作品中两种文化的斗争表现得极为尖锐和复杂。新中国成立后,彝族文学进入了一个崭新的阶段,并得到了极大发展,产生了新的颂歌和彝剧等新的文艺形式。该文的价值,一是全面介绍了彝族民间文学丰富多样的文类和储藏,二是指出了彝族文学与其他民族文学的交融关系。

　　彝族是一个历史悠久，勤劳勇敢，能歌善舞的民族。人口三百二十余万人，分布于滇、川、黔、桂四省。彝族已有二千多年有文字记载的历史。他们用勤劳的双手，披荆斩棘，对祖国西南地区的开发作出了重大贡献。进入阶级社会以后，彝族人民不断以英勇的斗争，反抗剥削阶级的统治，反抗帝国主义的侵略。解放以后，彝族人民在党的领导下，粉碎了封建和奴隶制的枷锁，走上了社会主义的光辉道路。彝族人民在长期的历史发展过程中，创造了丰富多彩的民间文学，它是我们祖国文化宝库中的一个组成部分。

　　彝族文学，实际上是民间口头文学。虽然解放前有些地区的彝族也有文字，但只有贝玛（巫师）和极少数知识分子能通晓，运用和流传都不甚广泛。从所搜集到的彝书来看，多数是"贝玛经"，其中所载的文学作品，都是口头记录下来的，还未发现用彝文创作的作品。这些彝书和"贝玛经"，记载了一些较为优秀的诗歌、故事、医药、生产知识等等，它在一定程度上保存了彝族人民创造的文化遗产。

　　彝族文学的内容十分广泛，形式多种多样，有神话、传说、史诗、故事、诗歌、童话、寓言、儿歌、谚语、谜语、说唱文学和彝剧等等。它们从各个不同方面，反映了彝族人民的生产斗争和阶级斗争，表现了彝族人民在不同的历史环境中的思想感情、精神面貌和心理状态。它显示了彝族人民的艺术创造才能，是一宗宝贵的文化遗产。

一、彝族诗歌

　　1.史诗。早期的彝族文学，主要是神话和史诗。彝族的祖先在向大自然作斗争中，创造了不少长篇巨制的史诗。彝族民间流传的许多优美神话，绝大部分都保存在史诗中。可以说，彝族神话借史诗得以完整的保存下来，史诗借神话而更加丰富。彝族史诗结构比较庞大，内容十分丰富，堪称是彝族文学的宝库。已经整理出版的有《梅葛》、《阿细的先基》、《勒俄特衣》。另外还有流传于双柏彝族中的《铍姆》等。《阿细的先基》早在一九四四年光未然同志就曾经搜集整理过，当时在昆明出版，叫《阿细的先鸡》。这是最早介绍到全国的一部彝族史诗。

《梅葛》、《阿细的先基》和《铍姆》三部史诗，汇集了许许多多的神话故事，其中包括了《开天辟地》、《人的来源》、《洪水滔天》、《用云彩补天》、《九个太阳》、《万物的来源》、《铜铁的来源》等等。它概括而又形象地反映了彝族人民从原始社会到封建社会的历史面貌，是叙述天地万物、人类起源和生产的古歌，具有朴素的唯物主义思想。在这些史诗中，还塑造了许多生动形象的"神"，他们分别管理着人间的陆地、海洋、江河、方位、草木、鸟兽，以及太阳、月亮和星宿。《梅葛》中的盘古、格子若都是开天辟地、创造万物的"神"，它跟汉族神话中的盘古，白族、纳西族《创世纪》中的盘古基本相同。这说明在我们祖国多民族的大家庭中，各个民族的远古文化是有着密切联系的。盘古，是各民族史诗中所幻想的开天辟地的英雄，是劳动人民集体力量的化身。正如高尔基说的："因为人民塑造了史诗的人物，就把集体精神的一切能力，都赋予这个人物，使它能够与神对抗，甚至把它们看作与神同等。"（《个性的毁灭》）

史诗是在历代劳动人民的生产斗争和阶级斗争中产生、发展和丰富起来的。在世世代代的流传过程中，彝族人民一方面对原有的部分进行加工提炼，一方面又源源不断地加进了新的生活内容，带上了不同历史时期的不同色彩。它是彝族人民理想和智慧的结晶，它不仅是一件精心镂刻的艺术品，也是一部生动的彝族社会发展史，对于研究彝族民族的形成和社会的发展，都具有重要的价值。

2.民间叙事诗和抒情长诗。彝族的叙事长诗和抒情长诗也很丰富。除了已经整理出版的彝族支系撒尼人民的叙事长诗《阿诗玛》外，还有《逃到甜蜜的地方》、《普曲贺格》、《丽阿九抒嫫和沙阿务背公》、《赛波嫫》、《月亮找太阳》以及大小凉山流传的《阿热纽》、《我的幺表妹》、《妈妈的女儿》等等。这些长篇诗歌，在反映社会生活上，比同时期其他作品要深广得多，几乎从不同的侧面揭示了彝族进入阶级社会以后的生活本质。《阿诗玛》就是一部思想性和艺术性都比较高的作品。它反映了封建社会里尖锐的阶级对立,歌颂了劳动人民不屈不挠的斗争精神。其故事性之强,语言之优美,人物形象之鲜明,艺术描写之细腻,都达到了较为成熟的水平。这部长诗,是解放后在党的关怀领导下发掘整理出来的。它的出版,不仅对撒尼人民起了很大的鼓舞作用,而且在搜集整理民族民间文学方面也提供了十分宝贵的经验,在国内外都有一定影响。又如《丽阿九抒嫫和沙阿务背公》,比较深刻地反映了解放前彝族封建婚姻制度的残酷,长诗叙述了抒嫫不愿嫁给有钱人,毅然与情人背公逃婚。"心不死"的土司阿来带人紧紧追赶。他们逃到大江边,背公浮水过江了,抒嫫不会浮水而被水隔在两岸,双双活活急死了。死后背公和抒嫫变成了青松和樱桃,枝叶伸过江去,枝靠枝,叶靠叶的合在一起。阿来赶到,把树砍倒,树楂飞到江中,变成了一对野鸭;阿来用箭射死野鸭,鸭毛飞上天又变成一对星星;阿来又射落了星星,星星的血滴在铁线草上,又变成了永远烧不死,斩不尽的铁线草。这是何等英勇顽强的斗争! 这些叙事诗和抒情长诗,虽然都以爱情为题材,但所反映的爱情都是与当时尖锐的阶级矛盾和阶级斗争紧紧联系在一起的,他们是把爱情作为阶级矛盾的一个重要方面来描写,通过描写揭露封建婚姻制度的残酷,歌颂彝族人民的高尚品质和反抗斗争精神。

　　3.诉苦诗和情歌。在彝族诗歌中,还有不少揭露旧社会的腐朽黑暗、控诉国民党反动派罪恶的诉苦诗。比如《诉苦情》、《焦愁调》、《苦梦歌》、《点兵曲》等。这些诗歌,把彝族人民满身的痛苦,悲惨的遭遇,沉痛地诉说出来。正像一首彝族民歌唱的:"遍山羊群是奴隶主的,软软牧鞭是奴隶主的,牧羊姑娘是奴隶主的;牧场唱起了悲歌,唯有歌声才是自己的。"

　　另外,还有大量控诉封建婚姻制度,表现忠贞爱情的情歌。彝族青年男女在火把节、中秋节、赶庙会等节日里,互相倾吐爱情,青年们在"相爱的人不得嫁,相爱的人不得挨"的情况下,为了争取婚姻自由,就和封建势力展开了殊死的斗争,产生了大量的情歌。比如"板子打了九十九,出了衙门手牵手",把这种斗争精神写得多么充分。其他如《坐牢砍头都不怕》、《挨打只为绣花针》、《女儿不嫁他》等,都反映了青年男女追求婚姻自由的愿望和决心。还有一些情歌,反映了青年男女真挚的爱情以及对道德败坏行为的谴责。就其形式来说,也是多种多样。有七言四句的"四句腔",有七言两句或四句的"对口曲",有几十行到上百行的抒情长诗,既可独立成章,又能独唱对唱,可以由若干首短诗集成。

二、彝族民间故事

随着社会历史的发展,彝族进入了阶级社会,反映阶级剥削和压迫的故事传说也随着大量产生。其中有正面控诉统治者的罪恶,直接描写农民和地主作斗争的故事《逼庄》,它通过农民抗交租子逼着地主交出庄园的斗争,揭露地主阶级对农民压迫剥削的残酷,歌颂人民的反抗斗争精神。《阿赤和阿考》,通过后母虐待儿女的故事,有力地鞭挞了私有观念的罪恶;《俩兄弟》则通过哥哥贪图发财,独占家产,让弟弟挨冻受饿的故事,揭露私有制如何破坏人与人之间的关系。

彝族故事中还有许多尖锐辛辣的讽刺性故事。有的是根据真人真事创作的,如反映禄劝县撒营盘长工罗牧阿智反抗世袭土司常培春的《罗牧阿智》的故事;反映武定县农民反对万德土司的故事《张沙则》;反映楚雄、大姚、牟定等县的彝族人民反抗地主的故事《杨茂轩》等。这些战斗性很强的讽刺性故事,都由若干则小故事集成。这些故事都无情地揭露地主土司的贪婪、吝啬,嘲笑反动统治阶级的愚蠢和虚伪。

在彝族故事中,还有以爱情为主题的故事。如《那朵路里》,直接揭露了封建统治者的荒淫残暴;《苴斥昂简》则直接抨击了当时的社会制度;《玛颇与玛若》、《岩山姑娘》等,反映了青年男女在封建势力迫害下的不幸遭遇。透过这些故事,我们可以看到旧社会的黑暗腐朽,看到劳动人民的痛苦艰辛,以及他们反抗压迫剥削,追求光明幸福的坚强意志。

三、红军歌谣和故事

一九三五年,伟大的中国工农红军长征路过彝族地区,虽然时间不长,但她像黑夜中出现的一支火炬,点燃了彝族人民心中反抗旧制度的怒火,使彝族人民看到了光明的未来，找到了前进的方向，激励着彝族人民更勇敢地向反动统治阶级发起猛烈的冲击，产生了许多优秀的红军歌谣和故事传说。如《小飞蛾搭桥》，叙述"红军过金沙江的时候，小飞蛾像雪片一样飞来……从江这边牵到江那边，搭成一道白花花的长桥"，让红军通过。人民坚信："小飞蛾都赶来给红军搭桥，红军给穷人打江山一定会胜利。"又如流传在禄劝县的《红军过江山搭桥》，叙述红军长征来到金沙江边，"武钟山'轰通'一声倒下来，把大江拦腰堵住，搭成一座天生桥，让红军从桥上走过去。""红军刚刚走完，江水便'哗啦'一声把'桥'冲断了。"当山倒下来的时候，还把山脚下一伙地主豪绅全部埋葬掉了。简短的几百字，就把红军与人民的血肉关系充分表现出来了。人民爱红军，希望山给红军来搭桥，真是山随人意。它极其真实而又生动地表达了人民怀念红军，赞美红军的感情。

在歌谣方面，出现了像《红军草》、《红军长征向北方》、《渡红军》等优秀的诗篇。《红军草》反映了禄劝皎西有种草叫"酸浆草"，草绿开白花，味很酸，就像人们过的辛酸日子一样。红军路过后，酸浆草突然变了。叶绿开黄花，味极甜。人们想念红军，就把它叫做"红军草"。红军走过的地方酸浆草从此变甜了，荒年还可以充饥。彝族人民满怀激情地唱道"自从红军来过了，遍地长满红军草。红军草，红军草，一年四季长得好，不怕寒霜和冷雪，天气越冷花越好。红军草，红军草，风吹叶儿轻轻摇，黄花好象五角星，叶儿闪闪亮，花儿放金光，远远望着就像红军笑"。这是多么情深意厚，朴素优美的诗歌呵！这些红军歌谣和故事传说，在现实的基础上，加以幻想和合理的夸张，体现了人民的理想和愿望，成为革命现实主义和革命浪漫主义相结合的作品。在彝族文学史上开创了崭新的一页。

四、彝族儿童文学和谚语、谜语

彝族人民不仅创造了长篇史诗、故事和传说，而且创造了生动活泼的儿歌，很富有教育意义的童话、寓言，还有短小精悍的谚语和谜语。

彝族儿歌有配合舞蹈动作的，有彼此问答的，有用曲调歌唱的。如"娃娃梅葛",是"梅葛调"的一种。调子特别轻松活泼,音乐性很强,内容饶有风趣,形象鲜明,语言浅显易懂,在大人唱史诗《梅葛》时,孩子们就唱《娃娃梅葛》,很富有民族特色。比如"喜鹊穿青又穿白,鹦哥穿的绿豆色,箐鸡穿的十样锦,老鸦穿的一身黑。"非常生动具体。

在童话、寓言方面,思想性和艺术性也是比较强的。童话故事《鸟语》,是用"百鸟世界"构思而成的。在一片"鸟语"声中,让孩子们认识多种多样的鸟雀,非常新颖别致。《淌来儿》则教育孩子要热心助人,对人要诚实,做事要认真,对剥削者要敢于斗争,很富有现实教育意义。《一个赶驴的人》,《我可以在别人头上拉屎》、《蜈蚣和公鸡》等寓言,形式短小,寓意深刻。前者批评那种妄自尊大、爱夸海口的思想行为;后者通过苍蝇的可悲下场,批评了骄傲、虚荣的坏思想。

彝族的谚语、谜语很丰富,而且富于地方色彩和民族特点。比如"蝙蝠见鸟自称鸟,蝙蝠见兽自称兽","想吃炒面才吹火,见了野兽才做弓"等谚语。谜语如"一家五个人,说的五样音"(芦笙),"千股藤,万股藤,就地拣个洗脸盆"(南瓜),"小时尖尖扎扎,大来披头散发"(竹子)。它既符合彝族的生活特点和风土人情,又很富于想象力。

在彝族文学发展过程中,有几个比较突出的特点。

其一,彝族文学与音乐舞蹈有着密切的联系,特别是诗歌作品,几乎都跟音乐舞蹈联系在一起。在彝族人口较集中的聚居区,都有一种主要的民歌曲调作为唱诗的调子,在人民中广为流传。如大姚,姚安流传的彝族史诗《梅葛》,是用"梅葛调"来唱的;双柏流传的史诗《铍姆》,是用"阿色调"咏唱,武定、禄劝流传的叙事长诗《丽阿九抒嬷和沙阿务背公》,是用"敏昂调"来唱;短诗用"兰嘎诺"来唱;楚雄、南华的大量短诗,是用"芦笙调"和"阿苏作调"来唱;弥勒阿细族史诗《阿细的先基》,则是用"先基调"来唱。彝族还盛行"跳歌"和跌脚(又叫"踩脚")的习惯,不少诗歌,是在"跳歌"中唱的。

其二,彝族文学在发展过程中,受到汉族文学很大影响。彝族文学中有不少作品,是用汉语创作并得到流传的。有的还是用汉族民间故事"再创作"而成的。特别是彝汉交往比较密切的地区,如姚安、大姚、楚雄、牟定、路南等地,尽管识汉字的人不多,但汉族的古典文学作品如《三国演义》、《西游记》、《水浒》等,流传却十分广泛。对这些作品中的诸葛亮、张飞、孙悟空、武松、鲁智深等人物,都非常熟悉。特别是在诗歌创作方面,吸收了汉族的"十二月调"、"十杯酒"、"十姊妹"、"四句腔"(姚安叫"坝子腔")、"对口山歌"、"猜调"等等。彝族人民吸收这些形式后、根据本民族的思想、生活、感情和民族特色,创作出了同一形式,但具有独特民族色彩的文艺作品。这类作品的名目繁多,在楚雄、姚安一带,用"十二月调"的形式,创作了像《点兵曲》、《放羊苦》、《山伯与英台》等作品;用"四句腔"的形式,创作了大量七言四句、七言二句的情歌,如楚雄哨区的《庙会情歌》等。

其三,在彝族文学中,两种文化的斗争表现得极为尖锐复杂。历代剥削阶级用政治手段禁止彝族人民说彝话、唱民歌和讲故事,直接地摧残彝族人民的文学。同时,剥削阶级为了维护其反动统治,企图把文学变为维护统治政权的工具,就将统治阶级的反动思想强加进民间文学中,并对人民的作品加以歪曲和篡改,削弱作品的思想性、战斗性。像借"地狱"、"轮回"来宣扬宿命论思想的《阔若与十鸟》,标榜封建礼教的《孝媳》,强调债权神圣的《舅骡》,还有仇视农民革命的《南安巨柏树荣》等故事,其反动性是非常明显的。彝族人民为了捍卫自己的文学而向统治阶级的反动文学进行了长期的斗争,出现了像《赶跑洋教士》、《痛打宋绍安》等故事。前者表现了彝族人民反对帝国主义文化侵略的斗争;后者通过反对牟定县大土豪宋绍安的斗争,反映了各族人民与帝国主义,国民党反动派及其走狗的尖锐矛盾。

解放后,在毛主席革命文艺路线的指引下,彝族文学进入了一个崭新的阶段。特别是一九五八年,我们伟大领袖和导师毛主席发出采集新民歌的号召,全国兴起了群众性的新民歌运动和采风热潮。在中共云南省委的直接领导下,中国作家协会昆明分会组织了民族民间文学调查队深入彝族地区,对彝族的民间文学进行了比较广泛的搜集整理,仅楚雄、红河两个地区就搜集了上万件作品,大大促进了彝族社会主义文学的发展。正象一首彝族新民歌所唱的:

"彝族民歌万万千,过去深埋土中间,共产党来挖开土,一跃冲上九重天。"

由于彝族社会历史发生根本性质的变化，反映社会生活的文学艺术，无论在思想内容，或题材、体裁、形式、风格上也随之发生变化。旧的文学形式不断革新，新的文学形式不断创造。最富有时代精神的新民歌响彻彝山，新民歌的内容，也比任何时代，都要深广，尤其是那些热情洋溢、发自内心的歌颂解放、歌颂新生，歌颂党和毛主席的民歌，以及一九五八年产生的大量的"大跃进民歌"，成了彝族文学发展史上光辉灿烂的篇章。许多优秀的彝族民歌，充分地体现了革命的现实主义和革命的浪漫主义相结合的精神，为发展彝族的社会主义新文学开拓了十分广阔的道路。

颂歌，是解放后彝族文学的主体。千万首歌颂党和毛主席的优秀诗篇，已被选编进全国、全省出版的民歌集和诗歌集子里，其中有不少是被人称诵的佳作。如象《永远和党在一起》就激情地唱道："星星和月亮在一起，珍珠和玛瑙在一起，庄稼和土地在一起，幸福和劳动在一起，儿子和妈妈在一起，鱼和水在一起，针和线在一起，彝家和公社在一起，光明和太阳在一起，温暖和春天在一起，人民和毛主席在一起，彝家的心啊！永远和共产党不分离。"这首民歌，只是彝族千万首动人心弦的颂歌之一。它通过最生动、最优美、最贴切的比喻，描写了彝族人民在解放后获得了幸福和找到了救星的激动心情。"永远和共产党不分离"，这是各族人民发自内心深处的坚定誓言。歌颂毛主席，表示要坚决跟着共产党走，这是新民歌表现得最普遍、最深刻的主题。

彝剧，是解放后在党的领导和关怀下新开的艺术花朵。它为彝族文学增添了新的内容。从搜集到的资料来看，彝剧解放前在双柏县就出现了。最早的一个剧目叫《阿佐分家》，题材来自民间叙事诗《儿月》。这篇诗广泛流传民间，被贝玛用彝文记载下来，保存在"彝书"和"贝玛经"里，贝玛就把它编成戏来演。一九五八年，大姚县华山的彝族人民，在继承本民族文学传统的基础上，吸取彝族的民歌曲调，采用歌、舞、曰三者结合的形式创造了彝剧。编演了《玛颇与玛若》、《牧羊在林中》和《半夜羊叫》等剧目。其中《半夜羊叫》一剧比较成功。它通过合作化运动中富裕农民不愿入社，半夜偷杀羊吃，后被教育转变的故事，反映了彝族地区社会主义和资本主义两条道路的斗争。具有一定的现实教育意义。曾先后参加全省和西南区少数民族戏剧会演，受到群众的好评。

更为可喜的是，在党的教育培养下，彝族已经涌现出了自己的诗人和作家。像彝族作家李乔，解放后创作了长篇小说《欢笑的金沙江》（一、二、三部），短篇小说集《挣断锁链的奴隶》等作品。彝族农民作者普飞，创作了《门板》、《摔跤》等几十篇短篇小说和散文。这些作品，都有力地表现了彝族新的生活，新的人物，体现了党的民族政策在民族地区的伟大胜利，受到了广大读者的欢迎。还有一些彝族作者，解放后也创作了不少的作品。我们坚信，粉碎了"四人帮"，推倒了"文艺黑线专政"论，在以英明领袖华主席为首的党中央领导下，彝族中还将不断涌现出许许多多优秀的作家和诗人来，为发展我国社会主义的文学艺术作出应有的贡献！

（本文有删节）

谈傣族文学

朱宜初　秦家华

史料解读

　　该史料为一篇傣族文学综合介绍和评价文章,原载《思想战线》1978 年第 3 期。作者首先提出傣族有口头文学和书面文学两种形式,书面文学主要是用纸张毛笔书写和用针在贝叶上划写的;口头文学一部分靠傣族人民的口头流传,一部分被用傣文记录下来。其次作者从原始艺术与古代神话着手,分析傣族文学。作者指出,关于傣族的原始文学艺术,早在解放前,西双版纳就流传着"吁莱呵",德宏流传着巫婆的"跳柳神",它们都保留着诗、歌、舞一体的早期形式。新中国成立后,虽有一些变化,但仍保留着原始文学艺术中媚神、祈神的歌舞特色。此外,在远古时期的傣族神话中,可以看到傣族历史的影子,看到人类童年时代对于自然界天真的解释,傣族神话是我们研究民族形成和发展的重要资料。傣族神话也反映了我国各民族之间的亲密关系,自古以来我国各民族就交往、交流、交融,共同创造了统一的多民族国家的历史与文化。

原文

　　傣族居住在我国西南边疆,人口六十多万,主要聚居在云南西双版纳和德宏,同时散居于澜沧江两岸和红河流域。

傣族人民在长期的生产斗争和阶级斗争中,创造了丰富多采的文学艺术,它是祖国文学宝库中的一个组成部分。

傣族有自己的文字,因此不仅有它的口头文学,还有书面文学。傣族的书面文学有的是用纸张毛笔书写的;有的是在贝叶上用针划写的。前者主要在德宏,后者主要在西双版纳。书面文学有流传、收藏在民间的,但大多数却流传、收藏在寺庙内,通称为"经书"。贝叶写的称为"贝叶经"。口头文学一方面靠傣族人民一代一代的口头流传下来,同时也有一部分被书面作者记录下来。为了叙述方便,我们从以下几方面来介绍傣族文学。

原始艺术与古代神话

解放前,西双版纳流传着"吁莱呵",德宏流传着巫婆的"跳柳神"。它们都保留着原始艺术——诗、歌、舞一体的形式。解放后,西双版纳在泼水节时,仍保留着划龙船、放高升、跳孔雀舞,并跳"吁莱呵"。孔雀舞只跳不唱,"吁莱呵"却载歌载舞,所唱的内容常常是即景生情,并在每一段唱词后面都用"吁莱呵"作为呼声。德宏的"跳柳神"已经蒙上一层宗教迷信的色彩,但我们认为它却透露出原始艺术中媚神、祈神的歌舞特色。它边唱边跳,歌词主要唱如何砍柳树、砍柴、开荒,种地等,密切结合生产劳动,说明诗、歌、舞起源于劳动。

远古时期,由于生产力极端低下,原始人还无法解释自然、战胜自然,以为在大自然的实体以外,还有一种神秘的力量在支配着人们。于是,认为人的上面还存在着灵魂,这些灵魂充满着自然界。这是原始人对自然现象(如雷、电、风、雨等)引起了恐惧而产生的雷神、电神、风神、雨神等"万物有灵"的观念,反映到原始艺术里,就有了媚神、祈神的色彩。汉族有屈原记录的祈日神东君、雨神云中君、天空之神大司命等的《九歌》,傣族也有流传下来的《请神诗》、《颂谷神辞》一类诗歌。人们唱着拜着,请各种各样的神来到人间,保佑庄稼丰收,人畜兴旺。有一首傣族的《请神诗》唱道:"大神呀,先师呀,来吧,来吧,给我们赶走悲苦和疾病,让千万种疾病都离开我们,给我们带来幸福和安宁,让十万种主意,都在我们心上明白,让我们生活得长久,让我们越活越聪明。"这里面的神,是人们根据自己的理解和愿望创造出来的。

为了解释大自然、战胜大自然,人们又创作了许许多多的神话。在西双版纳,人们塑造了一个创造万物的天神"因叭";在德宏,塑造了开天辟地的大神"混散"。这种神是远古时期傣族人民力量的化身。关于"因叭"的神话中说,因叭本领很大,开始就创造了十六层天,接着又建立了大地,用汗泥搓成狮子、黄牛、大象,将它们分别放在天极四方,他们劳累时,流出的汗水汇成了大海,从此陆地上有了江河、树木、花草,最后有了人类。神话中的"混散",脚都有几拿长,他用一把大犁耙来犁地,那犁过的地方,高凸的就成了山峰,凹下去的就成了江河。他撒下了各种各样的种子,大地上就长出了各种禾苗、杂草和树木。在傣族许多关于开天辟地的神话中,都有天下涨大洪水的情节,汉、彝、苗、阿细、纳西等族以及西欧的某些古代神话中也有类似的记载,说明原始社会时期,人类很可能经历过一次大洪水。至于大神犁出了高山大河,撒种子长出禾苗等神话,反映了傣族人民能制造工具,控制自然的能力在逐步增长。在西双版纳,还流传着傣族祖先叭阿拉武的神话,说他很久以前就带领人民狩猎在茫茫的森林里。一天,他们追着金鹿来到澜沧江边,这里有肥沃的土地,清凉的溪水,于是他们停住脚步,砍倒森林,点起火种,开辟了十二千亩田地,即今天的西双版纳(西双即十二,版纳即千亩稻田)。它反映了傣族先民从游牧迁徙到农业定居这样一段相当长的历史。我们从这些神话中,可以看到历史的影子,看到人类童年时代对于自然界的天真幼稚的解释,它不仅是我们研究民族形成、发展的重要资料,而且在文学上,它还以特有的艺术魅力吸引着我们今天的读者。

我国是一个统一的多民族国家,从远古时期开始,我国各民族就有过亲密的关系。这从傣族神话中也反映出来。汉族的神话《轩辕皇帝》,曾在傣族地区流传。傣族神话中有"因叭"用汗泥搓成人的情节,汉族神话中也说到"女娲搏黄土为人"。由此可看出傣族神话与汉族神话的相互影响。还有与傣族和睦共居的彝、景颇、哈尼等族,其经济、文化上也有密切的联系。傣族神话中"混散"与另一天神做地,从洪水中飘来的葫芦里走出人来,配成夫妻,创造人类等情节,在彝族史诗《梅葛》、阿细族史诗《创世纪》中都可以找到。这说明自古以来我国各民族就相互来往,文化也是相互交流,共同创造了统一的多民族祖国的历史和文化。

丰富多采的传说、故事……

傣族民间文学不仅有诗歌舞一体的原始艺术和古老的神话,还有优美的传说。这些传说产生于原始社会末期和阶级社会,它逐渐减少了古老神话中过于荒诞的幻想,增强了现实性,传说中的人物也更富有现实生活的气息,它常常是古代现实生活中的英雄形象。它对自然现象、社会现象的解释都更接近于客观现实。

阶级社会中的传说,曲折地反映出阶级斗争的情况。例如《为什么谷子是那么一小粒》,是说古时候谷子有鸡蛋大,又甜又香,还有翅膀,谁勤劳就飞到谁家里。但是有一个土司的小老婆,又懒又馋,她看见谷子都飞往勤劳的人家,眼红不过,就用竹杆把谷子的翅膀打断。她嫌谷子太大不好吃,就把它舂碎。从此,谷子就不会飞,也变小了。这个传说,赞美了勤劳,鞭笞了不劳而获的寄生生活,表达了人民对剥削阶级的愤恨,很有教育意义。此外,还有《泼水节的传说》、《象脚鼓的来历》等,都在解释自然现象和傣族风习的同时,表达了人民的意志和愿望。特别值得提到的,有些故事还反映了重大的历史事件,即地方历史传说,是我们研究该民族社会历史的宝贵资料。还有些关于傣族寨名的传说。傣族人民对自己寨子的命名是很慎重的,他们有时根据寨子周围的环境特点,历史情况来命名。德宏傣族的许多村寨,如盈江、瑞丽一带,就有关于本寨的传说,它们各具特点,新颖别致。

除了传说,还有许多生动的民间故事,其中应特别提到的是流传于德宏和耿马的《阿朗的故事》,它是傣族人民在长期的生产斗争和阶级斗争中创作出来的一组广泛流传的民间故事。"阿朗"是泛指这样一些了不起的人物:他们生下来以后,总要遭到各种各样的迫害和不幸,但他们通过百折不挠的斗争,终于取得胜利,换来了幸福的生活。例如《金篾帽阿朗》,是描绘阿朗从大蟒的嘴中救出公主、战胜妖怪的故事。这是产生得较早的一个阿朗故事,它歌颂了同大自然的斗争,也歌颂了纯朴的爱情。《笋叶阿朗》则反映了封建社会里尖锐的阶级矛盾。它描绘一个贫苦的阿朗,住在山洞里,穿的是笋叶,但由于他纯朴,善良、勤劳,大家都很喜欢他。与此相反,一个"沙铁"(有钱人)的儿子,大家都很恨他。一天,沙铁的儿子逼着阿朗带他去串小"卜少"(姑娘),姑娘见了沙铁的儿子,都不理他,只和阿朗唱歌。沙铁的儿子怀恨嫉妒,起了歹心,要害死阿朗。他叫阿朗到老虎窝附近的池塘里去打水,老虎不仅不吃他,还送给他一颗宝石。沙铁的儿子又设下陷坑,阿朗掉进坑里不仅没有死,还得到龙王的帮助,又送给他一颗宝石。沙铁的儿子三番五次要害死阿朗,但都没有得逞。最后,阿朗还用这两颗宝石打退了敌人,保护了人民。这些故事中的"阿朗",是奴隶制、封建制社会里傣族人民塑造的理想化的英雄。人们在阿朗的身上,倾注了自己的思想感情,使他成为人民力量的化身。这些阿朗故事的共同特点,是没有悲观色彩,也没有悲剧结局,不论是与反动统治阶级的斗争,还是与大自然、妖魔鬼怪的斗争,都是阿朗最后要战胜对方,这充分表现了傣族人民的坚强意志和乐观精神。

除此以外,傣族还有许多富于教育意义的寓言、童话、谚语等。寓言如《贪婪的鹭丝》,《聪明的兔王》和《小雀战胜大象》等,表现了阶级斗争的主题;《湖沼的主人》则批评那种骄傲自大、目光短浅的坏思想。童话《小兔和老虎》,《老虎与大象》及童话诗《牧童和小金鱼》,充满了天真奇特的幻想,有积极的教育意义。出色的谚语,如"老象进林子,竹林遭殃;领主进林子,百姓遭殃。""大家拥护的人,在竹林梢上盘坐得稳,大家反对的人,在山箐深处也蹲不住。"这类谚语,既有较强的思想性,又充满傣族生活气息。

优美动人的叙事长诗

傣族的传统叙事长诗浩如烟海,有口头流传的,几天几夜唱不完;有书面记载的,长达数万行。这些传统长诗(包括书面记载的民间叙事长诗),经过长时期的流传,经过一代一代傣族人民的集体修改、加工,锤炼成了优美动人的诗篇。这些长诗，不仅有诗的语言、诗的节奏，有音乐美，可以唱，而且都塑造了两个以上的主人公，故事情节也都有头有尾，来龙去脉十分清晰，有矛盾，有冲突，能引人入胜。解放前，由于封建领主对傣族人民的残酷剥削和压迫，激起了人民的反抗和斗争，这些也都通过这样或那样的表现形式反映到长诗中去，使这些长诗的主题大都是反封建的。有的直接地揭露了统治阶级的种种罪恶，写出了傣族人民在斗争中的智慧和才能。更多的却通过反封建婚姻制度来揭露封建领主的反动嘴脸，同时歌颂劳动人民的优秀思想品质，描写劳动人民纯朴真挚的爱情和追求自由幸福的理想。这些作品在艺术表现上比较完美成熟，在思想内容上也有较强的现实性与斗争性。它是解放前傣族文学中成就最突出的一部分，也是我们祖国各民族文化中的一份宝贵遗产。

傣族叙事长诗数量众多，比较突出的有《召树屯》、《兰嘎西贺》、《线秀》、《月罕佐与冒弄养》、《娥并与桑洛》、《三只鹦鹉》、《松帕敏和嘎西娜》、《葫芦信》、《一百零一朵花》等。解放后，在党的领导下，通过有组织的调查、收集、整理，已经出版了十多部，受到广大读者的欢迎。

《召树屯》是产生较早的一部叙事长诗，在傣族人民中流传已有数百年。它描绘古代一个王子召树屯，打猎时偶然遇见远方飞来的孔雀公主喃婼娜，他们建立了真挚的爱情。可是幸福的生活刚刚开始，敌人的入侵带来了灾难，父王在召树屯出征时听了摩古拉（巫师）的谗言逼走了喃婼娜，等召树屯战罢归来时，已经失去了心爱的妻子，于是他离开父母、爬山涉水，走了三年来到孔雀的家乡，与爱人重新团聚。表面看来，这是一首描写爱情的长诗，但它所表现的内容，却大大超出了爱情的范围。长诗的主人公，虽然是王子公主，但这里对王子公主的描绘，很可能是继承了古代的歌颂酋长、首领、英雄的传统表现手法。所以在这部长诗的王子公主身上，赋予了傣族人民优秀的思想品质和丰富的感情。召树屯勇敢、智慧，喃婼娜纯洁、善良，以及他们对爱情的忠贞，这些都是劳动人民才有的。特别是召树屯在寻找喃婼娜的途中，越过险山恶水，不论是沸腾滚卷的黑水，磨擦旋转的石山，还是饥饿寻食的巨鸟，都没有挡住召树屯。这是劳动人民与大自然作斗争的不屈不挠的性格和必胜的坚定信念。长诗以曲折的故事,优美的抒情,鲜明的人物性格和浓厚的民族色彩,吸引着读者,长期以来在傣族人民中普遍流传。

如果说《召树屯》主要是以浪漫主义的风格表达人民理想愿望的话,《娥并与桑洛》则主要是用现实主义的方法创作出来的悲剧故事。它是在封建社会里阶级矛盾,贫富对立日益尖锐,封建婚姻制度给青年男女带来严重摧残的情况下产生的。这部长诗描绘了娥并与桑洛这一对青年男女如何相遇,并建立了美好的爱情。可是,桑洛的母亲,这个封建制度的卫道者,硬要强迫桑洛去娶有钱人家的姑娘,以致逼死了娥并,桑洛最后也以自杀表示反抗。他们两人死后变成了天上的两颗明星,有的说他们变成了遥遥相对的两株大青树。这是一部反封建的爱情悲剧,它一方面抨击了封建势力对青年们的残酷戕害,另一方面又歌颂了傣族人民对自由、幸福与爱情的追求,因而唤起了人民的同情,得到了人民的喜爱,它是傣族人民长时期的集体创作出来的一部优秀长诗。

傣族叙事长诗是丰富多彩的。限于篇幅,这里只能择其一二简要介绍,这些长诗除了内容上的特点之外,在艺术风格上,它们继承发扬了傣族古代神话中想象和夸张的手法,充满了浪漫主义色彩。它们善于以海阔天空般的幻想,将离奇曲折的神话故事,亚热带的山川景物,融合到情节的展开和人物行动的场面中去。它们善于以细腻的笔触,描写丰富复杂的内心感情,创造栩栩如生、个性鲜明的人物性格。长诗在比、兴的运用上,也很独到精彩,富于民族特色。仅从描写花来说,就有"象彩霞一样的花"、"象酒一样醉人的花"、"早晨的露水打湿的花"、"连影子都香的花",等等。体现了劳动人民在艺术上的惊人创造。

当然,作为文学遗产,傣族叙事长诗也存在一些较为复杂的问题,如它所反映的帝王将相、王子公主、爱情生活、宗教迷信、战争等等,怎样给予历史唯物主义的评价,需要我们作认真的,具体的分析研究。

独具风格的赞哈演唱

傣族民间歌手——赞哈,对傣族文学的发展起了积极的作用。赞哈一方面学习、继承了传统的傣族诗歌,另一方面又结合当时、当地的情景,即景生情地歌唱。他们在人们结婚的时候唱，在盖新房的时候唱，在婴儿满月的时候唱，在泼水节放升高的时候唱，……人们说："没有赞哈，就象菜里没有盐巴，就象生活里没有糯米饭。"还说："盖房子、结婚，没有赞哈连酒都不香，看不见欢乐。"人们需要欢乐，办喜事的时候，都请赞哈来唱。两个或两个以上的赞哈在一起，就有了对唱和赛唱。一般情况下，对唱和赛唱都是先用歌唱相互问姓名、问所住村寨开始的，然后相互用歌唱商榷对唱或赛唱的内容——是故事传说还是天文地理？这些决定之后，才是正式的对唱或赛唱。常常由黄昏一直唱到鸡叫天明。

关于赞哈，有个传说是这样的：从黄昏到深夜，有一只诺乐多鸟用婉转动人的歌声吸引住了全村的男女青年，美丽的玉嫩姑娘也被诺乐多的歌声迷住了。王子召龙交向玉嫩求爱，遭到玉嫩的拒绝，她说："我宁愿和诺乐多在一起，也不和你在一起。"召龙交就用毒箭将诺乐多鸟射死。玉嫩在椰林中找到了这只将死的小鸟，小鸟死在玉嫩的心窝里，全村青年都为失去诺乐多鸟而悲伤。玉嫩就学着诺乐多的唱声安慰全村的青年，从此，玉嫩就成了第一个群众爱戴的赞哈。

这个传说说明了赞哈与群众的密切关系。但是第一个赞哈倒不一定就叫玉嫩。

按照马列主义的学说，艺术起源于劳动，第一个赞哈正如鲁迅说的是"杭唷杭唷派"。在原始社会，傣族人民一边劳动，一边歌唱，不会有脱离劳动的歌唱。进入阶级社会以后，特别是进入封建领主社会后，才可能产生带有职业性的或半职业性的赞哈的歌唱。封建领主社会时，民间的一些节日或结婚，盖新房等喜庆活动中，形成一种必有歌唱的欢乐场面，使擅长歌唱的人逐渐向带有职业性或半职业性的赞哈转化。封建领主为了享乐，为了控制赞哈的歌唱内容，来为巩固其反动统治地位服务，也就设立了专人管理赞哈。原来全勐最善唱者，被群众称为"赞哈勐"，后来却由封建领主分封为"赞哈勐"、"赞哈叭"、"赞哈鲊"、"赞哈鲩"等级别。

绝大多数赞哈都出身于贫苦农民家庭，不脱离生产劳动，因而他们的思想感情与劳动人民是一致的，他们的唱歌活动与劳动人民是密切相连的。解放前,傣族全民信佛教,男孩子到一定年龄大都要到寺庙里当一段时间的和尚,这样,他们就有机会接触经书里记载的民族民间文学作品,受到傣族传统文学的熏陶,熟悉群众喜闻乐见的艺术形式,为他们将来成为赞哈打下基础。赞哈不仅能唱本民族的优秀传统故事,长篇叙事诗,而且能把现实生活中的典型事件编成唱词。他们歌唱的内容十分广泛,有揭露封建领主的,有歌颂劳动人民的,有歌唱节日活动的,有歌唱各种喜事的。在赞哈的赛唱中,相互问答,唱及的范围就更为广泛,甚至于涉及"猜调",猜唱谜语。

赞哈在接受傣族文学遗产上,有继承,有革新。他们串村走寨,到处唱歌,促进了各地区,各民族的文化传播和交流,对傣族文学的发展起了积极促进的作用。

当然,在封建社会里,由于统治阶级的思想就是统治思想,由于人民世界观的局限,由于封建领主强迫赞哈为他们服务,反映在赞哈的歌唱活动中,不可避免地带上了一些消极因素,如宣扬封建思想和宗教迷信等。只有在解放后,在毛主席革命文艺路线的指引下,赞哈们才能真正走上为无产阶级政治服务,为社会主义唱歌的光辉道路。

傣族文学的新发展

一九五〇年,金色的太阳照亮了祖国边疆,各族人民获得了解放。傣族历史翻开了新的一页,傣族文学也进入了一个新的发展时期。

解放后的傣族文学,以崭新的内容和形式,紧密配合现实斗争,为无产阶级政治服务。在民主改革、互助合作、人民公社化等历次运动中,傣族人民创作了大量的歌颂解放、歌颂社会主义、歌颂人民解放军、歌颂民族团结、歌颂共产党、歌颂毛主席的新民歌。特别是一九五八年,随着社会主义生产,带来了傣族文学的空前繁荣。不论在水利工地还是田边地角,不论在密林深处还是打谷场上,群众性的诗歌创作活动蓬勃开展。傣族人民冲天的革命干劲,火热的斗争生活,崭新的精神面貌,在民歌中得到了最真实,最生动的反映。这些新民歌思想性强,风格清新,一唱就迅速传开,成为团结人民、教育人民、打击敌人、消灭敌人的有力武器。

解放后,赞哈的创作进入了一个新的阶段。在毛主席文艺思想的哺育下,在党的关怀、培养下,赞哈们提高了思想觉悟和创作水平,写出了许多优秀诗篇。如《三个傣族歌手唱北京》,唱出了边疆各族人民对党和毛主席无限爱戴的感情。还有康朗英的《流沙河之歌》、康朗甩的《傣家人之歌》、波玉温的《彩虹》,以及德宏傣族歌手庄相的诗歌等,都比较深刻地反映了社会主义时代新的生活、新的人物、新的思想。《流沙河之歌》取材于修建流沙河水库这一真实事件,写出了傣族人民在党的领导下怎样摆脱传统观念的束缚,向鬼神宣战,向大自然宣战,在魔鬼留下的害河上建成了为人民造福的水库,歌颂了傣族人民建设社会主义的雄心壮志和共产主义精神。《傣家人之歌》从解放以来祖国边疆的巨大变化中选取几个非常典型的事件,描绘了傣族人民从解放到人民公社化这十年间所走过的战斗历程,写出了傣族人民"怎样从地狱跨进天堂",歌颂了毛主席的革命路线和党的民族政策在少数民族地区的伟大胜利。《彩虹》是解放后傣族歌手创作的第一部有完整故事情节、有典型人物的叙事长诗,它描写了解放初期发生在西双版纳的一个对敌斗争故事。作者在歌颂新成长的青年一代人物玉香的同时,还塑造了一个老一代妇女的典型形象——玉坎,深入细致地描写了她怎样从一个虔诚的佛教徒,经过现实斗争的教育,成长为一个革命战士,最后为保卫亲人解放军与敌人英勇搏斗,壮烈牺牲,化为一道永生不灭的彩虹。这对广大读者,特别是傣族读者,是很有教育意义的。解放前,傣族是一个全民信教的民族,佛教思想对人们的毒害是很深的。清除宗教影响,扫除这些毒素,是我们进行社会主义革命和建设的必不可少的一项工作。做好这项工作,不能靠行政命令的办法,要启发群众的觉悟,让他们自己起来掀掉心里的菩萨。《彩虹》中的玉坎这个人物之所以有典型意义,就在于作者令人信服地写出了她所经历的苦难和觉醒的过程,显示了人们只要掌握马列主义、毛泽东思想,就能认识真理,抛弃谬误,冲破思想牢笼,朝着解放的道路迅跑。作者对这一主题的开掘是比较深刻的,从而使这部长诗在思想、艺术上向前跨进了一步。

赞哈们在反映现实生活,歌颂新人新事的时候,并没有停留在表面现象的描写,而是抓住事物的本质,通过自己的歌唱,雄辩地证明傣族人民之所以有幸福美好的今天,祖国边疆之所以有日新月异的变化,全靠毛主席、共产党的英明领导,靠优越的社会主义制度,所以他们创作的字里行间,处处洋溢着对党和毛主席无限热爱的深情。正如波玉温所唱的:"每一片叶子都刻着对党和毛主席的赞歌。"这是各族人民的心声,是时代的最强音,使我们读了赞哈的创作,听了哈赞的歌唱后深受教育和鼓舞。

但是,"四人帮"仇视革命文艺和革命作家,也仇视傣族的革命文艺和革命歌手,他们将一些热情歌颂党和毛主席的赞哈及其作品都打下去,摧残各民族民间文学。以华主席为首的党中央一举粉碎了"四人帮",使我国各民族民间文学得到了第二次解放,傣族的赞哈和文艺也获得了新生。康朗甩、庄相等傣族歌手,又用自己的歌声,满腔热情地唱出了傣族人民对华主席的无限热爱,表达了边疆各族人民高举毛主席的伟大旗帜、紧跟华主席开始新的长征的坚强决心。最近,华主席在五届人大政府工作报告中号召我们:"发展各民族具有独特风格的文艺。"在华主席伟大号召的鼓舞下,我国各民族共同创造的具有悠久历史的文艺大花园,一定会更加繁荣,一个万紫千红、花团锦簇的景象即将出现在我们面前。

(本文有删节)

略谈纳西族民间文学

张俊芳

史料解读

　　该史料为纳西族民间文学的介绍文章，原载《思想战线》1978年第5期。作者首先介绍了纳西族的基本情况，然后将纳西族民间文学分四个部分进行介绍。第一部分是古老的神话传说和叙事诗，主要记载于纳西族的东巴经里，共十二类，五百二十八卷，除去雷同，有四百八十卷。东巴经中的民间文学作品都是在民间口头流传的，不仅有关于世界的由来和人类起源的神话传说，还有古代纳西族人民与自然、疾病作斗争的叙事诗，其中有些内容谴责了非正义战争。第二部分是独具一格的民歌。纳西族民歌有欢乐调、相会调、悲歌、抓兵调以及情歌等等。纳西族民间文学在新中国成立后有了许多新的基调与内容，主要艺术特色有"借字谐音"、以物拟人、诗歌舞一体等。第三部分是优美动人的传说故事，主要有揭露和批判封建统治阶级的传说故事、揭露和批判土司的传说故事以及歌颂红军的故事。第四部分是生动活泼的寓言、童话、儿歌和谚语。新中国成立以来，党十分重视对纳西族文学的保护，对其进行了全面的搜集、整理和出版，此外还大力扶持纳西族诗人和从事搜集整理工作的人员，取得了很大成绩。

原文

我国是一个统一的多民族国家,云南是一个多民族的省份。在历史的长河中,各民族都创造了丰富多彩的民间文学。纳西族也像其他民族一样,对我国文学的发展和繁荣作出了积极的贡献。

纳西族民间文学种类很多,有神话、传说、故事、诗歌、寓言、童话、谚语、谜语等。其表现形式也多种多样,如诗歌,有婚丧时唱的"唱大调"(又叫"四喂喂");有二人高声对唱的"骨气";有二人对唱、集体相合的"阿蒙达";有男女青年谈情说爱时低声吟唱的"时受";有用口弦表达男女爱情的"口弦调";有一人领唱、双方对答、集体跳唱的"阿仁仁";有一人领唱,集体相合、跳唱的"阿利利";有一人领唱、集体相合的"唠喂调";等等。

一、古老的神话传说叙事诗

古老的神话传说,主要记载在纳西族的东巴经里。东巴经是纳西族的经典,共十二类,五百二十八卷,除雷同的以外,有四百八十卷。其内容无非是祭神、驱鬼、消灾、除祸、求寿、送丧等。但这些经书也是我们研究纳西族的历史、宗教、习俗、语言、文字和文学的宝贵资料。

记载在东巴经中的这些文学作品,都是民间口头流传的,内容相当丰富。在这些作品里,有关于世界的由来和人类起源的神话传说。《祖先的来源》说,纳西族的第一个人海失海忍是从蛋里孵化出来的。在生产力极其低下的远古社会,人们不可能懂得生物进化的科学原理,就根据鸡蛋孵鸡的事实,来想象人类和自然的起源。这种认识当然是不科学的,但在荒诞中包含着早期人类关于人产生于自然的朴素的唯物主义思想。《摆几于几》、《高勒趣》等神话传说,记录了纳西族古代社会的生产生活情况。这些作品告诉我们,纳西族原是高山游牧民族,纳西族人民的祖先世代相承从事畜牧业,后来才从"无常处"的游牧生活发展为定居的农业生活。

在东巴经里,还记载了一些古代纳西族人民与自然和疾病作斗争的优美的神话叙事诗。《人与龙》中的母龙总是以人为敌，它用洪水淹没一切，给人们带来灾难。人们战胜了洪水，它又给世界带来干旱。人们与它坚决斗争，迫使它吐出水来。这篇神话传说，通过人与龙的斗争，歌颂了古代纳西族人民与自然灾害作斗争的精神。《找药》描写的是丛忍潘迪三兄弟为了医治父母的疾病而历尽千辛万苦寻找回生药的故事。情节委婉曲折，优美动人。它通过丛忍潘迪找药的过程，显示了古代纳西族人民为战胜疾病而英勇斗争的英雄品格。

谴责非正义战争，是古老的神话传说叙事诗的一个重要内容。《黑白争战》就是一篇描写战争的比较好的作品。它写的是光明与黑暗的斗争。"东"和"术"居住在两个截然不同的地方，"东"充满了光明，"术"充满了黑暗。"术"妄图杀死"东"的儿子，而"术"的儿子反被"东"杀死于"黑白交界处"。"术"又使用美人计杀死了"东"的儿子。终于引起了"东"和"术"的大决战。最后，"东"在雷神的帮助下取得了胜利。自此以后，"东"的子孙昌炽，光明永生。长诗通过光明与黑暗的斗争，谴责了非正义战争，表现了古代纳西族劳动人民痛恨黑暗，向往光明，和光明一定战胜黑暗的信念。更为有意义的是，长诗还揭示了战争的阶级根源：

　　树上开出金银样的花朵，

　　结出珠宝一样的硕果，

　　看着这些就你争我夺，

　　从此就产生了相争相夺。

《哈斯争战》也是一部描写战争的作品。它通过"哈"与"斯"，即善与恶的战争告诉我们："哈"之所以善，是因为他劳动；"斯"之所以恶，是因为他不劳动。这种以劳动作为区分善与恶的标准和善必然战胜恶的信念，显示了古代纳西族劳动人民朴素的、崇高的审美观。

《创世纪》是纳西族古老的神话传说叙事诗中最优秀的一部史诗。它以开天辟地为背景，以从忍利恩和衬红褒白的爱情故事为线索，通过男女主人公与洪水、凶神、妖怪等"自然暴君"和"社会暴君"的斗争，通过他们重建世界的创造性劳动，鲜明、生动、形象地刻画了纳西族人民自己的英雄形象，展示了纳西族古代社会生活广阔的图景。它歌颂劳动,赞美智慧,向我们说明一个真理:只要辛勤劳动,坚持斗争,就能战胜一切,创造一切。

二、独具一格的民歌

纳西族的民歌丰富多采,绚丽多姿,生动活泼,独具一格。有歌颂劳动、赞美纯真爱情的欢乐调;有反抗封建压迫、争取婚姻自由幸福的相会调;有揭露封建压迫和剥削的悲歌;有暴露国民党黑暗政治的抓兵调;还有短小的情歌;等等。

先谈欢乐调。《猎歌》、《伐筝》、《赶马》、《烧香》、《筑城》和《划船》等,称作"欢乐调"。在欢乐调中,以《猎歌》、《赶马》、《烧香》最有名,称为"三大欢乐调"。它的内容主要是描写劳动生活,传授劳动知识,歌颂男女青年建立在共同劳动基础上的爱情和欢乐。

在纳西族的民歌中,以相会调最富于特色。相会调约有四十多种,以《鱼水相会》和《蜂花相会》最突出。相会调是情歌,也是战斗的诗篇。它以爱情为主题,尽情讴歌纳西族的男女青年为争取自由幸福而反抗封建压迫的百折不挠的乐观战斗精神;并以斗争的胜利为结局,表现了纳西族青年男女对美好生活的强烈追求。在艺术上,它采用象征(如鱼和蜂象征男青年,水和花象征女青年)和以物拟人的表现手法,结构也比较严谨,从开头到结尾,一唱一和,步步发展,层层深入,扣人心弦。

格调与相会调截然不同的情歌,有《游悲》和《逃到美好的地方》。《游悲》以低沉、哀怨的格调,描绘了两个青年男女的爱情悲剧,并以殉情为结局,无情地暴露了旧社会的黑暗,表现了纳西族人民对美好生活的向往。应该指出的是,殉情,固然是对旧社会的控诉和抗议,但不是正确的出路。长诗所勾画的"玉龙第三国"这个理想境界,也不过是一种幻想而已。《逃到美好的地方》里的主人公在那暗无天日的旧社会,也幻想世界上有一个"美好的地方",但他们逃到那个地方,不是去死,而是用自己的双手去创造"美好"的生活。从这个意义上看,《逃到美好的地方》比《游悲》要积极得多。

同《游悲》的格调类似的，还有大量的悲歌。这些悲歌是人民痛苦生活的悲吟。它饱含着血和泪，唱起来如泣如诉，听起来使人流泪。其内容可以分作三类：一类是揭露剥削阶级本质的悲歌。如《不劳而获的鸟》：

　　大鸟和小鸟，

　　要说是大雁，

　　又不是大雁。

　　大雁不种谷，

　　大雁嘴很尖，

　　吃米它在先。

　　五月果子黄，

　　果黄那一天，

　　树上有害虫，

　　虫来吸果汁，

　　果汁被吸干。

这首悲歌把剥削阶级比做不劳而获的大雁和蛀蚀果子的害虫，表现了纳西族人民对剥削阶级的切齿痛恨。另一类是揭露苛捐杂税和高利贷给纳西族人民带来种种灾难的悲歌。在国民党的反动统治下，纳西族人民要担负形形色色的苛捐杂税。特别是在灾荒年月，国民党以救灾为名，派捐派款，巧取豪夺，地主奸商囤积居奇，牟取暴利，使人民过着"眼泪做枕头，眼泪泡饭吃"的悲惨生活（《眼泪流成河》）。再一类是妇女的悲歌。其内容主要是控诉男女的不平等和婚姻的不自由。《妇女苦》描写一个年轻妇女的不幸遭遇：父母的逼嫁，公婆的虐待，使她不得不投水自杀。她悲哀地唱道：

　　就是一只鸟儿，

　　还可歇在树上；

　　就是一滴露水，

　　也还有青草依傍，

　　嫁出去的姑娘呀，

不如一只鸟，

不如一滴露。

这首悲歌，唱出了纳西族妇女地位的低下，思想的痛苦。抓兵调也属于悲歌一类。这类民歌主要写国民党抓兵所造成的家破人亡、妻离子散的惨景，以及纳西族人民对国民党的仇恨，对革命的期望。如《金江养鸭子》：

金江养鸭子，

养着一对鸭，

一只逃山上，

一只被水冲。

等到明后天，

洪水来翻天，

冲走那一只，

可以再见面。

国民党的反动统治，封建地主阶级的残酷剥削，激发了纳西族人民的反抗斗争。著名歌手和锡典以一九四四年丽江青龙乡农民的抗租运动为题材，结合自己的亲身体验，创作了著名的《狱中调》。作者从自己的狱中生活开始，描写了纳西族人民在封建地租剥削下的悲惨生活和抗租运动的起因、经过，以及官府对运动的镇压，揭露和控诉了旧社会的暗无天日，热情地歌颂了纳西族人民的反抗斗争精神。

解放后的纳西族民歌，一反过去那种低沉、哀怨的格调，代之以高亢、乐观的基调。新的时代，新的生活，新的思想，赋予纳西族民歌以崭新的内容。如《九州要变鱼米乡》：

要吃白米先栽秧，

要种庄稼先修塘，

若是老天不下雨，

开塘放水好灌秧。

革命干劲把天撞，

四海龙王拱手降，

呼风唤雨凭人主，

九州要变鱼米乡。

如此激情洋溢，气魄雄伟的民歌，只是千万首新民歌中的一首。绝大多数的新民歌，都是歌颂党、歌颂毛主席、赞美新生活的。纳西族人民用最优美的语言，最生动的比喻，最丰富的想像来表达自己对毛主席，共产党的无比热爱，表达自己走社会主义道路的坚定信念。还有一部份新民歌是配合各项政治运动，宣传党的路线、方针和政策的，例如充满阶级仇恨的"斗争歌"，控诉旧社会、赞美新社会的"回忆对比调"，表现贫下中农坚定地走社会主义道路的"合作社歌"，以及充满时代精神的"大跃进民歌"。

纳西族的民歌，有鲜明的艺术特色：一是"借字谐音"。它不仅可以和谐音节，增加音乐美，而且也是运用比喻，使描写对象生动形象的一种手段。因此，纳西族人民往往把能否善于运用"借字谐音"作为评价歌手的一个标准。二是以物拟人。纳西族的民歌，在大多数情况下并不直接写人，而是赋予物以人的性格，把物加以人格化，形象化，使作品显得委婉曲折，耐人寻味。三是诗歌舞相联系。这本是原始文艺的特征，但至今我们仍可以看到纳西族的诗歌舞是联系在一起的。从最古老的"阿仁仁"到解放后产生的"阿利利"都是如此。它们是诗，是歌，也是舞蹈。

三、优美动人的传说故事

我们首先介绍揭露和批判封建统治阶级的传说故事。《阿套五勒古》描写一位母亲穷得无法养活自己的五个儿子，不得不忍痛把自己的乳房割下给她的儿子充饥，而自己却变成了一只鸟，天天叫道："设套设套由！""设套设套由！"（"活不下去了！""活不下去了！"）纳西族人民借阿套五勒古鸟凄惨的叫声，描绘了一幅深受封建统治阶级压迫剥削的纳西族人民悲惨生活的景象。《杜鹃》写的是杜宇一家的不幸遭遇：父亲被迫当兵，母亲被财主奸污后自杀，杜宇被财主卖去当喇嘛。杜宇为寻找自己的母亲，叫得嘴里流血不止，最后变成了杜鹃鸟。

这个故事借杜鹃鸟的生理特征,通过想象和虚构,展示了杜宇一家的悲剧。故事最后让杜宇惩罚了财主,显示了纳西族人民反抗封建压迫的一种愿望和要求。《放猪栽桃》是一个歌颂坚贞爱情,抨击封建压迫的传说故事。纳西族人民通过这个故事颂扬了对封建压迫的反抗精神和对幸福生活的向往。故事告诉我们,当男女主人公的幸福生活遭到破坏时,他们以死表示反抗。尽管这种反抗是消极的,但是,死,并没有毁灭他们对理想生活的追求。他们的骨灰被分开,又变成两棵枝叶相交的大树。把大树砍了,他们又变成两只野黄鸭。这是一种幻想,也是一种愿望。人民总是希望生活的美好,希望美好战胜丑恶。《吃鬼》《山神和城隍》是批判宗教迷信的两个传说故事。《吃鬼》以讽刺的笔调,揭露了宗教迷信对人民的毒害,用无可辩驳的事实说明,东巴的"捉鬼消灾",不过是荒诞邪说,骗人把戏。《山神和城隍》里的山神和城隍,自以为至高无上,人人敬仰。但人们并没有把他们放在眼里,任凭他们呼风唤雨,兴风作浪,也不畏惧,还把他们从神台上拖下来捣得粉碎。《石门关》和《鸡肉汤》是两个批判不劳而获的剥削思想的故事。《石门开》中的财主,虽有万贯心不足,妄想掳尽石门里的金银财宝,结果断送了老命。佃户双宝不贪财,只从石门里拿了一张弓,作为劳动工具。故事用对比的手法,无情地批判了剥削阶级的贪得无厌,歌颂了劳动人民以劳动为荣的崇高品质。

其次,是揭露和批判木土司的传说故事。木土司是极其残酷的反动统治者。他四面远征,横征暴敛,鱼肉人民,杀戮百姓。纳西族人民对他恨之入骨,产生了许多直接揭露和批判他的传说。《木天王修金库》和《石牌坊的来历》,真实地记录了木土司杀戮人民的耸人听闻的罪行。《木楞房的来源》说,门槛高、门楣低的木楞房是木土司发明的,他发明这种房子的目的,是为了维持自己的反动统治,妄图让纳西族人民永远低着头,任他驱使。《尖底篮的故事》揭露说,木土司为了使给他背金矿的工人无法休息,把平底篮改为尖底篮。这说明木土司压迫剥削人民之残酷。

在反抗木土司的传说故事中,以"阿一旦的故事"最优秀。阿一旦是一个穷苦农民,后来是木土司家的长工。他深受木土司的压迫和剥削,常常愚弄木土司。他与木土司斗争的故事，在民间广为流传，纳西族的男女老少都能讲述。"阿一旦的故事"，由《木家败》、《三口疯猪》、《爬粮架》、《公喜？母喜》、《上楼下楼》、《阿一旦唱戏》、《送午饭》、《阿一旦的诗》、《木老爷吃粪》、《火腿炒韭菜》、《学了狗叫还要赔钱》、《张飞杀岳飞》等故事组成。这些故事互相联系，又相对独立，具有较高的思想性和艺术性。在《木家败》这个故事里，作者用很少的笔墨，就描写了一个寡妇的凄惨生活。《三口疯猪》向我们展示了旧历除夕穷人被逼交租还债，"过年如过关"的情景。而在《阿一旦的诗》里，却又深刻地揭露了剥削阶级生活的腐朽和百无聊赖。特别有意义的是，在《木家败》里，作者无情地揭露了木土司统治的虚弱本质。木土司非常害怕人民起来推翻他的反动统治，对不利于他的统治的任何言行却讳莫如深，甚至到了反常的地步。阿一旦抓住木土司这种心理状态，无情地揭露他，嘲笑他。木土司竟把舂碓的声音听成"木家败"而惊恐万状。阿一旦把木土司的新碓换成穷人的旧碓，使他勃然大怒；而阿一旦告诉他，换来的旧碓会发出"木家旺！木家旺！"的声音后，便转怒为喜。在《阿一旦的诗》里，统治阶级的御用文人，把行将崩溃的木氏统治比做"鲜艳的牡丹花"，而阿一旦的十七字诗则敲响了木氏统治的丧钟：十月开牡丹，何必赛梅花，明年春三月，完了！

"阿一旦的故事"还无情地嘲笑了封建统治阶级的愚蠢，热情地歌颂了劳动人民的智慧和力量。封建统治阶级由于脱离劳动，脱离实际，总是那样愚蠢无知。在《三口疯猪》里，木土司竟相信猪真会像人一样发疯。他的愚蠢在《上楼下楼》里有着更集中的描写。这个故事生动形象地告诉我们，木土司是一个笨如牛、蠢如猪的混蛋。阿一旦则与木土司形成鲜明对照。他机智、勇敢、聪明、能干，对封建统治阶级无比仇恨，对劳动人民充满热爱。他同木土司的斗争之所以有力量，无往不胜，就因为他代表劳动人民。因此，"阿一旦的故事"是对阿一旦的歌颂，也是对纳西族人民的歌颂。

一九三六年三月，贺龙同志率领的中国工农红军第二方面军北上抗日，路过丽江，在纳西族人民中间播下了革命的种子。红军坚强的革命意志，爱憎分明的阶级立场，自我牺牲的革命精神，严明的纪律，深深地教育了纳西族人民，给他们带来了光明和希望。于是,歌颂红军的传说故事应运而生。它们从不同的侧面颂扬了红军的崇高品质和英雄气概,表现了纳西族人民对红军的爱戴和怀念。《再有十万八千里也要行》是一篇歌颂贺龙同志的传说故事。传说红军路过中甸,"山林老人"变成一个白发苍苍的老人出来"显圣",先头部队问他到西北还有多远,他说:"还有十万八千里。"贺龙同志听到后,坚定地说:"不怕,再有十万八千里也要行!"贺龙同志气壮山河的豪言壮语,表达了红军英勇顽强的革命意志。《肖克扛锅》,生动地表现了红军官兵之间的亲密关系。《一个连长的故事》,通过一个红军连长同战士的对话,歌颂红军为革命利益而忘我牺牲的精神。《一桶水变成了一桶银元》,赞美红军纪律严明,不拿群众一针一线,喝了群众的水也要付钱。《红军与木匠》描写一个被红军从监牢里解放出来的木匠,为了帮助红军渡江,他扎筏,划船,不怕牺牲,生动地描绘了纳西族人民对红军的拥护和爱戴。《红军带来了丰收》,传说中甸上桥头的老百姓用红军的灶灰撒田,一连三年丰收。说明纳西族人民对红军是多么热爱和怀念。

四、生动活泼的寓言、童话、儿歌和谚语

寓言,是人民生活经验的形象的总结。它透过事物的表象,揭示事物的本质。《五马换六牛》通过对形式主义的讽刺,告诉人们,看问题不能只看形式,要看实质。《兔子和青蛙赛跑》说明骄者必败。《乌鸦笑黑猪》嘲笑了那些爱挑剔别人毛病却看不到自己也有和别人一样的毛病的人。

童话,是针对儿童心理特点和接受能力创作的。它的情节比较简单,但富于幻想。通过这种文学样式教育儿童,认识自然,辨别是非,增加知识,丰富想象。《燕子和葫芦》教育儿童要像农民那样同情穷人。《兔子和羊》赞扬了小白兔的机智勇敢,说明弱小者团结起来就可以战胜强大的敌人。

儿歌,有韵,音节短,节奏轻快自然,语言朴素优美,表现了儿童的天真、质朴和富于幻想。在《团团结棉花》里,棉花越长越大,甚至有天大。这种美丽、神奇的幻想,表现了儿童对劳动果实的热爱。有的儿歌政治性比较强,如《木家恶毒》就是揭露和讽刺木土司统治的。

谚语，是用最精炼的语言提炼出来的一些警语。"不下一番苦，那得一番乐。""如果不勤劳，粮食那里来。"这些谚语告诉我们幸福生活只能是建立在艰苦劳动的基础上。对那些自高自大的人，纳西族劳动人民的看法是"自高自大，牛粪堆大"。

解放以来，党非常重视纳西族民间文学的工作。一九五八年九月，在中共云南省委宣传部的领导下，作协昆明分会和云南大学共同组织了以云南大学中文系师生为主的云南省民族民间文学丽江调查队，对纳西族文学进行了全面的搜集、翻译、整理和研究工作，编选了《纳西族民歌选》、《纳西族故事选》和《纳西族长篇叙事诗选》，编写和出版了《纳西族文学史》（初稿），整理和出版了长诗《创世纪》。另一方面，党也很重视纳西族民间歌手的培养提高工作，对从事搜集整理工作的纳西族青年，给予大力支持和帮助，例如牛相奎、木丽春根据记载在东巴经中的《鲁摆鲁饶》和口头流传的《游悲》创作的《玉龙第三国》，就是在党组织的直接帮助下完成的。这些工作，对发展纳西族文学，对发展我国的社会主义文学，都是很有意义的。粉碎了"四人帮"，纳西族民间文学这朵我国文艺百花园中瑰丽的花，将会更加光彩夺目。

谈谈傈僳族民间文学

刘达成

史料解读

　　该史料为傈僳族民间文学的简要介绍,原载《思想战线》1978 年第 5 期。作者对傈僳族的基本情况进行了介绍,然后就傈僳族民间文学进行了详细介绍。首先是傈僳族的神话传说,不仅反映了傈僳族人民最初的生活斗争图景,还歌颂了傈僳族祖先的英雄气概和不屈不挠的献身精神,其中的动物图腾崇拜传说尤多。其次是傈僳族民歌,有三个特点,一是诗歌与音乐紧密结合,其形式包括古歌、情歌、赛歌、祭歌。二是具有较严谨的格律和整齐的对仗。三是比喻生动,含蓄感人。再次是傈僳族长诗,初步发掘整理的已有二十多部,其中千行以上,较有代表性的有《重逢调》《逃婚调》等。其他的叙事长诗,虽题材和内容不同,但在艺术表现特点上,大多与《重逢调》相似。最后是傈僳族的民间故事,擅用幻想、夸张手法,表达爱憎、爱情与理想。此外有反映孤儿题材的故事、富有哲理和启发性的动物童话、寓言故事以及英雄人物故事。新中国成立后,傈僳族文学的搜集整理工作得到了党和国家的重视,民间歌手也得到了支持与帮助,新民歌推陈出新,不断向前发展,丰富了我国文学艺术宝库。该史料对了解傈僳族民间文学具有参考价值。

原文

　　傈僳族是我国民族大家庭中具有悠久历史的民族之一。主要聚居在云南省西北部的怒江傈僳族自治州，其余分布在丽江、保山两地区和迪庆、德宏、大理、楚雄自治州以及四川的西昌、盐边等地。

　　解放前，傈僳族人民在开发和保卫祖国边疆以及反抗历代封建统治阶级的斗争中，不仅以勤劳勇敢、坚毅强悍著称，而且创造了许多具有本民族鲜明特色的、丰富多彩的民间文学作品，它是祖国艺术宝库中不可分割的组成部分。

（一）

　　在傈僳族的民间文学中，神话和历史传说是很有民族特点的。这些作品不仅在广阔的范围内反映了傈僳人民在社会发展最初阶段的生活斗争图景，记叙了傈僳人民童年时代对宇宙万物、人类社会的种种解释和看法；同时，也歌颂了傈僳人民的祖先在征服大自然的斗争中，所表现出来的英雄气概和不屈不挠的献身精神。如流传在怒江、丽江、德宏一带傈僳地区的《创世纪》、《我们的祖先》、《横断山脉的传说》、《开天辟地的故事》等神话、传说里[①]，都从不同的侧面再现了傈僳族古代社会的面貌。在这些神话传说里，对于天地万物和人类起源的阐述和解释，尽管与彝、白、纳西族有许多相似之处，但仍具有傈僳族社会历史的一些鲜明特点。如《我们的祖先》，叙述了远古洪荒时代，世上只有两兄妹幸免洪水的淹没，为繁衍后代，除了以各自滚坡的石磨盘重合一起，作为兄妹成亲的托辞而外，又增加了兄妹各射一箭同时入麻团眼和针孔的情节。成亲后，种植南瓜，结得像房子那么大，一听，里面有说话声，破开后，先后出来了九个人，即汉、怒、白、傈僳、藏、独龙等族。之后，他们便分赴各地各自谋生去了。这一传说，除了朴素地反映了各民族始于同一祖先的共同愿望而外，同时也反映出傈僳族先人同样经历过血缘家庭的时代。

---

　　① 见《云南民族文学资料集》第十七集，云南大学中文系少数民族语言文学教研室编

古代傈僳族人民,凭借人类童年时期的想象力,创造了与当时社会生产力和氏族制度相适应的许多图腾崇拜的神话传说。特别是与傈僳族社会经济生活密切有关的动物图腾崇拜,差不多都有各自的神话传说。比如:怒江傈僳族对虎氏族的图腾崇拜,就传说古时他们有一个女祖先上山打柴,遇一大虎,虎变为一青年男子与她交配,以后所生的子女即为虎氏族。傈僳语称为"腊扒"。凡虎氏族成员上山都不准猎虎。其他各氏族的图腾崇拜对象,如熊、猴、蛇、鸟、鱼、蜜蜂等,也都有类似的传说。

为了便于口头流传和记忆,傈僳族的某些神话传说,也有用诗歌吟咏的形式来表达的。如在一首《莫广基》的传古民歌里,以简洁、生动的诗歌语言,扼要地记述了古代傈僳祖先对人类起源的天真朴素的解释。"古时,洋洋洪水冲大地,滔滔江河上青天。猿猴他呀,是他创造了世界,是他创造了人间,是他创造了五谷,是他哎创造了生源。从那时候起,开始劳动建家园,开始生活和生产。"①

傈僳族的先辈们就是这样以独特的想象和神奇的夸张,显示了他们在大自然面前,为理解它的变化规律,以便战胜它而产生的大胆的幻想,使神话具有"永久的魅力"(马克思语)。同时,在阐述人类进化历史和社会发展时,它总是从劳动创造物质世界着眼,对神力给予朴素的唯物主义的解释,较为真实地反映了原始社会人类生活的面貌,体现着劳动人民的理想和愿望。它是我们研究文学艺术的起源和傈僳族社会历史的珍贵资料。

(二)

唱歌对调是傈僳人民最喜爱的一种活动。用傈僳人民自己的话来说,那就是"盐,不吃不行;歌,不唱不得"。民歌几乎成了傈僳人民生活的重要组成部分。无论在耕种、打猎、盖房、搭桥及婚丧嫁娶时要唱歌,甚至告状打官司或调解纠纷时,也都常采用唱调子的形式解决。

---

① 引自《怒江州民歌资料六首》1978 年 6 月六库

傈僳族的民歌十分朴素感人。归纳起来有如下一些特点：（一）诗歌与音乐紧密结合。傈僳族的任何一首长诗或民谣，几乎都要通过一定的曲调把它唱出来，其形式大致可分为：①古歌。（傈僳语叫"木刮补"意即吟唱古调子）流传较广，较有名的"木刮补"有《生产调》、《古战歌》、《猎歌》、《架桥调》和《逃婚调》等。②情歌，是男女青年成群结伙在一起对唱的调子。有年轻恋人在幽会时唱的调子，称"由叶叶"；有男女青年在田间劳动休息时，以琵琶或口弦相伴的"口弦调"、"琵琶调"等。③赛歌。是过年或集会上男女青年对唱的即兴之歌，曲调多喜用欢快奔放的"拜系拜"。④祭歌。是祭祖先或鬼神时唱的调子。⑤葬歌。是追悼死者唱的调子，词句哀婉动人，曲调凄楚悲怆。按葬礼的不同，习惯上又有"哭歌"、"送灵歌"、"挽歌"之分。（二）具有较严的格律和整齐的对仗。傈僳族的诗歌入乐，以两组人有领唱帮腔或二部和声对唱为主，比较讲求韵律的节奏和整齐的对仗（诗歌的语言虽然长短不一，每一节的行数也多不一，但仍有一定的规律可循。总的是以七言四句为基础，也有多于或少于七言的。）如词性、词义、句式、节奏等都要求有一定的对仗。以词性对仗而言，则要求名词对名词，动词对动词，形容词对形容词。词义对仗，如太阳对月亮，兄弟对姊妹，山花对野果，七十七对九十九等。句式对仗，一般是上下句相对。如果两句是一个曲调，则两句算作一组，上下句的词类、词义和节奏，都有同汉族律诗一样的对仗。如："要捉到有麝香的獐子必须登高山，要吃到纯白的稻米必须开水田。"如以四句为一组的调子，对仗的形式则有一三句与二四句相对的。如："呼唤旧日的情人呵，只有山风送来回声；想念昔日的恋人呵，却一直不见他的踪影。"（《重逢调》）。也有一二句与三四句相对的，如："阿哥的心像冰一样冷，阿妹的心像梅子一样酸；仇恨堆得比碧罗雪山还高，泪水流得比怒江还急。"（《回忆》）。（三）比喻生动，含蓄感人。几乎在傈僳族的每一首长短诗歌中，都离不开形象生动、意调和谐的比喻，同时在用双关语的诗句里，常常巧妙地包容着意境清新的隐喻。如：《飞鸟调》表面上是以各种飞鸟作比喻，描述各种鸟类的形状，羽毛的颜色，鸣叫的声音特点，出没的季节以及在原始森林中的栖息情况。而实际上是借飞鸟来诉说和隐喻青年男女对婚姻自由的渴望。

"高高的杉树插入云间,矮矮的锥栗蹲在水边;

杉树上的雄杜鹃高声啼叫,锥栗枝的雌杜鹃涕泪涟涟!"

这一段虽然说的是飞鸟杜鹃,实际上托物喻情,指一对恋人天各一方,只能互晓消息而不能相见时的感伤。又如,《重逢调》中,久别重逢时情哥一开始对情妹这样唱道:"蜘蛛吐丝细又长,织成团团青丝网,榕树连起胡桃树,蜘蛛姑娘坐中央。从这边来的小飞虫呵,被缠住了脖子;从那边来的小蜢虫呵,被粘住了翅膀。"表面上看,这里只说了蜘蛛吐丝结网等现象,但实际又是采用托物抒情的艺术手法,即用蜘蛛吐青丝隐喻他们思念之情,再用蜘蛛网粘小虫的情景来隐喻他们爱情之深,思念之切,盼望一碰面就再也别分离了。上述这两种托物言情的比喻都很含蓄贴切和生动感人,既有画意,又富诗情,使诗歌的抒情与表意达到了完美的统一。

(三)

傈僳族的长诗非常丰富,种类也很多。初步发掘整理的已有二十多部,其中千行以上,较有代表性的有:《生产调》、《重逢调》、《逃婚调》、《打猎调》、《牧羊调》、《搭桥调》、《古战歌》和《苦歌》等。这些长诗的题材和内容都非常广阔,其中较长篇的作品,不仅有抒情和叙事,而且有完整的故事情节和鲜明的人物性格。如叙事长诗《重逢调》,长达一千五百余行,它以现实主义的表现手法,在深厚的基础之上,用形象生动的语言,丰富充沛的感情,对封建买卖婚姻制度作了深刻的揭露和有力的控诉。长诗在艺术上的完美,想象的丰富,构思的奇妙,笔调的明快,比喻的生动,寓意的深刻,都达到了较高的水平。

解放前,傈僳族青年男女婚前自由相恋是为社会所允许的。但由于盛行买卖包办婚姻制度,男青年常因给不起繁重的聘礼(娶一个媳妇一般要出 2—8 条牛)而娶不到与他相爱的对象,女青年也因为受包办婚姻的约束,常常不能嫁给她所倾心的恋人。因此,男女双方相约逃婚,在傈僳族社会中几乎成了一种风气。《重逢调》所讲述的就是一对相爱甚深的青年男女,因为男方拿不出几头牛的聘礼,不得不背井离乡到处去做苦工。他怀着挣得聘礼的希望,忍受千辛万苦,为了未来的幸福而四处奔波。"走山路脚上磨起了七十七层厚茧,跨江河溜过了九十九道溜绳,为了寻找聘礼娶妻子,几乎踩遍所有的路程。"有一次,因饥饿和劳累使他昏倒在路旁,被人用牛皮绳子拴起来,"背上烫了记号,脚下钉上木枷,竹针刺穿耳朵,石槌敲落门牙"。卖给奴隶主做了奴隶。在奴隶主家,他一天到晚像牲畜一样地干活,但过的却是连牲畜也不如的生活。"水牛赤裸着灰色的身体,我也赤裸着灰色的背脊;水牛吃的荞麦叶,我吃的是荞麦皮;水牛鼻子上比我多一条铁链,我比水牛腰上多一块麻片。每日在山腰梯田里,一起挨着主人的皮鞭。"……就是这样经过近十年的流浪奔波,用脑髓换来了结婚聘礼,用脊骨油挣来了贝珠①。可是回家后,他心爱的姑娘早已在父母逼迫下出嫁了,他所向往的幸福和希望完全破灭了。

诗中女主人公的情形又怎样呢?她在买卖婚姻制度的摧残下,甚至比男子还要遭到更多更惨的灾难。她被卖给一个不相识、更不相爱的男人,陷入了比奴隶更低下的火坑,整日在打骂、饥寒和泪水中艰辛劳动,无时无刻不在忍受着肉体和精神的折磨。"白天饿着肚子淌汗水,夜晚忍着寒冷流眼泪","眼泪和着玉米稀饭一起下咽,痛苦伴着时光永也过不完"。悲惨的厄运同样使她对生活失去了希望,幻灭了理想。

面对着男女双方即将成为封建黑暗制度的殉葬品时,长诗的结尾,既没有让主人公像汉族的"梁祝故事"那样,用化蝶来象征未来的幸福,也没有像彝族长诗《我的么表妹》那样,只沉沦于思念与痛苦之中,而是冲破了封建制度的传统束缚,摆脱了个人精神上的痛苦,参加了傈僳族起义英雄恒乍绷率领的队伍,勇敢地投入了为推翻这一黑暗制度的英勇斗争。这一别具匠心、寓意深刻的安排,既符合傈僳族社会历史的真实,又增强和丰富了长诗的社会意义,大大提高了作品的思想性和艺术效果。

傈僳族其他一些叙事长诗,尽管题材和内容各有不同,但在艺术表现特点上,大多与《重逢调》相似。在一些作品里,往往不消花费多少笔墨,就可把解放

---

① 傈僳族妇女喜欢佩带的一种装饰品

前傈僳族人民的生活、生产、风俗习惯、宗教信仰、理想情操等画面,真切感人地描绘出来。使我们在获得思想教益和艺术享受之外,还增加了一些原始社会、奴隶社会真实生活的感性认识。从这个意义上讲,傈僳族的许多长诗,同时有民间文学和科学研究的双重价值。

(四)

傈僳族的民间故事,几乎每一篇都有一个设想奇特、结构完整和引人入胜的故事情节,它们像一颗颗闪射着劳动人民聪明智慧的宝珠,特别引人注目。

解放前,傈僳族劳动人民的遭遇是十分不幸的,但凄苦的现实生活并没有把他们压倒,特别是劳动人民的精神活动、理想的闪光、聪明的才智,是任何力量也约束不住、扑灭不了的。千百年来,即使在没有文字记录的情况下,为了记述他们的理想、愿望以及和黑暗势力进行斗争的情景,就是靠耳闻口授,靠惊人的记忆,靠集体加工和代代相传,创造出许多历久不衰,广为流传,充满战斗精神的作品。

在一些民间流传较广的故事里,我们看到劳动人民在倾诉自己痛苦和不幸的时候,也常常运用幻想的手法来捶击和惩治敌人,伸张劳动人民的正义并热烈地表达他们理想和爱憎感情。如:《鲍鱼》[①]、《龙女的故事》、《贝盖哥和双贝哥》、《托拉》[②]、《绿斑鸠的故事》、《吃蜜糖》[③]等故事里,虽然劳动人民被剥削、骗榨得一无所有,甚至被逼得走投无路的时候,他们(一个穷苦农民,一个猎人或一个樵夫)常常可以在不幸的遭遇中,不是有鲤鱼变美女或山神施法术来帮助他们抵抗、降服龙王、皇帝或官府强盗,就是由庇护正义之众神赐给各种宝物,及时痛快淋漓地严惩了社会上和自然界的敌人。这些故事,大多带着浪漫主义色彩,它在一定程度上揭示和反映了现实斗争的实质。应该说,这些作品是人民群众相信自己的力量,相信正义终必战胜邪恶的最生动的体现,也是傈僳族

---

① 《民间文学》1956 年 5 月号

② 见《云南民族文学资料集》第十七集,云南大学中文系少数民族语言文学教研室编

③ 《云南民族文学资料》第一、第三集。云南人民出版社

劳动人民革命乐观主义精神，他们的艺术才华和理想、智慧的结晶。

有的作品，即使已出现一场千古遗恨的悲剧，但是，劳动人民的口头创作是与悲观主义绝缘的，他们使悲剧带上鲜明壮丽的理想情怀，通过艺术夸张，使悲剧中的人物的不幸结局更加让人同情、激愤。如《有声音的碗》①叙述两个放牧的男女青年坚贞的爱情，遭到富人的破坏，女方被富人强逼为妾，小伙子忧愤而死。两月后，尸体虽已腐烂，但一颗热爱姑娘的心还活着。有一天，被富人派上山砍树的奴隶，走到原来小伙子放牧的地方，听见笛声，但一看，四处无人，随着笛声寻去，发现笛声从一颗人心里传出来。奴隶好奇地把这颗心装在口袋里带回来，到家一看，那颗心已变成一只会播送笛声的碗。富人得知后，借"请客吃饭"为名，想趁机霸占这只响碗。当奴隶带着这只碗吃饭时，果然又像吹笛子那样响起来了。悠扬的牧笛声传到姑娘的耳里，使她猛然惊醒，亲切地回忆起和心爱的小伙子同在一块放牧的美好岁月，急忙走出来一看，"轰"的一声，碗爆炸了，富人家全被炸死，而姑娘和小伙子却变成两只欢快的蝴蝶，一同向天空飞去……这种使悲剧的结局带上神奇的幻想结尾，使它和"梁祝化蝶双飞翼"有同样感人的艺术力量，非常形象和生动地表达了劳动人民强烈的爱憎。

广泛流传在怒江州一带的民间故事中，反映孤儿题材方面的比较多。这可能与孤儿在傈僳族社会地位低下，受歧视虐待、引人同情有关。如《阿四到了山顶山》②、《孤儿和鱼女》、《两个孤儿的故事》、《打鬼的故事》、《孤儿做了皇帝》③等作品里，那些心地善良、吃苦耐劳的孤儿，虽处于被压迫、被奴役的境地，但他们在同阶级敌人和自然界敌人的斗争中，所表现出来的种种高尚的美德和丰富巧妙的斗争策略，恰恰又是最聪明、最有本领、最受人敬佩的。在这些故事里，往往只是三言两语就一针见血地揭露了剥削阶级的愚蠢无知和贪婪残暴，对他们进行辛辣的讽刺、嘲弄和鞭笞，带给人民群众以大快人心的艺术享受。

此外，还有一些动物童话、寓言故事，也是非常带有哲理和富于启发性的。

---

① 见《云南民族文学资料集》第十七集，云南大学中文系少数民族语言文学教研室编

② 《民间文学》1956 年 11 月号

③ 见《云南民族文学资料集》第十七集，云南大学中文系少数民族语言文学教研室编

如:《兔子的故事》《兔子与老虎》《猫与狮子》^①等故事里,短短几十个字,就向人们揭示了一条平常而又高深的道理:弱小的兔子和猫,常常用智慧的计谋,把那些不可一世的老虎和狮子置于死地。这类短小精致的作品,是傈僳人民在生活和斗争实践中丰富经验的高度概括,也是发人深醒,引人深思的轻松、愉快、幽默、有趣的艺术作品。

傈僳族历史上著名的农民革命领袖木必扒和恒乍绷等英雄人物,他们英勇斗争的不朽事迹,使人民群众非常怀念,以此为题材陆续创作了许多亲切感人的民间故事。如《木必的故事十则》《关于恒乍绷的传说》^②等作品里,人们都把他们看成是"力拔山河,气盖长虹,身躯高大,意志坚强,箭射不穿,刀砍不动,一步一丘田,一飞能越山"的顶天立地的民族英雄。近代以来,傈僳人民在抗击帝国主义入侵和保卫祖国边疆的斗争中,也涌现了不少反帝爱国的英雄人物。经整理即将出版的反帝斗争历史故事集《片马烽火》一书里,如《铁拳揍日寇》《火烧洋庄园》《不屈的波付妹妈》《尼普洛山上的歌声》等,都是傈僳族人民用鲜血和生命谱写的一曲曲悲壮激越的斗争颂歌。

革命导师马克思对表达人民思想感情的民间文学作品给予过高度评价,指出:"它生活在人民当中,它真诚地和人民共患难、同甘苦、齐爱憎。"(《马克思恩格斯全集》第一卷第 187 页)长期以来,傈僳族劳动人民在自己的生产斗争和阶级斗争中,创造了许多具有较高思想性和艺术性的民间故事,塑造了一大批各式各样神奇的英雄形象和聪明智慧的典型人物,使被剥削被压迫的劳动人民认识到自己的力量,坚定他们战胜敌人的信心,鼓舞他们为实现自己的美好理想而奋斗。

在傈僳族的民间故事里,有一部分作品的内容和基本情节方面,与汉、白、纳西、彝等族有许多相似之处,这正表明各族人民自古以来在经济文化上的相互交流和彼此影响。

我们也要看到,解放前傈僳人民由于受到历史和阶级的局限,流传在民间

---

① 见《云南民族文学资料集》第十七集,云南大学中文系少数民族语言文学教研室编
② 见《云南民族文学资料集》第十七集,云南大学中文系少数民族语言文学教研室编

的一些作品里,有反映和表现剥削阶级意识的,也有浓厚迷信色彩的,甚至还有诬蔑和歪曲劳动人民的(尽管这是出自反动统治阶级的需要而强加给劳动人民的)。这就表明,在傈僳族民间文学发展的道路上,也同样充满着尖锐、复杂的两种文化的斗争。因此,剔除糟粕,吸取精华,仍是今后我们不可忽视的任务。

（五）

  傈僳爱唱歌,一日万千箩;声声唱解放,句句出心窝。

  一九五〇年,红太阳的光辉照到了祖国边疆。在毛主席革命路线指引下,广大傈僳族人民在政治、经济上获得根本性的变化的同时,民族民间文学也进入了一个新的发展阶段。上面这一首格调清新、感情质朴、比喻贴切、寓意深刻的新民歌,就如实地表达了翻身解放后喜歌乐舞的广大傈僳族人民的意志和心声。

  解放以来,我省多次组织民族民间文学调查队,深入到傈僳地区进行发掘、整理。除以上简略介绍的各种民间文学作品外,仅整理和发表的各种民歌已达一千多首。较有代表性的长诗,如《生产调》、《逃婚调》、《重逢调》还分别出了单行本。傈僳族民间文学作品的公开问世,使这朵埋藏了多少个世纪的艺术鲜花,得以第一次展现在读者面前,为发展社会主义新文学作出了贡献。

  在毛主席文艺思想的哺育下,一大批新型的傈僳族歌手,像雨后春笋般地成长起来。曾出席过全国第三届文代会,中国民间文艺研究会会员、原昆明作协理事之一的李四益,可以说是傈僳族新涌现出来的歌手之一。他出身贫苦农民家庭,懂得许多种傈僳族调子。他的诗歌继承了傈僳族民歌的艺术风格,很受群众欢迎。其中如:《琵琶声响幸福长》、《欢乐的颂歌唱不完》、《金色的北京》等,就是较有代表性的作品。

  傈僳族民间文学的新成就,还表现在新民歌推陈出新的创作上。民歌是广大群众最熟悉、最喜爱、最容易掌握的形式,它短小、精炼、生动、活泼,最能直接、迅速地反映群众的生活斗争和思想感情。旧社会广大傈僳人民那种以"火塘作被子,太阳作衣裳,山茅野菜填肚子,树皮草根当食粮"的痛苦生活,已一去不复返了,展现在他们面前的是一幅幅翻天覆地的社会主义建设的动人景象。
从新旧社会两重天的切身经历中,傈僳族人民十分深刻地体验到:"世上没有蜜
蜂,就不能造蜜,世上没有太阳,万物不能生长,没有恩人毛主席啊!我们就没
有幸福,没有救星共产党啊!傈僳就不会有可爱的家乡。"(《琵琶声响幸福长》)
因此,歌颂领袖,歌颂党,歌唱社会主义新生活,就成为傈僳族民间文学最鲜明
的主题,也是傈僳新民歌创作中最响亮的声音。那些出自傈僳人民心底深处的
颂诗和赞歌,形式是那么朴素自然,感情却又非常真挚热烈。真是首首感人肺
腑,支支动人心弦。如:"高高山上的松柏青青,枝枝叶叶连着根,傈僳人民的幸
福,源头来自北京城。"(《幸福来自北京城》)"竹箭离不开熊皮箭囊,山茶离不开
金太阳,鲤鱼离不开怒江水,傈僳离不开共产党。琵琶离不开琴弦,金竹离不开
土壤,孩儿离不开母亲,傈僳离不开毛主席。"(《傈僳离不开毛主席》)这些新民
歌,以浓郁的生活气息,鲜明的民族艺术风格,朴素流畅的语言,寓意深刻的比
喻,优美而富于哲理的想象,道出了傈僳人民与党和毛主席的深厚感情,是社会
主义时代伟大精神的反映。

　　民歌从来是伴随着历史前进的脚步,不断向前发展着的。社会主义时代的
傈僳族民歌,不仅在内容上是完全崭新的,其表现形式也有了新的变化和发展。
有的地方群众利用新民歌短小精悍、节奏明快的特点,在过去单人演唱的或一
人领唱几人帮腔的基础上,相继创造出傈僳快板的曲艺演唱形式。有的地方的
一些会议,还利用唱歌对调具有广泛群众性的特点,以民歌对唱形式讨论议题。
有些地方在干部下乡宣传中心工作时,以工作员为一方,群众为一方,进行对
唱。群众反映说:"这样理解深,记得牢,宣传政策效果好"。更为可喜的是,傈
僳族的歌手们和搜集整理者,为了表现新内容、新思想的需要,在使社会主义内
容与民族形式相结合方面作了许多尝试和探索,在批判继承本民族艺术传统的
基础上,对原来不轻易变动的对偶排比的格调形式,大胆作了一些突破,取得了
可喜的进展。

　　诗有情,歌动听,人民的心,最忠诚。粉碎"四人帮"以来,傈僳族人民放开
被"四人帮"卡住的喉咙,更是倾注了春水般浩荡、飞瀑般猛烈的激情,发自肺腑

地纵情歌颂英明领袖华主席。一支支赞歌，声声飞出傈僳人民的心窝，一首首颂诗，句句唱出傈僳人民的祝愿。他们欢乐地唱道："吹起悦耳的口弦，唱起动听的'呀拉伊'，欢庆粉碎"四人帮"的伟大胜利！弹起悠扬的四弦琴，跳起欢乐的"邦榔"，欢庆华国锋同志任党中央主席"，[①]"云雀唱起欢歌，表不尽阿傈僳的欣喜；蜜蜂酿的花蜜，甜不过阿傈僳的幸福；孔雀展开彩屏，比不上阿傈僳的欢乐……——华主席啊，您办事，桩桩都合阿傈僳的心。"[②]

英明领袖华主席号召我们："加强各族人民的大团结"，"发展各民族具有独特风格的文艺"。在华主席伟大号召的鼓舞下，广大傈僳族人民和民间歌手们，决心在为实现祖国四个现代化的新的长征路上，为繁荣社会主义各民族的文学艺术作出应有的贡献。让傈僳族民间文学的艺术鲜花开放得更加夺目艳丽！

（此稿在编写过程中，曾得到怒江州段伶、赵秉良同志提供一些资料素材，特此表示感谢。）

---

① 见《云南日报》1976 年 11 月 7 日
② 《云南日报》1978 年 1 月 1 日

莫将瑰宝弃沟渠

——藏族民间文学杂谈

李佳俊

史料解读

　　该史料为一篇杂谈，原载《西藏日报》1979 年 1 月 21 日 第 4 版。作者写作此文的主要目的是解答究竟什么是藏族民间文学以及它对繁荣今天的社会主义文艺有什么重要意义等问题。作者首先介绍了藏族民间文学的基本情况。指出，藏族民间文学是藏族民间的一种集体的口头文学创作，产生于广大群众适应阶级斗争和生产斗争的需要，是西藏社会的主要艺术形式，具有顽强生命力。藏族民间文学具有质朴健康的思想、高度的人民性和独特的民族风格，语言清新，感情奔放，节奏明快，脍炙人口，是宝贵的文学财富。关于加强藏族民间文学的搜集整理的意义，作者认为不仅在文学发展上意义深远，对我国的社会科学研究也有着重要的作用，最主要最直接的目的，则在于繁荣我国社会主义新文艺。作为转型期的一篇杂谈，该史料最有价值的地方在于作者不仅回答了提出的问题，而且对如何保护、发展藏族民间文学提出了建设性意见。

原文

　　一度被"四人帮"列入封资修"黑货"的藏族民间文学，近来又成了文学爱好者见面时的话题，得到格外的关注。一些不吭不哈的实干家甚至积极与民间老艺人交朋友，又开始埋头于藏族民歌、故事的搜集整理和研究工作。面对文艺界令人欣喜的动向，也有一些同志似乎不以为然，他们往往不屑地说："现在当务之急是创作出一批足以列入全国优秀作品的小说、诗歌、电影剧本，而短小、浅陋的民歌等……"言下之意，是不值得为此耗费精力的。

这表明这些同志对于究竟什么是藏族民间文学以及它对繁荣今天的社会主义文艺又有什么重要意义等问题，弄得还不是很清楚（——恕我直言），在这里，愿意和大家一起讨论。

藏族民间文学，在目前的主要表现形式，仍然还是流传在藏族地区民间的一种集体的口头文学创作。说它是"下里巴人"的东西，也未尝不可。但是千百年来，这种"下里巴人"的文艺，却是存在于西藏社会的主要文艺形式。它是广大群众适应阶级斗争和生产斗争需要，在漫长的岁月里集体创造出来的智慧的结晶。过去，不论在山野的"舞台"上、星夜的篝火旁，还是在崎岖的乌拉路上，人们都可以听到深沉的歌声和诙谐的故事以及意味深远的寓言、荡人心魄的叙事诗，表达出了藏族人民鲜明的爱和恨，以及对幸福生活的幻想和追求。由于劳动群众解放前没有学习和接触文化的权利，他们的这些作品当然就没法用文字记录下来，而只能靠口耳相传。这些文艺跨越时间和空间的限制，一代一代地从远古传到今天，在祖国的历史上产生过深远的影响，表现出了强大的生命力。

藏族民间文学，并不是短小、浅陋、粗俗的同义语。由于西藏尚未进行过民间文学系统的发掘、整理工作，我们还无法窥见它的全貌。但仅就目前得到的一鳞半爪，已经是玑珠闪烁，令人赞赏不绝了。民间广泛流传的《格莎尔》，用藏族人民喜闻乐见的说唱形式，歌颂传奇式的英雄人物格莎尔与吃人魔王和侵略者的斗争。他以惊人的毅力和智慧，打开梭波骏马库、丹玛青稞库等十八个宝库，给藏族人民带来了幸福和安宁。每演唱一次全部《格莎尔》，常常需要十天至半个月，可见文字之浩瀚，气魄之雄伟。它不仅得到祖国各族人民的喜爱，而且被世界人民所称道，被誉为"藏族人民的英雄史诗"。《阿克登巴的故事》的主人公,很象维吾尔族民间文学中的阿凡提。他才思敏捷,谈吐诙谐,在与封建农奴主和上层喇嘛的斗争中,集中表现出藏族劳动人民无与伦比的勇敢和聪明才智。把成百上千的故事用登巴叔叔这个中心人物串连起来,就像一挂透明闪亮的珍珠。民间叙事诗《在不幸的擦瓦绒》,叙述一对青年男女的爱情悲剧,娓娓动听,如泣如诉,感人至深,使人联想到汉族优美的民间故事《天仙配》和《梁山伯与祝英台》。至于农村牧区男女老少经常吟唱的酒歌、牧歌、船歌、情歌……等等,更是琳琅目满,俯拾皆是。这些民歌确乎短小,但这并非它们的缺点,倒是它们的长处。因为短小,便于流传;因为短小,更其凝炼。是沙里淘出来的金子,是奶液中提炼出来的酥油。它们语言清新,感情奔放,节奏明快,脍炙人口。

可以毫不夸张地说,如果把这些蕴藏在西藏民间的文艺发掘出来,在我们面前,将展现出一个万紫千红、芳香扑鼻的百花园。以它质朴健康的思想、高度的人民性和藏族文艺特有的风格,为祖国社会主义文苑增添奇异的光彩。

加强藏族民间文学的搜集整理工作,不仅在文学发展上意义深远,对我区的社会科学研究也有着重要的作用。文学作为一种社会意识形态,总是最敏感、最集中、最生动地反映着整个社会的风貌,酷似一部能包罗万象的照相机,能把每个时代的日月星辰、法律、宗教、艺术、语言、教育,以及风俗人情等都摄入镜头,展现出阶级斗争、生产斗争和科学实验的特点和规律。作为劳动人民集体创作的口头文学尤其如此,是研究一个民族历史、宗教、语言不可缺少的珍贵史料。我们都熟悉,马克思搜集过德国的民间歌谣,恩格斯曾援引古希腊的神话故事论证过家族、私有制和国家的起源。我国第一部民间诗集《诗经》提供了有关周代生产发展和社会关系的重要线索,为确定我国由奴隶社会向封建社会过渡的历史分期作出过重要贡献。同样,如果把《猴王和魔女的故事》、《格莎尔》和其他藏族民间文学放在马列主义、毛泽东思想的显微镜下,我们将找到有关藏族人种起源、经济发展、阶级关系和藏汉族团结等方面的重要资料。因为即使是远古的神话,也决不是原始人凭空捏造出来的,乃是尚未认识的现实生活中纷繁复杂的矛盾斗争在人们头脑中幻想的产物,是凭借想象征服自然的表现。就宗教关系而言,笔者曾在藏北草原上听到过一首民歌:

天堂未必就那么幸福，要不，

喇嘛活佛为什么都留恋世尘？

地狱未必就那么痛苦，要不，

官家贵族为什么都蜂涌而去？

短短一首歌谣，表现出劳动人民对现实生活何等深邃的洞察力！对封建农奴主用以禁锢人们思想的宗教势力，对佛教宣扬的因果报应、轮回学说又是何等辛辣的嘲讽和反抗啊！

当然，搜集整理藏族民间文学最主要最直接的目的，还在于繁荣我区社会主义的新文艺。毛主席三十八年前谈到新文化的发展方向时曾谆谆教导我们说："中国文化应有自己的形式，这就是民族形式。"最近读到许多反映西藏革命和建设成就的文艺作品，虽然不乏佳作，但也有相当一部分作品缺乏藏族人民所喜闻乐见的民族形式和民族风格。名为西藏的文艺，却不能在藏族群众心中激起感情的浪花。追究原因，除了生活不熟悉外，而藏族民间文学的修养不够，也是一个重要方面。纵观古今中外的文学史，几乎每一个有成就的作家都曾经拜人民为师，接受过民族民间文学的熏陶。我国伟大诗人屈原，在被放逐期间就曾致力于民间文学的搜集整理工作，为我们留下了当时楚国的十一首民歌《九歌》，而且从民歌中吸取营养，还创作出了长篇政治抒情诗《离骚》。俄国诗人普希金，童年时就醉心于保姆和外祖母讲述的民间故事，久久不能忘怀，为他后来的诗作插上了幻想的翅膀。英国诗人彭斯，少年时放过牛，学会了许多田园牧歌，他创作的许多朴素明快的抒情诗，都是从民间小调中脱胎出来的。……总之，没有民族民间文学的修养，就难以造就出一个杰出的作家或诗人。

诚然，在藏族民间文学的百花园里，有鲜花，也有毒草。《格莎尔》里有关于教义的宣传，《阿克登巴的故事》掺杂着不少玩弄女人的淫秽故事，民歌里也少不了有宣扬宿命论和黄色的篇章。其实，用辩证唯物主义和历史唯物主义的观点看问题，这正是阶级斗争在民间文学创作中的反映，是合乎文学发展规律的必然现象。鲜花和毒草混杂，古今中外的民间文学无不如此，只是因为所处历史环境不同，表现形式有所差异罢了。因此，只需剔出其封建的糟粕，吸取其民主性的精华就行了，不必大惊小怪。

　　以华主席为首的党中央一举粉碎了"四人帮"，挽救了革命挽救了党，也挽救了濒于绝境的我国少数民族民间文学。在向四个现代化进军的新长征中，藏族劳动人民千百年来创造出的民间文学，定将得到新生。它对美好事物的热情赞颂，对邪恶势力的猛烈抨击，对伟大祖国和兄弟民族的无限深情，将鼓舞我们为建设社会主义现代化强国奋斗不息！它那质朴清新的语言，天马行空的幻想，现实主义和浪漫主义相结合的创作方法，是我们创作和繁荣社会主义新文艺取之不尽、用之不竭的宝藏。

傣族文学和傣族历史

——兼论文史互证及其它

黄惠焜

史料解读

　　该史料为论文，原载《思想战线》1979 年第 1 期。作者提倡采用文史互证的方法来研究傣族文学史，评判其社会价值。作者认为，在研究傣族文学时，面临的最重要的问题是对傣族文学史进行分期，要对傣族的历史进行深入全面研究，这是傣族文学史研究的前提。傣族历史悠久，始于十二世纪之前，很早就进入了阶级社会，由于长期受到汉族及其他民族文化的影响，傣族社会形态颇为复杂，西双版纳农奴制和西藏农奴制各具特点，因而研究傣族文学史时特别要注意文史互证。作者认为应该深入作品本身，从史的角度看其所具体反映的社会历史，再评判其价值。因傣族民间文学作品产生于阶级社会，对封建社会的描绘和揭露最为生动具体，所以作者认为傣族文学作品中大量的宗教描写，既可以研究傣族的社会历史，也可以研究如何保留作品的精华而弃其糟粕；既可以通过探索佛教传入的时间来为某些作品断代，也可以通过佛教和原始宗教力量对比和消长的规律，作为傣族文学史断代的重要依据。该史料为我们研究傣族文学史提供了重要参考维度。

原文

透过古典文学之窗窥探人类先民的历史，这是一种方法。著名的巴霍芬曾经从古典文学中引证了许多辛勤搜集的事例，来丰富他关于"没落的母权制"和"胜利的父权制"相互斗争的"戏剧式的描写"。恩格斯为此给予了很高的评价。马克思和恩格斯本人极其重视隐藏于古典文学作品中的古史，在他们笔下，从《伊里亚特》到《奥德赛》，一切"英雄时代"有用的神话和故事，总是恰如其份地调动起来作为科学论证的依据，这是极其令人钦佩和值得学习的。①

这就是文史互证的方法。用这种方法，我国史学界从《诗经》关于"耦耕"和"公田"的描述中解开了许多先秦社会之谜，文学工作者也从民族民间文学的宝藏中发掘出众多瑰丽的明珠。那末，我们为什么不可以从丰富的傣族文学作品关于战争、爱情和社会风俗的描写，去探索一下形象的傣族社会历史，去研究一下傣族文学史诸问题，并进一步评价作品的社会价值呢？这应当是可能的。

一

研究傣族文学史不可避免地要碰到分期问题。

傣族文学史的分期绝不等于傣族历史的分期。但是，任何一部傣族文学作品的断代，必定要依据历史的断代。如果我们的任务是写一部傣族文学史，那末，对傣族历史研究的本身，就应当成为文学史研究的前提。

我们可以举出两个例子：

李广田同志曾经为傣族文学史拟立了三个"里程碑"。按照他的意见，《千瓣莲花》居首，因为它是一个"古老的神话"；《娥并与桑洛》其次，因为它是一个"反封建的爱情悲剧"；《线秀》出现更晚，因为它的"神话的色彩"越来越少，而"现实主义的因素"愈来愈多。李广田同志为这些作品断代时说了下面这一段话："一般认为德宏傣族社会发展进入阶级社会约当十世纪前后，进入初期封建

---

① 参见恩格斯：《家庭、私有制和国家的起源》。

社会约在十四世纪之初"①。——这一段话说明李广田同志在为作品断代时，是以史的分期作为前提的。

方国瑜同志也对傣族文学作品进行了断代。他认为《松帕敏和戛西娜》这部作品产生的时代相当早。他依据《隋书》、《新唐书》关于"真腊国"的记载，指出松帕敏就是真腊王"婆弥"，"勐藏巴"就是"参半"，戛西娜可能就是"真腊"，从而认为这部作品可能说的是公元七世纪"真腊统治参半国时期的故事"②。——这一段话同样说明方国瑜同志是把史的分期作为作品断代的前提的。

这一点是非常重要的。因为如果不是这样，我们将陷入两个极端：或者根据仅仅具有参考价值的作品"自白"去为作品断代，或者根据不完善的历史分期去为作品断代，这就必然要造成许多混乱。我们仍然可以举出两个例子：

例一：翻开一部部傣族长诗，它们总是一开篇就自我介绍各自产生的年代，就如亚热带林莽的古树，总是忠实地向你展示它的年轮。比如《葫芦信》说："我来讲一个一百年前的故事"；《召树屯和兰吾罗娜》说：故事发生在"距今三四百年前"；《娥并与桑洛》自称是一个"古老的故事"；《天王松帕敏奇遇》又自称是一个"古时遗留下来的传说"。——对于这些自报的身世相信到什么程度可以因人而异，但科学的态度应当是：既不要随意盲从，以为处处是信史；又不要轻率否定，以为其价值不过等于外国童话的"Long long ago"（"从前……"）。它们在时间的相对概念上可能是有意义的，也许正是我们探索时代迷宫的响导。

例二：全荃同志在谈到《松帕敏和戛西娜》产生的年代时对傣族历史进行了大胆的分期，并据此断定这部长诗"应该是十六世纪左右的产品"。全荃同志的断代是这样的：一，她认为傣族"有史料记载"的"确切可靠"的历史开始于公元1180年叭真建立景龙金殿国；二，她认为公元七世纪的傣族尚处在"农村公社时期"，没有进入阶级社会；三，她认为佛教传入傣族地区"是十五、十六世纪以后的事"；四，她认为商船商邦在傣族地区活动"也不会是十五世纪以前的社会情

---

① 李广田：序傣族民间叙事长诗《线秀》，载《线秀》，云南人民出版社，1964 年。

② 方国瑜：《元代云南行省傣族史料编年》，云南人民出版社，1958 年。

况"，等等①。——全荃同志关于长诗产生年代的具体意见可以商榷，关于傣族历史分期的主张尤需要讨论。因为在一般情况下，对一部具体作品断代欠确只能影响一部作品。而对整个历史分期失误则将影响许多作品。

这就需要简略地回顾一下傣族历史。

据我们所知，关于傣族"确切可考"的历史开始于十二世纪的说法并不确切。因为远在西汉，我们就知道傣族先民被称做"滇越"，其地望在"永昌徼外"；到了东汉，这一地区又出现了傣族先民建立的"掸国"，到了唐代即公元八世纪前后，史书关于傣族的记载更为具体，分别称做金齿、白衣和茫蛮，分布在永昌以西、红河上下以及今西双版纳一带。其中茫蛮分布尤广，凡是冠以"茫"即"勐"的地方，都有傣族分布。比如"茫施"即今芒市，"茫乃"即今西双版纳，等等。这就使我们对傣族的认识远远超出十二世纪以前，使我们有理由把前此的有关史籍视作信史而不应该当作"影子"。

至于公元七世纪的傣族"还在农村公社时期"的提法也缺乏史料依据。恰恰相反，历史工作者比较一致的结论是此时的傣族已经进入阶级社会。据《后汉书》记载，东汉时期的"掸国"已经有了"国王"，有了"大小君长"，自公元97年至131年，掸国王雍由调三次派出使团远赴洛阳，汉帝封雍由调为"汉大都尉"，授大小君长"印绶钱帛"。这就说明掸国已有明显的阶级划分，已有比较稳定的政权组织，社会生产也有相当的发展，比较同一时期已经跨入阶级社会的滇、嶲、昆明各族，社会发展绝不比他们更低。至于公元八世纪的傣族，无疑已经跨入成熟的阶级社会，以今德宏为中心的勐卯王国，其辖区远远超过德宏全境，其后以今西双版纳为中心的景龙王国，其辖区也远达于澜沧江下游。作为我国植稻最早民族之一的傣族，此时进一步发展了以犁耕为主的水田农业，并普遍养殖作为力畜的水牛和象。恩格斯指出，正是水利灌溉和定居农业促进了专制王权的建立，而"在田野耕作以前，应有非常特殊的环境才能把半百万人联合在一

---

① 全荃：《"松帕敏和嘎西娜"的思想性与艺术性及其产生的时代地点问题》，载《松帕敏和嘎西娜》，云南人民出版社，1962年。

个统一的中央领导之下"①由此也才有手工业和商业的发达：唐代傣族不仅熔炼金属制成农具和饰品，而且可以锻制犀利的武器。恩格斯说："野蛮的高级阶段……从铁矿的熔炼开始"②，这个"开始"对八世纪的傣族已经成为"过去"。更不必说当时的傣族掌握了高超的纺织技术，既善用木棉纺娑罗布，又善织"五色娑罗笼"，这些都是后来著名的"百叠布"、"干崖锦"和"丝幔帐"的前身。至于商业，远在汉代就因地处中印交通中继站，而开始繁荣，唐代我国至中印半岛的交通至少有三条是经过云南的傣族地区③。故唐人记述永昌以西出产的茶叶、麝香，人们用以"交易货币"；元人记述金齿市场"其货币用金"；明人记述"鱼盐之利，贸易之便，莫如车里"。

由此可见，傣族是一个有悠久历史的民族，很早就进入了阶级社会，但这只是问题的一面。问题的另一面是：由于长期受到汉族及其他民族的影响，傣族社会形态颇为复杂，即使以封建社会而论，西双版纳农奴制和西藏农奴制也各具特点，这就给文学作品打上了深刻的印记，使我们在研究傣族文学发展史时（包括作品断代），既要遵循社会发展的一般规律，又要注意傣族社会历史的自身特点。正是从这个意义上说，傣族文学作品是诗的史，史的诗，也正是从这一点出发，我们在研究傣族文学史时特别要注意文史互证。

二

人们谈到傣族文学作品，总是怀着特别的感情，因为它们是亭亭玉立于祖国文苑的亚热带奇葩；人们采撷这些奇葩，总要被它的绿叶青枝拨动心弦，因为它们的朝红暮翠，总使人们联想到傣族历史的盛衰荣辱。傣族文学在祖国文学中的地位是不言而喻的，目前已经给予的评价我们觉得并不过份。遗憾的只是，对这些史诗或作品的史的价值估计不足，因而可能对这些作品深刻的社会意义估计不足。为了弥补这一缺点，我们应当深入作品本身，从史的角度看一

---

① 恩格斯：《家题、私有制和国家的起源》，第 26 页，人民出版社，1954 年。
② 同上，第 25 页。
③ 参见樊绰：《蛮书》。

看它们所具体描写的社会历史。

《召树屯和兰吾罗娜》是一部早于《松帕敏和戛西娜》而与《千瓣莲花》同时或略早的作品①。尽管它自称故事发生在"距今三四百年前",尽管它描写了一位王子,这位王子"写得一手好傣文",甚至命运注定要"承袭家业",但是,整部作品中,没有出现主宰一切的"国王",没有层层的官僚制度,甚至没有人间的喧嚣,到处充满着大自然的情趣。召树屯所热恋的兰吾罗娜,不是雍容华贵的公主,却是"美丽非凡的孔雀姑娘";她没有高贵的血统,却是"勐庄哈魔王的女儿";她不是深藏秘宫的明珠,却住在"无法涉渡的流沙河"彼岸。在这一对青年男女的相爱中,不是佛主或王公大臣为他们排难解纷,却是仙人帕腊西用宝刀弓箭倾力相助,不是父王母后分享女儿的悲欢,却是松鼠和鹰雁窥探姑娘内心的秘密。这里不存在王位继承的明争暗斗,也不存在贵族婚姻的极端神秘,任何人似乎都有权对这一婚姻的结合或离异表示取舍,使人总是感到到处有着原始民主的气息。这是一曲爱情战胜邪恶,人类战胜妖怪,黄金战胜顽石的颂歌。从魔王匹丫死后变成顽石这个有趣的结局,我们似乎看到了铁器终于取代了石器,看到了恩格斯关于原始民主制度所表达的那些基本特征:"没有军队宪兵和警察,没有贵族、国王、总督知事及审判官,没有监狱,没有诉讼,而一切都是有条有理的。"②这是一曲多么美好的史诗,对于我们研究傣族古史,真是不可多得的佳作。

《朗鲸布》也许具有同样的价值。这是一部需要重新整理的叙事长诗。尽管它充满着王位继承的明争暗斗,充满着宫廷生活的细致描写,充满着宿命论的无聊说教,然而它仍然为我们保留了类似《创世纪》的主题。正是它朴素地指出:人类的祖先是猴子,他们的身上长着长毛,他们的脸是红的,他们曾经和自己的妈妈结婚,生下的后代不仅组成为一个国家,还分居各处变成一百零一个民族。——我们如果沿着这一线索继续发掘,我们一定可以从一些已知和未知的作品中看到更多的关于傣族远古社会的形象描写,这一定是很有意思的。比

---

① 参见《云南民族文学资料》第二辑,云南人民出版社,1957年。

② 恩格斯:《家庭、私有制和国家的起源》,第92页,人民出版社,1954年。

如关于原始部落制度的描写，就是一例。

部落制度曾经是世界各民族无例外地经过了的制度。马克思指出："集体结构最初归结为部落制度。"①这种部落按其构成形态又区别为按民族组成的血缘部落和按领土组成的地缘部落，"按氏族组成的部落，比之按领土特征形成的部落，较为古老"②。我们在傣族民间文学作品中，正是形象地看到了这种地缘部落的一般特征。

比如在《葫芦信》中，勐遮和景真各自称为"国家"，各有自己的"台勐"（直译为"一勐之主"，意译为"国王"）；两勐之间彼此以"贵国"相称，"国事"交往要互派大臣；他们恪守关系平等的古训，不承认彼此之间相互隶属。这在观念形态上引起了绝妙的反映：年青的台坎勒和喃姣宾罕把婚姻的缔结视作纯粹个人的终身大事，彼此渴望着早日在一起，"象大山一样不会移动，象江水一样不会干枯"，而王公大臣们却把这门亲事慎重地视作"两个国家结成亲戚"，考虑着能否使"两国的人民得到幸福"，所以他们在回答国王的征询时齐声说道："只要不给我们国家带来灾难，我们就一道来办理婚事好了。"这就同恩格斯指出的那样：部落的一切制度对于一切部落成员都是一种"自然所赋与的最高权力"，一切个人"在其感情、思想与行动上都要无条件地服从这种权力"③。

这种情形在《松帕敏与夏西娜》中同样可以看到：勐藏巴和勐西纳是两个独立的勐，彼此各有自己的"国王"和华丽的"宫庭"，"国王"们"按照古老的规矩管理百姓"，两勐之间似乎既没有战争也很少交往，如果不是松帕敏的出走和闯入，大概一江相隔的两个勐真是要鸡犬相闻老死不相往来。这部作品与《葫芦信》不同之点在于：一个已经出现西双版纳"统一之君"召片领，正是召片领的干预，平息了勐遮和景真的战事，另一个则始终没有看到这位凌驾于两勐之上的"统一之君"。从这一点判断，《松》的成书早于《葫》，应当是毫无疑问。

① 马克思：《资本主义生产以前各形态》，第 29 页，人民出版社，1956 年。
② 同上，第 13 页。
③ 恩格斯：《家庭、私有制和国家的起源》，第 93 页，人民出版社，1954 年。

由于古代部落都"自有领土及自有名字"①,因而长诗关于各勐地界的描写,反映了地缘部落按领土划分的一般特征。《千瓣莲花》的记载正是如此:当着寡妇的儿子阿暖因寻找千瓣莲花而离开勐巴纳西以后,"他走一步回头看一下,终于走到别一个国家",接着向东走了几天来到另一个"何罕"那里,然后又走了七天七夜进入另一个"国家"的森林。这些不断穿越的"国家"领土,正是古代部落地界的遗留。同样,在《松帕敏和夏西娜》中,一边是松帕敏"常常带着群臣到边境出巡",一边是台勐西纳"强大的骑象兵队日夜巡逻在边境",这也是古代部落"自有领土"的确证。《葫芦信》的描写更为精彩,它把悲剧的高潮正是巧妙地安排在两个"国家"的边界上:一对无辜的青年生前没有充分享受相聚的欢乐,死后还被分别埋入"国界"南北的土坑。这样,两堆无情耸立着的黄土,不仅勾起人们对整个悲剧的辛酸回忆,同时还成为部落居民不相混属,部落领土不容错乱的实物见证。

事实证明古代部落之间的关系正是这样。它们常常因暂时的共同利益结合在一起,又往往为一点小事便发生冲突。勐遮和景真就是最好的例子:它们之间曾经"团结得象两根绳子扭在一起","不管发生了什么大小事都共同想办法处理",但一经勐遮国王稍加挑拨,两勐之间便立即反目相向,而这一场浩劫的根本原因又正是勐遮国王"要把两个勐归在一起"。——这一事实确切证明:"亲族部落的联盟常因暂时的紧急需要而结成,随着这一需要的消失,即告解散"②。

此外,不少作品对于部落民主制度的描写相当精彩,但需要我们谨慎鉴别。如果说,从文艺批评的角度,我们有理由责怪某些作品对"阶级斗争"的反映似乎那样薄弱,那末,从历史的角度,我们同样有理由肯定这些对原始民主的描写异常真实,因而具有可贵的科学研究价值。

在跨入阶级社会以前,人们享受着充分的原始民主。在人类社会发展的这一阶段,"酋长在氏族内部的权力,是父亲般的、纯粹道德性质的,他不能使用强

① 恩格斯:《家庭、私有制和国家的起源》,第 86 页。
② 同上,第 89 页。

制手段"①,我们从不少傣族长诗中看到的有关现象,正是这种原始部落民主的遗迹。你看,人们把松帕敏比做"贤明的君王",说他的"心肠象棉花那样软,他有比海洋宽阔的胸襟",说他"按照古老的规矩管理百姓,人民欢乐他高兴,人民流泪他伤心"。用今天的观点,我们怎么能够设想有这样好的"国王"啊,但是,历史地看,松帕敏的形象是可信的,关键之点就在于他是"按照古老的规矩管理百姓"。同样,台勐西纳的形象也是可信的,由于他"爱我的百姓",由于他的头人"常到村寨访问,百姓的疾苦他们非常关心",因而他"受到百姓的尊敬",富饶的勐西纳也"一年四季没有饥馑"。——我们当然不须夸大这种描写的历史价值,我们需要的只是谨慎鉴别其夸张的外壳,而合理肯定其朴实的内核。

这样的原始民主,还表现在群众对于部落首领不仅可以民主选举,而且可以更换和罢免。仍以《松帕敏和戛西娜》为例。在这里,松帕敏是不是由百姓和头人民主选出,作品没有明确的交代,但是,他的毅然弃国出走,却从一个侧面反映出他对于王位并不特别依恋。他对百姓和头人们说:"我没有带走宫中的细软,我没有带走宫中的金银,但愿那残暴的君王吃饱了,再不要骚扰你们。"这样的临别赠言,简直是不负责任,有同志甚至批评他"在决定人民命运的重大问题面前,他重视狭隘的手足之情,而把人民丢给豺狼去咬噬,这不只是他性格上的软弱,而是联系到他爱人民的感情还不够深刻"②。这样的批评无可无不可。不过,照我们看来,松帕敏这种"爱人民的感情还不够深刻"的缺点,也许正体现他恪守着"爱人民"的古训。他宁肯让人民自己去选择谁是最好的君王,而绝不把王位视作世袭的私产! 勐西腊的情况更加典型:老国王就要死了,王位应由谁来继承,于是头人们进行了紧张的讨论,有的建议"立驸马",有的建议"选贤能",有的建议"到邻国去聘请",总之要找到"受百姓爱戴的人",而最后找到了松帕敏。

请看,国王要由大家在国内国外去找,说起来也够新鲜,然而,在原始民主

---

① 恩格斯:《家庭、私有制和国家的起源》,第82页。

② 全荃:《"松帕敏和戛西娜"的思想性与艺术性及其产生的时代地点问题》,载《松帕敏和戛西娜》,第90页,云南人民出版社,1962年。

制度下,这样的事却是天经地义。因为在那里没有权力的世袭,"王位"的继承不是"传子"而是"传贤",就如尧舜的禅让一样,反映着人类早期的民主传统。这在长诗《千瓣莲花》、故事《塔玛寻到了幸福》和《小金鹿的故事》中都可以找到证明。

文艺作品不是历史教科书,也不应当要求它成为信史,然而,优秀的古典作品给予我们的形象的历史常识,其价值绝不亚于任何历史。它们因本质地再现历史而获得艺术生命,历史因它们的形象反映而获得再生。

三

当然,我们无意于从傣族文苑中单纯猎取原始遗迹,恰恰相反,我们必须指出,大量保留的傣族民间文学作品,无疑多数是产生自封建社会,因而对封建社会的描绘和揭露最为生动具体,这正是它们的价值所在。从某种意义上说,它们称得上形象的傣族农奴制的"百科全书"。

以《葫芦信》为例,它的关于封建农奴制的几段典型描写,每一段都可视作准确而生动的"信史"。它在描绘了"辽阔的勐遮坝子"之后说:

居住在这里的人民,

要向国王买水吃,

要向国王买路走,

死了也要向国王买土盖脸;

大头人和王子都是靠百姓生活,

小头人只免掉给国王的负担。

这正是傣族封建主大土地所有制的真实写照,这和傣语谚语"喃召领召"即"一切水土属于官家"的意义完全相同。正因为这样,这里的最高封建主傣语称做"召片领",意思是"广大土地的主人"。这个召片领在长诗中多次出现,他就是通常所说的土司,也就是明清以来的车里宣慰使。由于一切水土属于召片领,所以,一切百姓都是他的"奴隶",都必须向他买水吃,买路走,还要买地住家,买土盖脸。这里所谓"买",当然不是用钱,而是提供农业和非农业劳役。也就是说，召片领通过每一个村庄把土地按份分给农民，领种份地的每一农户就按照"吃田出负担"的原则，上官租，交地租，服劳役。所以长诗说：

> 挎着长刀的卫士布满了宫庭，
>
> 侍候的宫女忙乱地出入宫庭，
>
> 派来做苦役的百姓也挤满了宫庭，
>
> 管牛管马管象的人很多，
>
> 住在这里的百姓都是靠收得的粮食充饥。

这里所说的卫士、宫女和百姓，绝大多数都是为召片领服家内劳役的农民。他们其中一部份被称为"滚很召"，意思就是"官家的人"。他们被领主按专业编组成村寨，每个村寨固定服一种劳役，比如养象、养马、唱歌、跳舞、纺织、打铁等等，名目多达一百余种。这些劳役统称为"甘乃很召"，意思是"主子家内的劳役"。滚很召的社会地位很低，在西双版纳占农业人口的百分之十九。他们是具有奴隶身份的隶属农民。

长诗还有这样一段描述：

> 坝区的百姓用粮食和银子赎给国王，
>
> 络绎不绝的山民抬着茶叶和芝麻朝宫庭走来，
>
> 有个少纳地方专供大烟、花生、玉米，
>
> 还有桌子、凳子、竹子、箩筐都是从这里送来，
>
> 有个少笼地方专供小猪和棉花，
>
> 村寨的负担寡妇也要抬三分之一。

这里相当准确地描绘了傣族封建主对山区居民的剥削和统治。在西双版纳，哈尼，布朗、拉祜等族居住的山区也属召片领所有，召片领将这些山区划分为十二个行政区域，统称为"卡西双火圈"，意即"山区奴隶的十二区域"，又在每个火圈内册封一个当地头人为"叭竜"，赐给铜象和金伞，并在委任状上写明头人对召片领应尽的义务。这些叭竜就在每年固定时期强迫山民把棉花、玉米和各种土特产上缴给召片领。

长诗对于封建领主穷奢极欲的剥削生活有着深刻的揭露，同时也相当准确

地描绘了封建政权的一般状况：

车里宣慰使司署即土司衙门是西双版纳最高政权机构，其中重要官员三十余人，各有职掌：召景哈主持议事庭，怀朗曼凹总揽行政，怀朗庄掌管粮米财务，怀朗曼轰掌管司法户籍，他们统称为"四大怀朗"，和内务大臣召龙帕萨，统兵将军召龙纳花等合称为"八大卡贞"，他们可能就是长诗中常常提到的"八个大西纳"。由他们和各勐"波朗"组成的土司政府即议事庭，于每年关门节、开门节举行年会，处理全区一切重大政务。各勐也有议事庭，其组成情况与宣慰议事庭相似。这种自上而下层层编织的罗网，最后都向村寨收缩，由村寨头人执行一切上司发布的命令。由于大小头人都是官，因而都各有俸禄，历史上大领主还有采邑。所以长诗说："小头人免掉给国王的负担。"

我们不要忽略了长诗中还有这样一句话："村寨的负担寡妇也要抬三分之一。"这句简单的话包含着辛酸的内容。在封建农奴制下，领主实行按户计征，领种一份土地就是一个负担户，农民的人格也就和他是否耕种份地相联系，农民的一生也就按承担封建义务的多寡被划分为四个时期：十五岁以前不到负担年龄，不能独立领种份地，因而没有"人格"，没有"鬼魂"，十五岁至结婚前分得相等于成人一半的份地，开始"学习"负担，因而开始有了"人格"，有了"鬼魂"；婚后至五十岁是正式负担时期，被迫接受一份土地，缴纳全部封建负担，那些丧失了部分劳力的半劳动或寡妇，也要承担各种剥削的一半或三分之一。只有那些无依无靠完全丧失了劳动力的鳏寡孤独，才从负担户中除名，但是，他们从此也就被人遗忘，村寨也不再承担帮助他们的义务，任其消磨衰弱的晚年。——为负担而生，为负担而死，这就是农奴制下傣族农民的悲惨生活。

至于从长诗对两个"宰乃"命运的描写，我们看到了某些早期奴隶制的残余。限于本文篇幅，这里不再赘述。

傣族民间文学作品对封建农奴制的描绘和揭露是多方面的。毫无疑问，这些正是它们现实主义的精华所在，对于我们研究傣族文学史和傣族封建农奴社会，具有很高的参考价值。

<h1 style="text-align:center">四</h1>

最后要谈一谈文学作品中反映的宗教问题。

傣族信仰小乘佛教。民间文学作品中有大量关于宗教的描写。通过这些描写，我们既可以研究傣族的社会历史，也可以研究如何保留作品的精华而弃其糟粕，还可以通过探索佛教传入的时间来为某些作品断代，等等。

民间传说和傣文经册把傣族历史划分为三个时期。第一个时期是"滇腊撒哈"，这一时期"莫米召、莫米瓦、莫米倘"，意即没有官家，没有佛寺，没有负担；第二个时期是"幕腊撒哈"，这一时期"米召、米瓦、莫米倘"意即有了官家，有了佛寺，没有负担；第三个时期是"米腊撒哈"，这一时期"米召、米瓦、米倘"，意即有官家，有佛寺，也有负担。这个划分非常生动地说明佛教在傣族中不是自古就有，也不是很晚产生，而是在虽然有了官家，但还没有封建负担的时候，就传入了西双版纳，其时代当然也是相当早的。

据《泐史》记载。西双版纳最高统治者叭真"入主勐泐"时，曾在登极典礼上举行了佛教的滴水礼，布置了佛寺专用的"帕萨"，本人又称为"景龙金殿国至尊佛主"，可见佛教至少在当时已为上层所信仰，其时间在宋淳熙七年即公元1180年。至公元1192年，叭真的幼子匋铳冷继承父位，也称做"景龙金殿国至尊佛主"。至公元1428年，召片领奢陇法的弟弟铳朗法食采勐遮，"筑佛寺佛塔于勐遮之最高点"。至公元1570年，宣慰使刀应猛在景洪城西"建大佛寺一所……，塑佛象一尊"，命名佛寺为"金莲"。汉文史料和出土文物也证明，唐代南诏统治阶级已普遍信奉佛教，最近从大理三塔中发现的大量铜铁佛象及佛经，即是实物例证。由于当时傣族属南诏统辖，其首领在南诏政权机构中任职，其后就整个云南各族而言，又只有傣族全民信仰佛教，甚至后来居上超过了当年南诏的规模。因此可以断言，佛教传入傣族地区不会比八世纪更晚，全荃同志关于佛教传入傣族地区"都是十五、十六世纪以后的事"的结论，还可以另作商榷。

我们不能过多地离开历史为作品断代。同样，也不能离开作品反映的整个社会历史，只凭几句孤立的描述为作品断代。原因是清楚的，因为宗教对于民间文学的篡改比比皆是。比如:《葫芦信》很少提到佛教,但它的成书年代并不比《松帕敏和戞西娜》早。后者虽然偶一提到了"金色的塔尖",但这同一作品的俗本和经本对佛教的描写也迥然相异:1962 年整理出版的《松帕敏和戞西娜》,只有几处提到佛寺佛塔,然而 1944 年出版的《天王松帕敏奇遇唱词》,就通篇充满了宗教色彩;62 年版提到松帕敏出走的原因是:"骨肉相争使我羞愧,我独自出走,不愿带累百姓",而 44 年版却说:"孤意决,弃国出走,进森林,苦修佛法";戞西娜竟然也说:"妾也愿,守规诫,谛听佛理;妾也愿,朝朝洒扫佛殿,皈依顶礼"。两个本子,这样大的差别,完全是佛爷们玩的把戏。事实也正是这样,原来 44 年的唱本系"缅寺内传诵之佛典",并采集自"土司衙门"。从这里我们更加深信,真正有价值的唱本,往往都是扎根民间口授心传的俗本。

此外我们还可以看到,大凡时代越早的作品,原始宗教的影子就越多,多神崇拜与佛教的明争暗斗也愈加激烈。这是由于佛教虽然为傣族全民信仰,但它并没有也不可能排斥一切固有的原始宗教。比如,勐藏巴虽然已有"金色的塔尖",但是国王仍然"常常带着百姓祭奠平安的树神";召勐西纳虽然"常到佛前祷告",然而他死后仍然要埋葬在"龙林";王公大臣们固然有权决定王位继承,然而在作出决定前仍要"邀请摩古拉来问一问",等等。更不要说在《召树屯》中,一会儿出现仙人帕腊西,一会儿出现魔王披雅,一会儿说是佛的代表帮助召树屯到达孔雀国,一会儿又说是神龙为他搭桥解难。流传在勐海的另一版本甚至说喃吾罗娜居住的勐董板是信多神教,而召树屯居住的勐板加是信佛教,两个"国家"围绕着王子和公主的恋爱故事展开了剧烈的斗争。这样的事实是可信的,因为这样的斗争,在佛主降服魔王的故事中得到最典型的证明。

据西双版纳最高佛爷松列勐混向笔者介绍:在佛主巡游西双版纳以前,阿纳娃戞雅是全区最大的魔鬼,当它吃完了地上所有的动物之后,就强迫叭阿拉武(他追赶金鹿来到西双版纳)每天送一个人给他吃。叭阿拉武很聪明,把奴隶送给它而不把百姓送给它。但是,贪婪的魔王吃完了奴隶最后要吃百姓,甚至要吃叭阿拉武的家属,于是引起了百姓的反抗。这件事终于被佛主知道了,他就来到竜朗山降服魔王。他袒肩光头,直入山洞,宣扬佛法,登时就有不少魔鬼

皈依,唯有阿纳娃戛雅不服,和佛主打将起来。它变牛王,佛主变猛虎,他变蛟
龙,佛主变灵鹫,它变大象,佛主变麒麟,它抛出武器,被佛主的经幢挡回。这个
时候,魔王害怕了,请求饶命,最后皈依佛主,改名阿纳娃戛苏那,由佛主带它去
竜朗山塔庄慕修行三月(这段期间就是关门节和开门节),然后回到山洞。为了
避免它继续出来作怪,佛主在洞外修建了一座佛塔,叫"塔庄董",就是"跟着监
视"之意,又吩咐百姓们每天按时击鼓敲铓,否则,佛寺鼓声一停止,魔王就要下
山吃人。

　　这个故事对于原始宗教和佛教之间的斗争描写得多么形象具体,但是,它
夸大了佛主的法力。事实上,原始的鬼神崇拜并没有被佛教所代替,这从景洪
全勐每年一度对披雅的祭祀可以得到证明:祭祀的地点在竜南山,祭祀主持人
是召勐,祭祀时要向披雅隆重地宣读《朗丝舍不先宰》——类似"国书"的祭文。
兹将祭文范本摘译如下:

　　"致　景洪　阿纳娃戛苏那

　　"今年的关门节到了,各勐都来朝拜您,阿纳娃戛苏那。您曾应允佛主,要
和以叭阿拉武为首的西双版纳土司头人、百姓奴隶和睦相处,互不残杀;要使城
市繁荣,谷米丰登,要帮助佛教发展至五千年。现在,我们就遵照佛主的旨意,
带来颂词和礼物向您朝拜。

　　"请您,阿纳娃戛苏那,从今年的八月十五日开始,到明年的八月十五日为
止,保护叭阿拉武、他的王后、王子和公主,保护议事庭的头人、四卡真、八卡真、
三闹四帘、四朋四陇;保护整个西双版纳的土司头人、百姓奴隶,安居乐业,无病
无痛,您要让叭阿拉武洪福齐天,光明灿烂,无论他骑象走到那里,都是威风赫
赫,都能战胜一切敌人;要让十二版纳的头人百姓都跟着他得到福气。"

　　正因为并存着原始宗教和佛教,因而并存着两套宗教制度。在西双版纳,
世俗的原始宗教以"波赞"为首,他是"管鬼"的头人,实际是原始的巫师。由于
各寨有各寨的鬼,各勐有各勐的鬼,因而他们又区别为"波赞曼"和"波赞勐",分
别主持各寨和各勐的宗教活动。有趣的是:两个村寨可以共用一个佛寺,但不
能共有一个波赞,原因就是两寨的寨鬼不同,这充分反映了原始农村公社的一

般特点。佛教则自有一套严格的教阶制度,从最高的"松列帕兵召("至尊的佛和王")即召片领开始,依次递降为十级,其中祜巴以上的僧侣由召片领亲自加封或撤换,更高的佛爷则只能由召片领和召勐的亲属担任,尤其是宣慰街大佛寺的住持,必须是召片领的亲属,至少也要认召片领为教父。大佛寺("瓦竜")及其左右佛寺"瓦扎捧"和"瓦庄董",则统辖着全区所有佛寺。

按照政教合一的原则,许多重大的政治活动由佛爷主持并在佛寺举行。《松帕敏和戛西娜》记述松帕敏当了勐西纳的国王后,"中午举行了第一次苏马","加封一百一十个召叭竜,赦免了一百一十个罪人"。这和召片领历来在佛寺封头人的情况完全一致。这说明原始宗教虽然保存,但在政治活动中真正起作用的是佛教。由此可以引出一条规律:时代愈早,佛教的力量越弱,时代愈晚,佛教的作用越大。佛教和原始宗教这种力量对比和消长的规律,可以为我们提供文学作品断代的重要依据,这就是说,判断某一作品的年代,我们不仅看它是否有关于佛教的描写,还要看一看佛教和原始宗教在其中的地位和彼此的关系。

现在,把我们在本文中表达的基本观点概括起来,那就是:研究傣族文学,必须重视傣族历史;对文学作品断代,必须依据历史断代;评论作品的价值,应同时注意其社会价值;而在整个傣族文学史的研究中,应注意应用文史互证。

佤族文学简介

刘允禔

　　该史料为佤族文学的简介，原载《思想战线》1979 年第 1 期。作者首先提出，佤族因为没有本民族的文字，也没有文人文学，因而只有口头文学。口头文学文类丰富，有神话、传说、故事、民歌、民谣、童话、寓言、谜语、谚语等。各种文类，又有不同的表现方式。其次提到，佤族因居住在山林之中，对动物特性十分熟悉，因而故事、寓言、神话中常表现人与自然的关系。再次介绍了佤族民间诗歌，佤族民歌最多的是情歌和孤儿歌，讲究音韵和谐，佤族诗歌的特点是排比、对衬、隐喻三者的结合，此外还有歌舞相结合的特点。作者认为，随着历史的发展，社会主要矛盾的变化，佤族文学的主题也在不断变化，从人和自然的斗争、认识自然与征服自然到反映阶级剥削和阶级压迫、阶级斗争，再到控诉私有制、反抗帝国主义的英勇斗争等，真实地再现了佤族人民的历史生活，体现了佤族人民的思想感情。该史料对了解佤族文学具有积极作用。

原文

　　佤族是祖国西南边疆的一个兄弟民族，人口约二十六万，主要分布在云南省西南部的沧源佤族自治县、西盟佤族自治县、澜沧拉祜族自治县、耿马傣族佤族自治县、孟连傣族拉祜族佤族自治县和镇康县等,形成较广阔的佤族聚居区,统称阿佤山区。

佤族劳动人民从遥远的古代就和其他各族人民一道,开发了祖国的边疆,建立了自己的家园。在这兴家立业的过程中,他们反复地向自然和社会作斗争,在斗争中创造了丰富的物质财富和精神财富,也创造了本民族的文学艺术。

解放前的佤族社会属于带有浓厚的原始社会残余的奴隶制社会,没有本民族的文字,也没有文人文学。他们的文学都是口头文学,这是整个佤族人民集体智慧的结晶。高尔基曾指出:"人民不但是创造一切物质财富的力量,同时也是创造一切精神财富的唯一无穷的泉源,他在创作的时间、美和天才上都是第一流的哲学家和诗人,这样的诗人写出了人间一切伟大的诗篇和悲剧,也写出了其中最伟大的一篇——世界文学史。"丰富多彩的佤族文学,就是这些"第一流的哲学家和诗人"在生产斗争和阶级斗争中所创造,又在世代口耳相传中,共同丰富、加工整理后逐渐发展起来的。它是我们祖国文化宝库的一个组成部分。

佤族文学的种类有:神话、传说、故事、民歌、民谣、童话、寓言、谜语、谚语等,十分丰富。在各种文学体裁中,又有不同的表现方式。如诗歌,就有唱开天辟地的史诗;有歌颂生产劳动的生产歌谣和劳动歌谣;有反映民族风土人情的风俗歌谣;有带哲理性的哲理诗;有长达千行的抒情长诗和叙事长诗,也有短到两行的抒情短歌。有对唱、独唱,也有合唱,还有在佤族支系本人中广为流传的汉族小调配上佤族歌词的调子等。佤族劳动人民以这些文学形式,创作了丰富多彩的文学作品,成为人民进行斗争,揭露打击黑暗现实和进行自我教育的有力武器。通过这些文学作品,我们可以看到佤族各个历史时期的时代精神和生活景象。

佤族文学中故事和诗歌很丰富。故事、寓言中解释宇宙万物和动植物特性的特别多,普遍采用拟人化的手法。这和佤族经济文化发展水平和生活于高山密林的地理环境有关。佤族聚居于深山老林,对各种动物和自然特性很熟悉。

当他们创作的时候，常常利用生活中所见的飞禽走兽，豹子、老虎、马鹿、麂子、野鸡、箐鸡、白鹇、乌鸦以及山林、树木、花草、岩石等等，分别赋予它们以人的思想感情，让它们代表某一类正面或者反面的力量，通过它们表达出人民的理想和愿望、追求和憧憬，以及反抗恶势力和谴责种种不良思想行为的斗争精神，使作品耐人寻味，引人深思，达到教育的效果。这些故事和寓言，都有较深的思想性和一定的针对性，有浓厚的神话色彩。这种神话色彩多是反映人与自然的矛盾，表现人认识自然，以及和自然作斗争的过程。阶级分化以后，人民也创作了不少反映阶级压迫和剥削，反映阶级斗争的作品。但是，从总的倾向上来看，这些作品仍然继续表现出人与自然的矛盾。因此，人和剥削阶级所作的斗争，往往不能离开鬼神而单独进行。近代作品如此，早期的神话、寓言就更不用说了。这个特殊情况，就必然造成有些作品缺乏明显的阶级意识。诗歌中最多的是情歌和孤儿歌，长诗较少，叙事诗开始萌芽。这种现象是同佤族社会历史发展迟缓紧密联系着的。佤族诗歌的特点首先是格律谨严，音韵严格。它很讲究格律，用佤语唱诗，一般都是七字一句，这是最基本的，也是最普遍的。衡量一个歌手的好坏，一方面看他能否按照佤族诗歌的格律进行创作和歌唱；另一方面就看他能否体现出佤族诗歌的音韵规律。歌手唱歌时，非七字不行，但当他用口语朗诵时，则可省略诗中的虚字虚词。这样。往往也就出现五字一句或六字一句的诗。音韵在佤族诗歌中极为重要，歌手唱诗，若韵律不强或者没有韵，那就不能歌唱，甚至根本唱不出来。为了演唱时不别口，他们往往借助比喻来起韵。有时借来的比喻虽然和原诗没有多少关系，但一定要音韵和谐。

　　佤族诗歌的另一个特点是排比、对衬、隐喻三者相结合来表现内容，这是个独特的艺术手法。佤族人民在创作诗歌的时候，往往将意思相连、结构相同的一连串的句子和用来作比喻的句子，结合在一起构成诗句。这种情况在诗歌中应用普遍，而且不是一句两句，已经形成一节诗与一节诗之间，一组诗与一组诗之间的排比了。而排比句子应用的比喻，多是隐喻。形成句与句，意思与意思之间互相对衬。这样不但富于表现力，而且也增强了说服力。使被表现的思想或要反映的事物形象生动，具有强烈的感染力。佤族诗歌的第三个特点是同音乐舞蹈血肉相连,不可分割。特别是每逢节日的时候,佤族人民在一起载歌载舞,既有诗歌创作,又有音乐舞蹈配合,具有鲜明的民族特色。

总的来说,佤族文学的风格较为朴素,原始,刚健有力。这和佤族的地理环境、思想性格、风俗习惯、心理素质和语言特点有关。它是民族精神的体现。佤族文学在发展过程中,一直是继承了自己民族的优良传统,创造了具有民族风格和色彩的丰富的文学艺术,形成了自己独特的艺术特色。

在佤族社会还没有产生阶级分化时,人们的主要矛盾是人与自然的矛盾。所以表现人和自然的斗争、认识自然与征服自然就成了当时文学艺术的重大主题。佤族人民用简单朴素的文学形式,叙述开天辟地,解释宇宙万物和人类的起源,产生出描写人与自然作斗争的神话、传说和史诗。如史诗《西岗里》就叙述他们开天辟地、创造万物的过程,热情地歌颂佤族的祖先和英雄达摆卡木。他在洪水袭天的时代,做了一个猪槽躲过洪水,飘落到西岗岭上,种植葫芦,创造了人和万物,从而肯定了人的力量和作用。在史诗《西岗里》中人能从葫芦里出来,也是通过人的力量,人的劳动所获得的。葫芦籽是达摆卡木和黑母牛交配后生出来的,把葫芦籽种在西岗岭上的也是达摆卡木。可见,支配自然的是人,创世造物的也是人,是人的劳动,是人的智慧。

《西岗里》的可贵之处,在于它歌颂了开天辟地的英雄,肯定了劳动创造世界,创造了人类本身,也创造了历史。

人类出现以后,面临着饥饿的威胁。战胜饥饿,是当时原始人面临着的严重考验。人要生存发展,没有粮食是不可想象的,史诗《西岗里》中明确地提出发展生产,种植庄稼对于人类社会发展的重要性。

狗领着人到龙潭找谷子,

谷子当时不理人,

人就做了葫芦笙,

咕哩咕哩吹着去迎接谷子。

人们越吹越好听,

可是谷子瞧也不瞧,

听也不听。

人又想办法，

小葫芦笙吹起声音小，

吹出的声音不动听。

又做一个很大很大的葫芦笙

咕哩咕哩吹着去，

震动了龙潭，

响彻了山林。

谷子一看笑哈哈，

马上跟人回到家，

人有了谷子种，

人有了米吃。

人知道种庄稼，可以看出人类已经从以游牧为主的生活发展到以农业为主的生活。这是生产上一个重大进步，它促进了社会向前发展。

此外，《西岗里》对种族的区分也予以解释，说远古时代的人都是从西岗里出来，所以，各民族的祖先都是一个。慢慢的人口增多了，他们各自以劳动为生。有的到芭蕉树下去住；有的到山上去住；有的到坝子去住；……。他们分开后说的话不同了，于是就分出不同的民族。尽管如此，各民族还是亲密团结的。

人两次从西岗里出来，

他们各在一方，

用的竹筒有些差异，

成为许多不同的部落。

他们的服装不同，

他们的风俗也有不同。

……

不管人们有不同的姓，

不管人们有信仰不同，

　　也不管人们的皮肤颜色各种，

　　不管你是傣族，

　　不管你是汉族，

　　所有的各种民族，

　　原来都是一蓬竹子，

　　都是从西岗里出来。

　　这说明各民族自古就是一家，是一个不可分割的整体。我们伟大祖国的历史，是各族人民长期在同自然斗争与阶级斗争中创造发展起来的。

　　除史诗《西岗里》外，佤族劳动人民还创作了众多的解释宇宙万物和人类起源的神话。如《人类的祖先》、《大蛇吐东西》等，都反映了原始人企图认识自然和征服自然的积极要求和美好愿望。《大蛇吐东西》这个神话，描写了一位佤族祖先治服了凶恶的大蛇，迫使大蛇吐出人和万物，并且确立了万物之长是人，各种动物必须归人管辖的关系。特别是象《牛为什么会犁田》、《男人为什么会打猎》、《竹子的头为什么是弯的》、《斑鸠的脚杆》等等，都对各种动物、植物的特征作了神话的解释。有的作品具有朴素的唯物主义因素，具有较深刻的思想性，有一定的认识作用和教育意义。如《竹子的头为什么是弯的》，是因为竹子骄傲自大，目空一切，吹嘘自己在世界上最高，任何东西也比不过自己。这件事传到太阳耳朵里，太阳和竹子一比高，竹子失败了，羞得低下头来。这对那些妄自尊大的人，是一个辛辣的讽刺。还有许多解释自然现象的传说，如《石头和风》、《月亮和太阳》、《火》等，都对日月星辰、山川河流、风与火作天真的解释。从这些神话传说中，我们可以看到佤族祖先的生活与斗争情况。这些神话传说，有的渗入了一些原始宗教的色彩，把神和鬼看作万物的主宰。这反映了远古时代的佤族人民。还不能认识自然，解释自然。因而不得不把战胜自然的愿望寄托在超人的力量的身上。我们不能因为这些作品里出现"神"和"鬼"，就把它一概视为宗教迷信的东西。它对我们认识人类的起源和古代社会，有着很大的帮助，就文学价值来说，它那种特有的艺术魅力直到今天还给我们带来美的享受。

　　随着佤族原始氏族社会的崩溃，出现阶级分化，私有制确立和巩固，阶级压迫与阶级剥削逐渐产生,各种社会矛盾逐渐暴露出来了。这个时期的佤族文学,除了反映人与自然的矛盾斗争外,更主要是反映阶级剥削和阶级压迫,反映阶级斗争。因此,描写阶级矛盾和阶级斗争,揭露和抨击剥削阶级的种种丑恶,就成为这个时期佤族文学的重大主题。如故事《长工战胜了王子》、《艾惹与王子》等,都暴露了剥削阶级荒淫无耻、欺压人民的罪恶本质,歌颂了劳动人民英勇的反抗斗争精神。故事《治服老龙王》和叙事长诗《艾惹惹木》,则表现了佤族劳动人民与反动统治阶级的代表——龙王斗争的过程。长诗揭露了统治者的蛮横无理,但又软弱无能,愚蠢无知。在佤族人民无穷的智慧和强有力的打击下,龙王被迫答应了人们提出的三个条件:一是不准再杀戮百姓;二是天旱时把江河里的水吸进田里,再喷上天空落下雨来供人使用;三是在下大雨发洪水时,不准淹没庄稼、房屋。这是对神和神权势力的否定,也是对一切反动统治阶级的蔑视和嘲笑,它颂扬了劳动人民的伟大力量和斗争精神。

在佤族私有制进一步发展的同时,暴露、批判私有制背后隐藏着的虐杀、欺骗、自私、贪婪、虚伪、冷酷等罪恶的文学作品大量产生。如后母虐待子女的《两姐妹》和《两兄弟的遭遇》,生动地反映出私有制给家庭和个人带来的种种灾难。《黑心肠的老大》则通过两兄弟分家时为争夺财产,破坏了兄弟骨肉情谊的事实,控诉了私有观念对人的腐蚀和对家庭的破坏。人们面对着黑暗腐朽的社会现实,采取各种各样的手段给予无情的揭露与打击,这样便产生了不少战斗性和讽刺性较强的故事传说。如《艾江片》和《达太的故事》,以辛辣的讽刺和无情的嘲笑,勾划出剥削阶级中各类寄生虫般的卑劣人物,以及他们形形色色的腐朽没落的思想,表现他们肮脏的灵魂。还有一些小故事,如《打死阎王》、《沙子着火》等,象匕首一样解剖了阶级敌人的五脏六腑,表现出劳动人民的聪明智慧,开创了佤族文学史上讽刺文学的先例。

在佤族文学中,还有许多歌颂劳动人民纯真的爱情,表达人民追求自由幸福生活的愿望和理想,反抗买卖婚姻的爱情故事。如《孤儿的叶子》和《艾杰可和艾萨特》等。此外,还产生出大量的短小情歌和爱情长诗。如《我要找穷苦的孤儿》这首情歌就表现了劳动人民健康、高尚、纯洁的恋爱观。

老鹰歇过的树我不歇，

我要歇的是常青树；

富人家的儿子我不爱，

我要找的是穷苦的孤儿。

在旧社会，穷苦的孤儿倍受压榨、歧视，要得到美满的爱情是极其困难的。但是广大的劳动妇女却具有强烈的阶级感情，她们决不嫌贫爱富，这是多么可贵的爱情。

十九世纪以来，由于佤族农业和商业的进一步发展，各民族之间的交往日趋频繁。大批汉族、傣族人民进入阿佤山区，带来了内地人民的文化和先进的生产技术、工具等。佤族文学便产生了反映这一历史现实的许多传说故事，如《吴尚贤开矿》等，在阿佤山区广为流传，充分说明了佤族和汉族及其他兄弟民族在历史上经济文化上的血肉关系，歌颂了各民族之间的亲密团结和兄弟友谊。

近百年来，由于帝国主义对我国的侵略，加之满清王朝、国民党反动派的腐败无能，卖国屈从，民族危亡日益严重。佤族人民和全国各族人民一道，为了祖国的统一，为了民族的生存，与帝国主义侵略者展开了可歌可泣、不屈不挠的英勇斗争。在这个时期，劳动人民根据历史事实，创作了《偷渡滚弄江》、《炉房银矿之战》、《英国兵逃跑了》和《愚蠢的英国兵》等故事传说。如《偷渡滚弄江》的故事，是说曼相部落的二王爷为了金钱和谋取个人利益，不顾祖国人民的生死存亡，他偷了二十七驮银矿石，乘黑夜运到滚弄江边，妄图渡江把矿石献给帝国主义。摆渡的老船夫问他运什么东西，他说是紫梗，要到邦海街子去卖。老船夫看他鬼头鬼脑，便故意使船不动，并且说："你看，我的船平时走得快，今天偏偏划不动，原因是你不说实话。"老船夫用船竿往驮子里一戳，银矿石掉了出来，便质问："你们为什么要把中国的矿石运到外国？"二王爷作贼心虚，仓惶逃走。后来老船夫便把二王爷偷运矿石的事告诉了佤族人民。班洪各部落人民极为愤怒，联合起来攻打曼相部落，捉住了卖身投靠帝国主义的民族败类。这些故事传说，把一九二七年前后，英帝国主义侵占班洪、班老地区的炉房银矿，佤族人民与侵略者所作的斗争，历史地、真实地、形象地反映出来，充满着强烈的爱国主义思想，是佤族文学史上非常珍贵的部分。

另外，也出现了许多现实性和战斗性很强的动物故事、寓言、童话、谚语、谜语等，其中有批判对恶势力乱发慈悲，结果吃了大亏的樵夫，如《樵夫和鳄鱼》；有批判懦夫懒汉思想的《懒风猴》；有批判骄傲自大思想的《骄傲的老虎》；有批判好虚荣的《爱漂亮的马鹿》等等。这些动物故事和寓言都具有明确的针对性，成为人民向敌人进行斗争的有力武器和对自己进行自我教育的工具。在佤族文学史中发射出特有的光彩。

由于本民族剥削阶级和国民党反动派的残酷压迫，加之民族反动上层制造的械斗纠纷，佤族劳动人民处于水深火热之中，生活更加贫困和痛苦，无数家庭被毁灭，造成老无依靠，幼无抚养的悲惨境遇，产生了数量较多的《孤儿歌》。对失去双亲的儿童在社会上流浪奔波，被歧视、凌辱的痛苦，都如泣如诉地用文学形式反映出来，控诉了国民党反动派、上层反动头人、珠米（地主）的血腥统治。这些民歌，是发自人民内心的声音，是人民在黑暗岁月里含着血泪的呐喊。

> 管家牛马成群猪满圈，
>
> 我们抬着锄头挖毛薯；
>
> 管家谷子成仓米满库，
>
> 我们穿着破裤去要饭。

这便是佤族自阶级分化以来，阶级压迫与阶级剥削的活生生的写照。

一九四八年夏季，中国共产党领导下的游击队活跃于沧源、澜沧、耿马各地，佤族和其他民族一道，组织了游击队。一九五〇年至一九五二年，阿佤山解放了。佤族人民从此结束了贫困落后的悲惨生活。在党的领导下，边境上肃清了蒋残匪，发展了集体生产。由于经济上的根本变化，人们的思想意识也随之变化，作为上层建筑的文学艺术，也以崭新的面貌出现，朝着社会主义文学道路前进。解放后的佤族文学，以多种多样的文学形式，特别是以民歌为主要形式进行创作。大量的新民歌，热情地歌颂民族的解放和新生；歌颂大救星毛主席和伟大的中国共产党；歌颂伟大的社会主义祖国；歌颂各族人民的大团结，特别是歌颂党领导佤族人民开展互助合作化运动,人民公社化运动,使佤族从带有浓厚原始公社残余的奴隶制跨越几个时代,进入了幸福美好的社会主义社会。这些新民歌,多数采用回忆对比的方式,具有鲜明的民族特色,具有丰富的想象力和深刻的思想内容。如《阿佤人民跨入新时代》中唱道:

从前,山顶有个苦荞寨,

石头缝里把荞栽,

五月苦荞不开花,

蜜蜂也懒得飞上来;

如今,山顶变成向阳寨,

条条大渠绕山转,

茶花开罢稻花开,

金山银山云天外。

从前,山腰有个核桃寨,

一年四季挖野菜,

土锅支起煮山茅,

松鼠连野果也不来采;

如今,山腰变成跃进寨,

层层梯田坡上开,

漫山遍野的果木林,

农林牧副好气派。

从前,山脚有个水淹寨,

田地年年遭水灾,

山洪江流如猛虎,

鱼儿游进寨子来;

如今,山脚变成丰收寨,

蓄水引洪灌良田，

片片金谷重重浪，

电站日夜放光彩。

毛主席光辉照边疆，

山山水水重安排，

人民公社实在好啊，

阿佤人民跨入新时代。

一九六六年以来，尽管林彪、"四人帮"对民族文艺进行了残酷的灭绝人性的摧残。但是佤族文学是口头文学，在阿佤山区的山山岭岭，村村寨寨，人民的嘴是封不住的，他们仍旧唱出自己的心声，痛击林彪、"四人帮"一小撮败类。

一窝白肚子老鼠，

挖不垮阿佤山梁；

一驮子黑泥沙，

搅不浑澜沧江；

林彪、骗子放毒箭，

伤不了伟大的共产党；

阿佤人民不回头，

社会主义大道永放光芒。

光辉的一九七六年十月，以英明领袖华主席为首的党中央一举粉碎了罪恶滔天的"四人帮"。佤族文学和全国各民族文学一样，又一次得到了拯救，又一次获得了新生。最近，云南人民出版社即将出版《佤族反帝斗争故事选》。我们深信，朝气蓬勃、光彩夺目的佤族文学一定能为我国社会主义文学增添异彩。

撒拉族民间文学简介

朱　刚　李延恺

史料解读

　　该史料为撒拉族民间文学的简要介绍,原载《青海民族学院学报》1979年 Z1 期。撒拉族自称"撒拉尔",信仰伊斯兰教,以农业经济为主,富有强烈的反抗精神。撒拉族民间说唱文学最为兴盛,主要有五种形式:一是撒拉曲儿,是撒拉族人民用自己的语言和曲子演唱的长篇抒情诗,几乎所有的作品,都是抒发男女相爱之情的。二是撒拉花儿,在内容和唱法上独具民族特色。三是宴席曲,在传统的婚嫁喜日里演唱,有一人唱的,也有合唱的,主要内容有夸赞男女的穿着装饰、夸赞其他民族女性的装饰等,其他民族的宴席曲在撒拉族也有流传。四是民间故事和神话传说、童话,大部分以旧社会女性的不幸遭遇和她们的斗争精神为主题,热爱自由、追求幸福,是贯穿撒拉族民间故事、神话传说和童话的主线。五是戏剧,撒拉族传统戏剧中唯一存至今天的是《对威依》,有一定历史价值和文学价值。除此,撒拉族还有笑话、谜语、谚语、劳动号子等多种口头文学形式。此外,"口弦"是撒拉族仅存的乐器,在民间说唱文学中占有重要地位。

原文

（一）

撒拉族是我国兄弟民族中人口较少的民族之一。据一九七八年统计,有五万二千七百余人,绝大多数聚居在青海省循化撒拉族自治县(一九五四年三月一日成立)境内,其余分布在邻近的化隆回族自治县甘都公社和甘肃省临夏回族自治州等地区。另外,青海省西宁市和祁连、乌兰、贵德、同仁、兴海等县,以及新疆的一些地方,也有少量撒拉族人居住。

撒拉族自称"撒拉尔"。汉文史书中,对其有"撒兰回回"、"沙剌族"、"撒拉回"、"撒鲁儿"、"萨喇"等称谓。至于撒拉族的来源和形成等问题则无正式记述。根据一些史学家的研究和民间传说,我们可以说撒拉族是由中亚撒马尔罕一带的一部分土著人同青海省循化一带的藏、回、汉等族长期融合后形成的一个民族。撒拉族传说认为,他们的祖先十八人赶着骆驼,驮着一部《古兰经》到达循化街子的时间是明洪武三年(1370年)农历五月十三日。这只是一种传说,实际年代应是比这更早的元代,初来的人数也不会仅仅是十八人。

撒拉族信仰伊斯兰教,生活习惯(包括衣着、服饰、饮食、起居等)大致与当地回族相似;语言属阿尔泰语系突厥语族乌古斯语组;没有文字,一般用汉文;少数宗教人员和懂得阿拉伯文的人则用阿拉伯字母拼写自己的语言,借以通信,记事。在与回、藏、汉等民族人民的长期友好交往中,撒拉语逐步吸收了一些藏语和汉语词汇(尤其是新名词);同时因宗教关系,还借用了不少阿拉伯语和波斯语语汇。现在相当一部分青壮年男子掌握了汉语,而且有些人还接受了中、高等教育,具有一定的科学文化水平。

撒拉族经济以农业为主。长期以来,撒拉族人民在黄河沿岸垦荒种地,引水浇田,种植小麦、青稞、荞麦、玉米等,并从事传统的园艺、畜牧、运输、伐木等行业,其中园艺业较为发达。撒拉族人民和其他兄弟民族一道所培植的循化花椒、辣椒、露仁核桃、鸡蛋皮核桃,驰名省内外。

撒拉族人民是一个英勇、强悍和富有反抗精神的民族。由于清代反动统治者实行残酷的民族压迫政策,迫使撒拉族人民曾多次联合回族人民举旗反清,但每次起义都遭到了清王朝惨无人道的镇压和杀戮,致使撒拉族人口锐减,经济凋零,人民生活在水深火热之中。解放以后,撒拉族人民在中国共产党和人民政府的领导下,经过土地改革、农业合作化、人民公社化等一系列运动,工农牧业、交通运输、文教卫生事业有了很大发展,撒拉族山乡发生了深刻的变化。目前,撒拉族人民在以华国锋同志为首的党中央领导下,高举毛主席的伟大旗帜,坚持四项基本原则,团结一致,同心同德,为实现四化而努力奋斗。

(二)

撒拉族人民在自己民族形成和发展过程中,创造了丰富多彩、独具一格的撒拉族民间文学。仅以目前所掌握的二百余件各类作品看,可以说撒拉族人民在文学艺术上的全部才华和成就,几乎完全表现在说唱文学方面。这是由历史的原因决定的。历史上由于阶级矛盾的存在和激化,伊斯兰教本身不断分为许多教派。而各教派对文学艺术的或抑或扬、或反对或提倡直接影响所属民族文化的发展。撒拉族祖先由从中亚撒马尔罕迁居我国西北以前,也虔信伊斯兰教,但他们所信仰的教派不会是定居循化后所信的"阁的木"派(即遵古派);他们的风俗习惯也不会与现在一样。据较早的撒拉族民间故事《比梦吃肉》证明,撒拉族在早期是习惯于吃马肉的;唯一留传至今的撒拉族戏剧《对威依》(骆驼舞)所展现的内容与形式又证明,早期的撒拉族人是允许弹唱歌舞的,但撒拉族发展到后期,吃马肉喝马奶的习惯消失了,弹唱歌舞也一般视为违教非法。撒拉族祖先在定居青海后,由于他们所信仰的教派以及生活环境的改变,不得不忍痛割爱放弃他们原来所爱好并擅长的弹唱与歌舞,另找新信仰的"阁的木"教派所允许的文学艺术形式,于是以说唱为主体的撒拉族民间文学就应运而生了。在祖国各民族的文艺百花园里,这是一朵新绽放的奇葩,她一扫中亚民族文艺的常见形式,却时而隐现出撒拉祖先的生活气息;她不雷同于邻近各民族的文艺形式,却揉合了回、藏、汉等民族的艺术特色。撒拉曲儿、花儿、宴席曲、神话、传说、故事、童话、笑话、民间戏曲等各式各样的民间文学，象一朵朵艳丽的鲜花竞相开放。

撒拉曲儿

撒拉曲儿是撒拉族人民用自己的语言和曲子演唱的长篇抒情诗。流传很广，影响较大的作品有：《巴西古溜溜》、《撒拉赛西巴尕》、《阿依固吉高木》、《唉道》、《皇上阿吾涅》等。几乎所有的作品，都是抒发男女相爱之情的，反映出撒拉族青年男女在恋爱、婚姻没有自由的社会里，冲破封建礼教的桎梏，追求自由恋爱和幸福生活的斗争精神。《巴西古溜溜》（即园园的西瓜头）通过男人的口气，运用大量的比兴手法，赞扬了对方的美丽，表白了自己的一片衷情，描写了女方"心里无把柄"、"愁肠多无穷"的优柔寡断心情。并通过大量比喻，激励女方勇敢地相爱，不要辜负了一片好心。《皇上阿吾涅》（即女方对男方尊称为皇上）则通过女方的口，对男方的相貌、衣饰从头到脚地进行了夸赞，表现了她对男方无限爱慕之情。这类诗歌源远流长，显示出巨大的生命力。

撒拉曲儿旋律优美，节奏明快，有些已成为撒拉族人民和邻近民族人民喜闻乐见的流行歌曲。《巴西古溜溜》，遵照"古为今用"的方针，配上了新词（名为《新循化》)曾参加了一九六四年在北京举行的全国少数民族文艺会演，博得了好评。

撒拉"花儿"

"花儿"是青海汉、回、撒拉、土、藏等各族人民都喜闻乐见的一种艺术形式。撒拉族所唱的"花儿"一般称之为"撒拉花儿"，这是因为"撒拉花儿"除具有一般"花儿"所应有的艺术条件外，从内容和唱法上讲还具有撒拉族自己的特色。撒拉"花儿"《孟达令》、《撒拉令》等，高吭如孟达的蓝天青松，嘹亮似高原的黄河流水。有的"花儿"则以近似藏族民歌的旋律起头，与临夏"花儿"和西宁"花儿"相比，别有天地，独具一格。

在旧社会，撒拉族劳动人民用"花儿"诉苦喊冤、吐露爱情，成为他们文化生活的一个重要组成部分。如："马步芳修（哈）的乐家湾，拔走了我心上的少年；淌（哈）的眼泪和成面，给阿哥烙（哈）个盘缠。"解放后，撒拉族人民得到了新生，撒拉"花儿"也获得了新的生命,撒拉族人民不但用"花儿"纵情歌唱自己的幸福和爱情,还编唱了大量新"花儿",表达他们对祖国、党、领袖和社会主义四个现代化的赞美和热爱。如:

黄河的流水向东方,

哗哗响,

昼夜不停地淌了;

撒拉儿女心向党,

劲攒上,

"四化"的道路上闯了。

青海省民族歌舞团还以撒拉"花儿"的旋律为基调,编成对唱形式的小型歌舞《应征途中》,反映撒拉族姑娘在送别应征入伍的男朋友时的欢快和留恋心情。在演出中,健康、风趣的情节,婉转优美的音乐博得广大观众的热烈称赞。

宴席曲

在撒拉族人民传统的婚嫁喜日里,总有许多亲友邻舍来唱歌祝贺,这种歌和回族一样,称之为宴席曲。撒拉族的宴席曲有一人唱的,也有一人唱众人合的,有时还加一些比较简单的舞蹈动作,借以助兴。

从内容方面来说,撒拉族宴席曲的一部分是夸赞男女的穿着装饰的(如《依秀儿玛秀儿》),也有的是夸赞汉族、蒙古族、土族、藏族和撒拉族妇女的装饰的(如《阿里玛》)。有些宴席曲,如《韩二哥》则是歌颂清代乾隆四十六年由苏四十三和韩二哥领导撒拉族人民进行反清起义的。《阿舅日》(与民间故事《尕拉阿吾和阿舅五十三》情节相同)是描述家境贫穷的外甥尕拉阿吾,在探悉自己的生父被亲阿舅——朝廷的命官兼大财主五十三逼债逼死的悲惨家史后,替父报仇的故事。这些宴席曲,有人物情节,而且人物有骨有肉,栩栩如生,情节曲折生动,引人入胜,再加上经常在大庭广众之中进行传统式的演唱,就自然而然地教育了撒拉族人民,陶冶了撒拉族人民坚韧不拔,宁折不弯的民族素质。一种叫《沙赫斯》的哭调,是姑娘在出嫁离开娘家时唱的悲歌,还有一种叫《乌仁苏兹》

的,是新娘母亲在宴席散后,向对方长辈的一种嘱托词,如泣如诉的优美声调和字字泣血的歌词,充分表现了撒拉族父母及少女对早婚的切齿痛恨,鞭挞了封建性的包办买卖婚姻制度。

由于和邻近各民族的长期相处与密切往来。回族的宴席曲《没奈何》、《方四娘》、《马五哥》、《三月三清明》和汉族的曲儿《孟姜女》、《蓝桥相会》等也在撒拉族人民群众中间长期流传。

民间故事和神话传说、童话

故事、神话、传说、童话、笑话在撒拉族民间文学中占相当大的比重。仅一九六〇年,青海民族学院中文系部分师生一次下循化采风,就搜集到这类作品202件。

作品中的相当一部分是以旧社会妇女的不幸遭遇和她们的斗争精神为主题的。如民间故事《阿姑尕拉吉》。尕拉吉与一个领着村里的穷人常常和地主老爷们闹仗而逃脱的长工高四古日阿吾订了亲,在即将结婚的时候,财主老爷们派人来拿,结果高四古日阿吾被杀,拆散了这对鸳鸯,造成了家破人亡的悲剧。《阿娜那木起》讲那木起被迫嫁给一个年龄比她小得多的尕娃,但她在劳动中却和挡羊娃少时坦保建立了爱情,婆家人知道后就刺杀了少时坦保,阿娜那木起为了反抗,便勇敢地跳入山涧,不惜以自己的生命去追求理想的爱情。

此外,不少作品还深刻地揭露和抨击了历代统治阶级的残暴、专横、贪婪、虚伪和愚蠢,同时也歌颂了撒拉族劳动人民在尖锐、复杂的阶级斗争中所表现的机智勇敢和自我牺牲精神。这类主题,有时以直接了当的民间故事表现,如《皇帝夺妻》、《公道县长》、《气死富人》等,有时以富有神话色彩的神话传说来表现,如《尕拉·阿吾和阿舅五十三》、《三敲阿娜孜核》、《蟒斯霍日》等。后者描写了一个代表地方恶势力的九头妖魔,在它将要吃尽全村百姓的时候,碰到了一个劲敌——聪明的老汉。这个老汉不仅用自己的智慧巧妙地避免了被吃的灾难,还使妖魔失掉了几头牛。这胜利虽是暂时的、局部的,但这个故事与当时撒拉族人民所进行的斗争现实是一致的。

歌颂劳动人民的勤劳勇敢,赞扬劳动人民朴实忠厚的崇高品质,也是重要主题之一。如童话《狼、狐狸和兔子》《牧童、兔子和狼》，神话《阿腾其根·玛斯睦》《青蛙与农夫的故事》等。在许多作品中，凡是奸诈阴险，自以为聪明的狼、狐狸、妖魔，最后都得到了可耻的下场，相反，诚实善良的羊羔、货郎、牧童、农夫等则因为群众的爱戴，终于得到了美好的结局。比较出色的是神话故事《阿腾其根·玛斯睦》，主人公玛斯睦在发现了威胁群众生命安全的九头妖魔后，凭着自己浑身的武艺，靠着爱人（星星仙女）坚贞不屈爱情的佑护，更依着广大乡亲甚至大鹰的支持，终于战胜了恶魔，回乡过起男耕女织的劳动生活来。

总之，热爱自由，追求幸福，是贯穿撒拉族民间故事、神话传说和童话笑话一类作品的一条主线。撒拉族在历代反动政权统治下的悲惨遭遇和他们勤劳勇敢、富有反抗性的革命斗争精神培育了这一丛丛的鲜花。今后整理、出版这些作品，对于激励人民群众为四化做出更大贡献是很有现实意义的。

撒拉族民间故事和神话传说，不仅具有深刻的思想内容，而且具有高度的艺术价值。首先，每个作品都有完整的故事，严谨的结构和鲜明、生动的、富有个性的人物形象。其次，恰到好处地运用了积极浪漫主义。丰富的想象，有趣的夸张和浓郁的神话色彩，加上讲述者用讲唱相辅、低声吟咏的方法讲述，一方面增加了作品的浪漫气息，同时也加强了故事的感人力量。

戏剧

《对威依》（即骆驼舞）是在撒拉族传统戏剧中唯一存至今天的一出。它形象地叙述了撒拉族祖先如何从撒马尔罕迁来循化的详细情况，有一定的历史研究价值。这个节目一般在婚礼进行表演，演员口齿伶利，在演完主要情节后，往往即兴加添对白，或要挟婆家出钱招待，或指出公婆不够之处，共议内部团结和气的大事。观众围坐四方，参与对答，景况热烈。撒拉族人民往往在喜庆日子和传统节日里，接受一次民族史的教育，所以几乎人人都能说出自己民族的祖先迁来循化的这段传说。

一九五八年以后，撒拉族地区曾经先后出现过许多农村业余剧团和宣传队，自编自演了大量反映撒拉族人民在中国共产党领导下，建设社会主义的新人新事剧目，但在林彪、"四人帮"猖獗时期，这些新生事物受到了毁灭性的打击。

其它

在撒拉族民间文学中，除上述形式的作品外，还有笑话、谜语、谚语、劳动号子等多种形式。

幽默、诙谐的笑话，不仅给撒拉族人民的生活涂上了欢乐的色彩，而且寓意于笑，成为讽刺人类和社会弊病的利器。《馒头吓死人》、《一家聋子》、《愚人看镜》等作品，分别讥讽了贪生怕死的地主、聋哑而又自以为是的一家聋子和一群少见多怪的"愚人"，这类作品充满了乡土气息。

撒拉号子分为放木号子、打墙号子和拔草号子等多种，其节奏和情调是由劳动的种类而定的。放木号子高吭激昂：

（领）加油啦， 　　　　　（合）嘿呀！

（领）兄弟们啦， 　　　　　（合）嘿呀！

（领）往前看， 　　　　　（合）嘿呀！

（领）是高山呀， 　　　　　（合）嘿呀！

（领）用力的拉呀， 　　　　　（合）嘿呀！

（领）争上游呀， 　　　　　（合）嘿呀！

（领）伐木的工人， 　　　　　（合）嘿呀！

（领）意志坚呀， 　　　　　（合）嘿呀！

（领）支援国家， 　　　　　（合）嘿呀！

（领）大建设呀， 　　　　　（合）嘿呀！

……

打墙号子和拔草号子则比较低沉而悠扬。

此外。有一种"口弦"，是撒拉民族仅存的乐器。这种口弦用铜打制，撒拉族妇女在讲故事或唱情歌时含在口中用舌弹动，其声悠悠，不绝如缕，为说唱增加了色彩和感染力。

崩龙族文学概况

杨知勇

史料解读

　　该史料为崩龙族文学概况的介绍,原载《思想战线》1979 年第 6 期。崩龙族居住于西南边疆,信仰小乘佛教,但有不同的教派,没有书面文学,也没有专门的歌手。口头文学是崩龙族人民生活的一部分。崩龙族关于本民族来源的神话有三种,且与其他民族有相似之处。崩龙族的口头文学还有记述民族历史的诗歌及宗教活动仪式歌,有反映现实生活、展示其政治观念和道德观念的抒情诗、叙事诗等,诗歌形式有单口吟唱、男女对唱和男女群唱。崩龙族民间故事,有动物故事、童话和寓言。崩龙族代表性的民间文学作品有《孤儿歌》《三次奇怪》《青蛙和绣花姑娘》《兔子制土司》。该史料还以崩龙族的爱情悲剧故事为例,介绍了崩龙族的婚姻制度、婚礼习俗以及情歌。汉族、傣族、佤族等民族文学对崩龙族文学产生了重要影响,许多作品在崩龙族都发生了变异。新中国成立后,崩龙族也产生了许多歌颂新生活的新民歌。

原文

一

在祖国的西南边疆，在苍翠葱郁的山梁上，居住着一个历史悠久、勤劳俭朴的民族——崩龙族。他们分布在潞西、盈江、瑞丽、陇川、梁河、保山、镇康、耿马和澜沧等县。居住极为分散，且绝大多数是在山区与景颇、汉、佤、傈僳等民族交错分寨而居，少数在坝区与傣族分寨杂居。

崩龙族是永昌郡（古哀牢地）古老的民族之一。明朝正式封傣族刀家为茫司长官司以后，崩龙族逐渐沦为傣族土司统治下的属民。由于战争的不时侵袭，由于屡次反抗土司而遭到残酷镇压，崩龙族进行了几次大规模的迁徙和外流，生活很不稳定，居住极为分散。从整个崩龙族来说，他们的社会发展是不平衡的，没有形成本民族完整的社会结构，而是各个不同地区的崩龙族依附于其周围民族的社会结构之中。解放前的社会形态，已进入封建领主或地主经济社会。

崩龙族人民信仰小乘佛教，但有不同的教派。"黑崩龙"信仰"润"教派，"红崩龙"和"花崩龙"信仰"左底"、"多列"教派。教规特严，严禁杀牲。

崩龙族没有书面文学，没有专门的歌手，流传在崩龙族人民中的口头文学，不仅是作为创作活动，而是作为生活内容的一部份而存在着。它紧紧地伴随本民族的历史和社会生活的需要而产生、流传和发展，它是劳动人民"感于哀乐、缘事而发"的自我表现，自我教育、自我娱乐的产物。崩龙族的文学，过去没有作过认真的调查，目前掌握的材料也很不充分。但仅就目前掌握的材料，完全可以看出：崩龙族人民善于通过瑰丽的想象、生动的形象和朴实的语言表达自己的憧憬和理想，展示自己的政治观点和道德观念，创造了可贵的口头文学，丰富了我国多民族的文学宝库。

二

古代的崩龙族民间文学，反映了当时人们对自然现象和民族来源的臆想，

同时也隐含着历史的真实。对于本民族的来源,在崩龙族人民中流传着这样几种神话:

一、很早很早以前,崩龙族是从葫芦里出来的,但从葫芦里出来的男人都是一个模样,分不出你我,妇女出了葫芦就满天飞。后来,一位仙人把男人的面貌给区分开了,男子们又想出了办法,用藤篾圈做成腰箍套在妇女身上。这样,妇女才与男子一起生活(崩龙族妇女现在仍以篾圈腰箍做装饰,与这传说有联系)。

二、上古时代,有一个大园,大园中有一座山,山顶有个洞,有个龙女住在里面,隔三年出来一回,化为美女,在附近晒太阳。有个仙人的后代看见她,与她相合,生出子女,他们就是崩龙族的祖先。

三、在很古的年代里,世上没有人类,只有花草树木。一天,忽然起了一阵狂风,刮下一百零二片树叶,变成了人,互为夫妻,从此有了人类。起初,人们靠吃树叶野果维持生活,很久以后,人们才知道种五谷。这个传说的名字叫"天王地母"。

神话是"通过人民的幻想用一种不自觉的艺术方式所加工过的自然和社会形式本身"(马克思语)。崩龙族流传的这些神话,虽然是崩龙族处于幼稚时期对于人类来源和自然现象的天真的解释,是幻想中的产物,但它也反映了崩龙族历史中某一阶段的生活状况。

人类祖先是从葫芦里出来的传说,与佤族"司岗里"的传说十分相似。沧源佤族解释"司岗"是"葫芦","里"是"出来",意即人是从葫芦里出来的。西盟佤族解释"司岗"是"石洞",即人从石洞里出来。不论是崩龙族或佤族的传说,都共同反映了人类是从葫芦或石洞中出来的。若我们从科学角度看,那很可能是人类穴居时代的追述。

崩龙族祖先是一龙女与仙人后裔结婚后生出来这一传说,与哀牢山地区的沙壶九隆故事极其相似。历史记载表明,佤崩语系的濮人(清代以前,崩龙、佤、布朗各族统称为"濮人")的古代社会,与哀牢有密切联系。把男性祖先视为"龙"或"仙人",实际上是只知其母不知其父的母系氏族社会的反映。

"天王地母"中互为夫妻的传说,联系上述"男子都是一个模样"的传说来看,可以说,这是血缘家庭的写照。在家庭形成的这个历史阶段,"同胞兄弟姊妹、从(表)兄弟姊妹,再从(表)兄弟姊妹和血统更远一些的从(表)兄弟姊妹,都互为兄弟姊妹,正因为如此,也一概互为夫妻"。(恩格斯:《家庭、私有制和国家的起源》,见《马克思恩格斯选集》第四卷 32 页)从依靠吃野果到靠种五谷为生的过程,正反映了崩龙族的祖先最初过着原始采集的经济生活,经过一段漫长的时期,才过渡到原始农业经济时代。

这些神话具有神奇的想象和动人的故事,不仅有很高的文学价值,而且有很高的科学价值,是研究该民族古代生活的宝贵资料。

崩龙族沦为傣族土司制度下的属民以后,饱受傣族土司的压迫和剥削,过着"头顶别人天,脚踏别人地","有饭没有菜,有菜没有盐"的苦难生活。崩龙族人民忍无可忍,终于在 1814 年冬天,掀起了反抗土司统治的农民起义。起义得到了傣族人民的支持,声势浩大。土司武装被起义队伍击溃,土司连夜逃遁。后来各地土司联合起来镇压农民起义,终因敌我力量悬殊过大,起义失败了。这次斗争虽然失败了,但它震撼了黑暗的反动统治,在反抗统治阶级的斗争史上,写下了光辉的一页。他们当时唱的豪壮的战歌,至今还在崩龙族流传着:

　　枪能伤命,

　　征服不了崩龙人的心,

　　刀能杀人,

　　消灭不了崩龙人的仇恨。

　　钢刀砍水暂时断,

　　抽了钢刀复原形,

　　永世燃起愤怒的烈火,

　　烧尽人间的不平。

多么豪迈的誓言,多么坚决的反抗阶级压迫的意志,掷地有声的语言,栩栩如生的形象,是一篇优秀的文学珍品。

三

崩龙族的口头文学,除了对古代生活和自然现象在幻想中进行"不自觉的艺术加工"的神话,除了记述民族历史的诗歌及进行宗教活动仪式歌,更大量的则是反映现实生活,展示其政治观念和道德观念的作品。这方面的作品有诗歌(包括抒情诗、叙事诗,其形式则有单口吟唱,男女对唱和男女群唱),民间故事(包括动物故事、童话和寓言)。这些作品,反映的生活面比较广阔,寓意深刻,形象生动,语言朴素,很有特色。现就其较有代表性的作品作简要的介绍:

一、抒情诗《孤儿歌》

叙述孤儿苦难生活的作品,几乎每个民族都有。崩龙族的孤儿歌有其独特的地方,这就是没有细致描述孤儿在旧社会受苦的具体情节,而是以简练的笔触,形象的语言,对孤儿的痛苦作高度的概括:

我象一棵稗子,
长在稻苗中间。
我象一块缺水的山地,
谁也不来看一眼。

我象一棵烟叶,
长在草棵里面。
我象棵幼小的独树,
长在石多土少的荒山。

别人开的各机花,
一团一团的非常好看。
我开的各机花只是独独的一朵,
被茅草遮着谁也看不见。
……

十几行诗句，就把孤儿的处境，孤儿内心深处的痛苦鲜明深刻地表现出来。

在崩龙族的口头文学中，对孤儿付与很深的同情，对私生子也给与很深的同情。《看牛娃的故事》和《富人咬统裙》中的私生子，都是比较好的形象，都是勤劳能干的人。在他们被人歧视的境遇中，又往往能够得到好心人或者是幻想中的神力的帮助，终于过上富裕的生活。这种文学现象的产生，有它的社会根源。在私有制社会，失去父母的孤儿和私生子，生活要比同一阶级的其他人更为痛苦，因而更能激起人们的同情；在孤儿和私生子的遭遇上，也容易引起对本民族命运的联想。民间故事中的孤儿和私生子最后能成为富有的人，其中也包含着他们要求改变受压迫受剥削的命运的强烈愿望。

二、民间故事《三次奇怪》

故事叙述一个昏庸的国王，听信了一个以进谗言为能事的大臣的话，决定将所有的大臣杀死，让那个大臣来治理国家。有三个大臣，已被国王以守夜名义叫进宫里秘密杀死，在他杀第四个大臣的时候，代替守夜的仆人三次高喊"奇怪"。国王知道他还醒着，没法杀害他。第二天，国王问他为何连喊三次"奇怪"，这个仆人回答道："我奇怪每逢赶街的日子，不用人喊，大家会自动的来，不用人撵，会自动回去；我奇怪旗子拴在旗杆上的时候很漂亮，从旗杆上取下来就不漂亮，旗杆也成光杆杆，很难看；我奇怪大青树枝叶茂盛的时候，象个大屋顶，很漂亮，大家也喜欢在它下面乘凉，如果把枝叶砍掉，就变成光杆杆，很难看，谁也不愿到树下乘凉。"这些话触动了国王，国王便取消了杀死大臣的计划。

一个短小的故事，包含着很深的哲理和鲜明的政治态度。统治集团若能顺应民情，则犹如赶街，该来时群众不喊自来，该散时不撵自散；旗子只有挂在旗杆上才能发挥团结群众、号召群众的作用；屠戮大臣犹如大青树被砍掉树枝，枝断叶落的结果，必然是树枯根腐，只能当作烧柴。崩龙族人民正是用充满智慧和哲理的民间故事谴责那些居心叵测，以陷害他人为能事的宵小之辈，批判了宠信奸佞的反动统治者。

崩龙族还有一些民间故事，也具有与《三次奇怪》类似的特色。如《两个伙伴》刻画了一个奸狡的富人，一个老实的穷人，富人欺负和作弄穷人，最后富人自食其果,因贪财而被鬼弄死。《笋叶伙子》赞扬了以笋叶做衣服的穷小伙的诚实可爱,揭露了土司儿子心肠歹毒。这些都鲜明地表达了崩龙族人民的爱憎和道德观念,其寓意虽不如《三次奇怪》深刻,故事情节和人物形象则比《三次奇怪》动人。

三、童话《青蛙和绣花姑娘》

故事叙述一个土司的女儿,心地善良,喜欢绣花,和栽花老人结下很深的情谊。青蛙做了栽花老人的儿子,爱上了绣花姑娘,经过很多周折,终于结了婚。当青蛙变成漂亮的小伙子来和绣花姑娘结婚的时候,绣花姑娘忠于青蛙,拒绝了小伙子,青年说明真相,两人过着幸福的生活。这个童话,通过奇丽的想象塑造了两个可爱的形象,歌颂了真诚善良的感情。青蛙是种益虫,农民很喜爱它,在青蛙身上寄托美好的感情是很自然的。

另一个童话《姑娘嫁蟒》,也是通过离奇的想象塑造了说话算话的两母女。他们的诚实使吃人的恶蟒也变成可爱的青年,和女儿幸福地生活着。崩龙族人民通过童话表达了他们美好的感情。

四、动物故事《兔子制土司》

崩龙族长期居住山区,在生产上生活上都与动物有密切联系,熟悉动物的性格和生理特征,他们借助丰富的想象把动物人格化,创造了很多动物故事。这些故事,有的寓意深刻,有的趣味横生,有一定的思想意义和欣赏价值。《兔子制土司》就是其中比较突出的一个。

故事内容是这样:老虎和黄牛交朋友,老虎起了歹心,说他做了一个梦,应该吃黄牛。黄牛请土司判案,土司慑于老虎的凶狠,又看到黄牛很壮,想吃老虎吃剩的牛肉,就判决老虎应该吃黄牛。黄牛不服,请兔子来判,兔子要先睡一觉才判。兔子睡了一会说:"我做了一个梦,梦见土司应把王位让给我。"就要夺土司的王位。土司说:"做梦不算数。"兔子说:"为什么老虎做梦就算数?"土司就只好取消原来的判决。

一个短小的动物故事,既揭露了土司的贪婪,老虎的负义,又赞扬了兔子的机智。故事饶有风趣,有点类似阿凡提的故事。在崩龙族的动物故事中,象这样的作品还很多。

四

崩龙族流传着一个真实的爱情悲剧：

青年岩瓦和玉南相好，但玉南的爹爹不喜欢岩瓦。为了阻止他们相会，特意在稻田里搭了个窝铺，叫女儿到那里看守稻田。岩瓦在夜间赶到窝铺下面，一个沉重的打击使得他心痛欲裂。他看到豹子正在窝铺上面吃着玉南的骨头。他杀死了豹子，砍下豹子的头和尾巴，带着玉南的项圈，腰箍和沾着鲜血的筒帕回到玉南家楼下，把玉南的项圈、腰箍挂在木碓头上，把豹子头和尾巴挂在木碓尾部，坐在碓窝旁边吹芦笙，那凄恻哀怨的声音，既表达了对爱人的深切怀念，又是对不合理的婚姻制度的愤怒控诉，泪水伴着芦笙的声音一起流，流了半碓窝。

吹了一阵芦笙，他又伤心地唱着：

……

我后悔当初和你相好，

我的爱情竟给你带来灾祸，

我在碓旁吹芦笙，

泪水淌满半碓窝。

姑娘啊！你死得多么惨，

这全是你爹的过错，

他用烧红的铁块把我们隔开，

使两颗相爱的心饱受折磨。

姑娘啊！姑娘，

你死了我也要变成泥土，

我的心象一块石头断成两节，

我还怎么能在世上活着。

这场悲剧,曾经在崩龙族中引起很大的震动。岩瓦吹的芦笙调被称为《芦笙哀歌》(又叫泪水调),现在还在崩龙族中广泛流传,几乎所有的老年人和青年人都会吹。青年人在爱情上遭受挫折的时候,常用它来表达感情,姑娘听着那凄恻哀怨的调子,还会流下泪来。

崩龙族的婚姻制度,是恋爱自由,婚姻也自由,青年男女相爱以后,倘若女方父母反对,姑娘可自行到男家与爱人同居。现在的崩龙人都一致承认,崩龙族的婚姻能够自由,是总结这场悲剧的教训之后形成的,他们说:"姑娘爱上人了,不同意是不好的。"梁河地区的崩龙族,在举行婚礼的大喜日子,还必须唱《芦笙哀歌》,意思是要人们不要忘记:他们的婚姻能够得到自由,是这对青年的不幸换来的。

一对青年的爱情悲剧产生如此动人心弦的音乐和诗歌,又影响和改变了一个民族的婚姻制度,以致在欢乐的婚礼上还必须唱这支哀歌,这正生动有力地说明民间文学是怎样来源于生活,又怎样影响生活,说明了民间文学的确是劳动人民生活内容的一部份。

崩龙族的婚礼很别致,几乎从头至尾都在唱歌中进行。女儿和父母告别要唱歌,男方来接亲时要唱歌,女方父母给女婿赠送衣服或头帕时要唱歌。婚礼一般要进行三天,第二天晚上,通常是请歌手彻夜唱歌,除了《孤儿歌》,宗教仪式歌和部分山歌,还要唱民族历史,唱赛歌,有的地方还唱《芦笙哀歌》。其中唱得最多的则是叙事长诗《外出帮工歌》。这支歌有六百多行,采用男女对唱的形式,由互相试探唱起,唱到两人相爱,准备结婚,没有钱,就只好出门到外地帮人采茶叶,挣了钱,拜了佛,然后高高兴兴地转回家来结婚。诗歌的语言比较朴素,形象的比喻不多,多半采取直叙的方法,如:

出门时爹妈对我讲,

不要找有钱有势的姑娘。

穷人和穷人想成一样,

我才来找你这个穷姑娘。

你说你不漂亮，

其实你很漂亮，

自从我第一次看到你，

就把你刻在我心上。

诗句接近口语，极少雕琢，仔细吟味，便有一种亲切的感觉。对人物的刻画，着墨不多，但一对穷苦的崩龙族青年的形象，随着他们在长途旅行中的对话，跃然纸上。这也是一种独特的表现方法。

崩龙族的情歌，很少有短歌，其语言与《外出帮工歌》基本相同，接近口语、比较朴素。

五

由于崩龙族只有一万多人，又分散在九个县与汉、傣、景颇、佤、傈僳等族交错分寨杂居，和上述各民族在经济、文化方面关系非常密切，因而和各民族民间文学的相互影响比较明显。又由于长期成为傣族土司统治下的属民，宗教信仰与傣族相同，文字使用傣文，加以崩龙族人民在傣族地区当雇工的较多，常将傣族文学带回本族流传，因而受傣族民间文学的影响比较深。有些故事，甚至很难分清哪些是崩龙族的，哪些是傣族的。傣族的叙事长诗《兰戛西贺》、《线勐》、《南来恩》等也在崩龙族广泛流传。

汉族文学对崩龙族的民间文学也有较深的影响，《梁山伯与祝英台》、《西游记》和《三国演义》中的故事，都在民间流传。《西游记》中的孙悟空，已在传说中变成了崩龙族的人。如关于崩龙族没有文字的原因，就流行这样一个传说，唐僧和孙悟空去取文字，路过大海，文字掉落海里，孙悟空到海里打捞，只捞起汉、傣、景颇的文字，所以崩龙族没有文字。

崩龙族的动物故事中，有些故事情节，与佤族、傣族大同小异，这与各族文学的相互影响不无关系。

崩龙族的住地，大部分介乎景颇和傣族之间。傣族住坝区，景颇住山顶，崩龙住山腰。崩龙族的文学风格,也介乎傣族和景颇之间。近似傣族,又不如傣族文学那样细腻,近似景颇,又不如景颇那样豪放。可以说,细腻与豪放都兼而有之,形成一种比较独特的文学风格。这固然有地理因素的影响,但也不能说傣族和景颇族的文学对崩龙族文学没有一定影响。

汉、傣等民族的文学对崩龙族民间文学的影响虽然比较明显,但这些作品,并不是原封原样的搬到崩龙族。在流传中,又按崩龙族的社会生活和民族性格产生了新的变异,带有崩龙族的特点,有的则已成了崩龙族自己的东西。

在旧社会里,由于残酷的阶级压迫和民族压迫,崩龙族人民没有也不可能彻底改变自己的苦难命运。中国共产党领导全国人民摧毁了国民党反动派的统治,全面贯彻党的民族政策,崩龙族人民才得到彻底解放,和全国人民一道,为建设社会主义新中国而积极努力,艰苦奋斗。新的生活促进了文化的繁荣,产生了许多歌颂新生活的民歌。在粉碎"四人帮"反革命集团以后,在彻底肃清极"左"路线流毒,全国人民为实现"四化"而积极努力的日子里,崩龙族人民必将创造出更加灿烂的文学花朵。

论维吾尔民间文学及其基本特征

阿不都克力木

史料解读

　　该史料为论文，原载《新疆大学学报(哲学社会科学版)》1979 年第 3 期。作者分两个部分介绍了维吾尔族民间文学。首先从民间文学的起源入手，提出维吾尔族民间文学在公元前两百多年就有记载，而有文字记载的历史是从《敕勒歌》开始的。维吾尔族民间文学的格律、结构等艺术形式特征鲜明。其次，从内容上说，维吾尔族民间文学是生产斗争、阶级斗争的直接反映，具有阶级性与革命性。最后，维吾尔族民间文学对发展与提高书面文学产生了巨大推动作用，对学习和研究书面文学有重要意义，如《突厥语大词典》。作者在文章结尾还提出了正确搜集整理民间文学的态度与方法。该史料对我们了解维吾尔族民间文学具有重要作用。

原文

　　做为中华民族不可分割的一个组成部分——维吾尔族，也具有自己的悠久历史和灿烂文化，她在中亚细亚人民的文化生活史上占有重要地位。维吾尔族的文学史究竟从哪个世纪写起，由于我们手头史料不足，因此至今这个问题还是个悬案。但是，据新、旧《唐书》等历史文献记载，公元前二百多年，维吾尔族就有了自己的口头文学和书面文学。西汉时,根据竹简整理的《穆天子传》中,就记载有北从蒙古高原南到河西走廊、西从伊塞克湖东到天山脚下的广大地区生活的维吾尔人就与内地有着密切的交往与联系。在《后汉书》《东夷传》和汲冢《竹书纪年》等书中写道,于公元前一、二世纪,四方庶民的歌舞就已开始传入关内各地。还记载当时维吾尔民间流行的各种乐器,如大鼓、高音鼓、胡笳等就已传入关内黄河流域一带。

历史文献证明,维吾尔族比其它突厥民族更早的过上定居生活,从单纯的游牧经济社会进入从事农、牧、商、园艺、手工艺等多种经济的社会,从而结束了逐水草而居的游牧生活。这种社会经济生活的巨大变化对维吾尔人的文化、历史发展起了早期的推动作用。

在谈到维吾尔文学的起源时,不能说它产生在哪一朝代或哪一个历史阶段。自人类社会形成以来(包括维吾尔族),随着人们的社会生活和生产劳动,维吾尔民间文学也就伴随着产生,并随社会的发展而发展。逐步由简单到复杂、由初级到高级、由一种形式到多种形式。

维吾尔民间文学具有古老的历史和民间传统。从目前史料来看,维吾尔民间文学有文字记载的历史是从《敕勒歌》开始。敕勒是古代一部落名称,于公元前一、二世纪形成,它是公元二、三世纪生活在天山南北广大地区的维吾尔人的近亲祖先。据有关历史文献记载,《敕勒歌》于公元四世纪首次译成汉文。汉文译稿至今还被完好地保存着。我们取《敕勒歌》来看:

敕勒川,阴山下。

天似穹庐,笼盖四野。

天苍苍,野茫茫,

风吹草低见牛羊。

这首维吾尔古老的优美民歌,形象地勾划出维吾尔人生气蓬勃的草原生活。它证明维吾尔人民在中国文化的产生和发展史上有着不朽的贡献。

伊斯兰教传入之前(十一世纪前),维吾尔古典文学遗产中,包括佛教经典,收集了大量民间口头文学。我们之所以不能把维吾尔著名古典文学的三宝

（《金光明经》、《福乐智慧》、《突厥语大词典》）之一《突厥语大词典》这部大百科
全书所接触到的民间文学形式说成是维吾尔民间文学的最古老形式的全貌，是
因为《突厥语大词典》这部伟大著作，只能提供我们接触一千年前维吾尔民间文
学个别作品的可能。而要搞清《突厥语大词典》中民歌产生的时间，正是需要我
们不遗余力去发掘、整理与研究的课题。尽管如此，我们对《突厥语大词典》中
的有些民歌，还是可以根据当时的社会状况与历史条件作初步探讨的。以《狩
猎歌》为例。

青年人整行装，

驰骋山坳与莽原，

猎获野马和黄羊，

篝火相聚度时光。

撒出猎鹰捕飞鸟，

放出猎犬追黄牛，

石块击毙狐和鹿，

满载而归好儿郎。

这首民歌是当时社会的缩影，我们可以看到当时社会的初级生产方式和生
活条件。同时，也可以推断，这首民歌渊源于远古代，它反映了维吾尔人原始公
社时期的狩猎生活。

我们再以《突厥语大词典》的《挽歌》为例。

勇敢的通嘎你离开了人间，

无情的世道却依然复在，

伯克为你死而幸灾乐祸，

穷人为你死而痛苦悲伤。

你扑灭过动荡的战火，

你驱逐过人民的仇敌，

你战胜过无数艰难险阻，

你最后倒在敌人的乱箭中。

这首民歌中的"通嘎"，根据维吾尔伟大的学者和语言学家穆海木提·喀西克尔在《突厥语大词典》的注释来看，"Alip tongga"（指打死老虎的战士）是公元五世纪给维吾尔王子艾赫来斯亚甫分封的爵位。以此历史事实来看，这首民歌产生在公元五世纪。

我们还可以根据流传至今的维吾尔民间文学的有些传统活动形式，（"雪节活动""奴鲁兹节"）看到维吾尔族信仰的最古老的宗教，在一些特点上反映着萨满教的因素。如："雪节活动"的内容来自萨满教的教义。萨满教徒崇拜白色物体，比如：雪、白花、奶等等。因此，每年初雪，世界万物都披上白装，人们把白雪当作喜庆、幸福的使节来欢迎与祝贺。由此便产生了"雪节活动"，从此，它就成为维吾尔民间文学的传统活动流传到今天。

维吾尔民间文学——作为维吾尔人民对祖国文化宝库所做出的民族贡献的一个重要部分，它的古老传统，形式的多样，内容的大众化，文体的严谨、优美等方面，在祖国文学史上占有重要的地位。

因为维吾尔民间文学有着悠久历史和比较完整的格律形式，所以在当时，对其它民族的文艺发展曾起过一定的积极作用。尤其是民间文学比较普及的基本形式，如民歌、民间舞蹈等的一些特点，对其它民族文艺的影响，在《全唐诗》中就有明确的记载。如：历史学家崔豹的《古今注》和《史记》、《汉书》、《晋书·乐志》等著作中都谈到丝绸之路的开拓者张骞，从维吾尔民间把笛子、牛角号等乐器及其演奏法带回关内，并把库车民间曲艺"木克都里木卡姆"带到长安等。西凉音乐的"坎巨提"曲牌，正如《隋书》所说，它也是以库车民歌为基础的音乐。公元 577 年，库车著名民间歌手苏祖甫到长安时，亲自带去维吾尔音乐的十二大调，当时，在中国音乐界产生了前所未有的影响，甚至对日本音乐也产生了巨大影响。隋朝初年（公元 581 年）定为国乐的七个乐曲的基干部分也是以维吾尔民间音乐为基础的。特别是到了唐朝（公元 618—907 年）在长安很盛行维吾尔歌舞。唐代是维吾尔古老文化的繁荣昌盛时期，当时，库车、喀什、吐鲁番等地的许多民间艺人和平民迁到长安定居。他们的丰富和优美的艺术对当地兄弟民族产生巨大影响。因而，历史上很多诗人、历史学家对此都有所描述与记载。如：王建的《凉州行》

"城头山鸡鸣角角，

洛阳家家学胡乐。"

这首诗里的"胡"就是指的维吾尔人。

又如：元稹的《连昌宫词》

"逡巡大遍凉州彻，

色色龟兹轰录续。"

这首诗中的"龟兹"是汉时西域的国名，故址在今新疆库车、沙雅一带地方。这里指的是西域传来的音乐。

又如：李颀的《听安万善吹觱篥歌》

南山截竹为觱篥，

此乐本自龟兹出，

流传汉地曲转奇，

凉州胡人为我吹。

又如：白居易的《胡旋女》

胡旋女，胡旋女，

心应弦，手应鼓，

弦鼓一声双袖举，

回雪飘摇转蓬舞。

左旋右转不知疲，

千匝万周舞已时。

人间物类无可比，

奔东轮缓旋风迟。

这首诗中的"胡旋"，是唐代最盛行的舞蹈之一。此舞原出西域，舞时急转如风,故谓之胡旋。

唐代有关文献,对维吾尔族的"奴鲁兹节"也有所描述。如,慧琳和尚在谈乐律时,除了介绍了具有悠久历史传统的节日——奴鲁兹节外,还描述了奴鲁兹游戏的玩法、过程,以及奴鲁兹节的食品、衣着等。

上述的历史文献节录,虽然谈到的是音乐、舞蹈、游戏等,但,实际上介绍的是维吾尔族的民间文学。

作为维吾尔民间文学的重要组成部分的民歌、民谣、叙事长诗、对唱、传说、民间故事等,在当时的条件下,是和音乐、舞蹈紧密结合在一起的,可以说,它们是一胞三胎的艺术,构成了维吾尔民间文学的一大特征。从著名历史人物张骞的新疆之行,把"木克都力木卡姆"带回长安,直到解放后创作"人民公社好"这一舞台麦西来甫,经历了两千年的历史。这是标志维吾尔民间文学发展的重要史料。同时,也标志着祖国两千年的统一文化史。

维吾尔民间文学被看作是维吾尔文化的花冠,它不但自古以来就吸引我国著名学者的重视,甚至也引起世界学者的广泛注意。在国外搜集、研究维吾尔文学遗产的工作,从十八世纪初开始就形成一个热潮。如:十八世纪的上半世纪,1730年瑞士学者斯特拉林别尔格(F.J.STralenberg),1793年帕拉斯(P.S.Pallas)和法国东方语言学者雷缪札特(A.Re MuSaT),1884年丹麦学者阿斯培林(J.R.Aspelin),1887年俄罗斯学者雅德林采夫(M.yadrentsep),1889年俄罗斯学者克里门茨(Kle Mentz),及以后的俄罗斯著名突厥语言学者拉德洛夫(W.W.Radlof),丹麦突厥语言学家汤姆森(V.Thomsen),拉德洛夫的学生著名维吾尔学家马洛夫(S.Malov),雅克夫斯基(A.yakovski),巴尔吐勒得(B.B.Bartold)和李考克(Lekok)等许多外国学者先后在搜集、整理与研究维吾尔文学遗产方面都有一定贡献。他们在调查过程中所搜集到的古典文学著作,给我们提供了关于维吾尔族古代社会的政治、经济等历史资料。其中的许多民间文学作品,在很大程度上可以帮助我们搞清古代维吾尔民间文学的各种类别和形式。今天,在很多国家还在进行着关于维吾尔古代语言和文学的研究工作。但是,要想把维吾尔民间文学全部发掘、整理出来,做出全面、科学、正确的分析与结论,只有在我们伟大的祖国才有可能。

我们在研究维吾尔民间文学的基本特征之前，首先需要对民间文学和它的起源作个简单的说明。

一、民间文学和它的泉源

民间文学国际上通称"fulkluv"。这个术语原为英语。"fulk"是"人民"之意，"luv"是"智慧、观点、英明、先知"之意。从这个意义上讲，"fulkluv"（民间文学）的历史是从文字产生前开始。它不是依靠文字，而是经人民口头创作出来后，世代相传保留到今天的人民的文学艺术创造形成。它是劳动人民取之不尽的精神财富和文化宝库。正如高尔基所说："民间文学是文学的开端。"

维吾尔民间文学在不同历史时期，不但反映了劳动人民在社会生活的政治、经济、文化、道德的各个方面，而且还通过它的真实性、具体性、人民性、生动性、简洁性、通俗性深刻地反映出人们对幸福生活的向往与美好愿望。各族人民包括维吾尔族人民的书面文学的产生、成长和发展的历史证明了民间文学是书面文学的鼻祖。它是在口头文学的启示和滋养的基础上产生。因此，我们在研究民间文学时，不能离开历史主义观点。

谈到维吾尔民间文学的历史和产生的社会泉源时，可以说，它是各族人民的民间文学共有的三大革命运动——生产斗争、阶级斗争和科学实验的直接反映。

维吾尔民间文学同生产斗争，特别是与劳动紧密联系着的。劳动环境向来是产生口头文学的灵感和发展口头文学的舞台。同时，民间文学作为减轻劳动强度和提高劳动效率的一种精神武器而服务于人民。它通过语言艺术来交流劳动经验，并依靠不同的劳动环境又产生各种不同的艺术形式。如：维吾尔民间的"麦收歌"、"打场歌"、"车夫歌"、"砌墙歌"、"挖渠歌"、"纺车歌"等就是最明显的例子。这些民歌描写的是人民的劳动情况与场面，配上音乐的旋律使它更富于抒情感。

以"麦收歌"为例。当我们听到这首民歌，麦收的场面马上呈现在眼前。它的音乐旋律与割麦的动作配合得很紧凑,镰刀"唰唰"的节奏,起到手鼓伴奏的作用。这就赋予繁重的劳动以节日的色彩,可以克服忧虑、烦闷、痛苦、劳累,振作精神,给予力量,提高劳动效率。由此可见,艺术在劳动过程中可以起到克服困难、提高工作效率的作用。

再以"打场歌"为例,它使我们眼前呈现麦场繁忙劳动的情景。这首民歌的内容围绕麦场劳动,突出人的阶级关系,描述了劳动人民对丰收的喜悦心情和打场的繁忙劳动。歌词内容配合打场活动,有板有眼,节奏鲜明。歌词中反复重唱的"lay—lay—lay"就是节拍,它即能配合人的动作,又能配合马、牛的动作。如:

大麦呀! 小麦呀!

由风来分开;

远亲呀! 近亲呀!

由死来分开。

来——来——来

使劲踏吧,快快碾吧! 我的马儿,

麦场要像个打场的样子;

扬起木锨麦草飞呀,

把分出的麦粒堆满场。

来——来——来

"打场歌"多由全家人或合作打场的人,在正午或太阳快落山时集体合唱。在固定的时间唱这首歌,目的是为了减轻酷暑的炎热和繁重的劳动,从而在精神上得到支持,或到落日前,唤起人民的干劲,一股作气把麦子打完。甚至有时打完场后,全体高声齐唱"打场歌",反复唱个够,然后再卸牲口、收工,这种情景表明人们用唱"打场歌"来消除一天的疲劳。

唱"车夫歌"等其它民歌时,也是此情此景。它说明人民口头创作是如实地反映了人民群众的意识形态和艺术形式的最大众化的文学。也说明民间文学产生的泉源正是社会的现实生活。

维吾尔民间文学无论是神话、传说，还是表达人们情感的抒情歌，如果把它们与当时的社会斗争、生产力发展情况作个比较研究的话，不难看出，它们是通过曲折的途径反映出来的社会生活的内容。它们是通过"幻想，并在幻想的帮助下，来战胜自然与征服自然的，它们是把大自然形象化的结果。"

作为维吾尔民歌主要组成部分之一的情歌，也不是主观意识的产物，因为一个人的思想情感是社会生活的反映。喜怒哀乐绝不会是无缘无故的产生，因此抒发思想感情的民歌实质上是人们对社会现实的态度和爱憎情感。它与生活有直接的联系。

我们都知道，封建社会是难以想象会有自由恋爱之事。那时，钱与剑是正常恋爱的两堵墙，自由恋爱当作一种罪过来惩治。维吾尔民间文学中占有很大位置的爱情民歌和爱情叙事长诗，实质上是反抗腐朽的封建制度的一种表现形式。因此，应该把贯串着恋爱题材的抒情民歌当作革命民主思想的表现形式之一。如：

> 天空布满乌云，
>
> 看不见皎洁的明月，
>
> 我心里疑惑，
>
> 是否还能见到我的情人。

维吾尔族的这种爱情民歌毫不掩饰地表现出劳动人民对暗无天日的封建社会的憎恶与不满。这也就说明封建制度下的社会现实就是爱情民歌产生的社会根源。

维吾尔族有些民歌与民间故事表达了人民对于科学发展的向往、理想和丰富的想象。如：《会飞的地毯》《木马》《神秘的大头棒》《展开的面单子》等民间故事，就是人们对这种向往的幻想产物。也就是说，人们对于在空中自由飞行，在大海中自由泅水的向往，就是产生这种幻想的原因。很显然，这种想象对于后期科学技术的发展起到很大的启发作用。今天，我们祖先的这些美好愿望很多变成了事实。正如浪漫主义的基础是现实主义一样，人民的这些美好理想，间接的同社会现实生活联系在一起。如高尔基所说:"艺术和幻想同生存,科学实现了幻想。"

二、民间文学的内容和社会地位

民间文学的内容是广泛和深刻的,它所反映的包括社会生活的各个领域。我们伟大的导师们,以及艺术家、哲学家、作家和学者对民间文学的社会作用都作过高度的评价。伟大导师马克思指出:人民的口头创作虽然不是当时的历史文献,但它把人民的历史从社会现实中反映出来,写出劳动人民的苦难生活,所以把这些作品(当然要着眼于艺术创作的特点)应该作为历史见证的资料来参考。的确,马克思在从事政治、社会活动的时候,经常把民间文学当作一面镜子来用。1858 年马克思在《政治经济学批判》一书序言中,以希腊神话为例,为具有唯物主义观点的人民文学艺术的产生打下了初步基础。他说:"从社会的政治状况来看,民歌是劳动人民在斗争中的一个革命战斗号角。"恩格斯对当时法兰西的一首人民歌曲《马赛曲》作过高度的评价。他说,这首歌曲是在法兰西民主革命时期产生,后来变成国际无产阶级最热爱的革命歌曲。他还颂扬了马克思所搜集的民歌《格提曼先生》,指出:"民间文学暴露了统治者的低级情操和荒诞无耻的行径。民歌是提高无产阶级觉悟和警惕性、增强人民革命斗志、打击腐朽社会制度的主要武器。"这就说明民间文学的阶级性与革命性。高尔基早在 1934 年的一次演说中就指出,民间文学不仅具有语言艺术,而且通过实例证明,它是阶级斗争的武器。民间文学的这一特点从维吾尔民歌中可以清楚的看到。如:

我悲哀、我叹息,

哀叹也会窒息你,

我的眼泪流成河,

河里的鱼也会吞噬你。

我登上佐尔克山巅,

哈密的果园呈现眼前，

我痛心地流下热泪，

赛尔万山也将灭顶遭淹。

穿上蝴蝶花袍，

宿营在篝火边，

手持长弓和箭，

决心把仇敌歼。

这三首民歌反映出劳动人民对封建制度的强烈不满和反抗。从字里行间都可以看到挣扎在痛苦深渊和充满斑斑血泪的劳动人民的形象。特别是象"享受者是头人，受欺者是孤寡。""巴衣与巴衣相交，水往河滩流。""你向巴衣要鞋子，他给你的是棍子。""巴衣见巴衣炫耀自己的财产，穷人见穷人倾诉自己的苦水。"等维吾尔谚语表现了鲜明的阶级关系。

总之，民间文学是阶级社会中阶级斗争的反映，它作为劳动人民反对剥削阶级的有力舆论工具而发挥斗争武器的作用。它不但揭露压迫阶级的本质，而且公开宣布劳动人民一定要战胜压迫者。举例来看：

沿着水渠走，

拾的是落叶，

等着瞧吧，暴君！

我们定要惩罚你。

在维吾尔民间故事里，常常把骑在人民头上的统治者比喻为长有七头的魔鬼与妖怪，并通过自己心爱的英雄，象纳赛尔丁·阿凡提、毛拉甫衣丁、赛来衣恰坎等人物来嘲弄他们，战胜他们。有史以来，劳动人民群众总是用编民歌、民间故事、叙事长诗等各种方法，揭露压迫者的丑恶面目，与压迫者进行针锋相对的斗争，表示劳动人民在精神上永远处在攻则克、战则胜的地位。历史上，用民歌、民间故事、叙事诗与封建暴君、统治者作了一生斗争的民间艺人是很多的。如：维吾尔人民的英雄女儿奴祖姑木，用她自己创作的民歌与清朝统治者和地方封建暴君战斗了一生。在敌人面前威武不屈,最后光荣牺牲。又如:喀什民间艺人巴衣孜用他心爱的乐器沙塔尔作武器,弹奏木卡姆与封建统治者作斗争。封建暴君阿古柏竟下毒手,把沙塔尔绑在他的身上投入地牢,活活折磨死。这些史诗般的英雄故事说明,民间文学和其它意识形态一样,也是阶级斗争的武器。

民间文学的历史作用也不容忽视,它除了直接反映劳动人民在各个历史时期的社会生活、精神状态、阶级斗争和生产斗争外,其中历史文献也占相当大的比重。这样,我们可以通过一些作品了解该民族的生活环境与历史特点等。高尔基曾经说过:"不懂民间文学,就不可能懂得劳动人民的历史。""民间文学从最古老的年代起,就毫不动摇地、特殊地与历史结成伴侣。"维吾尔民间文学同样也为我们提供了很多历史资料。如:我们可以通过维吾尔族著名民族英雄和民歌手沙地尔帕力万的民歌和奴祖姑木的民歌,了解到十九世纪中叶我国各族劳动人民为反对清朝统治者,在伊犁地区爆发的农民起义的概况。这些民歌作为伊犁各族人民在 1864—1865 年反对清朝专制政权的战斗歌曲流传到今天。

充满爱国主义内容的《迁徙之歌》反映了具有反侵略斗争精神的伊犁人民反抗沙俄侵略者的压迫、维护祖国统一、保卫家园的斗争。叙述了 1871—1881 年沙俄侵占伊犁后的艰苦岁月,在沙俄士兵的枪口下,人民被迫迁移到异国,离开自己辛勤创建的家园,背井离乡的凄惨情景。这首民歌就是沙俄侵占伊犁的历史铁证。

告诉我们迁往阿拉木图,
却被送到荒无人烟的沙漠,
那些蓬乱头发、蓝眼睛的家伙,
都是骗子不跟我们说真话。

我们从伊犁迁徙时,
正值六月暑天,
在这艰苦的日子里,

我们离开了爹娘。

世代辛劳创建的家园，
被抛在身后边，
我们被迫远离故乡，
心里充满惆怅和失望。

告别伊犁故土，
转道亚木布拉克，
从此离开生我养我的土地，
流落在异国它乡。

除此之外，维吾尔民歌中还有歌颂哈密农民起义的领袖铁木耳·哈力帕的民歌，有嘲弄、讽刺以残忍毒辣著称的地方军事官员喀什暴君马提台和阿古柏的民歌，还有著名的《真牡丹之歌》《古莱姆汗之歌》《马衣木汗之歌》《赛衣提奴奇叙事长诗》等。这些作品都是在某一历史事实基础上创作出来，它们帮助我们了解和研究当时的历史提供了有价值的历史资料。

此外，民间文学对发展与提高书面文学也起了巨大的推动作用。《毛主席给陈毅同志谈诗的一封信》中提到："民歌中倒是有一些好的。将来趋势，很可能从民歌中吸引养料和形式，发展成为一套吸引广大读者的新体诗歌。"的确，在人民的口头创作中值得我们学习的东西很多，特别是，在艺术表现手法、形象创造和语言艺术特点等许多方面，民间文学不愧是书面文学的鼻祖。高尔基说："青年作者要经常向民间文学请教，从民间文学可以学到朴素而精炼的语言，而朴素的语言蕴藏着伟大的哲理。谚语与民歌虽然简短，但智慧与灵感贯串始终。"高尔基本人在从事创作工作之前，对民间文学也有过深厚的感情。他从祖母那里听到过许多民间故事，在他的回忆录《我的祖母》中这样写到："跟她同住以前，我好像睡在一个阴暗的地方，是她来唤醒了我，把我引向光明。"高尔基还曾果断地说，普希金之所以是伟大的俄罗斯民族诗人，其主要原因就是他非常熟悉民间文学。十一世纪著名维吾尔学者、哲学家玉素甫哈斯·阿吉甫以及与他同时代的维吾尔学者、语言学家马合木提·喀什克尔,在他们的代表作叙事长诗《福乐智慧》和《突厥语大词典》中,引用了民间文学的大批资料,包括民歌、谚语等。这些作品不仅对学习和研究书面文学有重要意义,而且对学习、整理、研究维吾尔古典民间文学也有重大现实意义。

民间文学对近代和当代维吾尔文学的发展所起的作用也是不容忽视的。如:十九世纪中叶,维吾尔族著名爱国诗人毛拉比拉里的诗歌,很接近于民歌的风格和形式,且与民歌融合到一起。因此,他的诗歌很容易被群众所接受,并且一直流传至今,成为最富有生命力的作品之一,以致我们很难区别哪首是他的作品,哪首是民歌。拿他的两首诗来看。

祝你一路平安,

愿玫瑰花作你的旅伴,

我的情人,你是多么美丽,

我情愿永作你的奴隶。

在祖国的花园里,

你是含苞欲放的花,古丽热娜。

我愿作个百灵鸟,

歌唱你的美丽,古丽热娜。

总之,一篇文学作品能否在人民群众中产生深远的影响,能否得到群众的好评,关系到民间文学的艺术特征能否得到创造性的运用。文学艺术的创作原则必须是民族形式加社会主义内容,即是说,文学创作必须采用各族人民所喜闻乐见的民族传统形式,来表达当代的社会主义和共产主义新内容。但,传统的民族形式绝不排挤文学的新形式,任何一种新形式都是在传统的民族形式基础上产生。然而,民间文学产生的历史由来已久,因此,它在内容上自然要受到历史的限制。我们在对待民间文学中个别的消极因素,要用历史唯物主义的观点,结合当时的历史条件去分析、研究,把古代属于封建统治阶级的腐朽东西,与具有革命和民主色彩的优美的人民文学区别开来。

维吾尔民歌可以使人们得到一种艺术上的享受，如：

阿格尔布拉克山呀，

你山连山来层层高，

山峰白雪茫茫，

山脚鲜花怒放。

……

这首维吾尔民歌，采用拟人修辞手法表达了一个深刻的哲学思想内容。表面看来，叙述的似乎是一座高山，但它指的不只是自然界的景象，而是社会关系的缩影，人的形象。它用比拟的手法描述人虽已是暮年老翁、白发苍苍，但心不老，还象百花一样葱翠叶茂、盛开怒放。因此，我们可以说这首民歌是形象思维的典型。又如：

我愿作你天上的月，

照亮整个大地，

我想作你碗中的茶，

温暖你的双唇。

又如：罗布泊民歌

你的面容是那样的俊俏，

你的大眼象仙女的一样，

你的苗条身材象包了黄金一般，

你一出生在人间就是这样俊秀。

这两首民歌用生动而优美的艺术语言和鲜明的比喻手法抒发了自己内心对情人炙热的爱情。维吾尔民歌在艺术构造上的这种特点，即用生动、优美、形象的语言，比喻、借代、夸张等修辞格式吸引着人们与读者。维吾尔民歌题材广泛，形式多样、不单调也是其一大特点。由此可以看出维吾尔人民是具有丰富、优美艺术传统的人民。

高尔基嘱咐我们："要搜集和学习你们本民族的民间文学。"为了把文学艺术深深扎根于劳动人民群众中,并和人民群众的思想感情结合起来,出现更多的民间艺人与歌手,首先要重视作为人民精神财富的民间文学的学习、搜集和整理工作。

综合上述,维吾尔族是具有非常丰富的口头创作的民族之一。正如《光明日报》1954年刊载的一篇文章所说的,"新疆的确是文学和艺术的宝库",然而,作为丰富文学宝库的维吾尔民间文学的发掘与整理工作,从解放后才开始。二十多年来,在中国共产党领导下,在继承与发掘中华民族的优秀艺术遗产的行列里,搜集、整理与出版维吾尔民间文学的工作取得了显著的成绩。粉碎"四人帮"后,随着各项工作的展开,搜集、整理出版维吾尔民间文学的工作也有了新的开端。然而,我们知道人民群众的大量口头创作还在被埋没着,人民迫切要求我们尽快挖掘这个金矿。因为搜集民间文学的工作是有时间性的,拖的时间越久流失越多。

搜集和整理民间文学的工作是一项脚踏实地的细致的科学工作,因此,要求搜集民间文学的人必须持正确认真态度,不能以个人倾向与爱好去修改或加工。同时,搜集与整理工作要以历史唯物主义观点为指导,注意民间文学固有的特点,熟练地掌握有关技术知识,为在社会主义文艺花园里,开放更多的香花而贡献力量。

维吾尔民间文学的种类和形式很多,其中主要有民歌、民谣、双行诗、叙事长诗、传记、传说、神话、寓言、笑话、民间故事、成语、谚语、谜语,以及音乐、新民歌、各种游戏等等。一言以蔽之,维吾尔民间文学是中华民族文学中一朵绚丽夺目的鲜花,是祖国民间文学宝库中的一颗珍珠,我们应该很好的发掘和利用它,为我们伟大的社会主义祖国服务。

（程试　米尔扎翻译）

（本文有删节）

谈怒族文学

杨秉礼

史料解读

　　该史料为怒族文学的简要介绍，原载《思想战线》1979 年第 4 期。作者首先对怒族的基本情况进行了介绍，然后对怒族文学进行全面介绍。怒族的口头文学风格独特，光彩夺目。首先是神话传说，在远古时期，怒族人民创造了关于洪水滔天、开辟天地、人类起源、民族迁徙等古老的神话传说，其内容包括"兄妹结合"神话、图腾崇拜传说等，再现了怒族母系氏族社会到父系氏族社会的生活情况。其次是怒族民歌，反映了怒族人民的生产、生活和斗争，描绘了怒族人民的社会历史生活。此外，怒族和傈僳族相互交流、相互影响，有许多民歌存在相似之处，但经过了本土化创造，形成了自己的风格。再次是怒族民间故事，涉及社会生活的各个方面，闪烁着怒族人民聪明、智慧的光芒，有的揭露社会现象，抨击社会现实；有的反映爱情生活；有的以动物为主人公。新中国成立后，怒族人民从压迫之中被解救，发展社会主义经济与文化，怒族民歌内容和形式都发生了巨大变化，从低沉、悲泣到热情、豪迈，歌颂了社会主义祖国的新面貌和各民族大团结。

原文

在碧罗雪山和高黎贡山之间,是奔腾南流的怒江。这里江河汇聚,山川壮丽,居住着一万九千多怒族人民。其分布地区主要是碧江、福贡、贡山等县以及兰坪、维西县的一部份。

千百年来,怒族人民以自己的聪明才智,创造了自己的口头文学,它以独特的风格,为我们祖国的文艺百花园增添了光彩。

一

在远古时代,怒族的祖先面临着变幻万端,喜怒无常的复杂的自然界。当时,由于生产力和人们的认识能力都很低下,他们还无法理解许多大自然现象,为了生存,人们必须设法认识它,力求征服它,因而"用想象和借助想象以征服自然力,支配自然力,把自然力加以形象化。"①他们通过天真烂漫的幻想,以朴素的宇宙观,创造了关于洪水滔天,开辟天地,人类起源,民族迁徙等古老的神话传说。

天地万物是怎么来的,他们幻想成是巨人砍掉了地洞里的巨兽,巨兽的血变成了土地,骨头变成了石头,血脉变成金银铜铁,毛发变成树木森林,剩下两只眼睛,一只未腐烂变成太阳,一只已腐烂变成月亮。

人类是怎样起源的,怒族神话中说是腊普、亚妮两兄妹战胜洪水以后,成亲繁衍下来的,他们生下了七个子女,变成了七个民族。有的子女又与会说话的蛇、鱼等动物交配,产生了后来的蛇氏族、鱼氏族。还有《射太阳、月亮》、《祖先阿铁》等神话,则反映了怒族祖先如何爬山越岭,战胜大自然的威胁而在怒江两岸定居下来。

远古时候,怒族人民居住在崇山峻岭中,常受虎、蛇的威胁。当时人们比动物要弱些,在与各种动物作斗争时,对它们产生一定恐惧心理,被迫将某种动物

---

① 《马克思恩格斯选集》第二卷第112—114页。

当作祖先来膜拜，作为氏族或部落的保护神。或因"人在自己的发展中得到其他实体的支持，但这些实体不是高级的实体，不是天使，而是低级的实体，是动物。由此就产生了动物崇拜。"①与怒族社会生产力和社会经济生活相适应，他们创造了许多关于图腾崇拜的神话传说。《女始祖茂英充》说蛇与蜂交（一说与虎交）生下茂英充，成人后又与虎、蜂交，所生子女为虎氏族、蜂氏族，而茂英充成为各氏族的女始祖。《蛇变人》是关于蛇氏族的神话，即蛇能说话变成人，与砍柴女交，所生子女即蛇氏族。

怒族人民围绕关于开天辟地，人类起源等而创造的神话，虽然是不科学的，但它却颂扬了怒族人民认识自然，征服自然的豪迈精神和不屈不挠、勇敢斗争的坚强意志。它鲜明地表现了怒族人民的创造精神，描绘了怒族童年社会面貌，反映了各族始于同一祖先的共同愿望。而"兄妹结合"的神话，表现了血缘家庭生活的特点，说明怒族祖先同样经历过血缘家庭的时代。图腾崇拜的神话传说，是母系氏族阶段社会生活状况的写照。当时各氏族所崇拜的动物，已成为区分各个母系氏族集团的标志，形成各氏族不同的图腾崇拜。而各氏族所崇拜的图腾，往往又与该氏族所居住的环境有关。据史料②记载，怒族地区过去盛产黄蜂，还有老虎、巨蛇，常常威胁着人们的生产生活，所以把它们作为神灵来崇拜。有的则与怒族经济生活有关，如蜂氏族是以长于采蜂、制蜂蜡出名的，蜂成为人们的直接生活来源之一，把蜂作为图腾来崇拜，是与经济生活密切联系着的。这些神话传说，是怒族母系氏族社会到父系氏族社会生活情况的再现，有一定的认识作用，对研究该民族社会历史提供了丰富的史料。

二

怒族民歌以丰富多采的题材，反映怒族人民的生产、生活和斗争，描绘出广阔的怒族社会生活内容，展现了一幅幅活生生的现实生活的图景。《龙潭》这首

---

① 《马克思恩格斯全集》第廿七卷第 63 页。
② 见中国科学院民族研究所云南少数民族社会历史调查组编：《怒族简史简志合编》（初稿）。

歌,反映怒族祖先在怒江岸边的生活、斗争的历史,《蛇变人》说明怒族源流及图腾崇拜。这两首民歌的体裁有点象叙事诗,诗句自由,没有严格的格律。此外还有反映劳动生产的《盖房子的歌》、《收苞谷调》等,热情歌颂了怒族人民对劳动的热爱,再现了他们的生产劳动过程。《猎人调》描述狩猎时情景及捕获野兽后的欢乐心情。《求婚调》、《出嫁》、《迎亲调》和《逼嫁》等,反映了青年男女由于婚姻不自由而产生的悲惨遭遇,及对封建婚姻制度的控诉,歌颂了怒族青年诚挚纯真的爱情。

怒族民歌也是劳动赞歌。只有劳动人民才懂得劳动的意义,对劳动产生感情,歌颂它,赞美它。《猎人之歌》以高亢、粗犷的旋律,描述打猎时紧张而艰辛搏斗的场面,同时抒发打猎后胜利的喜悦和愉快的感情。在《盖房子的歌》中,修房子用什么来筑墙,用什么材料做屋梁……都有详细而有趣的描绘,实际上成了总结交流劳动经验的歌了。这些怒族人民的口头创作,表现了他们的聪明才智,是怒族人民生产、生活、斗争实践的总结。

怒族人民爱唱歌。在旧社会里,唱民歌成了怒族人民在苦难中的一种安慰。尤其在婚嫁、丧葬、秋收、盖新房、打猎时,都要唱民歌。甲村到乙村唱,有时一唱通宵,边舞边唱:"跳舞跳到天快亮,唱歌唱到鸡快叫。我们应该休息了,大家愉快地回家。今年唱了明年收成好,明年再来唱,明年再来跳。"民歌,又起到鼓舞劳动热情,组织劳动生产,预祝丰收的作用。

怒族和傈僳族人民同饮一江水,同住一个寨子,共同的命运,并肩的战斗,把他们紧紧地结合在一起。怒族人民常常参加傈僳族歌唱会,有的虽然不懂傈僳话,但能唱傈僳族民歌,而且唱得比较好。这样,在文艺上必然相互交流,相互影响。如"木瓜不"(即生产调)和《逃婚调》都与傈僳族民歌《生产调》、《逃婚调》相似。但是怒族人民不是照搬傈僳族民歌原来的格调歌唱,而是结合自己的生活习惯,思想感情加以补充,创造,逐渐形成自己的风格。

怒族民歌质朴,生动,不少古老的民歌常使用反复吟咏的表现手法。《盖房子的歌》当唱到:"筑墙基用金块垒起,房顶地板是金块铺成",下面用银、铜、铁、锡来反复吟咏。怒族祖先在劳动过程中,重复的劳动动作,形成劳动中有节奏的旋律,民歌就是在这种节奏中产生,保留着周而复始的特点,简单的句子与劳动相呼应,重复不断地歌唱,保留着民歌起源于劳动节奏的痕迹,有的民歌由于反复吟咏,加强了气氛,更富于音乐节奏感和便于传诵、记忆。在怒族民歌中,比喻的运用也是很出色的。比如情歌,往往运用隐喻,如"我想去的那座山,山顶积满了白雪,我不想去的那座山,阳光又照得明亮"。它隐喻自己情投意合的人没法结合,自己不喜欢的人却成了终身伴侣。又如:"水说要下去,鱼说要上去,水和鱼两个,一条心就好了。"表面上说鱼与水,实则指夫妻二人没有共同语言。怒族青年通过丰富、美丽、有趣的联想,巧妙地把两种事物或现象,连结在一起,构成完整的诗歌艺术形象,很耐人寻味。

三

讲故事、听故事是怒族人民生活中的一个组成部份。在那黑夜茫茫的旧社会里,灾难深重的怒族人民挣扎在水深火热之中,他们运用民间文学作为武器和自我教育的工具,不仅创作了悲壮豪放,热情洋溢的民歌,也编了不少富于诗意和幻想,闪烁着怒族人民聪明、智慧和饶有情趣的故事。

《人和妖精交朋友》、《老妖婆的死》一类故事,与白族《荨麻与艾蒿》很相似,但故事情节、结局不一样。这类故事中的主人公,都机警、勇敢地惩治了自然界和社会上的恶势力,它赞美了怒族人民的聪明、智慧,揭示了正义的力量始终能战胜恶势力的真理。它告诉人们只要坚信人民群众的力量,任何穷凶极恶的反动势力都能征服。

在一些故事里,涉及社会生活的各个方面,揭示了私有制产生以后复杂的社会现象,谴责了社会生活中的不良倾向。它通过巧妙的构思,引人入胜的情节和鲜明的人物形象,热情地颂扬那些诚实、正直、勇敢的人们;鄙视、唾弃、鞭挞那些贪婪、残忍、寡廉鲜耻的人物,反映了人们的伦理道德观念。如《贪心》、《酒缸变水缸》,刻划了一个贪心不足,欲海难填的反面形象,并给予辛辣的嘲讽,无情的鞭笞。

爱情作为社会生活组成部份,在怒族故事中充分反映出来。《谷玛楚与吴地布》是说怒江两岸一对青年男女相爱,男方被封建婚姻制度迫害致死,女方也随之殉情,二人死后各葬一方,墓头上长出两棵大树缠在一起,树被砍,飞出金色、银色的小鸟,双双飞向东方,每年春天,飞回来催人春耕、播种,口口声声喊:"谷玛楚"(金色鸟),"吴地布"(银色鸟)。主人公虽然成了封建婚姻制度的牺牲者,成了千古遗恨的悲剧,但是怒族人民是不屈的,他们在揭露封建旧礼教,鞭笞吃人的封建婚姻制度的同时,歌颂了男女间忠贞的爱情。"生不能在一起,死后也要葬一堆"。而化鸟,也是怒族人民美好愿望的艺术形象化。有的故事主人公是孤苦伶仃的孤儿,巧遇金鱼(龙女)结为夫妻,遭龙王屡次刁难,在龙女帮助下,困难迎刃而解,得到美满幸福的结局,反映了怒族人民追求自由幸福生活的理想和愿望。

怒族人民居住在深山峡谷,在那茫茫的丛林里,栖息着各种野兽。随着生产力的发展,人们认识的不断提高,狩猎中逐渐驯服、豢养了野生动物。他们根据各种动物的形状,生活习俗等特征,通过丰富的想象,将动物拟人化,塑造了以动物为主人公的故事。这些动物形象中,有伶俐聪明的小兔,机智多谋的獐子,骄横跋扈的老虎,愚笨的老熊等等。有个故事说,一对夫妇生了一个孩子,家里非常贫寒,请来老熊照顾小孩,一呆四年,熊说:"你们儿子长大了,我要回去了。"夫妻俩穷,只给它一串白色珠子套在脖子上。从此,熊脖子上就有了白圈。熊说:"这不够我四年的工钱。"夫妻俩又告诉它:"以后我们地里苞谷成熟时,你来掰好了。"后来每逢苞谷成熟时,老熊都来掰苞谷吃。这些故事,通过动物与动物或动物与人之间的交往关系和矛盾,反映了社会生活,或说明某个道理。故事往往显示了正义的力量要战胜非正义的力量,诚实、勇敢、善良者始终要胜利;虚伪、怯懦、骄横者必然要失败。这是怒族人民的理想愿望和哲理观念的体现。

四

千百年来,怒族人民为了改变被奴役,被压迫的地位,曾进行过无数次不屈不挠,可歌可泣的斗争,但未能取得彻底胜利。一九四九年七八月间,碧江、福贡,贡山三县获得解放。一九五〇年初中国人民解放军进驻怒江地区,在党的领导下,怒族人民永远结束了被压迫被奴役的苦难生活。红太阳的光辉照到怒族地区,在党和毛主席的雨露阳光哺育下,怒族人民开始谱写历史的新篇章。党领导怒族人民通过各种社会改革,发展社会主义的经济和文化,与全国人民一道过渡到社会主义。

解放后,怒族地区发生翻天复地的变化,怒族人民的思想觉悟也不断得到提高,民歌创作以崭新的面貌出现。人们压抑不住内心胜利喜悦心情,放声歌唱,歌颂伟大的中国共产党,歌颂伟大领袖毛主席:

狂风会把大树吹倒,地震会把高楼震垮,毛主席的道路啊! 狂风吹不倒;共产党的政策啊! 地震山摇震不垮。

怒族民歌内容和形式都发生了巨大变化,不再是低沉、悲泣的情调,而是热情、豪迈、高亢地歌唱社会主义祖国新面貌,歌唱各民族大团结:"碧罗雪山茶花多,朵朵茶花向太阳,怒江深谷清泉多,条条清泉归大江,云南边疆民族多,个个民族心向党,党的政策扎实好啰! 指引我们奔向前方。"怒族人民永远不会忘记,是党和毛主席把他们引上了幸福的康庄大道,他们怎么不热情洋溢地歌唱新生活!"芒果树生长在边疆,枝叶长得多茂盛,社员是叶子公社是根,毛主席就是栽花人。芒果树生长在边疆,花朵开得多鲜艳,社员是花朵公社是根,毛泽东思想是阳光雨露。"

华主席领导各族人民一举粉碎"四人帮",怒族地区山也乐来水也乐,山山岭岭,唱出一支支热情奔放,高亢激昂的颂歌:"北京飘来五彩缤纷的彩带,怒江山水欢乐歌唱,彩带送来了党的温暖,怒家的日子越过越兴旺。彩带铺展到怒家山寨,党的恩情铭刻在怒家心坎上,怒族人民永远跟党和华主席走,早日实现四个现代化。"怒族人民在华主席"全国各族人民团结起来,为把祖国建设成为社会主义现代化强国而奋斗"的光辉题词鼓舞下,在向四个现代化进军的新长征中,高歌猛进! 社会主义的新文学也一定会更加繁荣。

哈尼族文学简介

傅光宇　　王国祥

史料解读

　　该史料为哈尼族文学的介绍文章,原载《思想战线》1979 年第 5 期。哈尼族文学主要是民间口头文学,因其没有文字且分布地区不同,哈尼族处于不同社会发展阶段,这就造成了哈尼族文学的多样性。哈尼族的神话传说主要有天地、万物和人类起源神话,洪水神话,"遮天大树"神话传说,太阳和月亮的神话传说,早期原始人生活图景传说,父系氏族社会发展和崩溃传说。哈尼族的诗歌与音乐关系密切,按照音乐曲调、歌唱场景的不同,分为两大类,一是山歌,二是酒歌。西双版纳僾尼人诗歌可分为五类,一是"恰热",二是"夏沙耶",三是山歌,四是"多多",五是"尼拖"。此外,还有一些儿歌、谚语和谜语。哈尼族传统故事,以蔑视封建统治阶级、歌颂农民起义为主。此外,还有不少故事是从汉族地区传入的,都经过了本土化的再创造。新中国成立后的社会生活巨大变化都在新民歌中得到了反映,内容不仅有歌颂党和毛主席的,还有反映妇女社会地位变化的。该史料对初步了解哈尼族文学具有参考意义。

原文

（一）

　　哈尼族是祖国西南边疆的少数民族之一，共有九十二万四千余人，集中分布在云南省红河与澜沧江间的哀牢山区和无量山区，以元江、墨江、江城、红河、绿春、金平、西双版纳、澜沧等地最为集中。

　　哈尼族有多种自称，以"哈尼"、"卡多"、"僾尼"、"豪尼"、"碧约"、"白宏"等六个自称单位人数为多。哈尼语属于汉藏语系藏缅语族彝语支。哈尼族过去没有文字，所以哈尼族文学是流传在口头上的民间文学。解放后，在党和人民政府关怀下，创造了一套拼音文字方案，为哈尼族文化的发展提供了有利的条件。

　　哈尼族历史悠久，与彝族、拉祜族等同源于青海诸河流域的古代羌族，大约从公元前四世纪起逐步向南迁徙，最后定居在哀牢山区和无量山区。哈尼族的社会发展，可能在公元前三世纪至公元六世纪，由母系氏族社会向父系氏族社会过渡；七、八世间，大约处于奴隶制阶段；到公元十世纪中叶，开始建立了封建领主制度。明、清两代，封建统治阶级相继在云南实施"改土设流"和"改土归流"政策，哈尼族陆续开始向封建地主经济过渡。但发展并不平衡，直到解放前，大体可分三种类型，西双版纳、澜沧等地的哈尼族，长期处于外族封建领主统治下，原始氏族社会残余保留较多；红河南岸及江城等地的哈尼族，处于由封建领主经济向封建地主经济过渡期；墨江、新平、镇沅、元江等内地县的哈尼族是封建地主经济。这种政治经济发展的不平衡，决定了作为意识形态之一的哈尼族文学的多样性。

　　哈尼族能歌善舞，在传统节日和集体性祭祀场合，群众文化娱乐活动特别活跃。如红河地区的"苦扎扎"节、祭龙，西双版纳地区的"戛汤爬"（过新年）节、"切卡岩拍"（撒谷子）节、"阿鲁岩拍老"（吃新米）节等。这些传统节日，有的进行祭祀活动，有的是集体娱乐。青年男女们有唱有跳，欢乐异常。在祭祀场合，要请巫师"贝玛"或歌手唱祭祀歌以至史诗,内容涉及神话、传说、习俗、生产,有时也讲故事。这些传统节日和集体性祭祀活动,为哈尼歌手和"贝玛"交流传播传统民族文化、发展丰富民间口头文学,提供了良好条件。

哈尼族民间歌手,红河地区叫"浩宛英波",西双版纳地区叫"悉绕",他们既会唱歌,也会讲故事,是本民族历史、口头文学和音乐的主要传播者。他们从小学唱,走的地方不少,生活经验丰富,熟悉民族文化,善于即兴创作,深受群众欢迎。唱祭祀歌的"贝玛",也最熟悉本民族文化,对口头文学的传播和保存起了一定的作用。

(二)

神话和传说,在哈尼族文学中占有重要地位,不仅丰富,而且优美。哈尼族神话和各民族神话一样,是"已经通过人民的幻想用一种不自觉的艺术方式加工过的自然和社会形式本身"(《马克思恩格斯选集》第二卷第113页)。它以特有的思想方式,形象地再现了哈尼先民所记忆和理解的人类童年时代的生活图景,具有鲜明的地方色彩和民族特征。这些神话和传说,讲述出来是故事,歌唱出来是史诗。表达方式不同,内容基本一致。不过,故事是各自成篇,短小精悍,史诗则汇为巨制,系统完整。

哈尼族神话和传说,主要有这样几类:

天地、万物和人类来源的神话。史诗《造天造地造万物》和故事《创天创地》等,描述了三父子造天、九父子造地、桃袍老牛变万物的情形。三父子和九父子都是神化了的人,天地是人造的。桃袍老牛则是神化了的动物。按照人的意志,桃袍老牛死后,左眼变太阳,右眼变月亮,牙齿变星星,骨头变石头,肉变沙土,毛变草木,泪变雨,舌变虹,死时吼声成雷,喘气成风。这与汉文古籍所载盘古死后变万物相似。但化育万物的既不是天神,也不是神人,而是神畜,可能反映了原始社会农耕时期人类对耕牛作用的高度评价,以及热爱耕牛的深厚感情。故事还说,生物从水沫变来,开始是小虫,经过许多年才演变成猿猴,又经过了若干年,猿猴才变成人。在这里,闪耀着哈尼先民极其朴素的历史唯物主义发展观的火花。

洪水神话。史诗《合心兄妹传人种》和故事《洪水之灾》等，描述了人类出现以后，遭遇到与仙人打仗的龙王放出来的毁灭性的洪水之灾。劫后余生的合心兄妹，终于战胜了洪水及种种困难，繁殖了人烟，传下七十七种民族。它反映了血缘婚时代的哈尼先民战胜水患、再造人类的坚强毅力和顽强斗争精神。代表自然力的龙王受到惩罚，合心兄妹不仅是女娲式的人类始祖，而且是人类力量的最高代表。西双版纳偎尼史诗《天怀孕、地怀孕》则把人类繁衍、民族来源和家庭、婚姻等结合在一起描述。

"遮天大树"的神话传说。史诗《砍大树》和故事《胡弱拉勒》、《分水岭的故事》、《砍倒"天不亮的树"》等都提到砍倒"遮天大树"。这些神话反映了哈尼先民居住在茂密的原始森林中时，已能打制金属工具，砍伐树木，经营生产，充分体现了人类集体的智慧和征服自然的能力。有的神话还说，砍倒大树后，人们数数大树有十二枝，一枝三十片叶子，总共三百六十片，因此一年分十二个月，一个月分三十天，一年共三百六十天，人们根据布谷鸟的叫声安排生产和节日活动。《阿罗找布谷鸟的故事》则说布谷鸟是阿罗在天女娥玛指点下从天上找来的。这些传说说明，哈尼先民积累了生产经验，并因地制宜创造了富有特色的哈尼族历法——根据树木生长、鸟叫变换来区分节令，决定集体劳动和娱乐。

太阳和月亮的神话传说。有的传说提到，砍倒"遮天大树"后，出了两个太阳和两个月亮，带来干旱，人们想办法用箭射落了多余的太阳和月亮。《天上出九个太阳》和《为什么鸡叫太阳就出来》则说天上出九个太阳，被英雄站在高山上射下来八个。这些可和"后羿射日"媲美的传说，反映了哈尼先民已经发明了弓箭，生产力大大提高，靠着集体的智慧和英雄的神力，战胜了高原山区常见的旱灾。在绿春县流传的传说《太阳和月亮》里，则说妖婆苗老苗闹吃掉了太阳和月亮，热爱劳动、渴望温暖的两小姊妹阿培和阿妞，不畏艰险、献身人类，变成了现在的月亮和太阳。这个传说可能比射日传说更古老，它反映了处在原始森林中的哈尼先民追求光明、战胜黑暗的理想。

早期原始人生活图景的传说。史诗《老古时候的人》描述了人类为求生存，与"大怪人"、老虎斗争,并学会种田、纺织,最后从动物界分离出来的过程。故事《怪兽横行》反映了野兽众多及其对人类的危害,人类战胜兽害的艰苦卓绝的斗争。《关于人的来源》详细地描绘了原始人先前住在大树上或岩洞里,后来才下地。吃生的野果、树根以至泥巴,后来才利用自然火来熟食。穿的是树叶、芭蕉叶,会撑山后才有了兽皮,等等。《吃大锅饭》描述了没有剥削、压迫,做"官"的和大家同住一个大房子,共同生活、共同劳动的社会关系。《嫁男人》形象地反映了母权制社会的一个侧面。《三姊妹》描述了姊妹三人为了让哈尼人民会唱歌、跳舞、讲故事,历尽千辛万苦,终于找到了"金色的花",并把它栽在山上,人人戴上"金色的花",都会唱歌、跳舞、讲故事,人人欢乐了。它饱含着哈尼人民热爱歌舞的激情,反映了诗、歌、舞、故事同源。这些神话传说,或多或少、这样那样地勾画了早期哈尼先民的生活图景,留下了人类和动物界分离以后不断战胜自然力的历史发展线索和影子。

父系氏族社会发展和崩溃的传说。史诗《盘古王分家》和故事《哈尼族的祖先》等,都描述了盘古王教会人们做木活、石工后,当了王。后来盘古王家庭内大小老婆、两个儿子为争夺财产引起纷争,弟兄分家,哈尼祖先出走。这里,既反映了生产力的发展、父权制出现,也有私有财产出现后原始社会解体的缩影。传说《打铁的故事》反映了人们积累生产斗争的经验,打造铁制工具和提高生产力的巨大作用。《想到天边去的人》说,有个人很想弄清太阳出生地方的奥秘,一手拿鸡蛋,一手拄拐棍,向着太阳出的方向走去,走到鸡蛋孵出小鸡时,就把小鸡放在一个地方再继续前进。走了不知多少年月,仍然回到了放小鸡的地方。这形象地反映了哈尼祖先探求科学真理的可贵精神,也暗示了对地球是圆形的猜想。《哈尼族为什么没有文字》这一传说,叙述卖柴郎沙木给"有钱有势,为人凶狠、恶毒"的苏阿爬干活,仙女喜欢沙木,两人结合,生下儿子小木戛。苏阿爬为了霸占仙女,害死沙木,仙女把儿子寄养在卢大妈家后回到了天上。小木戛后来读书,被同学喊做"无娘的孩子",经师母指点,找到了在海里洗澡的妈妈,给了他一个奇妙的"红葫芦"。苏阿爬骗取了葫芦,红葫芦化作"一团烈火",烧了房子烧了书,哈尼族就没有文字了。它鲜明地反映了哈尼人民没有文字,根源在于阶级压迫。这可能是原始社会解体以后产生的传说。

哈尼先民迁徙的传说。史诗《哈尼祖先过江来》和故事《哈尼族历史传说》等，都反映了哈尼先民经过游牧和迁徙，最后定居在哀牢山区周围的过程，体现了哈尼祖先战胜困难、披荆斩棘的英雄气概。

哈尼族的神话和传说，是哈尼祖先智慧的结晶。它集中概括了哈尼族先民在原始社会时期对自然现象的种种解释及生产斗争、社会斗争的进程，生动地反映了他们征服自然力、支配自然力、推动社会发展的意志和愿望，表现了战胜自然的乐观信念和取得胜利的喜悦心情。哈尼族神话传说，不仅具有很高的艺术价值，而且对于认识民族历史、研究人类社会的发展，也有重要的意义。

（三）

哈尼族诗歌，与音乐的关系非常密切。在红河地区，诗歌按照音乐曲调、歌唱场合的不同，分作两大类：一是山歌，哈尼话叫"阿其古"或"阿瓷孤"。在山林田野里劳动或休息时唱。采用对唱形式，状物写景，即兴抒情，随机应变，灵活自由，曲调高昂，风格雄浑粗犷。内容以情歌为主，也歌唱劳动。二是酒歌，哈尼话叫"哈八惹"。是在节日和祭祀、婚丧仪式上唱的习俗歌，一边喝酒一边唱，平时偶尔也有唱的。形式比较定型，唱完一段就有群众性的齐唱，类似唱副歌，对主唱者的歌词表示赞同或否定。曲调低缓，风格庄重严肃。内容广阔，除了情歌，古往今来，各种事物，叙事抒情，无所不可。西双版纳僾尼人诗歌可分为五类：一是"恰热"，内容古老，篇幅较长，可以称为史诗或古歌。二是"戛沙耶"，是以妇女生活为题材的妇女歌。三是山歌，僾尼话叫"阿期"，以歌唱生产劳动为主。四是"多多"，是恋歌。五是"尼拖"，即送鬼歌。

哈尼族传统诗歌，除史诗外，生产劳动、节日风习、妇女生活、阶级压迫和反抗，都有反映。

在劳动歌里，以古老的"四季歌"之类为最有特色，把动物、植物的生理变化和节令气候联系起来，说明应当不违农时。西双版纳的《藤子发芽树发芽》、《藤子枯了树枯了》描写了春天、冬天各种植物和动物的变化。红河的山歌《冬季歌·霜》

则说:"冬天降霜四处下,只见一片白花花。要犁田地就趁早,犁出来嘛霜好扎!"酒歌《唱十二月》、《十二月生产调》等,逐月唱去,总结生产经验较为系统,也描写了劳动、丰收的欢乐场面。

反映节日风习的诗歌,有《十二月节气酒歌》、《祭龙规矩歌》、《祭祀酒歌》和婚丧仪式歌等,无不各具特色。但以反映灵魂不死观念的《叫谷魂的歌》为古老,用以祈求丰收。

过去,红河地区哈尼族盛行包办买卖婚姻,妇女社会地位极其低下,生活很苦,以控诉包办买卖婚姻制度罪恶为主题的妇女歌也特别突出。这些诗歌篇幅较长,抒情和叙事结合,充满着哀怨和愤懑。如《哭婚调》,辛酸地表达了主人公求死觅活、呼天喊地的痛苦心情。《苦婚调》和《不愿出嫁的姑娘》中的主人公,最后都以坚决逃跑来反抗,强烈地反映了哈尼妇女追求平等自由幸福生活的理想。《永世不进你家门》则是弃妇用血泪凝成的诅咒、抨击包办买卖婚姻制度的控诉书。在这种婚姻制度下,妇女们在情歌中很自然地渴求自由幸福生活,追求"象树椿一样,永远不动摇"的爱情。

哈尼族传统诗歌中,最可贵的是反映阶级斗争的劳动人民的反抗之歌。墨江县碧约人叙事长诗《阿基洛奇洛伊和密扎扎斯扎伊》,歌颂了反抗官家的民族英雄,很有代表性。在短歌中,深刻揭露土司和国民党残酷压榨,强烈表现反抗情绪的,有《好的东西土司要》、《死活都要操心》、《快死土司》等。控诉地主血腥罪恶,反映帮工们奴隶式惨悲生活的,有《男帮工歌》和《姑娘帮工歌》等。这些诗歌,悲苦愤激,真切感人。在近现代,哈尼人民多次高举农民起义的大旗,反抗封建王朝和土司、军阀。清代咸丰、同治年间田四乱(田政)起义时的歌谣,至今仍在墨江、镇沅等地流传。"生长在凹壁,造反在石窝",反映了卡多农民起义领袖田政出生和战斗的历史。"新抚有个过得岩,里面住着田四牌;打是打不进,出也不出来",歌颂了起义军坚持长期斗争的英雄气概。一九一七年"多沙阿波"的起义,民间也有诗歌流传。解放战争中的诗歌如《弯刀拼枪炮》、《砸死老黄狗》等,则短小精悍,富有战斗精神。

此外,还有一些儿歌、谚语和谜语。

儿歌，哈尼族称为"闲歌"，指休息时唱的歌。妇女唱的有"催眠曲"之类。儿童唱时，分成两方，一方唱一句，并配以动作。儿歌音节较短，多是每句三、四个音节，韵律性强，借音连锁，上口易记。

哈尼族谚语，内容非常广泛。如"一年苦到头，只剩得镰刀口上的谷子"；"加租不如加斗"；"头冷蓑衣盖，脚冷火塘烘"；"锅底着火，明日要下雨"；"十赌九输，九输成贼"，等等。

哈尼族谜语，往往用形象生动的比喻来启示谜面事物与谜底的联系，用山歌问答，非常有趣。

（四）

哈尼族传统故事，除了神话传说，以蔑视封建统治阶级、歌颂农民起义的为主。

蔑视反动统治阶级的故事中，《山阳林的故事》叙述皇帝私访，与山阳林交"朋友"，山阳林回访皇帝，当众称兄道弟，蔑视皇权，把象征权位的帅旗拿去吓雀，穿起龙袍犁田，富有幽默感。《聪明的媳妇》写皇帝寻美人，受到机智农妇的嘲弄和打击。表现劳动人民机智勇敢地战胜地主的，还有《糠和马鹿》等。

歌颂历史英雄人物的故事，以田四乱（田政）和"多沙阿波"的故事为突出。十九世纪中叶哀牢山区中段的田政起义，是以哈尼族为主体的各族农民起义。这次起义同滇西回民起义、哀牢山区上段彝族李文学起义相呼应，应援太平天国，在我国近代史上写下了光辉的篇章，留下了无数精彩动人的民间故事。如《白旗下坝》、《智取通关》、《枪打黑脚杆》、《白马》、《坚守过得岩》等。这些故事运用浪漫主义的方法，热情地歌颂了农民起义英雄，也是声讨反动派的檄文。反映金平芭蕉河起义的"多沙阿波"的故事，流传很广，直到思普一带。故事着力刻划了十八岁的哈尼女青年领袖芦梅贝的英雄形象，以传奇的色彩，表现了她的英勇善战；写人民带上糯米团劳军，竟堆成了米团山；说她最后骑着白马上了天，人们尊称她为"阿波"（阿爷），寄托了哈尼人民的希望和怀念。

还有不少故事，通过爱情题材，反映了哈尼人民的理想、愿望和战斗精神。

如《红鱼姑娘》、《小鱼娘》、《孤儿的故事》、《牧童》等等。

此外,还有不少故事是从汉族地区传入的,如《桃园三结义》、《武松打虎》、《大闹天宫》、《董永卖身》、《梁山伯与祝英台》等等。这些故事,用酒歌来唱就成了叙事诗。但是,语言风格变了,内容也有差异。在情节安排、细节描写和表现手法上,都按当地哈尼习惯和生活条件加以改造了。这是文化交流的结果,也是民族团结的花朵。

（五）

随着全国的解放,一九五〇年一月,解放军挺进滇南,哈尼人民和各族人民一道,结束了苦难的生活,获得了彻底的解放。哈尼人民的政治、经济和文化生活都发生了天翻地覆的巨变。哈尼族传统文学作品得到深入发掘,歌手受到重视,贝玛得到改造,群众文化活动空前活跃,大大推动了哈尼族社会主义新文学的发展。新人、新事、新思想、新感情,带来了新的主题、新的艺术风格,新的创作方法,推动了新的文学体裁的移植与萌芽。解放初期,哈尼人民就翻译移植了花灯和相声,开始了哈尼戏剧演出的尝试。到一九五八年,已有了红河地区的《青年修水利》、《妇女犁田》、《大家提高警惕》,以及西双版纳傈尼剧《破除迷信》等剧目,反映了边疆人民反特斗争、移风易俗、建设新农村的现实生活,为哈尼剧的发展,迈出了可喜的第一步。

解放以来哈尼地区的种种巨大变化,无一不在新民歌中得到及时而又深刻的反映。忆苦思甜,抚今追昔,使他们唱出了一首首充满激情的歌。在这些新民歌里,把新人新事表现得相当充分,将理想愿望描绘得宏伟壮丽,风格雄浑质朴,明朗轻快,富有火焰般的热情。这些新民歌的内容,有歌颂民族自治和民族团结的,如《大石碑》、《各民族是一个阿媂生》等;有歌唱历次运动的,如《唱土改》、《总路线放光芒》、《引水灌金盆》、《公社巨大高万丈》等,充分表达了哈尼人民对新社会、新生活的衷心赞美。

歌颂党和毛主席的颂歌,在新民歌中十分突出。颂歌以质朴真挚的感情,新颖独特的比喻来表达哈尼人民对共产党、毛主席无比热爱的深厚感情,诗情哲理结合得自然而又贴切。如《哈尼人心向毛主席》："多少条大江，多少条小河，朝着一个方向，流到大海里。多少根树枝，多少片树叶，长在一棵树上，根长在土里。多少个人呀，多少颗心，眼望北京，心向毛主席。"语言朴素，比喻生动。树没有根，绝不会有枝叶，哈尼人民没有党和毛主席就没有幸福的生活。水流归海，人心向着毛主席，表达了各族人民的共同心愿。

有的新民歌，深刻地反映了哈尼人民在社会主义建设道路上精神面貌的巨大变化。如《不祭龙也干净》、《管它竜不竜》、《哈尼人唱跃进歌》等，形象地描绘了哈尼人民破除迷信、解放思想、意气风发、斗志昂扬的英雄气概。

此外，还有反映妇女社会地位变化的新民歌。在《幸福婚姻》、《阿妹嫁哥幸福多》、《哈尼妇女的歌》里，对比新旧社会哈尼妇女地位的变化，把爱情、幸福和劳动、国家利益紧密结合起来，明朗乐观，朴素豪爽，与传统妇女歌完全两样。

在林彪、"四人帮"摧残、扼杀民族文化的日子里，哈尼族文学和民间歌手也深受其害。但是，他们内心的歌，怎么也压抑不住。他们满怀激情，深深怀念毛主席带给他们的温暖和幸福。打倒"四人帮"，他们放声歌唱："英明领袖华主席，带领各族人民斩妖魔。除'四害'，大寨红旗更鲜艳，社会主义大道越走越宽阔！"（《爱尼山寨金竹多》）哈尼人民正慷慨激昂，引吭高歌，一心奔向四个现代化。《四化的金日子》、《彩虹般壮丽的前程》等，充分表达了这种激情。

我们相信，在向四个现代化进军的新长征中，哈尼人民必将与各族人民一道，以更加丰富多彩、刚健优美的文学作品，为祖国各民族的文艺宝库，增进新的珍品，作出新的贡献！

（本文提到的作品，多数见《红河州哈尼族文学发展概略（初稿）》，油印本，引文略有润饰，并补充了散见于各书刊的和我们调查的资料。）

仫佬族的文学

弋　丁

史料解读

　　该史料为仫佬族文学的简介,原载《南宁师范》1979 年第 6 期。作者介绍了仫佬族的民间文学以及仫佬族的著名诗人包玉堂。首先,作者介绍仫佬族的历史概况、宗教信仰、空间分布等。其次,介绍了仫佬族的民间文学。仫佬族没有自己的文字,因而其文学都是口头创作的,并且与汉族、壮族及其他民族的文学相互影响、相互交流。还有许多故事是本民族人民创作的,其中有些是反映人民与封建统治者进行的英勇斗争,有些是群众进行自我教育的教材。仫佬族民歌占有重要地位,主要有"随口答""古条""烂口风"三种,此外还有集体歌会"走坡"。最后,介绍了新中国成立后,仫佬族人用新民歌歌颂新生活。仫佬族诗人包玉堂的许多诗篇是歌唱解放后的新生活,歌颂党、毛主席的代表作,他先后出版了《歌唱我们的民族》《凤凰山下百花开》《在天河两岸》三本诗集。包玉堂的诗具有民族特点和地方色彩,生动反映了仫佬族人民的生活、习俗、性格、心理,他在民歌中吸取营养,为仫佬族文学从口头走向书面做出了贡献。该史料对了解仫佬族民间文学以及仫佬族诗人的创作具有参考价值。

（一）

　　仫佬族分布于广西、贵州。绝大部分居住于广西西北部的罗城、宜山、柳城、都安、河池、忻城、环江等七个县（或自治县），共约七万三千余人（1977 年统计）。罗城是仫佬族人的最大聚居区，约五万人，约占广西仫佬族人口的百分之七十。仫佬族有本民族的语言，没有本民族的文字。由于长期与汉、壮等民族杂居，交往甚密，仫佬人一般都会讲汉话、壮话，并通用汉文。

　　仫佬族有悠久的历史。魏晋以后，我国南方少数民族多泛称为"僚"或"伶"，其中就包括了仫佬族。清代仫佬族始被称为"姆姥"、"木老"、"母老"。嘉庆年间修的《广西通志》说："天河县……东则伶僚，名曰姆佬。"（按天河清代属庆远府，今并入罗城县）在贵州省的仫佬族又称"木老"、"木佬"。《大清统一志》里说："木老在贵定县……都匀黔西一带有之。"广西罗城县仫佬族的各姓的族谱、碑记，记载他们的祖先来自江西、河南、湖南、山东、福建等省。传说来到后娶当地仫佬人为妻，所生子女的风俗习惯和语言，从母不从父。"姆姥"一名，意即汉语的"老母"，由于仫佬话的语序相对于汉语来说是倒装的，故仫佬语称"姆姥"。这些传说，不仅透露了仫佬族历史上的母系社会的信息，也反映了仫佬族与汉族自古以来的亲密关系。

　　仫佬族人以信仰道教为主，但从历史记载与解放前罗城仫佬人地区有规模巨大的多处佛寺来看，仫佬人受佛教的影响也很大。而过去一般群众在日常生活中，兼信道教和多神。每逢自然灾害或有人生病，都请道教法师求神禳鬼。多神信仰中又分家神与外神。家神有祖先、灶君、土地，三者供奉于每户神楼上。外神众多，普遍信仰的有社王，婆王、土主、盘古大王等，个别地区信仰的有雷王、白马娘娘等等。现在仫佬族的大部分人特别是青年都不相信宗教了。

　　由于受汉族影响，解放前，在广西的少数民族中，仫佬族的经济和文化水平是比较高的。早在唐宋时代，汉族就已进入仫佬族地区。宋开宝初年设罗城县治后,汉族人民不断带来更多的先进生产技术和生产经验,促进了仫佬族的生产发展。史书记载仫佬人"善耕作"、"善制刀"。同时汉族文化教育也深入仫佬族地区,义学、社学相继出现。明中叶以后,仫佬族人参加科举考试,考得举人或秀才的,并不乏人。

仫佬族是一个富于革命传统的民族。历代反动统治者的残酷剥削和压迫,激起了仫佬族人民不断地进行不屈不挠的反抗斗争。早在明朝永乐七年(1409年),罗城仫佬族地区就爆发了潘父苍领导的反抗斗争。永乐十九年(1421年)又爆发了韦公成乾所发起的仫佬族、壮族人民联合反对封建统治者的斗争。清顺治九年(1652年),起义军李定国部攻克罗城、宜山等地,仫佬族人纷纷响应。据史书记载,仫佬族人民的革命斗争,终明清两代,从未停止过。当时反动统治者有"武阳岗,三年必反乱一场"的说法(按:据县志,罗城为琳州峒地,于隋唐间属武阳、临祥二县),足以说明仫佬人的前仆后继的革命精神。但只有在中国共产党的领导下,仫佬族人民的革命斗争才进入一个崭新阶段,并最终取得胜利。一九三〇年红七军北上经过罗城仫佬族地区,仫佬族人民受到极大的教育和鼓舞,纷纷起来为红军送饭、送菜、带路、护理伤员,有的还和红军一起战斗。抗日期间,日寇侵占罗城,仫佬人奋起反抗,有的参加了党领导的柳北抗日挺进队。解放战争时期,不少仫佬族青年参加了柳北人民解放总队第三中队,配合解放大军南下解放了自己的家乡。从此仫佬族人民彻底地摆脱了旧社会的一切镣铐,获得了新生。

仫佬族住地属云贵高原苗岭山脉南沿地带。境内山峦起伏,溪流交错,土地肥沃,盛产水稻、玉米、红薯、小麦等;矿藏丰富,有煤、硫磺、铁、铜、铅、锌、锰等十多种,以煤藏量最多。解放后,随着人民政治上翻身作主人,仫佬族地区的工农业生产也高速发展。过去旱灾频仍,现在新建了水库,不少旱地改为水田,种上双季稻,粮食产量不断上升。工业除社办企业外,还建立了地方国营的煤矿、农机、化肥、水泥等十多个厂矿。仫佬人中出现了一支工人阶级的队伍。仫佬族人民的新的美好生活,为仫佬族文学开辟了新的源泉,使仫佬族文学出现了空前的繁荣。

（二）

仫佬族人民根据自己的丰富多采的斗争生活，运用自己的艺术才能，创造了绚丽多姿的文学。

仫佬族没有自己的文字，这决定了她的文学主要是民间口头创作。群众通过口头创作的诗歌、神话、故事、传说等多种形式的文学去叙述历史，揭露反动统治者的罪恶，歌颂人民勤劳、勇敢的高贵品质，抒写人民美好的理想、愿望。

正如仫佬族人民的社会生活是在与汉族、壮族以及其他民族的相互影响中发展的一样，仫佬族的文学也是与汉族、壮族及其他民族的文学的相互影响，相互交流，在保持仫佬族文学的民族特色的基础上吸收别的民族的优秀成果逐步丰富和发展起来的。

仫佬族地区流传不少的神话、故事、传说，其中有些明显地受了汉族或其他民族的影响。仫佬地区过去流行的"封神"、"梁山伯与祝英台"等故事显然是从汉族移植过去的。传说《伏羲兄妹》叙述雷公被捉，关在谷仓里，伏羲兄妹给他喝了水，雷公力大了，跑出仓，赠伏羲兄妹一粒牙齿，教他们种出葫芦来，遇上洪水就躲进去。后来洪水淹没世界，剩下躲在葫芦中的伏羲兄妹，到处找不到人，碰上一个金龟劝他俩结婚，妹妹鉴于兄妹关系，不肯结婚，要求哥哥绕山追赶，正面赶上，才可成亲。哥哥随后追去，不能正面赶上，金龟对他说："你回头去追，就正面赶上了。"哥哥回头去赶，于是兄妹结婚。婚后，生下一团肉，没有眼耳口鼻。哥哥把它砍碎，后来那些碎肉就变成了许多人。这个传说和广西好些民族流传的伏羲兄妹的故事基本相同，它也是各民族文化互相影响的产物。

仫佬族的许多故事是本民族人民创作的，其中有些是反映仫佬族人民与封建统治者进行的英勇顽强斗争。例如《土主庙的来历》，叙述一个仫佬族的青年要起兵打到朝廷去。他到山上结成许多草人草马，据说只要得到他母亲一句吉利话，就可变成真兵真马。母亲不懂，一天跑去一看，却说："这些草兵草马有什么用！"话一完，那些草兵草马就都倒在地上了。后来皇帝知道这个青年要造反，派兵来抓他。他躲在一个山洞里，他从小养大的一只狗每天送饭给他吃，久而久之,被官兵发觉,跟着狗去找,狗见有人跟,不把饭送进山洞去,洞里的青年肚饿了,不见狗送饭来,便伸头出洞张望,被官兵砍掉了头。而这个青年的头自己滚回家里,要母亲放进缸里盖好,过九天打开。母亲心急,三天就开了盖,缸里飞出三只黄蜂,还有六只未长好,飞不出来。这三只黄蜂飞到朝廷去叮皇帝。后人把这个青年作为土主,为之建庙。这个故事反映了仫佬族人民与封建统治者斗争的至死不屈的精神。

仫佬族有些民间故事是对群众进行自我教育的生动教材。《柴的故事》大意是这样的:古时候,山上的柴是直条条的,没有刺,也没有和藤牵连。人要时,只要叫声"柴跟我回家",柴就列队跟来。够用了,说声:"够了,不用来啦!"柴就转回山去。后来有个懒婆娘想把山上的柴都叫回家,免得以后麻烦。她叫:"柴统统跟我回家。"结果柴越来越多,要把她的屋子掩埋了。懒婆娘急得喊起来:"我不要你们了。"后到的柴委屈的回了山。过几个月,懒婆娘没柴烧了,她去叫柴,柴站着不动了。她去强拉柴回家,柴马上长出刺来,她打掉了刺,去拔,柴立即请藤条来把柴树牵在一起。她只好回家拿刀去砍,砍了大半天,才得两小捆柴。从此,山上的柴长有刺,牵有藤。人们需要柴,就得费番功夫。这个故事教育人们,在征服自然的劳动中必须勤奋,懒惰是要受惩罚的。

仫佬族还有一些故事是寓意深刻而又丰富的。例如《选最会劳动的丈夫》。这个故事讲的是有个美丽的姑娘吸引着周围的小伙子,但她对人们表示要亲自选一个最会劳动、最能干的丈夫。这个话传出去,很多堪称劳动能手的小伙子都想被她选中。

一个小伙子来求婚,对姑娘说:"我会劳动。"姑娘说:"你能在一个早上插好十五块田的秧吗?"小伙子答应"能"。第二天早上太阳升上山顶五丈高的时候,果然把十五块田都插上了秧。姑娘说还要让我细细看看才行。她去到那里,走完十五块的田基,看到十五块田的确都插上了秧。她不吭声。又一遍去到十五块田细看每一行秧,也都是插得整整齐齐的。她还是不吭声。再一遍走到十五块田里去从头一株一株秧查看,结果在一块田里发现一株秧插在插秧人的脚印里,没有插牢,浮起来了。她就叫小伙子来看,说:"插是插完了,可没插好。"小伙子垂头丧气的走了。

又有一个小伙子来求婚，姑娘同样要他一个清早插好十五块田秧。第二天早上插完了，姑娘去看。她照样查了一遍又一遍，查到第三遍，把十五块田插的秧，株株看过了，没有一株插得不好的。小伙子在旁边嘻嘻地笑了，但姑娘还是没吭声。最后姑娘走到田头拿起小伙子的斗笠，发现斗笠盖着的地方小伙子漏插了一株。她把小伙子叫过去，说："插是插得不错，可是没插完。"这个小伙子又垂头丧气地走了。

这两次求婚失败的消息传遍了远近村庄，青年们不敢来向这位姑娘求婚了。姑娘等了好几年，没人求婚，自己着急了，急得生病了。她没等病好就打起包袱出去寻找最会劳动的丈夫。她走着走着，不久就又困又倦，一节树根绊了足，呼的从峭壁上跌下来，昏倒在地上。这时一个流氓懒汉经过，就把她抱到一株大树下，想问她到底是怎么一回事。她醒来见一个中年人在身旁，就问："你是怎么救我的？"这个流氓懒汉就装得累坏了的样子说："说来话长。我走到这里，突然听得呼的一声，昂头一看是你从悬崖峭壁上跌下来，我立即跑回家呼呼地拉风箱烧红一块钢，马上叮叮当当地打了把刀，赶紧沙沙地磨利，即刻跑到竹林里嚓嚓地砍竹子，马上哗哗地破篾，赶快叽喳叽喳地编一个软软的竹篮，又咚咚地跑来放在崖下，你跌下来正好落在竹篮里。我又立刻抱你到树荫下躺着，赶紧把你叫醒。"他越说越急，大有怎样快也表达不了他紧张劳动的情况，急促的语言说得比唱歌还好听，使人感到真是天下最能干、最麻利的干活人。姑娘听了以后，感动得流下眼泪，说："你真能干。我就嫁给你吧！"

这个故事可以供人们去领悟很多道理，其中包括一个重要的道理就是：人们追求美好的事物不能吹毛求疵，搞百分之百的绝对化，否则，其结果就会走向反面。

仫佬族有很多优美的民间故事，但在仫佬族民间文学中，民歌占有更为重要的地位。仫佬族人民的艺术才能在民歌中发挥得最充分。过去，仫佬人不论男女老少都爱唱歌。不会唱歌是被人瞧不起的。别人挑起对歌，自己不会回答，就要受到讥笑、感到羞愧。正像一首民歌唱的："难嘛难，好比挑柴上高山，挑柴上山还容易,不会唱歌实在难。"因此,仫佬族做父母的都喜欢子女学唱歌,每家都有歌本。每个村庄都有唱歌的能手。仫佬人善于用民歌来歌唱自己的生活和斗争、爱情和希望、欢乐和痛苦。

仫佬族的民歌,一般是对唱,有时也独唱,多用"土拐话"唱。据说以前是用仫佬话唱,后来感到不太好听,改用"土拐话"唱了。现在很少仫佬人能用仫佬话唱歌了。

仫佬族的民歌主要有下列三种:

一是"随口答"。这是一般的"山歌"。歌词由唱者即景生情,随编随唱,没有一定的歌本,形式灵活多样。以句算,有三句为一首的"三句腔",四句为一首的"四句腔",以及"五句腔"、"六句腔"、"七句腔"、"八句腔"、"九句腔"等。以字算,有每句十一字的"十一字腔",有全歌三十字的"三十字腔"等。

二是"古条"。这是一种故事式的歌谣,内容多是民间流行的历史故事、神话和传说。有一定的歌词记在歌本上,不能随意编唱。一般合十五首至三十首为一条。如《八寨赵金龙》就是用十五首歌组成的,反映赵金龙从起兵抗清到最后失败的整个过程。

三是"烂口风"。这是讽刺性的民歌,没有歌本,随意创作。句数不定,每句字数也不定,但一般以一二〇、二四〇、二八〇字为一首。

仫佬人在不同的场合唱不同的歌。一般说,每逢喜庆的事,如结婚,则群集唱"古条",也唱"随口答",不唱"烂口风";而在"走坡"时主要唱"随口答",间或也唱"烂口风"。

"走坡"就是仫佬族男女青年每逢春节期间(正月初二到十五)和八月中秋前后,集体到村后的山坡上对唱山歌,用山歌来互吐衷情。它相当于壮族的"歌墟",是群众性大歌会。走坡时,先分队唱,男女各方十一、二人组成一队,集体对唱,唱了一会再分唱,分到两对人对唱为止。集体唱时,先由一人领唱,唱到每句中段,陪唱人随声附和。男女集体对唱,先是男方唱"邀唱歌"。如:

今日初逢十几妹,顺口喊你唱个歌。

妹你有心同哥唱,船在隔岸渡过河。

如女方同意对唱，就回唱这样的歌：

我本一心不唱歌，今日逢哥没奈何，

只得坐下同哥唱，蜂蝶逢花快乐多。

以后双方即兴发挥，随编随唱，表达自己的真情实意，唱到情投意合，就用歌表示爱情忠贞不二的海誓山盟。如：

打破花碗接条街，接条花街等妹来。

十年不来十年等，再不移花别处栽。

高山岭顶有菀梨，一刀砍了两刀齐。

死也和哥共刀死，哪能和哥活分离。

唱到最后，唱依依不舍的歌。如：

送哥一里又一里，送哥一湾又一湾，

送过三湾不见了，眼泪滴滴下水滩。

在漫长的岁月里，仫佬族人民通过民歌反映了本民族的生活，唱出了仫佬人的心声，使仫佬族民歌形成了自己的优良传统。但在解放前，由于反动统治者的压迫，仫佬族的民歌也备受摧残，优良的传统得不到发扬。新中国成立后，仫佬族人民成了本民族的主人，在祖国民族大家庭中过着幸福的新生活。党的民族政策和文艺政策，使仫佬族的民歌获得了新的旺盛的生命力，出现了空前繁荣的景象。反映仫佬族人民新生活的民歌，继承了优良传统，发展了民族风格，成为鲜艳夺目的花朵，开放在祖国各民族文学的大花园里。

解放后，仫佬人用新民歌歌颂党，歌颂毛主席、周总理、华主席，歌颂党的民族政策，歌颂仫佬人的新生活。

有些新民歌是沿用原有的形式来表现新内容。如三句腔的《太阳红》：

太阳红，

万花香，

仫佬人民翻身作主把家当。

毛主席，

胜亲娘，

人民有您、红色江山万年长。

华主席，

党中央，

领导我们继续革命建山乡。

五句腔的《周总理亲又亲》：

周总理，

亲又亲，

和毛主席共条心，

干革命，

全心全意为人民。

九句腔的新旧生活对比的《龙潭歌》：

我家住在龙潭边，

过去潭水象黄连，

地主霸占龙潭水，

卡人脖子要卖钱。

旧社会，

黑了天，

穷人敢怒不敢言。

我敢言！

龙潭水底要见天。

我家住在龙潭边，

如今潭水赛蜜甜，

众手引来龙潭水，

又灌禾苗又发电。

学大寨，

换新颜，

公社一步一层天，

看明朝，

龙潭水畔胜乐园。

有些新民歌适应内容的新变化，形式上也有新的发展。例如歌颂党的民族政策的：

黄莺的嗓音，画眉的嘴，

比不上仫佬人民的歌儿美；

凤凰的冠冕孔雀的尾，

比不上仫佬山乡的山和水；

冬天的太阳春天的风，

比不上党的民族政策暖人心。

在这首歌里，作者以炽热的感情和丰富的想象，通过三个比喻，热烈地歌颂党的民族政策给仫佬人带来了幸福的新生活。又如《金桥梁》：

公社好，

公社是座金桥梁；

金墩金柱金石板，

白玉栏杆在两旁。

玉照金，金映玉，

太阳底下放光芒。

公社好，

公社是座金桥梁，

金桥架在家门口，

引导我们进天堂。

仫佬人呀进天堂，

家家屋里飞凤凰。

这支歌把人民公社比作引入天堂的金桥梁,是仫佬人在公社化中唱出的赞歌。

显然,这些新民歌不只内容新,形式上也吸收了汉族民歌新诗的某些优点,是仫佬族民歌园地里的一种新花。

(三)

在党的阳光照耀下,在仫佬族民歌的熏陶下,仫佬族出现了年青一代的新诗人——包玉堂。

诗人包玉堂出生于一个贫苦农民的家庭,父亲给地主打长工。包玉堂从懂事的时候起就在家参加劳动,到十一岁才进私塾读了一年《诗经》,接着读了二年半小学、半年初中。一九四九年仫佬族地区解放了,当时十五岁的包玉堂就投身革命怀抱,进庆远专区行政干校学习。以后长时间在农村工作,参加过剿匪征粮工作队、土改工作队,当过小学教师、校长、县报记者,一九五七年加入中国共产党。包玉堂从参加革命起,就经常配合党的中心工作,用业余时间创作新民歌,在群众中进行宣传,有些还在地方党报发表。一九五五年,他根据苗族民间传说创作了长篇叙事诗《虹》(初发表于《广西文艺》,后为《人民文学》转载),从此正式进入诗坛。一九五七年,由上海新文艺出版社出版了第一本诗集《歌唱我们的民族》。一九五八年由广西人民出版社出版了第二本诗集《凤凰山下百花开》。同年加入中国作家协会和全国民间文学研究会。一九五九年调柳州地委,参加剧本《刘三姐》的创作。一九六三年,调广西壮族自治区从事专业创作,任广西作协理事,广西民间文学研究会理事。一九七三年由广西人民出版社出版诗集《在天河两岸》。现任区文联筹备组副组长。一九七七年当选为区五届人大代表。

包玉堂和仫佬族人民一起从旧社会走到新社会,正如他自己说:“我是一个仫佬人,生在凤凰山下的仫佬族村庄。”“故乡的变化,我们仫佬族的变化,我都知道的很清楚,许多社会改革运动和社会主义建设工作,我都参加了。生活常常冲击我的心，催促我歌唱。"正因为这样，诗人的许多诗篇是歌唱解放后仫佬族的新生活的。

长诗《歌唱我们的民族》是诗人第一次着力刻划解放后仫佬族新面貌的作品。诗人用采笔描绘故乡生气勃勃、美丽如画的自然景色和到处热气腾腾、欣欣向荣的生活情景：这是群山环抱，泉水蜿蜒的村庄。有迎风摇动的竹林，碧绿婆娑的榕树，多情美丽的山桃花，坚强挺拔的板栗树，点缀着新的工厂、矿山、梯田、水库；还可以看到山道上车队驰骋，田野里红旗飘扬，天空中鸽群翱翔；可以听到画眉婉转歌唱。山泉欢乐的琴音，伴着仫佬姑娘迷醉人心的歌声。诗人还用今昔对比的手法，反映仫佬族人民解放后生活的巨大变化：从前的虎狼窝——国民党的乡公所，如今变成了民族小学；从前的赌场——官吏敲诈勒索的地方，现在办成了民族商店；从前反动派杀害"造反者"的罪恶刑场，现在盖起了人民医院的雪白瓦房；偏僻荒凉的乡村出现了规模宏大的国营煤硫矿，破旧不堪的山镇也有了繁星一般的电灯。这一切充分的表现出"苦难的日子过去了，我们的生活越过越美好"。

长诗《歌唱我的民族》，语言朴素，格调清新，显露了年青诗人的创作才华。

诗人对仫佬族的生活非常熟悉，因而也善于描绘仫佬族的风情画，《仫佬族走坡组诗》就是一个突出的例子。这组诗刻划了仫佬族少女美妙的爱情生活的生动情景。其中的一首《少女小夜曲》尤为优美动人。诗人用朴实无华的语言，逼真地展示了少女在将要把自己珍贵的爱情献给一个男子前的激动不安、惊喜交加、兴奋害羞的复杂心情。全诗以生动的形象、欢快的调子、浓郁的诗意感染着读者。

在第一个诗集里，还有根据苗族民间故事写的长诗《虹》，这是诗人在诗坛上开始引人注目的作品。

诗人的第二个诗集《凤凰山下百花开》分为三辑。第一辑二十余首诗，从各方面反映了仫佬族的新面貌。《山谷里的故事》和《古泉的传说》把神话传说和现实生活结合起来，运用神话传说来表现仫佬族的新生活：过去仫佬族人民在神话中幻想的美好生活，而今在党的民族政策的阳光照耀下创造出来了。诗人

还带我们从同一条故乡的山路上，看出仫佬族人民在新旧社会中的两种命运
（《故乡的路》）。诗人以饱满的热情赞扬仫佬族办起了工厂，有了第一代的电气
工人（《在庙吟》）；人民公社带来了大丰收，仫佬人第一次卖余粮（《第一次卖余
粮》）；老年人进了幸福的敬老院（《老大公进敬老院》）；姑娘们放开嗓子歌唱
（《唱吧，美丽的姑娘》）。《开运河》和《天河流过凤凰山》是歌颂人民公社成立
后，各民族团结协作，劈山开河，征服自然，夺取丰收。其中《天河流过凤凰山》
一诗，热情洋溢，声韵铿锵，甚为动人。《春雷》一诗描绘了仫佬人轰轰烈烈的春
耕热潮，隆隆的拖拉机代替了春雷，人民代替了司春的天神，反映了人民群众能
够战胜自然、主宰自然的新思想。如果说前一诗集中的《仫佬族走坡组诗》写的
基本上是仫佬族传统的风俗画，那么这一诗集中的《春耕小景》、《灯下》、《她挂
起一张照片》等诗就在这传统的风俗画上添上了新时代的色采。这些诗反映了
仫佬族少女新的恋爱观：把爱情与社会主义劳动结合起来。她们爱上的不止于
"太阳般的脸，清泉般的眼睛"的"漂亮后生"，而且还是连夜为生产队设计播种
机的青年，胸前挂着奖章的"小铁臂"、驾驶汽车的小伙子。总的说来，这二十余
首诗，是诗人面对仫佬族在飞速发展的社会主义建设中涌现的新人、新事、新思
想，满怀喜悦地唱出一支又一支的赞歌。这些诗可以看作是第一个诗集中《歌
唱我的民族》等赞美仫佬人新生活的诗篇的续编，把它们连在一起构成了仫佬
族解放后的新生活的历史画卷。

　　"龙江河礼赞"的五首诗，描写龙江河水利工地的生活情景，其中《三位姑
娘》一诗，从三姐妹的劳动上互相挑战、比赛，反映了劳动人民在社会主义建设
中的高度热情，再现了水利工地欢乐的劳动气氛。三姐妹的彼此嬉戏，洋溢着
对幸福生活的喜悦。全诗写的活泼、轻快，甚为喜人。"旅行诗抄"的几首诗中，
《题花山壁画》一诗把歌颂壮族人民的斗争历史和歌颂幸福的现实生活结合起
来，结尾的"千幅百画中蕴藏着一个理想，这理想实现在数千年后的今天"，是画
龙点睛之笔，给读者留下回味、思考的余地。

　　诗人的第二个诗集较之第一个诗集，内容更为广阔，形式更为多样，表现出
诗人勇于作新的尝试，也取得了新的可喜的成就。

诗人在一九七三年出版了诗集《在天河两岸》，第一部分是对党和毛主席的颂歌。《进京前夕》等诗歌唱诗人进京参加"庆祝伟大祖国十年华诞"的幸福感受，表达了仫佬族人民对党对毛主席的无比热爱。《回音壁》一诗构思新颖，独具特色。诗人从北京天坛公园的回音壁张开想象的翅膀，让祖国大地成了一座伟大的回音壁。毛主席的声音、党的号令在这座伟大的回音壁上传回的回音是：六亿人民欢庆新中国诞生的振臂高呼、抗美援朝的欢唱胜利、社会主义建设的频频报喜、向共产主义进军的歌声……诗人面对古老的回音壁不是咏古，而是颂今。作品以伟大的党、伟大的人民、伟大的祖国为抒情对象，昂扬的声音、巨大的主题、雄浑豪放的格调，使全诗既有感动人又有鼓舞人的艺术力量。如果说，诗人在前两个诗集里的歌唱仫佬族新生活和歌唱祖国新面貌的诗篇，就洋溢着对党、对毛主席的热爱，那么在这里，诗人是以奔放的热情直接歌唱党、歌唱毛主席。这是诗人创作上的发展。

《在天河两岸》歌唱仫佬族新生活的诗篇，诗人吹起号角，呼唤全世界都来看一看"我们这新生的民族"（《号角声声》）；看一看我们仫佬人家乡的笑容："绿榕翠竹掩村寨，红旗似火遍野插"，同一个公社共一家，人心如火干劲大；看一看仫佬族的荒野新区的"工厂烟囱密如林"，当代的仫佬人能"指水为银，化土为金"（《荒野新景》）；看一看仫佬族的工农业生产是"黑龙金蛟齐翻身"，"金谷如山棉如云"（《西水之歌》）；看一看天河上的船家驾着"满船粮，满船宝"，"支援祖国大建设"；看一看在党的民族政策照耀下，新的民族关系带给人民的幸福（《清清的泉水》）。诗人早在《天运河》、《天河流过凤凰山》中，通过各民族兴修水利的互相支持，歌颂了民族大团结，而叙事诗《清清的流水》则是通过母女二人不同的时代的不同爱情生活来反映民族关系的重大主题。全诗叙事与抒情结合，特别是母亲的在旧社会苦难的爱情生活，写得真实感人，因而有力地衬托出女儿在新时代的爱情生活的幸福。

毫无疑义，上述新编入的诗篇，为仫佬族解放后的新的历史画卷增添了美丽的画面。

包玉堂非常熟悉自己的民族，非常热爱仫佬族的新生活，所以歌唱仫佬族的新生是他的诗作的基本主题。诗集《在天河两岸》的这部分诗中,可以看出诗人创作上的种种努力和进步。诗人对生活的认识越来越深,捕捉形象的能力也越来越强,并且努力掌握诗的多种形式。这些诗有的近似自由体,有的近似格律诗;有句式不限的新诗,有两句一组的信天游式。并且越来越注意语言的锤炼。

诗人不仅热爱自己的民族,也热爱祖国大家庭中的各兄弟民族;不仅热情地为本民族歌唱,也热情地为兄弟民族歌唱。《在天河两岸》的第三部分是新编入的歌唱壮族、苗族、侗族、瑶族人民生活的诗。其中的某些篇章,也是读来喜人的。

二十多年来包玉堂写了数百首诗,从三本诗集来看,他的创作,题材广泛、主题鲜明、感情强烈、语言清新。包玉堂的诗主要是歌颂党,歌颂毛主席,歌颂伟大的社会主义祖国。歌颂仫佬族的新生活。有的抒情,有的叙事,有的两者结合。有的借传说烘托现实,有的用历史映衬今天。有的令人深思,有的引人遐想。

包玉堂的诗具有民族特点和地方色采。这不仅在于反映了仫佬人民的生活、习俗、性格、心理,还在于作者善于在民歌中吸取营养。他的诗有些显然是民歌的繁茂的树上摘下的树叶稍事加工而成的。如《清清的泉水》中的"生不丢来死不丢,城皇庙里割鸡头,青山作媒天作证,我俩结交永不丢。""共对竹箕共把锄,同修莲圹同栽藕,不怕艰难不怕苦,莲花并蒂好到头。"诗人也认真学习民歌中的比兴手法,而且有些比喻富于地方色采。例如仫佬地区有个凤凰山,凤凰是仫佬人喜爱的形象,包玉堂的诗中常用凤凰的美丽形象来比喻仫佬人民的美好生活。当然,诗人也受到汉族文学的哺育,诗中不乏汉族文学的影响。因此,他的诗,作为仫佬族的文学可以说是一个新发展。

谈谈藏族民间文学

佟锦华

史料解读

　　该史料为一篇介绍藏族民间文学的文章，原载《民间文学》1979 年第 8 期。作者介绍了藏族民间文学的各种题材。首先是诗歌，分为民歌、叙事诗和诵词。民歌在形式结构上，分为"鲁体"、"谐体"和"自由体"，内容广泛，有赞美社会主义新生活的，还有反抗阶级压迫的，等等。叙事诗有歌颂汉藏友谊，赞美劳动和人民的，等等。诵词如刀赞、马赞、箭赞、帐篷赞、手赞等。其次是故事，早在公元四世纪前后就有记载，主要以口头形式流传，有的以书面形式记录成集。而在史诗方面，《格萨尔王传》是一部宏大的史诗，约于十一世纪至十三世纪开始流传，作品运用了说唱体裁，采用了"鲁体"民歌形式，引用了大量谚语。还有藏戏，这是一个比较古老的剧种，最早植根于民间舞蹈和类似哑剧的宗教酬神仪式，传统藏戏剧目约十余种，最经典的有《文成公主》《白玛文署》等八大藏戏。藏戏因唱法上的不同和面具颜色的各异而分为新旧两派。最后是谚语，其历史悠久，早在九世纪前后的藏文文献中就有不少引用，谚语内容涉及社会生活的方方面面。该史料对全面了解藏族民间文学有较大帮助。

原文

　　藏族民间文学丰富多采，源远流长，和其他兄弟民族民间文学一样，是祖国文学宝库中不可缺少的珍品。大体包括诗歌、故事、史诗、戏剧和谚语等。

　　一，诗歌：分为民歌、叙事诗和诵词。民歌从形式结构上，大致可以概括为"鲁体"、"谐体"和"自由体"。"鲁体"的结构一般是多段相应式的，具有回环反复的特色；"谐体"大多是六言四句，表达思想简捷明快；"自由体"则结构比较自由。从现有的资料看，"鲁体"、"自由体"民歌比较古老，在九世纪前后即已流行。"谐体"比较后起，最初反映到书面上，是十七世纪末的《仓央嘉错情歌》。

　　民歌的内容极为广泛，有歌颂伟大领袖毛主席、英明领袖华国锋同志和共产党的，有颂扬民族团结、祖国统一的，有揭露农奴制的反动和抨击农奴主的残酷剥削压迫的，有赞美社会主义新生活的，还有反映劳动和爱情的等等。

　　叙事诗表现内容有歌颂汉藏友谊、祖国统一的如《文成公主》，有控诉反动统治者压迫的如《流奶记》，更多的是表现爱情的如《不幸的擦瓦绒》、《可怜的独行少女》等，也包括强烈的反封建思想。诵词如刀赞、马赞、箭赞、帐篷赞、手赞等。赞美事物的功能、特点及制造过程，也赞美了劳动和劳动人民。

　　二，故事：据一些藏文史书记载，早在四世纪前后就有《九魔兄弟》、《家雀对话》、《尸语故事》广为流传。《猕猴变人》、《斯巴宰牛》的神话，《北斗七星》、《青稞种子的来历》等传说看来也是较早期的。《文成公主》、《金城公主》的故事，也早在十世纪至十三世纪期间开始广为流传，为群众所喜闻乐道。在长期的历史发展过程中，藏族人民创作了无数优美的故事。有揭露和反抗农奴主压迫剥削的如《平官头》、《农夫与残暴的国王》、《金鱼宝箱》等，其中还有一组《阿枯顿巴》的故事。有表达男女青年的真挚爱情，争取婚姻自由的如《茶和盐的故事》、《夺心姑娘》、《青蛙骑手》等都极为脍炙人口。动物寓言故事，也为大家所喜爱。

　　藏族故事主要以口头形式流传，其中有的还被用书面形式记录成集。比较著名的故事集有《萨迦格言注解故事集》、《益世格言注解故事集》、《格顿格言注解故事集》、《尸语故事集》。还有《喻法宝聚》、《故事宝鬘》等故事集也很有价值。

三，史诗——《格萨尔传》：是一部篇章比较多的著作。大致开始流传于十一世纪至十三世纪期间。最初可能只有《天神卜筮》、《英雄诞生》、《十三轶事》、《赛马称王》、《北地降魔》、《霍岭之战》等六、七章流传。发展到后来，据传已有五、六十章之多。但比较著名而常见的，大约二、三十部之多。《格萨尔传》真实地反映了处于战乱年代里的百姓的痛苦生活；表达了藏族人民反对侵扰掠夺，热爱家乡，保卫祖国的感情意愿；鞭挞了反动统治者对人民的暴虐行为，富于现实主义精神和浪漫主义色采。作品还运用了说唱体裁，采用了"鲁体"民歌形式，引用了大量谚语，使作品更为人民群众所津津乐道。

解放前，藏族有很多专门讲唱《格萨尔传》的民间艺人。《格萨尔传》主要通过他们的讲唱而流传。此外，也有一些单章的手抄本和木刻本传世。如何将这些分散的《格萨尔传》搜集、记录、整理并编写成为一部更为完整的作品，则是当前一项迫切、重大而有意义的工作。

四，藏戏：是一个比较古老的剧种。最早植根于民间舞蹈和类似哑剧的宗教酬神仪式。据说到十四世纪，噶举派僧人唐东吉布正式开创了藏戏。实际上，藏戏是在戏曲艺人、广大群众和某些像唐东一样的热心家的共同努力下逐步创立形成的。

传统的藏戏剧目约十余种。最常演出的如《文成公主》，歌颂了汉藏友谊和祖国统一。《白玛文署》揭示了反动统治者的贪婪、残暴。《诺桑王子》赞扬了男女青年的真挚爱情。《杰萨姑娘》宣扬了宗教迷信和宿命论观点。在客观上也暴露了反动统治者的凶恶本性。还有《顿月顿珠》、《苏吉尼玛》、《卓娃桑莫》、《直美滚登》、《云乘王子》、《絮北旺秋》、《代巴登巴》、《日琼巴》、《敬巴钦波》等，也都精华糟粕互见，需要作一番去芜存菁的工作。

大约在十七世纪，戏剧艺人正式组成剧团。后来因为唱法上的某些不同和面具颜色的各异而分为新旧两派。旧派有扎喜雪巴、宾顿巴等六、七个剧团，新派有江呷哇、觉木隆哇等四、五个剧团，再加甘南夏河剧团，巴塘剧团，到解放前期共有十几个剧团。解放后，在原有剧团的基础上，新成立了西藏藏戏团和其他许多地方性的戏剧团体。

过去在封建农奴制社会里，戏剧艺人就是农奴，除支应一般的差役乌拉外，还要支"戏差"，生活极为贫困，社会地位卑下。解放后，他们才翻身做了主人。像著名的藏戏老演员扎西顿珠还当选了第三届全国文联常委和戏剧家协会理事。

五，谚语：在藏族文学领域中，也有着久远的历史。早在九世纪前后的藏文文献中，就引用了不少形象而生动的谚语。藏族谚语是藏族人民在长期生产斗争和阶级斗争中所集累的经验的结晶，内容广泛，涉及到社会生活的各个方面。不但是文坛的一束鲜花，而且也是研究藏族社会历史、风俗习惯、思想意识和语言等等的宝贵材料。

藏族民间文学极其丰富，其主流有着鲜明的阶级性，富于斗争精神，语言生动活泼，善于用形象思维表达理性认识，在悠久的历史发展过程中，成为藏族劳动人民团结自己、教育自己、与阶级敌人进行斗争的有力武器。当然，由于时代和阶级的局限性，其中也存在某种程度的落后的、不健康的成份，但这是支流，需要遵照毛主席的教导，给以批判的继承，使这朵鲜花在社会主义新的历史时期，开放的更加鲜艳，放射出更加灿烂的光华。

后　记

从国家社科基金重大项目"新中国少数民族文学研究史（1949—2009）"获准立项至今，正好是岁星绕太阳一周的时间，也是生肖轮回的一个完整周期。这12年，少数民族文学史料的阅读和整理，成为我生活的一部分。本书是这些史料重新整理和研究的成果，也是国家社科基金重大项目"新中国少数民族文字文学史料整理与研究"的阶段性成果。

本书的史料搜集整理涉及1949—1979年间少数民族文学各学科领域，史料形态多样，分布空间广阔，留存情况复杂，涉及搜集、整理、转换、校勘、导读撰写诸多方面，难度之大，可以想见。因此，在本书即将付梓之际，特向为此付出了大量心血和努力的学界师长、同仁以及团队成员致以谢意。

感谢朝戈金、汤晓青、丁帆、张福贵、王宪昭、罗宗宇、汪立珍、钟进文、阿地力·居玛吐尔地、李瑛、邹赞、刘大先、吴刚、周翔、包和平、贾瑞光等学界师长和同仁的悉心指导和鼎力支持。

感谢宛文红、王学艳、陈新颜、杨春宇以及各边疆省（自治区）图书馆的大力支持。特别要感谢大连民族大学图书馆宛文红12年来持续、有力的支持和帮助。

感谢团队各位成员的参与和付出。参加史料解读撰写和修改的有：王莉（33篇）、丁颖（29篇）、韩争艳（39篇）、苏珊（35篇）、邱志武（43篇）、李思言（38篇）、邹赞（42篇）、王妍（25篇），王微修改了古代作家（书面）文学卷的史料解读和概述初稿。撰写史料解读和部分概述初稿的有：王潇（71篇）、包国栋（58篇）、王丹（89篇）、张慧（65篇）、龚金鑫（16篇）、雷丝雨（85篇）、卢艳华（58篇）、王雨棻（39篇）、冯扬（35篇）、杨永勤（15篇）、方思瑶（15篇）。王剑波、王思莹、并蕊校对了部分史料原文。

李晓峰撰写了全书总论、各卷导论,审阅、修改了全书本辑概述和史料解读,并重写了各卷部分本辑概述和史料解读。

由于种种原因,许多整理出来并已经撰写了解读的史料(图片)未能收入书中,所以,团队成员撰写的篇目数量与本书实际的篇目数量存在出入。史料学是遗憾之学,相信,未收入的史料定会以其他方式面世。

再次对多年来关心、支持我和本课题研究的各位师长、同仁、家人表示衷心感谢。

李晓峰

2024 年 11 月 12 日于大连